王更虎　马留堂　武二赖　著

東海怒濤

山西出版集团
山西人民出版社

图书在版编目（ＣＩＰ）数据

东海怒涛／王更虎，马留堂，武二赖著 . —太原：山西
人民出版社，2008.12
ISBN 978 - 7 - 203 - 06290 - 5

Ⅰ. 东… Ⅱ.①王…②马…③武… Ⅲ. 长篇小说 - 中国 -
当代 Ⅳ. I 247.5

中国版本图书馆 CIP 数据核字（2008）第 191750 号

东海怒涛

著　　者：王更虎　　马留堂　　武二赖
责任编辑：武　静

出　版　者：山西出版集团·山西人民出版社
地　　　址：太原市建设南路 21 号
邮　　　编：030012
发行营销：0351 - 4922220　4955996　4956039
　　　　　0351 - 4922127（传真）　4956038（邮购）
E - mail：sxskcb@163. com　发行部
　　　　　sxskcb@126. com　总编室
网　　　址：www. sxskcb. com

经　销　者：山西出版集团·山西人民出版社
承　印　者：山西出版集团·山西新华印业有限公司

开　　　本：787mm×1092mm　　1/16
印　　　张：32. 25
字　　　数：500 千字
印　　　数：1 - 3 000 册
版　　　次：2008 年 12 月第 1 版
印　　　次：2008 年 12 月第 1 次印刷
书　　　号：ISBN 978 - 7 - 203 - 06290 - 5
定　　　价：60. 00 元

如有印装质量问题请与本社联系调换

序 言

由我县作者王更虎、马留堂、武二赖等同志合著的长篇小说《东海怒涛》即将由山西人民出版社付梓出版。这部小说的出版,填补了新中国成立以来沁县本土文化没有长篇小说问世的一大空白,是我县文化繁荣的一大象征,确实可喜可贺。

《东海怒涛》借用大家耳熟能详的神话故事《西游记》中敢作敢为的孙悟空这一艺术形象,曲折地反映了居安必思危、爱国当自强这样一个宏大的时代主题。小说中的孙悟空,在西天取经、功成正果以后,过不惯整天无所事事、天庭尔虞我诈的无聊生活,重返花果山,整顿内乱,战胜天灾,聚合人心,励精图治,使花果山重现安居乐业、兴盛繁荣的升平景象。然而好景不长,面对外敌虎视眈眈、不断侵扰;内贼阴谋叛国、独树一帜的危局,孙悟空义无反顾,秣马厉兵,广纳贤才,采取主动出击、釜底抽薪的战略战术,不断消灭敌人的有生力量,直到最后从根本上铲除了外敌入侵、内贼蠢动的双重忧患。

自鸦片战争百余年来,我们中华民族曾经备受列强欺凌。实践证明落后就会挨打。长篇小说《东海怒涛》以曲折的故事情节和鲜明的人物形象告诉读者:凡我中华儿女,在国家危亡之际,人人当思救国图强;面对强敌侵袭,妥协退让是没有出路的。只有奋起反抗,主动出击,才能保家卫国,打出一片新天地。这部小说虽非出自大家之手,但情动于衷而义发于事,抒的是民族豪情,扬的是浩然正气,确有令人振聋发聩、壮怀激烈的艺术效果。

我们沁县历史悠久,文化底蕴深厚,在上党地区素有文化之乡之美誉。新中国诞生以来,从沁县这块黄土地走出了大量杰出人才,但由于受传统观念影响,长期以来又缺乏文艺创作人才展示才华的平台,因此本土文艺创作相对滞后,长篇小说的创作更为鲜见,这与文化大县的称号很不相称。长篇小说《东海怒涛》的出版,应当说是一个良好的开端。目前,值此全县上下万众一心、全力打造"北方水城、中国沁州"之际,文学艺术理应成为水城建设的灵魂所系和国民素质的精神支柱;沁县人民在水城建设中所展示出来的火热生活和执著性格,也应该成为文艺创作的源泉。我们殷切希望有更多的人拿起笔来,借助文艺作品的吸引力、感染力、凝聚力和张扬力,宣传沁县,激励斗志,弘扬正气,铸造灵魂,为实现文化兴县、文化强县的水城建设目标作出贡献。

中共沁县县委书记　田志明

沁县人民政府县长　裴少飞

2008 年 12 月

目 录

引 言

千古江山,英雄相竞,助澜推新。看秦统六国,楚汉争雄;陈灭隋起,唐替宋兴。金戈铁马,怒血化虹,长缨厉啸缚苍龙! 最堪赞,飞逐金兀,文击伶仃。

说兴说亡都难,唯忠臣良将谁敢用? 羡刘邦初时,萧何韩信;唐继大统,尉迟秦琼! 徽钦昏聩,权倾蔡童,亡国掳北五谷城。悲欢矣,古今多少事,涕泪交横。

一首《沁园春》道罢,引发无穷感慨。想我堂堂中华,泱泱大国,形如金凤,翼展东方,伟矣壮哉,历领群雄。孰料孔孟尊北,封建太长;仁义礼智,只讲忍让;孰是孰非,一味中庸;三纲五常,禁锢思想;礼乐典章,养成屈膝,克己慎独,锐气遭怏。于是长此以往,佞臣钻空,忠良遭贬;小人得志,好人彷徨;阿谀奉承者日甚,忠正有为者时寡;对外膝盖软,窝斗手段强;一人犹是虎,三人反成猫;声色犬马成风,奸贼叛者结军;逢战良将少,太平谄臣多;勇武基因遭诛,懦弱土壤膨胀。以致时不时象遭蛇咬,免不免野狗入室。便似一条魁梧伟岸的汉子,空有一身力气却带点儿痴;好比一座宽敞美好的花园,多是穿金戴银的妇孺而难遮其弱。

最可气,火药乃我发明,西人将他制成火器,屡屡犯我东土;我却用于焰火,在纸醉金迷中几遭亡国。指南针的用途可谓广矣,八国联军将他装在船上,兵进京城,吓走帝后,圆明园付之一炬;康王赵构却带着会耍罗盘的阴阳术士泥马渡江,到临安去做他的偏安皇上。似此弟子打败师祖、小国屡欺大国之事,近代时有发生。命焉? 运焉? 一言以蔽之曰:糟粕文化之故也!

好在百步之外必有清水,万人之中总有英豪。余近日有幸在方寸山核桃洞浩如烟海的文卷中,无意翻出一册《东海怒涛》野史,信手把阅之下,顿觉阳刚扑面,浩气耀目。细细读来,一股抗番保国之气概力透纸背,久违了的大汉、大唐精神呼之欲出,重新见面,诚然一册罕见之书。于是乎,将其拂尘携出,使之面世,以飨国人。这正是:忍看柔弱伤心事,试从书林觅英豪,何时共赴强国宴,美酒一杯酬君劳。

1

第　一　回
不堪凌辱　孙悟空愤而归故里

　　话说孙悟空师徒四人跋涉千山万水,历经千难万险,终于"九九数完魔灭尽,三三行满道归根",取经回归东土,望经楼前见圣驾,长安殿内叙险历,雁塔宝寺诵真经,灵山佛堂赐封号,功成正果,被佛祖如来封为斗战胜佛。

　　初登佛位,孙悟空确实高兴忙活了一段日子。看到自己由一个不谙世事的石猴被尊为佛,他自是高兴得手舞足蹈;想想取经途中降妖伏怪、济世救民的件件壮举,他更是兴奋异常;即使是身陷魔掌、屡遭委屈的桩桩不快,此时也成了回忆中的琼浆玉露,每每令他穷思遐想,把味不已。他偶尔也随众登堂听佛祖讲经诵道,大部分时间却放在了游玩上。今日到御马苑天马行空,找找当年屈尊弼马瘟的感觉;明天到兜率宫丹炉房转转,忆忆昔日偷吃仙丹的趣事。端的是:蟠桃园里觅猛吞,瑶池殿内忆狂饮,大闹天宫声犹在,难忘灌江妆假神。快哉,快哉,好不快哉!

　　有道是:乐极易生悲,月盈则转亏。两个多月下来,孙悟空玩也玩腻了,乐也乐够了,方才感到生活不免有些无聊,天庭竟然这般冷清,浑没花果山中那般攀枝采果、下海捕捞的快乐与热闹,也无西行途中寻径问路、入穴擒妖的紧张与愉快。凡人尚晓得日出而作、日落而息,为家里生计终日辛劳,自己被封为佛,不是随众听讲,就是游山玩水,再没干过一件轰轰烈烈之事,岂是俺老孙过的生活?再说偌大的天庭除了自家师徒外,竟无几个交心换意之人。那些佛道神仙看似道貌岸然,彬彬有礼,骨子里却各怀心事,衔恨结怨,人前拱手,人后挥刀;即使是在自己居住的宫宇内,也极少有人来往过问,空由天鹤仰首啼,任由祥云绕屋飞,真真没个情趣。

　　一日,悟空又在宫中闷坐,忽有小童进来禀告有故人来见。他一听不由心头大喜,急忙起身往外迎接,只见沙僧已迎面跨入宫门。悟空一个纵跃走上前去,一掌拍在沙僧肩上,乐道:"沙师弟,你今日怎地有空前来? 来来来,俺正闲得发慌,陪俺好好聊聊!"

　　"大师兄,想不到你功成佛就,却还是那个急性子。"沙僧于取经东归后,已被如来封为罗汉,见师兄一副火烧火燎的样子,不由乐了,"俺大老远的跑来看您,也不让人给俺端口水喝?"

"俺急着要跟你说话,哪里还想得起什么水不水的。"悟空用手招了招立于宫门外面的小童,"速速将好茶沏来!"

须臾,小童将茶奉上。沙僧端起茶杯一饮而尽,坐在悟空对面说道:"俺今日找您说件事,您听了可不要着急。"

"看你说的,有什么事能比得上当年的大闹天宫?"悟空一副话稳心急的样子,"快说,找俺所谈何事?"

沙僧素知师兄的脾气,接茬儿道:"俺昨天奉旨赴灵霄殿议事,说南瞻部洲有个叫巨黑山的,新近出了个厉害无比的魔头,聚集了一批凶狠暴戾之徒,劫掠过往客商,祸害周围百姓,当地土地、山神奏报玉帝……"

未等沙僧把话说完,悟空便打断了话头:"大胆妖孽,竟敢如此猖狂! 师弟为何不抢下这桩美事,让咱们领兵下界征剿?"

沙僧苦笑道:"俺倒是争来,也曾举荐你挂帅俺当先锋,将那妖孽一鼓荡平,怎奈不少神将反对,还在殿上说了您许多坏话,玉帝闻听之下也驳回了俺的请求。俺就是因为气愤不过,才来找您商量。"

悟空一听不由火上心头,腾地一下从坐椅上跳了起来:"这班家伙真真可恨! 有事不让俺去倒也罢了,为何还要在背后说俺坏话? 不行! 俺这就去找玉帝问个明白!"

看到师兄火冒三丈匆匆欲走的样子,沙僧一把扯住他的手劝道:"师兄! 俺说你不要急您偏要急。如今您已位列佛班,凡事总得稳住才是。此事虽然气人,却也不在乎这半天时间,依俺看,不如明天去为好。"

孙悟空向来就喜欢沙僧这个师弟,知道他诚实厚道,为人正派,此时听他说得在理,再看天色已晚,遂强压火气,继续盘桓了一会儿,才依依不舍地送走师弟,勉强挨过了一个晚上。

翌日天明,孙悟空匆匆吃了些早点,就纵起云头赶到灵霄殿,随着众位朝臣来到丹墀底下。这时,玉帝刚刚落座,值殿星曹拖长嗓子喝道:"有事出班早奏,无事卷帘退朝!"

悟空闪出班中朝上一揖道:"俺斗战胜佛有事要奏!"

玉帝闻听是孙悟空的声音,微眯的双眼倏地睁开,忖道:"多时不见这猴头踪影,敢莫今日上朝又要找什么麻烦? 真是晦气得紧!"眉头不由得皱了皱,面无表情地瞥了他一眼,懒懒地问道:"斗战胜佛,你有何事要奏?"

悟空并不理会玉帝的表情,朗声说道:"禀玉帝,俺听说南瞻部洲巨黑山妖魔作怪,为害地方,涂炭生灵。俺自归天庭尚未建立寸功,情愿领兵下界剿灭此伙妖魔,祈玉帝恩准!"

未等玉帝开口,班中闪出一鹤发童颜的老者,双手一拱道:"禀玉帝!老臣以为下界除魔之事,应委派他人前去。斗战胜佛所奏,万万不能允准!"

你道这老者是谁?原来就是三十三天之上离恨天的执掌者太上老君。顾名思义,离恨天乃离却天上、人间所有仇恨、怨怼之地也。话虽是这么说,事却由着这老儿的性子去做,从来是玉帝驾前的多舌老道,掺言夹舌的主儿。想当年,此老儿采撷天地之灵气,耗费毕生精力炼就的三昧真火,好不容易炼就了五葫芦金丹,满指望拿他去献给西天王母娘娘于蟠桃会上所用,孰料时为那空担齐天大圣官衔的孙悟空先变赤脚大仙模样混进瑶池偷喝了仙酒,而后乘醉误闯兜率天宫,将那五葫芦金丹吃得一粒不剩,直把老儿气得三尸神入地,六魄神升天,仇冲三十三重天,恨离离恨宫,乘二郎神率天兵天将围剿孙悟空之际,用其最拿手的法宝——金刚琢,与哮天犬一道擒拿了孙悟空。嗣后,又是这个老儿把刀砍不死、火烧不死、雷炸不死的孙悟空放在丹炉里焚烧,意欲毁其性命,熔出金丹。焚烧七七四十九天后,孙悟空不仅没被烧死,反倒歪打正着地炼就了一双"火眼金睛"。待此老儿喜滋滋开炉取丹时,早已憋足了劲的孙悟空乘隙蹿出,踢翻丹炉,携着装天裹地的仇恨,干脆来了个大闹天宫,直打得天兵天将任棍挑,各路神仙无处逃,西天王母求佛祖,玉帝绕桌活祷告。事后,太上老君功没记上,反倒受了众神的齐声奚落,说他是老谋深算害了人,赔了金丹又折兵。正因如此,这老儿与悟空私仇不减,积怨甚深,明着不动声色,暗地却总想找个机会严加报复。这不机会来了?悟空刚才奏罢,他就急忙站出来,来了一通谗言。

悟空耐着性子问道:"请问老君,为何别人可去剿魔,唯有俺就不能?"

太上老君满含讥讽的口气道:"巨黑山魔头厉害无比,昨日众神议论了半天都没定下个调调。别看佛祖封了你个斗战胜佛,其实你并没有逢战必胜的本事。你难道忘了当年屡屡被妖魔所困,亏得众神奋力抢救才得脱险的往事?如若这次遣你前去,遭了那妖魔的道道,岂不有损天庭的威风,挫了后援天兵的锐气?再说你动辄建功立业,将这么多神仙同道置于何地?"

"老君此言差矣!"孙悟空尽管知道此老儿心存仇隙,有意诋毁自己,却不想就此撕破脸皮,依然在据理力争,"当年俺被妖魔所困,多是你们这些上界神仙佛道唆使自己坐骑、手下下界变幻妖魔所为。说得好听点,是为了磨炼俺师徒们西天取经的决心;说得实在点,这无异于助纣为虐!试问,这些纵容唆使者若不赶紧下去收拾那些尴尬局面,如今还能稳坐高位乎?至于除妖能否取胜,与佛祖封给俺的佛号又有何瓜葛,怎能以此来羞辱于俺?俺倒想问问,老君有无下界除妖的胆量?"

太上老君大怒道:"好你个不识高低的猴头,竟敢当众小觑老夫!你一个石头缝里蹦出来的东西,当年偷吃了我的金丹,打坏了我辈多少弟兄,这笔账至今尚未和你清算,如今竟又口出狂言,口口声声下界除妖,谁知道你骨子里意欲何为?"

孙悟空正待出言驳斥,朝班里突然传来一声刺耳的冷笑,扭头一看,原来是铁塔也似的巨灵神在那儿摇头晃脑。这家伙一向自诩神力无穷,鬼斧神工,谁知却在征剿花果山的头仗中,就被悟空打了个落花流水,险些被托塔李天王当场按军令处死。刚才听了太上老君的一番发难,不由又勾起了他的这块心病,以为此时正是泄自己私愤的极好机会,于是,太上老君这边话音刚落,他在那边"哼"的一声冷笑接上了话茬:"意欲何为? 还不是不耐天庭约束,不堪佛堂听经,借下界除妖之名,再过过齐天大圣的自在日子?"

目睹师兄当堂受辱,班中的沙僧再也忍耐不住,几步跨到巨灵神面前,愤然责问道:"俺师兄奏本,实是除妖佑民,再树天威,岂有他意? 你却在这里信口雌黄,无端指责,究竟用心何在?"

"我当是谁? 原来是你这个流沙河里专吃人的妖孽!"巨灵神对孙悟空虽然积怨甚深,尚有几分怯意,如今见出面指责他的竟是沙僧,哪里放在心上? 趁对方不备,一掌朝沙僧面门打去,同时骂道:"想不到你功成正果,还是这么妖里妖气! 嘿嘿,朝堂圣地,你依然'师兄'、'师弟'胡乱称呼,天庭可是你任意所为的地方? 真是什么藤结什么瓜,什么毛贼说什么话!"

孙悟空因下界除妖之事,于头天就憋了一肚子火气,只不过经沙僧劝说消除了一些,自己当时强行压制了一些,晚上睡觉又冷却了一些,才没在上殿的时候爆发出来;再者,自返天庭以来,考虑到自己如今的身份,每逢上殿见驾、登堂听讲、外出访友、居室待客,自己总是尽量收敛以往率性而为的习性,打躬作揖,注重礼数,想不到今日上殿,自己的一番好意不仅被恶意曲解,还拖累师弟当场受辱,此情此景,纵然换作一木讷柔弱之人也难以忍受得住,何况他乎? 就见他一个旋身,两手已搭在巨灵神的肩上,火眼金睛倏地一亮,朝堂里已绽起一声惊雷:"黑炭小儿! 你竟敢如此对待俺师兄弟! 俺老孙说对了,任你打几拳踢几脚都不计较,生平最恨的就是你这种无中生有、诬陷谩骂的小人! 五百多年业已过去,你却旧恨不忘,欲借今日公事泄汝私愤,真真辱没天将的尊号!"

目睹孙悟空怒气冲天、巨灵神瑟瑟发抖、众朝臣面面相觑的情景,高居于御座之上的玉帝,一改方才冷眼相看的架势,断然喝道:"孙悟空不得无礼!

想你乃是下界一介妖猴，早年犯了多少大逆不道之事？就因你护卫唐僧西天取经有功，佛祖才封你为佛，让你安心佛事。今日朝堂议事，竟因一言不合，便咆哮朝堂，老拳相向，成何体统？"

"禀玉帝，刚才之事，列位看得清楚，是他们先行挑衅，平白诬陷，并非俺……"

"他们？他们均是天庭重臣！以朕来看，倒是你劣根犹在，恶性未改！如此禀性，岂敢让你下界除妖？有朝一日老毛病犯了，朕还怕你再来一次大闹天宫！"

"俺……"

玉帝愠声道："休再诡辩！朕命你速速退下！今后无朕诏令，不得再上朝堂！"说罢，袍袖一拂，看也不看悟空一眼，竟怫然回转后宫去了。

事情发展到如此地步，这令孙悟空怎么也不曾想到，胸中纵有再大的怒火也无处发泄。有心想找玉帝再去评理，想想已是无益。偌大的天庭，难道就无人主持公道？悟空目瞪口呆了一阵，心中忽然有了主意。对！就去找她！此处不留爷，自有留爷处，何苦在此受这腌臜之气？想到这儿，他对沙僧说了句"师弟等俺消息"，也不管其他朝臣的白眼、议论，匆匆奔出灵霄殿，纵起斛斗云如飞而去。这真是：

> 一腔忠义淋漓血，遍洒灵霄化驴肝；
> 漫道神仙皆公允，却说圣贤无侠胆；
> 凡人钦羡上天好，帝女屡降凡尘间；
> 寻遍千年不平事，忠非忠来奸非奸。

却说这日观音菩萨正在南海普陀落伽山修竹林中与徒弟们谈经论道，忽然一阵心血来潮，掐指一算，知道孙悟空有事前来，遂吩咐善财童子出林外等候，捱他到来，即刻引见。徒弟们见师傅有事，皆纷纷告退。

少顷，孙悟空已乘着斛斗云来到南海。刚刚降落云头，善财童子已从林内迎了过来，双手合十问讯道："斗战胜佛，别来无恙乎？"

"什么劳什子佛的，侄儿休得取笑。俺来找菩萨，不知在否？"悟空哪有心情与善财童子闲聊，张口就转入了正题。

善财童子道："俺正是奉菩萨之命前来迎候叔父的，请吧！"

悟空一听正中下怀，遂紧紧跟在善财童子后面，穿过弯弯曲曲的林中小径，来到观音面前，喊了声"请菩萨为俺做主"，双腿一弯就要下跪。

　　观音见状，赶忙伸出双手托住悟空的双臂，道："不可！不可！如今你已成佛，同是佛门弟子，岂敢让你下跪？快快请坐，说说找我有何事体？"

　　悟空闻言只好坐下，向观音详细讲述了刚刚在灵霄殿上发生的事情，临了说道："俺今日上殿奏本，并无他意，实心是为民除害，替天行道，不想却遭到了这班人的侮辱，玉帝的严斥。若是皈依佛门前受此遭遇，俺自问还能想得开去；如今俺也身登正果，位列佛班，他们却有意曲解，成心欺侮，俺委实想不通！祈请菩萨替俺主持公道，指点迷津！"

　　"悟空！恕我直言。你想下界除妖，为民除害，乃是出自你的天性，我岂有不知？仅是如此，玉帝焉能不允，哪来训斥？只可惜你心地磊落，虑事简单，却不明世人并非都同你一样，事情原本就纷繁复杂，以致今日殿堂之上有此麻烦。"

　　"莫非是俺错了？"悟空不无疑惑地问道。

　　"错倒不是你错了。"观音略一沉吟，接着说道，"只是你要知道，天庭并非十全十美之地，神仙也非大圣大贤之辈。邪恶皆自上来，腐朽源自根出。你不见取经路上凡是极厉害的魔头大都出自上处？人间所受的劫难又有多少是凡人所为？只不过天之所以为天，是比地高高在上；神之所以称神，无非比人多了些虚伪。你为贼时，他们蔑视你，征讨你；你为宦时，他们眼红你，算计你；你若与他有君臣贵贱之分，他颐指气使你；你若与他比肩为友时，他明捧暗害你。想想当年你大闹天宫，多少天兵天将败在你的手里，玉帝受了多少惊吓？他们岂能因为你功成佛就而不再计较前嫌？西天取经，你一路打打杀杀，这头伤了他们心痛的宝贝，你有了功；那头将他们比下，伤了面子，又因此而得罪了多少神仙佛道？这些道友中又岂能无人与你结怨记恨？佛祖将你压在五行山下是为了维护天庭的秩序；我奉佛祖之命，度你去保护唐僧取经，也无非是让你受尽打击，磨去造反戾气，学会顺从，懂得规矩，免得大家整日因你提心吊胆，不得安宁。"

　　听到这儿，悟空心头不由得一阵阵发冷，却又不太甘心："既然如此，如来为何还要封俺佛号，这岂非自相矛盾？"

　　"哈哈！你呀斗战胜佛，好一副孩童模样！"观音忍俊不禁地笑了起来，"你问佛祖缘何封你佛号，这就是所谓上天神仙佛道的虚伪和高人一筹之处了。对待有功之人，人间帝王将相尚且讲什么'赏罚严明'，何况上天的帝尊佛祖乎？佛者，人弗也；弗者，不需也！所谓佛，其宗旨就是讲究'六根清净'、'四大皆空'，教人不要造反，不营乱了朝纲秩序，不要有什么嗜好，不要有自己张扬的个性，好生为他们服务，供他们驱使。佛祖封你为佛之意，难道还要

7

我明明白白讲出来不成？"

孙悟空感激但仍有不解地问道："请问菩萨，要说您也是佛门中人，为何今天才对俺说出如此知根知底的话来？"

观音苦笑道："斗战胜佛此话问得好！我以前之所以只字未提，是为了你能安心护卫唐僧将真经取回来，不愿给你招惹祸端；方才一口气说了那么多，同样是为了你好。你可知道，是谁害了你？"

"是谁害了我？这，这，总不能是俺自己吧？"

"恰恰如此，正是你害了你自己！"

观音说得如此斩钉截铁，顿时令悟空如坠云里雾里："怎么，俺怎能自己去害自己？"

见悟空一时转不过弯来，观音有意放缓了语气："天上天下从未有人存心要和自己过不去，却不知大凡心地正直且本事超众者，往往会因这两样东西而引起上司对你的疑忌，同僚对你的忌妒。单说人间历朝历代帝王，唐太宗李世民任用曾反对过他的魏征为相，固然传为佳话，然有几人像他那样？你若有心去翻翻那些史书，定会发现多数帝王有太好本事的不用，本事太差的不用，两头一去，用的是中常，用的是平庸，用的是唯唯诺诺，用的是阿谀奉承。"

悟空不忿道："这些帝王就不怕用这些平庸之辈失了其江山，毁了其社稷？"

观音闻言笑了起来："哈哈！丢江山社稷只是将来之事，时时不用担心属下造反，处处能听到奉迎赞颂之话，却是眼前之事。这些人又怎会舍近而虑远、舍花而栽刺也哉？说到你，论本事，你有搅天插地之神通；论性情，你疾恶如仇，刚正不阿。面对只讲中庸的这样一个地方，你屡屡遇到的麻烦，岂不是自己害了自己？"观音停顿了一下，接着说道："这些话本不应该出自我口，只是担心你不明此理，日后还会自以为是，徒惹祸端，有负你我之间这么久的相处，岂不是我不杀伯仁，伯仁因我而死乎？"

观音菩萨的一番话，仿佛醍醐灌顶，使孙悟空头脑一下子清醒了许多，代之以来时满腹怨愤之气的是对天庭的失望与蔑视，方才明白长期以来，自己只不过是佛祖手中一枚能打善攻的棋子，玉帝胯下一匹腾云驾雾的御马，众神眼里一颗不能容忍的钉子。希图得到他们的青睐去建功立业，无异于与虎谋皮，与象讨牙，到头来，落个镜中花、水中月的结果倒还罢了，弄不好，说不定还会用什么五形山、八卦阵之类的办法来治你！看来确实是自己错了，从头起就错了个一塌糊涂。

事情到了这个份儿上，悟空反倒心静了下来。他双手一拱，沉声说道：

"多谢菩萨为俺指点迷津,脱却心魔,明白了许多事理!天庭既然如此险恶冷漠,俺也无心再呆此地!只是要俺抛却本性,俯首帖耳,诺诺度日,俺是万万难以办到!还望菩萨为俺指条出路!"

观音笑道:"悟空!你真是聪明一世,糊涂一时了。放着你的师父和几个师弟不去问,怎么反倒问起我来了?你师父原本是佛祖的二弟子,西天取经回来敕封后,位列我前,他难道能不为自家徒弟的前程着想吗?"

孙悟空心中一亮,说道:"还是菩萨精明,比俺想得周到。今日多有打扰,俺这就去了!"话音一落,纵上了云头。

西天,凌虚宫,一座隐约可见的云中楼阁,霞海洞府,端的是气势恢弘,虚无缥缈。已被佛祖封为旃檀功德佛的唐僧就居住于此。

唐僧本是如来佛的弟子金禅子,只因雷音刹前不听讲法,轻慢大教,被佛祖贬下凡尘,历尽九九八十一难,取得真经返归东土,替佛祖做了一件传经布道之泼天善事,证了正果。重返佛国后,整日督众点燃雷音刹内芬芳扑鼻的檀香,陪佛祖升坛讲经,积累功德,真个是:百世捻珠一世苦,历尽劫数荣更殊,蒲团映日燃檀过,观鼻观心无他物。

大凡得道之人,皆有未卜先知之能,征兆预测之术。还是在头天晚上,唐僧于打坐之际,右手拇指突然一阵颤动,便知悟空那边又惹了麻烦;今早醒来不久,忽见桌上茶杯无端自跳,好像有人在那里动用,不由得在心里一阵默念:"徒儿啊,为师知道你今日要来,只是不知你听我劝否?"

没隔多大时分,宫外传来孙悟空的呼唤。你道悟空昨日就从南海返回,凭他一个斛斗云十万八千里的本事和风风火火的脾性,且同居西天,缘何现在才来?原来他跟随唐僧十四年,风来雨去,朝夕相处,自是对师父敬畏有加,晓得师父素喜洁净,起居有序,故于昨晚在自家宫里歇了一宿,今早才纵云赶来,轻轻落在凌虚宫外,放开嗓子喊起来:"师父,俺看您来了!"

徒弟亲切而又熟悉的呼喊,霎时勾起了唐僧与徒弟们当年生死与共的情愫,即便已经心如止水、定力颇深的他,此时也不禁一阵激动,拉开厅门,走了出去。

别看孙悟空平日里嘻嘻哈哈,危难时有钢有铁,现今一见唐僧出来,师徒情深加上心受委屈,宛如游荡多年的游子乍见了慈祥可敬的母亲,不禁悲喜交加,眼圈一红倒身就是一拜:"师父,徒儿几次在经堂想跟您说话,唯恐佛祖怪罪;有心想来看您,守门沙弥都言您在佛祖处讲经论道。今日可算让俺见着了,师父近来可好?"

"起来！起来！"唐僧一边说一边伸手去扶悟空，"你有这份孝心，为师已经心满意足。日逐随佛祖听讲，无所谓好与不好。来，进屋叙话！"

二人携手进厅，悟空扶师父正面端坐后，方拽了把椅子坐在下首。小童奉茶毕，唐僧开口道：

"我观你礼数有加，似比从前有了进步，为师甚是欣慰！只是不知你近日可曾有何不快？"

"师父过奖了，俺能有啥进步。倒是昨日遇了件窝心之事。"

"可是因下界除妖惹了麻烦？"

"师父！您在西天并未外出，昨天灵霄殿发生之事您怎么会知道？莫非玉帝又在佛祖处告了俺的黑状？"

唐僧微微一笑，道："徒儿不要胡乱猜疑。为师我虽无佛祖无边法力，却也灵台清朗，略知天上人间未来之事。我之所以事先没有告你，实乃天道循环自有定规，人之所为乃性之使然也。依你脾性，即使今日劝阻得了，明日也会照样率性而为。事情梗概我已知晓，为师想听听你今后有何打算。"

悟空肃然道："师父既然已经知道，徒儿也就不再絮烦了。昨晚俺思来想去，天庭是再也不想呆了，斗战胜佛这个封号俺也不想要了，唯一可去的地方就是花果山！师父以为如何？"

"功成正果，殊非易事，弃之而去，实属可惜！"唐僧略一沉吟，又道："只不过，倘若继续呆在天庭，一者不合你的禀性，迟早还会惹祸上身；二者人间正缺少你这样的人才，埋没于天庭，连为师都替苍生抱打不平。再说，玉帝既然对你严加训斥，似乎也有让你退隐之意。如此看来，回花果山干番事业倒也两厢无干，不失为一明智之举。"

天下何人不知唐僧面慈心善，又谁人不晓他屡屡忠奸不辨、善恶不分，每每做出一些令亲者痛、仇者快的蠢事？缘何眼下能说出此等有肝有胆的话来？细细想来，倒也不难发现，唐僧一个当年肉眼凡胎、遁迹空门的佛门弟子，整日念的是"南无阿弥陀佛"，满脑子装的是不杀生、不贪色等清规戒律，何曾晓得花容月貌的钗裙竟是白骨森森的妖精，又怎能得知金角大五、银角大王、狮驼怪、青牛精等极厉害的魔头原来不是他所敬仰的神仙的属下，就是这些道貌岸然者的宠骑？俗话说得好：不怕不识货，就怕货比货。随着时日的推移，劫难的增多，唐僧见惯了妖魔鬼怪的凶残暴戾，经多了神仙佛道的表里不一，从悟空身上一次次地看到了驱邪祛恶的凛然力量，于是，在得知爱徒身遭委屈的情况后，他一改往日懦弱做法，对悟空道出了心里话。

悟空见师父对自己竟然如此情深，公然表露了赞同之意，不由大喜道：

"师父！您既然觉得俺回花果山好，俺改日就与师弟们话别。至于如来和玉帝那儿，俺是不想再去了，尚请师父为俺周旋一二。"

"佛祖、玉帝处，为师自会替你周全。"唐僧嘱咐道："我虽同意你归山，但须谨记三条：一是匡正祛邪，不得逆理行事；二是广结善缘，尽量少树仇敌；三是赏罚严明，不得滥施淫威。但愿你照此三条，做出一番轰轰烈烈的事业！一旦有事，为师自会前去帮你！切记！切记！"

师父的如此关心，直令悟空热从心上来，泪自情处涌，一个倒身重新拜了下去，哽咽道："师父教诲俺铭记于心，您的恩德俺没齿不忘！徒儿走后恐不能经常来见您，恳请师父自己照顾好自己！"说罢，伏在地上连磕了三个响头。

唐僧见状，自也一阵心酸，想不到为佛祖、为天庭、为天下苍生立下汗马功劳的爱徒，如今竟落了个被逼归山的凄凉结局，忙扶起悟空说道："既然如此，为师也就不再留你。见了悟能、悟净他们，你也细细听听他们的说法。"

悟空起身说道："师父珍重，俺去了！"

却说这天斗战胜佛居住的宫院内突然热闹了起来。天刚放晓，小沙弥们有的洒扫庭院，有的搬运果品，抹桌的抹桌，端盘的端盘，孙悟空则出出进进，等候几个师弟的到来。

最先接到小沙弥送来请帖的是沙僧。他知道大师兄必定是与观音菩萨商定了对策而要采取什么行动，于是将小沙弥打发回去，亲自找到猪八戒和小龙马，三人相跟着来到孙悟空的住所。

进门一看，小沙弥们已将厅堂收拾得窗明几净，一尘不染，桌子上堆的是佳肴鲜果，杯子里斟满的是琼浆玉露，好一副待客会友的场面。

悟空一见三人联袂而来，几步迎上前去，搂住他们笑道："八戒、小龙马，怎地不来看看俺？想是有了佛位，忘了当年的弟兄？"

八戒嘴快，两手一摊道："猴哥！这可怨不着咱。谁叫佛祖封了咱个'净坛使者'的佛衔，弄得哪儿有佛事就得往哪儿跑，今日闻闻这家上供的香气，明儿嗅嗅那家香火的滋味，闻得吃不得，白白跑细了两条腿，哪如取经路上吃得实在！咳！闲磨嘴皮子顶啥用？咱家饿得慌，先吃几口填填肚子！"一边说，一边就要去抓桌上的鹤腿。

一旁站着的小龙马笑着对八戒说道："二师兄，刚见你在自己住处吃了那么多东西，现在怎么倒又饿了？大师兄唤咱们来，必定有什么大事要说，这么丰盛的酒席，待会保准你吃不了兜着走！"转身对悟空道："大师兄，俺本系西海龙王之子，因违逆父命，被玉帝降罪倒吊天空，自思无命。后遵从观音旨意

11

变幻为马,供师父乘坐,一路上多亏您和两位师兄照应,方遂了俺戴罪立功之愿,成就了西天取经之业。自被佛祖封为八部天龙马后,终日东奔西跑,以致无暇前来看您,尚请师兄见谅才是。"

"师弟们前来,俺高兴还来不及,岂有怪罪之理?"悟空拍了拍沙僧肩膀,"来来来,沙师弟,快领弟兄们就座?"沙僧乘机拉住他悄声问道:"师兄,俺看你今日如此高兴,莫不是那事有了着落?"悟空挤了挤眼回道:"待会儿再说,不要扫了弟兄们的兴头。"

悟空居中坐定,其他三人团团围坐,不讲什么客套,没有那么多规矩,欢欢快快拿起了筷子,抄起了酒杯。酒过三巡,菜过五味,沙僧率先开了口:"大师兄,弟兄们聚会,自是高兴得很,不知您对俺们有何话要说?"

悟空感激地看了沙僧一眼,说道:"自归天庭以来,弟兄们尚未聚会一次。为兄今日请大家前来,一是想好好乐乐,二是想跟你们说件事情。"

"大师兄有事请讲。"小龙马说时已将筷子放在桌上。

"其实也不是什么大不了的事情,只是俺厌恶了天庭,恐怕这是俺与师弟们在这儿喝的最后一次酒了。"

八戒不由一愣,起身问道:"猴哥!你这又是发的哪门子昏?好好的天庭不住,为着何来?"

小龙马也抢着问道:"大师兄,莫非您遇到了什么不快之事?"

"岂止是不快,简直是令人不能容忍!"沙僧把前天灵霄殿上发生之事讲述了一遍,盯着八戒问道:"二师兄,倘若那天你也在场,你会怎样?"

八戒脚一跺大声嚷道:"你不问咱在场还罢,咱要在场保准给那些家伙凿几个窟窿!"

还是小龙马心细,接住八戒的话茬说道:"那班家伙对咱不满倒在其次,要紧的是玉帝对大师兄说的那些冷酷无情的话,咱们需防着才是。"

八戒大大咧咧地回道:"防什么防?咱们给天庭立下了多少汗马功劳,他们敢把咱们怎么样?大不了咱就跟着猴哥再闹他一次天宫!"

看到三个师弟对自己的事那么关心,对天庭这么愤恨,孙悟空自是打心底感到高兴,正所谓一个篱笆三个桩,一个好汉三人帮,不由得激起了他的雄心壮志。他扫视了三人一眼,开口道:"俺把大伙召集到一起,是想看看大家还有没有当年那股同仇敌忾的劲气,并非靠你们替俺拿什么主意。"

三人默默地点了点头。沙僧沉声问道:"不管您定什么主意,俺们听您的!"

悟空接着道:"想当年,为保师父取回真经,咱师兄弟几个遇了多少灾难,降了多少妖魔,尝了多少艰辛,救了多少生灵?满以为替天行道,为民除害,自会得到天庭信赖,日后有英雄用武之地,不曾料到下界除魔之事竟遭到了他们的反对,使俺看出了天庭不容我们这些人的本来面目。人间帝王每每鸟兽尽,良弓藏,狡兔死,走狗烹,打下天下就诛杀功臣,天庭即使不会做得如此露骨,却也决计容不下咱们!即便咱安分守己,逆来顺受,唯唯诺诺,到头来也无非碌碌无为、行尸走肉而已。这岂是俺孙悟空的个性?俺已决定离却天庭,回花果山重振旧业!"

此言一出,八戒与小龙马顿时愣住,只有沙僧料着几分,不假思索地说:"大师兄说得极是!咱再怎么好好干,在玉帝老儿和神将们眼里还是贼。俺也不稀罕这个金身罗汉的差事了,愿随师兄同去花果山!"小龙马此时已回过神,腰杆一挺道:"没说的!既然他们不将咱放在眼里,咱又何苦受此窝囊之气?俺也随师兄一同前去!"八戒晃了晃脑袋嚷道:"嗨!猴哥,二位师弟,下界虽然不像如今这样逍遥自在,可也不能丢下俺老猪一人!罢罢罢,什么劳什子的神仙佛道,不做也罢,还是咱哥几个在一块儿好!"这正是:人之相知须知心,心通道气情转深,我辈本无流俗志,不教忧伤上眉棱。

狐朋易得,知音难觅。看着师弟们视功名为草芥的豪侠壮景,悟空"呵呵"一笑道:"师弟们的心意俺领了!说到下界归山,你们倒不忙着要去,还是呆在各自地方彼此有个照应为妙。待为兄先行一步,视情况再决定你们去否。师父那儿俺已去过,但愿俺走了之后,你们好好照应他老人家。"

"猴哥放心,俺等候你的佳音!"

"愿听师兄吩咐,俺俩随时听从您的差遣!"

"重换宴席,咱来他个不醉不散!"随着悟空的一声呼喝,小童们撤去残席,重置杯盘,师兄弟四人重新入座,正式开宴,你说我笑,你杯我坛,畅呼欢饮,痛痛快快地吃喝起来。只因这一喝,有分教:九死一生炼同心,披肝沥胆四昆仑,义薄云天古今叹,万语千言尽杯中。

欲知后事如何,且听下回分解。

第 二 回
路途邂逅　丹朱岭虎女强招亲

　　却说翌日清晨悟空将三位师弟送走，即将宫内一应沙弥、小童召集到前厅，宣布了自己离却天庭返归花果山的决定，吩咐他们紧守宫门，等候新主人的到来。一切安排就绪，他简单收拾了些行装，就纵上云头，踏上了归程。

　　俗话说：欢娱嫌时短，寂寞觉更长。孙悟空的斛斗云本就疾如流星，快似闪电，加之思乡心切，归心似箭，不一会儿就来到东土地界。

　　忽然，一阵兵器撞击的声音从下面传来，中间似乎还有一两声喊叫和一阵阵喝彩声。孙悟空生具异眼，随意一扫即可上射天庭，下穿地府，由此发生了玉帝差千里眼、顺风耳南天门外观察查询之事，何况大闹天宫中因祸得福，丹炉之中更炼就了一双千里之外观蚊虫、透过形骸辨真伪的火眼金睛；若论听力，当年孕育他的那块仙石，早已听惯了山风呼啸、雨水冲刷、周遭动物嘈杂、花草树木暗夜拔节的细微响动，尤其在经历了数百年嬉戏游乐、降妖伏怪后，更是物我融汇，心随耳动。此时，他俯首一瞧，发现脚下乃是一座山峰，山峰的谷地中有两个人骑马打斗；两人身后各一拨人马，正在观看。出于天生的好奇爱动，他腿一屈，径直向那座山峰落去。

　　这是江南一处山水相间的地方，名曰丹朱岭。站立云头俯瞰，尚且像幅情趣盎然的丹青水墨，一旦落到实处，竟然如此秀美，直令观者心旷神怡，惊叹不已。有词为证：

　　丛山一何碧？春驻丹朱岭！岭上百花漫点，鹅黄芍红。更着溪流襟带，幽谷意气回旋，恬然藏其中。斑竹著风舞，桃李映日晴。

　　几椽屋，几丝柳，曲径通。隐者何处？蓑底跳鱼水正惊。岭北有瀑悬挂，岭西十里翠屏，环南掉头东。林稠清音起，蜂咏鹧鸟鸣。

　　悟空驻足浏览了一阵，本想就着本色打扮下去，想想觉得不妥，遂摇身变做一只淘气的麻雀，振翅飞到打斗场旁的一株大树上，看看这儿到底发生了什么事情。

谷地中央，一南一北分列着两拨人马，中间两人刚刚打过，胯下坐骑尚在扬首喘息。北面马上坐着的是员女将，但见她：眉弯新月，脸映桃花。蝉鬓金钗双压，凤鞋金镫斜踏。连环铠甲束红裙，绣带柳腰恰束。掌中日月刀，羽箭背后插，胯下胭脂马，马上女娇娃。

再看南面队前一人，乃是一英武少年，生得前发齐眉，后发披肩，面如满月，鼻似悬胆，头戴虎头三叉银冠，身穿鳞状银甲，座下一匹雪里白，手执一杆烂银枪，真个是玉树临风，不怒自威！

两将身后之人俱手拿兵器，一式上阵打扮。只不过女将所带之人全系女兵，足有三十多个，少年这边虽仅有十四五个，却个个身骑劣马，英气逼人。

此时，阵前两人勒马相对。少年右手绰枪，左手戟指，愤然责问对方："好你个不知进退的黄毛丫头！偷去本公子的东西不还，还要缠住打斗。怎么样，方才咱家已在刀枪上胜了你，尚有何话要说？"

"哼哼，好一个刀枪胜我！姑娘我只因坐骑久未上阵，偶尔失蹄将俺摔倒在地，哪里算得上你的本事？若有能耐，再与本姑娘大战一百回合！"姑娘刚刚说罢，身后的女兵一迭连声娇咤起来："赢不了人家说大话，羞！羞！"

少年心高气傲，面嫩皮薄，哪里受得住女孩子家的当场耻笑，银牙一咬，道："一百回合就一百回合，本公子难道怕你不成？"两腿一夹，雪里白已一道闪电驰了过去。

姑娘娥眉微皱，扬起双刀虚空画了一道银弧，胯下坐骑嘶鸣一声，四蹄翻飞迎面奔来。马打照面，少年一招银蛇出洞，分心便刺；姑娘柳腰轻扭，避过枪尖，左手刀向外一磕，磕开枪身，右手刀斜斜劈向少年肩胛。少年眼疾手快，左手顺势将枪一压，右手抬枪将刀震开。就这样，横劈竖挡，枪刺刀架，两人直直打了一百回合，依然未见胜负，反倒把后面的人马看得眼花缭乱，连连喝彩。

姑娘本怀心事，并非为争输赢，见再打下去未必有什么结果，弄不好还恐互有损伤，心思电转间，猛然想到一个主意，遂乘少年再次绰枪刺来之际，假装不支，打马朝东面沟底奔去。少年满以为姑娘家体单力弱，一定是不愿在属下面前丢丑，才无奈逃逸，也一提缰绳朝前直追。悟空在树上看得明白，女娃武艺并不在少年之下，打斗之中也无一点破绽，此时跑走必有原因，一展翅膀，紧紧跟在后面。

看来姑娘十分熟悉周遭地形，她松缰停马的地方，乃山谷的尽头，前面没有道路，三面山峦环抱；半山之上绿树碧草，靠近谷底坡势陡峭，天生一个屯兵藏粮、埋伏突袭的好所在。

少年乍进谷底，突觉一阵不安，以为中了对方诡计，仔细一瞧，周围再无第三人，心头一松，问道："你把我引到这里，打又不打，走又不走，究竟想干什么？"

姑娘启唇微微一笑："公子且莫动火发怒，姑娘有话要问，请公子能坦言相告。"

少年见她刚才还是一副凶巴巴的模样，此刻却笑意盈盈，恢复了女儿神态，不禁也缓下口气回道："姑娘莫非问的还是俺姓名、身世、家居何处？"

姑娘道："公子猜得不错。我刚见到你曾经问过，无奈公子就是不说，两下这才打了起来。公子难道有什么难言之隐，不好让外人知道你的身世？"

"可笑之极！本公子堂堂正正，何来什么难言之隐！只是俺与小姐素昧平生，无亲无故，知道俺的身世与你何益？"少年稍稍踌躇了一会儿，看了姑娘一眼即别过脸，"何况你命人偷了俺的东西，俺为啥要将名姓告诉于你？"

姑娘闻听对方话有转机，将日月双刀插入鞘内，温言回道："公子请宽心。手下窃你东西确是不对，姑娘定然悉数奉还！我所以再三询问公子姓名并无他意，是俺乍见面就觉得面熟，好似故人之子。公子莫非姓张，此番行走是为公事？"

少年哪里知道这个丫头心思灵活，见正面相问毫无结果，遂在话里加了旁敲侧击的鬼心眼，反倒觉得可笑，于无意中抖搂了自家身世："哼哼！故人之子？姓张？姑娘听好了！公子我行不改名，坐不改姓，姓岳名庚字啸峰！祖父乃大宋皇封武穆公岳飞，父亲是孝宗陛下仁勇将军岳霖。今奉外祖父顺义王李述甫之命，携宝物回临安拜见二老。请姑娘送还宝物，俺好上路。"

姑娘见少年憨然上当，终于说出实情，已然芳心暗喜，更何况他爷爷是父亲经常提到的英雄，更是喜不自胜，表面却不动声色地说道："如此说来，公子竟是忠烈之后，将门子孙，失敬！失敬！公子既是归家省亲，为何甲胄在身，如此装束？"

岳庚咧嘴一笑道："俺从云南到此不下万里，一路毛贼不少，歹人窥伺，空让这身铠甲闲放家中，岂不傻子一般？"

姑娘脸上微微一红，意有所指地问道："岳公子少年英豪，武艺出众，且家世尊荣，封公封侯，想必娇妻在侧，仆役环绕了？"

"什么娇妻在侧？公子我独来独往，好不自在，要那累赘何用？"岳庚说到这儿，方感对方话中有话，不觉诧异起来，"姑娘此话是何用意？这与归还宝物有何瓜葛？"

少年不解儿女私情的一番憨话，虽令姑娘稍感失望，却也为其尊而不苟的品行所感动，尤为得悉其尚未婚配的情况而窃喜，趁势说道："不瞒公子说，姑娘我姓杨,名蒂莲,自幼随父母居住于此,蒙严父传授,习得一些武艺在身,作防身之用。今年虽已一十八岁,却从未见过像公子这样俊逸豪迈之人,故有意令人窃君财物,欲作一谈,不知公子意下如何?"

别看岳庚年已十七岁,却终日在王府习文学武,不曾将时间用于他事,况系忠良之后,且有长辈严督,脑子里装的尽是"精忠报国"、"效命疆场"、"男儿当自强"之类东西,更不曾晓得什么鸳鸯之爱,并蒂之情,此时猛听对方自报芳名,直陈身世,越觉困惑不已,接口回道:"姑娘与俺萍水相逢,即刻你东我西,说出你的芳名与俺相干?还是及早还俺宝物才是。"

一个女孩家当着素不相识的少年之面说出自己的心事,本已是情势所逼,羞臊难当,怎奈这小子情窦未开,浑没将此当回事不说,还说出些冷冰冰的话语,直把杨蒂莲气得柳眉倒竖,杏眼圆睁,满腔柔情顿时化作一股羞忿怨恨之气,冲着浑小子就是一声娇叱:"好你个狂妄自大、目中无人、天不知地不晓的傻货!姑奶奶没闲心与你怄气,若有本事胜过俺两口刀,任你把东西拿去!"说罢,拨转马头,头也不回顺原路驰去。岳庚愣了一愣,随即一提缰绳,喊了一声"哪里跑",策马紧追上去。

这一切都被藏于道旁树枝间的孙悟空看了个清清楚楚,听了个明明白白。西天取经途中,悟空曾见过猪八戒高老庄抢亲、女儿国唐僧遇色、无底洞老鼠精逼婚等不少儿女情长之事,自然晓得杨蒂莲负气而走之故,本待一走了之,却因听了少年所说"岳飞"二字,且自己曾在如来那儿见过大鹏鸟归位,心中突然闪出一个念头,暗暗叫了一声"幸亏想起",赶忙朝着前面两骑振翅追去。

悟空凭借其丰富阅历觉察出了杨蒂莲的心事,却无论如何猜不到岳庚眼下心急如焚的个中奥秘。

却说金兵再犯中原,宋朝偏都临安,赵构即位后,梁红玉击鼓战金山,金兀术败走黄天荡、岳飞施钩连大破连环马、射箭书潜沉铁浮陀,金兵六十万人马已十去其九。眼看岳、韩联军就要直捣黄龙府,迎还徽、钦二帝,宋兴金亡,大事底定之际,可恨高宗唯恐二帝还朝失去帝座,奸相秦桧生怕叛国阴谋败露身亡,遂狼狈为奸,连发十二道金牌将岳飞于阵前召回,以"莫须有"罪名,于风波亭上害死了一代名将岳飞和他的爱子岳云、爱将张宪,又将岳府满门老小发配云南充军。为了斩草除根,永绝后患,秦桧密嘱沿途守关将校,利用当年比武梁王被岳飞挑死的宿仇,假手梁家后人诛灭岳氏满门。孰料柴娘娘深明大义,不仅劝阻小梁王撤兵言和,于南宁州王府设宴招待,母子俩还亲送岳家安全过了三关,直抵云南王府,安排他们悉数在府内住下,使奸相阴谋未能得逞。

　　岳飞父子遇害后，大理寺正卿周三畏潜赴汤阴，将遇害噩耗及朝廷不日将派兵捉拿岳家老小之事告知岳太夫人。在岳安等四个忠实老仆的苦劝下，二公子岳雷先行潜逃，几经历险，几多劫难，方与众兄弟临安城内祭岳坟，太行山上起义兵。嗣后，昏君驾崩，新君即位，岳家及所有被害忠良赦罪封功，岳雷被封为扫北大元帅，率领乃父旧将和自家众弟兄九龙山下收豪杰，朱仙镇上战金兵，火箭破驼龙，气死金兀术，挥师直捣黄龙府，凯歌奉迎帝柩还，完成了父辈夙愿，创下了煌煌业绩。

　　就在岳家老小被充军流放之际，岳飞的四公子岳霖也随同家人来到云南。时隔不久，岳太夫人惦念爱孙岳雷生死，遣三孙岳霆赴宁夏寻找。几个月后，弟兄俩各带着一帮忠良之后和江湖侠士，先后返归云南，连同岳霖、梁王等共二十位小英雄，于是日结为兄弟，终日讲文习武，情逾同胞。

　　看看到了八月十五，先是小梁王提议上山打猎，按所猎禽兽珍奇、大小分等行赏，众兄弟无不轰然响应。当晚席散，各自安歇。

　　次日，众英雄各拿兵器，带领人马，向山前结下营寨，便或单或伙寻路上山，各自搜寻猎物。

　　岳霖一心想寻猛兽，搜寻了半天，终于在山林深处射倒一只金钱豹，不料被也在此山狩猎的苗王李述甫恃强拿去，并将他擒拿回洞，强迫他与爱女云蛮成婚。此间，岳雷闻讯上门要人，但见苗王性烈心善，出于至诚，遂允了婚事，岳霖自此成了苗王的乘龙快婿。因客居梁王王府不便，苗王便让岳霖搬到苗洞居住。自此，岳霖日逐与云蛮及岳父的手下在一块儿讲文论武，日子倒也过得甜蜜愉快。

　　一天中午，苗王几个手下敬佩岳霖的人品、武艺，请他一块儿喝酒。年轻人心强好胜，经不住几个人的轮番相敬，不大一会儿就醉倒桌旁。大伙将他搀扶回去后，云蛮小姐带着一伙女兵打猎未归，只有婢女翠姑在屋内侍候。岳霖迷迷糊糊直呼"口渴"，翠姑匆匆进屋，将茶杯递上。此时的岳霖醉眼蒙胧，欲火上身，听见榻前传来娇滴滴的呼叫声，满以为是云蛮小姐，本欲伸手接杯，不道握住了翠姑的腕臂，遂趁势将一时无措的翠姑拉到床上。翠姑本待喊叫，又恐坏了两人名声，犹豫中被岳霖撕脱了衣服。

　　大约过了一个时辰，岳霖酒醒梦散，睁眼一看，自己赤身露体躺在床上，婢女翠姑也头发蓬乱、衣衫不整地坐在床头掩面哭泣。岳霖大惊之下急忙询问，方知自己刚才办了苟且之事，心里一阵大愧，忙穿衣起身要走，翠姑一把拉住道："姑爷！奴婢知道您是酒醉认错了人，并非偷香窃玉之辈，俺决不会怪您。只是俺自幼来到王府，老爷、太太待俺亲如己出，小姐视俺如同姐妹，如今做下这事,叫俺如何做人? 况且没事还好,一旦有了身孕,俺将依靠何人,又如何向孩子交代?"

岳霖本系光明磊落之人,恨不得将自己一掌打死。此时见翠姑珠泪直流的样子,听着她哀痛欲绝的哭诉,一把将她拉到胸前说道:"翠姑! 虽说俺不是有意欺侮你,却也不能一错再错。从今往后你就是我的人了,我会像待小姐那样来待你,你就放心好了。"

翠姑道:"相公能这样待俺,俺自是感激不尽。依贱妾所见,此事暂且不要让老爷一家人知道。相公来自中原,恐不会在此久留,贱妾如若没有身孕,俺不连累你;万一有了身孕,俺再设法告诉他们。贱妾只有一个请求,相公能否留下个表记,以便有了孩子,父子日后相认所用。"

岳霖万万没有想到,一个生长于蛮荒之地的少女,竟能如此深明事理、推己及人,既比循规蹈矩的汉家之女多了点活泼,又比不拘形迹的边陲女子多了点严谨,实在是一难得的红颜知己。他立即从项上解下一枚玉佩,双手捧着递到翠姑面前:"这是俺弥月时母亲拴在俺身上的玉佩,你把他收起。玉佩本来是一对,一块为鸳,一块为鸯,合起来俨然一块。母亲将这块鸯的给了俺,鸳的那块还在她老人家那儿。倘若有朝一日俺真的北归,不管有没有孩子,你一定拿他前来找俺!"

果然,事情被翠姑不幸言中。时隔不久,岳家被赦免,钦命作速回京封赏。匆忙之中,岳霖只与翠姑交代安顿了几句,留下一名老家人和一册岳氏枪谱,就同全家匆匆踏上归程。回京没几天,即同一班小弟兄随二哥岳雷奔赴疆场。此后,南征北战,东挡西杀,长时间与云南王府没了音信。

岳霖走后不及一月,翠姑时感恶心呕吐,喜酸厌饭,知道自己已然怀孕。无奈之下,她将情况向老爷夫妇和盘托出,等待老爷的严惩。不道老爷夫妇于化外之地住得日久,早已将中原汉家那套能治人于死地的礼节规矩看得淡了,且已接到朝廷封其为顺义王的邸报,正是心花怒放之时,不仅没有责罚,反倒温言款慰,当下收其为义女,不让她再干仆役活计,并拨出一所小院供其居住,派来两个丫环专事服侍。九月怀胎,十月分娩,岳霖走后九个月,翠姑生下一个男孩。因其生在庚寅年,王爷就按岳云儿子岳甲、岳甫的起法,给其起名为庚,字啸峰,寓虎啸山峰、龙腾虎跃之意。王府上下无不喜笑颜开,庆贺岳家喜添人丁。

岳庚长到六七岁,王爷聘本地一宿儒为其开馆授课,自己与岳霖走时留下的那名老家人则一个传授自家的流金锐法,一个传授岳家的枪法,闲暇之余,给他讲述兵策战法。许是骨子里的东西在起作用,岳庚生来就聪慧异常,力气过人。入馆不上三年,能熟背四书五经;十一二岁时,王爷之下已罕有对手。自家枪法学得自不必说,一手流金镗也使得出神入化;至于刀、棍、剑、戟、斧、钺、锤、链等其他武艺也一一精通;尤其称绝的是王爷结识的一个天竺国好友,传给了他一手绝活:深埋地下七天七夜,依然安然无恙,精力不减。真个是:文武双全,一代英雄。

长到一十七岁,岳庚屡屡在外祖父母面前提出,要回临安看望父亲。这里除骨血之亲外,尚有一个缘由。岳霖因勤于王事,一直无暇南来看望;随后几年内,太夫人和母亲相继去世,遵制守孝六年;后来,身上刀伤箭痕时时复发,哪里还能上路?只得遣人往南捎个信息。这头,王爷管辖的全是化外之地,族群众多,洞府林立,稍有疏虞,便会出事,自是不能分身外出。两家不能相互往来,可就急坏了日渐长大的岳庚,时常缠着母亲和外祖父母要北去。三位长辈担心他人小不懂事,硬是没有答应他的请求。这次岳庚铁了心要上路,王爷考虑到他年已长大,武艺在身,且正好北边捎信,称岳霖伤势犯得比以往更为厉害,让尽快捎些云南独产的"见血止"和冬虫夏草等稀世药材回去,遂答应了岳庚的恳求。为保证路上安全,王爷抽出王府十几名武艺高强的家将,一律披盔带甲作为护卫。岳庚则脖挂玉佩,背负药囊,在母亲和外祖父母的叮咛嘱咐下上了路。没想到一路过关越隘没出啥事,反倒在距京城不远的这个如花似锦、看似太平的山谷里,于头晚一时大意着了人家的道儿,将那包远胜金银珠宝的药材失却,这叫岳庚怎不着急上火,非要跟那个叫杨蒂莲的丫头要回来不可。

说到杨蒂莲这员女将,来历也自不凡,乃大宋初期老令公杨业的后人,杨再兴的孙女。当年,杨再兴奉岳飞帅令担当先锋,与二犯中原的金兵在朱仙镇附近相遇,一杆银枪连挑四员番将,惊散二十万金兵。只可惜抄近路阻杀番兵,误踏冰雪覆盖的小商河,被金兵乱箭射死。其子杨继周在岳飞死后,与岳雷邂逅结为兄弟,后同众位小英雄一同扫北,屡建奇功,迫降金国,被朝廷封为总兵。杨继周赴任几年内,天下复归太平,曾一度励精图治的新君见干戈已息,兵祸不起,遂重蹈徽钦二帝的覆辙,懒于朝政,热于享乐,佞臣奸贼于是乘隙而起,诳上欺下,排斥忠臣良将。杨继周及一班弟兄直言上奏,却屡遭新君严斥。一气之下,他上表辞官,率合家老小悄悄来到丹朱岭隐居不出,闲暇之余便与夫人一起课子教女,习文练武,一住就是十四五年。

杨继周膝下只有一儿一女。女儿蒂莲为大,生得一个男孩儿性格,一说女红营生就心烦,看到刀枪箭剑就高兴。父亲出自武将世家,对此不仅不加制止,反而倾心相授,任她与府中女仆日日演练,十五岁上已文成武就,一双日月刀更是练得炉火纯青,罕有敌手。公子念祖小姐姐两岁,写得一手好文章,练得一手杨家好枪法,较之乃姐文静了许多。

有道是:触景生情,睹物思人。杨蒂莲自小常同女仆们在山上疯跑,自是看惯了蝴蝶双飞、鸳鸯戏水之类情景。初时只觉好玩,年长却每每勾起一番心事,令她情窦渐开,浮想连连。父母见她年龄一年大似一年,几年前就开始为她张罗婚事,怎奈与他人分隔时间太长,外面人知之甚少,极少有媒婆上门,偶尔也有登门说合者,却都不入女儿双眼。于是,直到她十八岁,依然是形单影只,寂寂一人。

一日傍晚,蒂莲正同几个女仆在岭上玩耍,忽然看见十数骑驰入下面谷中。那些人许是一路风尘仆仆跑得累了脏了,一见偌大的谷中瀑布高挂,溪水潺潺,纷纷狂欢下马,跑到水里洗的洗,喝的喝,一片欢腾,唯有岳庚不失身份地站在一旁,趁便观赏开山中的风景。隐在树木花丛后的杨蒂莲借着夕阳的一抹余晖向下偷瞧,一下子就被英气盖人、束盔带甲的岳庚的雍容气度所吸引,一颗芳心顿时跳个不停。看了一阵,那些人将马圈到一处,一个个取出单子铺在地上躺下,显然是要在此过夜。岳庚从背上取下个红皮包袱,一倒身放在身侧,双手紧紧护着,躺在了别人为他铺好的绿单上。

杨蒂莲看到这儿,心里一动,悄悄对一个女仆低语了几句,女仆立即沿着山径向北跑去,不消半个时辰,带着一只通体白毛的猕猴返回。猕猴一见蒂莲,即刻跑到跟前,样子显得十分亲昵。蒂莲仔细观察了一会儿,听到下面传来此起彼落的打鼾声,举手拍了猕猴一下,然后朝谷中红包袱指了一指。猕猴突然跃起,攀着周遭岩石、树枝,几个纵跳就到了红包袱旁边。猕猴正待出爪去抓,却发现包袱被岳庚的双手抓着,一阵抓耳挠腮之后,他竟折了节草茎往那手上轻轻摩去。酣睡中的岳庚皮肤受痒,不觉缩回。趁此机会,猕猴一把抓起包袱,悄无声息地回到姑娘身旁。蒂莲见下边无人察觉,随手抓起一把石子朝下掷出,被惊醒的岳庚睁眼一看不见了包袱,一个鲤鱼打挺站起来,发现山坡上几个穿红着绿的少女正一边娇笑着,一边往北面一所宅院跑去。岳庚这下急了,赶紧唤起十几名家将,于是就发生了前头所述的上门索要包袱、翌日刀兵相见的事情。

再说悟空跟随二人返回谷中,双方人马都还在原地等候。十几名家将见岳庚紧随女将之后跑了回来,以为是她不敌败回,纷纷在马上鼓噪起来。杨蒂莲心想:这个岳庚虽然可爱,却傲气不小,不若挫挫其锐气,事情兴许会有转机。主意打定,她一扯缰绳将马放回,拔出双刀娇叱一声"小子,看刀",刷地一声当头劈来,岳庚急忙横枪架住,两人又战了起来。五六个回合过后,杨蒂莲趁两马相错、间不容发之际,刀并左手,右手从怀中掏出一束丝绳,使内力向后甩出。也是合当岳庚倒霉,他与对方几次马上交锋,虽也暗暗赞叹姑娘刀法出众,却也不曾觉出她有其他绝招,不禁存了轻慢之心,故错马之际只顾往前疾跑,待看见一条笔直如矢的丝绳飞来,方待解救,已经晚了,那条丝绳不偏不倚地缠住自己上身,被拽落马下。那些家将压根儿没想到少主人会突然遭此变故,惊愕一愣之间,对面阵中女将已倾巢而出,挡的挡,绑的绑,眨眼间,岳庚已被绑了个结结实实。清醒过来的家将们正待纵马施救,杨蒂莲俯身将岳庚提起,面朝下横放在身前,将刀抵住后脑,喝令手下女将退走,自己则松缰缓腿,从容殿后。家将们投鼠忌器,哪里还敢轻举妄动?只好呆在原地,眼睁睁看着人家朝北面庄院走去。

事情发展到此种地步,令藏在树上的孙悟空始料不及。姑娘过人的心智让他兴趣益增,岳庚的轻敌被捉更让他心存担忧。于是,他不假思索就从树上跃起,尾随在姑娘们的后面,欲在必要时刻出手相救。

庄院距谷中不过二里远近,一行人马很快就到了。

这是一座依山傍水、坐北朝南的建筑,正所谓"户外一峰秀,阶前众壑深"。整个庄院分东西两院:东院是三进房舍,依山势逐渐抬高,一律用本山木料搭建,虽无富丽豪华之相,却有古朴幽雅之韵。前面两进为仆役、家将所住,后面为杨继周夫妇、公子及丫环居住。西院占地不小,完全是在天然生成的树木、花草、溪水、小丘等基础上稍作加工而建造起来的一座花园。中间绿荫修竹间掩映着一栋绣楼,女将们住在下面,杨蒂莲带着两个丫环住在上面。真是:一山飞来,天洒光华,地涌翠屏。喜庄园经岁,潜居大隐;花草天成,古涧溪清。彩桥飞过,竹林疏影,莺歌燕舞剑长吟。闲暇时,展卷宽怀处,着个茅亭。

且说杨蒂莲督众返回庄院,开角门将岳庚放在绣楼下面一块草坪上,有心将他放开,怕他跑了;不松绑放着,又觉得心疼,一时之间弄得爱恨交加,不知如何是好。两个贴身丫环看出小姐的心事,担心任由女伴们指指点点看下去伤了少年的尊严,对小姐不利,遂附耳低语了几句。蒂莲深以为是,不管后果如何,她俩将岳庚推到楼上自家闺房,亲手解了他身上的绳索,气哼哼地说道:"冤家,你把姑娘我弄得进退两难,名节大损,叫俺以后怎么做人?你若想走,现在就走,姑娘绝不为难!"

岳庚初时遭擒尚且羞忿难当,恨不得抽出手来将她痛打一顿,及至见她将自己带到楼上,且亲自松绑,想起这半天来她流露出来的殷殷情意,顿时恨气锐减，代之而起的是一股说不清的柔柔情愫，本待开口说几句，却猛然想起此行使命，不禁将刚到嘴边的话咽了回去，抬头瞥了对方一眼，默然将头低下。

有道是皇帝不急太监急，孙悟空此刻正是这样一种心情。你道他有佛不做，急着要回花果山重兴大业，缘何滞留于此迟迟不走？原来孙悟空平生最喜爱的是结交志同道合的朋友。他知道岳飞是天人共赞的一位顶天立地的英雄好汉，其子孙也是个个忠良，文武双全，若能结识这样一些忠诚义士，必定会对复兴花果山大有裨益。正是出于这样一种迫切心情，当他无意中听到"岳飞"二字时就下了跟踪到底、见机而行的决心。此时，飞到庄院门前的他，已于落地之际变作一位道士装束的垂髫老者，手中拿着一柄拂尘，朝着门公说道："烦请贵介禀告你家主人，贫道有要事求见！"

门公应诺一声走进门去，不大一会儿返了出来，对着悟空笑道："请仙师随我来。"

悟空跟着门公刚跨进三进院门，阶上一年过四十、英气勃勃的中年男子已步下台阶，迎面走来，抱拳问道："大师仙风道骨，鹤发童颜，今日光临寒舍，不知尊号怎称，找俺杨继周有何贵干？"

"贫道圣仙子孙新，蜗居蓬莱岛无佛洞。得知令媛有丝萝之喜，特来帮将军了此善缘。"孙悟空真真假假说了一通，脸上满布得意之笑。

杨继周闻听颇感诧异："仙师与俺初次见面，怎知小女有丝萝之喜？"

"贫道上识天文，下通地理，中知人之过去未来，儿女之事焉能不知？"悟空话锋一转道："令媛可是叫蒂莲，芳龄一十八岁，文武在身，不亚须眉？将军把她叫来一问，岂不清清楚楚？"

杨继周越听越惊讶，不由得信了七八分，复抱拳让道："请仙师进堂叙话！"

两人进屋分宾主坐下，丫环奉茶上来，退出门外。杨继周开言道："仙师请用茶！俺去去就来，怠慢了！"说罢，起身走了出去。少顷，复转前堂，吩咐丫环去找小姐到后堂叙话，随后，有一句没一句与悟空闲聊起来。

过了一会儿，丫环捧着个红皮包袱匆匆从后堂来到前堂，低低对主人嘀咕了一阵，杨继周登时脸上变色，脱口问道："什么，岳霖之子？这到底是怎么回事？"

孙悟空看起来是在一旁坐着，其实已将丫环的低语一字不漏地听在耳里，知道杨蒂莲已将谷中发生之事说给其母，并将窃来的包袱拿出来交给其父，其用意十分明显，看其父作何处理，遂开口道："将军此时该相信贫道的话了吧？要不要陪你去那边看看？"

杨继周对孙悟空已全然相信，知道瞒他无益，况系武将出身，无有那些酸腐之态，爽然一笑说道："仙师一介外人，尚且关心小女之事，何况我是她的父亲。走！我领你去西院看看。"

杨继周拎着包袱在前，悟空晃着拂尘在后，相跟着进了西院，登上绣楼。屏退从人进屋一看，岳庚还在那儿垂首默坐，两个丫环正你一言我一句劝说着什么。见主人陪着老道进来，两个丫环齐齐向主人请安退出，岳庚瞥了来人一眼，身子一扭，将头转了过去。

杨继周一进屋，两眼就紧紧盯在了岳庚身上，见丫环已经退出，突然开口问道："你姓岳？果真是岳霖之子，岳元帅之孙？"

岳庚没好气地回了过来："我岳庚虽然年幼，却非欺世盗名之辈，岂肯冒充他人子孙!?"

"公子不在府上好好读书习武，为何跑到这荒山野岭转悠？"杨继周想进一步探探情况。

"你这个人问得好生奇怪，你怎知俺不好好读书习武？"岳庚双眼斜瞥，胸中的怒气再次倾出，"实话告你说，俺奉外祖父母和母亲之命，专程回临安看望父亲。因初次行走不识路，才误闯入这个山谷。没想到你的人偷了俺包袱不说，还使诡计将俺关到这里，你说这叫什么行径？"

杨继周将背后双手伸出，指着手中的包袱问道："莫非就为了这个东西，公子与小女打了个没完没了？真是小孩子家心性。嗯，拿去！看看短了什么没有？"

"东西？你说得倒是轻巧！"岳庚将包袱接过，解开看了看，"你看这是什么？是俺外祖父想方设法才弄到的宝贝！俺要拿他给父亲疗伤治病。倘若是什么金银珠宝，俺才没耐心在这儿耗磨时间。"

悟空看在眼里，直觉得这小子倔得可爱，杨继周更是越看越觉得眼前活脱脱就是当年的岳霖，何况他当年驰骋疆场，何尝不知道包袱里的冬虫夏草、"见血止"的用途？疑团尽释之下，他一把抓住岳庚的肩膀激动地说道："好贤侄！你知道俺是谁？俺是你父亲的生死弟兄杨伯父啊！"

"杨伯父？"岳庚心思电转中猛然想起外祖父曾给自己讲述过父亲当年的异性兄弟，内中有个手使双戟叫杨继周的英雄，"您莫非就是名讳继周的杨伯父？"

杨继周哈哈大笑道："正是！想当年俺们众位弟兄大战金兵是何等痛快，而今你等竟也成了俺们那时的样子。真可谓长江后浪推前浪，一代更比一代强！嗨，光顾高兴了，说说你外祖父那边的情况？"

　　岳庚一扫刚才的气愤不快，一一讲述了自己在外祖父家的情况以及这次赴北探亲的经历，杨继周也大略说了自己辞官隐退以来的情形，然后话锋一转问道："贤侄今年多大，可曾婚配？"

　　岳庚老老实实回答："小侄今年十七岁，尚未婚配。"

　　杨继周看了悟空一眼，对岳庚说道："这位是俺新结识的一位忘年道友，你们先聊着，俺去安排人把你的随从引回来，咱今天要好好庆贺庆贺。"一转身移步出门。

　　孙悟空见时机已到，示意岳庚坐到桌子对面，说道："贫道乃方外之人，知你与小姐有秦晋之缘，故特来撮合，不知公子意下如何？"

　　岳庚在得知杨继周与自家不同寻常的关系后，已对杨家父女产生了敬慕之情，方才见杨伯父待这位道士如同一家，遂坦言道："杨伯父世代英豪，与我父乃生死至交；杨小姐俺也会过，人品、武艺均不在俺之下，能有这样一位女子为妻，俺自是幸甚。然自古以来，男婚女嫁，必得遵父母之命，凭媒妁之言，眼下俺未见父母，岂敢私订终身？尚请仙师见谅。"

　　"哈哈，好一个忠正孝顺的小子，真不愧是忠良之后！哈哈……"悟空一时高兴，竟忘了自己变幻的模样，手舞足蹈之际露出了自己的本相。正在门外回廊内等候消息的杨继周闻声推门一看，不由得与岳庚一个门外一个门里齐齐愣住。

　　杨继周毕竟大将出身，屡历沙场，也就是瞬间工夫，已从壁上取下利剑怒喊道："你究是何人？为何前来戏弄于俺？快说！否则让你尸横当场！"与此同时，岳庚也从桌上抄起杨蒂莲遗下的双刀，横眉怒目，疾抵孙悟空咽喉。两个丫环听见主人发怒，不知发生了何事，慌忙下楼，往东院疾跑。

　　悟空一看好好的事情竟因自己一时的疏忽变了味，心下懊恼的同时，依然笑容未改，神色自若地对两人说道："你们且莫误会！俺是为做媒成功，高兴之中露了本相，没有丝毫歹意。实话对你们讲，俺乃齐天大圣孙悟空是也！今日路过宝山，适逢两个娃娃相斗，无意之中听到你这小子说出'岳飞'二字，俺才知道是忠良之后。因不忍两人相互杀戮，又感女娃一片痴情，故逗留至今，欲当月老，成全好事。适才与将军叙话，惊闻杨家有后，更是欣喜异常。倘若杨岳联姻，实乃苍天有眼，善有善报，不失为千古佳话。"

　　杨、岳二人怎么也不能相信民间四处流传喜爱的孙悟空，此刻竟活生生地出现在自己面前，不禁怔在当地，说不出话来；门外，闻讯而来的杨蒂莲母女呆呆地站在两个丫环的中间；楼下，从东院跑过来的家丁、家将、丫环、女佣与院内的女将散乱地站着，在倾听孙悟空的说话。一切的一切，似乎都凝固了，停止了。

过了一会儿，杨继周才回过神，将剑放下，犹带疑虑地朝悟空问道："俺只是听人说过大圣惊天动地的壮举，详情并不知晓，何况听说您已荣登佛位，缘何有此雅兴外出游玩？"

孙悟空道："世间所说恐有讹传，哪里比得上俺自家清楚？诸位若有兴趣，俺这就拣要紧的给大伙讲讲。"众人齐齐点头，一张张脸上满是疑惑、企望、惊喜的神色。悟空随即从花果山讲起，讲了自家的身世，大闹天宫的缘由，西天取经的经历，最后说了返归花果山的打算。为了彻底打消人们的疑虑，悟空起身下楼，于花园之中一会儿变做一只鸟儿，飞到枝头啾啾鸣叫；一会儿变成小鱼，潜入水中与鱼儿共游；然后掏出耳中的棍儿迎风一晃，刚才还是绣花针似的棍儿霎时成了一根擎天巨柱，矗立园中。一番变幻、表演，直把人们看得张口咋舌，目眩神摇。不知过了多大时分，楼上楼下突然爆发出了一片惊天动地的欢呼声。难怪时人曾以无比惋惜、赞叹、妒忌、眼热的复杂心情赋诗以记，诗曰：

> 世人皆喜孙大圣，唯在书评闲谈中；
> 丹朱岭上真容现，百花园内变化神；
> 丽鸟难比幻鸟俊，溪鱼自叹假鱼灵；
> 好事缘何他人看，吾辈何时觅佳音。

孙悟空一番出神入化的表演，令杨继周、岳庚及杨家所有男女老少无不欣喜若狂，又蹦又跳。杨继周双手合十高高举过头顶，朝着悟空说道："圣僧！今日俺合家老小能瞻仰佛面，真乃俺杨家祖上有德！草民荣幸之至，自当感激不尽！"双腿一弯跪下，接连在地上磕了三记响头，夫人、小姐、岳庚及所有男丁女仆也都齐齐下跪，跟着磕了三头。

悟空一看，乐了："什么佛面不佛面的，俺老孙从不曾将他放在心上！起来！大伙快快起来，俺尚有话要说！"杨继周还要按三跪九叩的礼仪再行跪拜，被悟空轻轻使了个法儿，所有人于不知不觉间已全部站起。

杨继周本系豪侠、豁达之士，急忙吩咐家丁下去备宴，自己则偕悟空、岳庚先行回到东院，进了前堂，夫人、小姐在丫环们的簇拥下也随后跟着进来。

堂内，一只紫檀木制的方桌已摆在当中。悟空拗不过主人的盛情，在上首坐定，杨继周与夫人在两侧相陪，经悟空再三催促，岳庚、杨蒂莲于下首坐下。丫环上茶后，杨继周端起茶杯起身说道："圣僧，便宴尚需等待一会儿。为了庆贺今天这个千载难逢的好日子,俺已让家人将院内所有人员和岳贤侄带来的随从召集到一起,多备宴席,人人有份。现在,俺先以茶代酒敬您一杯,感谢您佛照寒舍,玉成小女百年大事!"说罢,一口将茶水喝尽,看了看母子二人。

夫人已从女儿口中得知了事情原委,只是不知丈夫这边办得怎样,正在为此事担心,此时听丈夫这么一说,又见悟空点头微笑,方知女儿婚事已经有了眉目,不禁转忧为喜,起身朝着悟空施了个万福,垂首说道:"妾身女流人家本不宜抛头露面出堂见客,只因圣僧已然成佛,且亲自作伐,为小女操心,俺委实感激不尽。莲儿,还不快来与为娘拜谢圣佛!"蒂莲万没想到自己愁肠百结的婚事这么快就已说妥,只觉心房一阵跳动,随着母亲的话音,起身来到母亲身旁顾自跪下,咚咚咚地边磕头边朝前说道:"小女感谢大圣老爷爷的大恩大德!"那副天真憨傻、慌张失智的模样,直看得人人发笑,就连岳庚也禁不住扭脸笑出了声。

看见岳庚这副情景,悟空趁机指着他道:"傻小子,还不见过岳丈岳母?"

岳庚起身,走到厅中跪下,边磕头边道:"小婿拜见岳丈、岳母二位大人!"又对着悟空道:"大圣老爷爷,俺跟您老人家说的事,您千万不能忘了。"

杨继周夫妇一时不解,一齐将眼睛望向悟空,悟空道:"小子担心他父母尚不知道此事,叫是叫了,尚需他们答应。"

"嗨!都是方才让小女之事气得。"杨继周一拍脑袋,"小婿思谋得对,岳兄弟那头是应差人去说才是。"

说话中,家丁们川流不息地将盘碟端来。悟空眼瞅他们一家三口还在那儿蹙眉琢磨,轻轻拍了杨继周一掌道:"小老弟,不需为冰人之事费心。俗话说:帮人帮到底,送佛上西天。岳老弟那头的事俺替你包了!"

杨继周心里的合适人选正是悟空,只是人家圣佛大驾,已经尽了大力,自己一介凡人怎敢出言烦劳,见悟空主动这么一说,顿时心花怒放,起身又是一揖到地:"多谢圣僧美意!"说罢,招呼大家重新入座。于是,一家人你谢我敬,众星捧月似的围着悟空开怀畅饮,厅堂里霎时热闹起来。悟空自是欢快异常,来酒不拒,压根儿没料到就因这一诺,惹出了日后一场麻烦,这就叫:

平生铸就侠义胆,憎爱分明冲霄汉,
好事多磨古今同,月老不是只尝甜。

欲知后事如何,且听下回分解。

第 三 回
执柯伐桂　临安城除暴救英雄

　　且说宴席上推杯换盏，欢笑晏晏，忽然自门外奔来一个十四五岁的少年，但见他面白唇红，英气勃勃，一身箭衣打扮，脸上沁着汗珠，显是在外练武刚刚回来。少年奔到桌前方要开口说话，猛然看见坐在上首的孙悟空的那副尊容，一下子愣在当地，不错眼地盯着他看。杨继周赶忙向悟空介绍道："请圣佛不要见怪，这是犬子，少不更事。"转身对儿子说道："又在哪儿疯跑？还不快给大圣老爷爷叩头行礼？"

　　这少年就是杨念祖，刚与几名家将打猎归来。听父亲一说，他小嘴一嘟："磕就磕，俺又不认识。"嘴里嘟囔着，头已磕了下去。这一顽皮听话的模样，直把悟空看得乐了，"哈哈哈哈"，又是一通大笑。

　　悟空如此开心，自然感染了其他人。杨继周边笑边给儿子介绍两位客人的情况，未等他把话说完，小念祖已蹭到悟空身边左看右看，前看后看，把悟空看得毛了！悟空拉住他的手问道："乖娃！俺身上有什么，值得你看个没完没了？"念祖道："大圣老爷爷，人家都说你有三头六臂，我怎么没看见？"一句话，将大家逗得又是一阵哄堂大笑，气氛更加浓了。

　　依着悟空的脾性，饭后就要起身赴京，杨氏一家却因喜事在望心里高兴、圣佛降临千载难逢，说成啥也不放他走。悟空不忍逆了他们的一片好意，只好答允，日逐相随着观观山上的风景，相互聊聊昔日那些令人痛快的事情。

　　不觉三天已过，四天来临。坚执要走的悟空依然变做道士模样，带着劲装打扮、腰佩利剑的杨念祖，与岳庚一伙辞别杨家老小，一路向临安进发。

　　却说岳霖自扫北封赏回来，即同一班英雄分手，与哥哥岳雷、岳霆及弟弟岳震同归岳府，每日随班上殿，归家侍奉太夫人和老母，闲暇之际看看书，耍耍枪，其间虽也同乃兄出征过几次，添了几处外伤，建了几次功业，却也因身上旧伤不时复发，于疗伤之际顺便课子督女习文练武。夫人云蛮自幼受化外之地熏陶，少的是三从四德那套说教，喜的是无拘无束、耍刀弄剑，自来临安王府，除悉心侍奉丈夫外，大部分时间都放在了对一子一女武艺的悉心传授上。公子岳辰，乃他夫妇婚后三年头上所生，女儿凤英，小岳辰一岁。兄妹俩初时听从父母教诲，终日呆在王府尚且没事，年稍长大，凤英女孩儿家倒也温顺如初，岳辰可就不一样了，偷空就跑出王府，不是同一班小弟兄"分兵作战"，就是遇到事儿"抱打不平"，直令父母及合家老小为他操心不已。

岳辰何故如此？说来有段缘由。云蛮临盆的那天夜晚，本已漆黑的天井突然亮如白昼。云蛮惊愕中，关好的屋门无人自开，一个披挂亮银盔甲、浑身是箭的武将站在地下说了声"俺罗成走得好累也"，踉跄之中向炕上倒去。云蛮方待呼叫，一眨眼，人已没了踪影。半夜时分，孩子出生，云蛮留神细看，婴儿白皙细嫩的皮肤上，到处都是密密麻麻的黑点，脸上虽然仅有几个，却也令人难受。云蛮见状，再三叮咛接生稳婆闭口勿讲，稳婆诺诺而退。产后，岳霖进屋看望，云蛮说起此事，均觉怪异。到了孩子弥月那天，罗成的后人，岳霖的结拜兄弟罗鸿同一班弟兄来府贺喜。诸将纷纷要见孩子，岳霖忙将孩子抱了出来。大伙上前这个抱抱那个亲亲，孩子只是一直哭叫不止。轮到罗鸿，刚刚走到跟前，孩子忽然破涕为笑，伸出两条胳膊让他抱，罗鸿急忙抱过，孩子竟懂事似的又笑又动，显得十分高兴。众将皆感奇怪，唯独岳霖心里有数，暗自惊讶。更令岳霖夫妇惊异的是，小家伙双脚脚底中间，皆长有三根毛发。云蛮初时并没在意，捏住要拔，小家伙却双脚乱蹬，拼命哭叫。孩子学会走路后，任你大人在前边怎么走都能跟上；到了七八岁，倒过来了，不仅无人能跟上他，而且见台就跳，见高就跃，再高的墙头，轻轻一纵就能上去。

将门之子，学武乃是功课。岳霖抽空就教两个孩子练习岳家枪法，夫人也专门陪孩子们教练其他武艺。同妹妹凤英一样，岳辰虽然练得勤奋，却时不时使出一些其他招数。一次，夫妇俩督促他俩对练岳家枪法，岳辰练到中途突然刷刷刷连出几枪，险些将妹妹刺伤。岳霖细细一瞧，不禁脱口大叫："罗家枪！快说！你跟谁学的？"小家伙满脸惊慌，看了看被母亲搂着的妹妹道："没人教俺，俺也不知道怎么使出这几招的。"夫妇俩情知原因是啥，无不既惊且喜。此后，夫妇俩干脆翻出罗家枪谱，让儿子两种枪法都练，终使他的枪法融合了两家之长，加上自身独特的快捷步法，整个京城无人能与之匹敌。一班小弟兄因其身布黑点、行走如飞、出枪迅猛，且脸上几处黑记常因激动、发怒而变得通红，便送了他个雅号：闪电豹。久而久之，满京城无人不知，无人不晓。

说到京城，已非一二十年前可比。自夏以来，揭竿而起的草莽英雄也好，统兵灭他的官绅贵族也罢，无一不是打着"替天行道"、"吊民伐罪"等等迷惑人的旗号，打倒皇帝做皇帝，你方唱罢我登场。至于历朝历代，都是国乱思良将，太平近佞臣。别说那些靠着龙子龙孙身份登上御座的纨袴皇帝锦衣玉食中生下，胭脂堆中长大，过惯了呼奴唤仆的生活，玩腻了撩鸡逗狗的玩意儿，自是不晓得江山靠谁保，社稷怎长久，便是一个个马上皇帝，开国英主，打江山时尚且称兄道弟，同甘共苦，京城有难逃往乡里，平川难匿就亡命山里，动不动给你个"忠勇将军"头衔让你为他卖命，每不每封你个"救命恩公"，让你替他效力，待到江山一统、九鼎在手时，可就龙颜大变，天威难测，眼里只剩下了三种分等论级的人了：头等人是惯会观言察色、溜须拍马、媚上欺下之奸人；二等人是时时送了珍宝送美人、送了贵的送好的的能人；三等人是知点文武、心术尚正、有点本事、能给皇上脸上贴点金粉的憨人。皇帝也是人，也有七情六欲，也要食人间烟火，纵然其再英明，也需要于操劳国事心烦气恼之际，听到一些疏肝顺气之话，歌功颂德之言；既然四海之内莫非王土，皇帝不能徒有虚名，总得眼见为实才是，金银珠宝自然多多益善，美女环伺才叫其乐融融，能人于是应运而生；当然了，朕千辛万苦、九死一生打下的江山岂能失掉？还得遴选一些能文会武之人。何谓遴选？特有本事的不要，能力太差的不要，于是乎，去掉两头留中间，憨人留下了。说到当年的"恩公"、"漂母"，当年避难、发迹的这个山那个山，不是早已忘到爪洼国外，就是立座石碑刻道旨，隔几年委名官员带上些乐工歌伎到那儿找他（她）们宣谕宣谕，唱上几句，发点赈济银，以示"奉天承运，皇恩浩荡"。

皇帝是这样，手下的忠义之士却偏偏多是些宁折不弯、刚正不阿的死脑筋。战乱年代，皇帝清楚刀枪不长眼，箭不分忠奸，奸人、能人往往都是贪生怕死之辈，即便用他，反倒添乱；你忠臣良将既然鞠躬尽瘁，精忠报国，岂不正派用场？到了太平年代，你却犯颜直谏，动辄奏本，直搅得朕寝食难安，颜面不存。既然用之遭罪，逐之清静，朕就准你"解甲归田"、"告老还乡"罢了；若敢再不听话，安你一顶"莫须有"罪名，或杀或贬，彻底轻松。于是乎，上行下效，豺狼层层当道，正气渐渐消磨。

此时的新君也是这样。初登大位，他尚且励精图治，外抗金兵，内饬吏治，国家经过休养生息，倒也渐渐兴旺起来。谁知还不过几年，新君开始变得疏于朝政，勤于淫逸。一班小人见时机已到，纷纷出洞，使尽浑身解数往上攀往里钻。内中有个叫张中喜的，乃是已被诛杀的奸将张俊的远房侄儿，变卖了祖上藏匿的部分珠宝细软，买通河间府一个服侍皇后的太监，被安排在午门充当侍卫。未及二年，皇后出面将其升为皇帝的亲随。皇帝初时因他是奸贼之后并不想用，却经不住皇后的软缠硬磨，且见他人样不错，办事勤快，一张巧嘴常能把自己弄得烦恼尽失，开心起来，遂答允皇后，让他随侍在自己左右。

要说这张中喜于张俊生前不曾沾过大光，死后也未曾受过什么大害，设法进宫并非为其叔父报仇,唯一所想的是出人头地,以小钱换取一生的大富贵。初到宫里,张中喜一改以往懒散贪逸的恶习,舍得出力,眼脚灵活,常买一些胭脂、丝绸之类玩意儿送给这个宫女一盒,送给那个太监一件,博得那些服侍帝后的宫女、太监人人喜欢,个个替他美言。当了皇帝亲随后,张中喜以为根基已经扎牢,遂以帮人办事为名,开始向那些前来买官、谋事的人收取钱财、礼物。这些人知道他是皇帝跟前的侍卫,无不趁他不当班时,将大把大把的钱财或古玩、字画送上。对这些东西,奸诈的张中喜从来不独吞,每隔一段,从中取出些珠宝、首饰献给皇后,挑些古玩、字画让皇上"过目",买些新鲜零碎分送宫女、太监,益发博得上下的喜欢;大部分财物攒下,于京城之东二十里的仙鹿山置地造房,搞起了一所占地近百亩、内有亭台楼榭、花园流水的庄园。庄园建成后,托族中一人总管,网罗了三十多名泼皮充当打手,骗来八个容颜姣好的年轻女子,供他得空时嬉戏淫乐,并给她们居住的地方起名为"八凤楼"。手下人见主人如此过活,哪里耐得寂寞,隔三差五跑到外面蒙面抢劫,奸淫良家妇女,成了京城之东的一群祸害。时间久了,朝野上下都知道了此事,有两个京官曾为此奏本,无奈皇后袒护,皇上不理,张中喜一伙越加肆无忌惮。

一日,京城几个小弟兄来岳府找岳辰弟兄玩耍,有人提议趁此春暖花开季节到仙鹿山狩猎,顺便观赏一下郊外春景。都是十六七岁的愣头青,又均是将门之后,焉有不愿?于是,岳辰瞒着家人,偷偷牵出马匹,悬剑背弓,同小弟兄们溜出王府,一路烟尘向仙鹿山驰去。

仙鹿山因有獐兔、麋鹿而得名。山并不高峻,却绵延起伏,树木葱荣;眼下正值莺飞草长的暮春季节,满山愈是花灿草碧,一派盎然春意。路上有少许行人,因此地恶名远播,无不匆匆而过。

岳辰一伙来到山脚,拣路旁山洼处将马拴在树上,然后分头上山搜寻围猎。岳辰仗着自己飞毛腿的功夫,独自沿着山径旁边的山坡向东搜寻。转过两个山头,一只个头高大的麋鹿忽然从西北向他这面跑来,看那惊慌飞跑的样子,一准是哪面的伙伴们将他惊了过来。岳辰没用箭,捡起一颗石子运起内力向外一弹,击在鹿的胯部。那鹿趔趄了一下,直朝山下小径逃跑,岳辰急忙飞身向前猛追。眼看再追几步即可追上,蓦然发现下面山径处两个蒙面大汉拖着一个拼命挣扎的姑娘往树林里走,在他们身后五六步远的地上躺着个动也不动的老人。岳辰霎时想起了人们对这座山的传闻,知道遇上了强人,鹿也不追了,拔腿向蒙面人猛追。两个蒙面人见半路上杀出个程咬金,仗着自己有几手功夫,放开女子,返身从左右两头扑来。岳辰哪将他俩放在眼里,一式鸳鸯连环腿将他们扫倒在地,紧接着双拳齐出,那两人一人背上挨了一拳,被彻底打趴地下。岳辰走到姑娘跟前,她已扯出口中的破布边哭边要往老人那儿跑。问询之下,方知她家离此甚远,因家乡遭了灾荒,同老爹来京投亲谋生,走到这儿遭了歹人暗算。两人来到老人躺的地方,老人已悠悠醒转。听说是这个青年救了女儿,老人挣扎着要谢,岳辰赶忙扶住他道:"区区小事,何必如此。山里有伙强人,你们赶紧上路,免得再生麻烦。"父女俩此时已如惊弓之鸟,闻听此言,哪敢迟疑,相互搀扶着走了。这就叫:侠义不在长与幼,路见不平古今有,大千世界歹人多,不及英豪利刃飕。

目送父女俩渐行渐远,岳辰转身一看,歹人已无踪影。经此一遇,他已无心打猎,管自顺着原路往回返,半路上遇见那几个小兄弟,虽没逮到什么大的野兽,却也都拎着山鸡、野兔什么的,唯有岳辰两手空空,落落寡欢。问起缘由,岳辰方将刚才所遇之事说了一遍,大伙嚷嚷着要去追赶歹徒,被他劝住。几人稍作小憩,起身顺路下山,走到拴马之处,岳辰与另一个人的乘马不见了。岳辰纵到高处向西一望,发现那两个歹徒正骑着马一边回望一边打马狂奔。岳辰见状不由怒气腾生,拔腿朝前疾追,几个小弟兄纷纷扬鞭策马,紧紧跟在后面。

看看追到一所庄园门前,两名歹徒一拥而进,洞开的大门随即关上,任你如何喊叫也无动静。岳辰知道再敲无益,吩咐伙伴们在外等候,纵身跳上墙头,再一提气落到院里。躲在门后张望的门公方待叫喊,岳辰手中的利剑已抵住喉头,不得不开了大门,将门外的人放了进来。

岳辰朝着门公厉声问道:"快说!刚才进去的家伙去了哪里?"门公尚想抵赖,却经不住几个愣头青的敲打开了口:"小爷饶命,他俩去了西北面的八凤楼。"

"走!"岳辰一把将门公推倒,率领小弟兄们向北跑去。距楼尚有一箭之地,十几个凶神恶煞的家伙,手拿兵器迎面扑来,为首的正是那两个蒙面歹徒。

"恶贼!还你家爷爷马来!"岳辰话到人到,手中长剑闪电似的左右一磕,将两名歹徒的钢刀磕飞,剑尖紧紧抵在他们面前。后面的家伙不知深浅,怪叫着扑了过来,顿时被岳辰的小弟兄缠住,三下两下都被打翻在地,只有两个还算机灵,一见情形不对,返身就往楼院跑去。

岳辰正待向两个歹徒追问马的下落,楼上一个锦衣长身的汉子推门出来,身后十五六个一律箭衣装束的打手迅速沿着廊道散开,扯开了手中的弓箭,情势一触即发。

锦衣汉子朝着楼下喝道:"何方毛贼,活得不耐烦了,竟敢来大爷这里撒野!识相的,赶紧滚蛋!否则,爷爷箭下无情!"

　　岳辰指了指面前两名歹徒反诘道："问问你这两个奴才,光天化日之下为何要残害百姓,抢劫良家女子? 为何偷走俺们的坐骑?"

　　"一派胡扯! 证据何在?"锦衣汉子方才已听了两个打手的叙述,知道受害的父女已经走远,偷来的马也已藏好,口气自然十分强硬。

　　"要证据么? 就在你的院里! 你若交出马来,咱即刻走人;如若不交,俺们可要搜了!"

　　"放肆! 你以为这是草民之家,可以由你乱来? 小的们,放箭! 出了事张爷我兜着!"

　　你道这锦衣汉子是谁? 正是那个张中喜! 这厮今日适值有空,正在楼上与八女厮混,突有两名打手匆匆跑来禀告有人上门寻衅。张中喜一听便知他俩在外又惹了祸,追问之下知道了实情,踢了两人一脚,命他俩率人前去堵截。没想到眨眼工夫,楼下就传来了刀枪撞击声和打手们的惊叫声。他一听这还了得,即刻出门想用自己的威势将来人吓走。孰料这班人胆子反倒比自己还大,他当即动了杀机。打手们得令,纷纷放箭,没射中来人,反倒让人家将楼下的自己人抓起来挡在前面做了箭靶子。

　　岳辰震怒了! 小弟兄们也震怒了! 他们万万没想到身为大内侍卫的张中喜竟置国法于不顾,真的痛下杀手,这让这班出身将门之后、正是血气方刚年华的小家伙们怎么还能忍受得住? 随着岳辰一声怒吼,几人各抓一名打手向楼上冲去。楼上的打手几曾见过这种场面,在岳辰他们尚未上楼之际,已护着主人藏进了一间设有机关的密室,丢下八个粉脸失色的女子在屋子里乱哭乱叫。冲上楼的岳辰一伙问明了情况,立即吩咐她们趁机逃走。几个人一番寻找没发现张中喜的影子,气不打一处来,一阵拳打脚踢,将屋内陈设打了个七零八碎,又放了把火,将楼点着,而后下楼找见马匹,奔往京城。

　　待岳辰他们出了大门,张中喜才急忙出了密室。此时,火势越来越大,张中喜指挥打手等一应人员扑火抢救,也不过抢出些值钱东西。人被打了,楼被烧了,陈设毁了,八女跑了,张中喜想追没胆量,想告有把柄,只得强忍怒气,费了好大劲,始从一个杂役口里知道领头人是仁勇将军岳霖的儿子,心中便萌发了个恶毒的主意。

　　弈棋是当今皇上的一大嗜好。尚是皇子皇储那阵,他就乐此不疲,位尊九五后,更是得空就命身边侍卫、太监陪他对弈,张中喜便是其中对弈最多的一个。一日,轮到张中喜当值,陪皇帝对弈,他有意将枚棋子摔到硬地上摔碎,皇帝龙颜瞬变,正要开口严斥,张中喜已跪在地上,操着一副喜悦的腔调禀道:"奴才恭祝吾皇岁岁平安,弃旧换新!"皇帝怒曰:"碎了朕的心爱之物,还偏要花言巧语！来人！拖下去掌嘴二十！"张中喜慌忙道："仁勇将军岳霖府上有一副围棋堪称棋中之王，乃是用天下最好的蓝田玉石做的，白的胜乳，黑的赛漆，且白里透红，黑中带明，摸之温润，敲之动听，何不让岳将军呈献出来？"皇帝道："臣之爱物，朕岂能索要？"张中喜趁机奏道："其实那也不是岳将军的家传宝物，实乃大军扫北时得自金国的珍品。不然，放棋的盒子上为何还绘有一条穿云破雾的黄龙？"

"什么？还有黄龙？除了皇宫能有，做臣子的怎敢私自藏匿？来人！传朕口谕，即刻让岳霖携带围棋入宫见驾！"

一会儿，岳霖随着传旨太监匆匆来到。行罢跪拜礼，皇帝问道："岳爱卿，朕听说你有副上等棋子，怎么空手而来？"岳霖惶恐回道："禀皇上！公公适才已经提起，可微臣家里从未有什么围棋。若有，臣一定拱手奉上！"皇帝愠声道："即便有，恐怕也不敢拿出来吧？"岳霖心感诧异，回道："皇上，一副棋子有什么敢不敢的？臣委实没有！"皇帝龙颜越发不悦，冷哼道："放棋的盒子上绘有黄龙，且得自番邦，你敢拿出来？"岳霖闻听更是一头雾水，冤忿之感顿时油然而生："岳家累世忠良，为宋室江山人人亲冒矢石，个个血染疆场，连死都不怕，还怕送副棋子？何况，黄龙乃皇上化身，私藏此类物品乃不臣叛逆之罪，臣岂有不知，焉敢私藏，又何来什么番邦？定是有佞臣小人从中作祟，请皇上明察！"

皇帝不听犹可，一听顿然龙颜大怒："好你个岳霖，动不动就搬出你的身世、家世来压朕！听你之言，分明是朕诬陷于你。既然如此，朕一定要查个水落石出，看尔等还有何话说！张中喜听旨，即刻传大理寺丞查办此案，岳霖押赴天牢看管！"说罢，气咻咻地转回后宫。张中喜一边命令侍卫带下岳霖，一边皮笑肉不笑地对岳霖说道："岳将军，何苦为副棋子受此牢狱、皮肉之苦？俺劝你还是识点时务，早点将那玩意儿交出来好。"一转身传旨去了。

岳夫人云蛮自丈夫随太监走后，一直心神不安，直到当晚，宫内有人传出话来，方知丈夫因私藏禁物身陷囹圄，合府上下顿时一片混乱。依着岳霆、岳震的主意，即刻就要入宫见驾，辩理要人。岳雷毕竟年长且挂过帅印，知道蹊跷之事必有原因，如此前去只会越闹越僵，遂将岳辰、凤英唤来，问他们近日在外做了什么？是否得罪了朝中权贵？

岳辰那天下山回府并未将山中之事说给家里，此时见父亲无端入狱，估计与那事有关，顾不得大人们的责罚，一五一十地给三位伯叔和母亲详细地讲述了事情的全部经过。云蛮一听，气得要打儿子，岳雷劝道："弟妹别急，现在责罚为时已晚。依我之见，四弟遭陷必然与张中喜有关。咱们莽撞行事，正好着了奸贼的道儿。今晚分头去找朝中那些忠直大臣，于明早上朝联衔上奏，设法先将人放出来；如若不行，再想他法。"大家皆表同意，匆匆出府找人。

翌日早朝，十几个岳、杨、罗、牛等忠良大臣联名上奏，保岳霖出狱。皇帝一看全是平日直颜上谏的那班人，早已积攒在心底的幽怨之气不由得窜上心头：哼哼！趁此机会，压压你们的那股傲气，省得以后再添麻烦！看也不看奏本，断然驳回不说，还着实旁敲侧击了他们一顿。天牢那边，岳雷着人去问，狱吏悄悄告诉来人，大理寺丞正率人在牢里一间密室严刑拷问，岳霖一上午就过了两次堂，身上被打得体无完肤。这些情况使大家明白，大理寺丞已被奸贼买通，满朝忠良已到了先整岳家、后整其他的紧要关头。

救星来了！

岳霖入狱第四天头上，变做道士模样的孙悟空、岳庚、杨念祖一行人马来到京城，一路打听着来到岳府门前。门吏按主人吩咐，一连几天严禁面生可疑之人入府，以防奸贼派人入府侦探。这天，两个门吏当值，见门前来了一簇人马，多手拿器械，且有一个披盔带甲的，不由心头一紧，严密注视着来人的动向。

岳庚抬头看了看门楣正中"岳府"二字，心里一阵激动，急忙扳鞍下马，快步来到门吏跟前问道："请问二位大哥，此处可是仁勇将军府第？""正是！请问客官有何贵干！"岳庚喜道："俺是岳爷的家人，有要事通禀，烦请大哥开门，让我们进去。"门吏哪里敢让进去，留下一人守门，一人进去报信。

这天，岳雷兄弟三人及京城一班英雄正在商议搭救岳霖，门吏跑来禀报。大伙一听愣了，这边岳霖出事不久，那边却来了岳爷的家人，这究竟是怎么回事？岳雷安顿住众人，同两个兄弟一齐出了大门。奇了！门外那员武将怎地活脱脱一个年轻的岳霖？岳氏昆仲方才还是一团烦躁，此刻却弄得莫名其妙。岳雷沉声问道："小将军从何处而来？来府上有何事情？"岳庚回道："敢问将军何人？可否赐告您的尊讳？"岳雷见小家伙王顾而言他，反倒问起自己，不禁暗暗佩服他的胆量与机灵，坦然道："俺乃岳雷，小将军该说说你的来意了吧？"

岳庚一听面前站着的就是自己做梦都想见到的亲人，一股夹杂着酸楚的暖流顷刻涌上心头，眼圈一红，喊了声"二伯父，侄儿岳庚可算见到您了"，双腿已跪了下去。如此酷似的相貌，一声发自骨子里的呼喊，自是令岳氏兄弟疑虑全消。岳雷一把将岳庚扶起走进大门，岳霆、岳震则忙着招呼众人进府，两个门吏待一众人马全部进去，复将大门闭上，站回到自己原先的位置。

岳雷偕岳庚径直来到前厅，让总管将其他人员安排到一处暂且休息饮茶，马匹牵到马厩，自己与岳霆、岳震及云蛮、岳辰、凤英一家人坐到一起。直到此时，岳庚方才有机会将自己的身世、来意详详细细地说了一遍，然后取下身上的玉佩，连同那包药材，双手捧着递给岳雷。这块玉佩，岳雷三兄弟及云蛮都是见过不只一次的，不用拿另一块来对照，也知岳庚所言是真。

岳庚是岳霖的儿子，自然令大家高兴异常。岳雷将所有人给侄儿介绍后，岳庚忙着一一施礼，却没听伯父提起父亲的名字。岳雷本不想刚见面就让侄儿伤心，一边的云蛮已拉住岳庚的手，哽咽着说不出话来。经不住岳庚的再三追问，岳雷始将其父入狱之事和盘托出。岳庚闻听之下，犹如轰雷击顶，拿起利剑就要出去，叔伯几个死命抱住，抱头痛哭起来。

一家人中最高兴也最伤心的要数夫人云蛮了。当年随夫归京后，丈夫即将酒后失事的情况说给他听。同自己的父母一样，云蛮不仅没与丈夫生气，反倒劝说丈夫把翠姑接来，姐妹之间好有个照应，只是丈夫连年征战无暇成行，此后虽也提过，无奈京城与云南相隔千山万水，来往殊难，慢慢就将此事搁置下来。如今，面前突然多了个从父母身边来的儿子，长得如此英俊，宛若当年夫君的模样，让她心里浮起一阵阵的欢悦；儿子长途跋涉、鞍马劳累，为的就是回家归宗认祖，不道进门就遇上这档子事，父子不能相见，天伦之乐不能享受，这叫她当母亲的怎能不柔肠寸断？云蛮就这样拉着儿子的手哭了笑，笑了哭，直把岳氏兄弟弄得绕室悲戚，不知如何安慰。岳辰、凤英兄妹毕竟孩子心性，不高兴了一阵子，就搭讪着来到母亲和岳庚跟前，要同新认识的哥哥说话。

哭笑了一阵，云蛮和岳庚方才平静下来。岳雷趁机问道："侄儿，与你一同来的那个道士和少年是什么人？""哎呀！伯父不提，侄儿倒把大事给忘了！"岳庚忙将路上所遇之事以及孙悟空前来说媒之事讲了出来。岳雷弟兄听说杨继周竟然健在，有意要与自家侄儿成婚，心里自是抑制不住地高兴，待岳庚说出"孙悟空"三字与其来意后，却无不惊诧莫名，以为侄儿是编故事让家里人开心。岳霆嘴快，笑着问了侄儿一句："小家伙，凳子还没坐热就学会说笑话哄人了？孙悟空何许人也，好事怎么都能让你遇上？"岳震也道："不用多说那些，侄儿回家认祖乃是大事，咱得摆席聚聚才是！"

岳庚本想给全家人个天大的惊喜，孰料却无人相信，急了，赶忙将孙悟空于杨家花园变化腾挪之事抖露出来。至此，大家方才有点相信，纷纷催着去请悟空，岳雷此刻已想到一事，吩咐大家别动，叫上岳庚走了出去。

少顷，岳雷与悟空携手在前，岳庚、杨念祖在后，走进前厅。屋内之人齐齐站起，微笑着迎接两位特殊客人，岳庚更是一步抢到悟空跟前说道："大圣老爷爷！俺来给您介绍一下。"说毕，将厅内之人逐个说了一遍。悟空笑道："娃娃见娘，说起来话长。接着说，不要因俺失了一家人的兴致。"

岳雷有心要试试对方的真假，亲手斟满一杯茶，端茶挺身道："蒙圣僧一路照应，家侄方才平安抵达府上，我岳雷自当感激不尽，恭请圣僧用茶！"说罢，运起内力隔桌将茶杯平平向前弹出。悟空情知何事，哈哈大笑道："恭敬不如从命，贫道先自谢了！"双手合十，施了一礼，张嘴一吸，已将悬在空中的茶水一气吸尽，然后伸出拇指轻轻在杯上凌空一按，脆生生的白瓷茶杯徐徐落下，镶进了紫檀木做成的桌面上。

一旁的岳霆、岳震以同样的心情说了声"请圣僧看看俺岳家拳"，一边一个扑了上来，孙悟空嘻嘻一笑，凌空点了两下，已不见了踪影，只有兄弟俩保持着出拳时弓步冲拳的姿势，动也不动地呆在原地。岳庚急忙喊道："大圣老爷爷，俺伯伯叔叔是想和您逗逗乐子！"这里话刚说完，只听岳雷肩上传来了孙悟空的声音："好玩！好玩！娃娃别急，俺老孙多时不玩了，今日才觉得有趣得紧！"众人寻声看去，一个比枣核儿还要小的人儿站在岳雷的肩膀上，不是孙悟空是谁？

孙悟空跳下地，从耳中掏出一支绣花针似的棍儿往岳雷手上一塞："请岳将军看看这是什么玩意？"岳雷顿觉手中似有千钧重物在往下沉，忙伸出另一只手去握，不仅没握住，反倒满脸憋得通红，一屁股蹾在地上。那支棍儿刚从他手里滑出来，竟在地上鸡啄米似的跳动，每跳一下粗大几分，跳到二十来下，竟变得一尺来粗，二丈来高，金光迸射，满屋生辉。棍儿跳到岳霆、岳震身边，两人的身体突然活动起来，瞬间恢复如初，同时，一件意想不到的事情也发生了：大概是受不了神器神光的照射，一条长约四尺、粗逾茶杯、花白斑纹相间的大蛇竟自厅顶粗大的梁架上掉下，望着棍儿瑟瑟发抖。悟空一伸腰变回自己的真容，然后将棍儿收回变小，放进耳里，朝着大蛇喝道："还不快回原地，替主人看好家院！"花蛇听话似的点点头，身体一阵盘旋扭动，攀窗附门，朝上爬去。

"岳将军！还想考量俺老孙什么？"悟空管自在凳子上坐下，冲着岳氏兄弟笑盈盈地问道："不要怪俺老孙唐突，府上是不是发生了什么事情？怎么看见你们欲笑不笑，个个心事重重？"

岳雷兄弟三人此时本已疑虑全消，一听悟空道破心事，无不欣喜之中加了感激，同云蛮夫人及一众子女齐齐跪下。岳雷道："请圣僧大发慈悲，恕俺鲁莽不恭之罪！俺因四弟岳霖遭诬入狱，生怕奸贼乘虚而入，不得不出此下策，试探圣僧真伪。俺岳家能睹圣僧佛容，实乃三生有幸，尚请圣僧援手，救俺四弟出狱!"

悟空诧异道:"将军起来叙话,你方才所说是怎么回事?"岳雷同家人站起,将悟空推到上首,然后团团围坐,将岳霖之事细细讲给他听。悟空安慰道:"大家且放宽心,让俺老孙琢磨个办法。"一句话,令一家人愁云顿扫,喜上眉头。岳雷当即吩咐总管备办酒席,为孙悟空一行接风洗尘,当夜无话。

次日早晨,悟空来到前厅,一家人已在厅前恭候。悟空道:"俺昨晚思谋,将军弟兄几个身为朝廷命官,且系忠良之后,救人之事不仅不能参加,而且还不能透出半点秘密,只能如此如此。"说得几个大人心悦诚服,点头称是,唯有岳庚、岳辰及杨念祖一则关心亲人安危,二则想跟悟空学点本事,缠着大人们要一同前去。岳雷担心孩子们少不更事,且京城许多人认识岳辰,被人认出准坏事,坚决不让他们参加。悟空本没计划他们,而今看这阵势,反倒以为趁此历练一下也是好事,遂帮着几个孩子向岳雷说情,并说自己有办法不让京城人认出几个孩子。岳雷到此也不好违逆圣僧的一番好意,只得点头应允。

按照悟空安排,岳府上下人等一律不准擅自外出,由岳夫人云蛮及几位嫂嫂、弟媳亲自轮流把关;岳雷弟兄三个照常随班上朝,赴衙门公干;悟空留在府中,教习三个小家伙如何腾云驾雾,指点他们些刀枪剑棍之术。

随后几天,京城里接连发生了几桩匪夷所思却又大快人心之事。

先是满朝文武一日早朝拜会之际,当值的张中喜突然从殿外跌跌撞撞跑进殿内,两只眼睛因过度恐慌瞪得快要掉出眼眶,身上的衣衫被撕得尽是碎片,边跑边向后看着,似乎有什么极厉害之人在后追赶,跑到丹墀之下一跤倒地,口里哀求声声:"黄巾力士!请饶过俺这次,俺再也不敢诬陷好人了!"想是追赶之人见他不说实话,拿什么东西在打他,张中喜双手紧紧抱住脑袋,一边在地上滚来滚去,一边惨叫:"神仙爷爷别打,俺说!俺说!是俺收了他人财物,一部分进贡给皇后娘娘,一部分在外置了庄园,雇了三十多名打手,骗来八个姑娘供俺淫乐。只因岳将军公子一伙上山打猎,碰见俺的两名手下正要强暴过路女子,被岳公子救了。两个手下不忿,抢了岳公子等人的乘马,岳公子进庄园讨要,俺不该下令放箭伤人。后来,俺见楼烧了,八个姑娘跑了,才在皇上跟前假说岳将军有副违禁棋子,将岳将军囚禁天牢,泄俺私愤。"说完,躺在地上动也不动。须臾,慢慢醒转过来翻身爬起,怔怔站在当地,茫然不知刚才发生了什么事。

凛然不可侵犯的朝堂之上,竟于光天化日之下发生此等亘古未有之怪事,令满朝文武无不惊诧莫名,齐齐将目光从张中喜身上移向御座上的皇帝。皇帝闻听张中喜竟在众目睽睽之下说出了岳霖被囚的真情,而且将自己和皇后都扯了进去,脸上红一阵青一阵,猛然怒喝道:"如此狂徒,竟敢胡说八道!来人!立即将张中喜绑赴午门斩了!"殿外侍卫一声高诺,拥进殿堂将张中喜反剪双臂,推了出去。

岳雷弟兄及多数朝臣趁机跪下,请求释放岳霖。岳雷道:"仁勇将军之事,奸贼已说得明明白白,纯属泄愤诬陷。如今奸贼已经伏法受诛,岳霖理应无罪开释,请皇上恩准!"

皇上明知自己上了张中喜的当,却又不想在百官面前承认自己是昏君,当即怒斥道:"张中喜这厮中了邪气,他所说的焉能相信?岳霖是否有不臣之罪,尚待大理寺查实后方能定论。你们无须再说,退朝!"

这头,皇帝在有意拖延时间;那头,大理寺丞却无胆再审。就在张中喜被诛的第二天,大理寺丞突然上表称病,闭门不出。皇帝着人上门探视,发现他昏昏沉沉躺卧睡榻,表面无伤,用手一按却神哭鬼嚎,痛苦不堪。审讯岳霖之事就此搁下,无人愿接此案。

接着,发生在皇宫后院的一桩离奇之事更使偌大的京城街谈巷议,沸声一片。一天午后,心绪不宁的皇帝偕后妃在花园里散心,忽见空中飘来一朵五色祥云,云上站着四个天神,冉冉来到花园上方,一尊金盔金甲的神将凛然喝道:"昏君!我奉玉帝旨意前来拿你上天,你可知罪?"皇帝与后妃一见天神降临,慌忙俯伏在地,颤声问道:"朕实在不知所犯何罪,乞请尊神明示。"已改了容颜,一身银盔银甲神将模样的岳庚一声断喝道:"好一个冥顽不化的昏君!岳将军等一班忠直之士忠心事主,匡扶社稷,理应褒奖,倚为柱石,你却听信谗言,将他无罪囚禁,以致人神共愤,天庭动怒。而今拿你上天治罪,以正天威!"昏君连连叩头道:"朕也知道岳将军入狱,全系那奸贼所为,只是,只是……"

"只是什么?只是怕失了你皇帝的尊严?"另一个着黑盔黑甲、由岳辰变幻的神将打断皇帝的话头,厉声斥道:"你就不怕天怒人怨,丢了你的江山,重蹈你祖上徽、钦二宗的覆辙?"

皇帝悚然一惊道:"尊神所言甚是,朕这就立刻放人!给岳将军官升一级,以补朕忠奸不辨之罪衍!"

金甲神扬声喝道:"如此处置,尚可减轻你的一些罪过!速速去办,我们几位才好向玉帝复旨!"

目送神将冉冉而去,皇帝同后妃站了起来,即刻传旨下去。官升一级的岳霖刚回到府中,奉旨而来的几位太医已在前厅等候;张中喜家中及那所庄园,则被御林军抄家没收,一应家人及恶奴诛杀的诛杀,充军的充军。消息传开,朝野内外一片欢腾。

最为狂喜的当然是岳府了。岳霖被接回岳府,悟空及全家人早已在后堂翘首相候。岳雷将太医打发走,并屏退家丁、杂役等从人后,即将悟空、岳庚、杨念祖作了介绍,详细讲述了前后经过。岳霖万万没想到眼前的恩人竟是传说中的齐天大圣,更没想到他一而再、再而三地为自己及全家老小如此尽力,急忙跪下谢道:"圣僧如此待俺一家,俺岳霖纵然再活十世也难以补报!从今以后,您就是让俺上刀山下火海,俺也不皱一下眉头!"悟空将他扶起,道:"岳将军伤势在身,不必如此谦虚,娃娃们早就等不及了。"

岳庚在父亲进屋之时,早已与弟弟、妹妹以及杨念祖围在母亲身边,悄悄讲述四人装神吓唬张中喜、大理寺丞和皇上的有趣故事,此时听悟空这么一说,立刻来到岳霖身边,叫了声"父亲,孩儿给您老人家磕头了",眼泪已止不住地流了出来。杨念祖也唤了声"岳叔父,父母让俺来看望您老人家来了",磕头,跪在一旁。岳霖悲喜交集,一手搂住一个,哽咽着说不出话来。岳夫人急忙上前劝道:"今日圣僧在此,合家团聚,夫君理应高兴才是。何况旧伤未愈,新伤在身,千万不要让大家为你担心。"众人在旁也都一齐劝说,岳霖这才转悲为喜,问起云南那边和杨家的情况。

一场不同寻常的午宴开始了。在岳雷的安排下,前厅全部是岳庚带来的随从家将和府内所有家丁、家将等杂役人员;因悟空乃岳府的恩人,凡间男女老少顶礼膜拜的圣僧活佛,故同岳氏四兄弟及家眷在后堂客厅就座。不论前厅、后院,席席都是水陆俱备,佳肴美酒,按照岳雷的说法,这叫三喜临门,理应好好庆贺。

欢宴间,岳霖当场答允了与杨家的婚事,让夫人早作准备,不日正式上门提亲,赴云南看望岳父母,接翠姑回京。谈完家事,话题自然而然转上了悟空回山的事上。岳庚、岳辰、杨念祖及岳府另外几个公子缠着要去花果山。岳雷对着悟空及三个兄弟说道:"咱们都是朝廷命官,不能不遵守朝廷法度,这几个孩子尚是白身,得空随圣僧一游,学点本领,长点见识,倒也不失为一举数得之好事!"岳霆道:"二哥所言甚是!咱要是不怕损了岳家名声,拼着这个官不做,也愿随圣僧回山,风光此生。"岳震不然道:"什么官不官的,想父帅在时功勋卓著,却被奸贼害死;而今,若不是圣僧搭救,四哥也难以求生。忠臣自古多舛难,全在主上喜怒间。依俺看,这个官不做也罢!"还是岳霖琢磨得多,拍了拍岳震的肩膀说道:"五弟此话也仅是出出气而已。圣僧既然决定回山重振旗鼓,轰轰烈烈干番事业,难免会有许多厮杀打斗之事,且花果山几面临水,水仗必然会有,咱不如拿些能帮得上忙的东西,以谢圣僧的大恩大德。"一言提醒了梦中人。岳雷看了兄弟们一眼,对悟空说道:"圣僧！我岳家的枪法自是不能与您的神器相比,然父帅在时大破金兵铁浮陀、轮叶船的那些技艺或许对您有用。日后一旦用得上,我弟兄们定当悉数奉上!"只因这一说,果然于日后应了此言,这就叫:侠义总与侠义逢,英雄相惜乃真雄,有朝一日侠再聚,倒海翻江泣鬼神。

　　欲知悟空如何回答,且听下回分解。

第 四 回
挟私泄愤　马一棒痛施吃光计

悟空之所以在丹朱岭驻足不走、临安城妙计除暴,行侠仗义固然是其天性,却也怀了结识英雄以备后用的心思。而今,眼见岳氏兄弟倾心相助,岳庚数人急不可待,不由得心花怒放,起身谢道:"俺孙悟空何德何能,竟使得大家如此错爱? 没说的! 今后若有用得着诸位的时候,俺一定前来恭请!"众人连声称是,岳庚、岳辰等小弟兄更是你乐我笑,围着悟空说个不停。

在岳府盘桓了几天,悟空挂念花果山,一心要走。岳雷兄弟知再难挽留,只得依依惜别,送他出了京城。

按下悟空这头暂且不表。且说花果山乃东土东胜神州傲来国东部一座方圆数百里的仙山圣地,因境内奇花芳草四时不谢、仙桃异果常年不断而得名。尤为独特的是,该山三面临海,一面以高山峡谷与傲来国相连,故人迹罕至,颇为神秘,峰插云霄,愈增其威。

有名句曰:山不在高,有仙则名;水不在深,有龙则灵。此话虽令古今多少文人墨客为之倾服,历代无数有识之士为之击掌,却也多少带点酸楚、无奈、捧场、逢迎、自我安慰、自我解嘲的味道。试想,一座不高之山因仙尚且有了名气,一泓不深之水因龙堪称有了灵气,那么高且有仙的名山、深且有龙的灵水又当如何? 看来,人们看重甚而膜拜的并非山水之高深,而在乎有无神仙与蛟龙。于是乎,一条狭窄干涸的所谓河的一侧,总会有个大小不等的庙庙甚至巴掌大的洞洞,无一例外地供奉着龙王的神位;一座毫不起眼的小丘、小山上,往往能见到××神、××仙的大名。殊不知,一座超乎蓬莱高峻、远胜峨眉山色、峰接霄汉、岭布瑶草、沟流碧液、洞居仙类、水藏虬龙的名山,就在此间。这就是花果山。

花果山除去险峰不说,尚有七十二座山,七十二道岭,七十二条山谷,七十二个大洞,花果山既是其中的一座,也是全山对外的统称。细述之,山有花果山、九黎山、唐坡山、云豹山、熊罴山等;岭有栖凤岭、蚩尤岭、二神岭、鹿鸣岭、卧云岭等;谷按居住动物种类有野牛谷、羚羊谷、狮驼谷、野狼谷、犀牛谷等;洞有轩辕洞、水帘洞、泻泉洞、风雷洞、月华洞等;此外,尚有数不清的小山、矮岭、岭谷、溪流，以及上下贯通、里外相连的洞穴。至于水帘洞，则与花果山齐名，互为表里，相得益彰，是名山之内的一处洞天福地，真可谓：峰如利剑指青天，岭似碧波起狂澜。云舒雾卷围腰舞，花开果欢着身欢。时闻仙鹤溪戏水，每见彩凤屏展颜。峰回路转径芝草，断桥飞过水浮莲。

有这样一个生于斯、长于斯的美好家园，从岳府出来的悟空自是归心似箭，越行越快，不消半个时辰已经来到，落下云头方待欣赏，却一下子傻了！你道为何？原来映入他眼帘的竟是一幅凄凉、悲怆的景象，但见：

虬松无枝火痕青，泻绿青山几无影；乱墩朝天叶转枯，焦果落地籽化尘；水帘洞前无瀑挂，断壁墙下有鼠涌。猿狐獐鹿都不见，空山唯闻鸦雀音。

悟空站在山头愣怔了一阵，惶急急地朝着四下喊了起来："小的们，俺老孙回来了……"连着喊了几嗓子，草丛里传来窸窸窣窣的声音，接着有百十只猴子探头探脑地在远处窥探，待看清果真是他们日思夜想的大王后，一个个欢天喜地地蹿跃过来，围着悟空叽叽喳喳，又哭又叫。悟空一看，咦？怎么一个个灰头土脸，毛发凌乱，有的瘸着腿，有的吊着臂，似是被打伤了一般？急忙问道："你们怎么成了这副模样？四健将呢？怎不见他们？"

一只老猴从猴群中一瘸一拐走出来回道："大王！俺们总算把您给盼回来了！四健将如今只剩下个芭将，正在洞中养伤，其余三个都不在了。"

"芭将在哪？快领俺去看看！"见大王急得一个劲地挖耳挠腮，那只老猴在前，众猴相随在后，把他领到了水帘洞西面一里之远的斜坡前，指着半山腰一个洞穴："大王，芭将军就住在那里。"话音甫落，孙悟空轻轻一跃，人已跳了进去。

与花果山上其他数以万计的山洞一样，这个洞从外面看似乎并不起眼，里面却不仅宽敞，而且左右还各套一洞，两个套洞均留有几个小孔，既可让阳光照射进来，还可观察外面的动静。洞口与两边的小孔旁边长着树木、花草，不知内情者往往不会发现上面的情况。洞里摆放着桌椅板凳及存放果品、食物的坛罐篮筐。要知道，花果山的生灵受数千乃至万数年仙花香气、名山胜水的沐浴、熏陶，自是比其他地方的同类多了几分聪慧，少了许多愚顽；花果山的猴子更是远在全山生灵之上，吃的是琼花异果，远比食毛饮血的生灵多了灵气，少了腥臭；饮的是叶露草珠，自然要比那些泥沼里猛吞狂饮的种族身轻心清；尤其是悟空当年外出寻师学道，于猴气之中夹杂了人气，在顽劣之内掺了斯文，回山当美猴王起，受其影响与督饬，猴子们耳濡目染，潜移默化，竟学了点人语，长了点人性，模仿了点洞内的摆摆设设，注重了点场面上的讲讲究究。这不，悟空刚刚进来，就看见洞里的卧榻上躺着一个身穿衣服的人——准确地说是只身躯高大的猴,正在那里呻吟;旁边凳子上坐着一个半大不小的猕猴,似是在服侍。这时,群猴也都你先我后跳进山洞,都想多看大王几眼。

"芭将军! 大王回山看您来了!"老猴颇懂规矩,抢先给芭将打了个招呼。

"你说的是大王? 大王在哪?"面壁而卧的芭将一边说,一边挣扎着要往起爬。

孙悟空用手一按道:"别动,你头上怎么成了这个样子? 嗯?"大王回来,芭将已高兴得不知说啥才好;大王如此关心、体贴,更令他感动不已,憋了多时的辛酸、委屈、愤恨顿时一股脑儿涌上心头,哇地一声恸哭起来。哭了一阵,这才抽抽搭搭地对悟空说道:"大王! 咱花果山被人家给毁了。您要是再回来得晚些,俺们恐怕就再也见不到您了!"

话还得从当年"尸魔三戏唐三藏,圣僧恨逐美猴王"时说起。那年,悟空因怒杀白骨精被肉眼凡胎的唐僧斥逐回山,着实费了番心血将山中的事务好好整顿了一番:仍以两个赤尻马猴为马、流二帅,两个通背猿猴为崩、芭二将,分管全山采撷储藏、演武操练、部族协调、督饬赏罚诸般事务;对山中的虎豹熊罴、狼狐獾兔、鹤雀鹰蛇、树精花妖等七十二洞生灵则划疆定界,颁赐封号,发布山规,共佑家园。一番整顿后,山山肃然,类类相欢,偌大的花果山井井有条,和睦相处,一方有难,八方来援,直把山外前来狩猎的人吓得不敢再来,周围的生灵羡慕得要命,莫不慕名前来投靠,山中气势更加如日中天,威震万里。

有道是:贫贱出孝子,富贵生淫邪。就在悟空重返唐僧身边之后的一段日子,四健将尚能按悟空走前的嘱咐各司其职,勉力做事,山中虽无悟空在时的那般蓬勃景象,却也内外平安,无甚大事。谁知好花不常开,好景不长在,还没坚持了几年光景,祸乱就从马帅那儿开了头,及至后来,祸不单行,灾难频仍,好端端的花果山被弄得乌烟瘴气,元气大伤,长久不得安宁。

马帅,花果山中一只一千五百多年道行的赤尻马猴,乃俗称中的"红屁股大马猴"者也。他原先仗着自己一副壮健无比的体魄和凶狠好斗的性格,击败了全山所有敢于向他挑战的同类,理所当然地登上了猴王的宝座。属下因其棍不离身,见谁不顺眼就打一棒,谁若不听话则来一棒,暗中都称其为"马一棒"。悟空横空出世,以其独闯东海龙宫力夺镇海神针、梦游森罗殿抹去猴类生死簿的神通与贡献慑服群猴、当上美猴王后,马一棒在沾了长生不老光的同时,对悟空俯首帖耳,唯命是从,被悟空封为四健将中的老大。聪明的老大知道,花果山的群猴没有一个是悟空的对手,便是那些凶恶的虎豹豺狼、魁伟的象犀熊狮、饶有诡计的花精树怪,也无不在悟空面前俯首称臣,违逆他,无异于与自己过不去。

不曾想,悟空回山不久竟又追随唐僧去了,这令马一棒顿时有了如释重负的感觉。其他三健将和各洞洞主谨遵悟空定的山规,每每听从他的号令,他却以为自己了不起,终于由不经意的指手画脚,发展到有意识的颐指气使,今日喝令洞主们为其进贡佳肴,明日唆使手下到各洞巧取豪夺,直弄得五万只猴子连连叫苦,七十二洞洞主苦不堪言。流帅与崩芭二将看不惯这些做法纷纷劝谏,怎奈他以老大自居,不仅不听,反而怒声训斥,照旧刚愎自用,我行我素。

就这样,大伙虽然心存怨言,但因此间尚未闹出什么大事,也就由埋怨而将就、由将就而迁就、由迁就而麻木,逐渐适应了他的这种统治。寒来暑往,斗转星移,这样的日子不知过了多久,终于因一件事的发生,花果山陷入了困境。

位于花果山东南角上有个叫唐坡山的,乃是一处半山半岛的地方,历来居住着狐、獾、狸、兔、鹤、雀、鹰、雁等生灵,以狐狸居多。悟空当年颁赐封号时,曾封此地一个千年银狐为王,负责管辖这儿一应生灵的大小事务。

唐坡山西北环山,东南临海,方圆一百多里。山顶全系上古时候生成的森林,自然少不了楠、檀之类名贵树木,更不乏猴头、灵芝这样的珍稀灵物;山腰处云雾缭绕,树木葱茏,自有那巨蛇盘护的千年老参,数不清的珍贵药材;山底阡陌纵横,果树繁多,泉水叮咚,芳草遍地,惹得百鸟年年朝拜,岁岁光顾,獐鹿狐兔逐水而生,觅穴而居。

山南临水处名南海,水天相连,碧波万里。每到海水退潮后,海滩上总会留下一地五颜六色的贝壳、虾蟹等海鲜,附近居民以及那些远道而来的拾荒者经常来这儿尽情捡拾。据说拿上这些贝壳就可当钱用,想换什么东西就换什么东西。更有两样稀奇的东西是,海里那些比磨盘还要大的海龟和超过人高的珊瑚树。珊瑚树尚需潜入海中去采,海龟则时不时会随着海潮冲到岸上,谁要是捡上一个,那可就发了大财,仅是从里边众多珍珠中随便拿上一颗,给座城池都舍不得换。

转过山南到东面是东海。这儿虽不比南面水深浩渺,却岛屿众多,星罗棋布,多的是难以数计的海鲜,多的是可与南海媲美的珍珠、贝壳。

唐坡山,花果山中的一颗名珠,花果山的一道东南屏障。正因如此,当年悟空把他交给精明心细的狐王来管理。

狐王本是大禹治水时居住在东胜神洲黄河上游阴山山麓中的一只狐狸。还是在他十几岁的时候,族中老小不是被洪水冲没丢了性命,就是遭人捕杀死于刀箭之下,唯独他仗着天生的聪颖幸存下来。

一天,大禹率领人马沿着黄河故道来到阴山,发现这儿九曲十八弯,地形异常复杂,滚滚的洪水到了这里不仅不往前流,反而向着上游倒卷。正在大禹踌躇不定之际,这只狐狸凭着对此地地形的熟悉,指引着人们打通了几处洞穴,才使淤塞多年的河水掉头东去,解了当地黎民水深火热之苦。大禹感激之下,当即封其为"夏义狐",诏令所有人不得再伤害天下狐狸,并让他顺河东下,找一修心养性的好去处潜行善事,以成正果。

按照大禹的指点,夏义狐一路寻寻觅觅,终于在傲来国花果山看中了东南这块青山碧水、气象万千的风水宝地定居了下来。许是前世有缘,抑或是感激禹王的厚爱,夏义狐每天清晨迎着晨曦朝礼,晚上仰望青天拜月,采摘山中的奇花异果服食,吸纳天地间的灵气练功,谁家有事就主动登门相助,闲暇之际就与山中的同族、异类热情来往。不知过了多少年,夏义狐不仅拥有了上万个子孙的家庭,成了唐坡山的名门望族,而且有了很深的道行,能够呼风唤雨,吞云吐雾,尤其是腹中练就的那颗红珠,能够随心变幻,运用自如。山中居民见他年长而下人,有本事而不傲,一致推其为头,从其麾下。悟空执掌花果山后,更是委其为王,青睐有加。狐王对此莫不感激,一心想把唐坡山的大小事务管理得更好,把花果山的事情协助好。虽说花果山自马一棒掌管起,许多事情不像从前那样顺当好办,经常得去办一些自己都十分反感的事儿,狐王也不想因小失大,以免坏了自己的操行,负了孙悟空的知遇之恩,叫干啥就干啥,即使心里有气,也是认准了一个字:忍!

合该有事!一天,早已吃腻玩腻了的马一棒忽然心血来潮,下令各洞洞主于三日头上要在栖凤岭召开赏宝会,凡隐匿不报、以次充好、逾期不到者将严惩不贷。

号令一下,忙坏了满山生灵和各洞洞主。只见洞洞聚会相议,家家闭门商量,决定拿何宝物参加。单说狐王奉命回府后,将狐婆与手下几个头目召来商议。鹿相道:"马帅一向贪婪凶狠。此次名曰赏宝,他内心是怎么想的,咱并不清楚,咱还是少张扬些为好。"鹤将赞同鹿相的主张,附和道:"咱不是有几副猴头吗,拿上一副去应酬一下。倘若马帅到时不让往回拿,对咱来说也没太大的损失。"

狐王摇了摇头道:"马帅为人俺岂有不知?只是拿副猴头应付,恐其他洞主小觑;再者,咱家珍藏的那几样宝物,外界早有传闻,无秘密可言,若让马帅抓住把柄借题发挥,反倒麻烦不少。我意拿上那千年老龟去参展,一来显咱真心,二可壮咱山威。"狐婆担心道:"人家要是让你留下,你该咋办?"狐王道:"赏宝并非献宝!咱就这么一只千年老龟,马帅假若让咱留下,咱可讲清情况,道明原因,只要咱小心防范,应对得体,谅他也不敢当众就把宝物抢去。"

大家闻听有理,遂停止争议,分头去办自己的事情。

两天转眼已过,第三天头上,整个花果山方圆数百里地面早早就热闹了起来:山道上狼奔豕突,狮来鹿往,或扛或抬,或推或拉,少数是肩负宝物押送使命的人员,多数是带着兴趣欲看热闹的各洞成员;半空中飞翔着一群群叽叽喳喳的禽鸟。那种争先恐后的急迫情景,并不亚于地面上的人流。

赏宝会场设在栖凤岭的平垣上。这是一个西倚奇峰、北靠大山、东接水帘洞的宽敞场地,一块能够容集人员、俯瞰前面的理想乐园。早在前两天,由各洞派出的人员就在此地靠北搭建了一个偌大的临时建筑,棚台全用熊王的部众伐倒的粗大圆木绑缚而成;人字形的木制棚顶上,插满了由群猴与飞禽们折来的松针柏枝;台子上方悬挂一道横幅,上书"花果山赏宝大会"七个大字,字迹歪歪扭扭,一看就知不是高人之墨;台正面摆放着四把坐椅,显然是供四健将坐的;坐椅前是一排又一排长几,专供陈列宝物所用。整个棚台与场地两侧,一条宽宽的河流沿着西峰与北山间的峡谷奔涌而出,到栖凤岭前拐个弯,而后顺着石壁倾泻而下,形成了奇特的水帘洞景观。所有徒步而来的观看者都得先过河,才能到达赏宝会的场地。对于天性爱耍爱闹的生灵们,这无异于一个捡来的乐趣。

日到巳时,赏宝大会正式开始。会议自然是由马一棒主持,由粗喉咙大嗓门的崩将充当司仪。随着司仪的一声呼喊,先是马、流二帅和芭将鱼贯上台,在正面就座,接着,七十二洞洞主率领部众在棚前指定的位置齐齐站定。面对着台下乱哄哄的部众,马一棒扯开嗓子讲了一通,无非是些"欣欣向荣"、"赏宝建功"、"服从号令"之类官样祝词与训导,嗣后就是献宝了。按照司仪一声声的唱名,台下各洞抬的抬,捧的捧,依序上台把带来的宝物摆放在标有自己洞名的长几上,一时间只见:

熊山老参大如婴,体态婀娜须发清。须发清,浑如嫦娥玉妆成。参头帽,四肢抿,沉睡千年犹带梦,一朝离土露羞容。

鹏王呈上珊瑚箱,玲珑剔透射毫光。射毫光,润如白玉溢脂香。婆娑样,曼歌妆,龙宫自古珍藏物,灵霄殿里闹排场。

象魔卷献百鸟树,木纹映鸟只只殊。只只殊,凤凰引吭群鸟簇。鹤冲天,莺曼舞,腾飞跳跃喜追逐,高水流水奏仙谱。

……

就这样,足足用了一个时辰,七十二洞的宝物才都一一摆了上去,真个是千姿百态,各呈特色,台上台下无不大眼瞪小眼,观了个没完没了。内中,唐坡山的千年海龟更是鹤立鸡群,堪称宝中之宝,人间极品,单有一首《满江红》赞曰：

　　沧海千秋,孕育就、天地灵物。纳百川、精髓雨露,日月呵护。神盖阅尽殷商事,珠玑内敛昭史书。映光华、星辰山水间,九天无。大如卵,小似粟;照夜明,避尘土。能祛病驱邪,延寿防腐。神仙为他开杀戒,六国征战互杀戮。曾见得、灵山竞相争,是佛祖!

　　千年海龟既然如此神奇,自是招来了一双双眼红如火的目光,台上的马一棒更是双手不停地摩挲着龟里的一颗颗珍珠,嘴里连连发出"啧啧"的赞叹之声,舍不得离去。流帅见状附耳提醒道:"老大! 宝已赏完,该让大家赴宴了!"马帅只得点点头,让崩将安排。

　　各洞洞主听说赴宴,忙催促手下上台收拾自家的宝物。狐王也疾步走到台前,吩咐部属将海龟装箱送回。马一棒一把扯住他的手道:"狐老弟! 你那宝贝真让咱见了世面,长了咱花果山的威风。不如将他留下,供大家随时观赏。"

　　狐王回道:"马帅! 此龟乃唐坡山镇山之宝,万万不能没有他。您既然看重于俺,俺一定再设法捕捞一只。"

　　"何必费此周折,耗费人力?"马一棒虽已不悦,却还是留了点耐心,"你把这只留下,再捕一只镇山,岂不省事?"

　　狐王解释道:"马帅有所不知,镇山之物不能随便更换。这只海龟已经在山五百余年,有了灵性。再换一只,全山部属必不答应,请马帅体谅属下的难处。"

　　一旁的流帅晓得这个老大肚里的花花肠子,上前劝解道:"老大! 狐兄所说确有道理,还是让他们带回去为好,千万不要因此伤了和气。"

　　马一棒怫然转身道:"狐王既然这般不识抬举,那就骑驴看唱本,走着瞧!"说罢,狠狠瞪了狐王一眼,也不管在场人员的惊愕、尴尬,自顾自走了。

　　宴席上,马一棒按捺不住心中的气恨,当着众人之面,夹枪带棒地将狐王收拾了一顿。宴罢回到洞府,气犹未消,正要打发服侍的小猴去叫几个心腹前来商议夺取宝物的办法,洞外来了只赤尻马猴,他的一个近支猢孙。这只猢孙生来伶俐,惯会在马一棒身边溜须拍马,观言察色,时不时地出个鬼点子,深得马一棒的喜欢,是个不折不扣的马屁精。

　　马屁精于赏宝会上已目睹了马一棒与狐王的争论,旁听了宴席上马一棒对狐王的热讽冷嘲,知道猴爷决不会就此罢休,于是,马一棒前走,他后脚就跟

48

了上来，一直跟进洞里。此时，面对满脸愠怒的马一棒，他明知故问道："猴爷，你是不是饮酒过多，身上不舒服？"马一棒不耐烦地挥挥手，斥道："去去去！咱家正为那个妖狐烦恼，你来添什么乱？"马屁精不恼反笑道："猴爷，一个狐王有什么了不起？只要咱略施小计，保管叫他乖乖地把那个老龟献出来。"

马一棒眼皮一翻道："小计？那家伙心思极细，怎能主动交出宝物？"

"这个嘛，直接让他交出确实不易。不过，"马屁精有意停顿了一下，见马一棒双眼直直地盯着自己，方才接着说道，"先给他点苦头让他尝尝，知道了咱的厉害，凭他狐王再怎么聪明也得就范于咱！"

马一棒转怒为笑道："快说说，你有什么鬼主意？"

马屁精本待开口，但见洞内侍役不少，遂上前一步，将嘴巴挨住马一棒的耳边咕囔起来。未等他把话说完，马一棒已忍不住发出一阵哈哈大笑，边笑边拍着他的脑袋夸赞道："好你个马屁精，真真出的是个馊主意！不过，主意虽馊，却很管用。事成之后，咱家一定重重赏你。

再说狐王率众回山后一直闷闷不乐，狐婆问了几次，都没问出个子丑寅卯，还是鹿相鹤将等部属们前来看望狐王的时候，狐婆才从他们口里得知了赏宝会上惹出的麻烦。情急之下，她带着埋怨的口吻劝道："俺们原先劝你随便拿点东西去应酬一下就行了，你偏要讲什么诚意。俗话说，是福不是祸，是祸躲不过。麻烦已经惹下，咱就不用怕！有这么多人在，还怕想不出个好办法？"狐王道："仅是俺一个倒好了，俺担心的是那马猴不定用什么办法来报复，连累了满山生灵。"几个部属异口同声说道："大王不必担心！自古道，兵来将挡，水来土掩。万一要来报复，就凭您平素对弟兄们的那份恩情，大伙一定会同仇敌忾，团结御敌！"

时间在难熬中过了一天，没有动静。

过了三天、五天、十天，马一棒并未采取什么行动。

"话赶话，没好话，谁在气头上没几句气话？时间一长也就没事了。"善良的人们常是以己度人，遇到再大的事情也往往会寻出一些善良的理由，与其说是原谅别人，倒不如说是在安慰自己。唐坡山的部众，此刻就是这种看法。于是，忙活了几天的巡山不巡了，放哨的也不放了，日子渐渐恢复了以往的平静。狐王心里虽还有点忐忑，却也放心了大半，有时甚至怀疑自己是不是看错了人家马一棒，显得自己太有点鸡肠狗肚、心胸狭窄了。

一天清早，狐王正在海边巡视，忽有本山的传令官大耳兔匆匆跑来禀报：

"大王！马帅率人来到咱们这儿，正在大厅等候。"狐王心里一激灵，问道："他带了多少人？拿器械了没有？""武器倒是没带，人却来了百十号。听他手下人讲，好像是要在咱这儿玩几天。"听说马一棒一伙没带器械，狐王紧悬起来的心始放了下来，对纷纷围上前来的部属吩咐道："大家不要慌，该干什么还都干什么，待本王回去便知分晓。"当即命大耳兔先回去禀报，自己带了几个随从琢磨着往回走。

狐王的府第设在唐坡山一背风向阳的石洞里，后有巍巍群山，前有潺潺流水，山洞虽系天然生成，但经过狐王的收拾，却也幽雅精致，前洞宽敞明亮，作为大厅，一应家具应有尽有，通常用来聚会待客；两侧各套小洞，一直弯曲向后，各通着若干小洞，有的盘旋向上，有的凿石而下，或卧室，或库房，真可谓曲径通幽，明暗兼备。洞外栽些翠竹，洞内燃点熏香，不失为王的尊严，修身养性的气息。

此刻，刚到不久的客人正在前厅吵嚷乱叫。狐王及几个随从刚刚来到门前，就听到里面嘈杂的声音。狐王让随从留在门外，整了整衣冠，大步跨进厅门，朝着高踞于正中高背椅上的马一棒双手一拱说道："不知马帅大驾前来，未曾远迎，尚请恕罪！"马一棒手一摆，大咧咧地回道："咱家今日冒昧前来，乃不速之客，岂有怪罪之理？"狐王问道："敢问马帅率众前来有何贵干？属下明白，方好配合行事。"马一棒故作洒脱地说道："咱家早就知道狐兄弟治山有方，众位兄弟也想领略领略唐坡山的大好风光，故来小住几天，狐兄弟肯赏光否？"狐王道："难得马帅与众位兄弟垂青，属下焉有不允之理？只恐山荒洞陋，招待不周，大家多多原谅就是。"

这时，散坐在大厅四周的那百十号人业已忍耐不住，七嘴八舌地嚷叫起来："狐王！讲那么多客套话干啥？弟兄们早已走得嘴干舌燥，肚腹空空，还不让人把那些好吃好喝的端将上来？"狐王微微一笑道："是俺小王的不是了。来人！赶快准备十几桌酒席！"

好在花果山不比人类那样，一说备席就得外出采买，厨房里就得烹炒爆炸，耗时费力不说，往往还吃不上时新菜肴。你看那山上自有四时不断的现摘鲜果，水里有千姿百态的生猛海鲜，洞里贮有奇花异草酿造的美酒。不大一会儿，十几桌光鲜鲜、色亮亮、味香香的酒席已准备就绪。这边，陪席马一棒的狐王刚刚说了声"开席"，那边的席上就响起了你争我抢的声音。酒到半酣，这班人的丑态就露了出来：有的摔盆子摔碗，嚷嚷果品不鲜；有的抱起酒坛往地上倒，声称不是好酒不喝；有的摇摇晃晃，逼着端菜上酒的去找女的陪酒取乐；更有一伙猢狲为抢食唐坡山上独有的人参果大打出手，直把一座幽雅洁净的洞府弄得杯碗乱飞,桌椅倒地,猿啸猴啼,满目狼藉。令人不可思议的是,手下出乖露丑成这样,马一棒却没事似的照常吃喝,照常与人谈笑风生,狐王及其部属几次想起来制止,却碍于情面,不得不一忍再忍,勉强陪他吃喝到午后。

按理说,一顿酒席从早晨吃到午后,历时三四个时辰,别说当天主动再吃再喝已不可能,便是主人盛情相邀,也只能抱住肚子、悠着脑袋,从口里硬生生挤出两个字:多谢! 而不能再展风光。此话放在马一棒一伙人的头上,可就大错特错了! 殊不知,好长时间以来,马一棒与其手下的这些头头脑脑们练就了两手令人叹为观止的"绝话":一手是喝茶,一伙一伙聚在一起,就着一杯又一杯、一桶又一桶的茶水,可以山南海北、天上地下侃上一天,时间久了,其他方面可以说是白痴,喝茶方面却个个是行家里手,随便往口里这么一呡,便知此茶产于何处,品性如何。再一手就是喝酒。马一棒本就对杜康情有独钟,独掌花果山牛耳后,于无意中发现喝酒原来有个区别与讲究:若在洞中喝自己的,花费了自己的不说,往往还因喝闷酒不得尽兴;如果借公名义,或是别人请,或是到各个洞府巡视,可就大不一样了,既不用掏自家腰包,还能享受到前呼后拥、你捧我敬的上官生活,每不每还能得到下边"体恤民情"、"平易近人"之类美誉,可谓"一举三得"者也。喝酒就得上菜,上菜就需好菜。不论谁家请,还是下去吃谁家,这家刚刚来了个海参鲍鱼,那家马上给你吃个龙肝凤胆,就着美酒吃佳肴,耳边听着恭维话,有时怀里还抱个女娇娃,那是何等的风光,何等的逍遥! 上者行之,下必效之。手下见马一棒如此,无不纷纷效仿。跟上马一棒去吃去喝,固然是好;一旦遇上这种机会,则十个一群,八个一伙,相跟上到下边各洞去"巡视"。这样的次数多了,他们总结出了一条经验:早通知,迟下去,吃饭之前最相宜。这是为啥? 说白了其实很简单:去得早了,所要办的事情若很快办完,你说走不走? 走,等于白费了心机;在,等那么长时间专吃人家一顿饭,还有点不好意思。干脆吃饭之前下去,公事尚没办就到了吃饭时晌,你当主人的还能不好好招待招待?

世上之事,往往就怕持之以恒,好事如此,赖事也如此。马一棒与其一伙,吃了今日吃明日,吃了这家吃那家,终于练就了"三坛两坛不醉,三天三夜不睡,抠抠喉咙再喝、泻泻肚子再吃"的过人本领,傍晚刚刚醒来,立即让人转告狐王:乘此风和月明夜,咱们再好好乐他一乐。

狐王能说什么呢? 岂不成因为顿吃喝就闹翻? 于是,按照他的吩咐,鹿相、鹤将又命属下去备办当晚的酒席。

翌日天光大亮,马一棒懒洋洋地从睡榻上爬起,所带部众也都打着哈欠陆续来到前厅。狐王满以为他们头天吃喝了那么多,早餐可以简单随便点,谁知马一棒毛茸茸的大手一挥，让上灵芝、燕窝、猴头、银耳之类食物，说昨晚弟兄们喝得多了，需醒醒酒、暖暖胃，补补身体。灵芝等全系珍稀补品，唐坡山即使出产，也禁不住这么多人如此挥霍。鹿相、鹤将刚要开口拒绝，狐王急忙使了个眼色，让他们下去准备。待所要的饭菜端上来，那班人才吃了几口就嚷嚷着要出去游玩，全不把糟践了的珍稀饭菜当回事。

狐王见状，心下明白了许多，强压着心头的气愤问道："马帅，今日作何安排？"

马一棒伸了伸懒腰回道："狐兄弟，咱家虽曾因公事来过贵地几次，无不匆匆而来匆匆而去，从未好好看过。趁此机会，咱家想好好观赏观赏。你若有空，咱俩出去转转如何？"

"难得马帅有此雅兴，属下悉听尊便。"

马一棒呵呵一笑道："小的们，咱家今日要和狐王在山里游玩，你们不必相随，可以四处走走，中午还在这里会餐，千万不要拂了狐王盛情相待的美意！"厅里立即腾起一阵轰然叫好之声，随着一阵桌凳乱动，顷刻间走了个干干净净。

马一棒名捧实逼的话语，已深深刺痛了狐王的心。此刻见厅里只剩下狐王及各自的随从，马一棒两眼微眯，嘴角一撇，脸上露出一丝难以察觉的微笑的同时，拉起狐王的手假作亲切地说道："走！咱老弟兄俩也该上路了。"狐王不动声色地回道："请！"说罢，当先起步，领着一行人边走边在山上转悠起来。

约摸后半上午时分，狐王领着马一棒转到山腰的一处洞穴前，忽然从山顶跑来一只狐狸，跑到狐王跟前倒地一跪道："大王！那些人和咱的弟兄们打起来了。"

狐王急忙问道："是谁和你们打起来了？"

"就是，就是马帅带来的人！"

"好好的为何打架？"

"咱那山上不是长有灵芝吗？按照你的吩咐，本山除了看管者以外，谁也不准进去。今天，那伙人不知怎地来到山上，非要进去看看，看在马帅份上，俺们将他们放了进去，一再对他们说只准看不准去摸，谁知他们一进去就返了口，不仅摸，还要动手去摘，弟兄们不让，他们动手就打，弟兄们气不过，就和他们打了起来。"

狐王纵有再好的耐性，此时也忍不住了，朝着一旁的马一棒问道："马帅，这是怎么回事？"

"嗨，这些家伙尽给我添麻烦！狐兄弟别急，中午我回去好好收拾收拾！"

说完，又和其随从指东画西，继续说笑下去。

正在这时，从山下飞速跑来两头梅花鹿，狐王心里"咯噔"一下："莫非海边也有了麻烦?"果然，打头的梅花鹿还未跑到跟前就一迭连声地喊了起来："大王，不好了，马帅的人要抢咱洞里的宝贝哩!"

狐王一语双关地喝道："胡说!马帅的人岂是强盗，焉有光天化日之下抢劫之理?"

先到的那头鹿急忙回道："小的不敢胡说，那天在赏宝会上俺还见过他们。今日他们来到海边，说要看咱的宝贝，俺们取出几样让他们看，他们随手扔在地上，非要进洞看那只海龟，说着说着就硬往里闯，俺俩来的时候，他们正和弟兄们厮打。"

眼看事情接二连三地发生，狐王决心将计就计，给马一棒来个硬的，于是厉声对狐、鹿命令道："亏得你们还有脸面来见我!速速回去告诉大家牢把防地和山洞，将那些明火执仗的强盗一个不漏地捉住送往本王洞府!俺倒要让大家看看，谁有这么大胆敢来冒充马帅的人?"狐、鹿一声"得令"，转身飞奔而去。

狐王转身笑着对马帅说道："马帅，属下这样处置行吗?"

马一棒情知再不来点态度，恐怕事情会弄僵，一脸尴尬地回道："想是弟兄们平日里被约束惯了，一旦放性游玩，难免会有些出格，待咱家回去严加训斥好了!"话说到这个份上，狐王自也不便再说什么，只好强压怒火陪着马一棒又游玩了一阵。

中午回府，马一棒将被捉之人假意呵斥一番。待到开饭时，那班人依然要这要那，狐王只得命人继续安排酒席。

就这样，每天吃了玩，玩了吃，一直过了四五天，马一棒丝毫没有走的意思，直把满山的花草树枝折腾了个伤痕累累，四时鲜果糟蹋了个青黄落地，库藏的佳酿美酒所剩无几，厅里厅外臭气冲天。事情到了这个地步，任谁也能看出马一棒的险恶用心，何况一向办事精明心细的狐王?

狐王从与马一棒打交道起就发现他专横独断、报复心极强，非善良之辈。只不过那时是大圣当家，马一棒不得不有所约束。这次马一棒率众来唐坡山，出于善良的本性，狐王实以为他无非玩个一两天就走，并没往深处想，直到第二天早上看到马一棒一伙有意糟践的情景时，狐王蓦然意识到，马一棒名曰游玩观赏，实际上是想把唐坡山吃垮、喝穷，折腾个天翻地覆，令自己无法再待下去，以泄赏宝会上的私愤。这时，属下也纷纷向他禀报情况，异口同声地要把这伙无赖赶走。狐王毕竟见多识广，劝谕大家道："此事不可如此鲁莽。尽管咱已知道他们的险恶用心,表面上却是个吃吃喝喝,游山玩水,咱并没拿到什么真凭实据。就这样将他们赶走,整个花果山的部众反倒会说咱器量狭小,不知礼数,将来在大圣那儿也不好交代。待本王设法从他们那儿拿到证据,咱好动手。"鹿相、鹤将等见大王胸有成竹,无不转怒为喜,各自暗暗准备起来。

第五天晚上宴席刚散,送马一棒回房后,狐王悄悄将马一棒的一名心腹马猴叫到自己的房间嘘寒问暖,并拿出事先备好的一副猴头送给了他。马猴本已喝得酒意熏熏,而今一见猴头,又听狐王要和自己交朋友,忙喜滋滋地说道:"狐王如此看重俺,俺可真是高攀了。"狐王趁机恭维道:"言重了!像你兄弟这样为马帅尽力,说不定哪天将你提拔了,俺还得沾沾你的光。"马猴一听"提拔"二字,当即带着醉意发开了牢骚:"提拔?俺在他身边少说也有二三十年了,后到的都当了头目,唯有俺还和来时一样!"狐王假意道:"俺看马帅这几天在这儿的情景,不仅处处向着你们,而且对俺也挺关心。"马猴双眼一瞥道:"哼哼!关心你?他倒不是想算计你!临来这儿时,老家伙就对俺们说了,这回要对你搞个釜、釜什么来着?"狐王眼睛一亮,接口道:"釜底抽薪?""对,釜底抽薪!就是既把你这儿的东西吃光喝尽糟蹋个够,损了你的名头,占了你的地盘,还让你说不出什么。"狐王尽管事先已揣摸到马一棒的用心,此时听了其随从亲口所说,也不由暗暗心惊。目的已经达到,狐王又和马猴闲聊了一会,将他悄悄送回了原来住的地方,返回洞府后,狐王立即将鹿相、鹤将等七八个部属召来,讲述了刚才发生之事,如此这般地作了安排。

又是一个早晨来临。马一棒与其部下依旧睡眼惺忪地来到大厅,准备再打一场美食佳酿消耗战,不料,这天的情景却格外异常:厅外一队一队的全是狐王的人马,背网的背网,掂桶的掂桶,有几队人员执弓背箭,个个脸色凝重,行色匆匆,似是要去办什么事;厅里的饭桌上,每桌只摆着一般果品,四周放着的碗里全盛的是清水。

马一棒不解地问道:"狐兄弟,这、这是什么意思?"

"马帅有所不知,此乃小山规矩。果品,甘甜之物也,吃了他就可甜甜蜜蜜上路;清水,无俗之意也,喝了他即能清心寡欲,清白持身。"狐王指着桌上的东西,给马一棒及其一伙侃侃作了介绍。

马一棒勃然变色道:"狐王莫非要赶咱走?"

"马帅言重了!"狐王依然一脸微笑,"我这座小山,每天尚且有许多事情等着去办,马帅统管七十二洞,事情岂不更多?我怎敢置全山于不顾?再说本山釜底已无柴薪,满山果树已被折伤损毁,小王已令部下前来集中,意欲修葺整顿一番,以待来年再来招待您和弟兄们,想必马帅不会有什么意见吧?"

"你,你,你……"马一棒压根没想到狐王会来这么一手,本待发作,却见狐王不卑不亢,句句在理,且话中明显透出"釜底抽薪"之意,不免心虚胆却,以致几次抬起胳膊要打,以泄胸中怒火,不得不作罢,且见厅外唐坡山人多势众,不仅占不了便宜,而且还会招来更大的耻辱,无奈之下,他恶狠狠地盯了狐王几眼:"老狐狸,有你的,咱们后会有期!"带着部众狼狈而去,真的是:周瑜设计害孔明,草船借箭显刘军,奸诈换取狼狈去,自搬石头砸自身。

欲知马、狐后来怎样,且听下回分解。

第 五 回
几经劫难　花果山凄然成废墟

马一棒一向骄横自大，逞强好胜，便是孙悟空在时虽不得不有所收敛，但他以四健将中老大身份，却也从未受过他人之气，吃过什么奚落之苦，悟空走后更是呼风唤雨，说怎就怎，想不到今天当着那么多人的面，自己竟被人家一碗清水"请"了出来，略施小计赶了出来，多少年的尊严毁于一旦，一旦传扬开去，今后还怎么做人？对全山七十二洞还怎么号令？一路上他越想越气，越气越想，刚刚回山屁股还没坐稳，就将其他三个健将及本山大小头目都召集到水帘洞，扬言要发兵征剿唐坡山。

三健将闻听大感奇怪，均不知马一棒发了哪门子昏。流帅首先打破沉默开口问道："老大！好好的日子不过，为何要打自家弟兄？"

"自家兄弟？自家兄弟还能如此无法无天？哼！你问问这些小的们是怎么回事？"马一棒气得脸色发青，尚没从极度愤怒中缓过劲来。

马屁精知道这是表现自己的又一个好机会，抢着将今早被狐王驱赶一事讲述了一遍，临了装出一副慷慨激昂的样子说道："狐王作为一洞之主竟敢犯上作乱，必须严惩！否则，其他各洞见样学样，花果山岂不全都乱了套？"

"你个马屁精，瞎掺和什么，还不退到一边去！"流帅毫不客气地将马屁精训斥退开，转身问道："老大，我实在是越听越糊涂了。狐兄弟一向谦和待人，诚实做事，别说你是咱们全山的老大，便是一个普通人员去那儿送个书信什么的，狐王也从未冷落过一次，怎么这次你亲自前去，狐王反倒把你给赶了出来？"崩芭二将也齐声道："是啊，这到底是怎么回事？"

"怎么回事？那个老狐狸还不是嫌咱家带去的人吃喝了他些东西？"马一棒见其余三将无不疑虑重重，不得不避重就轻找了这么个理由来搪塞。

"不对！仅是吃喝了点，狐王断然不会做出逐客之事！"流帅闪目扫了一圈洞里那些跟随马一棒去的头头脑脑们，话锋一转道："是不是你还在记恨狐兄弟没给你留下神龟那件事，这次带了这么多人去唐坡山，把人家折腾得受不了，才被人家撵了出来？"

流帅几句话捅在了马一棒的伤口上，直把他气上加气，从座椅上蹦了起来,指着流帅怒喝道:"你身为四健将中的老二,为何要帮着那个老狐狸?咱家这次就是为了报复才去他那儿折腾,谁能把咱怎么样?"

崩将此时再也忍耐不住,接口道:"老大,这就是你的不是了!当年大圣在山时,和七十二洞洞主称兄道弟,还给大家封了王,才有了今天。咱岂能因为一个海龟就伤了彼此情面?又岂能因为一场闲气就发兵去打自家兄弟?俺可不同意这种自毁花果山名头的做法!"

芭将生性随和,却人品正派,趁机劝道:"老大!消消气,有事咱慢慢商量,千万不要伤了大家和气。"

马一棒在唐坡山受了败兴,本想回山让大伙帮他出出胸中恶气,趁机夺占唐坡山,扩展自己的直辖范围,没料到刚一上来就卡了壳,遭到了三个健将的指责与反对,满腔怒气犹如火山爆发一样喷了出来:"你们三人竟敢长他人志气,灭自家威风,真是敬酒不吃吃罚酒!既然商量不成,咱家只好独断专行了!从今日起,本山部众操练三天。三天之后,出兵三千,崩芭二将为正副先锋,随咱家去征讨唐坡山。军令如山,不得有误!"

流帅见马一棒如此执拗,不通情理,起身出洞先自走了,崩芭二将尚心存侥幸,企图劝马一棒收回成命。崩将道:"本山部众多年不搞操练,临阵磨枪,绝无胜算!"芭将也劝道:"狐王武艺高深难测,极具谋略,且部众拥护,颇得民心,还请老大三思!"马一棒不屑一顾道:"他纵然本事再大,也抵不过咱阎罗殿里除了名,个个都能长生不老。闲话少说,速速下去准备!"二人见事情已难挽回,默默对视了一眼,随众走出了洞口。

三天期限已到,猴兵们手拿各式各样的兵器,一群一伙地来到水帘洞前河畔旁的谷地集中。队伍中最显眼的是马一棒,只见他黑盔黑甲,足蹬乌皮战靴,手持一根百十斤重的镔铁大棍,配上他那发黑带怒的面孔,倒也不失凛凛威态;在他身后的是崩芭二将。崩将个头与马一棒一样高大威猛,一袭红色战袍,手中掂着一柄宣华大斧,浑然一副火辣辣的气度;芭将着一身黄色盔甲,手里的兵器是一杆方天画戟,儒雅之中平添了几分威严。

马一棒待队伍整理好,讲了一通"戮力杀敌"、"立功受奖"的话,一声令下,自己作为中军,令崩芭二将率队朝着东南方向连纵带跳地窜去,不消两个时辰,已接近狐王管辖的唐坡山地界。探子来报,前面山口有人把守,崩将立即传令就地扎住营寨,待马帅前来再行定夺。

且说狐王"请"走马一棒后,立即调兵遣将,严防其武力报复:命鹤将率一千人马沿西、北两面山地隐蔽,以防高来高去、低来低去的猴兵的窜扰;着绰号

"花面太岁"的一名狐将率一千兵马把守从北至南的唯一山口——北风口；鹿相带领五百士卒在东面临海区日夜巡逻，做好马一棒奇兵偷袭的准备；自己坐镇洞府，随时准备策应各方；同时，设立驿站，派出探子，侦探情况，保持各个方面，尤其是北风口与自己的联系。

把守北风口的"花面太岁"是狐王帐下一员骁将，道行虽然仅有八百年，比不了狐王，却也能变善战，灵敏异常，尤其是掌中那把松纹古剑，得自轩辕山轩辕古洞，看上去黑漆漆的不怎么起眼，每到打斗紧急时刻，剑身则会光华乍现，松纹交错，不知有多少挑战高手毁其锋下。

两天之前，花面太岁奉命把守北风口以来，将一千人马分作两拨，轮流在关上守候。今天，他刚从关上下来，准备休息一下，一哨目匆匆进屋禀报，关下来了大队人马，看样子是马一棒派来的。他精神一振，立即起身登上关顶，向下一看，对方足足有两千多人，举刀舞棍，杀气腾腾。他当即按照狐王当初的吩咐，一面打发探子往驿站传递情报，一面调另五百士卒上来，准备迎敌。

这时，马一棒已率着中军和后面队伍赶到，一见前军扎住营盘并未开战，不禁心头火起，对迎走上来的崩芭二将斥责道："自古作战，贵在一鼓作气。你们为何不趁着咱家起兵之初的锐气挑关搦战？"崩将一拱手道："咱初来乍到，不知关上情况，故等老大来到，再行定夺。"马一棒怒声喝道："让你们当先锋，就是逢山开路，遇水搭桥，见关就攻，遇敌即上，与其等我，还要你们何用？莫再多言，你俩谁去叫关挑战？"芭将大声道："俺去！""好！咱家亲自为你擂鼓助威！"马一棒说罢，从擂鼓手手里夺过鼓槌，不分点地敲了起来。

芭将原本不是也和流帅、崩将一样反对出兵吗，缘何又要主动出战？这就是他的精明之处了。自马一棒力排众议，命他与崩将担当先锋起，他就打定主意，设法减少这次双方作战的伤亡，迫使马一棒知难而退，此时，见机会已到，立即主动请缨，率领前军一千人马，直抵关下，命士卒摇旗呐喊。

关上，花面太岁命五百士卒守关，自己率领五百军兵开门冲出，于关前扎住阵脚，朝着对面抱拳道："芭将军！想不到您这样一位受大家敬重的人物，今日竟也助纣为虐，看来俺不得不先礼后兵了！"芭将双臂一抬戟杆道："两军阵前休得啰嗦，看戟！"话到戟到，直直向他刺来。花面太岁急忙抽出古剑，竖竖向外一磕，将戟荡开，同时身子往前一窜，剑尖直抵芭将面门。芭将于间不容发之际，斜斜向左跃出避过，戟杆朝上一挑，破了对方攻势。就这样，两人剑来戟往，一时间打得难解难分，双方将卒各自呐喊助威，直把马一棒擂鼓擂得双臂发酸，鼓声渐渐弱了下来。

看看打了四五十个回合，芭将瞅准自己面向对方的空隙，对花面太岁低声说道:"狐将军!此次出兵并非俺和流帅崩将所愿,请将军设法转告狐王,早早结束这场自我残杀。"随后,与花面太岁又战了几合,假装气力不支退下阵来。花面太岁会意,装模作样追赶了一阵,正要回转自己阵前,猛听身后传来一声霹雳似的怒喊:"小贼,纳命来!"

来者乃马一棒!原来,马一棒满指望大军一出,便可将唐坡山一鼓荡平,不曾想芭将打得好好的却突然败下阵来,平白无故地折了自家士卒锐气,这还了得!于是,他恶狠狠地瞪了芭将一眼,也不管崩将心里是怎么想的,手举大棍冲了过来。

花面太岁见状并未搭话,一挥古剑迎了过去。棍剑相交,古剑立即嗡嗡作响,光华四射,怎奈马一棒的大棍来自当年围剿花果山天兵天将之手,神剑对神棍,自是各具威力;何况马一棒身高体壮,棍重力沉,一番猛抡狠打之下,铁棍舞得纺车轮似的,直把花面太岁搞得只有招架之功,而无还手之力。

"哈哈,小贼,咱家拿你祭旗去吧!"马一棒狂喜之下,举棍朝着花面太岁当头砸下。花面太岁自料必死无疑,刚刚把眼睛闭上,猛觉一股劲风从身旁袭来,堪堪将他斜斜推出半步,马一棒的大棍擦着他的肩臂砸下,坚硬的山石地面随即被砸得火星乱溅。

"哪儿来的妖魔,竟敢坏咱家大事?"马一棒情知有异,边喝边向四下张望。

"马帅!保重贵体要紧,何必肝火太旺?"马一棒循声一看,狐王不知何时已出现在他面前,正满脸嘲笑地看着自己,当即怒喝道:"大胆妖狐!你前时羞辱咱家于前,而今又戏弄俺于后,不把你生擒活捉,咱家决不罢休!"双手一举,大棍又从空砸来。

狐王举剑往上一贴,依然不改笑容地回道:"马帅何必为一海龟大怒不止,岂不怕弟兄们耻笑?"说话之际,剑身已沿着棍身疾速而下,直削马一棒握棍的双手。马一棒饶是发觉得快,也险些被削掉了手指,急忙中一个后跃,才得以脱身,接着像先前对付花面太岁那样,将大棍一阵急舞,方将狐王逼退。

狐王知力敌不是马一棒对手,且不愿将事情彻底弄僵,遂一手持剑抵挡他的猛攻,一手从怀中掏出一把豆子,口里念了几声咒语,随即把豆往空一抛,说声"起",霎时,一阵狂风夹着地上的石头,风中现出七八个丈余身高的神将,一齐攻向马一棒。马一棒自那年十万天兵天将围攻花果山、险些被捉拿起,就对天神产生了极度的恐惧,此刻见了这番情景,哪里还有魂在,直吓得拖住大棍就往后跑,崩芭二将趁机发了声喊,也率队飞奔而去,一直跑了十几里路,风停了,神将不见了,才都停了下来。一检查,马一棒鼻青脸肿,身上有七八处受伤，二百多士卒跑得丢了兵器。

马一棒遭此挫败，刚回到花果山就以"怠兵"之罪将芭将囚禁在山洞，第二天令熊王、鹏王等几家洞主回山，命他们率自家兵马攻打唐坡山。这几家洞主素来与狐王交情不错，又恐悟空日后回来怪罪，均推辞不去。马一棒当然不能容忍属下这样，遂大加训斥，逼得他们出言顶撞。马一棒盛怒之下，将他们当场擒拿，与芭将关在一起。各洞得悉消息后，哗然的哗然，提防的提防，整个花果山处在了一片不安、骚动的气氛之中。

山中突遭此变，急坏了流帅和崩将。他们知道，包括自家部众在内，七十二洞洞主并非铁板一块，全是盯着大圣的名头、慑于大圣的神威、感于大圣的恩德，才都撮合结盟，服从四健将的统领；如今，别说狐王和几家被囚禁的洞主已经与马老大衔怨结仇，就是本部大多数成员也都看不惯自己头儿的嚣张跋扈，只要有点火星，全山就会大祸临头，毁于内乱。俩人一合计，决定冒险放出所有被囚禁者，然后再跟马老大晓以大义，讲清利害，消弭祸因。于是，第二天深夜，他俩以审讯名义进了囚洞。熊王一见他俩进来，边挣扎边破口大骂，声称一旦出去定要领兵复仇，其他洞主也气恨声声，纷纷责骂。幸亏芭将知道他俩的人品，急忙劝解道："大伙别急着骂娘，且听听二位兄长有何话要说。"

流帅赶忙道："俺俩是来放大伙出去的，千万不要误会！咱都是一家人，马帅再有多大不是，也请大伙不看僧面看佛面，消了这口冤气，日后继续和睦相处才是。"熊王等闻听大喜，点头称是。芭将道："能否想个万全之策，使老大不至于惩处你俩？"流帅断然道："眼下救人要紧，哪容咱想什么办法？大伙赶紧随我出去！"说罢，拔出利刀将绑绳割断，领着大伙来到洞口。几个负责看管的马猴见状，急忙上前拦挡，流帅大喝道："大胆！咱家要带他们去审讯，你们谁敢阻拦！"马猴见流帅动怒，只好闪在一旁，眼睁睁地看着他们走出洞口，直到看不见人影，才如梦初醒，如飞给马一棒报信去了。

这头，流帅见几位洞主已经跑走，吩咐崩将道："老三，你赶紧找个地方藏起来，没事便罢，万一有事你就远走高飞，待日后平静再回来！"崩将感激道："老二，那你呢？老大心狠手辣可是出了名的。"流帅安慰道："俺好歹与他是近支，大不了免去俺这个健将罢了。老四也要注意，先躲几天再说！"二人一想，觉得只能如此，于是告别一声，分头而去。

这晚，马一棒因身上伤口发作，吩咐随从拒绝任何人进洞，于水帘洞早早歇息去了。谁知这样一来，恰恰误了他的大事。那几个马猴前来禀报均被挡驾，直到次日早晨，才将流帅、崩将放走人的消息告知了马一棒。马一棒一听，气得眼睛都要喷出火来，召来流帅一问，流帅坦然相告，劝他不可如此对待部下,以免全山大乱。马一棒不听犹可,一听怒气大发,杀心陡起:好你个流帅、崩将,老子惹人,你们为人,放了人不说,反过来还要指责别人,真是活得不耐烦了!于是,趁对方不备,将流帅一刀杀死在地。可怜流帅为挽救花果山危局,竟惨死在自家兄弟的利剑之下。

消息传出,全山无不为之震动。先是崩将见内讧已起,知道马一棒不会放过自己,立即率本支两千部属逃往花果山外一个鲜为人知的地方。嗣后,由熊王牵头,几家洞主为给流帅报仇联合出兵,将水帘洞周围全部围得铁桶也似。被围的猴子虽说有数万之众,如果同心协力,起码也能打个平手,怎奈他们本就不是一个族系,对马一棒大多不满,如今见流帅被杀,崩将逃走,芭将下落不明,哪还肯为马一棒卖命?于是躲得躲,逃得逃,真正跟着干的也不过数千人,怎能和一心报仇雪恨的数万联军抗衡?

采纳鹏王的建议,熊王传令:凡是逃匿不战的猴子一律不准追杀!号令一下,逃匿的猴子愈来愈多,攻击的部众士气大增,攻势越来越猛。马一棒见情势不对,急忙挥舞大棍冲出水帘洞,率众反击鹏王的部众。鹏王哪肯示弱,当即率领本部数千只鹏鸟从空中遮天盖地地向下俯冲,熊王也赶快调兵遣将,率领着一群熊罴从地面四下猛扑。激战中,鹏王一个凌空下击,在马一棒头上狠狠啄了一下,痛得他铁棍失手,跌坐在地;群鸟、群熊见鹏王得手,愈加使出了他们扑、咬、撕、啄、抓的绝招,霎时就把尚在顽抗的群猴打了个死伤遍地,冲了个七零八落。直到此时,马一棒才心生悔意,仰天长叹。马屁精见大势已去,欲悄悄逃跑,哪知被马一棒发现,气不打一处来,一棍将他打得脑壳碎裂,然后召集残兵败将杀出一条血路,奔到东海海边,抢了几十艘商船、渔船,逃到了一处四面临海的名叫澎湾的海岛上。

熊王见马一棒逃逸,知道追也无用,一腔怒火全撒在了山上,见树就拔,见花就踩。群熊见大王撒欢,也都见样学样,拔得拔,砸得砸,不上半个时辰,就将一座洞天福地糟蹋了个七零八落,一塌糊涂。树木花草糟践了,群熊犹不解恨,跑到栖凤岭上面断开了水帘洞的水源。大伙有的是力气,搬石头的搬石头,断水的断水,一条好端端的河流顿时被搞得七股八叉,四处横流。鹏王不甘示弱,张口一喷,一团火焰呼地喷出,大树小树、花草枯叶瞬即燃烧起来。

经此一场内讧火并,花果山元气大伤,容颜不再,多少年辛辛苦苦建起来的秩序随之土崩瓦解,七十二洞各自为政,再不往来,再次回到了各管各的原始蛮荒时代。

屋漏偏遇连阴雨,破船屡遭顶头风。这样的日子没过多久,一场又一场飓风夹着暴雨降临到了花果山全体生灵的头上。每当暴风雨来临,风助雨力,雨借风势,别说地势低凹的峡谷成了汪洋大海,便是那峰顶、高岗、山腰处的大小洞穴无一不成了蓄水池。生灵们在洞里待不住,那就上树好了。不行,在暴风雨的肆虐下,合抱的大树被连根拔起,小树、花草更是难于幸免。不少猴子就因窜到树上避难,不是被风刮到半空摔死,就是被大树砸伤。

一轮又一轮的飓风、暴雨过后,便是熏熏烈日的暴晒。随着灾难的轮番交替,食物日益成为全山生灵火烧眉毛的大事。食素食草的尚且能以树叶、野菜等充充饥,再不济,挖点草根也是个办法;食荤食肉的可就遇到了麻烦。按照悟空走前定的规矩,山中一应生灵不得在本山杀戮,须到山外去捕食猎物。正常年景,食肉的个个身强体壮,跑跑外面自是小事一桩,如今遭此劫难,少了精神,缺了力气,别说两任大王均已不在,即使他俩都在,也禁不住饥饿的折磨而铤而走险,于是,明吃不便就暗吃,同类不宜吃就吃异类。一时间,大的吃小的,强的吃弱的,几乎成了一个公开的秘密,弄得家家提防,洞洞留心,马、鹿、羊、兔等更是终日提心吊胆,生怕一不小心成了那些凶残者的腹中之物。

风雨、干旱到了第二年,也就是去年后半年,这种互相残凶终于因一场猎物争夺而由暗转明,越演越烈。

花果山西面是由一座座山峰绵延而成的山峦,从南至北以山岭、河谷为界,依次居住着狼、豺、豹、熊等凶狠家族。猎豹岭位于山脉的中间,整个花果山的正西,居民以猎豹为多。

一日,豹王云中豹正在洞府歇息,当值的爱将鹰也愁进来禀报:"大王!刚才有几伙弟兄来找,说他们几家又没食物了,请示大王怎么办。"

云中豹翻了翻身,不耐烦地摆了摆手:"前几天狩猎,刚给他们各家分了羊、兔,怎么倒没有了? 真是的!"

鹰也愁咧嘴笑道:"事情虽然如此,但他们家家都是一二十口人,四五天吃那么几头羊、几只兔,至多也就是够塞个牙缝。依俺看……"

"依你看该怎么办?"云中豹微微闭起双眼,不经意地问了一句。

鹰也愁不疾不徐地回道:"咱不如再去捕杀一次,不捕小的专捕大的,让大伙能好好吃上几天,免得大王天天为此心烦。"

"哼哼! 你以为俺没想过?"云中豹又翻了个身,一副不以为然的样子,"眼下整个花果山缺吃少喝,人心惶惶,哪家不在为此发愁,又有谁家不在提防? 弄大的,岂非白日做梦?"

鹰也愁听惯了大王的训斥,毫不在意地赔了个笑脸:"告大王个好消息,今早俺在山外转悠,发现有伙人赶着四五十匹马,迷了路闯进这里的一条山沟里休息下来。要不是他们有十几个人,还带着兵器,俺当时就动手了。咱要不要带些弟兄赶去?"

云中豹圆圆的黄眼珠猛地一亮,从睡榻上一跃而起,一掌拍到鹰也愁的肩上:"好小子!怪不得你今天满脸喜气,敢情碰上了好运!快去!那几家不是没吃得的了吗,告诉他们一家留下一个护洞看崽,其余一律来这儿集中,随俺出去干了这桩送上门来的买卖!"鹰也愁"嗯"了一声,如飞跑出洞口。

猎豹岭说岭其实很大,有山有岭还有几处山谷。岭中以家族为单位,多的二三十,少的十几个,共计三十多家,分散居住各处洞穴里,平日以家出动,遇重大事情则集中行动。

豹子是动物界中的拔尖者,连百兽之王的老虎都轻易不去招惹他;猎豹更是豹子中的佼佼者,头脑灵活,身体雄健,奔跑迅疾,猎艺精湛,半个时辰之内可不歇气地奔跑八十里,十四步之内,平常猎物逃不过他们的扑杀。因系一个群体,他们一致推举奔跑起来犹如驾云奔驰的云中豹为王,乃花果山中素有"杀手"之称的其中一洞。

这天,五六家猎豹找鹰也愁说了情况后,即在云中豹洞府外面等候消息。未等多久,鹰也愁出来传达了大王的意思,直把群豹高兴得跑到高处扬声喊叫,顷刻间,闻讯而来的七八十头猎豹就聚到一起。云中豹出洞一瞧,见大部分都是久经沙场的老手,满意地笑了笑,命鹰也愁带路,率众朝西面狂奔而去。

鹰也愁路熟,不一会儿就领着豹众奔到了一条山沟。沟里除留下杂沓的蹄印、马粪和一堆尚未熄灭的灰堆外,人马皆无。云中豹仔细转了一圈,猛地大喊一声"追",鹰也愁紧盯着路上的蹄印在前,群豹在后朝前直追。追了十几里,隐约听前面奔马的嘚嘚声和说话声,云中豹精神一振,一两个蹿跃就擦过鹰也愁的身侧,跑到前面。

沟越走越窄,两旁的山势越来越险。看看追上最后一人一骑,云中豹看也不看,悄无声息地越过马队,于前面小道上猛地一转,堪堪将马队挡住。与其不错几步,鹰也愁与十几头猎豹也已赶到前面转身,与云中豹一道堵起了一堵密密实实的豹墙,与后面的大群猎豹形成了前后夹击之势。群马见到猎豹出现,吓得屁滚尿流,撒足乱奔,怎奈两侧全是峭壁,加上群豹嘶鸣抓挠,急得只会在原地打圈;马上的乘客虽都兵器在手,却被这骇人情景吓得脸无血色,滚鞍下马,不管猎豹们听懂听不懂,一个个跪地求饶,几个胆小的则口吐白沫,昏厥在地。好在猎豹们天生有个特点,人不袭击不伤人,有其他活物不吃人。云中豹见时机已到,一声厉啸,群豹们前引后押地裹挟着群马顺原路返回。

事情并非如此简单顺当。当云中豹率领群豹出发追击的时候,已经惊动了两家洞主:黑熊山熊罴岭腥风洞的洞主熊罴王和比邻而居的笔柱山卧云岭乱石洞洞主豺狗王。为解决腹空问题,他们日逐率领部属外出捕猎,暗中窥探邻居们的动静。这天,他们均发现了群豹的大规模行动,于是,豹狗王率众在左,熊罴王率众在右,不约而同地潜伏在群豹返归的两侧山腰处,以求一逞。

一会儿,群豹押着群马出现了。伏在山上的豺狗和熊罴眼睁睁看着那些越来越近的膘满肉肥的马匹,时刻准备出击搏杀。

到了! 被袭目标终于来到了两支队伍埋伏的地方。心照不宣的偷袭者几乎是在同一时刻向下发起了攻击。从山坡到沟底有一丈多高的峭壁。若放在人身上,尚需攀壁附葛才能下去,但对于这两支偷袭队伍来说,却各有绝招:身体笨重的熊罴王双手抱头,四肢团拢,一滚滚到了山下,刚一触地立即站起,向中间的群马扑去,其部下当然如法炮制,个个如皮球似的向沟底猛滚;豺狗们用的则是一只衔一只同伴的尾巴向下悬吊的办法,眨眼之间已悉数到了沟底。

正洋洋得意在前压阵的鹰也愁猛然看见山上冲下这么多偷袭者,仅是怔了一怔,随即被向无敌手的优越感镇定下来,指派一部分猎豹迅速奔到群马两侧阻挡厮杀;在后压阵的云中豹乍一发现这一异常情况,立即传令队伍原地停顿,对奔到前面的熊罴王厉声喝道:"熊罴兄! 请问你们这是要干什么?"

熊罴王涎着脸皮打了声哈哈:"老哥! 听说你发了一笔横财,怕你照看不过来,特来相助一把。"豺狗王也在一旁开了腔:"就是! 就是! 俺也是带着弟兄们来关照关照。"

"哈哈! 承蒙二位洞主关照,俺这里谢了!"云中豹拱了拱手,话锋一转道:"不过,俺这里人手众多,且属下脾气不好,自能管得过来。二位如有他事,咱就先走一步了!"说罢,喝令鹰也愁:"还不快走?"

眼看到手的猎物即将失去,熊罴王一急,说出来的话都变了调:"慢! 弟兄们辛辛苦苦来到这儿,豹兄弟难道就让大家这么空手回去?"豺狗王依然是附和之声:"就是! 就是! 豹兄吃肉,弟兄们汤也该喝上口吧!"鹰也愁再也憋不住胸中的怒气,高声说道:"二位洞主这么做也不嫌丢人现眼? 俺们好不容易才弄来这批猎物,你们凭什么要来争抢?"

熊罴王对云中豹尚且有点畏惧,哪会将鹰也愁放在眼里? 当即驳斥道:"说得好听! 自古规矩是见者有份,这么多猎物怎么能让你们一家独吞?"一转身,对云中豹依然是笑脸:"咱家也是见弟兄们饿得慌,才出此下策,尚请豹兄弟见谅。"

云中豹观言察色,知道照此下去势必引起一场血战,自己这头虽然不惧,但到手的猎物难免会在混战中遭到哄抢,不如利用他们两家的贪婪,来个鹬蚌相争,渔翁得利,于是,他哈哈一笑道:"弟兄们既然实言相告,俺岂能不讲信义？这样吧，熊家兄弟们食量皆大，给你们分两匹马！豺狗家兄弟肚量有限，你们牵上一匹！二位看……"

豺狗王急忙插话道："凭什么给他们两匹，俺们一匹？他们肚大是事实，但俺们的数量要比他们多好多倍。不公！不公！"

对这些又小又丑、闻臭即到、没羞没臊、不劳而获的豺狗，熊罴王一向瞧不起，一发现豺狗王也参加了这次偷袭，他本就心中有气，此刻又听他一迭连声说"不公"，更是气不打一处来，一掌朝他捆去，骂道："狗东西！哪里有事就到哪里，咱家赏你个公！"豺狗王饶是闪得快没被打中，那股厚重的掌风却也令他脸上热辣辣地不好受，正想发作，一看所有熊罴和猎豹都鄙夷地盯着自己，立即换了副笑脸道："你看俺这张臭嘴，该打！嗨，咱还是说正事吧！"说完，朝身旁一名亲随嘀咕了几句，亲随点点头蹭到后面，趁大伙不注意，一溜烟朝东跑去。

这边，熊罴王开了口："豹兄弟！俺看这么办好了，你们辛苦了一趟，自然该多得，拿上三股之二，剩下一股我们两家分，怎么样？"鹰也愁欲待出言反对，云中豹忙朝他使了个眼色，笑嘻嘻地回道："这倒也是个办法！"

熊罴王见云中豹同意，瞥了豺狗王一眼："看在同居花果山的分上，十五匹马俺拿十匹，你拿上五匹回去吧！小的们，动手！"豺狗王一向贪婪无比，哪里会同意这一令自己吃亏的分法，当即软软地顶了回去："俺倒是没意见，就怕弟兄们抱怨。俺也不争了，你们拿上八匹，俺们拿上七匹，就算小弟照顾你老兄了！"

"你个不识高低的东西，竟敢当众戏弄老子，招打！"熊罴王火冒三丈，径直朝豺狗王扑去，豺狗王疾地一闪，招呼部属进行反击，群熊哪肯示弱，齐齐扑上，一场混乱就此展开。

这是一场原始手段的厮杀打斗！双方尽管都不乏会变化、能施法的高手，此刻却没有一个去用。他们知道，以往几次用这些东西进行比试，谁都没有讨到大的便宜，反倒显得神神鬼鬼，显不出自家的真实本事。于是，这次打斗，双方不约而同地使用了原始打法，要凭各自的力量与智慧打败对方，取得眼下最重要的东西——马匹。

最初的厮杀，熊罴明显占了上风。熊罴毕竟身高体重，皮厚肉粗，嘴大牙长，掌爪锋利，一口咬去，能将对方咬死；利掌一挥，能将对方骨头拍碎；屁股一墩，足可将对方压成肉饼。因此，尽管数量上没有豺狗多，却可以一顶仨，没一会儿就打死四五只豺狗，受伤的更是占了场上豺狗的一半。

眼看再斗下去，豺狗就要彻底惨败，忽然从四面八方奔来了四五百只豺狗,当先跑过来的正是方才偷偷溜出去的那个豺狗王的亲随。原来豺狗不仅贪婪、凶残,而且还有个特点:以多取胜。正因如此,他们敢于同狮、虎、象、豹、熊、罴、狼经常搏杀,以致他们哪儿也敢去,什么食物都敢抢。刚才,豺狗王一看对方势众,即刻吩咐手下去召集同伙,决计要抓住这一难得的机会,多捞点油水。

豺狗队伍骤增,顿时改变了场上的形势。豺狗王率先领着十几个部下扑向熊罴王,其余部属则成群结伙地将熊罴们分隔开来,分群搏杀,剩余二百多只竟然扑向猎豹,不要命地打斗起来。

场上情势于瞬间逆转,大大出乎云中豹的意料。他之所以制止鹰也愁、同意熊罴王的分配办法,是因为看穿了他们两家的真实意图,想来个坐山观虎斗,等到两败俱伤时再出来收拾残局,到那时,即使对方不服,也只能按自家的意思去办,想不到的是,这帮向来被大家看不起的家伙,竟使出了这么一个绝招,连自己也成了他们的扑杀对象。万分愤怒之下,他朝着熊罴王大叫一声道:"熊老兄! 快快命令你的部下与我们合力围歼这批疯狗!"熊罴王闪身避开群狗的扑击,扬声大叫道:"小的们! 听从豹王的指挥,消灭这帮不要脸的东西!"群熊群豹齐声呼应,立即瞅准位置,联手向身边的豺狗展开了有力的反击。

熊罴王本来是单独对付豺狗王与十几只豺狗的围击,顾了前头顾不了后头,形势对自己十分不利。云中豹号令一发,立即有两头猎豹蹿过来,加入了抗击群狗的战圈,专门对付那十几个帮凶。

周围压力一减轻,熊罴王单独对付一个豺狗王,自是有了绝对的把握,几招过后,就弄得他险象环生,疲于应付。狡猾的豺狗王见状,立即使出了看家本领:转,围着对方不停地转,企图利用自己身轻腿快的优势把对手转个晕头转向,然后伺机出击,败中取胜。果然,连转十几圈后,熊罴王突然停止转动,一动不动地站在原地,似乎有点呆板了。豺狗王一阵狂喜,不失时机地猛扑上去,朝着他的屁股张开了大嘴。有道是:杀猪捅屁股,各有各的杀法。虎、豹扑杀目标,专咬对方喉管;豺狗捕杀猎物,往往攻击的是对方的肛门,一旦得手,将对方的肠肠肚肚拽出来,即刻就可令对方毙命。此时的豺狗王就是这样。他满以为这一口下去,熊罴王不死也得重伤,哪知就在他刚触未咬的一刹那,熊罴王一个倒转,一只手掌已一拍一抓一拉连环使出,饶是闪避得快,没拍碎他的脑袋,大半个头皮也已被硬生生扯下。豺狗王一声惨叫,闭着血淋淋的双眼向东面逃去。与此同时,群熊的甩、拍、墩、咬,猎豹的闪、扑、挪、抓,配合得招招密契,天衣无缝,将数百只豺狗打得尸横遍地,鬼哭狼嚎,此时见大王没命地逃走,活着的无不拔足狂奔,各自逃命去了。

场上没有了厮杀打斗,阵阵血腥味顿时令所有熊、豹饥渴难忍。熊罴王怀着歉疚与感激的心情对云中豹说道:"多谢豹兄弟出手相救,保全了俺们的性命。马是你们弄来的,理应归你们,俺们这就走了。"

云中豹经此一役,深感邻里和睦与团结互助的重要,诚恳地回道:"熊老兄这是什么话?如若没有你们拼死奋战,眼下说不定是什么情景。马,你们拿上十五匹;地上的这些美餐,以中间为界,一家一半,吃不完的带回去,让大伙多吃几天!"说完,吩咐鹰也愁就地画出界限。

群熊群豹一阵欢呼,纷纷奔向划给自己的区域,抓起地上豹狗的尸体狼吞虎咽地猛嚼狂饮起来。云中豹与熊罴王两个,则由鹰也愁挑了一具既大且肥的犲狗送到面前边吃边说,吃了个痛痛快快。看看部属们停止了咀嚼,云中豹亲自挑出十五匹膘肥肉满的马匹,连同未吃完的死狗一并交给熊罴王,而后,在群熊的感谢声中,命部属赶着其余的马匹,离开了山沟。

豹、熊、犲一场争抢食物的混战结束了,满山居民虽也就此议论了一阵,但很快就缄口不提,因为,频繁的天灾继续笼罩在花果山的头顶,起而仿效已成为越来越多的洞主出于天性与生存的公开行动,花果山陷入了更大的恐怖之中。时间一久,各洞生灵死伤无数,侥幸活下来的也大都远走他乡。仅猴子,死得死,逃得逃,四五万的偌大家族如今只剩下了五六千。真是:忆及当年鼎盛时,鸟语花香万猿啼,而今刀兵天灾在,唯见空山叹无期。

欲知后事如何,且听下回分解。

第 六 回
再入龙宫　求救助反遭龙王戏

听完芭将的哀哀哭诉,悟空关切地问道:"你还没告诉我你身上的伤是怎么来的,是不是被人打伤的?"

肚里的东西一经倒完,芭将反倒觉得轻松了许多。见大圣再次提起自己的伤情,他不好意思地苦笑了一声道:"别人倒没打俺,是俺保护水帘洞里的陈设时不小心摔伤的。"

"对了!俺怎么见水帘洞前没了瀑布?花果山地处海边,干旱再怎么厉害,也不至于河干水断吧?"悟空猛地想起刚回山时见到的那副惨景,不由得提起了这件事。

芭将道:"大圣说得没错,干旱仅是一个方面,最要紧的是自那次熊、鹏王投石断河起,栖凤岭上的那条河就慢慢干涸没水,水帘洞自然就无瀑可挂了。"

一切都明白了,花果山遇上了前所未有的灾难与毁灭!这对于从岳府出来时踌躇满志的悟空而言,无疑是当头泼了一盆冷水。此时此刻,他心头升腾起的是对马一棒的无比憎恨,是对流帅、崩将以及数万子孙的刻骨思念,是对花果山今后去向的丝丝失望。

花果山真的是万劫不复了?俺孙悟空还能厚着脸皮再回天庭去吗?以前俺吃得苦遇得险还算少吗?这么转念一想,不觉又豪气倍增,历历往事尽浮眼前:仙石迸裂,落地即生;云游海角,寻师悟道;灵台星洞,菩提艺成;剪除魔王,合山称雄;独闯龙宫,如意到手;梦游地府,挥毫涂名;官封弼马,首战天兵;偷桃盗丹,逼反天宫……这一桩桩、一件件,哪桩不是快意恩仇?又有哪件不是劫尽功成?便是在日后的取经路上,自己何尝不是所向披靡,危中取胜?如今,花果山遭劫,论苦,没有五行山下受压五百年之苦重;论难,比不上西天取经路上那么多难;论险,岂有十万天兵天将围剿之险?想到这些,悟空将方才的烦恼、不快抛开,着意抚慰了芭将一番,在一群猴子的簇拥下,回到了阔别的水帘洞。

当天晚上,悟空服食了小猴们设法弄来的几枚果子,思考了阵近日的行动,倒头便睡。许是连日奔波有点疲倦,也许是有了主意心里踏实,直直睡到次日上午方才醒来。一看天色已经不早,悟空草草收拾了下行头,一纵身出了水帘洞,直朝东海奔去。

到东海,从水帘洞前的水中不就可以过去,何必舍近求远?要知道,当年水帘洞外瀑布高挂,铁板桥下水流湍急,悟空自是不必远行;如今,瀑布断源,板桥断水,悟空岂去硬钻?何况东海相距不远,悟空更是轻车熟路,多走那么一段,对他来说无异于闲庭信步。

浩浩渺渺的东海,适值风大浪急,一排排的白浪,宛若一座座活动着的山峰,无休止地在海面迭起,向岸边扑来,加上那尖锐的风啸,气势端得骇人。悟空来到岸边,浑如没看见似的使了个闭水法,扑的跃入水中,四肢向外一推一蹬,狂涌而至的海浪倏地分开,收不住势地猛然向上一蹿,霎时在他两侧竖起两堵水墙,待他走后才哗地流下,继续朝着前浪奔腾而去。

悟空顺着水墙正行间,忽见一个巡海夜叉迎面走来,尚待喝问,发现是孙悟空,急忙赔着笑脸问道:"原来是大圣爷爷,不知您此次来这里有何贵干?"

悟空微微一笑道:"好个伶牙俐齿的夜叉,怎么又是你在这儿?"

"小的生来老实本分,龙王哪里看得起俺,俺只得一直干这个巡查差使了。"

悟空哪有工夫与他闲聊,遂打断他的话头说道:"烦你去禀告你家大王,就说俺孙悟空有急事求见!"夜叉闻听,急转水晶宫禀报道:"大王!那个齐天大圣孙悟空又来了!"

"孙悟空又来了?"东海龙王敖广因那年兵器、盔甲事受了惊吓,一听"孙悟空"三字就有些头痛,以后虽然也曾见面几回,合作过几次,但无一不是公事,此刻听说悟空来到,猛地从龙椅上站起,绕室踱步琢磨起来,"我听说他辞佛回山,玉帝为此大为光火,说他损了天庭的尊严。此次前来必定是要我帮他办什么事情,一旦让玉帝知道岂不怪罪于我?"

龟相一直跟随龙王,知道他的心事,乘机建议道:"大王!孙悟空此人见他无益,硬生生拒绝也不好,不如称病不出,让他无话可说。"

"好!此计甚妙!"敖广猛然停住,急忙吩咐夜叉:"你赶快到外面告诉悟空,就说我染病在床,不能视事!"说罢,匆匆赶往后宫,往龙榻上一倒,让龙婆、龙女将被盖在身上,找来个瓶子装了点黑水充药,嘴里随即哼哼起来,俨然一副大病不起的样子。

水晶宫外,孙悟空一直在等候。放在以前,他绝无这个耐性,早风风火火闯进去了,如今,经过漫长岁月的磨炼,脾性毕竟有所改变,知道世事复杂,有些规矩还是得讲究些,因而在宫外转来转去,未曾光火。一会儿,巡海夜叉从宫内匆匆走出,迎着悟空说道:"大圣爷爷,事情真真不巧,俺家大王突然得病,不能见客,您是否改日再来?"说罢将头低下,不敢再看悟空一眼。

悟空何曾是个傻子,一听夜叉脱口而说的"突然"二字,又见他躲躲闪闪的架势,便知情况可疑,眼珠一转,冷不防问道:"你家大王刚才在龙座上和你说什么来着?"夜叉道:"说他有病,让俺出来告您。"

"哈哈,突然得病?"悟空一句话探出了实情,不禁觉得可笑,"老邻居既然有病,俺老孙不见可就有失大礼了。走,带俺进去看望看望!"不由分说推了夜叉一把,两人一前一后进了水晶宫。

龟丞相闻声迎了上来,满脸都堆着笑容:"大圣光临敝府,小臣给您请安了!"

悟空笑道:"听说龙王老弟龙体欠安,俺老孙得看看。这几年俺得空学了点岐黄之术,身边正巧有些灵丹妙药,管保一看就准,一吃就好。走!领俺到后宫去。"

龟丞相赔笑道:"感谢大圣美意!只是大王在后宫歇着,有夫人、小姐陪伺在侧,大圣进去恐有不便。"

悟空一听不由冷笑道:"哼哼,想不到龙宫竟也像人间那样,讲究什么'男女授受不亲'这一套臭规矩!俺老孙出身佛门,有多少善男信女想见俺一面都很难见上,今日俺主动上门让龙婆龙女观瞻真容,岂非她们的莫大造化?来,引俺进去!"话刚说完,作势要走,龟丞相急忙扯住道:"大圣说得是,吾辈怎能与佛相比?只是后宫狭窄,不比前厅宽敞。请您稍待,容小臣恭请大王出来。"急转身朝后宫奔去。

过了一会,龟丞相在前,龙婆、龙女一边一个搀着龙王走进前厅。一见龙王哼哼唧唧,一步挪不了二寸的样子,悟空忍住肚里的好笑,假作关心地走上前去说道:"敖广老弟,想不到多时不见,病成了这个样子。来来来,俺来给你敲打几下,必定见效!"话到手到,一把抓住了龙王的肩膀。

敖广心虚有鬼,知道悟空是来捉弄自己,慌忙说道:"不敢劳大圣大驾。适才我服了药,身体已经轻松了些。请坐!上茶!"说罢,同悟空在桌子两侧坐下。小童上前奉茶。龙婆龙女情知呆坐无益,同悟空搭讪了几句,转身返入后宫。

大凡人们最恼火的莫过于被别人逼着做事。敖广此时的心情正是这样。他被悟空逼出来见面,心里不知窝了多少火气,趁他低头呷茶的当儿,冷不丁说道:"大圣功成佛就,衣锦还乡,小王自当恭贺!如今,真经已经取回,整日随佛祖参禅讲经,想必是给小王送归那支镇海神针来了?"

孙悟空压根儿没想到东海龙王会张口索要早已送出的东西,不禁一时语塞:"这,这定海神针……"

敖广不容悟空多作思考,趁势而上道:"大圣有所不知,镇海神针在时,整个东海海晏宫稳,省了小王多少心;自从你取走作了兵器,我这儿经常出事,每遇飓风来临,不是部属伤残,便是宫歪殿斜,受害已一千多年。如今,大圣已经不用,还是让他重新镇海为好!"

悟空此刻已缓过神来,不假思索地顶了回去:"老弟此话差矣!当年俺老孙前来讨要兵器,你亲口说这块神铁乃是大禹治水时测定江海深浅的一块定子,留他无用,才当废物送给俺的,此时怎能说离了他不行?再者,天下神器宝物归宿自有定数,是你夫人当面说他'这几日霞光艳艳,瑞气腾腾,敢莫是该出现遇此圣也'之话,说明这件神器自应归俺。何况,此事已过一千多年,重提旧事,莫非要和俺有意过不去?还是知道俺不在佛位,乘机来戏弄俺?"

看见悟空金睛火眼神光暴射、咄咄逼人的凛凛神威,听着他一番义正词严的驳斥,敖广一时后悔自己行事孟浪,不该拿这事来触犯这个厉害人物,慌忙解释道:"大圣且莫误会,小王也是说说而已。您若觉得他还有用处,只管留下好了!"为了掩饰自己的窘态,他朝宫门外面喊道:"小的们,将那极品好茶速速沏来!"

龟丞相指挥小童沏茶奉果时,悟空暗自琢磨:敖广这个老家伙想是猜中了俺上门求助的来意,上来就先声夺人,想堵住俺的嘴,俺何不借机诈他一诈,来个后发制人,打打他的气焰?想到这里,他将上身向前靠了靠,神秘兮兮地对龙王道:"留不留的倒是小事,有件事关乎老弟的安危,俺正琢磨是说出来好,还是不说为好。"

"关乎我的安危?什么事这样重要?请大圣快讲!"悟空刚提了个话头,敖广就有点沉不住气,前倨后恭起来。

"俺此次回山,于路途之中听说你纵容部下虐待凡间生灵,抢夺黎民财物,随意决定下雨点数,弄得天下遭殃,民意沸腾,众位城隍、土地欲联名上奏天庭,为民申冤。俺作为你的邻居特来关照,可有此事?"

敖广一听慌了!自古天有天条,国有国法,家有家规,如若违逆,定遭处罚。轻者鞭挞罚没,重者抄家处斩。当年西海龙王之子因违逆父命,犯了不孝之罪,先遭玉帝吊打,后逢观音变马,负唐僧取经赎罪。不孝之罪尚且如此重罚,虐民之罪岂不伏诛?敖广乃西海龙王之子的伯父,自是对当年侄儿之事记忆犹新,此时猛听悟空说他犯了虐民之罪,岂能不慌?惊得他一下从桌旁站起,急切地问道:"大圣!小王一向奉公守法,不敢越雷池半步,何来虐民之事?想是所辖河、湖的一些小泽龙王暗中胡来,惹起祸端,方使得众神告状?"

悟空心里暗暗高兴:"你老儿终于中了俺老孙的圈套,何不再来个疾风骤雨,让他再急上一急?"心里越发感到好笑,说出来的话却更加煞有介事:"算你说对了!你管辖的这些小龙王,其中有的确实不像话,不是作浪翻了人家的船只,抢夺财物,就是横行无忌,上岸拐骗良家妇女,或者是不遵天条法度,淹没百姓良田。你说,这是不是罪?任凭哪一条,都可上天庭断头台处治。"

"大圣!小王摊上这些事,还请您从中多多斡旋。"敖广随即补充了一句:"您若有事需要帮忙,小王定当效力!"

看看火候已到,悟空作出一副悲天悯人的样子慨然道:"老弟放心,俺老孙一定替你遮掩,设法阻止众神告状!你也要约束部下,勿再滋生事端。至于俺的事嘛,眼下倒是有一件。"

"大圣请讲!"敖广与一旁的龟丞相脸上露出了关注的神色。

悟空道:"俺昨日回山,发现山里普遍缺水,请老弟降些雨水,或将你管辖的能喝的水发些到山上,以解当前满山居民的生存之急。"

哦,原来是让我解决这个问题!敖广心里猛然一动,又见龟丞相在一旁朝他眨了眨眼,不禁疑心大起:莫非孙悟空本意在此,唯恐我不答应才编了那些话来诈我?对!一准是这样!猴头向来机警过人,自己千万不能受了他的蒙骗。何况,帮他就是惹玉帝,须得小心对待。有了这个揣摩,敖广的神情顿然振作了许多,假装为难地说道:"贵山出现了这些情况,小王自是十分同情。只是您也晓得这降雨之事,没有玉帝旨意,小王断不敢妄自行之。大圣与玉帝过往甚深,何不直接面圣,请玉帝颁旨?至于这发水到山上,还得容小王斟酌一下,看发哪儿的水合适。"

悟空明白,龙王所说前头是真,玉帝不降旨,任谁也不敢擅自施行,自己刚才那么说,仅是顺便说说而已;后头有假,东海龙王辖下的河流湖泊何止百条、千条,随便吸条河的水都可解花果山的燃眉之急,所谓"斟酌"一说,实乃推辞之意。正待相问,忽有巡海夜叉前来禀报有天使降临,敖广急忙离座起身,传令召见。

须臾,一金甲力士径入宫中,面北立定说道:"奉玉帝口谕,着东海龙王敖广率本部人员到南赡部洲降雨,不得有误!玉帝同时赏赐你玉如意一柄,以褒奖你忠于王事,治海有功!"龙王俯伏阶下谢恩毕,起身接过如意,恭送天使出了宫门,返身回到殿里时,脸上已无方才惶恐谄笑之态,一本正经地朝着悟空拱了拱手道:"小王有钦命在身,即刻就要起身。大圣适才所言之事,容当日后再议。小的们，伺候本王更衣！"也不管悟空在与不在，自顾自忙活起来。

悟空见龙王如此轻慢自己，本待发作，又觉得人家确有急事，遂拱了拱手，道了声："改日再会。"一跺脚纵出宫门。敖广在后面冷哼了一声："猴头啊猴头，当年你占山为王时，我尚且怕你目无法度，率性乱来；保唐僧取经那阵，我所以几次出手帮你，无非是看在玉帝、佛祖的分上；如今你有佛不做，偏要回山寻罪受，我即便不帮，谅你也不能把我怎样，哼！"

不说东海龙王背后洋洋得意，且说悟空分开水路返回岸上，心里虽气，却也信心未失：敖广有事在身，不成南海、西海、北海三家龙王也都有事？凭自己以往与他们的交往，凭自己的威望，让他们给山上发些大水，浇灌一下山里的土地，保准不是件难事。揣着一个以君子之心去度小人之腹的谅解与自信，他来到了另一个邻居家——南海。

南海龙王敖钦这天正在接受辖下所有河神、泉神、湖神的生日朝拜，着一名全身黝黑、矮胖不堪的鼋将负责照应。

这鼋将不是别的，正是唐僧取经路经黑水河险遭毒手的那条鼋龙，四海龙王的嫡亲外甥。黑水河本由一员真神管辖，那鼋龙之父泾河龙王因错行风雨，克减了雨数，玉皇降旨着时任人曹官、大唐太宗驾下宰相魏征于梦里斩了，其母遂带他前往西海龙王敖顺处栖身。后其母病故，敖顺让他在黑水河名为修身养性，实欲设法驱走真神而代之。鼋龙有母舅撑腰，连表面文章都懒得去做，刚到黑水河就将真神武力赶走，霸占了他的水神神府。唐僧师徒路经黑水河时，鼋龙竟将唐僧、八戒诓骗下水，擒拿回府，派人持帖请其母舅赴府分食唐僧肉，以图长生不老。悟空打死送信小妖，持信直找敖顺。敖顺惊恐之下派太子摩昂率兵前去，逼其交出被擒二人，鼋龙不听，执鞭开打，被摩昂擒拿。悟空念其年幼，且自己与其四个母舅都有交情，未加治罪，令太子带回，交乃父严加管束。西海龙王见外甥被押回府，不仅没有责罚，反倒怨悟空坏了其外甥前程，知道自己管辖之处不好再安顿他，遂将其送到南海，在二哥敖钦处住了下来。

这天，适值敖钦寿诞，他欲乘手下诸神前来拜贺之机说说外甥的去向，遂嘱鼋龙以待客身份，与众神熟识、亲近一番。鼋龙自幼凶恶奸诈，岂肯错失良机？当即指挥一应侍役广设珍馐百味，满布琼液玉浆，场面搞得格外热闹。开席后，他更是使出十八般解数，这张桌前奉上一堆好话，那桌席前留下阵阵欢笑，真的是：满面春风生，身圆遍地滚，心机比天高，阴谋笑底生。

敖顺与众饮宴多时，忽有夜叉进厅禀报：孙大圣来了！敖钦没有其兄敖广那样深的城府，且已喝得头重脚轻，厉声训斥夜叉道："多事的东西！你不见本王正在招待宾客？他孙悟空来不来与本王有何干系？”

一旁斟酒的鼋龙闻听"孙悟空"三字，长久积压的怨恨之火腾的一下冲上脑门，朝着夜叉就是一脚："没用的家伙！大王已经说了，还不快去回绝了那个猴子，愣着干啥？"

话刚落音，悟空已不请自进，一声长笑道："何人吃了熊心豹子胆，敢在俺兄弟的龙宫大呼小叫，岂不有损南海的清誉？"

敖钦头脑毕竟还有点清醒，听悟空话里有话，估计刚才说的话已被他听见，不无尴尬地站起来道："大圣来得正好！请尝尝小王今日菜肴的味道怎样？"转身吩咐鼋龙："还不给大圣布菜上酒？"

鼋龙从侍役的盘子里拿起盘菜用力朝桌上一放，满含讥讽地冷笑了一声："大圣真是好口福！听我母舅说，您弃佛回山，真令在下钦佩不已！花果山洞天福地，想必刚刚吃饱喝足，要不要再吃一点？"

在场的各位水神本想向悟空问候致意，一听鼋龙阴阳怪气，一脸奸笑，不知他是何用意，齐齐停筷放杯，望着说话的三人。

悟空在晶莹剔透的水晶宫外确已听到了甥舅俩训斥夜叉的话语，看清了室内兴致勃勃的情景，遂进门就连说带笑地将了他们一下。此时，瞅着鼋龙趾高气扬的骄横神态，听着他话中带刺的嘲讽，假装不认识似的问敖钦："此位是谁？俺老孙好像在哪儿见过，怎么满屋都是他的声音？"

"这个嘛，是……"敖钦清楚外甥的短处，一时不知说什么才好，反倒是一向横行无忌的鼋龙以为孙悟空今日是在其母舅的龙宫，不敢对自己怎么样，正好借机羞辱他一番，接口说道："大圣自诩神通广大，火眼金睛，怎么忘了当年黑水河之事？"

"不知羞耻的家伙！你母舅本欲替你遮掩，你却主动提起了当年的腌臜之事！看来不好好当众耍弄你一番，你还自以为是什么英雄好汉！"悟空心思已定，一步跨到他面前，像观赏什么好玩的东西似的，上下左右端详了一会，故作惊喜地开了口："噢？原来是在黑水河抢占水神洞府、被人擒拿的鼋龙！怎么，今日要借你母舅的场面，当众感谢当年俺这个释放之人的大恩大德？"

"哼！当初要不是你从中插手，毁了我的前程，我早已在龙王位上坐了六七百年了，还用得今天在这儿给人赔笑敬酒？"鼋龙越说越气，索性将母舅的意图也抖露了出来。众神有对他底细清楚的自不待说，刚刚清楚的无不对他的这种抢夺王位、以怨报德的丑恶行径嗤之以鼻。

敖钦见外甥越说越露骨，生怕惹恼悟空遭到不测，朝着鼋龙大喝道："孽畜！有本王在此，何用你来多嘴，还不赶快退下！"转身对悟空道："大圣光临寒舍,必有要事。你我相交多年,请不吝赐教!"

悟空也不愿把事情弄僵,开门见山道:"俺想请老弟到花果山一趟,给山里发些大水。"

敖钦道:"花果山钟灵毓秀,人间少有,发水干啥?"悟空道:"不瞒老弟,花果山近年干旱无雨,树木花草枯萎,满山生灵难以生存。"敖钦道:"既想发水,东海相距最近,大圣何不找我大哥帮忙?"悟空道:"俺老孙何尝没有去找,只是你大哥奉玉帝旨意,急着要去外洲降雨,这才前来找你援手。"

弄清了悟空的来意,敖钦心里一阵冷笑:"哼哼!你孙悟空也有求人帮忙的时候?想当年你逼我大哥索要兵器不说,还硬把我们三个兄弟召到东海,强迫我们给你凑副盔甲。我当时就要与你刀兵相见,是大哥委曲求全,乞求我们允从,害得三弟拿出了锁子黄金甲,四弟拿出了藕丝步云履,我拿出了凤翅紫金冠。嗣后,在黑水河你又将我外甥撵出水神府,逼得他四海为家,到处漂泊。今日上门又要我帮你发水,哼哼,想得倒美!你若还在佛位,我尚且敬你三分,如今身无名分,不帮你又敢把我怎样?大哥能找借口回绝了你,我敖钦岂是傻瓜一个?"心思电转之际,一个主意浮上了脑际,他一脸虔诚地对悟空说道:"发水拯救贵山,小弟理应鼎力相助!只是我宫中贮水宝袋前些时被那些不争气的属下弄破,急切间没有修补好。待修好后,我一定亲自前往,以了大圣心事。"一番话说得悟空满腹狐疑:说他是假话吧,脸上带着真诚与歉疚;说他是真话吧,偏偏在这个时候袋子出了问题。面对这种不尴不尬的场面,孙悟空有力使不上,有气不好发,只得强装笑脸,心不在焉地吃喝了几口,返身出了宫门。

虽说没有了来时的那般信心,悟空还是风风火火先后去了北海、西海,希图从那儿得到帮助。令他大失所望的是,北海龙王敖顺外出未归,手下部将不敢做主;西海龙王敖闰托辞相距甚远,不愿前去,碍于白龙马的情分,悟空只得强压火气,悻悻而归。

跑了一天,踏遍了四海,到头来却两手空空,孙悟空有生以来感到累了,倦了。不是身体疲倦,四个来回对他算不了什么,而是心累了,情累了,累得他无心再在外边奔波,于傍晚时分回到了水帘洞。当晚,他躺在石床上辗转难眠,脑子里全是白天发生的事情。思来想去,他怎么也想不通,自己过去虽然遭遇的挫折、麻烦不少,但最终都化险为夷,胜券在手,不论遇到什么极厉害的对手,不是在自己名下服,就是在自己棍下伏,哪个不是规规矩矩,恭而敬之?为何一夜之间熟人变得陌生,客套代替了热情?

有道是:不识庐山真面目,只缘身在此山中。别看悟空上天入地无所不能，七十二般变化神鬼莫测，古道热肠，救黎民于危难；天生傲骨，视天庭如草芥，却不知道世事险恶人更险的道理。

　　东土自立国以来，斗转星移，沧桑交替，何止两三千年？同南土、北土、西土一样，占有成了历代权势者与奸顽者的本性，贪婪浸透了多少人的骨髓。所不同的是，东土自尊孔奉儒起，受"万般皆下品，唯有读书高"说教与现实的影响、刺激，官品吸引着天下所有人去追逐，仕途成为一批又一批、一代又一代人的最佳选择。于是，为了生存与飞黄腾达，人们不得不学会势利，不得不学会虚伪。虽说国门上的杏黄大旗换了一次又一次，却不过是在参天树上长出的一支支新枝，看着嫩绿可爱，汲取的还是老根里的东西。久而久之，这片广袤的土地上，鲜花、甘泉遍地，杂草毒菌狂长，且每逢太平时期，杂草长得更旺，毒菌颜色更亮。长期服食这些东西，"穷在大街没人问，富在深山有远亲"的现象越来越盛，"朱门酒肉臭，路有冻死骨"的情景愈演愈烈；昨日有权有势，不认识的人会将你当成大爷待为上宾，今日解职归里，熟识者顷刻会与你擦肩而过。对一般人是这样，对正直而才华出众者，情况则更为不妙。试想，对上司，别人都绞尽脑汁去巴结去逢迎，你却自命清高不去理会，本已扫了人家尊严，惹了人家不快，偏偏你的本事还要出众，政绩还要突出，岂不遇上司，上司尴尬，遇同事，同事妒忌？当你在位时，他们把不住什么时候用你，不得不有点敬你怕你，彼此之间你来我往，显得亲兄弟一般；一旦你不在位，用不上你自然不必再去怕你，趁机奚落、嘲讽乃至踢你一脚也属平常事。

　　悟空平生以君子之心去度他人之腹，便会觉得他人与自己一样，压根儿不去琢磨人情、世情，哪会知道其他？如今四海碰壁，龙宫遭戏，岂不哀哉？悲哉？不过，话说回来，悟空这样绝顶聪明之人尚且如此，芸芸众生中又有几人能看得见自己的鼻子、脖子与脊背？这就叫：儒学只顾讲中庸，出头椽子遭雨淋，见风转舵是老大，挚友只在利上分。

　　且说悟空屏退从人独自在洞中苦苦思索了半夜，方才慢慢睡着。天明醒来之后，小猴给他端来几颗不知从何处设法弄到的又干又硬的果子让他吃，他心头一震，知道若不尽快解决眼下的干旱问题，全山生灵的生计将会陷入绝境。想到自己回山几天一件事都未办成，大伙都在大眼瞪小眼地盼着自己，他一骨碌爬起，将果子塞给小猴，纵出洞口往西行去。他要找当年的小龙马、如今的八部天龙马帮忙，赶快解决花果山的头件大事——干旱。

　　小龙马自从那日大师兄返归灵山后，日逐思念师兄。唐僧将孙悟空辞佛回山之事禀告了佛祖，佛祖万万没料到世人竟有不做佛的，这无疑是对至高无上的佛门圣地的一记沉重的打击,立即命掌管佛簿的比丘尼将孙悟空的名字用朱笔划掉,永远不再提起此事。倒是那些诸佛、菩萨、罗汉、揭谛、比丘、优婆等,就悟空辞佛除名之事说长道短,沸沸扬扬了好一阵子。小龙马目睹此番情景,好生为师兄的被迫出走难过了一些时日。

一日,小龙马无事,正在山门外擎天华表柱上盘旋腾挪耍玩时,望见一朵祥云从远处疾速飘来。与悟空风风雨雨十几年,他一看就知道是谁来了,一松身从柱上腾起幻为人身,喊了声"大师兄",迎了上去。

悟空见师弟如此急切,来时的郁闷顿时减轻了几分。两人找了处僻静的地方落下,悟空亲切地问道:"小师弟近来可好?"

"俺这儿事情不多,有事出去跑跑,没事就在天上领着群马转悠,或是到海里找几个弟兄玩玩。大师兄您呢?回山怎么样?前时俺去见师父问您的情况,他好像知道却不说,只是说该让您独挑重担,好好历练历练。"小龙马乍见到悟空,恨不得一下子就将关心师兄的事都道出来。

"嗨,别提了!"悟空将路遇岳庚、花果山遭劫、赴四海求助碰壁之事简略说了一遍,伤感地叹了一声:"俺来找你,就是让你想个法子,怎么样给花果山发场大水,以解目前困境。"

小龙马乍听悟空巧遇岳庚、智救岳霖之事,尚且兴高采烈,为师兄的侠义之举鼓掌叫好,听到后来却越听越气愤,越听越羞惭。你想,东海、南海龙王是他的伯父,北海龙王是他的叔叔,西海龙王则是他的亲身父亲,往日西天取经时尚且有来有往,相互援手,现今师兄遭困时,自己的四位亲人却如此寡情少义托词不管,这叫他如何面对生死与共的师兄?于是,悟空刚把话说完,他就用坚决的口吻说道:"师兄!家父与俺的几位叔伯昨日的做法,您不必介怀,容俺即刻回家找家父帮忙。万一他有事顾不上,俺来发这场大水,拼着与家里闹翻,俺也一准把这件事办成,您就回山静候佳音好了!"孙悟空奔波了一天,磨破嘴皮没办成的事,顷刻间在小师弟这儿得到了肯定的答复,不禁让他觉得:从来上阵父子兵,打虎还得亲弟兄,铁鞋踏破望穿眼,肝胆相照方一心。

两人分手后,小龙马即刻起在空中向西海飞去,不一时已临西海上空。落下云头,游进宫中,适逢西海龙王敖闰与夫人对坐叙话。小龙马走到二老跟前,跪地叫了声:"父王、母后,孩儿给二位大人请安!"随即起身站在一旁。龙婆见儿子回来,高兴得正要与他说几句亲热话,却见儿子满脸怒气,以为他在外面受了欺负,急忙问道:"龙儿,这是怎么了,为何刚进家就这么不高兴?"小龙马瞥了父王一眼道:"您问问父王昨天办了什么事?"

敖闰自那年状告儿子忤逆不孝、险遭天庭诛杀后一直愧疚不已,老感到对不住儿子，打那以后父子俩很少见面，一旦见面均很少言语。此时见儿子怒冲冲回来，他就猜到几分，一听儿子问话，他心里更加清楚，心虚地反问了一句："为父昨日足不出户，何事让你这么生气？"

"您要是出门倒还好说，正因为您在家，才办了一件令孩儿无法出外见人的错事！"小龙马一句话顶了过去。

"放肆！怎么对老子这样说话？"敖闰火了，先自抖出了老底，"不就是因为孙悟空找为父去他那儿发水、我没答应的事，值得你为了一个外人专门回家找我斗气？"

"外人？孩儿与他虽然名为师兄弟，却情同父子。西天取经途中俺负罪在身沦为坐骑，每天有口不能开，有话不能说，吃了多少苦？受了多少罪？经了多少惊吓？要不是大师兄细心照应，舍命相护，别说取经、立功、受封，恐怕早就把俺这条小命送在哪家妖魔嘴里了！现在，他来找您解救满山生灵，您却推脱路途遥远而回绝了他，你叫儿子如何面对世人？又怎是您一海之王的气度和风范？"

儿子的一番话说得龙王无言以对，冷场了一会，他才说出了自己的心里话："王儿只知其一，不知其二。你师兄私自辞佛下界，这对于'人人都说天堂好，个个盼着做神仙'的天庭而言，会产生多大的不良影响？玉帝与佛祖一个自命'至高无上'、一个自诩'佛法无边'，如今连自家的属下都待不住离天而去，你让他俩的面子往哪儿搁？今后还怎么再去说'天威凛然'、'普度众生'之类的话？再说，不愿做官做佛就可拂袖而去，佛家清规何在？天庭官场秩序何在？为父昨天若答应你师兄的请求，岂不招惹佛祖的不快，徒增玉帝的不满？你年少不懂事，瞎掺和什么！"

小龙马正色道："人各有志，不能强勉。大师兄缘何辞佛归山，说到底还不是玉帝心存猜忌，众神挟私泄愤？别说俺师兄为了帮助佛祖弘扬佛法受尽了千辛万苦，难以忍受他们这些人过河拆桥的卑劣做法，放在父王您的身上，恐怕也早已心灰意懒了，怎么能把'拂面子，乱秩序'的罪名放在一个本已受害的人身上？何况求您帮忙发水，乃是为了拯救万千生灵，恢复下界繁荣，这和佛祖的'普度众生'有何出入？又和玉帝所标榜的'替天行道'有何不同？再者，黎民百姓尚且讲究'仁义'二字，父王岂能看碗下筷，趋炎附势？如此下去，如何立足四海，诚服部众？孩儿言重，请父王三思！"

龙婆听着儿子说得在理，也帮忙劝开了丈夫："大王！就依孩儿所说，帮他师兄发些大水吧。于公，咱这叫替天行道；与私，也显得咱有情有义。否则，你们父子俩还怎么在人前说话呢？"

敖闰作为一海之尊，并非昏聩之辈，岂能感不到儿子的话有理有据？尤其是"普度众生"、"替天行道"两句，更使他心头霍然一亮，如释重负，加上夫人解劝，他终于打定主意，起身走到儿子身边，在他肩上轻轻拍了一下，满怀慈爱与赞赏的心情说出了自己的决定："龙儿，想不到别后这十几年你有了这么大的长进，为父实在替你高兴！昨日之事已经过去，你我父子从此不要再提。明早随父齐去花果山发水，我先去作个安排，你和你母后好好谈谈。"小龙马见父王慷然应允，高兴得应了一声，当晚怎么也难以入睡。

第二天一早，先是由两个龟将各扛着个鼓囊囊的袋子在宫外恭候，随后，龙王与小龙马饱餐完毕后迈出宫门，父子俩在前，两个龟将在后，一齐纵上云头，向花果山进发。

看看到了花果山上空，龙王吩咐儿子下去通禀悟空，自己和两名随从在云里等候。去不多时，小龙马携着悟空的手纵了上来。龙王满脸带笑地走到悟空身边，拱手道："昨日慢待大圣，幸亏孩儿提醒，请大圣勿怪！"

悟空哈哈一笑道："敖闰老弟！有这么个好儿子在，俺就知道你今天一准会来。怎么，也不下去坐坐就要动工？等会看俺老孙怎么拿酒罚你！"

龙王道："量你大圣眼下也拿不出什么好东西招待我们！趁现在天色正亮，咱还是早点动工，不误我回家办事。"

"好，就依你的！让俺老孙做啥？"

"我和两名随从在上面放水，你和小儿在下面察看。山里高低不平，难免会有水白白流走，你设法堵住即可。"

悟空答应一声正要下去，突然想起件事，忙问龙王："老弟，你那海水苦涩不堪，流到地上可怎么得了？"

龙王得意地笑道："你当我是不懂事的孩童？我这可是命人专程到太行山漳河处装的甜水，尽管放心，你们下去吧！"

悟空一声"好嘞"，同小龙马一齐落了下去。

龙王见已就绪，命一名龟将将袋口稍稍松开一缝，自己则张口喷出一口雾气，龟将立即将水小心翼翼地洒在上面，跟在龙王身后，沿着花果山疾速转了起来。一时间但见袋中水珠缓滴，雾气下大雨倾注，漫山遍野凉意腾生，久旱土壤张口猛吮，万千生灵仰脸痛饮，端得是鬼斧神工，好不壮哉！

孙悟空屹立山头正自高兴得手舞足蹈，猛听小龙马喊叫陡坡处水流太急，难以存住，举目望去，凡是坡陡壁立的地方，水都哗哗流走，顺沟奔出山外。悟空急了，从耳中掏出金箍棒，迎风晃作碗口般粗细，身子也在同时变得高如山峰，臂似巨树，纵起在空中，朝着那些陡坡、石壁一阵猛扎，扎得山上净是几十丈深的窟窿,水都顺着窟窿流了进去。正在雨里狂呼欢叫的生灵们见状,也都停止叫喊,脚踏手抠拿棍扎,一心要把这救命之水点滴不漏地保住。与此同时,小龙马一边飞,一边为悟空指点着该扎的地方,霎时从这座山转到另一座,扎了这边扎那边,直弄得天上大雨哗哗,山里扎声不绝。悟空并没想到,他这么一扎,不仅使花果山一段时期内有了难以计数的贮水器,而且于无意中戳通了二十多处地下泉眼,从根本上解决了全山的饮水问题。

龙王在空中细心地洒完了一袋水,命另一名龟将松开第二个袋子,继续沿山洒了起来。前后整整干了一个时辰,才将水全部洒完,全山顿时呈现山青溪流枝叶笑、猿欢虎啸百鸟啼的盎然生机。

龙王命龟将收起袋子,落到山头笑问悟空:"大圣,要不要咱再取几袋?"悟空紧紧拉住他的手道:"老弟不愧是行云布雨的高手!这场大水发下去,足够俺们撑持一段时间了,怎敢再劳大驾?走,回洞去!看看满山的生灵们怎么感谢你们父子!"

龙王来时只不过是抱着个"帮帮忙"的简单想法,并没想到他在发水时全山所有生灵获救后朝他纵情欢呼的场面出现,心里油然而生"普度众生"的幸福感觉,此时忙对悟空道:"大圣不必过意不去,我能为这么多生灵做件善事已经高兴不已。我还有事,需赶紧回去,咱们改日再行畅聚。"转身问小龙马:"龙儿,你出来已快一天,也该回去才是。"

小龙马道:"请父王先回,俺还有事要和师兄说。"龙王不再说什么,同随从踏上了归程。

欲知小龙马对师兄说什么,且听下回分解。

第 七 回
多方施难　人头蜂闯山逞淫威

小龙马目送父王走远,掩饰不住内心的喜悦对悟空说道:"师兄! 看到发了大水能解解您心中的忧愁,俺比什么都高兴。"悟空十分感慨地回道:"是啊,要不是小师弟你劝父向善,你父王亲自出马,俺真是不知道该如何应付眼下全山的危局。"

"师兄过奖了! 比起当年您拯救黎民的那些壮举,俺这算得了什么?"小龙马说到这儿,神色变得庄重起来,"俺让父王先走,是想给你说两件事情,请师兄今后留神。"

"噢? 哪两件事? 小师弟请讲!"

"头件事就是今后要注意佛祖那边的动向,免得遇到什么麻烦。"小龙马将佛祖除名、诸佛议论、师父及几个师兄弟担心之事一一讲给了悟空。

悟空坦然地笑了笑:"小师弟,俺以前只晓得扬善惩恶,并不去理会人背后的事情。如今才慢慢懂得这些神仙佛道看上去道貌岸然,骨子里的东西却好不到哪。俺抱定一个主意:嘴长在人家脸上,腿长在咱自家身上,他说他的话,俺走俺的路。要知道,世上的事都是干出来的,没有一件是靠嘴皮子说成的。"

小龙马佩服地看着悟空,接着说道:"父王这次带来的水虽然不少,却也只能减缓一下眼前全山的干旱,维持不了多久。要想彻底解决干旱,还须正常降雨才是。依俺之见,您得上天找玉帝,请他颁旨先降场透雨,以后按时节再降,如此,水旺山自秀,山秀物乃兴,您的兴山宏愿就会有希望。"

找玉帝颁旨降雨,孙悟空不是没想过,但一想起前时灵霄殿上玉帝那张冷酷的面孔、决绝的话语,每每就冷了心,把刚刚浮起的念头掐死在脑里。再者,自己天不怕,地不怕,神不怕,鬼不怕,唯一害怕的是丢了面子,失了自尊。前时下山,并未奏达天庭,如今去找玉帝,岂不是背上锣鼓找棒槌,自寻没趣? 现在,听小师弟提起这事,他虽然心存感激,却不知怎说是好,不禁沉默起来。

小龙马与悟空打交道十几年,自是知道他是为面子而犹豫不决,遂以宽慰的口气劝道:"师兄,花果山已临人去山空的绝境,再不降雨,等到发的这些水被晒干,可就什么事都不好办了!拯救山里万千生灵要紧,你不能再顾忌自己的面子了。何况,找玉帝降雨,本是上天管的事情。如若允准,解了满山的困苦是件好事;万一不准,您也不会因自己不争取而后悔!"

小龙马的一番话说得悟空心头不由一震。是啊,自己毅然下山乃是为复山兴山而来,并非一时负气,要小孩子脾气。回山遇上这等严峻之事,全山万千生灵生死难过,存亡未卜,自己理应千方百计拯救才是,怎么反倒不如小师弟的胸襟,死顾自己的面子?再说,找玉帝无非两个结果:准了,说明人家公正,自己以后好好遵从;不准,理输在他手里,自己反倒可以名正言顺地独自干一番惊天动地的事业,想尽办法解决山里的困难。这样做,委实要比原先坚决不去的做法要好得多!

悟空正当反复思考之际,小龙马又爆出了一个突如其来的问题:"师兄,俺在海里长大,自是懂得些下雨、发水、旱涝方面的一些事理。按说,花果山紧靠东海、南海,其他偏远地方即使十年九旱,这儿也不应该连续两年滴雨不降。想想取经途中那个凤仙郡,就因郡侯于祀天之时与妻争吵,愤怒之下推倒供桌,唤狗吃了斋供,恰遇玉帝出巡看见,玉帝即降旨惩罚,全郡三年未雨,幸亏大师兄上天得悉真情,才设法救了全郡生灵。以此推断,花果山之干旱是否也是如此?"

"啊呀!师弟,你要不提,俺还真想不到这里,莫非也是玉帝搞得一场惩罚?"悟空被师弟点醒,越想越觉得蹊跷,越想越意识到上天庭的必要,遂再次感激地看着小龙马道:"为兄自诩心宽肚大,反应敏捷,想不到事落头上,还得你来提醒。好,就按师弟说的去办!这场大水既能支撑个十天半月,俺也不急着马上就去,待俺将山里事情安排上几天,为兄再去找玉帝商量。"

小龙马将两桩心事说完,心里轻松了许多。依他与大师兄的感情,恨不得住下来好好聊上个几天几夜,怎奈自己系私自下界,耽搁久了恐佛祖怪罪,把不定会给师兄增添什么麻烦,只得与师兄告别,准备起身。悟空深知天庭戒律森严,也没强留,洞也未回,水也未喝,依依不舍地目送小龙马腾空而去。

此后四五天,悟空白天出去,在山里各处转悠,了解情况,晚上回到洞里则召开部属聊天,或者到芭将居住之处,谈谈山中之事。他要通过多跑多问,多多掌握情况,让玉帝能体贴下情,准了请求;同时,他也作了玉帝不准的准备,届时,自己该如何应对。芭将心细,见他连日东进西出,估计他有什么行动,几次相问,悟空都巧言避开。他知道现在不宜让大伙知晓,因为,事成,会给大家个惊喜;事不成,则不至于使大家在心理上雪上加霜。

一日,诸事已毕,悟空吩咐小猴看好洞府,走出洞口纵起筋斗云,直向天际飞去,不一时已到南天门外。增长天王见悟空来到,横跨一步站在中央拱手问道:"大圣前时刚刚下界,此次上天有何贵干?"

悟空还了一礼道:"此行不为别的,找玉帝说件事。"

"禀告大圣得知,玉帝已经传谕,说您私自下界,违了天规,严禁您再入朝议事。"增长天王向后面神众使了个眼色,"就因为我们前时放你出门,还都受了责罚,请大圣体谅我们的难处。"说话之时,身后的神众已手执刀枪剑戟,横横将路挡住。

悟空看这架势,分明是不准自己进门,遂一声冷笑道:"怎么,连俺老孙的私事你们也敢管?俺既非入殿上朝,也非议论公事,只是找玉帝私下坐坐,与你们奉旨所说有何关联?就凭你们这些不中打的神将,也敢在俺老孙面前抖擞威风?"

增长天王是天上四大天王之一,专门率领神将把守南天门这个唯一与下界来往的关口,以往与孙悟空因大闹天宫、西天取经等事来来往往,不知打闹、接触了多少次,深知他的脾气与厉害,先时阻挡,无非秉承帝命,不得已而为之,此时见悟空脸现愠色,语带杀气,马上来了个好汉不吃眼前亏,往边上一站,朝后打了个手势,既是对悟空也是对神众抬高嗓音说道:"大圣既然不是入朝议事,只是与玉帝私下说事,我们对上有了交代,哪能不让您进去?请!"悟空伸手拍了他一下,昂首径往前走。当值的庞、刘、苟、毕、邓、辛、张、陶及一路大力天丁急忙收起兵器,赔着笑脸,放他进了南天门。

悟空来天庭是轻车熟路,须臾就来到灵霄殿外。此时尚未散朝,他知道当下就去,不仅值殿神将会舍命阻挡,而且会因失信而连累南天门外的一应神众,更严重的是玉帝会给自己安个"抗旨不遵"的罪名,自己这番就算白来了。权衡之下,他变成一只缭虫,疾如闪电似的飞进殿内,停在殿柱上静静等候。

大概今日朝事不多,未等多久,朝班散会。趁文武大臣纷纷出殿、玉帝即将跨出殿后大门之际,悟空轻轻飞到玉帝耳旁喊了声:"请玉帝留步,俺有事请求!"玉帝冷不丁听到耳旁有人说话,四顾却不见人影,正惊诧间,悟空已变回本相站在面前。

"好你个孙悟空!鬼鬼祟祟干什么?"玉帝本就对悟空没有一点好感,此时被他吓了一跳,不禁勃然大怒,"朕已明令禁止你入朝议事,为何潜入朝堂,这不明明是抗旨吗?"

"禀玉帝,俺是因花果山之事才不得不出此下策,请恕俺不恭之罪!"为了拯救花果山的生灵,悟空生平第一次装出一副笑脸,说完,深深地作了一揖。

玉帝脸色稍稍一缓,仍是不耐烦地摆了摆手:"朕还有事,没有工夫听你说，退下！"

悟空恭声道："请玉帝容禀，俺这次回山，方知花果山数年未雨，眼下草木枯萎，河水断流，全山生灵食不果腹，渴难润嘴，已至生死关头，故冒昧前来，求您颁旨降雨。"

玉帝心头一喜：哈哈，孙猴子！你一向桀骜傲不驯，屡屡犯上，自恃神通广大，每每与朕作对，前时公然咆哮公堂，被朕痛斥，尔竟私自下界，自讨苦吃，今日又涎着脸皮前来求朕，看朕怎么收拾你！心里这么想，说出来的话却分外冠冕堂皇："花果山在你管辖时期任意妄为，抗拒天兵，大反天宫，佛祖将你压在五行山下五百年。你随唐僧走后，你那个人称马一棒的猴头专学你的做法，紧步你的后尘，横行无忌，大动干戈，弄得山无宁日，天怒人怨。为了惩凶灭顽，宣示天威，朕特降旨，着花果山三年大旱，滴雨不下。如今尚未满三年，你来求朕又有何用？"

悟空听着玉帝左一个"胡作非为"，右一个"步你后尘"，虽不耐烦，却也还能忍住，及至玉帝说出降旨停雨的话语，不禁心头大愤，硬压着火气辩道："俺以前在花果山时做事是有点孟浪唐突。正因如此，方听从观音教诲，做了行者，历经磨难，皈依佛门，了却了往日顽事。此次，俺所以重归故里，乃是天庭忒为清静，不如下界办些实事为好。您口口声声数落俺往常旧事，俺不烦恼，但您怎能将马一棒的一人所为与花果山万千生灵的生死扯到一起？马一棒行事暴戾，予以处罚可示天威；万千生灵本属无辜，却也备受株连，生存无望，显失天庭公道。尚请玉帝息雷霆之怒，颁旨降雨，以示天庭恤民好生之德，生灵感受安居乐业之福。"

玉帝一听悟空此话，气得鼻子都要歪了："大胆泼猴！竟敢如此放肆，与朕谈起了公道、德福，真真可气、可笑之至！往昔你在花果山时不识礼数，不讲廉耻，率性施为，朕尚且怕你胡来；而今，经历了这么多事，朕即使不说，你也该知天庭的厉害，佛祖的厉害。别以为你辞佛下界就没人管束了，那么多佛难道仅会念经，佛祖仅会大发慈悲？从现在起，花果山的干旱不仅不能解除，而且还要因你的不敬再旱三年！去吧，以后禁止你再踏入天庭一步！"

犹如一声霹雳在头顶炸响，孙悟空懵了。他万万没想到令普天之下人人敬仰的神中之王竟然因自己略带气愤的忠言而说出了如此草菅人命的话来。如此下去，不仅自己的兴山计划将成泡影，而且满山生灵都将荡然无存。尤其气愤的是，玉帝竟以自己皈依佛门之事相威胁，将自己视作一个只敢发火而不敢反抗的可怜角色，公然作出"再旱三年"的决定。他还能忍受下去吗？不能！兔子急了还会咬人，何况他是孙悟空！就见他心一横，牙一咬，呼地一下抓住了玉帝的胳膊,厉声喝道:"玉帝老儿!你让俺走俺就能乖乖地听你的话吗?"

玉帝见悟空两眼喷火的样子虽然害怕,却又不想失去自己的尊严,色厉内荏地呵斥道:"孙悟空,你敢对朕无礼?"

悟空毫不畏惧地回道:"俺原以为你即使对俺有意见,也会把众生生死放在心上,这才抱着被你训斥的想法前来见你,没想到你心口不一,里表相悖,全没将天下苍生放在眼里,反倒借着人们对你的敬畏滥施淫威,你以为俺入了佛门就不敢对你怎么样了?走!跟俺到花果山去!倘若你能知错则改,你只需对你以前的罪过磕头谢罪!如若死硬到底,看满山生灵如何收拾你!"说着,将神力用到掌上,顿时将玉帝捏得筋欲断骨欲酥,五官痛得都变了位。

"大圣,有话好说,你先把手松开。"玉帝压根儿没料到悟空如此震怒,说变就变,一阵凉意袭上心头,再无刚才的王者风度,转而乞求起来。

"把手松开?刚捏了你一下,你就晓得疼痛,你可知道就因你轻飘飘的一句话,花果山的生灵死得死,逃得逃,现今还有多少抱病呻吟,生不如死?"

玉帝彻底崩溃了,再也不顾什么尊严,急慌慌说道:"朕全依你的,即刻解除禁令,颁旨降雨!这样总可以了吧?"

悟空稍稍将手松了松,以不容商量的口气说道:"既然你金口已开,那就着雨部、龙王于十天头上给花果山下场大雨,以后按时节准时降雨!不然,俺天天找你的麻烦!"

玉帝哪敢不依,连连点头:"行!朕就照你说的去做!"

悟空方待放手,猛然想起应该让玉帝写下。他知道,从当弼马温到齐天大圣,玉帝次次都是口谕,未曾写在纸上,有名无实,有职无权,饱尝了受骗上当、遭人愚弄的滋味。三次在天庭逗留,他见惯了官场上的尔虞我诈,见多了神仙间的互相倾轧。其间,忠正耿直之士固然有之,玩弄权术之辈却也不在少数。这些神仙佛道与下界的奸佞小人一样,当面握手言欢,背后使腿绊脚;好事自办之,难事推却之;有了功劳是自己的,有了过错是别人的;今天说下的话明天可以不认,自己得了好处,罪名却让别人背着。眼下,玉帝虽已口头答应,谁知道他会不会反悔?于是,他指了指御案上的文房四宝说道:"口说无凭,立约为证!就请你将刚才所答应的事项写在御笺上,并盖上你的御印。"

玉帝位尊高天上圣大慈仁者玉皇大天尊玄穹高上帝,不知在位多少年,自然晓得说下与写下的区别与厉害:说下可以不认,届时还能派你个诬蔑、诽谤之罪;写下则不然,白纸黑字,证据确凿,一旦翻悔,将天威不再,声名扫地,弄得不好,还可能朝野鼎沸,王冠落地。他能这样干吗?当然不能!你看他满面屈辱,两眼圆睁,大声说道:"朕位尊九五,一言九鼎,岂有说了不算之事?你若信朕,就此回山等候!如若不信,凭你现在处置!"说完,忍着钻心的疼痛,再也不看悟空一眼。

悟空想想也是,玉帝高高在上,除了自己,再无一人敢将他龙须,逆他龙鳞,眼下自己迫他降雨已属史无前例,若再使硬,将他逼得急了收回成命,自己也不能真的把他带回花果山,反倒没了下文。嗨,得饶人处且饶人,遂说道:"俺就权且相信你一次,回山等候;若有不测,咱们后会有期!"一松手,扫了殿下那些想上却不敢上来的护殿神将们一眼,纵身跃出殿门,转眼便消失得无影无踪。

却说花果山自发了那场大水,枯萎的树枝重新长出了嫩叶,腐草底下开始冒出了绿芽,苍凉的山麓一经着了绿意,生命瞬间有了活力,虽然枝头、叶间依然缺乏果实,满山的生灵却从绿意中看到了希望,于是,久呆未走的坚定了继续留守的决心,已远走他乡的闻讯之下,也纷纷携妻挈子返归故里。一时间,满山的象、熊、狮、虎、豹、豺、狼、麋、鹿、獐、狐、獾、牛、羊以及鹏、鹤、鹰、雀等原先七十二洞洞主,纷纷前来拜见悟空,感谢他拯救了满山生灵。悟空久经世事沧桑,再无过去当美猴王时一听好话就沾沾自喜的顽猴习性,只是热情相待,乘热鼓励,大伙无不感到他变了,变得雍容大度,礼数有加,愈发体恤属下了。趁大家都来看望自己的机会,悟空将玉帝即将颁旨降雨的事顺便讲了。鉴于上次发大水因山势陡峭而跑水的实际,悟空再三吩咐各洞到时设法阻水,一定不要让这些宝贵的东西流出境外。

不知不觉第十天来到了。这天,悟空早早起身,从这个山头跑到另一个山头翘首张望,各洞洞主也都带领本洞部众登山越岭,盼望大雨的到来。直直等到中午时分,从东边天际飘来薄薄的一朵白云。一会儿,随着云层的不断加厚与扩大,一阵狂风猛地刮起,漫山遍野的大树在风中乱摆,小树更是被刮得腰身弯曲,枝梢垂地,那情景犹如一群发了疯的披头散发的妇女在狂舞乱跳。刮了半个时辰,狂风渐渐减弱,一道耀眼的闪电闪过,稍停,雷声响起,始而沉闷如捶湿鼓,再而轰鸣若骤驰奔马,继而咆哮似天崩地裂,回旋往复,肆虐不止。

突然,又一声更大的雷声追随着一道宛若灵蛇般的银色闪电炸响,久违了的雨水瓢泼似的从而天降。似乎是要与雨水争夺风头,狂风也加大了他的威力,从北向东刮去。一株株大树在风魔的撕裂下,倒向地面,露出了所有的根须。原先站在洞外的生灵们停止了欢笑,纷纷向洞里躲藏。

悟空初时尚为大雨的到来狂欢不已,但没过一会,他就感到不妙。为何?

他此生经过的降雨不知有多少次，却从来没有见过这样猛这样急这样大的场面：雨水像一条条垂直而下的水柱，织成了密密麻麻的雨幕，令所有人的眼睛都难以睁开，他纵然有一双金睛火眼，也只能模模糊糊地看到十几步之内的景物；尤其令他心悸的是，雨才刚刚下了一会，耳边就传来了山洪暴发的可怖声。凭以往的经验，他知道这场大雨带来的已经不是什么福音，而是一场灾难，如不采取得力措施，不仅大量的雨水会顺沟跑掉，而且还会使山上的生灵遭殃。人急智生，悟空当即再次大显神通，先变作顶天立地的神将似的巨人跃入山中最低的沟中，然后从身上拔下一把毫毛，放入口中嚼碎，往外一喷喝声"变"，坡岭、山谷霎时出现了上百个与自己一模一样的孙悟空，一人一条碗口粗、几丈长的如意金箍棒，照着他的做法，脚踏棍戳，一踩一个足有亩把大、一两丈深的水池，一戳一个丈余深的窟窿。狂奔的雨水遇到这上千个水池、窟窿顿时受阻，乖乖地流了进去。

此时，天上的雨水虽然下得还像方才那样猛，地上的形势却缓和了许多，唯有狂风还是依旧肆无忌惮。悟空气急之下，将身子又伸了一伸，超过了花果山最高的山峰，接着将手中的棍子晃了一晃，直插天上的黑云之中，猛喝了声："大胆风魔，吃俺老孙一棒！"举起大棍朝着风头打去。他本是情急之下的一个发泄动作，却没料到狂风猛地刮得小了，只剩下一片雨声。

大约下了半个时辰，随着乌云的缓缓退去，风停了，雨住了，悟空伸手一招，将毫毛收回身上，重新变回原来模样，腾空往四下一瞧，不由得大为惊讶：山腰处，坡岭上，数不清的比碗口粗的数以千计的窟窿里全注满了水，有的正往外面溢；纵横交错的沟底、谷地中，到处是大小、深浅不一的脚形水池，映着已经露出来的阳光，池水在慢慢变清，花果山简直就成了"花果池"。他实在没想到，自己情急之下的莽撞行为，竟然留下了这么多战迹。

正在他惊喜之际，猛听云端里传来呼唤自己的声音。他抬头一看，云端里站着四个神仙模样的人，心中的气愤禁不住又升腾起来。他双脚相互一蹬，人已来到云朵跟前，指着四人说道："玉帝让你们来降雨，你们为何要使这么大的风，下这么急的雨。"

用左臂托着右臂的风伯苦着脸说道："大圣，您也在天庭住过，自然晓得天庭中遵旨而行的规矩。玉帝让我将风力使尽，我怎敢抗旨？您再恼火也不该把气出在我头上，将我一条胳膊打伤，这叫我回去怎么交代？"

"俺何曾打过你的胳膊？"悟空一时没转过弯来。

雷公在一旁插言道："大圣忘了刚才挥棍乱打的事了？幸亏风兄躲闪得快，仅是被您的棍风扫了一下，否则，他的那条胳膊早已不在身上了。我方才叫你,就是想跟您说清这个情况,今后再莫拿我们几个出气。"

看着风伯龇牙咧嘴的疼痛样子,悟空也觉心上不忍:"要不要俺老孙给你治治?"

"治倒不必,风兄回去歇息歇息就是。"雨师代风伯说了一句,然后指着手中的空瓶子让悟空看:"大圣,玉帝命我将两个时辰才能降完的雨半个时辰降完,你说这雨能下得不急不猛吗? 好在大圣神通广大,竟在山上山下弄出那么多窟窿、池子,使这些水没有白白流走!"

听到这儿,悟空心头霍然大亮:玉帝明着金口玉言没有失信,暗地里却想趁此机会再给花果山来场灾难,幸亏自己误打误撞,将坏事变成好事,否则,后果难以设想! 认清了这点,他消除了对眼前四人的怨愤,说道:"多谢诸位提醒,俺老孙恭送四位上路了!"四人见话已说清,齐齐扬了扬手,回转天庭去了。

一场大雨,完全解除了花果山的干旱,加上满山遍野那一个个"蓄水池"以及戳通的泉水,树木花草有了水分的滋润,各洞生灵饮水有了保障,欢呼相庆自是接踵而来。但就在这时,山里发生了两件令悟空始料不及的大事:一是人口骤增,使本就紧张的吃饭问题更是捉襟见肘,越发困难起来;二是降雨半个多月后,芭将拖着病体来告悟空,山中突然死了两只猴子,年龄均在百岁以上,一向无病无痛,好好地在洞里睡觉就死了。

悟空闻讯赶往山洞一看,果然如此,不禁一阵纳闷:要说因打斗死亡,并不奇怪;奇怪的是自那年自己梦游地府划掉了猴类姓名后,山中的猴子个个长寿,从没死亡过一个,如今这是怎么了? 未等悟空弄明白,接连几天洞洞都有猴子死亡的噩耗,年龄、死因都与前两个一样。山里接二连三出现凶讯,令所有猴子莫不惊恐不安。

家有三件事,先拣紧的办。在吃饭与死亡面前,悟空自然将心思放了猴子的生死上,连续几个夜晚潜入山中暗中察看,非要弄个水落石出不可。一天夜晚,悟空又来到山上,忽见一白一黑两个晃动的人影,他急忙藏在树后观看。两个人影径直朝他这个方向走来,只听穿白的道:"大哥,阎王差咱俩来花果山索命,俺是越想越怕。谁不知道孙悟空已经回来? 要是碰上他老人家,咱别说转生做人,恐怕连鬼也做不成了。"穿黑的叹了口气:"唉! 谁说不是? 那些猴子活就活着,索他们的命有啥子意思? 不过话说回来,俺以为大王并没有这份胆量,一准是有人让他这么干的。嗨,别说了,到了!"

两个人影擦着悟空藏身的大树掠过,悟空赶忙尾随上去,朝前一看,是个山洞,一阵阵鼾声传出洞外。黑影相视一笑,突然化作白、黑两道烟穿进洞里。悟空暗自冷笑了一声闪在洞口。稍停,两个身影牵着两个上了枷锁的老猴从洞里出来,悟空呼地一下挡在前面,同时伸手朝前抓去,却抓了个空,再抓几下还是如此,他方才醒悟过来四人均是魂魄而非躯体。抓不住却能令他们开口,于是厉声问道:"何方鬼魅,竟敢来俺这儿抓人? 说! 是谁让你们来的?"

两个人影认得悟空,慌忙跪地求饶:"小的两个是黑、白无常,早年间见过大圣。今奉阎王之命前来锁拿这两位猴兄,求大圣饶命!"

悟空道:"阎王与俺是老相识,为何干这鬼鬼祟祟的勾当?"

黑无常颤声道:"俺俩是奉旨出差,其他的实在不知道。"

说话间,两个老猴的魂魄已自梦中惊醒,一迭连声求悟空"救命"。洞里的群猴被吵醒,一齐跑出来要去抓那两个无常。悟空劝阻住愤怒的群猴,喝令无常放开两个老猴的魂魄,然后命令他俩道:"这事虽然怪不着你们,却也不能就此了结。走! 领俺去见你们大王!"两无常无奈,只好领着他朝地府走去。

且说阎罗王于前时接到玉帝一道密旨,命他相机索取花果山众猴中年老者性命,恢复猴类的生死轮回,打打孙悟空的威风,引起花果山内部的混乱。阎王接旨后既喜也愁,喜的是借天庭之手终于出了当年的恶气,可以对猴类重新行使生死予夺的权力;愁的是孙悟空绝对不会听之任之,坐视不管,不知会给地府带来什么可怕的后果。进退两难之际,他采纳地府众王意见,决定采用零敲碎打的办法,以期达到渐成事实再定条规之目的。黑白无常遵令搞了几天,没有遇到什么麻烦,阎王心里暗暗庆幸,以为这下总算把孙悟空给蒙住了。这天夜晚照常派出无常后,他仍像前几天那样与崔判官在森罗殿里等候佳音,忽见悟空在前、黑白无常在后进了大殿,不由得站起,急切间不知该说些什么,稍停,方招呼悟空落座,问道:"大圣! 深夜到此有何贵干?"

悟空看了看阎王满脸不自在的样子反问:"阎王老弟将事都办了,难道还要俺老孙多此一答?"阎王掩饰地呷了口茶道:"大圣来得正好,小王有件事正要给您说。"悟空道:"那好啊! 是不是喜事?"阎王脸上一红,尴尬地回道:"这个嘛,也不能不说是件喜事。花果山中那些百岁以上的老猴能吃不能动,养着是个累赘,小王欲替您清理清理,让他们返归地府,转入轮回,大圣以为如何?"

悟空哈哈一笑道:"看来俺老孙还得感谢老弟才是! 现在你来替俺清理门户,那当年已经将我族类划掉之事该当如何解释? 这是你的主张? 还是奉了谁的旨意?"

当着属下的面如此不客气地责问自己,阎王的脸上也挂不住了:"当年之事并非小王所愿!如今之事,您也甭管是谁的主张,反正生生死死都得有个管法!"

崔判官见两人剑拔弩张,再不制止即将弄得不可开交,赶紧从中插了话:"大圣刚来,缓缓再谈,我先讲个故事娱乐娱乐,请大圣赏脸。"

悟空不知他要讲什么,同时也不愿把事情弄僵,借机回道:"俺正想开开心,崔判官请讲!"

崔判官本是大唐年间一个官员,生前刚正不阿,疾恶如仇,故死后被封为阴曹判官,在位已五百余年。他见悟空应允,清了清嗓子,拉开了说书的架势:"话说有一年又到了牡丹赏花季节,李白与苏轼结伴前来,于途中巧遇小乙哥燕青,三人……"

"哈哈!好你个崔判官,俺老孙也是出自高师名下,岂不知三人生不同时,怎么能凑到一起?好笑!好笑!"悟空忍俊不禁,来时的气愤不由得减了几分。

崔判官依然一副一本正经的模样:"秦始皇早已颁旨,为弥补七国纷争时人口锐减之缺憾,只准人生不准人死,故唐朝的李白才能与宋朝的苏轼、燕青相遇相识。"

悟空道:"这也有趣得很!"

"三人本欲到花苑赏花,谁知城里人如蚁集,挨肩擦背,人人大汗淋漓,个个走不出去。无奈之下,燕青仗着自家一身功夫在前开路,引着二人好不容易来到城外一座山上,欲在此观赏一下郊外风景,不料,满山遍野人群如潮,偌大的山上竟挤得罕有空隙。"

"说得也是!这历朝历代之人只生不死地累在一起,岂能不挤?"悟空说到这儿,猛地醒悟过来,变色作嗔道:"刁顽的家伙,竟敢以此来戏弄于俺!来来来,尝尝俺的拳头!"

崔判官知道悟空并非真怒,拱了拱手道:"大圣别介怪!假若秦始皇真的下了这么个圣旨,您说人间会怎样?每天该吃多少,用多少?"

悟空道:"你说的这个道理俺老孙不是不明白,但这与俺花果山眼下的情况是两回事。"

崔判官不解地问道:"这怎么是两回事?"

悟空振振有词道:"对世上生灵之死定个办法没错,但阎王老弟听信他人之言,企图用索魂追命办法来制造全山混乱,惩罚俺老孙,却是俺不能容忍的!况且花果山眼下人丁凋零,十之已去其九,若现在就要将百岁以上老猴尽行灭绝,山里就更无人烟了。即使恢复生死轮回,也须四五十年以后再说!"

阎王从桌旁站起,走到悟空跟前说道:"不是小王故意与您过不去,实系玉帝让我这么办。您说的宽限之事,小王委实不敢擅自做主!"

悟空冷笑道:"你怕玉帝是以后的事,俺老孙现在就要与你说个准,到底敢不敢做主?"

崔判官原先并不知玉帝以公济私之情由,如今见情况如此,哪里还肯助纣为虐?阎王一看无人帮衬,只得阴沉下脸,从牙缝里挤出一句"那就暂依大圣所言,以后再说",言罢,颓然坐下。

事情就是这样,好事成双不易,坏事结对不难。悟空刚将冥府索命之事解决不久,正为山中食物外出奔走之际,又一件意想不到之事突然发生。

一天,从花果山西面来了一彪兵马。这三百来人个个身骑劣马,人人手拿兵器,马鞍上或网或弓,半数人马还带着火铳火箭,一路挥鞭策马,向山这面驰来。快到山口,熊狮虎豹被急骤的马蹄声惊动,纷纷聚集沟两侧山坡之上,准备伺机冲击,孰料来人竟架起火铳、张起火箭,向两侧猛射。山中的居民们怕的就是火,未等下面再放,已狼奔豕突,各自跑散。兵丁们见两侧了无动静,直朝猴子居住的山谷扑去。

你道这彪人马来此何为?不为别的,就是入山捉猴。原来紧挨花果山西面乃傲来国的郴州城,与花果山同属东土管辖。郴州城中有一位姓窦名国成字永昌者,因其祖父有功被皇上封为王爷,此后世袭罔替,传到他这个重孙,自然也是一家王爷了。这窦国成虽系官家出身,却生性残暴,酷爱习武,因靠近花果山,家里专门为他聘请一位异人授其左道旁门之术,不仅练就了一身刀枪不入的横练功夫,而且会念咒语,能飞起东西伤人。功夫练成后,窦国成抢男霸女,欺行霸市,一味胡作非为,横行州城。初时,有几个民间侠士出面制止,均被他击成重伤,当众剖腹剜心,将几颗尚在跳动的心脏生吞下去,弄得以后再无人敢找他的麻烦。人们见他惨无人性,即以当地一种蜇一下就能令人当场毙命、其蜂巢酷似人的脑袋的毒蜂为名,暗地里给他起了个"人头蜂"的绰号,他听了不仅不恼,反倒坦然受之。长到二十岁时,其父病逝,朝廷依例让其袭了王爷的爵号,并授予他将军官衔,令其统领全州兵马并兼政事。从此,窦国成更是如虎添翼,越发横行无忌,什么好玩就玩什么,见什么东西好就抢什么,对于围猎捕兽,尤其嗜好。未当将军前,他就想去花果山过过瘾,只是一想到人们对花果山的可怕传说,不得不望山兴叹,息了念头;当了将军后,他专门从全州兵勇中挑选出三百名胆大身健、武艺高超者作为亲兵着意训练。看看训出效果;他终于亲自率队前来花果山捕捉猴子,专供自己养在王府的猴山上玩耍取乐,时不时还可活吃猴头。

兵马来到一处山脚下,望见山中的树上、坡上皆有猴子在追逐嬉戏,人头蜂急忙命令一部分兵丁沿山脚围住,张网以待,一部分兵丁拿着火铳火箭上山惊吓,将猴子迫到山下以便捕捉,自己则骑在马上,随时准备策应。

群猴多数没见过这么多人,一听山上火光四射,咚咚直响,无不吓得吱吱大叫,满山乱跑,有的竟跑下山去,被逮个正着。已经痊愈的芭将正在洞里与几只猿猴议事,闻讯出洞一看,见一伙兵丁正在追赶猴子,急忙提起方天画戟,同猿猴出洞一边撮唇长啸,一边捡起石块向兵丁掷去。群猴有了芭将牵头不再逃跑,纷纷群起反击。一时间,啸声四起,石块如雨,反倒把山上的官兵压到山腰不敢再上。

站在山下的人头蜂忽见手下被赶了下来,急忙下马跑上山坡。芭将看见来人身穿铠甲,料定是个头儿,传令群猴朝他猛击。人头蜂有横练功夫在身,哪里怕什么石块,一边拔剑来挡,一边往上跑,偶尔被石块击中,也仅是怔一怔,继续往上冲。芭将见来人厉害,朝着两侧指了指,随他前来的几只猿猴各带一部分猴子飞快爬上两旁的大树,随手抓住了盘在树上的山藤。

人头蜂手抓脚蹬到了群猴刚才抛掷石块的地方刚要起身,突觉眼前一晃,一支闪着寒光的方天画戟已疾速刺来,危急中一个懒驴打滚,才堪堪避开。别看芭将脾性温和,大部分时间放在了杂事处理上,却身手不凡,见人头蜂正要往起爬,顺势将戟跟过去来回一拉,画戟上的小戟已在人头蜂的背上划了一下,虽有横练功没划破,却也让他感觉到一阵剧痛。趁芭将抽戟的一刹那,人头蜂使了个鲤鱼打挺,剑在面前舞成一道光幕,直朝芭将刺去。芭将将戟往前一穿一旋,一阵叮当之声响起,响声过后,人头蜂手中的长剑已被绞断剩下半截。两边大树上的猿猴见时机已到,抓住藤条呼的一下荡起,恰恰在人头蜂的头顶汇合,几只利爪一阵乱抓狠挠,霎时将他抓了个头发散落,鼻青脸肿,其他猴子趁他惊慌失措之际,抓住树枝纷纷下落,又在他的头上留下了横七竖八的血痕。

人头蜂这才知道,对方虽是群猴,但论智慧、武功、灵活,自己都不是对手,若不出绝招还可能遭了毒手。于是,他就地打了几个滚,脱出群猴攻击的圈子,躺在地上念动咒语,一阵狂风猛地卷起地上的石头,直朝树上、山坡打去。芭将虽然见过这种场面,却无破解之法,急忙撮唇长啸,率领群猴向密林退走。

"弟兄们,快上! 抓住一只猴子赏银一两!"人头蜂一击得逞,不禁胆量大增,扯开嗓子向下面喊叫起来。山腰处的兵丁闻声爬起,重新张弓搭箭向山上扑来。人头蜂正自高兴之际，突觉眼前一花，面前忽然多了个人。

来者非他，正是孙悟空！

原来，悟空一早出外打粮，连去了山外几个地方，不是穷得拿不出来，就是托辞不借。此时的他既不能抢也不能偷，只好揣着满肚子的不快往家里赶。好在他是在云上，虽没心思用筋斗云，却也行得不慢，顺便还能看看下面的景象聊以解闷。行到花果山上空，忽听下面传来阵阵长啸和兵器撞击的声音，中间还夹杂着猴子们那熟悉的尖声叫骂；接着，一阵狂风从下卷起，直冲树林上空。悟空心知有异，急忙按下云头，落到地上，正见群猴躲藏、人头蜂得意之际，遂一个纵跃来到人头蜂的面前，厉声喝道："哪来的狂徒，竟敢来俺花果山撒野？"喊声惊动了林中的猴子，芭将第一个跑出来喊道："大圣，千万不能让他跑了！就是这个家伙领着兵马来打咱们的！"其他猴子也都纷纷出林，边跑边喊"大圣"。

人头蜂见面前之人又瘦又小，其貌不扬，哪里知道这就是名闻遐迩的孙悟空？一言未发，拔剑就向悟空刺来。悟空自西天取经回来，尚未与人面对面交过手，此时见这家伙竟敢向自己动手，不禁觉得滑稽好笑，不闪不避，任其拿剑在自己脸上、身上乱刺乱劈。人头蜂明明知道对方是一副血肉之躯，一剑刺去必然会戳个透明窟窿，但每刺一下，不是软得像棉花毫不着力，就是硬得像石头，震得手心剧痛，两臂酸麻。连刺带劈几十下后，人头蜂见对方不仅毫发无损，而且一直冲着他冷笑，以为遇上鬼了，吓得脸无血色，转身欲跑。谁知，就在他刚要挪脚的当儿，悟空双手一拉一甩，已将他甩爬于地，稍稍用劲往背上踩去，觉其皮肉坚硬，似有反弹之力，方知其人练有横练功夫，随即放脚伸手将他拉起，命众猴用藤条绑紧，同芭将等押着他向山下奔去。那些从山腰处向上冲击的兵丁见头儿被擒，一窝蜂返身跑下。

山下，那些张网以待的兵丁还在傻傻等候，网中十几只猴子见悟空赶来，一边挣扎一边大喊"救命"。一员副将装束的人不识悟空与芭将的厉害，赶忙命令部下上马，向悟空他们冲了过来。好个齐天大圣，不慌不忙发出几声长啸，那些凡马无不吓得乱抖乱跳，将背上的人摔落地上。悟空上前抓起那员副将喝问，副将经此一吓，早已胆战心惊，将人头蜂闯山的目的一五一十地说了一遍。悟空本欲好好惩戒一番，但见他们没有闹出人命，罪不至死，任群猴殴打了一顿，放出网中的猴子，将他们带来的兵器、食物、马匹全部留下，人员则全部驱逐出境。

处理完这场意外之事，悟空吩咐群猴将食物驮在马上，将兵器全部带上，押着马匹回去，自己同芭将随后边走边谈起了今日外出筹粮之事。正谈之间，一个叫"钻天猴"的猿猴匆匆跑到二人面前禀道:"大圣,芭将,狐王给咱备的东西被人抢了!"只因这一说,有分教,正是:创业维艰百难多,山高水险费蹉跎。兴山本是头等事,难比雪仇抗敌倭!

欲知钻天猴所说如何,且听下回分解。

第 八 回
将计就计　郴州城取粮渡难关

孙悟空听说东西被人抢了,急忙拉住钻天猴问道:"抢了?抢了什么东西?"

钻天猴见悟空问他,倒身就是一拜:"大王!早就听说您回来了,俺因在外有事一直未能见到,小的给您磕头了!"拜毕,接着说道:"前天俺奉芭将之命,率领一百多个弟兄去唐坡山找狐王借粮。狐王很痛快,二话没说就将他们积攒的粮食、蔬菜、果子给咱装了不少。昨日起程,本想当天赶回来,没想到在东海边上遇见了三百多名强盗动手就抢。弟兄们都是挑选出来的,身上都练有功夫,怎奈那帮家伙人多不说,武功还都在俺们之上,人人带着长刀,抢走了全部东西,还打伤了咱三十多个弟兄。俺因寻找被打散的人员耽搁了半天,直到现在才回来。小的无能,请大王和芭将处置。"

悟空将他一把拉起,心急火燎地说:"现在谈什么处置,走!快领俺去找着这班强盗,把东西取回来。"

"大王,追不上了,他们早已坐船跑了!"

"这帮家伙长得什么模样?向哪里跑了?"悟空并不甘心,总想着弄清底细去追。

钻天猴回道:"他们虽然长得有高有矮,但鼻子下面都留着一撮短胡茬;说话叽里咕噜的又快又急不好懂,俺们从来没见过,只看见他们乘着大船朝东海东北方向去了。"

"你们以前都没见过?莫非不是东土人氏?"悟空看了钻天猴一眼,自言自语起来,"短胡茬?听不懂?对!一准不是咱东土人!俺倒要设法会会这群狗娘养的,看看他们究竟是哪路货色。"

一直在旁静听的芭将开了口:"大圣!您回来后整日忙于大事,有件事俺没来得及给您说。其实咱从去年下半年起就组织了一支采粮队,专门外出采集各种食物,维持山里生计。就连您每天所吃的果子,都是从外面采集回来的。钻天猴忠心可靠,遇事灵活,俺就让他负责这件事,采集回了不少食物。若非如此,咱哪能维持到今天?这次,强盗既然跑得不知去向,追也无益,俺们仔细察访就是,您千万不要为此着急上火。嗨,只是可惜了狐兄弟的一片好意。他那儿虽说靠山近海,比其他地方富庶,却也经不起这么长时间的折腾。"

钻天猴一来熟知芭将的为人,二来不想让大圣过于烦恼,遂也帮着劝解道:"大圣!芭将一再嘱咐俺们,不要让你知道外出采粮之事,就是不想让您跟着这些琐碎之事烦心。俺保证,今后决不会再出这样的事情!"

悟空此时已冷静下来,感到芭将说得确实有道理:山里满目苍凉,百废待兴,有多少要紧之事等着自己去做,岂能因为眼前一桩意外之事先自乱了方寸?同时,他也从钻天猴的话里知道了芭将以及大伙对自己的关心体贴,心里感到暖热的同时,更加清楚了自己肩上的重任,于是,他吩咐钻天猴去安顿被打伤的部属,同芭将商议如何处理那些被缴获的物资的办法后,独自回到了水帘洞。

此后,一连几天钻天猴所说食物遭抢之事一直在悟空脑子里萦绕不已,挥之不去,粮食、果子,全山生灵的生计,成了他寝食不安、急于解决的头等大事。

一日,妙高峰凌云洞洞主鹏王专程前来向悟空禀报,郴州城兵马都指挥窦国成为报前时被殴之仇,扬言要请异人相助征剿花果山,眼下正加紧打造兵器,向州里各县催征粮草,派出幕僚到附近州县求取援兵,并针对花果山易守难攻、生灵怕火的情况,扩编火器军,估计不用多长时间就要出兵进犯。

悟空一听皱了皱眉:"窦国成竟敢进犯花果山?你是如何得知这一情况的?"

鹏王道:"俺前日带领部众到西面搜寻食物,无意中看到郴州城外净是车辆,俺觉得怪异落了下去,变做一要饭老头到车辆进出的一所大庄院探听,方才得悉此事。"

"粮草,粮草,"悟空略为思索了一会说道:"鹏兄弟!眼下全山正值人心惶惶之际,这个情况暂时不要让第三个人知道,你我清楚即可。你最近要多留心郴州城的动向,一有情况立即向我禀报,看来咱摊上好事了。"鹏王不知悟空怎么会将人家武力进犯称为好事,只以为他一时说走了嘴,同他聊了一会起身而去。殊不知,悟空已从刚才鹏王的禀报中,敏锐地捕捉到了两个令他兴奋不已的消息,在鹏王走后仍默默琢磨了半天,又到芭将处秘密议论了一阵,方才一释胸中多日来的郁闷,去处理其他事情。

等啊等,盼啊盼,好不容易度过了一个月。这天,悟空正在山上巡查,忽然看见鹏王从西面疾速飞来,心里一沉:有情况!果然,鹏王刚在他面前落定,就着急地说道:"大圣!昨天郴州城外集结了大批人马、车辆,搭起的营帐多得数不清,俺通过打听,人头蜂三天之后就要发兵,您说咱该如何是好?"

经过一个月的反复琢磨,悟空此时已经成竹在胸,当即吩咐鹏王:"从现在起,你立即通知全山所有洞主,严令他们这几天一律不得离山外出,整饬好各自部属。一旦敌人来犯必须隐蔽山中,不得擅自行动!待敌人退劫时,听俺号令方可出击!明白吗?"鹏王极少见悟空这样严肃,不禁精神一振,大声道:"属下明白,俺这就去办!"说罢,走出洞口,腾空而去。

悟空又派人找来芭将,附耳低语了一番,芭将一声答应,匆匆去做安排。

郴州城另是一番情景。城里,本州的兵马集结在东门之内一带兵营和临时强占的民房内,个个盔甲齐全,刀枪耀目;离此不远的校场里,驻扎着人头蜂最为得意宠爱的火器军;紧挨校场的是一个四面把满兵丁的大院,院里堆放的全是这次征集来的粮草,粮食放在东面,一垛垛的不知有多少,草料放在西面,也是一堆接一堆。城外,从外州外县借调的兵马划地分驻,营帐林立,一片萧森之气。

最显眼的是中间那座既高大且装饰气派的营帐。帐篷门前两侧各埋一支高杆,杆上各有一串斗大的灯笼;杆下,呈八字形地排列着两行亲兵,手按剑柄,眼含杀气,矜持地注视着出进的将弁与周围的动静;距营帐正中约五十步的开阔场上,矗立着一根足可俯瞰全城的旗杆,上面悬挂的"窦"、"帅"两面标旗,在微风中猎猎作响;帅帐里,人头蜂窦国成正在与各路将佐召开军机会议。

人头蜂以王爷加主人的身份,自是这次出征的统兵元帅。此刻,他高居于北面正中的几案后扫了一眼坐在两侧的将佐,傲气十足地说道:"列位!明天就要发兵花果山,还有什么话要讲?"

坐在东面靠北的一位将官清了清嗓子问道:"王爷!花果山山大沟深,方圆五百多里,咱这次召集了两万兵马倒是不少,却也难以围剿这么大地方,不知您有何制敌高招?"

人头蜂道:"夏侯将军所虑虽是,却不明白本王心意。咱们这次名为征剿花果山,乃是为扬我军威而已,实际上只是消灭那帮妖猴。两万兵马对付那些不懂阵仗的毛贼,岂能没有十成胜算?"

话刚落音,西面站起了一位复姓西门的将军:"卑职听说花果山的妖猴众多,个个成精,那个孙悟空更是神通广大,法力无边,以咱凡人之力去对付妖孽,实在是吉凶难料,胜败难测。"一句话说得东西两边诸将频频点头,深以为是。

人头蜂见诸将心存疑虑,士气低落,知道不掏出点真货难以服众,当即起身说道："各位将军听好！本王身为此次统兵元帅，早已想好对策。城中驻扎的兵马为何没搬出城外？就因为那是本帅专门用以对付毛贼而组建的火铳营、火炮营，你想那些长毛的东西再有多大道行还能躲得过火？至于孙悟空，有可能就是本王上次遇见的那个人称'大圣'的人，此人确有些本事，本帅已请了两位异人，不日可到，专门对付这个家伙。有这两手准备，列位只管放心前去。事成之后，本王除重重奖赏外，还会奏请皇上给大伙加官晋爵！"诸将闻听方才稍稍放心，齐齐喊了声"遵命"，走出帅营，返回各自的营帐。

翌日天明，城内城外兵马齐集帅营外广场。祭旗毕，人头蜂大刀一挥："拔寨起营！"本州兵马在前，人头蜂率兵居中，外州兵马在后，旗帜飘飘，蹄声嘚嘚，一路向东进发。

傍晚时分，大队人马来到郴州与花果山交界的山脚下。举目望去，东面，群峰壁立，拔地而起，山间林木葱绿，云雾缭绕；西面，阡陌纵横，广袤无际，河流穿过，炊烟袅袅。要不是人头蜂妄动干戈，这原本就是一个清平世界。可谓：一山飞峙众山高，万花平畴泛碧潮。农家田乐漠歌起，喜看生灵奏山谣。

人头蜂传令安营扎寨，诸将巴不得如此，纷纷下马，令部下支起营帐，埋锅造饭，沿着山脚，一字儿排开住下。走了一天，别说将官士卒吃罢饭倒头便睡，就连人头蜂也满以为在自己的地盘上不会有事，处理了几桩军务也进入梦乡。

午夜，一个身影从空悄然落到帅营大帐后面。来人偷眼一瞧，帐前一队士卒沿着大营巡来巡去，急忙变出一把瞌睡虫将他们睡倒，然后，掀开帐帘欲待进去，却不知想起什么，咧嘴冷笑了一声，转身在四处搜寻起来。连揭了十几个帐帘没发现什么，来人又揭开西面一个帐帘。这一看，令他顿时高兴的张嘴欲叫，原来里面放的全是大小一样的木箱，足有一百多个，摞成几排堆在地上。来人伸手一指，箱子自动打开，里面全是黑色粉末，一股刺鼻的气味瞬间弥漫开去。来人捻了捻，嗅了嗅，点了点头，闪身出帐，一会，不知从何处提了两桶水进来，将每个木箱都一滴不漏地浇湿，重新将箱子合住，提着水桶走了出去。

站在帐外听去，此起彼落的鼾声响成一片。来人似乎还有事要办，幽灵似的转了一圈，闪身来到一处用厚重的篷布苫的一堆东西跟前。揭起苫布看去，也是一堆木箱，只是比方才见的要大些。来人将箱子依法炮制打开后，发现里面放的全是拳头大的黑蛋，掂了掂觉得很沉。他掂起水桶往起一举，却又放下，抓耳挠腮了一阵，突然抬起手掌，朝着那一大堆箱子凌空击去，一连击了几十掌，复将箱子合住，盖上苫布，起身朝另一个营帐走去。

不用说，来人就是齐天大圣孙悟空！那天，鹏王向他禀报人头蜂欲领兵攻打花果山时，他特别留意粮草和火器军的内容。在他看来，千军万马盖不可怕,可怕的是这些带"火"字的东西。自己对此当然无所谓,连太上老君丹炉里那样无形的真火都奈何自己不得,这些有形的明火又岂奈我何? 但对满山生灵来说,这无疑是一场灭顶之灾。那天送走鹏王,他为啥要找芭将密谈,为的就是从芭将那儿了解人头蜂前次闯山所用火器的详细情况。从芭将住处出来时,他特意拎了支火铳、火箭带回水帘洞又闻又看,加深了对这些火器的印象,并暗自定好了一个大胆的主意。今晚夜探敌营,他终于如愿以偿,神不知鬼不觉地办了几件事,高高兴兴地返回了花果山,连夜找芭将作了安排。

第三天上午,官兵拔寨起营,在人头蜂的催促下,越过交界,进入花果山的头道山口——黑熊山熊罴岭寨坡底。

前面讲过,熊罴王所部居于花果山的正西,与郴州城比邻而居,前时与云中豹、豺狗王因争夺食物而发生的打斗就发生在岭下的山谷里。

寨坡底说寨并无寨,说坡却是山,雄峙于西面的沃野之上。山中间有条道,沿道而进,中间狭窄,两侧下部全是刀削似的峭壁,往上稍缓成坡,坡上全是大大小小的树木、杂草和纵横交错的山藤、荆条,沿此而上往东是群熊栖息、生活的地方。

还是在前两天,熊罴王就接到了鹏王的通知,让他近日严密监视西面的动向,如发现有大队兵马犯界,一定管束部众注意隐蔽,不要轻举妄动;一旦来敌退却,务必先敌之前堵塞退路。熊罴王欣然应允的同时,肚里却打开了小九九:兵马兵马,必然有马。趁机抢上一些,多数留给自己,少数送给云中豹,岂不是件部下说好、还能还了云中豹那份人情的好事? 他越想越得意,待鹏王走后,立即通知全洞人员作了安排,并挑选了八十多个能打善斗的部下,由自己亲自率领,每天在寨坡底一带巡查。

这天早晨,根据昨晚看到的情况,熊罴王带领部属潜伏在山沟两侧的密林里,准备伺机袭敌。约摸顿把饭工夫,山下传来了群马奔驰的蹄浪声和队伍行进的脚步声。熊罴王透过林间缝隙向下一望,沟底刀枪林立,马众如云,中间还有数不清的车辆,气势煞是吓人。

打不打? 打,对方人马太多;不打,已到嘴边的肥肉即将溜掉。熊罴王正自犹豫之际,十几名莽撞的部下有的撞断树木连枝带叶往下抛,有的搬起石头朝下砸,不管不顾地干了起来,加上嗷嗷的号叫,顿时使本就神秘的山谷增添了几分恐怖的气氛。事情到了这一步,熊罴王干脆啥都不想,用力撞倒身旁一株足有三丈多高的大树,站在峭壁边沿,朝着谷中蚁群似的官兵人马就是一顿猛抢狠扫。部属们见大王已经动手,毫不怠慢,纷纷出击,山沟两侧顷刻树木乱倒,石块横飞。

对于路旁的地形，人头蜂因来过一次，尚大体清楚，出发前已多配置了盾牌以防不测，并告诫诸将进入山谷之后严加注意。尽管如此，行进的队伍在群熊的突然袭击下还是被打得人仰马翻，一片混乱，尤其是熊罴王的一顿猛扫，触人人亡，触马马死，威力大得惊人。

混乱关头，火器军的三员统制欲待动手还击，人头蜂厉声呵斥道："混账！此地地形狭窄，一旦对方燃着的树枝扔下来，岂不伤了自己，烧了粮草？速速发箭将他们吓跑，千万不要惊动了前面的猴子！"三员统制诺诺连声，不敢再说什么，其他官兵一听元帅发令，一齐张弓搭箭，向两侧飞蝗也似的射去。熊罴王毕竟没有见过这种阵仗，举起大树狂舞了一阵，见下面的箭越射越多，狂吼一声，慌忙带着部属躲向树林深处。

看见山上没了动静，人头蜂下令停射。一检点，还没到正经地方已经折损了部分人马。他顾不上管这些事，喝令士卒清理道路，足足花了半个时辰，才将树木、石块搬开，率兵继续向里进发。有了这个教训，人头蜂率领人马一路走走停停，防备两边山上的突然袭击，晌午时分才来到栖凤岭下的谷地。稍事歇息，人头蜂即命夏侯、西门两员将官列阵搦战。

阵上一通鼓擂罢，夏侯刚胯下一匹乌骓马，手持丈八蛇矛驰出阵列，朝着岭上高声喊道："山上的毛猴听着，我乃窦元帅帐下大将夏侯刚是也！今率大兵征剿花果山，识事的速速下山投降，免致生灵涂炭；如若不然，定叫尔等死无葬身之地！"

栖凤岭上，悟空率领一千猴兵严阵以待。芭将见山下人如蚁集，刀枪林立，不无担心地对悟空说道："大圣，窦国成这个家伙看来是倾巢而出，下了血本了，咱是不是人马太少了？"

悟空嘴角一撇，露出了轻蔑的神色冷笑道："来得再多，还能多过当年的十万天兵天将？芭兄弟，你带领二百弟兄下去会会，一切都无需担心。"芭将应声道："得令！"随即带了一队猴兵手攀足跃，飞抵岭下。

夏侯刚乃三国时期曹操帐下夏侯霸后裔，身高七尺，黝黑雄壮，自幼习武，因崇拜张飞，惯使蛇矛。此次随人头蜂出兵，以为花果山妖精甚多，不易获胜，故有出兵之前的劝谏之意。今日进山虽遭挫折，却也因驱散了熊罴袭击，心中疑惧消失大半，此时见来将身高不足五尺，队伍仅一二百人，轻视之心大起，指着芭将喝道："你这毛猴！难道要与我会会？"芭将一声大喝："少废话，看戟！"刷的一下刺了过来。夏侯刚没料到对方出手如此快速，急忙操矛朝外一拨，马已跑了出去。两人一个马上，一个马下，戟来矛往战了四五十个回合。芭将闪躲腾跃越战越有兴头，夏侯刚一身重铠骑在马上，每每得俯身下刺，可就越战越烦,越战越累。恰在此时,己方阵上擂起了第二通鼓。自古是:擂鼓进兵,鸣金收军。鼓声一响,夏侯刚急了,生怕如此下去元帅小觑,三军耻笑,瞅准芭将再次纵跳而起的瞬间,疾速挺矛朝他当胸刺去。不知芭将是来不及躲闪,还是存心想杀杀这帮官兵的威风,蛇矛已快刺中了他的心窝,他却还悬在空中。两军看得惊得惊,急得急,擂鼓手停下了鼓槌,胆小的闭上了眼睛,猴兵们更是乱蹦乱跳,以为芭将这回一定完了。

说时迟,那时快,就在这间不容发的紧急关头,芭将身子一偏,左手持戟,右手已紧紧抓住了矛杆。夏侯刚以为对方要抢夺自己的兵器,气恼之中呼地将矛向上一举,想把芭将活活摔死。孰料芭将趁势甩脱矛杆,飞身落到夏侯刚背后的马鞍上,一掌拍在他的背上,吼了声"饶你一条活命,去吧",夏侯刚一个俯身已掉落马下,忍着胸中气血翻滚的难受劲,一脸羞惭地跑回自己的阵前。芭将一招得手,乘马在阵前转了几圈,觉得不舒服,将马交给猴兵拉着,又在阵前旁若无人地转了起来。

这边阵上,人头蜂见头阵就折了锐气,恶狠狠地瞪了夏侯刚一眼,急命西门出阵迎敌。

西门单名一个外字,字骇中,本系郴州城一介地痞恶少。别看其长得白脸无须,瘦骨嶙峋,却自小就心狠手辣,网罗了郴州城内一批不要命的泼皮到处寻衅滋事,鱼肉百姓;至于说到吃喝嫖赌、坑蒙拐骗,更是无所不爱,无所不能,尤其是在收受店铺老板、小摊小贩的钱财和以赌讹诈上,全城无人敢望其项背。长到二十多岁,他仗着平时学了几手武艺,花钱投在人头蜂门下,当了一兵马步军统制。子系中山狼,得志更猖狂。西门外一朝权在手,越发目中无人,不仅在任内逼走两任州官,骂死一名部属,气走三位将官,还因一宗欲吞没的官银未到手而对人头蜂出言不逊,招致了人头蜂的不满,这次出兵非要让他随征不可,欲借花果山群猴之手,拔掉这根眼中钉。这不,机会就在眼前,军令当前,你小子敢抗令不遵?

西门外提刀来到阵前,心里一阵踌躇:他奶奶的夏侯刚,原指望你打败对方,自己好躲过此关,没想到连你都败阵回营,众目睽睽之下,你叫老子怎么办?西门外暗自埋怨发狠之际,看见芭将身子又转了过去,脊背正对着自己,急忙抽箭取弓向他射去。芭将身旁一个猴兵看见,往前遮挡的同时,大喊一声:"芭将,防箭!"已被西门外一箭射倒。

芭将转身一看,西门外正伸手拔第二支箭。急怒之下,他就地躺倒,连滚带纵,飞快来到西门外的坐骑跟前,就势握戟朝马腿一个狂扫,马因腿断轰然倒地,将西门外跌落地上。西门外拔腿欲跑,芭将岂肯放过,画戟一挺一送,已刺中他的后心,扑通一声倒地身亡,堪堪应了一句老话:天作孽,犹可活;人作孽,不可活。又叫做:荣华富贵靠逆来,得了便宜尚卖乖。巧设机关总有尽,横死自有人安排。

时分不大连败两阵,人头蜂既忧又喜,有心亲自出马鼓鼓士气,又恐遇上孙悟空之类的厉害人物折了锐气,损了名头,当即下令其余人马退后,火铳营、火炮营、火箭营靠前,欲靠自己的拿手好戏,将栖凤岭烧个寸草不留,趁机擒拿群猴。

三个火器营奉命搬运火器、炮架之际,人头蜂望见岭上密密麻麻的猴子不知带着什么东西纷纷蹿下,跑到半山腰处停住,然后钻进了附近的疏林、草丛,只有阵前的二百名猴兵不明所以地沿着山脚一齐爬下。人头蜂冷哼了一声,心中暗暗得意:"不知死活的毛猴,本帅唯恐你们趁机跑了,如今反倒自动跑来送死。哼哼,那就等着本帅来收拾好了!"

看见火铳营、火炮营尚需开箱取药、搬弹,人头蜂命火箭营先行射击,其他待命。此时,火箭营三百名营兵已一字儿排开。随着统制官一声令下,负责点火的营兵一个个举着火把去点已弯弓搭箭等待发射的同伴手中的火箭,却一支也没点燃,再点一次还是没有点着,换了火箭再点,依然吱吱作响,毫无反应。那个统制打开油桶仔细看了又看,发现里面全部是水,只有上面浮着薄薄的一层油,不敢说什么,将桶盖住,脸无血色地站在当地瑟瑟发抖,等待人头蜂的发落。

值此紧要关头,人头蜂急命火铳、火炮营向对面山腰、山脚处开火。两名统制各自指挥营兵依序站好,正要下令发射,怪事却在这要命关头发生了:火铳营士卒打开箱子准备装填火药,火药却没有一箱不是湿的;火炮营的兵丁撬开箱子往出取弹,箱里的弹丸全部粘成一块。他们做梦也想不到孙悟空已于昨晚在上面做了手脚,取水换了油,湿了药,使神力将弹丸粘到了一起。

辛辛苦苦搞了一次征剿,没想到刚开仗就折了锐气;轮到使用绝招,满以为一战成功,赖以取胜的火器营却全都变成哑巴。人头蜂狂怒之下,拔出佩剑就朝三位呆若木鸡的统制头上砍去。就在三将命悬呼吸之际,随着一阵狂喊,从山腰处发出了连珠串的"嗵嗵"声和利箭穿空的"嗖嗖"声,一支支火箭,一道道火光,一片片铁砂,铺天盖地地袭向山谷中列阵以待的人马堆里。人头蜂这才猛然醒悟到上次那个叫大圣的让其留下全部兵器的原因,敢情这些堪称"模仿高手"的猴子竟用学到手的本事和缴获的火器反过来打了自己。看来自己原先头仗靠火器打败猴子、两位异人赶来后再斗那个孙悟空的想法不好实现了。

果不其然，值此人马乱叫、军心混乱之际，未等人头蜂下令，那个蒙芭将饶命的夏侯刚一声唿哨，带着所部人马先行逃逸，其余人员见状，也都顺着来时的道路狂奔乱逃，反倒把人头蜂及其亲兵营丢在后面。

来时容易退时难。人头蜂仗着自己的身份和胯下坐骑的神骏，一路扬鞭策马，带着几百名亲兵越过自家队伍向西狂奔，虽然也遇到了几次袭击，折损了一些人马，却总算逃出山口，逃到了自己的地界。

苦就苦了大队人马。一路上不是遭到了大批野牛的袭击，就是被狼、犬猛冲猛打，损失不小。看看来到上午遭袭的山谷深沟，官兵们的心又悬了起来。俗话说，怕啥来啥。就在他们提心吊胆往前狂奔的时候，云中豹率领的二百多名豹众已挡住了去路，两侧山上则是公然现身的熊黑王及其四百余名部下。随着群豹群熊的齐声厉啸，官兵所骑的上千匹马齐齐惨吼，瘫倒在地。再看后面，芭将手持方天画戟，带着千余名猴兵，拿着火铳、火箭以及各式兵器如飞赶来，堵住了后路。一场血战一触即发，早已失去斗志的官兵此时更是心胆俱裂，挤在一起，等待死亡的来临。

夏侯刚毕竟是名将之后、武将世家，猛地站在路旁一块凸起的大石上扬声说道："诸位大王！此次出兵犯界，并非下头所为。若蒙放还，我辈自当感激不尽，永不再来侵犯！"兵丁们见他开了口，也抢着求饶，表示今后再不踏入花果山一步。

芭将生性善良，不善言辞，且事先已与大圣做过商议，目睹此景，顿生怜悯之意，抬头向空喝道："鹏兄弟还不快快现身！"

话音未落，空中已传来鹏王的声音："别急，俺来也！"众人抬头一看，鹏王已幻作人形落到一堵石壁上，朝着被围官兵朗声说道："俺奉花果山齐天大圣孙悟空之令，特来告知尔等官兵，此次犯我地界，杀我臣民，实属十恶不赦！姑念你们不知内情，且家中自有老小，除火器营兵丁和所有兵器、伤马、粮草悉数留下外，一律放行！以后若敢再来侵犯，绝不饶恕！"官兵只求保命，焉管其他，一听放还，纷纷将兵器、粮草及伤马留在原地，争先恐后向关外逃去，唯有火器营的官兵不知留下是吉是凶，大眼瞪小眼地相互看着，有几个趁乱想溜，却被芭将及其同伙认出，被当场揪住，吓得其他人呆在原地不敢动弹。

一场大战竟取得如此胜利，乐得大家心花怒放，又蹦又跳。芭将、鹏王、云中豹、熊黑王几位洞主正组织部众清理战场之际，已经走了的夏侯刚乘马匆匆奔回，将一张纸交给芭将，说道："我出关口，发现路旁一块大石上压着一张纸，看了看是窦国成写给你们大圣的，故特地返回来交给你们。此人阴险毒辣，贼心不死，请各位大王千万小心，谨防上当！"说罢，两腿一夹，复转西面而去。芭将看也没看,转手交给鹏王:"你先回去面交大圣,这里由我们三个处理!"鹏王情知事情重要,点点头腾空而去。

却说悟空命芭将率军追赶官兵、鹏王来往联系、俩人均走了之后,独自在栖凤岭默默思考了起来。他料定,人头蜂所倚仗的火器一旦被制,剩下的均是凡人凡马,芭将等山中弟兄完全可以对付得了,不必自己亲自出马。眼下最当紧的是粮食。这次官兵来了两万人众,连人带马,每天少说也需五万斤粮食。郴州城兴师动众征派,必定敛集了不少,官兵进山只能带一部分,城里必定还有大量储粮;再说窦家几代为王,平素大肆搜刮民财,富可敌国,粮食、浮财自然多得难以计算,如能将这些不义之财弄到手,全山的生计必然会得到解决。再者,刚刚有一伙来历不明的强盗用武力抢夺了狐王提供的食物,人头蜂又两次兴兵犯界,花果山的防务也迫在眉睫,须加强全山训练,得有一批拿得出手的兵器,但这治山之事并非自己所长,真要讲到运筹帷幄,行军布阵,也非自己所长,此事又当如何?好在兵器一事有了着落。千余年前自己从傲来国窃来的兵器早已荡然无存,想不到人头蜂两次侵犯,却于无意中送来两万来件兵器,更可喜的是有了火铳、火炮、火箭这些厉害东西,自己的人还学会了使用,今后对付强敌的办法就会更多。刚才已命鹏王去路上传令,把所有会使火器的官兵与兵器全部留下,成立自己的火器队伍,可就如虎添翼,不惧外敌了。

悟空正自为花果山当前的困境以及今后的出路或忧或喜之际,鹏王来到了他的面前,一落地就掏出张纸说道:"大圣!您看这是什么?"悟空接过来一看,只见上面写着:"花果山猢狲大圣钧鉴:本王为保黎庶平安,两次提兵征剿山中妖孽,虽偶然败北,却不失除妖佑民之大志。为少开杀戒,使兹等体味上天好生之德、本王公平之意,特请两位异人于三日后在本城望月楼与汝公开斗法。如汝斗赢,本王绝不再兴兵;如汝败北,则要接受本王管辖,听吾调遣。郴州王窦国成谨致"鹏王见悟空冷笑不已,遂问道:"大圣!上面写的是啥?"悟空道:"窦国成写来战书,约俺三天后在郴州城与他请的异人斗法。哼哼,真真蚍蜉撼树,可笑得很!"

"战书?"鹏王尚待再问,芭将已同众猴押着粮车、器械和火器营的官兵,大声说笑着来到水帘洞前。悟空道了声"走,下去看看",同鹏王纵了出去。

"大圣!这下可好了!你看……"芭将高兴地拉住悟空,指点着面前的东西数说起来,"这是粮食,俺数了数,至少也在十万斤,仅是车就有三百多辆。这些都是兵器,一万九千多件,刀枪剑戟什么都有。这些车上装的全是火器,火铳三百六十六支,火箭三百整,火炮十五尊,火药、弹丸各一百多箱,油桶五十只。死伤马匹共计一百多匹,俺已让熊、豹二位洞主各拿了十匹,权为奖赏。至于这些人嘛",芭将指着肃立于前的火器营官兵,接着说道:"总共有九百九十九名。这三位是统制,各带一支队伍。"

事情虽然没出悟空所料,但这么好的战果成为事实摆在面前,他还是高兴得无法抑制,一把将芭将抱起转了几圈,而后放下说道:"芭兄弟,你和鹏兄弟这次可是给咱花果山立了大功! 所有火器、兵器全部搬进洞里好好着人看守!粮食、死伤的马匹就放在这里,着弟兄们连夜照管,明天全部给七十二洞分发下去,让大家痛痛快快吃上几天。"说罢,走到那三员统制面前,挨个拍了拍他们的肩膀道:"你们这些官兵以后就是咱花果山的人了,现在就由芭将替你们安排宿处,今晚好好招待大家!"

三员统制直到此时方才放下心来,互相对视了一眼,其中一人跨前一步壮着胆子问道:"大圣,弟兄们都有家小,留在这儿怕人头蜂糟害他们,是不是……"

"这可是件要紧事! 俺怎么就给忘了?"悟空一拍脑袋思索了一会,眼睛突然一亮:"有了! 你们三位赶紧将所有弟兄的姓名、住址、家中老小的情况一一登记清楚交给芭将,由俺老孙在一月之内将家眷接上山来。山里山洞多的是,你们想住就住;如若不愿住,俺给你们搭房子。你们原来干啥还干啥,俺绝不会亏待你们! 怎么样,还有什么说的?"

三人想不到传说中的齐天大圣竟有菩萨般的心肠,考虑得如此周到,心中顾虑一扫而光,倒身下跪,谢道:"承蒙大圣如此看重,我辈定当安心在此,恪尽职守,一切唯大圣马首是瞻!"后面的官兵也都眉飞色舞,喜笑晏晏,齐齐跪拜道:"小的愿听大圣调遣!"

悟空兴奋之下,暗中调动真力,双手平平往起一托,道了声:"大伙请起!俺老孙谢了!"所有官兵突觉一股柔力将自己轻轻托起,不知不觉间已全部站了起来,同时感到体内舒坦无比,精神顿时好了许多,不禁你看我我看你,高兴得不知说什么才好。

芭将对悟空的安排大都感到满意,但就是对粮食一次分光深感不解:"大圣! 这些粮食来之不易,一下子分完,以后的日子怎么过?"

"放心! 俺老孙到时给你变出来!"悟空一脸神秘地笑了笑。

鹏王听出了点味道,低声对芭将说了人头蜂下战书的事。芭将会意,同鹏王把悟空拉到一僻静处低声问道:"大圣! 您莫非要去郴州城,乘机将那儿的粮食弄出来?"

"你怎么知道那儿有粮食?"悟空刚才仅是猜测,一听芭将这么说,赶紧问了一句。

芭将道:"俺已问过火器营那些官兵,他们说城里还有三十多万斤征来的粮食。"

"这就好!人头蜂刚刚下了战书,约俺到他那儿与什么异人比试,俺决定准时赴约,伺机夺取城内的粮食,解决山里今后的生计。"

"大圣!人头蜂显然耍的是激将法,诱您前去。异人不异人的难不住您,就怕这家伙耍什么鬼把戏。"芭将生怕悟空遭到不测,急忙劝了起来:"粮食固然重要,却也不能上了当!"

悟空道:"俺主意已定,你们不必替俺担心。芭兄弟,你抓紧时间处理今日之事,三天之后听俺老孙的好消息!鹏兄弟,你现在就去郴州城,探清人头蜂的住所和那批粮食存放的地方,回来告俺!三天之后随俺一同前去斗法!"二人答应一声,分头而去。

四天时间转瞬即到。悟空早早起来走出水帘洞,芭将、鹏王已在洞外恭候多时。悟空安顿了芭将几句,即同鹏王腾空而起,朝郴州城飞去。

望月楼,一座临水而建的古楼,坐落在郴州城东南角上。此楼共有三层,飞檐翘角,铁马悬吊。楼下临湖,湖泛荷花,风景甚是清幽雅致,本是达官显贵、文人骚客流连忘返的所在,今天一早却来了两个相貌奇特、举止诡异的客人。一个矮小圆胖,脸罩青气,一双绿豆似的小眼下,长着一张扁嘴,几根长长的胡子,不说话还好,一张嘴总有一些黏稠的唾液流出来令人生厌;另一个高大干瘦,皮肤皱裂,一张马脸上五官拉得老长,半天说不清一句话。别看他俩与任何人不多搭腔,却老是形影不离,尤其爱到湖边脱下鞋袜泡脚,来了不上一个时辰,就双双相跟着泡了三次。

日上三竿,人头蜂在二十多名骑卫的簇拥下乘轿而来。楼前落轿后,两名亲兵随着人头蜂上了楼,其余亲兵将楼下客人全部赶出,把楼掌柜与伙计一律撵上二楼,然后从马上取下几包鼓囊囊的东西安放在一楼四周的桌柜下。做完这些事情后,亲兵们立即将门口和通往二楼的楼梯全部把住,不准任何人进入、走动。三楼上,人头蜂令两个亲兵守住楼梯,当即与两个客人比比画画地说个不停,那两人一味点头、摇头,偶尔说上一句也是尖细刺耳,极不自然。

隔了一阵,孙悟空来了。其实,他从鹏王昨晚的禀报中已经知道了望月楼等情况,先于人头蜂来到这儿,变做一只麻雀飞上飞下地将所有情况都观察了个清清楚楚。估计人头蜂正在等待自己,他始变回本相,大摇大摆地走到望月楼门前。

把门的亲兵曾在花果山见过悟空，一见王爷请的客人来到，慌忙弯腰拱手放他进去。悟空径直奔上三楼，迎面坐着的人头蜂起身皮笑肉不笑地拱手道："大圣果信人也，请坐！本王先介绍一下，这位是木桓大师，这位是水月道长，都是本王请来的异人。"叫做木桓大师的高瘦者与水月道长的短胖者双手一拱，阴恻恻地道了声："幸会！"

这边，孙悟空随意应酬的瞬间，金睛火眼一眨，已看清他俩都是道行并不太深的妖精，心里不禁暗暗发笑，开口说道："窦王爷，二位异人既然早已等候在此，何不早点比试？"

人头蜂道："大圣如此性急，本王恭敬不如从命！二位大师道长，怎么个比试法，请你们划出个道来！"

木桓大师道："贫道二人向来都是联手。"

悟空正想早点结束这场不屑一顾的比斗，欣然应道："悉听二位尊便，开始吧！"

别看俩妖精表情木讷，一听悟空"动手"二字，却突然变得异常灵活。俩人本来都坐在悟空对面，眨眼间变成了木桓在前款款发出一掌，水月奔后软溜溜地抬起手臂朝前挥了一下。悟空腹背受敌，刚觉两股阴寒之气袭向自己胸背，当即运起体内纯刚之气向外发出。刚柔相击强者胜。孙悟空天生神力，八卦炉里锻过，金丹、蟠桃吃过，阳刚之气天上罕见，人间绝无，哪会惧怕什么阴柔之气？就听"嘭"的一声震响，不仅将两人发出的阴柔之气悉数逼回，而且将自己发出的至刚之气也逼入了他们的体内，阴阳乍接，顿时弄得两人气血翻腾，冷热互撞，额头忽红忽白，双腿摇晃不已。

你道二人缘何使得是同一种功？原来他俩都是昆仑山下汝水河的两个得道妖精，一个是岸边的柳树精，一个是河里的鲶鱼精。两个家伙日逐在一起修炼，练出来的自然是阴柔功夫。还是窦国成的祖父率兵攻打当地一支马贼时，适逢这两个妖精被马贼中一法术高超的道士擒获，被老王爷救出。从此，他俩成为窦家历代的常客。这次，人头蜂为了对付孙悟空，特地命人将他俩召来，没想到刚出手就着了悟空的道儿。

俩妖精气急之下，强行将真气压住，互看一眼，猛地围着悟空游走起来。随着游走的速度加快，鲶鱼精"扑"的一下从口内喷出一团似丝似雾、又腥又黏的东西，径往悟空脸上喷来；与此同时，高大干瘦的柳树精的身上突然冒出无数条若有若无、浑不受力的绿丝，四下散开，缠向悟空的四肢。十分明显，一个是想用黏液将悟空的五官封住，一个则企图用练就的无影丝条捆住悟空的手脚。稳坐正中的人头蜂见状，禁不住露出了得意的笑容。

悟空什么样的阵仗没见过,岂惧眼前的如许雕虫小技? 嘴里一声冷笑,依旧纹丝不动的身体忽的四下冒火,向扑到身边的丝、雾烧了过去,自身的衣服却丝毫无损。原来悟空用的还是体内的纯阳之气,只不过是用神功将其变为不同凡响的真气之火。两个妖精使出此招,本已用上了全部功力,一旦奏效,功力返身自会安然无恙,不曾料到对方使出的招数竟完全是自己的天敌,"哎哟"两声已瘫倒在地。

正自得意的人头蜂一经发现情况不妙,立即起身向楼口疾奔。悟空早就在暗暗观察他的动向,飞起双脚先将两个亲兵踢下楼梯,使定身法把人头蜂牢牢地定在原地,然后摇身变做人头蜂的模样,出了望月楼。那些亲兵见王爷出来,以为悟空已被困楼上,按照王爷事先的安排,点着了放在楼底的火药。

停在望月楼楼顶的鹏王看见人头蜂单独出来,急忙飞到前面细瞅。悟空将脸一抹,露出本来面孔笑了笑,鹏王方知事已办妥,遂按原先商定的计划,一个在上,一个在下,匆匆离去。

接着,郴州城于半天之内这接连发生了三桩闻所未闻的奇事:

先是望月楼被炸。人们在残砖碎瓦中发现了人头蜂的尸体,还有一条簸箕大的死鱼和一截又长又细的柳木。

接着,守卫粮仓的官兵和附近的住户都说,将近晌午时分,一群天兵天将从天而降,正在他们惊愕之际,忽然刮起一阵狂风,吓得他们都躲进屋里。狂风过后出门一看,原先堆放的三十多万斤的粮食竟然不翼而飞。

嗣后,王府的家丁、老妈子传出一条更为震惊的消息:王府仓库里的四十万斤粮食和历代王爷积攒的所有金银珠宝被天兵天将刮了阵风刮走了,王爷夫人气得死去活来却又不敢向外声张。

"老天有眼! 老天有眼啊!"三件事震惊了整个郴州城,乐坏了全城百姓,不少人家赶紧买来鞭炮,噼里啪啦地放了起来。这就叫做世道公不公,全看官者心,作恶终有报,官廉民自清。

欲知后事如何,且听下回分解。

第　九　回
喜忧参半　天机星论道开茅塞

半天连发三事,郴州城喜得喜,悲得悲,花果山却另是一番景象。

芭将自悟空与鹏王一走,即派出几路信使,将七十二洞洞主召集到水帘洞,讲述了人头蜂两次犯界均遭惨败的经过,以及物资缴获所得情况,洞主们无不嗷嗷叫好,未曾参战的连呼惋惜。

当讲到分配粮食、伤亡马匹一事时,洞主们除狐王、豹王、熊黑王等十数家外都想多分,七嘴八舌嚷个没完,直到狐王站出来讲了几句公道话,吵嚷始平息下来,按照芭将所定的"肉食者分马、草食者分粮"办法,勉强把马匹和粮分了下去。领取粮食时倒没发生什么情况,分发马匹时,场上却又发生了争执。一些食肉洞主尽管同意了芭将所提的分配办法,一旦看见围栏内那么多伤马死马却又动了心,围绕着马的死活、大小、肥瘦争吵起来,争着争着厮打在一起。芭将气急之下大为光火,言明凡不服管理者匹马不给,厮打者这才停止不打,让相跟而来的部属们拉得拉,抬得抬,将分给自己的马匹弄回去,自己则留下,看还有什么好分的。

快到中午,从西面傲来国方向的半空中突然涌起一阵狂风,翻翻滚滚,径向花果山这面刮来。来到栖凤岭、水帘洞上空,狂风骤然减弱,随即数不清的鼓鼓囊囊的袋子从天缓缓降落,向岭上落去。待袋子全部落下,芭将领众位洞主奔到跟前打开一袋看去,里面竟是金灿灿的粮食。

"看,又来了!"大家方自惊愕之际,不知谁突然惊叫了一声,急忙朝西望去,果然又卷来一股大风,大风上面飘着一朵白云,云上立着两个人。眨眼间,风、云来到近前,大家方看清翻卷着的是数不清的袋子和箱子,云上立着的竟是自己的大圣和鹏王。依然像方才那样,大风来到栖凤岭上空,风减袋落,直把一个偌大的山岭堆得到处是袋子和箱子。随后,悟空两个自云中落下,脸上布满兴高采烈的神色。

前面落下的袋子装的是粮食,后面来的袋子想必装的也一样,但那些箱子又是怎么回事?洞主们按捺不住好奇与兴奋的心情,同孙悟空打了声招呼,一窝蜂奔上岭去,都想看个究竟。芭将担心这些莽撞的家伙们坏事,急忙跟随过去,劝阻住大家,挑中一个大木箱当众打开。哇!里面全是一锭锭黄金!打开第二个箱子,白花花的银子霎时出现在大伙面前。悟空见大伙如此高兴,在众多箱子中审视了一下,朝着一个雕龙画凤的小箱子随手一指,箱子应手而开,露出了令人眼花缭乱的珍珠、玛瑙,惊得大伙目瞪口呆,一时寂静无声。稍停,一阵欢呼声发出,洞主们你擂我一拳,他搋你一下,岭上热闹得像开了锅:

"大圣!这些东西都是从哪弄来的?"

"大圣!这究竟是怎么回事?"

……

看见悟空只笑不说话,芭将朝着纷纷发问的洞主们大声说道:"大伙静静!要想知道是怎回事,鹏兄弟心里最清楚,现在就让他给咱们说说!"

"好!"洞主们齐齐喊了起来。

鹏王见悟空点了点头,立即扬声说道:"告诉弟兄们个好消息,大圣把人头蜂这个害人精给灭了!把他老窝里的宝贝给端了!"待众人又是一阵欢呼罢,鹏王将大圣望月楼力挫水、木二怪,变真容巧诛人头蜂,妆天神智取粮宝之事从头至尾说了一遍,听得大伙无不热血翻涌,豪气倍生,纷纷拥到悟空跟前,问这问那,高兴得没完没了。

悟空见七十二洞洞主都在,且正在兴头上,吩咐狐、鹏二王协助芭将迅速清点场上货物,造册登记,根据各洞情况,拿出粮食分配名单。洞主们闻听"分配"二字,不敢对悟空说,却围住芭将要求多分,说着说着,几家洞主先是相互争吵,后来竟拳脚相向,当着悟空的面动起手来。

目睹此情此景,悟空火热滚烫的心情顿时凉了半截,呵斥了那几位洞主几句,转身回了水帘洞。第二天一早,芭将来洞向悟空禀报了昨天后半晌的清点、造册情况,然后高兴地向他说道:"大圣,这下可好了!前后两次弄来七八十万斤粮食,全山的吃喝一二年之内不用发愁了。那些金银珠宝折成银子算,足有一百多万两,足够咱们今后办大事用。前几天咱缴获的兵器,加上那几营火器军,全山防务有了着落,只要搞好训练,再不用担心什么人来侵犯。咳!就是……"

悟空见芭将说到后来却不再往下说,高兴的神色也变得阴暗下来,好似有什么难言之隐,不免感到奇怪:"就是什么?怎么吞吞吐吐起来?"

芭将犹豫再三,终于一拍桌子说道:"俺不是不说,是不想给你添心事。干脆说了吧!昨天您在场上也看见了,洞主们因为颗粮食打起架来。其实,您和鹏兄弟去郴州城那阵,几家洞主为分食物争得面红耳赤,险些动了手。大圣,这人心不齐可是个大事啊!"

是啊,悟空何尝不是因为这事一晚上没睡好觉?此时听芭将提起,更感到事情的重要。他明白,归山是自己的主意,此时已无退路。让花果山的景物恢复如初,就凭自己的本领,还不是什么太难之事,但大事小事都靠自己去办,人心就会齐了吗?山里的干旱,通过两次发水、降雨已大为缓解,下段再想些办法,估计情况会更好;全山的饮食问题,眼下已经得到解决;唯有解决这人心不齐问题并非自己所长,如何搞好日后的山务,自己也难以拿出成套的办法,何况自己也不可能时时刻刻待在山上,万一有事外出一段日子,难免还会出现马一棒那种滥施淫威、祸乱再起的痛心结局。看来自己本事再大,也只不过打打杀杀而已,肚里缺乏治山复山的那套管束的东西。芭将见悟空脸色阴沉,一味在地上转来转去,知道他正为此事苦恼,没敢再说,悄悄走了出去。

此后,细心的芭将发现,悟空每天天刚放晓就到山中各处巡查,抚慰部属,夜幕降临始回洞歇息,浑没了以往那种率性而为、乐天乐地的模样。在悟空这边,更是感慨颇深,大有:三十三天任纵横,棍扫天庭佛祖惊。如今归山对乱状,挖耳挠腮计不生。

一日,孙悟空又出水帘洞,登栖凤岭,逐一向西巡查。当登上栖凤岭后面一座峰顶时,忽然看见西边的天际飘来一朵云。一看那绚丽的色彩,他料定那上面必定是位正气充盈、道行高深的神仙侠士。须臾,彩云冉冉临近,从上面落下位面容清瘦、神采飞扬的蓝袍人。悟空不识正想离开,不料那人却径直来到他面前,打个稽首问道:"请问,尊驾莫非就是齐天大圣孙悟空乎?"

"正是! 请问你是……"悟空双手一拱,疑惑地问道。

"贫道天机星吴用拜见大圣!"蓝袍人闻听大喜,一揖到地行了个大礼。

"原来是天机星驾临,幸甚! 幸甚!"悟空虽说没见过吴用,却从道友们口中听说过他那一段不平常的经历,早有相敬相惜之心,此时见他突然来到,诧异之心大起,"星君不是在东土水泊梁山辅佐什么宋江的吗? 今日怎有闲情莅临敝山?"

吴用道:"大圣有所不知,贫道已于近期归天。今日得空,专来一会,以遂我平生夙愿。"

"闻听道友们讲,星君在天为天机星,在地为智多星,宋江岂能离了你这位足智多谋的军师?"悟空越听越有点糊涂,"再说梁山偌大的事业,弟兄们能放你走? 星君又怎能放弃下那一番掀天揭地的志向呢?"

"祗令文字传青简,不使功名上景仲。"吴用见悟空如此关心自己,略带感伤地吟诵了柳宗元悼念好友吕温的诗句,沉默了一会儿方说道:"大圣! 宋公明以及一大帮弟兄也都人去魂归,梁山水泊已不复存在,好端端的一桩事业就此完结了。"

"听星君所言似有难言之隐,莫非你辈弟兄有何委屈,抑或人君对你们有所不公?"悟空以己推彼,猛然想到这儿。

吴用慨然道:"当朝皇帝昏庸无能,一班奸贼居心叵测,虽是事实,倒还能够想通。自古有哪个皇帝愿意下边造反?又有哪个奸贼能够秉公办事?推论起来,其实还是宋公明大哥的不是!"

悟空一听如坠雾里:"俺听说宋江仗义疏财,替天行道,江湖上有'及时雨'之美称,怎么反倒是他的不是了?"

吴用苦笑了一声,道:"宋江仗义疏财不假,替天行道也是事实,但他从上山那天起并非真的要造反,无非是借山避难,借山赎罪,骨子里还是君君臣臣、封妻荫子、愚忠愚孝那一套。故到梁山后只反贪官不反皇帝,明讲义气实图私利,待到弟兄们帮他干出一番惊天动地的事业后就今也招安明也招安,冷了大伙的心不说,还奉旨征剿方腊、田虎这样的同类弟兄,折损了六七十名梁山弟兄。征战回来不久,连他都被御酒毒杀,临死前怕李逵兄弟日后坏了他的名头,竟将他骗来先行毒死。"

天底下竟有如此荒唐之事,不由得令悟空越听越气,转而问道:"既如此,星君何不晓以大义,劝宋江不要干此蠢事?"

吴用一脸无奈地回道:"贫道与他情同兄弟,共事甚长,岂有不谏不劝之理?怎奈他名利之心非一日之寒,三纲五常之说根深蒂固,说得再多均无济于事。贫道与小李广花荣兄弟闻讯前去他的坟前祭奠,想想这心灰意冷的日子,于他坟前双双自尽,也算全了弟兄们的一腔忠义。"说到这儿,吴用见悟空满脸忧愤,心里颇感过意不去,急忙转入正题:"大圣!贫道在世时常闻您的大名。作为一介凡夫俗子,贫道那时尚以为那只不过是些传说,前时返归天庭后,方知并非讹传,本欲于天庭造访,经打听才听说您已重返故里,故冒昧前来一睹真容,如今得见,实感三生有幸,千万不要因贫道弟兄们昔日之事扫了您的兴头。"

说得是啊,往事如烟,故人已逝,岂能挽留得住?一切还须从今而论。吴用果然是一个义薄云天、智谋超凡,堪与管仲、孙武、诸葛亮相比的伟丈夫也!若有他鼎力相助,花果山振兴岂不如虎添翼、解了自己连日来的烦恼?悟空触景生情,转愤为喜道:"难得星君如此看重,真乃我辈中人!俺正为山中之事烦心,星君前来,正好为俺指点迷津。"

吴用谦虚道:"大圣身登佛位,声震寰宇,贫道岂敢班门弄斧?倒是愿陪大圣盘桓几天,一舒相见恨晚之意。"

　　自古道:物以类聚,人以群分。孙悟空和吴用出身虽异,却性格使然,皆为胸怀磊落、侠肝义胆之士,没有俗夫繁文缛节、儿女忸怩之态,三言两语之间即如同多年挚友般熟识了起来。待把整个花果山都云游了一圈,两人已将各自的心事谈了个尽。吴用感叹道:"如此看来,天上人间似无两样。贫道原以为人间龌龊之事多如牛毛,尔虞我诈充塞官场,皆因君昏臣暗,私欲甚重;且凡夫俗子无有大志,仅为蝇头小利而锱铢必较,上上下下宛若散沙,故国不能长久,家不能长安,忠者难以善其终,奸者却代代尊荣。天庭居于清逸之上,来往者无不冠盖紫袍,说话自是理足,做事自当光明,想不到竟也如此!只可惜凡人不知这些情况,做梦都想着上天当什么神仙。倒是大圣不贪佛位,不甘清闲,弃天回山欲再干一番事业,贫道甚是敬佩!如今花果山已今非昔比,满目疮痍,不知大圣对今后治山有何良策?"

　　"良策?"悟空摇了摇头,老老实实道:"若论上天入地,降妖伏怪,俺尚能办得到!但要俺运筹帷幄治理山寨,却着实惶恐。星君能辅佐宋江将水泊梁山治理得井井有条,一百零八位头领混为一人,定有经天纬地之才,还需你多加指点。"

　　悟空左一个"指点迷津",右一个"多加指点",确实感动了吴用,只听他说道:"大圣如此坦诚相待,贫道岂能坐视不理?只是治山如同治国,绝非三言两语能够说清。好在贫道近日别无他事,愿同大圣促膝相谈。"

　　"星君真乃豪侠之士也!天色已然不早,咱们先且回去。中午好好宽款星君,聊表俺感激之情!"

　　两人回到水帘洞,在石桌旁坐下。悟空命小猴奉茶后,召来芭将先替他俩作了介绍,然后吩咐芭将着人去唐坡山狐王处即刻送来一桌上等酒菜。不上一个时辰,狐王亲自带领十几个部下手捧肩抬,又是吃的又是喝的,满满摆了两桌,连下顿吃的也有了。悟空见狐王进来,也给他俩介绍了一番。狐王抢上一步恭恭敬敬地向吴用拱手揖道:"天机星君在上,俺这厢有礼了!"

　　吴用已从悟空的讲述中知道了芭将、狐王的情况,如今见他俩一个敦厚诚实,一个沉稳干练,就知他俩乃忠直内秀之士,是孙悟空日后兴山治山中两个不可或缺的得力干将,心里不禁为悟空暗暗称喜,见狐王施礼忙稽首回道:"贫道初来乍到就叨扰狐王,实在惭愧!"

　　无需再作什么准备,一顿丰盛的午宴开始了。宴席上虽说只有四人,却因惺惺相惜之故,甚为融洽。席间,悟空频频向吴用敬酒,芭将、狐王两个则斟酒布菜,热情张罗。吴用一时喝得性起,连呼换大碗喝酒,这下正合了悟空的脾气,四个人干脆都换碗畅饮,一时间坛碗交错,狂呼四起,直到夕阳西下,玉兔东升,方才撤去残席,抵足而眠。

翌日早点后,悟空向吴用问道:"星君昨晚睡得可好?"

"贫道自朝廷招安后,尚未像昨天那样过得舒心,喝得那样痛快!"吴用起身在洞内踱了几步,兴奋之情溢于言表,"眼下酒也喝了,山也逛了,若不拿出肚里点东西,别说大圣的一番深情厚谊白费了,就连芭将、狐王两个也实在愧对了!"

悟空拍案大喜道:"星君足智多谋,自是深谙治国安邦之玄奥。连蔡京、童贯、高俅那样老谋深算之人都屡屡败在你的手下,何况区区花果山乎?俺已让芭将、狐王各办其事,这里就你我二人,请星君一吐胸中珠玑。"

吴用肃然道:"大圣过奖了!贫道原本民间一介寒儒,岂有如此大的本事?只是昨日听大圣所言,虽有谦恭之意,却也不失实在。若仅为眼下计,大圣神通广大,道友甚多,恢复山里旧日景物,自是不难;但要虑及长远,归拢人心,使全山志同道合,内富外强,却殊非易事,必须从诸般方面改弦易辙,大动手脚不可!"

"星君尽管直言,俺愿闻其详。"悟空点了点头,神色异常肃穆。

"一者,花果山地广物阜,族类繁多,各拥地盘,王下有王,必得王道霸道糅而用之!"吴用虽然来山仅仅一天,就抓住了山里的问题,见悟空双眼眨也不眨地盯着自己,进而解释了起来,"王道者,仁慈宽待也;霸道者,集权专制也。单用一者,国不可长治,山不可久安。"

"这是为何?"悟空一时尚不明白。

"恕贫道直言,山中族类虽在许多方面与人相近,但毕竟没有人之文化,缺乏人之智慧。大圣欲图花果山的长治久安,就须将你在世这么多年所学到的东西与山中部族的优势糅合起来,使王、霸二道为吾所用。贫道在人间时日尽管不多,却对他历代王朝起止兴衰之事有所了解。"

趁吴用停顿之际,悟空插话道:"俺有今日之神通,凭借的就是当初混人迹、学人话、遵人理这一二十年的基础。取经路上,俺也见过人世间发生的许多事情,却对这王道、霸道的不甚了解。"

吴用道:"殷商六百多年江山毁于一旦,全系纣王以霸道独撑社稷,满以为无人敢违其意,遂宠信妲己,荒淫无度,诛杀忠良,自毁长城,以致内崩外乱,人心失尽,使王霸合一的周武王趁机推翻了其暴政,登上了宝座。隋朝杨广弑父戮兄登基为帝后沉湎酒色,动辄杀戮,游乐奢侈,不理朝政,好端端的江山终于毁在自家之手。唐王李世民宽严相济,张弛文武,法施于政,政惠于民,方再度统一华夏,有贞观盛世之大业。似此史例,举不胜举。大圣治理花果山,这王霸合一之道须切记才是。"

悟空信服地点点头："星君所言极是！俺保唐僧取经路上，所见官府要么严刑峻法，苛政如虎，弄得天怒人怨，社稷危亡；要么宽松无度，法废律弛，手下拥兵自重，胡作非为，以致皇权扫地，国弱民穷。看来这王霸二道犹如人之双手，不用不行，单用一个也不行。"

吴用见悟空同意自己的见解，谈兴愈加高涨："二者，兴山就须保山，保山最忌守山！"

"保山最忌守山？"悟空喃喃地自语了一句，疑惑的眼神紧紧盯着吴用。

"对！"吴用以不容置疑的口气说了下去，"犹以人间为例，历代王朝治理国家从不外乎两种方略：文治武功，先发制人，这是一；偃武修文，只守不攻，这是二。两种方略，结局迥异。前者，文治武备一齐抓，且不说文臣武将各得其所，各有所事，自会人人效力，个个感恩，文武相谐，国家昌盛，一旦外敌有觊觎不轨之意，国家即可提师征伐，先发制人；即使战事不利，也因疆场不在自己的地盘上于己无损。此种方略运用得当，内可保国安邦，外可震慑对方，使之经常盯着自己的地盘，不敢轻举妄动。秦始皇之所以平定六国，首统天下，在于他文治武功相得益彰，远交近攻先发制人，既有称霸天下的英雄气概，又有战胜强敌的雄才大略。"

"提师征伐，先发制人……"悟空听得痴了，禁不住脱口呢喃起来。

"大圣！"吴用提高嗓音唤了一声，见悟空已回过神，继续说道："汉高祖刘邦虽然凭借萧何、张良、韩信消灭了楚霸王项羽，再次统一了天下，但当匈奴犯界时却束手无策，不得不靠和亲来消除边乱，以保自家江山。汉武帝秣马厉兵，一改以往之屈辱国策，屡屡提兵主动击敌，不仅保住了汉家疆土，还将匈奴的地盘夺了过来，成为名垂青史的明君。这种平时做好准备、战时主动出击的方略，虽然也会招致非议，但无一不是自己的敌人和来自内部只会背诵之乎者也、满嘴仁义道德的腐儒。殊不知，唯有如此，方能立威仪，振人心，保社稷！相反，平时偃武修文，马放南山，重用文臣而冷落武将，致使文武有隙，君臣疑忌，国家岂有实力？此种做法貌似保国，实乃毁国，最易招致外敌小觑而屡起战端，欲保国而国亡，欲佑民而民亡。五代南唐后主李煜蛰居江南，不修武备，整日沉湎山水词赋，闻听宋朝发兵侵犯犹饮酒赋诗不予理会，直到宋军攻进京城始惊呼'晚矣'，无奈之下拱手将锦绣江山送给别人，遗下了'一江春水向东流'的千古悔恨。"

"这样的人竟然也能当皇帝？"悟空真不敢相信天下竟有如此荒唐之人。

吴用续道："宋太祖赵匡胤惧怕众将重蹈其'黄袍加身'覆辙，打下江山不久即使了招'杯酒释兵权',宁可让他们花天酒地活着,也不让他们再行统兵,乃至武备松弛,忠良屡屡遭谗下狱,年年遭辽、夏侵扰,直至金兵攻占京都,掳走徽、钦二帝。似此悲惨结局,国策谬误乃祸端也。昨日闻听大圣讲,有一伙来历不明的凶恶之人竟敢越界抢劫,岂不值得深思乎?"

大圣肃然道:"多谢星君提醒!"

吴用越说越激昂:"三者,物为次,人为主,选人用人至关重要!人间如此,山中也情同此理。历代王朝,上至帝王将相下至道府州县都在讲知人善任,殊不知在不同人的嘴里,同样的话却生出不同的结果。明君贤臣所知所任的是真正忧国忧民堪当大任的忠臣良将,这些人因正直无私,本事超群,故每每个性张扬,敢于廷争面折,虽极易遭人诽谤攻讦,却因有明君贤官的识人慧眼和用人不疑的胸襟,往往成为国之栋梁,民之福祉。昏君佞臣虽也讲知人善任,看准的却是貌似大忠大勇实乃阿谀奉承口蜜腹剑的一丘之貉。这些人之所以往往得势,就因为他们专会观言察色、揣摩逢迎,投其所好,博取信任,一旦权势到手则欺上压下、过河拆桥,把那人神共愤的丑事、坏事干个千千万万,罄竹难书。"

想想自己空有一身正气与本事却数次被人神共敬的玉帝捉弄的经历,悟空不禁长长地叹了口气。

"秦始皇能对吕不韦大义灭亲,一举铲除了国之大患,始有一统天下威震朝野之不世伟业;秦二世胡亥认贼作父,任凭奸相赵高指鹿为马,早早断送了秦朝江山;李世民为了江山社稷与自家利益,玄武门之变诛杀了嫡亲兄弟,迫使其父逊位,却看准曾反对过自己的魏征,任其为相,一段知人善任的佳话成为后世之楷模;宋仁宗虽说信疑参半,对忠良奸佞一概而用,毕竟造就了狄青等一代英豪,替他保住了大宋江山。"吴用说到这儿,不禁又勾起了自己及梁山弟兄的伤痛,语气变得更加沉痛,"可惜的是,从宋徽宗起,几任皇帝视忠臣良将为水火,一味重用蔡京、童贯这些奸佞,到头来落得个悲惨下场,整日哀叹《眼儿媚》,一代名将岳飞被逼风波亭,引吭悲啸《满江红》!"

听到这儿,悟空插话道:"星君所言忠奸之事,固然可叹可气!但在如何分辨忠奸上,人间似乎比天上更难。妖精变幻为人,俺尚且能够辨认出来,这人孰好孰坏、孰忠孰奸,仅凭肉眼去看,绝难分辨出来!何况山中族类甚多,更是难以逐个分辨,教俺今后如何是好?"

吴用微微一笑道:"大圣问得好!依贫道看来,人间有人间的法度,花果山应有自己的做法。吾观人间千百年中选人用人不外乎任命、科举两种。世人皆曰这些办法好,在贫道眼里却不以为然。所谓任命,即各级官员都由皇帝来定。皇帝英明,任命的官员要好;皇帝昏庸,自然会被奸臣钻空,所定的人不是奸贼一伙,就是酒囊饭袋。如若遇上买官卖官,情况则更为糟糕。靠这样的人去管理百姓,国岂可强?民岂可富?若遇到像汉献帝那样十几岁的顽童就来当皇帝,曹操不挟天子而令诸侯才怪。"

"偌大的国家,全凭皇帝的好坏来定,这岂不是踩着鸡蛋走路吗?那科举又是什么呢?"悟空不解地问。

"说到科举,则是自隋朝起才立下的规矩。求学者通过层层考试,逐次取得学业上的功名等级,有幸者升入殿试,由皇帝从中钦点出状元、榜眼、探花,然后将参加殿试者任命为各级官员。这种做法看似公允,能够遴选出一些出类拔萃的有用之才,促进人们的求学欲望,却也弊端种种,不一而足。读死书,死读书,四肢不勤,五谷不分,这是其一;用没多少用处的东西去当官理民,庸官昏官定然不少,这是其二;万般皆下品,唯有读书高,其他行业受到歧视,这是其三。到后来,科举变成了八股,学者变成了书虫,危害甚莫大矣!李白、杜甫被人称为诗仙诗圣,可谓才高八斗,学富五车,虽无状元榜眼之名,却有经天纬地之才,唐玄宗不仅不用,反倒听信谗言,屡屡遭贬。诸葛亮一生足智多谋,功勋盖世,是他遇上了战乱年代,刘备不得不借重他的才华去实现自己的霸业,倘若处在太平盛世,他可能就是另一种活法,说不定根本就无出头之日。"

"依星君之见,任用、科举岂非无用了吗?"悟空问道。

"不是没用,而是他们用之不当!"吴用断然说道:"天下英才荟萃,单凭一个科举考试万难考出人们的真才实学;皇帝纵然个个英明,又岂能凭一双肉眼阅尽人间精华?"

悟空赞同地点了点头,接着提出了一个十分关心的问题:"究竟如何搞才是?"

"贫道以为,科举依然可搞,但要废八股而学实用,不能看一个人答得怎么样,更要看他能干不能干。至于任用官吏,也得扩大范围,从各方面去物色人才。"说到这儿,吴用看了悟空一眼,脸上露出了欣慰的神色,"贫道方才只是就人间而言,说到花果山,在任人用人上却天生要比人间好得多。"

"花果山比人间强?星君刚才不是说俺们这儿比不过人类吗?"悟空有点弄不清了。

"大圣!贫道说的是两码事。在学文化与智慧上,人确实要比山中族类强。但在用人一事上,人间却差了许多!"见悟空依然茫然不解,吴用问道:"大圣,各洞洞主是如何确定的?莫非也是任命的?"

"你是说这个?"悟空不明白吴用的用意,只是如实说道:"山中族类都是凭实力称王,靠家族生存。尤其是俺这一类,每一任猴王都是在自家群伙里打出来的,谁的力气大,谁的本领强,谁就可以领袖群猴当洞主。其他族类中,凡是数量众多的无不如此。"

"这就是了!"吴用以赞赏的口气说道:"山中族类讲究的是强者居上,决无人间帝王那种世袭罔替、明知外界有能人也必得皇室后裔当皇帝之弊端。正因如此,方能强中求强、优中择优,在你死我活的搏杀中生存下来,繁衍开去。对这些经过打斗出来的洞主,您只需要管束好,依据他们的所长安排使用好,必要时刻,可请人间那些品行端正、文武兼备者来山辅佐,不愁大事不成!"

悟空喜道:"星君所言甚合我意,届时尚请多多举荐。"

"大圣放心,贫道到时自会将人带上山来。"吴用爽快答应了。

不知不觉间时已至午。悟空瞥见服侍的小猴在洞口频频探视,知道已到午饭时晌,遂说道:"多蒙星君指教,俺实在获益匪浅。午饭恐已备妥,可否请星君边吃边谈?"

吴用意犹未尽,回道:"贫道尚有最后一个想法未谈,本欲继续说完,既然时已不早,就依大圣所言,聊以饮酒助兴好了。"

两人随即起身,伸了伸懒腰,信步转了起来。洞口的小猴见状,有的从外往进拿,有的进洞往出搬,一会儿工夫就将一桌菜肴摆好。悟空举目一瞧,见基本还是狐王昨天送来的那些,且没有一样绝等佳酿,心里不禁一阵嘀咕:天机星本乃侠肝义胆之士,今又专程到此倾心相教,怎好再拿这些予以招待?菜肴倒也罢了,自古英雄相会在酒不在菜,俺何不去天庭弄一些酒过来?想到此,他对吴用说道:"星君稍憩片刻,俺去去就来!"说罢,一个筋斗纵出洞口,直朝西天而去。

不消半个筋斗的时间,悟空已来到瑶池。此时,管厨的正指挥着厨丁忙着。悟空上前拱了拱手说道:"道友近来可好?"

管厨的闻声抬头一看,正与悟空相遇,忙不迭地回道:"原来是大圣! 敢问您到此有何贵干?"

"一道友造访,急切间少了佳酿,特来贵地求你帮忙,不知肯不肯赏光?"悟空实话实说,言辞中一片赤诚。

"孙悟空今天怎么了,如此笑容满面,彬彬有礼,浑无当年那副凶巴巴的模样?"管厨的尽管心里这样琢磨,说出来的话却分外热情并带点揶揄,"大圣大驾光临,实乃小神们幸事,岂敢奢谈帮忙? 只要您能这样赏脸就感激不尽了。这几坛够不够?"

"承蒙道友看得起,俺只要三坛就行了。"悟空感激对方的爽快,并没有狮子大张口。管厨的急忙搬来三坛仙酒,正要找个袋子装,悟空手中已变出一个皮袋,将酒装上,说了声"多谢",已不见了踪影。

吴用听悟空说要出去走走,并没在意,仍然在洞里来回转悠,还没转了几圈,忽见洞口一暗,一个人影已窜了进来。吴用眯眼瞧去,悟空已背着袋子来到近前,一股沁人肺腑的异香瞬即在水帘洞里弥漫开来。

"大圣!您这背的是啥?为何有这样芳香的味道?"吴用一经发觉异香是从悟空背上的袋子里散发出来的,不觉满脸诧异。

"星君与俺素昧平生,两天来却与俺推心置腹,倾心相授,俺怎能再拿昨日之酒招待?"悟空将袋子放在石桌上,收去袋子,指着香气愈浓的酒坛说道:"趁你散心小憩之际,俺去了趟瑶池,要了这些仙酒,让你尝尝西天王母处的琼浆玉露究竟是什么味道。"

"贫道素知大圣筋斗云神速无比,今日之事真令我大开眼界!您为朋友如此尽心,看来贫道以后是跟定您了!"吴用本来就有留驻花果山的心愿,如今更是受悟空的感召坚定了信心。

悟空一把拉住吴用的手摇晃着说道:"有星君相帮,大事可成矣!从今以后,俺再不用为兴山之事犯愁了!来来来,今日咱就拿王母的仙酒好好庆贺一番!"说着伸手就去撕坛上的泥封。

"别急!"吴用将手按住酒坛,"既然这样,大圣何不将芭将、狐王、鹏王几位弟兄叫来一同高兴,也让大家知道仙酿与凡酒有什么区别。"

"嗨!俺怎么将他们给忘了?"悟空一经提醒,立即放开坛子说道:"芭将就住在附近,着人通知即可!狐王、鹏王离此稍有段距离,由俺亲自去催唤,请星君再稍等片刻。"转身吩咐一只小猴去寻芭将,自己则纵出了洞口。

没过多久,芭将随着小猴来到水帘洞。正与吴用谈笑间,悟空在前,狐王、鹏王随后,也齐齐来到。四人中只有鹏王未见过吴用,经悟空介绍,鹏王上前与吴用见了礼。

五人分宾主依序坐定,悟空讲了欢宴的本意,大家无不兴高采烈,纷纷叫好。随着坛子泥封的揭掉,五人遂推杯换盏,边喝边谈笑起来。

别看吴用生前乃一介儒生,却因性格洒脱,志向高大,往昔就有酒量,浔阳岭与晁盖等七人智取生辰纲被逼梁山后,与众弟兄大块吃肉大碗喝酒,酒量越发大增,只是酒喝了不少,却没见过多少上等货色。宿太尉奉旨前往梁山赏赐御酒那次,阮家兄弟情知这是朝廷意欲招安所玩的把戏,一怒之下在酒里做了手脚,虽说解了众头领的激愤之气,包括军师吴用在内,均不晓得御酒是何味道。想不到此次来到花果山，头天喝的就已芳香扑鼻，人间罕有，今天竟又喝上了真正的仙酒，仅是那闻之即令人神清气爽、百骸舒坦的酒味，就叫人酒不醉人人自醉，何况悟空为朋友上天入地万难不辞的那份情意？亢奋感激之下，吴用对悟空说道："值此酒美人欢之际，咱们是乘兴把酒喝好，还是忍忍酒瘾，留下一些待以后再喝？"

悟空大声道："俺每逢高兴时刻、重要关头，从来不晓得什么叫忍，何况你我欣然相会，自是有多少好酒都要将他喝个底朝天。星君如若喝得不尽兴，俺再去弄他十坛八坛回来！只是有一点，不能忘了讲你那最后一点教诲。"

其余三人方才已从悟空口中知道了吴用所谈之事，无不用感激的眼光看着他，芭将作为花果山的总管家，更是异常高兴，接住悟空的话音说道："今后花果山的大事，还需星君多多费心！"

"人之相知须知心，心通道气情转深；凌山跨陆不道远，蹑履佩剑来相寻。感君见我开口笑，把臂要我谈王道；几度微言以惬心，投杯着地推案叫。"吴用仙酒下肚，顿时一扫多少年来郁积于心的不快，豪兴大发，随口将宋代诗人张咏之诗吟诵出来，而后看了看在座四人道："各位在花果山已经不知经历了多少个春夏秋冬，对山中之事自是比贫道清楚得很。只是上午与大圣谈起今后之事，意犹未尽，总想把话说说，岂敢谈什么教诲？贫道最后想说的是治山兴山除了王霸合一、知人善任外，尚有一个用何谋略的问题。人间在春秋战国时期可谓儒法释道杂百家争鸣、孔老墨李百花齐放，各国君主糅而用之各采所长，造就了春秋五霸、战国七雄、秦始皇统一天下的煌煌功业。汉武帝时始罢黜百家独尊儒术，将儒家的孔孟之道当作治国之道。刚开始时，孔孟之道确也起到了维护秩序、劝谕上进的作用，加之其刚刚倡导，人们时学时不学，直到唐朝，历朝历代并没因他受了什么大害。但从本朝起，一个程朱理学将孔孟之道弄得烦琐不堪而变了味。"

悟空将酒杯放下说道："请星君能道其详。"

"君不见三纲五常使人们动也不敢动，忠孝节义变成了愚忠愚孝？一个仁字，使多少人成了不辨忠奸、不分敌我的东郭先生，仅是个礼字，就有'非礼勿视、非礼勿听'等许多清规戒律？尤其误人子弟、祸国殃民的是他们把中庸之道奉为做人做事、处理国事的信条，其结果往往是：平时胆小谨慎，唯求自保不惹人，战时叛国投敌走曲线。不论遇到何事，唯一的办法是忍；为了得到个'贵'字，什么事都可以去和。人间为何奸贼多，战乱年代降者多？根源莫不在此。"

悟空道："如此看来，俺以前见妖就打见怪就斗做对了！俺最可气的就是逆来顺受,忍气吞声,随声附和,人云亦云!"

　　吴用一仰脖,将一杯酒倒进嘴里,赞道:"此乃英雄本色也! 大圣若要将山治好,就不能像人间帝王那样,必须忠要看对象,孝要顾大局,节要从大讲,义得讲大义,仁须分敌我,礼需减烦琐,智当铭心记,信当讲分寸,和看啥时候,忍以敢为先!"说到此处,吴用连呼"倒酒!"悟空掂起酒坛一看已经空了,赶忙打开第二坛,再次给他斟满,说道:"听君一席话,胜读十年书。今日愿陪星君喝他个天荒地老! 如何?"芭将三人也将酒杯一一倒满,起身相敬吴用。吴用举杯大笑道:"难得大圣与诸位如此盛情,来来来,咱就喝他个天荒地老!"一阵杯盏相碰,第二坛也于顷刻间喝尽。

　　正饮中间,忽听洞内深处发出一阵阵的"叽叽"声,接着就见一只体大如猫、毛色灰黑的老鼠瞪着两只圆圆的眼睛惊慌地向洞口蹿去,后面跟着一群老鼠,大的在前,小的在后,一个衔着一个的尾巴跟着往外跑。一群栖息在洞底的蝙蝠,全然不顾白昼阳光的刺激,胡乱碰撞着飞了出来,沙沙的尘土、石子在无数双翅膀的扇动撞击下落得满洞都是。

　　好端端的场面被这些东西这么一闹,谁还有心思再去热闹?五人不知发生了什么事,纷纷来到洞口观望,只见空中布满了各种各样的飞禽,有的奔东,有的飞西,南来北窜地乱成一团。举目平视,满山遍野净是狂奔乱跑的猴子、兔子和其他走兽,就连钻在地下的蚂蚁、蜈蚣也都成群结队地在地上跑个不停。水帘洞前本已干涸的乱石滩上,不知什么时候已有了浅浅的一层水,且不时地冒着一串串水泡,蒸腾着缕缕热气。

　　看着眼前的情景,悟空、芭将、狐王、鹏王于刹那间似乎感觉到有什么危险在逼近,却一时又说不清楚。悟空皱眉问道:"星君! 你在人间日久,历事甚多,这是怎么回事?"

　　吴用沉思道:"贫道虽然一时弄不明白,却有一件事是肯定的,天将降大祸于兹也!"

　　悟空道:"大祸? 什么大祸? 莫非天庭要惩罚俺不成?"

　　"祸兮福兮,眼下尚难定论。有道是兵来将挡,水来土掩,且观观动静再说。"

　　悟空也哈哈大笑道:"星君所言甚是。是福不是祸,是祸躲不过! 凭星君足智多谋,俺孙悟空棒扫天宫,纵然是天大的祸事,你我有何惧哉?"端得是:英雄自古多历难,懦夫见叶也胆寒。纵有泰山崩于前,敢抡巨棒扫万关。

　　欲知事情如何,且听下回分解。

第 十 回
因祸得福　地造池引出兴山路

　　却说悟空五人方自揣测之际,忽听一阵始而微弱继而沉闷旋而强劲的"呜呜"声响起,似狂风却多了深沉,像霹雷却少了尖啸。随着声响的增强增大,外面的一切更加混乱紧张起来。

　　一只马猴带着几十个伙伴顺着山坡连蹿带跃地跑到一座山峰峰顶,大概是觉察不对,独自离队朝山下树林蹿去。当他攀着岩壁纵到离地面尚有二十多丈高的地方,不知是所抓的石头松动,还是过度惊慌,一下子从壁上掉下,直跌沟底。

　　空中,群鸟乱飞一阵后,大都落到高处的枝丫、岩壁上,这时却叽喳乱叫,再度飞起,重新在天上无目标地乱飞乱撞,似乎看见下面有什么可怕的东西。胡乱碰撞中,有的被碰折翅膀落到地上,有的被撞伤,发出阵阵凄厉的惨叫。

　　一直沉默寡言的狐王似乎明白了什么,对悟空说道:"大圣!我身上烦躁不堪,总觉得像有什么灾难来临,欲回唐坡山看看。如有情况,再来向您禀报!"芭将、鹏王也都提出要出去,悟空一一答应,三人与吴用告别后,匆匆离开了水帘洞。

　　其实,悟空的感受比任何人都要明显:莫名其妙的躁动,呼呼拉拉的声音。之所以没有说出来,是怕说不准引起大家的惊恐。他朝空中瞧去,火眼金睛目击之处,并无风雷踪迹;俯身贴住地面仄听,觉得地下在微微颤抖。也就是芭将三人出去不久,地下似有千军万马在狂奔疾驰,前一阵的颤抖已变为猛烈的震动。他忙起身对吴用说道:"响声来自地下,莫非阎王的地府发生了什么大事?还是东海龙宫有了什么变故?"

　　在悟空四下观察的同时,吴用极力在沉思着,追忆着。当觉察到脚下的地皮明显在动,他猛然想起了什么,本已肃穆的脸上霎时罩上了异常紧张的神色,一把拉起悟空的手道了声:"快走!地震来了!"腰一扭,已同悟空起在半空。

　　好悬!就在他俩腾空而起的瞬间,灰暗的天空突然掠过一道蓝色的闪光,一股风随之从山谷间涌起,间隔没多大一会,两道蓝光又接连掠过花果山的上空,随着一声声惊天动地的轰鸣声,整个花果山都剧烈摇晃起来。刹那间,呼啸着的狂风卷起满地的树枝、草叶、石头,铺天盖地地扑向山冈,跃上山顶,刮向各个角落;水帘洞以及其他几个地方,几股烟尘冲天而起;满山的大树在狂风的肆虐下四下狂摆,时不时发出断裂的声音;万千生灵更是趴在地上,躲进树丛,藏进洞里,发出了骇人的惨叫,一些来不及躲藏的全被狂风卷起,不知被刮向何处,摔死在哪里。

瞅着眼前发生的这一惨烈情景,悟空纵然浑身是胆也不禁暗暗心惊;吴用饶是经历过沙场的百战考验,此时也紧紧地皱起了眉头。他们不知道花果山经此一劫会成了什么样子,满山的生灵有多大的伤亡。

地震来得快,结束得也快。约摸吃碗饭的时间,地下的响声没有了,风渐渐地小了,停了,群山、树木、花草不再摇摆,大地以遍体鳞伤、满目狼藉的模样恢复了平静。悟空、吴用急忙按落云头,落了下来,沿着山头转了一圈,收入眼帘的全是一副惨烈的情景。

花果山原有四座伟岸挺拔、高耸入云的山峰,屹立于崇山峻岭中,沿栖凤岭之北由东向西展开。在这些高低起伏的峰峦中夹杂着片片四季常青的草滩、谷地和条条溪流、岩洞以及各种各样的森林、果林,真的是:彩虹飞挂,深溪地底,峰高壁兀,青霄与近;洞里桃花,仙家芝草,春锁瑶房,秋凝兰圃;苍烟古木,淡雾沉锦,异果喷香,万物充盈。

相传盘古开天地时,手下四个得力助手在混沌初分中立下了汗马功劳,始成就了清浮为天、浊沉成地之不朽功业。为了褒奖他们的不世之功,盘古特挑选花果山这个蕴天地灵气最多的地方予以赏赐,让他们管理山中的一应生灵、土地。这四人虽然不是一母所生,却胜似嫡亲兄弟,自来花果山后均不娶妻,唯恐有了家小牵挂,淡了彼此来往,坏了兄弟情谊,于是出则同行,入则同室,各尽其力,和睦相处。

那时的花果山虽说位置不错,气候适宜,却全是连绵不绝的丘陵谷地,既无高耸的奇山以壮其威,也无奇异的花草以饰其美。四人不愧神通广大,法术高超,先是取水和泥,按各人的样子捏成各种不同于山上已有的大树让其成活,又将这些树上的叶子撕成丝状、块状,撒到地上变成各种花草。过了一段时间,四人发现种成的花草与原先的花草并无奇特之处,不论形状、色泽还是体香,似乎都少了点什么,连着试了几次均无效果。

一天,四人中的老大边干活边思索,无意间将一滴口水滴到手握的泥草上。他并未在意,将泥草一株株种下。第二天,当四人再次来到这个地方准备劳作时,意外发现老大昨天种下的那株草大为不同,茎秆、枝叶通体碧绿欲滴,杈间花朵雪白耀眼,白绿相映,煞是好看。

自捏树成功,奇迹再次出现!四人环绕花前抚摩观赏了一阵,老二问道:"大哥,这几株花草您是怎么做出来的?"

"我也不知道这是怎么回事。"老大一脸困惑,想了想也没想出什么,只好如实回答。

老三向来办事细心,闻言走到花草前,俯身贴鼻闻了闻。咦?这花的香味怎么与老大身上的气味有点相同?他以为是站在几步远的老大直接传过来的,忙让老大走到下风头,老大依言离开。老三再次将鼻子凑近花朵仔细闻去,一点不错,与刚才所闻毫无二致,遂朝着老大问道:"大哥,这花里怎么带了你身上的味道?"

"大概是你的鼻子有了毛病,花怎么能有人身上的味道?"老二、老四不信,一一贴花细闻,方才感到老三所说不假,一齐把目光盯向老大。

"我的味道?这怎么可能?"老大见仨人均在看着自己,猛然想起了昨天的事,"昨天和泥捏草时,我不小心将口水滴到了泥上。除此之外,我没做什么呀。"

莫非花的香味是人的口水起了作用?四人不管是否如此,各自在和泥时滴入了自己的唾液,将随后制作的泥草栽了下去。翌日早早去看,神了!四人种成的草上均有花开,大小、形状、色彩、花味各不相同。虽然花并不大,色彩还不是那么艳丽,却也给一样的绿色山地增添了色彩,令人欢悦。

响鼓不用重锤敲。四人本就聪慧异常,经过这件事,他们明白,初时种的树之所以会是四种模样,是因为所用的手法、水分多少、手劲大小不同。老大、老二身高体壮手劲大,和泥时用的水少,做出的泥树捏得紧,故长出来的树虽然易于干裂,浑身都是皱纹,树叶不多,生长较慢,却树干笔挺,质地坚硬;相反,老三、老四由于身体清瘦手劲小,和泥时不得不多用水,加上二人心思灵巧,不是给泥树加个圆圆的叶子,就是给他弄个长长的枝条,因而长出来的树尽管树身较矮,质地松软,却树冠外张,枝叶茂盛,外表光滑,生长较快,微风一吹,圆圆的叶片沙沙作响,柔软的枝条随风飘拂,与前者的阳刚之态相映成趣,呈现出一种阴柔之美。由于四人一个姓孙,一个姓白,一个姓杨,一个姓柳,后人给他们种的树分别起名为孙树、白树、杨树、柳树,以资纪念。传到后来,后两种树树名未改,前两种树分别改成了松树、柏树。这或许是后人在规划用字时以树为木而改过来的缘故。

种树与手劲、水分、心思有关,种草与唾液有关,四人从此干得更加兴趣盎然,专心致志了。他们想啊,干啊,干啊,想啊,终于摸索到了一些东西:凡是早起喝点水润润嘴唇、喉咙,清清肚子里的五脏六腑再去做活,用唾液和泥做出来的花草树木就颜色缤纷,气味清新,而且每每感到身体舒畅,神清气顺;凡是炎热、阴冷之际所做的活计效果都不佳,不是带刺,就是浑身都是枝杈,永也长不成模样,或者看上去鲜艳,却内里有毒,吃了有害,毒菇就是他们至为遗憾的一个产物。掌握了这些诀窍,四兄弟干得更有劲了,这里种罢那里种,坡上种罢谷里种,种得满山遍野都是树木花草,以致为后人创下了数不清的生活财富,留下了许多养生益体的偏方,早起喝水就是其中的一个。白天闲暇之余,他们虽然知道这时制作出的花草不会很好,却也不肯让时光白白从指缝间流淌,就随便做些种下,于是就出现了人们经常能够在野外见到的沙棘、荆芥之类的东西。

不知经历了多少个年年月月,四兄弟发现山青了水绿了,草儿迎风摆,花儿遍地开,各种各样的飞禽走兽应运而生,花果山一派生机勃勃的动人景象。四人看了又看,老四突然开了口:"大哥,咱这儿虽说变好了,但俺总觉得还缺少点东西。"老大颇有同感地问道:"是啊,依你看咱还应该添点啥?"老四摸了摸脑袋:"俺也说不清,反正是觉得俗了点。"

老二、老三正待插嘴,突然看见一只鹿一样的动物不知是有什么猛兽在后面追赶,从他们前面的山坡上跑来,边跑边用嘴巴去咬自己腹部底下的东西。老四眼疾腿快,几个箭步奔上前去,双手抓住那个家伙的脑袋用力一扳,发现他嘴里咬着一块异香扑鼻的肉团,两只惊恐绝望的大眼紧紧盯着自己。老四腾出一只手去抓肉团,不小心被他咬伤了指头,鲜血一滴滴地落在已经到手的肉团上面。老四恼怒之下本想杀死这个家伙,但当看见他惊慌无助的可怜样儿,心一软,手一松,将他放走了。与此同时,老大、老二、老三已将在后追赶的两头猛狮赶跑,回到了老四的身边。三人见他手里拿着个黑糊糊的东西,手指受伤尚在流血,忙问是怎么回事。老四将情况说了一遍,三人均感诧异,一边找东西给他包扎,一边你摸摸,我看看,都想知道这究竟是什么东西,怎么有如此浓郁的异香?

把玩观看之中,三个人的手上都沾上了老四流出来的血,留下了肉团上那股奇特的香味。老大随手摘了片大树叶将肉团包好放在老四的怀里,招呼三个兄弟找了块背风向阳的空地继续和泥干起活来。几天之后,他们正在距此几里外的一个山坡上捏制花草时,突然一阵微风吹来一股令人神情格外舒畅的芳香。四人循着香味寻去,眼前的情景不禁让他们惊呆了:原先的那块空地上长满了半人多高的枝茎,一簇簇、一蓬蓬的枝条上面是片片碧绿的叶子,叶片烘托着的是一朵朵碗大的花朵，或红里透白，或白里泛红，或舒展怒放，或层层叠叠，无不散发出醉人的芳香。

老四一蹦三尺高地喊了起来："大哥！俺前几天说缺少点东西，这不都有了？您看这气派，您闻闻这香味，真是太好了！"

老大通过唾液和泥之事已有了经验，当即以肯定的口气说道："这一准是那天你捉那个可怜的家伙时流了血摸了肉团的缘故。不仅你是这样，就连我们三个那天连摸带给你包扎，也都沾了光。这样，咱那天捏制的花草自然就有了那家伙的香味，有了咱身上的灵性。看来咱得好好谢谢这个浑身带香的小家伙了。"于是，这个像鹿一样的小东西从此有了自己的名字——麝。

"大哥！这个肉团沾上老四的血就能开出这样好的花来，那要是沾上咱三人的血不是也可以开出别样的好花？"老三灵机一动，猛然想到了这个问题。

老二一听有道理，急忙催促老大："老三说得是！那个肉团团不是还在老四身上吗？咱现在就割破自己的手指试试！"

老大点头道："我看可以！弟兄们既然想试，咱今天就来个随心所欲，各显本事，想捏什么样式就捏什么样式，想用什么手法就用什么手法，不要还是老一套。"

四兄弟说干就干，老四取出那块麝香，其他三人扎破自己的中指，然后将血滴在各自和好的泥巴上，再去摸摸麝香，将泥重和一遍，开始制作了。这次，四人均搜肠刮肚，你捏一个君子兰会，他做一个玉树临风，方制就芍药朝阳，又来个桂树飘香，不知不觉间天已向晚。看看偌大一片空地已经种满，老大将剩余不多的泥块搓碎，信手抛向四周的山上、坡上、沟底，又将沾满泥屑的双手在附近的溪水里洗净；其他三人也都照老大的样子处理了剩下的泥块，到小溪里洗了手。从此，花果山不仅有了人间少有的奇花异草、珍稀树木，而且经过四兄弟有意无意的抛撒、洗手，林间的树上长出了猴头、木耳，高山之上产生了灵芝、人参，就连河里、小溪也有了形态各异的鱼虾。直把花果山搞得天、地、人三气合一，天、地、人三才汇聚，真真一个花团锦绣山，仙境福乐地。

许多许多年过去，四兄弟眼见得整座山上生灵繁衍，气象万千，上下相安，左右融洽，俨然一个世间没有的世外桃源，遂商定由手下具体管理山中事务，四人则齐齐隐退，每天早晚拣那幽雅僻静处修心养性，其余时间在山里山外游玩，尽情享受那无忧无虑的悠闲生活。

久而久之，四兄弟先是于同一时辰安然离世，而后就变成了四座"从"字形的山峰，继续享受着天地供给的仙风灵气，依然照看着全山的生灵土地。这四座山峰从出现起本就巍然屹立于花果山的群山之上，不想从东数第二列山峰上的一块巨石更是鹤立鸡群，直插云霄。于是，风吹雨淋的苦痛自然先由他来承受，日照月辉的精华当然也先由他来享用，终于有一天，这块不知孕育了多少仙气精灵的巨石突然迸裂，生出了一只活蹦乱跳、迎风运目、见风即长的石猴，也就是此时正沿山巡查的孙悟空。

许是这座山峰生出石猴后内中的灵气业已耗尽，竟渐渐变得委靡不振，少了活力，平常时景尚能屹立不变，雄姿不亚当年，一旦遇到这次如此罕见的地震则再也难以撑持下去，尖峭的峰顶被震落下去，下边的部分却向下塌陷了一截，留下了一个方圆约四五十丈大的一个略呈圆形的洞口，不知从哪儿涌来的水一直翻腾着往上卷，只是到距洞口两丈深的地方，原来的石壁被震开了一个又长又粗的豁口，才没有使洞里的水再往上升，而是顺着豁口喷流出去。尤为惊奇的是，洞口上方蒸腾着一片淡淡的水汽，喷流出来的水摸上去温暾暾的，似乎是里头有什么温泉给震通了。须臾，随着弥漫在空中的尘埃落尽，一轮红彤彤的太阳重新露出了灿烂的笑脸，原先尚是灰白色的水汽霎时发出斑斓的色彩，红黄蓝白，游离变幻，蔚为奇特壮观。

怀着惊恐不定的心情，悟空带领吴用来到了这儿。看见原先的山峰变得面目全非，看见高山之上突然出现了这么大的一个洞，洞里竟然有了这么多水，奇焉？怪焉？忧焉？乐焉？悟空此时此刻真不知道是何心情。

两人呆了一会，顺着洞水喷流而去的地方往前走去。仔细审视之下，悟空方才弄清这个地方是栖凤岭，马一棒曾经召集满山生灵赏宝的那块高垣。栖凤岭背靠那座倒塌的山峰，前面沿绝壁而下就是水帘洞。这里原先是一处面积不大、坡度较为平缓的高岗，一股很大的流水顺北、西两座山峰中间夹杂的山谷蜿蜒南下，到绝壁处形成瀑布；水流两侧古木参天，芳草遍地，是猴子们经常来往游玩嬉戏的乐园；西南角有一块天然的平地，山里有什么活动，常好在这里进行。而今，一场地震使栖凤岭变了样子，被震落的石头堆得老高，树木、花草已看不见踪影，洞水顺着高处流到这儿没有地方好走，只能是乱流乱淌。

从乱石堆中来到水帘洞，二人仔细观察，尚没发现有什么大的破坏。刚才还在喝酒的石桌上放的杯碗七歪八倒，有几个被震落到地打得粉碎；那坛未曾启封的仙酒许是带"仙"的缘故，竟然完好无损；飞出去的蝙蝠和跑出去的老鼠又成群结伙地往洞里闯。

变化甚为明显的是水帘洞前的那条乱石滩。石滩本比洞口低二三尺，如今却明显下落，整整比洞口低下去六七尺，显得那道石壁更为陡峭，衬得洞口更添神秘。蜿蜒的滩里本已长期干涸无水,此时却水珠串串,溪水潺潺,缓缓向前流去。不甘寂寞的猴子们此时已一群一伙地从藏身处跑出来,有的望着地上散落的石头发愣,有的跑到岭上探头探脑地张望。小猴们却不管这些,见干石滩里有了水,一个个跳到水里,搬起这块石头看看,戳戳那串水泡玩玩,显得十分开心。

与水帘洞前石滩下陷相反的是,花果山东面接水处的东海却是另一番情景。东海的海面上原来就散布着一些岛屿,面积都不很大,尤其是在正东处的五个岛屿,中间呈一字形排列的三个稍大,方圆均只有百余丈大;南、北两端各有一个,仅能容百余人站立。因面积小的缘故,除中间几个居住着几十户渔民外,南北两岛均没有人居住,仅是供过往船只临时停泊、歇脚,或是遇有风暴时上去避避难。

一场地震改变了这里的情况!原本站在远处只能隐隐约约看到的五个岛屿,此时却变得异常清晰、高大。纵在云端往下看去,不知是海水尚在翻腾滚动的缘故,还是刚刚经历了那场惊心动魄的地震而眼睛有点发花的原因,几个岛屿的下面好像是座连体的山峰,只觉得他们还在往上蠕动。

真真是鬼斧神工,不可思议!悟空与吴用站在岛屿上空慨叹了一阵,双双来到东海与南海相交处的唐坡山。

滩岸边,狐王、鹿相、鹤将正指挥部属们来来往往地忙碌着。见悟空二人来到,狐王几步跨到他俩面前,沉闷阴郁的脸上露出了一丝笑容:"禀告大圣、星君得知,刚才的地震震坏了几个洞穴,砸伤了十几个来不及逃出的部众。我回来这段时间,海浪太大,海水上升将岸边几个洞都淹了,小王正与属下们往山上倒腾洞里的东西。"

悟空近前一看,紧挨海滩的几个山洞果然被水淹的快挨近洞口上方,几十个身高体壮的狐狸正在各个洞里出出进进往外搬运物品。

吴用上下左右地仔细看了一阵,若有所思地问道:"狐王!看光景这几个山洞是作仓库用的,不知里面有多深多大?"

"小王倒是进过,能藏很多东西。至于多深多大,却没细细量过。"狐王据实回答。

"这有何难,待俺进去探探不就清楚了?"悟空说罢纵身一跃,朝淹的最深的一个洞口蹿去。狐王方待跟着进去,吴用将他拦住,示意他不必担心。鹿相、鹤将不知大圣进去干什么,同属下一齐涌了过来。

悟空进到洞里,五六个狐狸正从里面往出倒腾几个足有半人高的坛子。想是小巧的物品先已搬了出去,眼下只有这些笨重的东西还留在里面。面对涌动的海水，狐狸们此刻发挥出了他们的聪明才智。只见他们先将坛子小心翼翼地挪到水里，然后利用海水的浮力簇拥在四周，轻轻巧巧地就将坛子推出洞口，再由外面的同伴拥到岸上。

悟空生性爱动爱玩，见狐狸们办事竟这般灵动有趣，不觉立在一旁观看起来，直到那些狐狸恭恭敬敬地向他问候，方收回心神，让内中一个狐狸领着，朝山洞深处走去。不想，这一走可就让他开了眼界。

原来这座山里头全系坚硬的石头，由于海水长时期的冲击碰撞和侵蚀，接水处不仅被慢慢地冲开了穴口，而且在里面冲出了一条弯弯曲曲的通道，久而久之形成了一个或宽或窄、时大时小、洞中套洞、洞上有洞的奇特景观，想必那些搬出去的东西原先就放在这些地方。

悟空越看越觉得有趣，越往里走觉得地势越高，光线越昏暗。也不知走了多大时分，来到了一处仅能容两三个人同时通过的狭窄地带，领路的狐狸告诉悟空再走几步就是洞的最深处，不需再走了。悟空让狐狸在原处等候，独自来到洞底，运起神目瞧去，顶壁与地面有一人多高，四周全是坚硬的巨石，犬牙交错，凹凸不平；掏出金箍棒朝上一顶，咚咚直响，再一使力，似乎有点松动。他心里一喜，有了！急忙让狐狸赶紧出洞，伸手拔下一根毫毛放进嘴里嚼碎，然后张口一喷喊声："变"，一个与自己一模一样的孙悟空霎时立在自己面前。悟空将真身隐去，那个替身立即举棒朝顶上狠力一捅，只听一声巨响，碎石四溅，粉末弥漫，一束阳光射了进来，竟是把那洞顶捅了个底朝天。替身接连又捅了几下，缝隙变成了个能容一人上下的窟窿。待石块、粉末落尽，避在一旁的悟空将毫毛收回，顺着窟窿纵了上去。

哇！一面山坡出现在悟空眼前。坡上树木扶疏，花红草绿，东面就是浩瀚无际的大海，帆船点点，水天相连，好不壮观。悟空仔细端详了一阵，方才明白自己为什么会从下面海水浸没的山洞来到了山上；原来，洞里的那条弯弯曲曲的通道随着海水冲力的逐步减弱，越往里越窄，越往里弯道越高，已距山坡坡面不远。受这次地震震动，洞顶薄薄的一层石头业已松动，哪里还能再经受得住自己的神力一击？遂将他硬生生地捅开了一个窟窿。

站在上面往下看去，窟窿四周凸凹不齐，口子也不大。悟空索性掏出金箍棒朝下捅了一阵，将窟窿整得圆圆的有了个样子，这才停手跳了下去，顺着原路返到洞口，告诉那只领路的狐狸洞已打通，让他通知同伴们进去把里面的乱石清除出洞。见狐狸们鱼贯而入，他钻出洞口，顾不上与吴用、狐王说话，逐一将另外几个山洞仔细察看了一遍，方回到岸上将打探情况对久久等候的吴用、狐王等人细细讲了一遍。吴用拊掌大笑道："恭喜大圣，花果山喜事临门了！"

"喜事临门?"悟空忙碌了大半天,所到之处全是乱糟糟的,心里一直很郁闷,不禁对吴用突兀的道贺感到茫然,"花果山到处都是灾情,怎么反倒有喜了?"

"此地不是交谈之所,还是先回水帘洞待贫道——细说。"吴用转身又对狐王问道:"这里还有没有什么难事要办?"

"倒无什么太难的事情,鹿相他们几个皆可料理。星君的意思是……"

"那就好!有些事情需要当着大圣的面给你说说。大圣!您说呢?"吴用拿征询的眼光看着悟空。

"狐兄弟!就按星君所言,今晚都回水帘洞。"悟空从吴用的话中听出了什么,爽快地答应了他的请求。

"是!属下安排安排就来!"狐王十分高兴,对鹿相、鹤将几个吩咐了几件事,即同悟空、吴用朝水帘洞奔去。

一行三人刚走到水帘洞前,芭将已在洞外等候。悟空问道:"本山的孩儿们有无伤亡?"

"禀告大圣!刚才俺在山上转了一圈,生怕大伙有什么闪失,所幸大家身手敏捷,除几个被崩起来的石块砸伤外,都安然无恙。"

悟空大喜道:"伤亡不大就好!你现在就去把那几个伤者好好作个安顿,然后再来见俺。"芭将答应一声返身而去。

三人进洞刚刚坐下,悟空就心急火燎地开了口:"星君!你方才说花果山喜事临门,俺琢磨了一路也没琢磨出来,你就说说是何喜事好了。"

"大圣!贫道请您先回答个问题,眼下您最想办的是何事?"

"当然是先治理花果山了!"

"那您第一步做什么?"

"这第一步嘛……"悟空一时语塞,没有继续说下去。这倒不是他没有考虑,而是归山以来耳闻目睹的事情太多,不少事情都急如星火,事关全山生存、安危,需要他当机立断、毫不迟疑地去处理。前段,他一门心思干的是发水、降水、筹粮等大事、急事;如今,满脑子装得全是地震后看到的情景,尚没理出个头绪,你叫他急切之间怎能回答上来?

狐王毕竟是把治山高手,且脑子里只装着个唐坡山,这时见悟空沉思,在一旁提醒一句:"大圣!是不是先把水帘洞治好?大家可都盼着呢!"

"嗨!俺怎么把这件事给忘了?"悟空举手在脑袋上重重拍了一下:"狐兄弟说得对,咱们今后的头件事就是把水帘洞重新治出水来!"

吴用见狐王轻轻的一句话就抓住了要害,且还那样谦恭有礼,毫不张扬,就知自己对他的看法不错,于是接住悟空的话茬说道:"治山先治洞,确实应该是大圣您兴山建业的第一步。尤其是水帘洞,既是您栖身起居的处所,发号施令的洞府,更是全山风水汇聚的中心,兴山建业的关键。依贫道看来,花果山之所以地灵人杰,世间罕见,一是他东、南临海,西、北倚山,气候湿润,景色宜人,既吸纳了日月精华,又孕育了不凡地气;二是水帘洞上接流水,下抚生灵,群山是龙,此洞为睛,如此山养水水养山,循环往复,龙腾虎跃,岂有不兴旺发达之理? 先前,历经破坏、天灾,水帘洞因断源而有名无实;眼下,一场地震,四座山峰虽然坍了一座,却给花果山震出个天造水池,岂非因祸得福? 将岭上碎石清理干净,再来个精心安排,不仅能让水帘洞重现瀑布,再增威势,鼓舞全山生灵,而且剩下的三座山峰恰恰暗合天、地、人三者,主花果山日后愈加欣欣向荣,气象万千。如此而言,贫道该不该向大圣恭喜恭贺?"

悟空一听高兴极了:"还是星君见识深远,俺同你一起看了半天,还以为花果山祸事不断,怎么就没想到这儿? 这可要好好谢谢你的指拨了。"

"大圣不忙感谢,尚有好事在后头。"吴用朝悟空摆了摆手。

"还有好事? 俺怎么没看出来? 请星君快说!"悟空急忙站了起来。

"不是大圣看不出来,委实是您脑子里装得太多,一时之间还没理出头绪。不是有句话叫做'当局者迷,旁观者清'吗? 您现在的情况就是这样。"吴用指了指东面,"听大圣讲,前些日子有一伙长相、穿戴均与东土人不一样的强盗,在东海边抢劫了狐王给这儿准备的食物。他们既然敢在光天化日之下成群结伙打劫,就难保不会再来。如今东海中的几个岛屿明显增大,每个岛上均可住人,假如咱们都在那儿驻扎上兵丁,与山上防务形成东西夹击、里外响应之势,足可对那帮家伙构成威慑,花果山的安全即可无虞。"

听吴用这么一说,悟空不禁心里一动,问狐王:"你们那儿有没有强盗侵扰之事?"

"有过!"狐王回答得非常肯定,"一伙穿着与东土人不一样的人骚扰过几次,幸亏弟兄们防守得紧,没让他们拣了什么便宜。"

"嗨! 你那几个被海水淹没的山洞这下可就有了大的用处。"悟空对捅破洞顶的事兴趣很浓,"日后那帮家伙胆敢再来,东面就按星君所说去做,你那儿可以利用那些山洞与之相抗。万一情况紧急,咱既可引诱他们进洞关门打狗,还可通过捅破的洞口随时撤退或增兵。哈哈,想不到一场地震反倒给咱震出了出路,震出了办法! 星君,俺如此考虑对不对?"

"大圣此言正合贫道之意!"吴用接着说道:"有东、南两处这些岛屿、暗洞作为屏障,花果山的安全自是胜券在握,若加上各位洞主的拥戴,花果山的兴旺发达则指日可待。"

狐王来水帘洞之前尚为这次地震所带来的灾害有点担心,如今听他俩这么一说,顿时愁云大扫,精神大振,由衷地说道:"花果山乃我辈千余年居住之地。山兴我辈兴,山衰我辈衰。只要全山能够振兴起来,即使赴汤蹈火,属下都全力以赴,万死不辞!"

"好!"吴用之所以邀狐王一道来此商议大事,乃是看中了他忠贞聪慧、办事稳健的特点,想让他成为孙悟空兴山建山的得力臂膀。吴用虽然来花果山时日不多,但凭着他在人间几十年练就的阅人本事,发现孙悟空天性耿直,大义凛然,敢作敢为,义气当先,不畏权贵,体恤部下,无疑是掌印办大事之才;缺点是性情急躁,沉稳不够,缺少运筹帷幄之策略。狐王呢,正好具备沉稳、周密、忠心等特点。两人搭配,正好扬长避短,相得益彰。自己虽有意辅佐悟空,但一是自己已归天庭,难免有时不在;二是悟空也需再亲身历练历练,便于日后相互合作。如今见狐王所说完全符合自己的初衷,不禁高兴地对悟空说道:"大圣! 有芭将任劳任怨,埋头为您管理山中事务;有狐王这样忠心耿耿、虑事周密的人在您身边,贫道实在替您高兴。"

"星君过奖了!"狐王不好意思地看了二人一眼。

"哈哈! 星君慧眼识人,狐兄弟有什么难为情的?"悟空一句爽朗的问话引来了三人的一阵欢笑。

忽然,芭将从洞外匆匆进来,径直走到吴用跟前附耳低语了几句,吴用当即起身对悟空说道:"大圣! 贫道需即刻回转天庭,就此告别!"

"芭兄弟! 你搞何名堂,怎么你一进来星君就要离别?"悟空呼的跳起来,两眼紧紧盯着芭将。狐王也随即起立,来到吴用跟前。

"大圣! 此事与芭将无关,是贫道手下专程来此寻我,让我回天庭处理一件紧急之事。"吴用唯恐悟空误会,道出了实情。

悟空正沉浸在如何复兴花果山以及刚才所谈事情中,冷不丁听吴用说走的话,心里一急,双手紧紧抓住了他的胳膊,脸上露出了异常着急的神色。要知道,悟空本是重情重义、侠肝义胆之人,与吴用相识相处虽仅几天,然惺惺相惜、英雄相见恨晚之禀性,已使他俩一见如故,亲如一人,何况眼下正值花果山百废待兴之重要时刻,亟须吴用这样足智多谋、推心置腹之人为自己运筹帷幄、断疑决策,走了怎么能成? 于是,他诚恳地对吴用说道:"星君回天庭办事,俺自是不能拦你,但也得容俺说个谢字,再走不迟。"

吴用道:"贫道来山能与大圣相见相识,本已打扰,大圣怎么反倒要谢起来了?"

悟空看了看芭将、狐王一眼，有意放慢语气、一字一板地说道："星君与俺原本素不相识，却专程前来看俺。值此天上人间附炎趋势之风日甚、百年人情薄于纸现象日增之际，愈见你高风亮节，这该不该道个谢字？"

"星君于俺虽有兴山志却无兴山策之节骨眼上喻古论今，陈述要诀，开俺茅塞，俺该不该谢你？"悟空不等他人开口，接着说道："地震乃是灾难，星君却别出蹊径，为俺指点迷津，使俺于困惑中看到光明，有了信心，俺不谢怎成？"

狐王一听吴用要走也急了，悟空的话刚刚落音，就急忙开了口："承蒙星君谬奖，小王忠心虽有，但在谋略上却难及您万一，恳请星君永驻山中，辅佐大圣成就大业！"说罢，双腿一弯就要下跪。

"狐王切莫这样！"吴用急忙将狐王搀起，心中不禁感慨万千。他清楚，自己随宋江征战半生，天下义士不知见了多少，大小阵仗也不知经了多少，与一百零八兄弟更是朝夕相处，生离死别已成家常便饭，自是见惯了这感情上的事，习惯之中难免变得有点淡漠。此时见名振寰宇的齐天大圣与初相识的芭将、狐王如此情深义重，怅然若失，真可谓喜自心起，悲从心来，遂带着复杂的感情说道："贫道实是有急事在身，需要回转一趟。至于这兴山的前几步，你们皆已做了，眼下要办之事，凭大圣您的威望、本事并非难事，何况有芭将、狐王二人以及各位洞主相帮，毋须多虑。贫道平生没有别的，这侠义之心还是有的。大圣荣登佛位尚且能视如草芥毅然归山，何况贫道一小星乎？待我料理完了天庭之事，立即前来，说不定那时还能给大圣带些有用之人前来投奔，不知诸位意下如何？"

吴用这么一说，三人方才放下心来。悟空慨然说道："既然如此，请星君就此上路，速去速归，将那心气相投之人多带几个过来，咱们好再干他一番惊天动地的事业！"

此时，日已西下，橘红色的余晖尚挂在天边。真个是神仙道友说来就来，说走就走，吴用双手一拱："列位保重，后会有期！"已款款离地，乘云而去，端得是：英雄本无流俗志，不教离恨上眉梢。后人曾就吴用此行有诗赞曰：

羽扇纶巾儒生寒，黄泥岗上才初展。
豪杰聚会始有期，水泊惊雷终震天。
三打祝庄功盖世，两败童贯计超凡。
归天不失冲霄志，花果山前再论业。

欲知后事如何，且听下回分解。

第十一回
计赚鲁班　水帘洞重修鼓士气

　　眼瞅着吴用已经走得没了踪影,悟空还呆呆站在洞口,脸上一片怅然若失的神色。芭将、狐王二人情知他心里难过,急切间也不知道怎么劝慰才好,只好陪他一块儿站着。思索中间,狐王猛然想起吴用刚才提到的"天池"一事,灵机一动,向悟空问道:"大圣! 属下在山里这么多年,从未听说过什么天池地池,适才星君却那样夸赞,可否前去看看,饱饱眼福?"芭将明白他的意思,也趁机说道:"是不是岭上那个冒气的大坑? 刚才俺清点人数时曾经路过,没来得及细看。星君既然把他说得那么好,咱倒得好好看看。"

　　听二人这么一说,悟空方从落寞中回过神,轻轻回道:"是有这么回事。走! 咱现在就去。只恐天色已晚,看不清楚。"

　　三人出了水帘洞,踏着遍地的碎石登上栖凤岭,来到了池边。此时,天色已变得朦朦胧胧,走到跟前才能看到池中冒出来的热气。由于没有了阳光的照射,蒸腾的水汽已失去了绚丽的色彩,有的只是一片灰暗。狐王围着水池左看右看,怎么也不敢相信这就是原先峰峦高耸的地方,直到悟空说清原委,才明白天机星缘何将其称之为"地造天池"、"喜事临门"的个中含义,不禁兴奋地对悟空说道:"大圣! 天机星君说得有道理! 以前就因为缺了水,花果山才弄得满目疮痍,生活无着;现在有了天池里的这么多的水,何愁水帘洞不重悬瀑布? 水帘洞一旦搞好,全山生灵有了主心骨,花果山岂不重现峥嵘? 属下以为当今之计,最要紧的是把水帘洞搞好!"

　　"是啊,大圣! 俺是不是领上孩儿们先把这满地的碎石清理走? 一旦咱要干什么,也有个干净所在。"

　　"二位别急,容俺再琢磨琢磨。"修复水帘洞是悟空归山以来一直梦寐以求的事情,思量来思量去总因为水不易解决而搁置下来。直到吴用说出了"天池"二字,他心中豁然一亮,用天池里的水恢复水帘洞前的瀑布岂非天赐良机,现成事一桩? 于是,这个主意在他未领芭、狐二人上岭前就已定了下来。

　　那么,还需要琢磨什么呢? 眼下,悟空心里正翻腾着两件事:

　　一件事:靠谁来办? 不说别的,仅就眼下而言,那么多震塌下来的碎石需要赶快清理,腾出场地;那么大的水涌出来,总得凿石开渠将他引过来。靠自己来办,无非是念念诀,靠法术将石头轻而易举搬走,将水渠挖成砌好。但这样做效果好吗?从自己坎坎坷坷的经历看,世上之事只有每个人亲身去做,才知其中的辛酸苦辣,懂得珍惜;无论甚事都替别人去做,被帮之人不仅学不到什么东西,反而还会拿着现成的东西去糟害。自己师徒几人正是经历了十四年的霜刀暑剑的历练,遭遇了惊心动魄的八十一难,自己才看到了天上人间的险恶,体味到了办成一番事的苦甜,如果凭自己的本事带着唐僧天马行空,虽然不用半个时辰就能从东土直达西天,但也绝不会有什么感受,取不回所谓的真经。靠山中的部众来办,虽然能让他们懂得"来之不易"的道理,知道怎样去维护来之不易的成果,但要搬掉一座碎石堆成的大山,又需耗费多少时日,会不会耽误大事?

第二件事:水帘洞和瀑布该修复成什么样子? 依然有道瀑布就行? 还是将水池、栖凤岭、水帘洞、干石滩通盘打算,修他个楼台亭榭? 修他个蔚为壮观? 若是如此,需一个精通此道之人,这个人山里没有,山外有谁能行?

"大圣! 山里这么多事都需要您去琢磨、铺排,清理石头这些小事您就不必费心了。有俺和孩儿们干,一月不行就两个月干,两个月完不了就接住干,总有清理完的时候。"芭将以为悟空担心大伙干不了这件苦事,又在琢磨自己亲自动手,及时表达了自己的真实想法。

"对! 为了磨炼大家,今后凡山中之事均让大伙去办,紧要时刻自己再出手!"主意一定,悟空似乎了结了连日郁结于心的一件大事,心情转而豁朗起来,答非所问地盯着二人:"你俩有谁知道人间的能工巧匠?"

"大圣决定修复水帘洞了?"芭将欣喜地问了一句,见悟空点了点头,转而拍了拍自己的脑袋,"这能工巧匠嘛,俺整日在山里并不知晓。狐兄弟走南闯北,肯定比俺清楚。"

"人间的能工巧匠俺倒是听说过不少,但谁能担当此重任呢?"狐王低头思索了一阵,猛然想起了几个人,问悟空:"不知大圣是要大搞还是小搞? 若是小搞……"

"大搞! 搞他个天上罕见,人间没有!"悟空回答得异常干脆果决。

"既然大搞,有个人保准能行! 不知大圣能否请得他来?"狐王期待地看着悟空。

悟空眼睛一亮:"谁? 说出来让俺听听!"

"就是那个民间木石匠人称为祖师爷的鲁班!"狐王侃侃而谈道:"此人天生聪慧,心灵奇巧,发明了齿锯墨斗,建造过皇室宫殿。听说此人早已羽化成仙,居住在一个叫缥缈山无影洞的地方,具体在哪,属下并不清楚。"

"只要有居住之地就不愁找不到!今日已晚,你且回去作个安排,后日早早来此,随俺出去寻找,路上也好有个商量。"悟空转而吩咐芭将:"俺俩走后,你领孩儿们清理那些碎石,琢磨一下那些火器营弟兄们的房舍建在什么地方合适,俺好尽快把他们的家眷接来,了却咱一桩心事。"

芭将、狐王应诺一声,起身出去。

第三天清早,狐王一身劲装来到水帘洞前恭候。待悟空简单吃了点早点,两人立即踏上了征程。

这是一次毫不知方向的寻访。两人走了两三天,沿途询问了许多人,却无人知晓缥缈山究竟在何处。悟空一急之下倒给自己急出了一个办法,拍着脑袋自嘲道:"嗨!现成的对象不问,反倒昏头昏脑地自寻了几天麻烦。"

"对象?在哪儿?"

"待会就会知道。"悟空拉起狐王的手说了声:"走!上去看看!"一纵身已起在云上。

站在云上四下一看,南面一座山峰直插云端,近处也有几个山头连绵起伏,清晰可见。悟空颇有把握地说道:"近处恐怕问不出个结果,咱到远处那座山问问。"

两人驾起祥云一阵疾奔,眨眼已来到那座山的上空。落到山头看去,山顶古松虬然,白雪皑皑,端的不知山有多大,峰有多高。悟空无有闲心观看,口中念动真言,举棍往地上一捣,一缕淡淡的白色地气随即冉冉升起,身着蓝袍的土地和一身盔甲的山神双双现出,跪倒尘埃叩首道:"不知大圣驾到,小神有失远迎!"

"二位尊神请起!"悟空一手扶起一个,脸上满是笑容,"俺老孙有急事在身,请你们前来问问。"

"大圣有何急事请讲!"土地首先开了口。

"请问二位,你们这儿可有座缥缈山?"

"大圣!算您找对了。"土地一脸得意的样子,"若是问其他土地,您可就白费嘴舌了。"

狐王一时好奇:"同居土地之尊,为何有的知道有的不知道?"

"这你就不清楚了。"土地有意在悟空面前卖弄自己,一提嗓子说道:"人间官员尚有品秩高低,何况神仙?就说干我们这行的,就有大小土地、山神之分。品秩不同,所知亦就不同。我们这座山叫九黎山,是当年炎帝率其九族居住之地,当属名山之列,虽然与你们找的缥缈山一个属阳一个属阴不尽相同,却经常与他那儿的土地、山神在一块朝圣相聚,其他小山的土地、山神岂能知道?"

悟空哪有心思听他絮叨,急忙打断了他的话头:"你既然知情,就请你指点一下,省得俺们无头苍蝇似的瞎碰。"

土地点点头:"缥缈山就在距此八千里的西南面。凭大圣您的本事,不消半个筋斗就到。"

悟空得到消息好不高兴,拱手一谢就要起身,不料山神却一把拉住他的手说:"大圣别忙! 小神还须告您一个秘密。缥缈山有个怪异之处,若不知内情,你们就是到了那儿也难以找到。"

"噢? 难道那里没有人烟?"悟空这下有点不解了,"既然也是大山,当地还能没人知晓?"

山神笑了笑道:"这就是我说的怪异之处了。此山之所以谓之缥缈山,就是因为他看上去无影无踪,以致当地人皆不知晓,只是在那地方的半空有一块常年不散、时大时小、时浓时淡的五彩祥云。当地百姓有什么灾难、病痛,都朝着他祭拜,祈求保佑。你们要找,须到那里才行。"

一旁的土地生怕自己刚才没说此事而引起悟空的不满,赶紧补充道:"那山上有个无影洞,洞里住着一位老神仙。听说他近年来深居简出,钻研什么东西,来访之客一律拒见。大圣若是去找他,须事先有个准备才是。"

"承蒙二位悉心相告,日后若有事需要俺老孙帮忙,一定倾力相助!"

辞别土地、山神后,悟空和狐王驾起云头,径直朝西南方疾奔。因顾及狐王驾云速度较慢,悟空没使筋斗云的本事,而是一同驾云而行。一个时辰之后,两人望见远处有一片地方丘陵连绵,川地间杂,茅屋错落,炊烟袅袅。丘陵上方,有一大团云层。许是太阳光线正炽,只见那块云或乳白胜雪,或灰暗如絮,有的透射出橘黄色的光彩,有的灿烂如火红的丝绸。再看他那奔腾变幻的情景,忽而像一匹甩鬃亮蹄的骏马,忽而又似一个凝眸托腮的处子,这阵还是一座连绵起伏的高山,倏而又幻作一道宽阔涌动的河流,真个是翻翻滚滚,神妙莫测。尤为奇特的是,人们所见过的云彩都是渐渐飘散飘远,这片彩云却任凭怎样变幻都不离原来的地方。看来土地、山神没说假话,这就是那座缥缈山了!

悟空与狐王仔细观察了一会,急忙赶了过去。进入里面一看,眼前却另是一番情景:方才看似虚无缥缈的云雾,此时却是一条条透着毫光的深沟峡谷,沟壁、坡上芳草茵茵,奇树遍地,间或点缀着一株两株从未见过的奇花,或红或蓝,或黄或白,光彩闪烁,青翠欲滴。难以数计的亭子坐落在山顶、半腰处,飞檐翘角,大小不一,繁多而不失雅致,式新而透着古朴,增添了山的气势与神秘。山北正中处分明有一栋书有"无影洞"的高大牌坊,错眼间却没了踪影,有的只是山峦与花草。

悟空二人在山上来来回回走了几遭,就是无法找到洞门。悟空一时性急,双脚用力往地上一蹬,身子往上一长,霎时变得腿如巨柱,身比山高,正要喝令本山土地、山神出来讯问,耳旁却传来一声清晰的呵斥:"何方狂徒!竟敢擅自入山,搅我清静?还不快快退去!"

有人就有办法。悟空循声回道:"俺乃孙悟空是也!今日前来拜谒尊驾,尚请现身,方好叙话!"

"原来是功成佛就的孙大圣,失敬!失敬!"隐身之人停顿了一下,接着客气地说道:"大圣光临寒舍,理应倒屣相迎,只是老朽要事缠身,已久不会客,还请大圣回去,容老朽事完再会不迟。"

悟空还想再听那人说什么,等了一会却再无动静。狐王附耳道:"大圣!想是那人已经走了,怎办?"

悟空虽曾经历过无数次艰难险阻,却第一次遇到这种连人家门口都见不到就得回去之事,你叫他如何咽得下这口窝囊气?接住狐王的话音回道:"怎办?人常说先礼后兵,看来咱得先来点硬的。只要能把鲁班请回去,俺多多赔礼就是了。"说罢,从耳中掏出棍,朝着刚才发声之处上下左右乱搅起来。狐王担心这样做会把事情弄僵欲加阻止,但见悟空那副着急的样子,嘴张了几次也没说出来。

却说鲁班自春秋战国羽化成仙,因不耐烦人间无休止的打打杀杀,就在这上不着天下不着地的丘陵上方隐匿起来。凭着自己的聪明才智,先在山上建造了一栋有别天庭式样、远胜人间宫殿的建筑,并依据山势,盖了许多亭阁,遍植了奇花异草。为防止外界干扰,他运用法术将自己居住的洞府用光与气遮掩起来,令外人即使寻到这里也因房屋的游移变幻而难以进去。

这些事办完,他除了少量时间四处云游,察看人间新出现的奇巧建筑,暗中帮助工匠们排忧解难,大量时间用在了钻研学问上。近年来,他发现人间修建宫殿、寺庙的现象越来越多,所需的梁、柱动辄就得到深山老林里砍伐,由此出现了两个难题:运输困难;自己原先发明的直锯费时费力进度慢。运输一事,人们采用结筏放排的办法尚可解决,唯独锯条问题成为他的心病排之不去,尤其是每次去朝受工匠们的祭祀叩拜时,心里更为难过。

于是他谢绝一切宾客,设法采集到一些上等好铁,照自己画的图样锻造出了一把圆锯,又根据自己的揣摩搞出了一个中间有高大圆柱的木台,设想通过柱子的左右旋转来带动圆锯加工大木头。就在万事俱备即将开始之际,却因没有用来旋转的合适绳子而住了手。用麻绳试,不行!曾想过用蛟筋来解决,一来杀生害命不愿干,二来自己并无打打杀杀的本事。计穷力竭之际,他越发任何人不见,一味关起门苦苦思索。

这天,他正在屋里继续琢磨,忽听下人禀报有人在外窥视,并没理会。稍停,突然觉得整座洞府往下沉落,他觉得不对,忙出洞门大声喝问,方知来客乃当年大闹天宫的孙悟空。出于对悟空的尊重,他不想因为会见扰了自家心思,遂客气地谢绝了对方的请求,返屋思索起自己的事情。还没坐一会,只觉得天旋地转,屋里的东西倒了一地,自己也险险栽倒,不由得一阵大怒,令总管放出"宝贝"去将悟空吓走。

悟空使棍搅了一阵,忽见身前起了一片浓雾,几步以外啥都难以看见。迷雾中,一只怪物从空中扑下。狐王拔出佩剑作势要打,悟空将他一把推开,使了一招鹞鹰凌空势,头一低,腰一扭,人已跃到怪物上面。闪目一瞧,哟?怪物生得龙头狮脖虎身豹爪,通体金黄;背上长着一个像塔顶的玩意,不伦不类,顶上一颗硕大的红珠熠熠发光;有趣的是,这只看上去足有丈五长六尺多高的怪物竟然浑身无毛,屁股上有圈黑黑的东西却没有尾巴,腹部下面有七八个圆圆的东西,不知长的是什么,好不诧异!好不稀奇!

怪物见悟空只管围着自己瞅来瞅去,似乎感到受了侮辱,举起两支金灿灿的龙角就刺悟空。悟空饶是闪得快,也险险被刺住。他这才收起好奇之心,与怪物打斗起来。

怪物一击未中,腰身一摆,转到了悟空身后,张开血盆大口就咬。悟空闪避的同时,一手握棒,一手电也似的抓住怪物露出来的一颗巨牙用力一扳,竟硬生生地拔了下来,朝狐王扔去。说也怪,那怪物牙齿被扳去既没流血也没觉得痛,头一摆又飞到了悟空的头顶,腹部底下几个圆圆的东西突然一齐亮了起来,蓝幽幽,碧绿绿,红灿灿,色彩各异,闪闪烁烁,直把悟空弄得双眼微眯,不明所以。趁此机会,怪物展开巨爪直朝他的脸上猛抓。悟空急切间一个打滚,滚到了怪物身后,正要纵身往怪物背上跳去,不料怪物却从屁股里喷出一团黑烟,箭似的把他喷了个黑头黑脸。悟空恼怒之下,将棍迎风一晃,身子同时往上一长,奋起神力,朝着怪物猛砸下去。

就在这千钧一发之际,十几步开外传来了声音:"请大圣手下留情,老朽来也!"悟空硬生生将棍收住,顺着声音一看,不知什么时候,北面已矗立着一座巍峨壮丽的殿宇，门楣正中"无影洞"三个遒劲有力的金字赫然耀眼，门前一位发如皓雪、仙风道骨的老者面带忧虑地站着，身后是一个总管模样的人和十几个小童。

悟空将棍收起，朝着老者问道："尊驾莫非是鲁班仙师乎？"

老者稽首道："然也，老朽正是鲁班！请问大圣何事如此着急，必欲见老朽？"

"仙师贵为普天之下所有手工匠人的祖师爷，想必有许多天庭都难以比得上的奇巧东西，可否让俺开开眼界，饱饱眼福？"悟空晓得只有进去好好相谈才有可能感动对方，遂王顾左右而言他，故意岔开了话题，"尤其是跟俺来的这位朋友，学了一辈子木匠也没多大长进，专程前来拜见您这位祖师爷，您看怎样？"

狐王心领神会地接了茬："小徒拜见祖师爷！"腰一躬，礼已行了下去。

"你我素昧平生，怎敢受此大礼？"鲁班本欲以"宝贝"吓退来人，不料时分不大就听总管跑回来说"宝贝"的牙齿被悟空扳掉，他心痛得急忙赶出宫外隐身察看。刚开始，他尚为"宝贝"的表现有几分得意；当"宝贝"将悟空喷了个满头满脸时，他有几分担忧，也有几分高兴，毕竟自己的心血没有白费。后来，他看到悟空使出神棍痛下杀手时，可就再也沉不住气，急忙驱去周围遮蔽之气现身发话，唯恐悟空气愤之下毁了自己的宝贝。这会，一来晓得不接待已经不行，二来也暗暗为他俩的敬重而感动，遂回道："二位既然诚心相见，老朽岂能一拒再拒？请！里边叙话！"

悟空二人随着鲁班进厅坐下，总管督率小童将茶奉上。悟空开口道："请问仙师，适才与俺打斗的是何怪兽？"

"大圣火眼金睛，见多识广，难道从未见过？"鲁班想乘机了解"宝贝"的威力情况，有意反问了悟空一句。

"俺见他浑身无毛却不是象；说他是龙，却又长得狮脖、虎身、豹爪；没有尾巴已经奇了，肚底尚能发光，屁股还能喷烟。俺天上地下水里火里这么多年，确实不曾见过。莫非仙师在他身上使用了什么法术，连俺都没避开他的一喷。"悟空几句话说得实实在在，令鲁班听着十分舒服。

狐王这时从袖子里掏出一样东西，低声说道："大圣，您看这是什么？"

悟空低头一看，见是一枚三寸余长的洁白光滑的牙齿，随手拿了过来，顿觉沉甸甸的，不亚于一块青砖的分量。

鲁班一旁微笑道："大圣是否觉得奇怪？您把他扔在地上看是何物？"

悟空不解其意，却还是依言把那枚牙齿轻轻扔了下去，只听"咚"的一声，从牙齿掉落处迸出了几点火星。"咦,这不是那个怪物的牙齿？怎么会是铁做的？"

"哈哈！大圣眼力虽好,却只说对了一半。"鲁班抚须一声大笑,不无得意地说道："此牙非铁所制,乃白金也。只可惜被大圣扳下,害得老朽还得重安。"

"恕俺一时鲁莽,伤害了您的宝兽。"悟空心里一阵歉疚,拱了拱手,"俺有一事不明,这宝兽是何物类？怎么要给他安假牙？"

"什么宝兽不宝兽！"鲁班笑着吩咐总管,"把'宝贝'牵进来,让二位再见识见识！"

一会儿工夫,总管牵着怪兽走进大厅,温顺地站着不动。悟空二人走到跟前仔细摸了摸,方知他全身坚硬,是用许多块硬木块、金银等物件拼制而成的一件巧夺天工的奇品,哪里是天地间生出来的怪兽？

"仙师真乃奇人异人也！取经路上俺也曾会过不少厉害魔头,大闹天宫时玉帝动用了三十三天神仙、十万天兵天将来捉俺,他们不是靠什么宝物逞雄,就是凭天生的怪兽来壮胆,有几个是凭真才实学的？倒是您把这些物件一撮合,做出来的东西比真的还要厉害。可钦！可敬！"

"大圣谬奖了！老朽摆弄出这个玩意,只是为了看山护院,岂敢与他人相比？"鲁班话锋一转道出了苦衷,"老朽知道二位前来并非看什么奇巧东西,定然有事相求,委实是老朽近来有件大事一直琢磨不透,始有适才怠慢之事,尚请二位海涵。"

悟空见鲁班主动道出了自己的心事,当即接口道："仙师说得不错,俺们专程前来就是想请您到花果山帮忙办件要紧之事。只是仙师一再说有急事,不知俺能否帮得上？"

"不瞒大圣,老朽琢磨之事说来也很简单,跟您说说自也无妨。"鲁班叹了口气,讲述了自己眼下遇到的情况。

"不就是几根蛟筋吗？还值得仙师费心去琢磨什么替代物？"悟空装出一副胸有成竹的模样,"要说其他值钱的东西,俺那儿不一定有,若说蛟筋,却现成得很。狐兄弟,你说呢？"

狐王听他俩说话的时候一直十分专心,当悟空说出本山有蛟筋话后,立刻明白了他的用意。这会见悟空问到自己,立刻大声回道："禀告大圣,蛟筋至少有两三筐！"

"够了！够了！有大圣的帮忙,老朽终于可以实现多年的夙愿了！说吧,咱们何时动身？"鲁班早就听说悟空敢作敢为,一言九鼎,如今见他如此热情慷慨,多时的郁闷顿时一扫而净。

"自然是越快越好!仙师是否作个安排,明天咱就动身?"悟空征询地看着鲁班。

"好!明天动身!今晚正好给二位接风。"

毋庸多述,当晚由鲁班做东,将那仙酒仙果摆了个眼花缭乱,吃喝了个杯盘狼藉,尽兴而眠。

次日清晨,一行三人离开缥缈山,向东进发。端得是凡夫常叹跋涉苦,难比神仙动动足。不上半天工夫,三人就驱云驾雾,落到了花果山上。

鲁班虽然早就听人说过花果山,却是第一次来此。此刻站在山头俯视,果然一处远山含黛、近岭滴翠、峰插云天、海拥山环的好地方。比起自己的居处,少了许多虚幻,多了十二分的实在。

悟空见鲁班一直伫立凝视,说道:"仙师既然有兴,不妨随俺一路走走,也好听听俺的打算。"一边吩咐狐王速去找芭将安排午饭。

鲁班欣然应道:"如此甚好,悉听尊便。"

于是,悟空在前,鲁班随后,沿着山径边看边谈,待把全山绮丽奇特之处看完,悟空也把自己的打算讲完。鲁班这才知道,孙悟空不仅是个恩怨分明、敢打敢拼、顶天立地的旷世英雄,而且粗中有细,心思缜密,尽管有些想法不太合适,但大多想法奇特,自己这次若不拿出些绝活,有负人家的一腔期望不说,普天之下尊自己为祖师爷的工匠们那儿也不好交代。

揣着满腔的愿望与心事,两人来到了水帘洞。洞里,芭将与狐王正等候,一桌丰盛的酒席已摆好。稍事寒暄后,四人围桌开宴。席间,鲁班向悟空问道:"大圣,刚才您在路上说要先建水帘洞和天池,老朽以为很好!但要如您所说池旁建阁、阁顶发光、栖凤岭凿石砌渠,渠边雕栏护卫,水帘洞前群兽喷水,却工程不小,耗时日久,且有些材料不易寻找,可否先整理池边,开渠引水,重现瀑布,而后再搞其他?"

"一切谨听仙师安排,材料一事由俺包了!"悟空拱手作了个"拜托"的姿势,当即吩咐面前二人:"仙师在山之日饮食起居概由芭兄弟招呼,一应工程之事由狐兄弟料理。事关紧要,千万不可大意!"二人齐声应道:"遵命!"

距悟空归山不到一个月,复山工程终于开工了。

按照悟空的设想和自己的琢磨,鲁班画出了前期工程的式样:天池池边地震后留下的极不齐整的痕迹全部整平,上砌一人高的石雕护墙;水池下面架设龙形亭盖,设置机关让其向栖凤岭建成后的草地喷水,增添花果山的威严、壮观;沿天池出水处,顺栖凤岭开凿一条九曲十八弯的宽敞水渠,蜿蜒到达水帘洞的上方,成扇形飞流直下;渠壁缕纹砌石,渠旁遍植奇花异草;水帘洞前因地面升高,修九层台阶,供人们上下出入;洞前河滩凡冒气泡处,皆安装雕刻石兽,使下面的泉眼个个喷珠,处处溅玉;栖凤岭山脚建造一处营房,专供火器营兵丁居住、操练;沿营房而上山腰处,开凿数层窑洞,专门安排火器营官兵的家眷。

设想不能不算新奇,思谋不能不说周密。在孙悟空看来,水帘洞重建既然事关全山的兴旺,士气的振作,就必须利用地震提供的这一机会,将他建得:天池巨龙长吟,凤岭花草相竞,水渠曲径通幽,飞瀑荡涤凡尘,河道百兽嬉戏,岸畔柳拂春风,满山流光溢彩,笑傲普天群雄。

清理碎石是整个工程的第一步,芭将已带领群猴干了几天。开始,猴子们出于顽皮好动的天性,干得十分起劲,然而不到两天,问题就来了:石头太多太重,无不望"山"兴叹;倒腾地方远,个个累得精疲力竭。好奇劲过去了,接踵而来的是烦躁。接下来的这几天,芭将既得为鲁班的饮食起居细心张罗,还得督促猴子们干活,结果是顾了这头顾不了另一头。狐王不得不把工程缓慢之事禀告给孙悟空。

悟空知道,在让猴子们吃了几天苦、知道任何事都不是轻而易举就能办成的道理之后,自己该出面了。这天,他同狐王来到工地,只见山一样多的石头仅是搬运了一小部分,大部分依然未动。猴子们见悟空来到,齐齐围过来,请他使个神通,一下子将这些石头拿走。芭将满面羞惭地站在悟空身旁,深为自己当初只考虑搬石的决心而未考虑工程进度的轻率行为而深感内疚。

悟空理解芭将此时的心情,拍了拍他的肩膀道:"芭兄弟! 你领着孩儿们出了力吃了苦尽了心,俺就满意了。剩下的事由俺来办,你只要给俺指点个倒石头的地方就行!"

"大圣! 咱花果山到处都是石头,不能将这么多碎石放在山里,还不如把这堆东西倒到海里,省得以后再倒腾。"芭将见悟空要亲自动手,急忙提出了建议。

"天计星君临走时不是提到过防止那伙来历不明的强盗再来袭扰的事吗? 将这些石头运到东海中的那几个岛屿和唐坡山暗洞前的海滩边,正好能发挥作用。"芭将的话提醒了狐王,给悟空一讲,悟空当即大声赞好,下令群猴退到远处,准备动手。

群猴中那些当年见过悟空使过神通的老者事隔这么多年,自是盼望他再弄手段，后来出生的猴子常听长辈们讲述那些故事，却未曾亲眼见过，此时更是欣喜万分，站在远处探头探脑地张望。见栖凤岭上寂无一声，悟空嗖的从耳中掏出金箍棒纵在空中，拿棍朝下面的碎石画了六个圈，口中念动咒语喝了声"起"，偌大偌高的一座碎石山顿时分作六堆缓缓升起，随着悟空的指引，一堆落在了唐坡山几处被水淹了的海滩上，五堆分别落在了东海五个岛屿的旁边，霎时使这些岛屿变得大了不少。

芭将、狐王在悟空指引石堆往东行驶之际，领着群猴奔上栖凤岭一看，不仅堆积的石头一块不剩，就连那些被石头砸断遮盖住的树木，枝梢也都没了踪影，地上只有枯草树叶和湿湿的地皮。看到这一奇异的情景，岭上立即腾起了一阵又一阵的欢呼声。须臾，悟空从东返回落下，欢呼声再次响起，大伙以无比崇敬的眼神看着悟空，无不为自己有这样一位大王而感到自豪与骄傲。

轮到挖渠了。为了弥补搬运石头时自己思考上的过失，芭将主动将挖土任务从狐王那里要了过来，发誓三天之内将画线范围内的硬土挖掉。猴子们受悟空神勇、体贴行为影响，一窝蜂地全部涌上工地。他们跳过来跳过去，有的拿刀铲，有的用棍挑，整整闹腾了一天，厚厚的硬土也没挖了多少。干到第二天，不知是哪个猴子发现凡是水池流水经过的地方就好挖，于是就找来个碗舀上水往土地上浇，浇湿后再去挖土，既省力还见效快。其他猴子见很好玩，纷纷仿效，用手掏，拿盆端，叽叽喳喳，奔走跳跃，干得十分开心、起劲，两天下来，终于将硬土全部挖掉。

接下来是挖已经露出来的石头。悟空、狐王早早就来到了工地。悟空知道，花果山千百年来之所以能经受得住大自然侵蚀的考验屹立至今，一个很重要的原因是山里的石头异常坚硬，用通常手段去挖很难奏效，手下部众如果没有好的办法，自己还得再度出手。

工地上，象王领着十几头大象又甩鼻子又跺脚地干着。这是狐王的安排。在他看来，挖石头是一件大耗力气的事情，满山生灵之中，非大象莫属。象王情知这是狐王对自己的器重，率领群象总想干出个样子来。怎奈大象鼻子再长也无隙可入，脚再有力也难动分毫，直急得象王嘶声大吼，群象干自乱跑。见此情状，悟空吩咐象王带部属退开，欲待自己出手，忽见狐王嘴巴张了几下，似有话要说，猛地想起他身怀绝技，何不让他当众露一手，借以提高他在全山的威望？遂开口对他说道："狐兄弟！你可有何办法？"狐王道："有您在场，属下怎敢班门弄斧？"悟空微微一笑："狐兄弟说哪里话，有招就往出拿，何分你我？""既然如此，属下就献丑了。"狐王边说，边向场上扫视了一圈。

听说狐王要出手，正在干活的群象和四下围观的猴子纷纷挤了过来，个个屏息静气,看他用什么办法能把石头挖起来。

　　狐王在工地仔细观察了一阵,拿起鲁班画的图样看了看,面向天池出水处双足一立,双臂由上而下缓缓一沉,一颗鲜红的珠子从口中疾吐而出,不偏不倚落在了距地面仅有一寸高的出水处,然后像长了眼睛似的沿着一侧的渠线滴溜溜地飞了起来。这一侧刚刚转完,随着狐王的一声呼喝,红珠立即跳到另一侧渠线,弯来弯去地往回返,当红珠返到出水处,狐王伸手向下一指,他听话地钻到石头下面没了踪影。众人正自诧异之际,猛听石头下面传来一连串"浄浄浄"的响声,顺着蜿蜒向前的渠道向前响去。围在两侧的大象、群猴伸长脖子往石头上一瞧,哎呀!渠线中间的石头竟然像用利刀切割一样现出了两道细而清晰的深缝。狐王张口一吸,红珠突然从下面跃出,飞到出水处,一截一截地切割起来。这一切都完毕后,狐王把红珠吸进肚里,朝着围观的猴、象大声喊道:"请众位速速退开,小心石头碰伤!"大伙见狐王竟然有这么大的神通,莫不敬畏,如今见他吩咐,无不遵命退开。

　　正当狐王准备再度用功之际,悟空走到他背后,伸手在他头顶按了一下,接着将手按住了他的腰眼。在其他人看来,悟空似站在狐王身后观看他的下一步动作,只有狐王心里清楚悟空已通过刚才不发一言的两个动作,将自身深厚难测的功力从头顶的百会穴和腰眼的命门穴这两个人身上的大穴中输了进去,不仅及时地弥补了自己刚才所耗费的功力,而且还增添了不知多少,顿觉灵台异常清朗,浑身舒畅无比,尤其令他感动的是,悟空以一个看似观看的动作给他平添了几百年的功力不说,还给自己保全了面子。他想说什么却什么也没说,回头看了悟空一眼,随即扭过头去,口中念念有词,喝了声"起",地下已被切割开的石头一齐跃起,稳稳地落到渠道一侧。

　　这里石头刚刚落地,大象、群猴呼啦一下拥了过来,这一看连悟空也惊住了:刚才还是乱七八糟的栖凤岭,眨眼之间出现了一条矫若游龙的石渠,渠两壁齐刷刷地不留任何一点刀劈斧凿的痕迹,渠底一溜平展,好似一面石头做成的镜子。在众人的欢呼声中,悟空一步跨到了狐王跟前,刚要说几句夸赞话,狐王已一把拉住他的手感激地说道:"大圣!什么都不用说了,属下跟您跟定了!"

　　震天动地的欢呼声、喝彩声,惊动了正在水帘洞中勾画全山工程图样的鲁班和刚刚歇息下来的芭将。二人不知外面发生了何事,双双出洞来到栖凤岭,方知水渠已经挖成,众人正在为之祝贺。悟空迎上前问道:"仙师!多亏众人出力,狐兄弟施展神通,水渠已经挖成,不知您动用何人来完成下道雕刻砌石工程?"

鲁班原以为花果山除了悟空外再无本事出众的人才,这下才知道情况并非如此。他沿着水渠上下里外用手量了一遍,发觉水渠的宽窄、高低,均与自己画的图样吻合,一股逞强好胜之心油然而生,对悟空说道:"大圣!山中弟兄没有一人学过手艺,尚且能做出这样的活计,老朽我在世千年,终日里建房盖楼,什么样的事没见过?今天老朽也不敢动用他人,自己来做这件事好了。"

"仙师出手,自是不凡!可要俺做些什么?"悟空想不到鲁班会这样,赶紧问了一句。

"待老朽看看。"鲁班说完,仔细审视了一下地上堆着的石条,而后又围着天池转了一圈,点了点头道:"大圣如能弄来比这超出三倍的大石头,就算帮了老朽一个大忙。"

"好说!好说!俺去去就来!"未等大伙看清,悟空已起在半空,向东面飞去。

少顷,众人忽听空中呼呼风吹,抬头看去,悟空在上,一大堆巨石在下,呼啦啦地来到栖凤岭上空。狐王急忙喝令大家散开,数不清的巨石自天徐徐落下,一块挨一块地平平铺在岭上。狐王上前一看,全是那天悟空运出去的那堆石头。

鲁班未发一言,绾起袍袖,走到一块条石前,伸出手指悬空在上面画了一阵,朝石上吐了口气,喝了声"去",石条缓缓升起,先是顺着渠旁的石条挨过擦了过去,继而又沿着悟空刚刚取回的石头一一摩擦,待把最后一块石头擦过,原先并无任何图案的石条块块变得线条分明,图案精美,至于那些大小不等的巨石,除了旁边留下一些碎屑、石粉外,也都与那些石条一样,大小一致,图案相同。众人正在暗暗称奇之际,鲁班凝神闭目,嘴唇微微张合了几下,猛地亮目将手一挥,那些已经加工好的料石长了翅膀似的一块接一块地从地上飞起,有的朝着渠道飞,有的向着天池飞,排完一层排二层,待所有料石飞尽,大伙跑到两处去看,水渠两边已出现了高过地面二尺的石雕护栏,天池四周也装饰了齐整的围栏。不论水渠还是天池,无不雕鱼纹花,活灵活现,直把大伙看得目瞪口呆,鸦雀无声,随后才猛地爆出一阵高过一阵的喝彩声、祝贺声。

在所有人中,最高兴的当数悟空了。按照他"历练大家,珍惜成果"的想法,修渠至少得两个月,加上搬运石头,四个月完成这几项工程就算很不错了。想不到的是,猴子们竟从好奇中找到了揭除硬土的诀窍,狐王一个神珠破石使工期节省了一半时间,尤其是鲁班乃自己请来的客人,却如此热心,转瞬之间干了这么一件大事,这真是众人拾柴火焰高,各显神通逞英豪。见众人依然欢呼雀跃,他分开人群,对着鲁班就是一个深深的大揖,鲁班急忙扶住道:"老朽适才所为仅是雕虫小技而已,岂敢劳大圣行此大礼? 眼下已经能够通水,大圣理当顾此才是。"

一言提醒了梦中人。这边,狐王吩咐芭将、象王率各自部众沿水渠、天池边摆开,那边悟空与鲁班走到天池的出水处一边一个站好。随着悟空一声断喝,鲁班俯身将临时挡在出水口处的一块石板提起放在一旁,已经快要憋满的池水顿时狂涌而出,顺着渠道急速向前流去,流到水帘洞顶端喇叭口处,水流迅速变成一把银扇疾冲而下,霎时就在洞前出现了一个蔚为壮观的奇特景象:万仞绝壁舞矫龙,匹练映日化长虹;洞顶无声相约下,潭底奔雷互竞争;卵石张口吮玉液,岸草舒怀展腰身;漫道浩浩天河水,瑶池难有此胜景。

首事告成,悟空自是要好好庆贺庆贺。他吩咐芭将立即通知所有洞主来山会宴三天,借此鼓舞全山士气;又同鲁班商定,请他在会宴期间就全山的总体兴建作个安排,一鼓作气搞好下段工程。

指定的日子到了,七十二洞洞主齐齐来到了水帘洞。狐王领着大家岭上岭下将工程看了一遍,当即大家高兴的高兴,羡慕的羡慕,围着狐王问个不停。宴会于头天中午开始。在悟空给鲁班作了介绍后,鲁班讲述了自己与悟空商议好的兴山打算。洞主们看了水帘洞、天池的壮观情景本已心痒难忍,如今听说山山都将动工、洞洞都有工程,无不拊掌拍手,大声欢笑,几家性急的洞主竟主动提出派人抓紧时间把水帘洞的剩余工程搞完,请鲁班到自己那儿指点,早日完成本洞的工程。

许是好事连连往往会突如其来给人一个打击的缘故,就在宴会进行到第二天中午,芭将匆匆从洞外跑进来,朝着悟空喊道:"大圣! 外面的瀑布断水了!"大家闻听立即放下酒杯,随着悟空跑到洞口一看,瀑布果然断水了,陡峭的石壁上只有断断续续的水往下流,这真是:大千世界怪异多,雾水遮头神也惑。欲知因何断水,且听下回分解。

第十二回
夜探天池　象鹏王合力诛蛟龙

洞主们见瀑布断水，都七嘴八舌惊叫起来。悟空道："大家别慌，该干啥干啥，芭兄弟留下招呼，俺和仙师、狐王去去就来。"三人纵出洞口，径直来到天池。此时，太阳已落到西天半空，阳光斜斜照射过来，将池水照得清清楚楚。三人扒住围墙向下看去，原先翻卷上涌的池水只在微微滚动，水位已降到出水口下方，难怪渠道无水，瀑布不再。

鲁班沉思了一会儿说道："大圣，池水不再上涨，必是来水处堵塞无疑！只是不知道究竟为何所物堵？"

"仙师勿虑，俺下去探探便知分晓。"悟空双足微点，已轻轻跃在护墙上面。

狐王到底心细，阻止道："大圣别忙！池里究竟是啥情况咱都不知，倘若是什么妖怪在底下作祟，捉拿起来势必要费些周折，万一在水里时间久了，岂不令大伙担忧？不如回去商议商议，晚上再去不迟。"

悟空想想也是，昔日降妖伏怪时，虽然十天半月也弄不下个结果，却没啥大的牵挂，如今自己身为一山之主，有那么多人等着看着，有那么多事需要赶紧去办，贸然下去一旦有什么不利，刚刚鼓起的士气说不定会泄了下去。想到这些，他打消了刚才的念头，同二人一齐返回了水帘洞。

洞里，洞主们已不再吃喝，正三五成群地议论着这件事，见三人返回，纷纷围上来询问。待悟空将看到的情况和入池打探的想法说出来，有几个会水的洞主嚷嚷着要陪同下去，象王更是死缠着他非去不可，以补前几天未完成取石挖渠的愧疚。鹏王见悟空允准了象王的请求，也争着说道："大圣！象大哥水下功夫不错，却无法上天。俺两人随您一起去，一个水里一个天上，即使真的遇上妖精也能对付得了！如若俺俩有些不济您再出手，岂不更好？"鲁班、芭将、狐王出于对悟空安危的考虑，也在一旁再三撺掇，直到悟空坚执要去，洞里才安静了下来。

子夜时分，弯弯的下弦月高高地悬在半空，柔柔的月光将山上的景物映得清晰可辨，树影摇曳。天池旁，洞主们围成一圈，都想亲眼目睹悟空他们下水后遇到什么情况。悟空见人已到齐,大声吩咐道:"俺走后由芭将、狐王照应好仙师,有什么情况听从他们安排!这儿留几人把守,其余人可暂回水帘洞等候消息!"说罢,一个倒栽葱,悄无声息地蹿进水里,象王、鹏王一个手执宣华大斧,一个背插雌雄双剑,双手对大伙一拱,也一先一后跳了下去。

三人沿着天池四周的石壁一边仔细观察,一边缓缓向下游去。起初,借着月光尚且能看清水里的情景,但到后来就逐渐变得一片灰暗,什么都是模模糊糊无法辨认。约摸向下游到十来丈深的时候,象王再也憋不住,游到悟空身边问道:"大圣!俺怎么觉得身上越来越热,下边是不是有什么沸水之类的东西?"

悟空伸手在他嘴上捂了一下,示意他不要出声,自己则运起金睛火眼向四周洞壁仔细搜索。当他从南面转到东面,又从东面转到西面时,突觉一股热乎乎的水流向身上喷来,顿时一种西面炙热其他方向骤冷的奇异感觉袭遍全身,不由得一愣,迅速收回双腿朝暖流窜去。象王、鹏王此时也已觉察到了异常,跟着他游了过去。近前一看,悟空隐约看到西面洞壁上有一个碗大的窟窿,一股热流正从那个窟窿里往外喷射,直弄得周围水流回旋,冷热分明。象王、鹏王眼力不济,悟空遂握住他俩的手向窟窿摸了摸。至此,三人方才明白天池水暖汽腾的缘由。

围着泉眼流连了一会儿,三人继续向下游去。这时的情况可就有点不妙了。原来在此之前,由于温泉泉水的作用,他们尚且舒舒服服,如沐温水澡,此时离开那个环境,便觉得越往下游水温越低。好在悟空天生异质,象王皮粗肉厚,鹏王绒衣护体,全然不用畏惧,只是水里漆黑一片,不能不让他们格外小心。

就在三人离开泉眼往下游了不久,下面忽然传来一片嘈杂声。悟空轻轻在象王、鹏王背上拍了一下,禁止他俩说话,从耳中掏出金箍棒悄悄掩了过去。此时,黑黢黢的洞里开始有了些许微弱的亮光,身周的水在微微涌动。悟空借着那丝亮光仔细看去,下方有四五个虾兵蟹将作一堆儿坐着,七嘴八舌地嚷嚷着什么。为防止他们发现,悟空让身后的两个助手不再下游,收棍入耳,把身体缩得像枚小小的枣核,无声无息地潜了过去。

一个恶煞神似的蟹将大概是被同伴们的嚷嚷声吵得不耐烦了,开口就是训斥的口气:"嚷嚷什么!大王既然让咱来此把守洞口,咱干好自己的事情不就行了?管他什么老鳖精、团鱼精的,真是狗咬耗子,多管闲事!"

另一个个头不小比较清瘦的蟹将不服气地驳斥道:"你倒是说得轻巧!人家老鳖精原先就住在这里,拖儿带女的被大王撵了出去能服气吗?一旦率领人马回来报复,咱这十来个弟兄怎是对手? 还有那只团鱼精,今天为啥来这儿跑了好几趟,还不是也看中了这个地方? 大王固然本领出众,人家两个也不一定是好惹的,说不定什么时候联起手来,咱可更是凶多吉少了!"其他几个虾兵赶紧附和道:"就是! 明明知道是送死,咱为啥总得守在这儿?"

凶蟹见同伴们一个比一个泄气,一个比一个害怕,知道再凶下去只能是越凶越糟,遂换了副笑脸安慰道:"大王这不是怕那些家伙前来寻衅报复,才让咱把洞口堵住,既能不让外边的水往进流,又能遮挡住咱们,免得有什么危险。何况大王已经说了,一旦有事就用这个铜铃报警,大队人马马上就能赶来支援,你们还有什么怕的?"

"怕什么? 就怕上头有人下来,下头有人攻来,到那时候还不是跑也没个跑处?"一个长须虾这时也摇头晃脑地插进话来,"再说这洞里又黑又臭,出口大气都困难,哪有在外面活得自在? 俺可不愿待下去了。"

一直在洞壁里躺着的龙虾懒洋洋地坐起来说道:"你们说这些顶啥用? 依俺看来,倒是琢磨一下大王为啥大老远的跑到人家这儿还有点意思。"

凶蟹显然是想借机炫耀自己,以抬高自己的身份,面带得意的神情说道:"这个你就不清楚了吧? 谁不知道这是人家东土人的地盘,大王率咱们前来,就是想把这大块的地方抢过来。咱们只要守好这个洞,大王肯定重重有赏!"

悟空越听越纳闷,也越听越心惊,尽管一时还弄不清事情原委,但从刚才这些虾兵蟹将的话里可以看出,事情远非什么妖精随意侵占个洞穴这样简单,恐怕背后还隐藏着大的阴谋,必须把这几个家伙生擒活捉过来问个清楚才是。心里这么一想,他一下子变回原样,欲窜过去先把坐在最外面的那个龙虾捉住,然后再捉靠里的几个,突觉"呼"的一响,身后蹿出两条黑影,径向妖怪扑去。原来,就在悟空偷听妖怪说话的时候,象、鹏王两个忍不住,已靠着洞壁悄悄尾随过来,将妖精所说听了个清清楚楚,见悟空变回原样,晓得悟空要动手了,哪里还能忍得住,于是双双扑出,挥斧就砍,拔剑便刺,待悟空出声喝止,七八个妖精已横七竖八倒卧在水里。悟空伸手一一摸去,除那只龙虾尚有一口气外,其余均已一命归天。悟空急忙抓住龙虾追问那个铜铃在什么地方,龙虾费力地抬起手臂指了指凶蟹的尸体,手一垂也跟着同伴赶赴黄泉路去了。悟空走到凶蟹跟前在他身上一搜,果然搜出了一个小小的并不起眼的铜铃,里面紧紧塞着一团布片,估计是怕铃簧随意乱动,免得出了什么差错。

象王见悟空一脸严肃,一番搜寻后拿着铜铃在沉思,方才晓得自己行事太过鲁莽,没有留下一个活口盘问情况,不禁愧疚地对悟空说道:"大圣! 俺做错了,请您责罚!"鹏王也满面羞惭,在一旁说道:"只怪俺一时性急,生怕妖精跑脱出去报信,没有留下一个活口。"

悟空知道他俩所言确实出自内心,且是第一次随自己出来,忙安慰道:"二位刚才实是性急了些,没等俺问话就将他们悉数打死。好在这个铜铃还在,咱还有的是办法。只不过今晚回不去了,必须如此如此。"吩咐完毕,走到龙虾跟前看了看,将自己变成了他的模样。象王身高体胖,悟空帮他变成了那个凶蟹。鹏王在那些尸体旁仔细观察了一会,觉得另一个蟹将的模样适合自己,摇身一变站在了悟空身旁。还有五个妖怪,人少变不过来,悟空从身上拔下根毫毛叫声变,洞里立即出现了五个体貌各异、嘻嘻哈哈的妖怪。

人员变好后,鹏王掂起妖怪的尸体就要往洞外的水里扔,象王挥起大斧往垒在洞口的巨石上砍去,悟空急忙扯住他俩道:"又性急了不是? 就这样把尸体扔到海里,难免会被他们的人发现,过早暴露了咱们的行踪,现在就把洞口拆除,咱下一步的戏就不好演了。看我的!"说着,朝水里吹了口气,七八具尸体突然浮起,一具接一具地飞出洞口,紧接着,举起手掌用力一推,飞着的尸体竟然化为一团雾,毫无声息向四下散去,没有留下一点痕迹,看得象王、鹏王张嘴结舌,暗暗称奇。办完这件事后,悟空吩咐二人:"待会按我所说行事!"二人点了点头。悟空拿出铜铃,拽出里面的布条,用力摇了起来。

别看这铜铃不大,却是蛟龙得自皇宫里的一件宝贝,轻轻一摇,就能声传百里。悟空不知其中奥秘,只管用劲猛摇,不曾料到这边铜铃一响,可就把远在几十里之外的蛟龙从睡梦中惊醒,以为凶蟹那边必定出了大事,一骨碌从洞中爬起连喊"来人",率领大批虾兵蟹将匆匆往凶蟹这边奔来。

悟空把铜铃收起,料到可能有人会来,吩咐象鹏做好准备,严阵以待。

时间不长,洞外忽然波翻浪卷,语声嘈杂,内中一个声音最大的厉声喝道:"长臂精! 本大王到此,还不滚出来见我?"

听口气,显然是那条蛟龙来了。悟空朝象、鹏二人眨了眨眼,拿捏出一副惊慌失措的腔调回道:"小的这就出来见过大王!"嗵的一声跳出洞口,俯首跪在蛟龙面前。

蛟龙一看不是长臂精,狐疑大起,一把抓住眼前这个龙虾问道:"嗨? 怎么是你这个家伙? 长臂精呢? 他怎么不在?"

"他,他受伤了!"悟空一惊之下,方才晓得自己一时粗心,忘却了自己扮演的角色,心思一转,扯了一个大谎,"刚才老鳖精率领大批人马来攻,长臂兄负了重伤。要不是大王您来得这么快,还不知这儿成了什么样子。大王要不要进洞看看?"

"原来是这样,怪不得你们把铃摇得那么响,害得本王深更半夜还得往这儿跑!"蛟龙疑心一去,语气随即缓了下来,"好了!长臂精既然身受重伤,本王这就进去看看!"

孙悟空巴不得蛟龙一下子就跨进洞里,假作谦恭地站在一旁,弯腰做了个请的姿势,朝着洞口高声喊道:"小的们!还不做好准备,恭请大王进洞巡查?"

早已分站洞壁两侧的象王、鹏王应声答道:"小的们恭请大王驾到!"

蛟龙大模大样地来到洞前,隐隐约约看见洞里七八个妖精垂手站着,未加丝毫考虑就轻轻跃进洞里。尾随其后的悟空正待下手,洞里的象鹏二人已抢起斧剑齐齐向蛟龙袭来,几个毫毛变的妖精也纷纷操刀舞棒,将蛟龙紧紧围在中间狠劈狠打。洞外一群虾兵蟹将刚刚醒过神欲待反击,悟空已掏出金箍棒一顿横冲直闯,直击横扫,可怜这些虾兵蟹将只晓得在水里行凶作恶,欺弱打小,何曾见过孙悟空这等神威?没招架了多大一会,就都成了棍下之鬼。

洞里,双方已经打得难解难分。别看蛟龙未带兵器,以寡敌众,现了原形后的那一双前爪却坚硬如铁,锋利如刀,每爪过去都带着一股劲风呼呼发响。打斗中,蛟龙一边招架一边厉声问道:"你们是何方人员,竟敢来搅本王好事?"象王一招斧劈华山当头劈下,斥责道:"你个不知高低、羞耻的家伙,竟敢在你爷爷面前称起王来!说出爷爷的名号,准把你吓个半死!爷爷两个乃齐天大圣孙悟空麾下的象王、鹏王是也,今天专门来捉拿你们这伙侵犯别人家园的妖孽来了,看斧!"鹏王闻言不耐烦地喝道:"和这种东西有什么好说的?能活捉最好,活捉不成干脆打死算了!"说话中间,已向对方疾刺了几剑。

蛟龙乃来自东海之外的一条孽龙,哪里知道什么齐天大圣?然而,当他看见其手下一个力大斧沉,一个轻灵迅捷,其余刀快棍疾,可想那个主子更是本领出众,心里不禁顿生怯意。恰在此时,洞外跳进一个人来,虽然还是龙虾那副模样,手里却拿着一根从未见过的金棍,情知是大大的对头来了,再斗下去决计讨不了好,于是未等来人近身,急忙化作一道黑烟从洞顶逃了出去。

眼看煮熟的鸭子竟然从眼皮底下跑了,一心想立功的象王懊丧之际,忍不住把气出在了鹏王身上:"都怪你这只呆鸟!你要是再加把劲,还能让这个家伙逃走?下次再遇上俺,你看俺怎么收拾他!"

鹏王这时也是满肚子火气没处发泄,哪里能受得了象王如此指责,气咻咻地顶了回去:"你怪俺?俺还怪你呆头呆脑乱打一气哩!"

"此事谁也不要怪,要怪就怪咱都不清楚对方的底细。"悟空也没想到蛟龙会在自己刚刚露面之时突然逃走,将毫毛收回身上,变回原样,说出了自己的决定,"妖王既然派兵在此把守,绝不会就此罢休。如若再来,咱就来他个守株待兔;万一不敢再来,咱也要设法弄清情况,主动出击,消除后患!此时已近半夜,暂且就在这里歇宿,天明再说。"

三人睡到后半夜时分,洞外忽然又传来了叽叽喳喳的说话声。鹏王天性机敏,即刻就被惊醒。睁眼一瞧,洞外白晃晃的分外明朗,一伙人影正冲洞口奔来。情急中,他以为又是蛟龙率兵来了,不由得又惊又喜地喊了起来:"大圣,象大哥,快醒来,那些妖精又来了!"

悟空一个鲤鱼打挺从洞口石块上站了起来,兴奋地说道:"好好好,来了就好!俺还担心他们不敢来了呢。"

象王也被惊醒,一边去摸宣华大斧,一边对鹏王嚷嚷:"鹏兄弟!这次咱可不能让妖精又跑了!"

洞外说话声由大变小,到后来连一点声音也没有了。"莫非妖精看见我们还在这儿返回去了?"悟空这么一想,唯恐失去目标,一个箭步跳出洞外厉声大喝道:"兀那妖龙!来了又想走,鬼鬼祟祟,算什么东西!"

煞也作怪,悟空话音刚落,面前的水里突然站起一群虾兵蟹将,倒把他吓了一跳。当先一个身材矮胖、衣着华丽、满面皱纹的老者,眨着一双绿豆似的眼睛,惊喜地叫了起来:"哎呀,大圣,果真是您老人家!小老儿还道是小的们瞎来安慰俺,没想到真的是您回来了!这下俺可有救了,请受俺全家一拜!"说着,"扑通"一声跪在水里,后面站着的也都齐刷刷地跪了下去。

悟空生来最怕见到这种场面,慌忙扶住那人道:"老丈快快请起!俺还以为是那妖龙又来了。你好像是……"

"大圣不认识小老儿,小老儿可忘不了大圣。俺原先在东海龙王手下当差为将,后因年老不干,欲图个清静自在,便带着全家老小来到此处安身。"

"此地名曰葫芦洞,洞外紧挨着条河叫圪芦河,原先河水虽然不小,却顺着峡谷向东流入东海。前些日子突然来了场地震,南北两座石山竟然倒塌下来,将东面去路堵死,西面山上流下的水出不去,全聚在这儿。小老儿住的洞虽然水多了些,却越发安静,住得更舒心惬意了。更何况,俺早就知道上面就是大圣的花果山,有您这样的好邻居,有哪儿能比这更好呢?"

"大概应了人间'祸从天降'这句话了。前几天来了一伙妖孽,先是鬼鬼祟祟来了几次,小老儿一看都是野种,以为他们是路过的并不在意,不曾想前天又来了,硬要赶我们出去,说这原是他们的地盘。俺不服,他们就动武抢。俺气不过还击,怎耐这些强盗人多势众,为首的那个蛟龙武艺高强,硬把俺家老小撵了出来。俺不忿,每天派人来此暗暗侦探,发现他们从昨天起将洞口堵了半截。方才听打探的说,那伙妖精被一个手使大棍的人全部打死,妖龙也吓得逃跑了。听他们所说的模样，俺猜想着就是您，于是带着子孙们就来了。大圣！您可得为小老儿一家做主啊！"说着说着，泪流满面，哽咽着说不下去。

"嗨嗨，哭什么哭！眼泪能把妖精冲走？"象王不满地看了老者一眼。

"大圣，请问这二位是？"老者此时才发现了象王、鹏王。

"龟将请起来叙话。这二位都是俺老孙的属下爱将。"悟空将龟将扶起，给他介绍了象鹏二人，然后看了看站起来的人群，"别说咱们还是邻居，剿灭妖孽自是分内之事；即便没有这层关系，俺老孙也绝难容这种侵占他人家园、逞凶霸道的事情。请大伙放心，这事俺管定了！"

"尚有一事请大圣知晓。"龟将接着向悟空讲述了一个重要情况，"这伙妖孽并非来自中土，乃是东海之外的外来贼。小老儿当年随敖广大王曾不止一次地去过那里，知道这班家伙凶残似狼，奸诈如蛇，狠恶若蝎，惯会侵占别人地盘，抢夺别人财物，对这些东西千万不能心慈手软！"

鹏王不解地问道："照老邻居这么一讲，这班家伙真真可恶，难道就没人管他们？"

龟将苦笑了一声："咳，管他们？那里的人比这班家伙更可恶！他们那个国家本来由几个小岛断断续续组成，却总要说他们是什么'天照之国'；中土江山不知比他们大了多少倍，就像那大唐似的，称个'帝国'本是事实，他们也非要在'王'前头加个'天'字；那儿的人多数长得并不比咱高，却不怕别人笑话，动辄在前面加个'大'字。哼哼！你们说可笑不可笑？"

悟空听得有趣，不禁慨叹了一声："嗨！这种外邦之地，自与中土不可同日而语，龟将又何必为此伤感？"

象王早已在一旁憋不住，气狠狠地说道："老邻居整日在水里游来游去，怎知这么多事？要是遇上俺，俺才不管他外邦不外邦的，管保让他有来无回！"

"这位大王，别看小老儿身列水族，却也在这海里待了千余年，多少知道些人世间的以往之事。"龟将眯起双眼，凝视了东面一会儿，"就说那里的人，其实都是从咱东土出去的。他们的第一代国王，就是咱东土人。"

"噢？竟然有这等事？"悟空从未听人讲过此事，想不到却从一个千年老龟的口中说出，不觉感到新奇、诧异。象、鹏二位也是头次听说，无不凝神倾听。

"当年秦始皇称帝后，命人到东海一带寻找长生不老药。俺那时就在老龙王手下当差。那个奉命采药的人知道出去也是白找，回来肯定杀头，走的时候干脆在民间挑选了一百个俊男、一百个俊女，走到东海之外一个秦始皇管不着的岛屿上住下不走了。秦始皇久等不见回音，本想将他找回来治罪，没料到人还没找见，自己就先死了。从此，这个人便让那二百个未婚男女匹配成婚，在这荒无人烟的岛屿上定居立业，并把自己知道的东土文字作为那里的文字教人们学习。

"老邻居！他们的说话和文字既然是这么来的，那他们的国名是否也是自己起的？"鹏王本来对这些事并不太感兴趣，此时却好奇心大起，迫不及待地向龟将提出一个问题。

"他们哪有这个本事！"龟将回答得很干脆，"大家都知道，咱东土这儿做事讲究个师出有名。他们从东土出去，自然懂得这个道理。于是在东土隋朝时，专门前来东土，请当朝皇帝给他们起了现在的国名。他们晓得这是件大事，将皇帝的御书刻碑铭记，保存下来。哎呀，这都啥时候了，俺怎么唠叨起来没个完？大圣，您说咱现在该怎么办？忍一忍，看他们下步有何举动，还是上门找，当下消灭他们？"

"忍？咱为什么要忍？东土这么大，为什么这些家伙敢公然来欺负？还不就是不分事情轻重、大小、是非，动不动就是忍？你忍他就欺，你弱他便强！扬善惩恶，是俺老孙的本色。倘若他们是咱地盘上一伙不识高低的毛贼，咱教训教训可以；如今既然知道他们是这样一群有狼子野心的入侵者，俺可就要不请自去大开杀戒，剿灭他个干干净净，永绝后患！眼下唯有一事不明，龟将可知道妖龙的住处？"

"小老儿等的就是大圣的这句话！"龟将心头大喜，连连点头，"此事不劳您烦心，俺这就带您和二位大王前去！"

说话间，天已破晓。站在高处往下一望，洞口外被堵住的峡谷里已经俨然成了一片湖泊；东面，一望无际的水天连接处现出了鱼肚白，龟相头顶上那颗硕大的用以照明的夜明珠渐渐暗淡无色，黑沉沉的海面开始换上了蔚蓝的纱装，正是新的一天开始的时候，也正是启程出击的大好时机。龟将见家园失而复得，赶紧安排族中老小住进，自己则带着精壮子弟引领悟空三人向东海一座小山似的岛屿奔去。接受头天下午的教训，鹏王按悟空的安排展翅腾空，担负起在空中警戒联络、上下夹击的任务。

几十里的水路眨眼就到了。这是一个东西走向的岛屿，悟空一行所对的是岛的西端，恰恰不易被岛上过早发现。为保险起见，悟空命龟将率其族众就近潜伏，伺机消灭妖龙手下的贼伙，象王随自己上山寻找妖龙。安排妥当后，二人沿着岛屿的山脚慢慢向前搜索而进。

再说蛟龙化作黑烟逃回岛上，犹自惊魂未定，气恨不已。明明看见是自己的七八个部下，转眼之间却都成了催命阎王，尤其是那个自称老孙的，仅看他变幻多端、随机应变的本事，就是个最厉害的主儿。幸亏咱脑子转得快，未等那人动手先自溜走，否则还不知道是什么结果。接下来该怎么办？就此回去？不行！到手的东西岂能轻易放手？硬干？也不行！咱家不一定是人家对手。嗯，有了！何不找个刚刚网罗到的当地的手下问明情况再定对策？于是，他顾不上歇息，立即命人唤来一个叫缩头蟹的来到面前，装出一副关心体恤的模样问道："缩头蟹！你投靠本王几天来，觉得怎样？"

"好啊！"缩头蟹原是东海里的一只烂仔，日逐东游西逛，爱跟在同伴后面插空吃点剩食，遇到力气小的干脆硬抢，久而久之，同伴们谁也不和他来往，他只好独来独往，四处漂泊。几天前，蛟龙率众闯入东海，到处抢掠，缩头蟹好不眼红，遂主动上门投靠，当了妖龙的一个帮凶。听说蛟龙要寻找一个进出方便、环境幽雅的地方居住，他立即将龟将住处情况和盘托出，并亲自带路赶走了龟将全族，霸占了洞穴。蛟龙见此洞放不下自己所带的所有部众，遂派那个凶蟹带领一队兵勇在此驻扎，又在东海岛屿上找了这个地方。缩头蟹以为自己立了功似的，整日跟在这伙妖精后面狐假虎威。此刻，见蛟龙出面接见且温言相问，受宠若惊之下赶忙问道："实在太好了！以往俺净受些窝囊气不说，还经常挨饥受饿，自跟上大王您，天天能抢上吃。您叫俺来是不是有什么吩咐？若有用得着小人之处，小的定当效力！"

"这附近可是有个擅使金棍、自称老孙之人？"蛟龙一双阴冷的眼睛紧紧地盯着对方。

"哎呀，您说的可是花果山的孙悟空？那可是个翻江倒海的厉害角色！"缩头蟹连着张了几下发干的扁嘴，用手指了指西面连绵起伏的峰峦，"咱抢占的那个洞穴，就在花果山的下面。幸亏他早已离山，小的才敢给您出那个主意。大王问他怎的？"

"如果你说得没错，这个叫孙悟空的肯定回来了！"蛟龙虽然听得心里发毛，表面却是一副满不在乎的样子，"方才不知你小子又去了哪里，早要知道这些，本王肯定有办法对付他们！"

缩头蟹慌忙摇头劝道："大王！那个魔头还是不去招惹为好。想当年，他连天上的神仙、阴曹的阎王、四海的龙王都不怕，咱哪里犯得上与他斗气？此处不留爷，自有留爷处。小的情愿给您再找几个离他远些的地方！"

蛟龙见缩头蟹谈虎色变，想想刚才在山洞中险被打死或活捉的危险情景，一时也没了主意，挥手斥退了缩头蟹后，一阵烦闷袭上心头，加上连日来的四处奔波,沉思中倚着洞壁竟睡着了。手下部众见大王如此,乐得清闲,一个个找地方睡觉去了。

就在此时,悟空和象王已悄悄摸到这里。两人借着岩石的掩护探头望去,发现这是一个被海水冲刷而成的一个三面是山、一面临水的海湾,沿着略呈半圆形的岩壁,分布着几个大小不一的岩洞。大概是海面平静,没有什么波浪,一百多个虾兵蟹将横七竖八地躺在水里呼呼大睡,手中大都握着兵器。海湾正中有一个大的岩洞,一个体形庞大的妖精靠着洞壁、两腿伸出外面也在酣睡。象王悄悄靠近悟空身边,高兴得眼睛发光,低声说道:"大圣,这就是那条妖龙! 俺这就去叫阵,把他活捉过来,这个头功您就给了俺吧!"

悟空知道象王虽然办事有点莽撞,却心地憨直,力气惊人,同时也想让他经经磨炼,遂点头吩咐道:"好! 你去叫阵,俺和鹏兄弟从上下两头照应。记住,这次千万不能再让这家伙跑了!"

象王答应一声,操起大斧站起来,炸雷也似的朝着那群妖怪大声喝道:"呔! 晓事的速速告知你家妖龙知道,俺奉俺家齐天大圣孙悟空之命,前来捉拿你们这班不知天高地厚的妖贼!"话落斧起,面前一块凸起的岩石被劈得粉碎。

未等小妖们反应过来,蛟龙已被惊醒,从水中操起两柄斗大的铁锤,呼的一下站了起来,壮着胆子吼道:"好你个齐天大圣孙悟空! 昨晚本王不防被你们钻了个空子,杀死了我七八个弟兄,今日竟然找上门来,着实可恨! 小的们,给我上!"

众妖闻听纷纷抄起兵器围了过来。象王仗着自己身高体壮、皮粗肉厚,哪将他们看在眼里,远者斧劈,近者脚踩,眨眼间已奔到蛟龙面前。

蛟龙眼看部下不是被打得头碎骨折,就是被踩得血肉模糊,不禁怒从心头起,恶向胆边生,舞着双锤扑了上来。象王岂能怕他,抢起大斧照对方脑门劈下,蛟龙双锤并拢,于头顶上方堪堪抵住。这一架,象王觉出对方力气小,脑子一转,重新将斧高高举起,作势再劈。蛟龙心里一声冷笑:看你身高力大,武艺却稀松平常,就会这么几下。心想锤起,欲使出神力将对方大斧震落。谁知就在宣华大斧将落未落之际,象王倏地将斧挪开,横着向蛟龙腰部扫去。蛟龙于危急之中,身子向上飞起,方避过了这致命一击。

情急之中,蛟龙求胜心切,于空中变出本相,头似芭斗,眼似铜铃,双角如戟,四爪如钩,凌空向下击来。象王情知蛟龙欲凭腾飞优势将自己击败,嘴角微微一撇,于刹那间也现出了本相:高大的身躯超过海湾里的岩石,长长的鼻子宛若一条巨大的灵蛇,坚硬的皮肤本就可以抵得过刀劈斧砍,两支弯曲向上的白牙更是令敌人胆寒，尤其是四条庭柱般的巨腿，一踩就是一个深坑，一踢保准把巨树踢断。事情到了这种地步，蛟龙只能硬顶了。只见他两只前爪一抓，出手就是一招天灵击顶。象王脑袋稍稍一偏，鼻子顺势向上伸出，欲卷蛟龙的腰身。蛟龙一惊之下，身子猛然一摆，头已转了过来。露出两排白生生的巨齿去咬象王的长鼻。象王疾缩鼻子的同时，两支银牙已不闪不避地迎了上去。蛟龙见这些打法，招数均未奏效，知道单凭硬打不是象王对手，一个旋身落入海里，大叫道："有本事，陪本王在海里过上几招！"

"专门侵占别人地盘的东西，也敢在俺面前称王？"象王一急，就要下海，嘴里依然恨声不绝，"你以为在海里俺就怕你？看俺怎么来活捉你！"

就在此时，突然传来了悟空的高喊："象兄弟且莫下去，就在原地与他打斗！"象王猛地一惊，暗暗说了声："好险，差点上了这家伙的当！"遂站立不动，看蛟龙还要耍什么花招。

蛟龙见阴谋被悟空识破，恨不得立刻把对方这两个家伙撕成碎片。思来思去，突然想到了一个主意，当即朝着北面海湾里的部下扯开嗓子喊了起来："小的们，立即把这个家伙赶出去！谁若不听本王号令，日后一律处死！"

蜷缩在海湾里的小妖因象王只顾与自己的大王厮杀，才暂时无虞，此时听大王发令，谁敢不从，纷纷鼓起勇气，再次向象王扑来。与此同时，蛟龙跃出水面，重新飞到象王头顶盘旋飞舞，伺机下击。霎时，象王既得防范上头，又需还击下头，形势十分危急。要知道，狡猾的蛟龙要的就是这种情景，趁象王扬起鼻子去卷自己部下的时刻，头一低，嘴一张，一股又腥又黑的黏液借着丹田之气狂喷而出，待象王发觉欲避已经迟了，鼻子、眼睛、嘴里顿时被喷得腥臭欲吐，双眼难睁。他一时性起，不顾一切地向上举起了鼻子。

悟空不是在一旁掠阵吗？如此危急之际，他为何还不出手？别急，内中自有情由。

却说鹏王奉悟空之命和龟将的指点，已于悟空一行之前飞临岛屿上空，发现了蛟龙一伙的巢穴，本想下去打斗一场，锉锉这帮家伙的锐气，又恐贸然行动坏了大事，只好一直隐在空中的云上，严密监视着下边的动静。初时，象王将蛟龙打得难以招架，他看了直后悔，生怕象王三下五下将蛟龙打死，功劳簿上没有自己的份，后来，见蛟龙向小妖们发出号令，悟空猛地站立起来之际，他知道再不出手，立功机会即将错过，立即凌空直击而下，一下就把毫无防备的蛟龙圆睁睁的大眼啄出一颗。与此同时，象王的长鼻恰恰来到，卷住其中一角狠命往下一甩，甩到海湾的水里。

可怜蛟龙于刹那间连遭两击，只痛得在水里滚来滚去，嘶声惨叫。小妖们见大王惨败，好像爹娘给自己少生了两条腿似的，不要命地向下逃跑。已经静候多时的龟将当即率领族众包抄过来，手脚并用，刀剑齐挥，海面上顷刻血液喷涌，尸体横漂。嘶叫中的蛟龙也因伤势过重，在水里挣扎翻滚了一阵不动了，结束了其罪恶的生命。这叫做：天道酬公永无止，善恶有报终有期。为人莫学蛟龙样，多行不义必横死。

众人见妖龙横尸水中，无不高声欢呼。隐于石后的悟空闪身而出，高兴地对象王、鹏王说道："二位兄弟真是好样的！俺几次想出手相助，却又怕扫了你们的兴头。你们能把蛟龙杀死，不仅立了大功，长了咱花果山的威风，而且让那些图谋不轨的家伙，知道了咱东土的厉害，何况还帮俺在鲁仙师那儿成全件好事，真是可喜可贺！"

龟将几步跨到悟空三人跟前，高兴得连话都变了音："大圣！二位大王如此神勇，实乃少见，小老儿忝为邻居，也深感脸上光彩。这次多亏了你们的鼎力相救，小老儿才不至于举家漂泊，日后定当涌泉相报，听候差遣！"

"龟将不必如此客气，既为邻居，理应互帮互助，多多来往。"悟空指了指西面和海湾，"烦请龟将把好你们住的山洞，并将石头拆除，使我山上天池之水永不枯竭。这条妖龙体长身重，也请老丈差人抬上花果山去。"

龟将诺诺连声道："此等小事，不劳大圣烦心，小老儿一定办好！"说着即指挥族众忙活去了。

欲知后来如何，且听下回分解。

第十三回
山甫落彩　独角兽越境抢水源

悟空三人回到花果山，天已完全大亮。洞主们有几个回去处理洞中急事，狐王和多数洞主仍然待在山上，有的把守天池，有的率众巡山，有的看管水帘洞，山大而有序，人多而不乱，显见得是狐王的调度与安排。水帘洞内，鲁班独自比比画画，写写算算，桌上的图样又新添了几张；洞外，芭将与几个专管端茶倒水、听差跑腿的猴子或站或坐，随时等待着洞里的传唤，默默地等候着悟空三人的消息。

"弟兄们假若都能像这次这样齐心，何愁花果山大事不成？"悟空边走边细心地察看着山里的情景，心里不由得发出了一声慨叹。芭将远远望见悟空三人回来，急忙迎上前去，将他们迎回洞中。鲁班放下手中图样，抬头扫视了他们一眼，问道："大圣！看你们这副样子，一准是打了胜仗。"

"仙师猜得不差，这次确实收获不小，把一帮侵占他人地盘、堵塞咱天池来水的妖精悉数消灭干净了。"悟空知道鲁班挂念此事，遂将好消息告诉了他。

未等鲁班作出反应，芭将已高兴地嚷起了起来："哎呀，弟兄们早就盼着你们回来，俺立即着人去传唤，让大家也高兴高兴？"

"好！就依你的，赶快把洞主们召集回来，免得大家为此担心！"

芭将应诺一声，匆匆奔出。不大一会儿，各洞洞主陆续到齐，山中的猴子闻讯也都成群结伙奔来，挤在洞外，想听听大王们说些什么。

狐王在回来的路上知道了蛟龙犯界并被消灭的消息，进洞又见象王、鹏王一副兴高采烈的样子，心里就明白了，朗声说道："恭喜大圣和二位兄弟旗开得胜，扫灭妖孽！"

"哈哈，扫灭妖孽，全系象、鹏二位兄弟所为，俺并无尺寸之功。大家若有兴趣，就由他俩说说情况。"

洞主们一听无不来了兴趣，一迭连声喊了起来：

"对！象大哥，快说说那妖精长得什么模样？从哪儿来的？"

"鹏兄弟，忸怩什么，说出来也让咱高兴高兴！"

……

"象兄,此事还是你来说好。"鹏王不善在人多场合说话,赶紧把事情推给了象王。

"说就说,俺才没有你那么多害羞!"象王从凳子上站起,一五一十地讲述了水洞如何被堵、蛟龙来自何方、妖精如何被灭等全部情况,最后说道:"别看俺俩多出了点力,老实讲是大圣给俺们壮了胆,信任俺们,否则,凭大圣的本事,早就三棍两棍把妖龙打个稀巴烂,还能让那家伙喷了俺个半死?"

众人一听,顿时哄堂大笑,都说象王说得实在,这个问这,那个问那,洞里一片欢腾之声。鲁班见这班弟兄长得丑陋,说话随便,却大多粗犷豪放,憨直可爱,不禁动了感情:

"大圣,还是你们这儿好啊!想俺僻居缥缈山无影洞,终日里独自琢磨,实在冷清寂寞得很。您有这样一班志同道合的好弟兄,大伙有您这样一个推心置腹的好大王,恐怕那些神仙佛道都自叹不如了。老朽没其他本事,搞好全山工程的心思还是有的,只要大伙愿意,老朽愿随时到各家跑跑。"

"噢!噢……"众家洞主本已为诛灭妖贼高兴异常,如今又见鲁班当众说出这般丁丁卯卯的话来,不约而同地欢叫起来。

欢声笑语中,芭将一身水湿地从洞外纵跃进来,一迭连声地喊道:"大圣!大圣!水来了!水来了!"

大伙停止了说笑,随着悟空奔到洞口。可不是,洞外水汽弥漫,玉珠迸溅,一挂瀑布飞流直下,水石碰撞处又腾起了那熟悉的轰鸣声。曾有诗赞曰:

万丈红泉落,沼沼半紫氛;奔流下杂树,洒落出重云;日照虹霓现,天清风雨闻;灵山多秀色,空水共氤氲。

惊呆呆、喜滋滋地看了一阵,悟空猛然想起,水通说明下面山洞洞口堵的石头已经拆除,那么,往山上送的那个东西一准快到了,这可是事关花果山和鲁仙师的一件要事,何不领大伙到外面等候龟将一伙人的到来?于是,他说了声:"大伙随俺来,尚有样东西让你们看看!"当先纵了出去。鲁班和洞主们不知他要做什么,也都纷纷跳出洞口,一边观赏洞外的风景,一边等待悟空要给大家看什么稀罕的东西。

此时,距水帘洞不远的山路上来了一伙人,挤挤挨挨,说说笑笑,似是在办什么喜事。悟空举目一瞧,高兴地对大伙说道:"嗨,别光顾着看自家的风景,俺让你们看的那样东西来了。"

说话工夫,一伙人来到面前。悟空上前几步,拱了拱手:"龟将真乃信人也,俺老孙多谢了!"

"大圣安排之事,小老儿岂敢怠慢?"龟将慌忙还了一礼,指了指身后的族众,"这家伙的身子实在太长太大,要不早就来了。底下洞口的石头俺也命人拆掉,您和各位大王还有何吩咐?"

"大伙多有劳累,请先进洞歇息。"说罢,悟空指着龟将一伙对大伙介绍道:"这是龟将和他的族人,就是象兄弟刚才所说的邻居。今日他们协助象鹏二位兄弟把那些小妖全部消灭,眼下又把妖龙的尸体给咱送来,今后大伙要好好相处,不得歧视!"

"大圣,这条妖龙既然是个祸首,扔在海里岂不省事?还把他拉到山上作何用处?"有的洞主不解,厌恶地看着那条死龙。

"嗨嗨,你说他无用处?用处大得很呢!"悟空扫了大家一眼,将目光停在了鲁班脸上,"鲁仙师,俺总算把您想要的东西找来了。要不是那妖龙作孽,上门送死,俺可就在您面前撒下大话不能兑现了。您看看,这家伙身上的筋够不够用?"

鲁班做梦也没想到悟空三人出生入死,不仅仅为的是消灭妖孽,而且还为了自己那件苦思冥想的大事,急忙走到跟前,用步量了量妖龙的身长,腹算了一下,感激地对悟空说道:"够了,够了,完全够了!大圣,为了老朽的一桩小事,您和二位洞主竟然去冒生命危险,您叫老朽说什么好?"

"仙师不必如此,俺还有一事相求,不知可否?"悟空用期待的眼神望着鲁班。

"大圣有事尽管讲!"

"咱那设想中不是有个池下建阁的事吗?俺琢磨着用这条蛟龙做这个阁顶,不知道行不行?"

"用他做阁顶上的装饰物?"鲁班没想到悟空刚才所求指的是这件事,不免感到突然、惊讶,盯着那条死龙看了一阵,心中有了一个主意,"就这样把他支到上面,一腐烂肯定不行,不如把他皮剥了,肢解开,取出里面有用的东西,待老朽将这些东西都设法处置好,然后再照原样把他架设到上面,或许可以办到。"

"仙师既然这样讲,此事肯定能够办成!"悟空决心一下,立即面向芭将,"芭兄弟,着几个办事细心的就地把这家伙的筋全部抽来出交给仙师,其余剥皮、肢解之事按仙师指点一一办好,不得有任何闪失!"

"大圣放心,俺这就去办理!"芭将说罢,匆匆而去。

一行人说说笑笑回到了水帘洞,悟空与鲁班北面落座,龟将被安排在对面坐下,其他人则环立两边,依然兴趣不减地说着笑着。鲁班受此气氛感染,高兴地对悟空也是对其他人说道："大圣,您今天可谓三喜临门,可喜可贺!"

"哦? 三喜临门? 俺可是没看出来。"悟空一仰头,"请仙师说说。"

鲁班道："这三喜嘛,一是诛灭了妖孽,保了一方平安;二是天池重新有水,此兆花果山再度兴盛;三是结识了龟将这家邻居,上下有了照应。日后再把全山工程都搞起来,可就又多了一喜。"

狐王趁机插话道："大圣! 鲁仙师所言甚是。咱现在是不是就把各家动工事项作个安排,好让弟兄们回去作个准备?"

洞主们闻听,无不应和起来：

"狐兄弟说得是,不能老让俺们眼红手痒!"

"大圣,您就决定吧!"

"大圣……"

悟空盼的就是大家齐心协力的这个情景,焉有拖延、迟疑之理,大声说道："狐兄弟,就按您说的去办! 图样,仙师都已画出来了,你和仙师现在就当面给各洞安排下去。整个工程之事都由你来监管!"悟空转身对鲁班道："仙师! 要论力气、打斗,俺这班弟兄还都说得过去;若说这些费神动脑之事,可就赶着鸭子上架——硬来了。还请仙师您随处走走,多加指点才是。"

鲁班急忙施了一礼："大圣不必客气! 老朽受人之托,必定忠人之事! 何况搞这些东西,乃是老朽极喜欢之事,岂能半途而废? 工程不完,您就是赶我走,老朽还有个走不走呢。"

"好!"悟空高兴地赞了起来。

"噢!"洞里一片哄然。

洞主们于当天下午走了。三个月内完成全山所有工程,这可是狐王经与鲁班商定、悟空拍板的定论。短时间内办完,可不是件轻松之事,洞主们得赶紧回去,招募工匠,清场备料,抓紧时间做好前期准备工作。

孙悟空独自下山了。除芭将、狐王、鲁班外,谁也不知道他出去干啥。

狐王抽空回了趟唐坡山。栖凤岭、水帘洞一带的未完工程还得他继续完成,全山各洞的工程需要他来监管。他回去召集部属作了安排,指定鹿相掌管本山工程,鹤将主管本山防务,复匆匆返回水帘洞,于翌日一早带领群猴登上了栖凤岭。

按照悟空对这一带的设想和鲁班的构想,池周筑栏、挖渠通水业已提前完成,眼下要搞的是池下建阁、岭上植草、洞下刻兽喷水三件事。

建造一座既高又大的喷水阁,四下所需的柱材山里有的是,狐王一声令下,群猴到附近山上依照事先做好的记号,砍伐了二十几株笔直粗壮的竹子,既解决了亭柱问题,又有了中间喷水用的水管;阁顶盘龙之事,鲁班与狐王、芭将一番商议,着人抽取龙筋时,将龙头与身上晶莹如玉、密密麻麻的肋骨和所有骨骼全都仔细剔好,将上好桐油细细浸透,完整的龙皮经过鞣制再装裹上去,一具没有内脏、经过处理的长龙,眼里塞上狐王从唐坡山取来的夜明珠,被安在了亭顶上。机关一开,居高临下的天池之水通过敷设好的竹筒从龙嘴里喷吐而出,气势大为壮观。为了增加龙阁神采,狐王将阁顶四周也安了七八颗宝珠,白天看上去尚且使人感不到有何神奇,但到夜晚可就令人叫绝不已,只见那:池水泛墨栏泻银,阁放光华瑞气盈。蛟龙不用嘶声叫,但闻水箭仰天吟。

水帘洞前河滩蹲刻石兽、利用地下泉眼冒泡搞成一道美景,对于鲁班、狐王来说并非难事。二人依法炮制,一个神珠起石,一个施法雕砌,没费多大力气就在河滩安上了形态各异、栩栩如生的石猴、石鸟、石蛤蟆,使他们个个会喷水,或甩鼻仰喷,或俯首低泻,宛如真的似的。

令狐王费神的是花草一事。栽植本山现有的,缺少特色;外出寻访好的,难免俗气。怎么办?狐王一时之间没了主意。

开工后的第二天,悟空一脸喜色回来了。大伙都忙于自己手头的事情,见悟空不提,也都不便主动询问。中午回洞,狐王说起了工程进展之事,悟空问道:"狐兄弟!本山工程何时可以完工?"

"大圣!龙阁喷水放光,河滩百兽嬉戏,眼下均已完工,唯有这栖凤岭上栽植奇花异草有点犯愁。属下一心想搞他个天下无二,但就是不知到哪里找,实在有负您的厚望!"狐王说到这儿,惭愧地低下了头。

"狐兄弟办事历来尽心尽力,俺夸奖都来不及,何谈有负?"悟空蹙眉沉思了一会,眼睛一眨,"有了!你在洞外等着,俺到南海找菩萨想想办法!"

悟空纵上云头向南海奔去,不一会就到了普陀山,落在了郁葱无际的修竹、花草林里。他不像以往那样一来就去找观音,却围着林中的花草转了起来。要知道,他以往每次来南海,无一不是取经途中遇到了私拿主人极厉害的宝物利器的魔头,才来找观音出手相助,哪有闲心东游西逛?这次却不同,他要好好看看这儿究竟有什么奇了又奇、异了又异的花草,好定主意向主人开口。

这是什么树?怎么树叶长得像棕榈,树干却笔直冲天?用劲一戳,树身就能流出甜甜的水来?好!要上!要上!

这是什么花?初看似牡丹,花瓣绽放,花蕊嫩黄,怎么转眼间又变成了芍药,层层叠叠,竞相喷香?要上!要上!

　　流连细看间，身后突然有人开了腔："噢？这不是孙师叔吗？莫非此次回山当起花草匠来了？"

　　悟空转身见是善财童子木吒，哈哈笑道："小侄好眼力！老叔正是为花草之事前来向菩萨讨要，侄儿正好给俺帮衬帮衬。"

　　"菩萨今日已到西天听佛祖讲法，走前留下法音，让师叔拿几样喜欢的东西带回山去。"木吒随手从身上掏出两样东西，"这是菩萨走前留下的，您拿上。"

　　悟空拿来一看，一颗圆圆的是个桃核，一个是瓶子，盈不满寸，里面盛着半瓶清水，不解地问道：

　　"桃核？菩萨让俺回山种他？"

　　"师叔难道忘了当年偷吃蟠桃之事，日后不想再吃了吗？"

　　"恕老叔一时愚蠢，险些误解了菩萨的一番好意。不过，俺听说这蟠桃三千年才能开花结果，你叫老叔如何忍耐得住？何况花果山那么多弟兄、子孙，长年累月看着吃不着，岂不让大家空空欢喜一场？"

　　"哈哈！谁说我老叔只会降妖伏怪？原来乃粗中有细。您放心，菩萨给您这个瓶子正是为了解决这个问题用的！"

　　"小小瓶子难道能让桃子提前开花结果？老叔倒有点纳闷了。"

　　"老叔千万不要小瞧了这个瓶子，里面盛的那可是每年春季、夏季第一场雨的第一滴水，有催阳催生之奇能。只要您在种桃核时滴一滴，长起来后再洒一滴，桃核就可当年成树，十年结果一次。"

　　悟空心头大喜，遥望西天作了一揖："感谢菩萨为俺想得如此周到！侄儿，除了这枚桃核，老叔还看中了几样东西，不知允也不允？"

　　"菩萨已有吩咐，小侄焉能不允？请老叔明示！"

　　"俺多了不要，就要这个！"悟空边走边指点着自己已经看好的七八种奇花异草，"这个，还有这个！对，这个也不错！"

　　"除了这些，师叔不再要了？"见悟空点了点头，木吒指了指那些花草所在的地方，"侄儿跟随菩萨这么多年，抽空就栽栽种种，多少懂得些原土原水种原草才易成活的道理，这些东西您能不带些？"

　　悟空顺着木吒所指看去，原来是花草下面的土与水，这才恍然大悟，不由感激地说道："多谢侄儿提醒，否则俺即便把这些花草带回去也活不了，辜负了你和菩萨的一片好意。"

　　说话间，木吒已使法将悟空看中的修竹、菩提树、琼花、奇树等各起出十几株，命人连泥带水包扎停当，一一摆好，又召来几员金甲力士帮忙运回花果山。

悟空刚要上路，突然想起自己曾当众许下的"花果山要建得天上有人间无"的诺言。如今，仙家、天上的有了，何不到龙宫跑跑，弄他几株珊瑚，益发将花果山装饰得更美？于是，他谢别了木吒，吩咐那几个金甲力士径投花果山栖凤岭，将东西直接交给狐王，即可返归复命后，就近找南海龙王去了。

却说狐王清楚悟空说干就干、说成总成的禀性与能耐，悟空一走，马上指挥群猴在岭上标定记号处将坑一一挖好，并找来舀水用具，随时等候悟空回来就栽种，免得耽时误事。正当岭上干得起劲的时候，几个金甲力士突然在他们头顶现身，朝下大喝道："哪个是狐王？咱家有物送此！"

狐王道："在下就是狐王！请问可是俺家大圣让几位尊神送来的？"

"正是！东西在这儿，接好！"金甲力士说罢，把所带物件从云端中轻轻丢下，落在岭上，"你家大圣去了南海龙宫，待会就回，告辞！"一拨云头，缓缓而去。

众猴见空中落下一大堆东西争着要看，狐王急忙阻止道："别乱动！这是大圣从观音菩萨处弄来的奇花异草。大伙听我号令，小心把他解开，趁现在天色明亮赶紧栽种好！"

栽花种草，本就是件细活，何况来自仙境处的不凡之种？就在狐王领着群猴紧张忙活之时，悟空也自南海赶了回来，身后跟着十个巡海夜叉，分抬着五株高可过顶、玲珑剔透的珊瑚树。悟空与狐王一商议，将他们分置在岭上时时有水浇灌的显眼处。嗣后，悟空从身上小心翼翼地掏出那枚仙桃和瓶子，于栖凤岭至水帘洞顶一最高处，依照木吒所说的办法，滴水将仙核种下。悟空、狐王刚将仙桃埋好起身，奇事竟然跟着出现了：两片桃红色的叶瓣托着一个嫩芽从土中缓缓长出，缓缓上长，须臾，花瓣褪去，嫩芽变粗，一片片翠绿的树叶带着极其清脆的声音依附在一条又一条的嫩枝上向外向上绽放出现。狐王与群猴从来没有见过这种匪夷所思的奇特情景，一个个都惊呆在当地；悟空毕竟见过天上、人间的诸多场面，虽也惊异不已，却并未忘了正事，立即打开瓶子，往树根处倒了一滴水，正欲盖瓶子时，只见那树飞快向上增高，向四下扩展，直至超过龙阁七八倍高才停止不长，一股股令人百骸舒畅的异香霎时弥漫开去，直把一道岭弄成了仙山胜岭！

花果山三个剩余工程全部完工，七十二洞的工程，在狐王、鲁班的轮番巡视与指点下，也一个接一个地陆续开了工。趁此空当，悟空加紧了对栖凤岭前、水帘洞西住房营造的督促。任务交给了芭将。芭将组织火器营官兵干细活，率领群猴干粗活，山腰凿洞，山脚建房，摊子一铺老大。三个月期限未到，各洞工程陆续传来完工喜讯，芭将所负责的打洞建房全部建成，就连工程最为艰难的熊山也竣工在即。借着家家喜气盈盈、洞洞兴高采烈的绝好机会,悟空率领芭将、狐王、鲁班三人沿山巡查了一次。所到之处,山山亭阁星罗棋布,处处楼榭与水相映。这些独出心裁、各具风格的精美建筑,不仅把各洞的山、川、湖、河装饰得分外秀美壮丽,而且还为全山的安全防卫增添了浓浓的色彩。东海的小岛上均按悟空的主张建起了阁楼,上面放哨下面居住;东南临海处的所有洞穴,也都依山傍洞装上了翘角飞檐的门楣石砒,洞口砌栏,洞里藏物,既可添加山之壮美,又可驻兵防守。就连悟空使棍打通的那个洞顶出口,鲁班也没放过,里面盘了石阶,顶上砌了石口,出口处建了一座七层石塔。登高一望,东边海面尽收眼底,后面的山山岭岭也都清晰可见。

一番巡查,悟空几人无不大为高兴,唯独在火器营那儿,他们察觉出有些躁动不安。那些统领和兵丁表面上有说有笑,别转脸则心事重重。狐王心细,悄悄向悟空耳语了几句,悟空笑了笑没说什么。第二天早早起来,悟空吩咐芭将、狐王约束群猴,不要让他们乱跑乱动,同时准备屋内用具和饭菜,随时准备迎接客人。嗣后,率火器营三员统领,再次离山而去。

中午时分,芭将、狐王正指挥群猴准备用具、饭菜,满山遍野一片忙碌的时候,突然从西面郴州城方向飘来一大片云。云到栖凤岭前新建房舍上空停住落地,一群人约有一百六七十个,男的女的老的少的都从云中站起,茫然地望着四周。在他们身边,堆满了大包小包,里面净是衣裳、被褥、坛坛罐罐,有的甚至还带着小猫小狗。芭将、狐王知道内情,一面喝止住纷纷欲看热闹的群猴,一面火速通知住在附近山洞里的火器营兵丁迅速前来。一会儿,兵丁们跑了过来,有那眼尖的一眼就看见了人群中的亲人,不顾一切地跑过去,"爹呀娘呀"地欢叫起来,其他兵丁见状,立即明白是怎么回事,也都连跑带跳往人群处赶,忙着去见亲人。一时间,岭下山洞旁、房舍前一片哭哭笑笑的亲人相逢景象。

原来,悟空自招降了"人头蜂"窦国成火箭、火铳、火炮营等近千名火器军起,时时都在琢磨着怎样安抚军心之事。他先是让芭将给他们解决吃住问题,优先保证兵丁们在花果山最困难的时候能有吃的;随后又针对兵丁们担心家属被报复的情况,让三个统领将所有人员亲属的有关情况登记清楚,承诺一个月内将其亲属接引上山。几个月前,他本想办成此事,怎奈房舍未曾建造起来,即使将人接来也无有栖身之地,于是,他与芭将几人悄悄说了一声,独自到郴州城打探动静。打探结果,郴州城军民自"人头蜂"被炸身亡,无不举手相庆;火器营官兵被俘之事,新官不提,百姓同情,并无报复、加害之事发生。得知这个情况后,悟空回山后未曾再提,只是暗中督促芭将起建房屋、山洞。眼下，房洞业已建起，接人时机已到，悟空遂给火器营三员统领临时添上腾空驾雾法力，由他们引路，先将那些家属找到，再施风把他们接到山上。

再说悟空在空中见人已安全落地，复返转郴州城，与留在那儿的三员统领开始组织第二批、第三批，整整用了三天时间，将那些有家小且愿意上山的人共计五百多户，一千四百多人，全部接上了花果山。从此，花果山第一次有了人类。火器营的官兵见悟空如此讲信用，后顾之忧顿失，效忠之心大炽，在日后兴山御寇的岁月中作出了重大的奉献。

工程基本完工了，火器营官兵的军心稳定了，接下来的大事自然是剪彩。悟空从人间到天上，再从天上到人间，这种场面见得多了，腻了，为人作嫁衣裳的事办得厌了，但这次却不同，他雄心大起，要借机好好庆贺一番，进一步鼓舞全山士气。鲁班见工程已了，返山研制圆锯之心顿炽，执意要回缥缈山。悟空挽留再三，终无成效，只得设宴饯别，一心一意督促大伙准备剪彩。

一切都在又一轮的忙碌之中。

鲁班走后的当天上午，悟空惦记熊山的工程进展情况，叫上狐王赶往熊山。到了那儿找熊王询问，且到工地进行了察看，方知这儿的工程已于昨天结束，熊王正要亲自前往水帘洞报喜。他俩看了均觉得满意，谢绝了熊王午宴相邀的盛情，欲返洞全力安排剪彩事宜。

两人走到半路，忽然听到一阵阵的嘶鸣声，似乎还有"呼哧呼哧"的喘息声，往四下一瞧，并无异常动静，均感到奇怪。又走了几步，嘈杂声音再次响起。悟空、狐王何等的机敏，心照不宣，双双跃起，从空中看去，只见隔着一座山、西南方向的一块谷地上，足有上千只野牛在与一群群犀牛拼命厮杀，不时传出"哞！哞！"的叫喊声和急促的喘息声。悟空一看就火了："老孙的地盘岂容他人来撒野？狐兄弟，随俺下去！"两人一招苍鹰敛翅，电似的斜斜向谷地插去。

外界不知，此地名曰卧牛沟，位于整个花果山之西南。别看叫的是沟，其实是一处有山有丘、有沟有水的好地方。由于距海不远，山环水绕，故青草遍地，树木间杂，尤其是一条丈把宽的河流自西向东穿沟而过，更使此地成了牛、鹿、獾、兔以及各种飞禽经常光顾的地方。不知从什么时候起，一群野牛随水而走、逐草而居，来到这里就再也舍不得离开，繁衍至今，整个家族最盛期达到两千多头，由一只叫做"黄面太岁"的千年老牛统领着。久而久之，山里居民皆称此地为卧牛沟。

说来也颇有趣，当年与孙悟空称兄道弟的牛魔王也是该家族的老辈成员，后因志向高远，不愿庸俗一生，老死谷中，遂外出寻师访道，学了些横练功夫，会了点腾云驾雾，得了些长生不老，便自恃神通广大，不可一世，及至娶铁扇公主为妻、玉面狐狸为妾，更是将卧牛沟丢到脑后爪洼国，最终弄得妻离子散，流落异乡。

卧牛沟既然有诸多好处，别地的一些异族难免会三三两两结伴到此觅些水草。黄面太岁虽然性烈如火，颇为厉害，却心宅仁厚，很少给这些偶尔一游的不速之客什么为难，因而极少有争吵斗殴之事发生。悟空以往之所以来这儿的次数不多，就是对黄面太岁比较放心。

俗话说：月有阴晴圆缺，人有旦夕祸福。前一段，黄面太岁正为辖地的工程忙得不可开交之际，一群犀牛突然闯进境内，狂吃滥喝不说，还把大片草地踩得坑坑洼洼，乱七八糟。黄面太岁闻报，派出手下出面劝阻，不知犀牛是自觉理亏，还是不摸对方虚实，僵持了一阵都掉头走了。后来，这群犀牛又接连来了两次，一次比一次闹腾得厉害，好在最终还是被迫离开了。孰料从昨下午起，这群犀牛铁了心似的再次来到卧牛沟，公然放话不走了。不仅如此，他们还有意挑衅，见到本地的牛就打。黄面太岁在几经呵斥均未奏效的情况下，终于忍无可忍，牛性大发，从今天一早起，就按照业内约定俗成的规矩，率领族内一千多个精壮成员，以本身形象与本身功夫与犀牛群展开了激烈打斗。

悟空与狐王赶到的时候，黄面太岁正与对方那头最凶悍的犀牛打得难解难分。其余几十头犀牛虽然个个身高体大，支支犀角厉害无比，却因难以突破数量上多于己方十几倍群牛的四面围剿，不得不结阵相抗。黄面太岁瞥见悟空二人来到，急忙退后一步喝道："独角虫！俺家暂先见过大王，待会再来取你小命！"

犀牛精本已打得气喘吁吁，遂趁机耍了个大方："暂且饶你不死，俺等着！"

黄面太岁几步奔到悟空面前，倒身就是一拜："属下给大圣丢人现眼了！"

"一家人何必说这些见外话？俺问你，这究竟是怎么回事？"

"回大圣，此事全都是由那伙妖孽引起！"黄面太岁把近来发生之事向悟空简述了一番，然后带着委屈的口吻说道："单就此事，属下并不害怕，怕的是咱内里人心不齐，幸灾乐祸，请大圣为俺做主！"

狐王闻听，急忙插话问道："牛兄莫非在此期间遇上了什么见死不救之事？"

黄面太岁向来佩服狐王的为人与机警，遂应声回道："说得是！昨晚刚发生冲突，俺就打发属下分头外出求援，邻近洞主们不是托辞不来，就是出言讽刺。"

要是放在以前遇到这种情况,悟空必定怒发冲冠,当下来个刨根问底,经过这段磨炼,通过与吴用、鲁班以及狐王等人的切磋共事,他已在事关全局的大事上少了点急躁,多了点沉稳,尤其是在涉及内部关系上,他更是学了点冷静。此刻,他听了黄面太岁的倾诉,忙说道:"内部之事回去再说,俺自当秉公办理。要紧的是立即赶走这帮不知天高地厚的家伙。你们跟着,看俺怎样收拾他们!"

"大圣!此事是在属下境内发生的,理应由俺来处理。俺要是连这伙强盗都制服不了,日后还怎么去统领自己的弟兄?还是让俺去吧!"

狐王来时已看清双方阵势,知道击败对方并非难事,犀牛精再厉害也不是自己和黄面太岁合力的对手,遂接住黄面太岁的话茬说道:"大圣!您不是说要历练历练属下各位弟兄吗?今日正是个好机会,待我和牛大哥去会会那个犀牛精,万一有啥不济,您再出手施救,可否?"

悟空道:"二位贤弟既然如此说,就去会会那个家伙,俺给你们观阵。"

两人一听喜出望外,双双应诺一声来到阵前。狐王悄悄与黄面太岁嘀咕了几句,朝着对面喝道:"呔!不知死活的家伙,竟敢侵入他人地界,有胆量的来会会你家爷爷!"

身高体大的犀牛精一看来人身单力薄,赤手空拳,哪里放在心上,"哼"的一声冷笑了起来:"俺还以为换上的有什么三头六臂,原来也不过是个只会说大话的狂徒!自古道:天下乃天下人的天下,唯有德者居之。你们何德何能,居住了这么久还赖着不走?难道不该换换主人,由我们来管理个五十年百把年的?有本事的就快快上来,想怎么打,俺就陪你怎么打!"

"强盗休得猖狂,俺来也!"狐王本来已与黄面太岁说妥,由自己来对付犀牛精,不想黄面太岁无法忍耐犀牛精的挑衅,口里还在说着,身子已猛扑过去,再次同犀牛精打在一起。群牛见大王如此,"哞"的齐声怒吼,也向群犀发起了又一轮的进攻。刹那间,义愤激起主之胆,求活也怒窃者肝;双角如刀独角利,万蹄翻飞劲腿扳;巨唇喷沫气自暖,卵眼迸火光也寒;沉雷声声惊天地,鲜血潺潺染碧田。

经过前几轮打斗,黄面太岁已大体摸清了犀牛精的优劣所在,他要在此番打斗中扬己之长,击敌之短,给儿孙们摆个样板,在大圣与狐王面前争个脸。

犀牛乃牛类中的一种,高达六尺,长逾一丈,皮粗肉厚,骨骼奇大,平时尚且不失温顺,一旦生存遇到威胁发起怒来,使出顶、挑、刺、踢、甩、压、踩的招数,往往罕有敌手,就连虎、狮、龙、豹、熊罴、猰貐之类的凶猛杀手也无不怵他几分；尤其是那只独角，粗如人臂，尖如钢锥，坚如精铁，本已十分厉害，谁知造物主可能是怜悯他们繁殖量不大、人丁稀少，偏将这只角既不像其他族类装在头顶，又不让他弯曲向上，竟直直地、正正地安在脸上，不仅免除了他攻击敌手时头部频频下低的劳累，而且不用像弯角那样只能硬顶硬撞，而是上来就是直戳直刺，威力更是凭此增加了几分；此外，其他犀牛再怎么厉害，也无一不是自身的那些招数，唯独这头犀牛精因无意中救了一个身陷狼群的西域人的性命，那人无物可赠，遂传了他一套屏息闭气功。他试着练了一年，果然灵验，虽然达不到那人所说的十天八天不出气也可安然无恙、健壮如昔的地步，却也可以连续几天禁食、几个时辰闭住气与人打斗。正因如此，他这才底气十足、有恃无恐地敢于率领族群为寻找一块丰腴之地，一路来到这儿，经过几次试探，终于同卧牛沟的主人开了战。刚才，他本想使出绝招一举击毙黄面太岁，却见对方冷不防就窜到自己身后攻击，他才没敢贸然出手。他知道，自己练功的命门就在肛门那儿，攻击不到那儿，任对方本事再大也无大碍；一旦让对方攻到，则会因气泄而不死则伤，到那时，命门也就成了自己的死门。

黄面太岁也正是屡屡发现犀牛精老是死死护着屁股而看出了破绽，一上来就朝着犀牛精的屁股处猛攻。犀牛精吃惊之下不得不分神去护，形势顿时变得对黄面太岁有利起来。打了一阵，黄面太岁瞅准一个空当，猛地向犀牛精背后攻去，犀牛精饶是闪避得快，屁股上也已受伤，鲜血从刺破处串珠似的流了出来。犀牛精眼看这样打下去多半凶多吉少，立即发出了几声鸣叫，就见两头犀牛从混战堆里跑出来，欲向头儿靠拢。群牛似乎看穿了他们的心思，当即分出二十多头阻在前面，硬把他俩逼了回去。犀牛精见此法不灵，突然朝着面前的黄面太岁发疯似的撞了过来。黄面太岁以为他要拼命，急忙向后退了几步。不想，犀牛精趁此空隙，跑到谷地一侧的沟壁前，头前尾后，怒视着尾追而来的黄面太岁。

负责在后掠阵的悟空严密关注着场上的打斗。群牛见大圣在场，无不斗志昂扬，奋勇冲杀，把几十头犀牛打得只有招架之功，无还手之力。尽管如此，群犀依然围成圆圈，独角一律朝外，拼死撑着，没有一个惊恐后退。悟空看在眼里，不禁为他们的这种抱伙成团、拼死不惧的气概暗暗称奇。当他收回心神再次将目光投向另一打斗场时，恰逢犀牛精计退牛王后往前狂奔。开始他还以为那家伙要逃跑，待犀牛精背倚石壁、重新对峙之际，才明白这家伙粗中有细，于刹那间改变了自己两面夹击的困境，脑子里突然闪过一个连自己也觉得古怪的念头。

此时，站在黄面太岁身后的狐王不想再耗费时间，从地上摘了一支草茎随着几声咒语往空中抛去,空中霎时幻出无数支碧绿的刀锋,齐往犀牛精背上落去。犀牛精晓得厉害,不顾一切地往前狂窜,欲躲过这场刀光之灾。趁此机会,黄面太岁身子猛地一旋,堪堪转到犀牛精后面,腰一躬,头一低,两只尖角就往对方肛门扎去。

"牛兄弟住手!"就在犀牛精命悬一瞬的紧要关头,悟空声到人到,来到了三人面前,"暂且留下他性命,俺有话要问!"

黄面太岁见悟空发话,硬生生地将角收回疑惑地看着他。另一场上的群牛猛听大圣炸雷也似的断喝,不知发生了何事,也都停止了打斗。

犀牛精显然还在为刚才的凶险吓得微微发抖,见悟空来到跟前,倔里倔气地说道:"俺听说过你的名字,想怎么样俺,由你发落好了!"

"噢?你是怎么知道俺的名字?"悟空上下左右打量了一番,心里也不免感到奇怪,"你们从哪儿来?为何要侵占别人的地盘?说得对头,俺可饶你们不死!若有半句假话,定杀不饶!"

犀牛精一听话里有话,收起了倔劲,老老实实地回答道:"那年在豹头山,黄狮精一伙因盗走了你们师兄弟的兵器,曾邀俺一同对付你们。是俺执意不去,惹恼了他们,硬把俺们撵了出来。俺们这才从西向东,欲寻一合适地方居住。无奈所过之处不是缺水缺草,就是捕猎者太多,这才来到这儿。孙大圣,俺并不是专来与你们作对,实在是这么多族众得活命啊!"

奇怪的念头再次在悟空脑子里闪过,他对黄面太岁问道:"依你看,此事如此处置为好?"

"说得倒也可怜。"黄面太岁顿了顿,"俺有心将他们留下,又恐日后有什么事端。大圣!您是全山之主,主意还是您定吧!"

犀牛精闯东走西,辛酸苦辣不知尝了多少,焉有不明白之理?此刻见黄面太岁已说出收留之话,孙悟空有允诺之意,如此良机怎肯当面错过,当即跪倒在地,大声说道:"牛王不计前嫌肯收留我们,大圣慈悲为怀赦免我们,大恩大德,铭记不忘!从今以后,俺们就是牛王您的部下,粉身碎骨,也在所不辞!"

悟空笑道:"既然牛王肯收留你们,你们就须服从他管辖,听他指挥!否则,此石就是榜样!"说罢,掏出金箍棒迎风晃了晃,朝着犀牛精方才倚靠的沟壁横扫过去,就见高大的石壁顷刻夷为平地,吓得群犀目瞪口呆,舌头伸出老长。这就叫:怜弱恤孤是本性,恩威并济乃英雄。世事自古多繁杂,真心方能换众心。

欲知后事如何,且听下回分解。

172

第十四回
内情示警 详巡查重新定山规

三言两语竟使一场干戈化为玉帛,令在场所有人既对悟空的胸襟与机敏钦佩不已,也无不为自己意外的收获欣喜若狂。事情明摆着,黄面太岁压根儿没想到自己突然增添了这样一支能征善战的生力军,正安排部众备办酒宴,准备好好庆贺庆贺;犀牛精做梦也料不到自己一伙于刹那间由流浪儿变成了这儿的主人,高兴得领着群犀往指定栖息的山洞走。刚才还是杀气冲天、怒血迸溅的战场,转眼间变成你欢我笑、喜气盈盈的乐园,即便是悟空也不免感到世事的难测,此事的滑稽。

不知是从午宴时起,还是自下午返程始,悟空虽然也与大家热情交谈,却时不时面色凝重,若有所思。狐王见状颇感诧异,几次张口想问却又不敢问。回到水帘洞,悟空依然在洞里走来走去,不发一言。狐王实在憋不住,试探地问道:"大圣! 您是不是琢磨剪彩之事? 属下已有个考虑,您是否听听?"

"剪彩不是大事,你和芭兄弟现在就可着手进行。"悟空走到狐王跟前,指了指自己的胸口,"倒是牛兄弟说的那番话搅得俺很烦心。俺在路上已经想好了,内部必须好好整肃,山规需要重新梳理! 否则,人心不齐,把不定哪天山里还会出乱子。"

"您是指有些洞主见死不救、幸灾乐祸的事吧?"狐王这才恍然大悟,气愤地说道:"其实这样的事俺见得多了,何止卧牛沟这一件? 大圣想要整肃,确实有此必要!"

"俺以往在花果山时只晓得游山玩水,图个逍遥自在,不曾去理会什么治理不治理之事。这次回山时日不多,只看到大伙在俺面前人人听命,个个服从,却不知下边竟有此等不快之事,实在让俺惭愧!"

"据俺所知,山中恃强凌弱、抢夺地盘、收受孝顺钱、摊派管束费什么的,也并不少见。大圣您急公好义,乐于助人,大伙莫不敬服,但一不在您跟前,往往我行我素,旧态复萌。长此以往,难免还会出现马帅那样的悲剧。"

"说得是!"狐王一番话,越发坚定了悟空整肃内部的决心,"俺已想好一个主意,三天之内剪彩,三天之后随俺下去巡查,摸摸下边情况。一旦开始整肃,也好让大家心服。"

"咱们就这样下去,谁还有胆量在您面前胡来?"狐王虽然觉得这个主意好,却又有点担心。

"人间那些做官的不是好搞什么微服私访?"悟空笑了笑,一副成竹在胸的样子,"咱就不能学学他们,来一个改头换面?"

狐王一拍手笑了起来:"好!改头换面最好!既然如此,俺现在就去准备剪彩,保证在后天之内把此事办了!"

说干就干!狐王着人通知的通知,准备的准备,到第三天上午,花果山举行了第一次剪彩仪式。那个热闹,那份欢欣,自是无法用语言一一细述。

工程剪彩后的第二天,悟空一早起来吩咐芭将看管好水帘洞、栖凤岭,与狐王相跟着出了洞。走了不远,两人拣了个无人之地摇身一变,分别变成两个形状、装束不同的人,向花果山的中间偏西地带奔去。他们知道,这一带及西部居住的大都是大的、比较横的那些种族,经常会发生一些不轨之事。巡查,这儿自然是个重点。

事情,确实让悟空他们不幸料中也赶上了。

却说花果山中部偏西南处有一座山叫圣尧山,山上有岭曰圣尧岭,岭下有洞名圣尧洞,洞里住着一个家族为狻猊族,洞主狻猊王,也是花果山中一千年得道的老住户了。那天,狻猊王随众参加剪彩,发现不少人家新搞的建筑物都装饰得花团锦绣,各有特色,尤其是天池之下的龙阁明珠高悬,熠熠发光,唐坡山七级浮屠层层镶珠,光华四射,他在称羡之余暗生妒意。当日返归自家洞府后,他马上召来几个部属商议,欲将圣尧山所搞的建筑物都安上明珠,装上饰物,好让其他洞主也对自己刮目相看。

七八个部属议来议去,都因没有明珠而议不出个结果,最后还是一个叫"五条腿"的属下出了个主意:抢!抢夺过往客商的财物!有宝珠当然好,没宝珠就留下人质让他们拿去买。

"大圣知道了怎办?"狻猊王乍听尚有顾虑,怎奈属下们自在惯了,这个说,山高皇帝远,大圣怎能知道?那个说,不抢白不抢,竟也同意了,并决定亲自出马,来个首战告捷,占个好运。主意一定,他立即率十几个部下,连同"五条腿"在内,早早来到了与其他洞交界的一条大沟里。

不是有句话叫做:林子大了,什么鸟都有;海水深了,什么鱼都不缺?人世间有被称为"三只手"的,此人无疑是个"梁上君子",惯会偷偷摸摸,才被人送了这么个雅号,并非真的长了三只手;所谓"五条腿"者,也是源于此公能跑善跳,整日里东跑西蹿,每不每就跑出山界外,可谓见多识广,久而久之,同伴们就给他起了这么个诨号。前几天他又独自一个跑到与卧牛沟交界的地方,发现一伙客商荷枪负剑,赶着十几辆马车,车上装得鼓鼓囊囊的,一准财物不少。他本想趁机劫掠一些回去,好让弟兄们眼红眼红,又恐势单力薄触了霉头,未敢下手。事有凑巧,今朝大王议事,他顺口就出了这个主意,还被头儿叫了出来,真叫他高兴得摇头晃脑,走得比谁都快。

悟空、狐王此时已经来到一座山上,远远望见狻猊王一伙在两山相夹的沟里转来转去,似是在等候什么。悟空压低声音说:“天色尚早,狻猊王何故来此?”

“看情景是在等什么,要不然他们怎会来到这交界处?”狐王观察中提出了疑问。

“那就观察一阵再说!”悟空点头应允,同狐王找了个地方躲藏起来,眼睛眨也不眨地盯着下面。

盯了一阵,沟里静悄悄地并无其他动静。两人以为再等无益,正准备往起站时,却听见沟的另一方向传来了人的说话声和车轮滚动的吱咽声,听声音不止十几个人,与此同时,狻猊王打了个手势,带头隐在石后,其手下也迅速隐身藏了起来。悟空与狐王会意地对视一眼,将身子往里挪了挪,睁眼竖耳,一心要观察出个结果。

车轮声越响越大,说话声越来越清。悟空透过脸前杂草的缝隙往下瞧去,发现十七八个一律劲装打扮、佩戴兵器的大汉,簇拥着一辆轿车和两辆载着大箱小箱的货车到来他们藏身的下面的路上,只听一个中气充足的大汉压低嗓音告诫他人道:“注意! 前面拐弯处好像有人,大家小心点,把家伙抄起来!”说着,自己已抄刀在手,押着车辆走到前面。

悟空等这伙人又走了一阵,一捏狐王的手说:“走!”一起身已变得与那伙人一式装扮,背上凭空多了个鼓囊囊的蓝皮包裹,狐王见状,也变作同样模样,与悟空纵下山头,远远跟在那伙人后面,朝着前面走去。

再说那伙人自发现前面有动静起,全都下意识地紧握兵器,以防不测;同时,那个发话示警的大汉凑近轿车,悄悄向里面说了些什么,显然是将情况透露给了车里人,让他做好准备。

看看来到拐弯处,“五条腿”突然从隐蔽处闪出站在路中,瓮声瓮气地喝道:“来者何人? 竟敢擅闯俺家疆界! 要命的快快停下!”身后的狻猊王也现身出来,指挥手下一字儿横在路上。

领头大汉满以为前面是什么强盗、毛贼，哪里知道会是些兽面人身、狰狞可怖的妖精？不由得吓得傻了，其余人一见对方毛发毕现的面孔、钵盂般大的毛掌，也都吓得呆立当地，索索发抖。

"走又不走，来又不来，莫非带着见不得人的东西？弟兄们，搜！""五条腿"见对方已被镇住，边说边往前走。

"大王！且莫发怒！"为首大汉知道再不发话就要遭殃，只得硬着头皮跨前一步，"俺们乃西面东土国之人，因急着赶路误入贵地，冒犯了山威，祈请大王高抬贵手放俺们过去，大恩大德，永记不忘！"

"哼哼！说得倒好听，谁知道你们是良家百姓还是土匪强盗？车上装的是不是赃物？弟兄们，快快动手！""五条腿"嘴里还在说着，一双巨掌已向箱子伸去。

就在这时，轿帘掀处，从轿车上走出一个身着白绸长衣的中年人，双手捧着一包沉甸甸的东西走到"五条腿"跟前，战战兢兢地说道："大王息怒！我这儿有百两黄金奉送，权当是孝敬您的，只求放过这一次，下次定当遵守山规。"

"既然是孝敬钱，俺要不收反倒不是了！"百两黄金能换多少东西，对于精通此道的"五条腿"自然是最清楚不过的了，他一把拿过那包东西，随手递给身后同伴的手上还要说什么，见狻猊王已从后面走了过来，急忙改口道："俺家大王已经来了，你有何话跟大王说好了！"

狻猊王几步跨到中年人跟前，大咧咧地笑着说道："噢？出手就是百两黄金，一准是车里的东西更值钱！小的们，还愣着干什么？看看他们还抢了人家什么东西？"

闻听大王发令，十几个部下"嗷"的一声扑到货车两侧，朝着箱子就是一顿乱砸。为首的劲装大汉明知不是对方对手，急愤之下也顾不了许多，一咬牙操起鬼头刀径向狻猊王砍来。狻猊王身手敏捷，哪里将他放在心上，不避不闪，伸手抓住刀背轻轻一掰，二十多斤重的刀片顿时断为两截，顺手扔在地上，厉声喝道："大胆狂徒！要不是俺家大圣有令，不准滥杀无辜，今天你们谁也别想活着出去！"

俗话说：行家伸伸手，就知有没有。为首大汉一个照面就让对方玩耍似的把刀掰断，哪里还敢再说什么？其余大汉见头儿尚且如此不济事，更是噤若寒蝉，脸无血色；中年文士想必是货物的主人，此时吓得双腿发抖，冷汗直流，眼睁睁看着箱子被砸开，露出了里面辛辛苦苦置来的宝贝。

趁双方均未注意的间隙，悟空与狐王悄悄来到那伙劲装大汉的后面，低头察看着场上的动静。也就是说句话的工夫，狻猊王指挥属下把箱子全部砸开，一颗颗珍珠、一块块翡翠，光怪陆离地出现在众人面前，还有一些珍贵药材被扔到地下，任由狻猊们踩来踩去，成了一堆木渣碎粉。

"五条腿"从箱子里掏出一把珍珠跑到狻猊王跟前表功似的说道："大王！俺说这几天经常有客商到咱东南一带采买珍珠，说对了吧？您看，这些珍珠别说装饰咱那新建的楼阁绰绰有余，便是弟兄们人手一颗戴在头上也够了。"

狻猊王呵呵大笑道："算你这个家伙走好运，咱家就赏你一颗戴戴！小的们，赶快将东西收拾好回山！"

"大王！您就高抬贵手给我们留下一些吧，否则我们回去无法交代，必死无疑！"中年文士边说边跪倒在地，为首大汉也急忙跪了下去。

"好！咱家就看在你们这份可怜样上，赏给你们这锭黄金！"狻猊王将一锭黄金扔到地上，"毋再多言，还不快走！"

听到这儿，悟空再也忍受不住，伸手就往脸上抹去，狐王明白他要变回原样惩戒狻猊王，急忙扯了扯他袖子耳语道："大圣切莫动怒，否则就会前功尽弃！"悟空想想也是，眼睛转了几转，心中有了主意，朝狐王眨了眨眼，用力踢了他一脚，狐王假作疼痛似的猛然吼了一声。

吼声惊动了场上所有的人，齐齐将目光盯了过来。狻猊王见那伙大汉不认识似的看着后面两人，不禁疑云大起，大步来到他俩面前，圆睁怪眼问道："你们是何人？和他们是不是一伙？背上背的是什么东西？"

悟空假作惊惶地回道："俺俩是小伙客商，哪能与人家们相比？这次出来做了点小买卖，请大王放过。"

"既然是做买卖，为何不遵守咱家山规，送上孝敬钱？"狻猊王一边呵斥，一边指了指"五条腿"，"还不把这家伙包袱取下，看看里头有何宝物？"

"不敢劳贵介动手，俺自己来！"悟空一把将包裹从背上解下，悄悄朝里吹了一口气，随即将包打开。狐王见众人争相去看，也好奇地瞥了一眼。哇！里面全是足比那伙客商不知强多少倍的珍珠玛瑙，个个奇大，颗颗争辉。眨眼之间变出这么一堆令人垂涎的宝贝，倒弄得狐王一时不知是真是假。

"哈哈，想不到你们貌不惊人，却有如此上乘的宝贝！"狻猊王此时那份欣喜若狂的样子就别提了。他本来对这次出行并没抱太大的希望，只不过觉得在洞里坐着也是坐着，出来抢到宝物当然合算，即便抢不到也可在外面散散闷气，不曾料到刚刚劫夺了两车宝物，又遇上了价值连城的珍珠，看来俺今年不仅福星高照，能发大财，一旦将这些珍珠装饰好，让大圣及洞主们来观光，岂非人人说好？心情顺了，言语自然温和得多。他假作大方地对俩人说："你俩做小本买卖也不容易，这几颗就当是咱家赏赐给你们的，拿去！"悟空伸手接过珍珠,憨憨地笑了一笑,算是感谢。

事到此间,那伙客商知道再待下去绝没有好果子吃,赶着空车先走了,悟空此时已完全静下心来,假作无奈与狐王不远不近地跟在后面,边走边偷看着狻猊王一伙的动静。等到转过一道石壁,看不见狻猊王一伙踪影时,悟空手中捻诀,朝着狻猊王去的方向猛喝一声"起",刹那间一阵狂风顺着手指刮了过去,直把狻猊王一伙刮得:山魈凄厉鬼神惊,虎啸如涛却无影;体健难抵风刀锉,身灵不敌石锤滚;狂沙专拣七窍进,劲枝偏向四肢倾;头轮骤停心犹跳,二轮倏起神愈惊。

就这样,狂风骤起骤停,倏起倏止,直直闹腾了小半个时辰,弄得狻猊王一伙走也走不得,停也停不得,人人只图个性命,哪里还顾得上去保护宝物?待狂风完全停息后一看,其他狻猊倒还没有什么,唯独狻猊王头上鼓了几个血包,"五条腿"被乱石砸伤了一条腿,疼得直叫唤,算是孙悟空对他俩的一点惩戒。再看抢来的箱笼、包裹里哪有什么珠宝?全是路上常见到的那些石子,至于客商那儿抢来的珍珠、黄金连同箱子,踪影全无。一场高兴换了两手空空、身上挂彩,狻猊王那个气啊、悔啊,一股脑儿地发了个遍,一路大骂"五条腿"是害人精。

财物难道被风刮跑刮散了?不然,此时已到了那伙客商的手里。原来,悟空施神通刮起狂风之际,已用凌空摄物之术将那些财物轻轻摄起,落到了客商跟前,弄得一伙人面面相觑,丈二和尚摸不着头脑,不晓得此乃福兮祸兮。直到悟空与狐王赶上说明真相,催促他们赶快离开,一伙人尤其是中年文士和为首大汉才千恩万谢地赶着马车狂奔而去。

施巧计目睹了狻猊王的劣迹,使神通物归原主,悟空一直郁闷的心情多少得到了些慰藉。在狐王的建议下,两人又踏上了卧牛沟的另一户邻居——野狼王居住的"鬼见愁"。

"鬼见愁"位于卧牛沟的西北方向,与圣尧山遥遥相对。境内南北两山相峙,两侧洞穴密布,供群狼栖息;北面一处位居中央的大洞洞中有洞,上下相连,乃狼王的府第;两山之间是一块平地,东西长,南北窄,足有十几里长;沟东地势平坦,草长过膝,古树间杂,少不了鹰鸠光顾,狐兔出没;沟西地势低洼,积水陷足,天然一处杂草横生、蛇来鸟去的沼泽地带。统领这块地的是一个绰号叫"秃尾王"的公狼。此公生性凶残,素来狡诈,因争夺狼王宝座,被对手咬掉了半截尾巴,他狂怒之下将对方喉管咬断致死犹不解恨,当场喝血食肉,将对方吃得只剩下颗狼头和几根骨头,从此,"秃尾王"的名号不胫而走。群狼自是个个怕他,就连他的邻居也都谈"秃"色变,闻风远遁。前几天卧牛沟黄面太岁着人前来求援,他听了暗暗叫好,恨不得野牛全被打死、赶跑,自己好乘机抢占了那块地盘,嘴上却假惺惺地吩咐来人:"回去禀告你家大王,就说俺有病在身,委实不能前去,祝你家大王鸿福齐天,一举击败强敌!"

遣走来人,一名随从不无遗憾地对秃尾王说:"大王!咱隔岸观火固然好,但也白白错过了那么多的上等牛肉。"

秃尾王一时未转过弯来,不解地问道:"你这小子发哪门子昏,怎么将援助与吃喝牵到了一起?"

"大王您想,野牛哪里是那些独角牛的对手?两家一旦动起手,把不定有多少野牛会倒在地上,那么多牛肉没人吃岂不是糟践了?"

随从缘何在这个时候扯出这么个话题?说来有个原由在此。狼天生就是食肉的,秃尾王更是嗜血成性,一天离了肉都不行。孙悟空初次登上花果山美猴王后,并未对山中弱肉强食、相互杀戮之事做过规定,秃尾王于是领着部众在山里狂奔乱窜,逮准机会就大开杀戒,令远近邻居无不担惊受怕,不得不自动联合起来相抗衡。

悟空二次回山后,不少洞主纷纷前来状告秃尾王的凶残暴行,要求替他们做主,否则宁可迁徙出门,也不再受群狼的祸害。他本想定出条规制止这种相互残杀的行为,不料却被猪八戒激将之下重新回到唐僧身边而未能实现。这次归山后,他当着七十二洞洞主的面,宣布了一条山规:禁止在本山互相残杀,凡食肉的只能吃腐肉,或者出山捕食!不听号令者,轻者废去封号,逐出山外;重者格杀,缩减地盘。山规宣布后,秃尾王出于惧怕,不敢在山中捕杀,大部分食物均系部下远距离奔袭供给,食欲再无以前那样惬意,心里不免对悟空生出几分怨恨。此时一听随从说起牛肉,眼前似乎看到了一头头野牛倒毙在地、一股股诱人的鲜血狂喷而出的刺激情景,直弄得他心痒难忍,馋虫大起,有心去卧牛沟饱餐一顿解解几个月来的嗜瘾,又觉得有失尊严,谎言被揭。左右为难之下,他在洞里转来转去,实在难以发泄,正应了句古话:心存善念,灵台镜明;邪念一生,魔鬼上身。

世上有好多事往往坏在那些惯会观言察色、溜须拍马者身上。同马一棒身边的"跟屁虫"一样,秃尾王手下的这个随从也是此路货色。他一看大王急得肚里都要伸出手来,知道自己的话起了作用,为了再过上以前那种无拘无束、任意妄为的日子,他趁机又加了一把劲:"大王,俺也知道现在去卧牛沟有失您的体面,不如过上几天待那儿事情平息了,多带上几个弟兄到离咱较远的羚羊谷搞次偷袭,神不知鬼不觉,岂不是白吃一顿?"

秃尾王略作沉思即果断下令："管他娘的,去!这几天山里搞剪彩,剪彩结束后咱就出击一次,让大伙美美地吃上一顿!"

剪彩结束的当天下午,秃尾王刚刚返洞坐下,那名随从带着八个部属走进洞中。秃尾王借着酒意宣布了偷袭羚羊谷的决定后,来者无不欢声赞好,纷纷回去准备。翌日清晨,秃尾王在前,随从与部属在后,悄悄向羚羊谷奔去。

羚羊谷虽然叫谷,其实是花果山中唯一的一个盆地,方圆一百多里,四面环山,水肥草美,除居住着上万只羚羊外,时不时会有狮子、猎豹、野狗越境而入,伺机偷袭。所幸自悟空颁布山规之后,境内相互残杀之事几近绝迹,谷内安全自比以前好得多了,羚羊们也就渐渐放松了警惕。这不,大群的羚羊此刻正散落在盆地中,安详地寻找着自己喜爱的食物,偶尔昂首竖耳,察看周遭的动静,但也只不过是些习惯性的动作而已。

秃尾王一伙此时已借着沟坎、树木的掩护来到了山脚下一条足以藏身的小沟。偷眼望去,离自己最近的羚羊群散布的草地上,一只母羚羊正背对着山脚给一只小羚羊喂奶,还有几只个头不大的羚羊在她身边撒欢、蹦跳。母羚羊似乎从空气中嗅到了什么,抬头向左右察看,怎奈小羊吃得正欢,咬住奶头就是不放。

"就是她们!"秃尾王知道此时正是出击捕杀的最佳对象和最佳时机,立即吩咐手下从左右两侧包抄过去,自己则从正面进攻,免得羚羊跑了。谁知,未等他吩咐完毕,那名随从已嗖的一声箭射出去,与其他偷袭者将几只羚羊围在中间。

母羚羊见状不好,一边发出凄厉的呼叫报警求援,一边将几只羚羊召唤到身边,举起两只弯曲坚硬的长角准备厮杀。大群羚羊听到报警,始而抬头张望,继而撒足狂奔,海啸般地朝着母羚羊这边跑来。

群狼似乎对羚羊的习性太过了解,并没多去理会群羊的动静,竟将小羚羊当作嬉戏的对象,一边围着母羚羊一伙不停地转圈子,一边趁空在那几只羚羊身上你挠一把我抓一下,全然不顾母羚羊顶过来的长角和乱踢的蹄子。与此同时,一个不可思议的情况出现了:上万只羚羊奔到群狼跟前团团围住,本该立即发起攻击将被困的同伴解救出来,却都齐齐停止,用陌生而漠然的眼光盯着群狼,盯着自己的同伴,就连羚羊王"朝天大圣"也站在前面伫立不动,昏黄的眼珠凝视着这场似乎与自己毫无关系的打斗。

"咦?天下竟有此等怪事?羚羊们不反击倒也罢了,身为一族之主的'朝天大圣'为何也没任何愤怒的表示?"说此话的是孙悟空。原来他和狐王离开狻猊王后，先是到"鬼见愁"暗访，得知秃尾王带了八九个手下出行的消息，随即一路尾随来到这儿的一处山坡上，将场上的情景看了个清清楚楚。

狐王见悟空发问，低声回道："大圣一生只在轰轰烈烈上下力，自然不会知道日常发生的这些小事。其实，狼捕杀对手前挑逗戏耍，羊遇难时熟视无睹，几乎就是他们的本性，即使有反常的情况，也极为少见。哎！您看那是怎么了？"

悟空顺着狐王所指看去，场上的情况已经发生了变化：被狼群捉弄的精疲力竭的母羚羊突然停止了反抗，竟然闪在一旁静静地观看起来，那情景俨然就是一名闻讯而来的普通观众。

与之相反的是，群狼大概过足了捉弄瘾，开始变得凶狂起来，追着几只羚羊又扑又咬。可怜的小羚羊一边躲闪，一边挣扎着往妈妈身边躲。母羚羊意想不到朝着自己的孩子抬腿就是一蹄，本已委顿不支的小羚羊顿时被蹬翻在地，一双惊恐万状的眼望着再次扑来的凶狼。

情况倏然突变，气坏了藏在草丛中的悟空和狐王。两人一抄草茎一捡石子，同时向奔在最前面的那名随从扬手掷去，登时将他的两条前腿击折，扑通一声倒在小羚羊的身旁。

与此同时，一只红角羚羊发了疯似的从羚羊群中疾射而出，红光一闪，扑入狼群拼杀起来。八只狼万万没想到羚羊会进攻，仓促之间已被红角羚羊锋利坚硬的双角挑翻了一只，踢伤了两只。

秃尾王本想隐蔽不动，静等手下捕杀几只羚羊回去，既不暴露自己又能大饱口福，万没料到竟会出现这种局面。急怒之下，他来不及多想，狂吼一声，从隐身处扑出，恨不得一口就把红角羚羊咬死，当众把他连皮带骨吃了，让他们知道"秃尾王"的大号不是白叫的。

五岁大的红角羚羊正值生机勃发的青春期。从生下来就得学会站立，每天跟在大羊们后面跑，小小年纪的他不曾见过盆地中种族间恃强凌弱、你死我活的惨烈之事。还是在刚刚懂事的时候，红角羚羊就从长辈们的口中知道了自己大王的光彩历史。那是在孙悟空正式打出"齐天大圣"旗号，其他洞主也都以"××大圣"自称的狂欢时期，羚羊王也以自己头上的两支长角为荣，自称"朝天大圣"。听了这个故事，红角羚羊深为自己头领的这个名号与举动感到骄傲与自豪，以为那不仅体现了整个家族的体貌特征，而且更表明了弱小种族也敢称王道尊的胆魄。谁知在以后的日子里，他经常见到的是朝天大圣对内怒斥打骂、欺男霸女，对外贪生怕死、懦弱无能的不齿行径。尤其令他无法理解与容忍的是，每遇强敌杀戮，朝天大圣不是带头逃跑，就是静立一旁，任由对方肆意残杀自己的同胞。有几次他想冲上去和敌人拼命，皆因母亲的阻挡而没去成。这次，看到小小的同胞就要惨死在恶狼的毒掌利齿之下，朝天大圣和大羊们依然无动于衷，他再也无法忍受，终于迈出了有生以来与敌搏杀的第一步，而且还意外地击伤了三个敌人。正当他乘胜攻击另外几只狼的时候，发现秃尾王朝自己扑来，他立即放弃原来打算，毫无畏惧地迎了上去。

奇迹就在此时再次发生了！

本来，有许多年轻力壮的羚羊在群狼戏弄、撕咬自己同胞的凶险时刻无不义愤填膺、跃跃欲试，只是在上年纪的羚羊们的瞪视和习惯意识的约束下才没出去。当红角羚羊于危急关头扑入狼群的那一刹那，他们莫不为自己畏缩不前的行为感到羞耻。此刻，狼王已扑到了红角羚羊跟前，他们哪里还再有什么犹豫，齐齐朝依然冷酷静立的朝天大圣鄙夷地瞥了一眼，不约而同地向狼王、狼群发起了进攻；其他羚羊见这么多同伴冲了上去，也都情愿不情愿地迈起了腿，开始尚且慢慢腾腾，接下来已由不得自己，于不意识间奔跑起来。

这是一幅无比激越无比壮观的画面：吓破了胆的秃尾王率着五六个部下在前面撒足狂逃；红角羚羊边追边吼，头上的两支红角在阳光下宛如两道红色的闪电；上万只羚羊使出自身快如流星的绝招，如大海的怒涛向前翻滚，数万只蹄脚踏在平坦的草原上，发出了震撼天地的狂啸。逃跑与追赶中，秃尾王一声厉啸，群狼突然分散开去，向不同的方向逃窜。红角羚羊当即朝后连吼几声，羚羊群立即分作几股，继续追赶。此时，羚羊们无须做什么，只需将以往的逃跑变为进攻，将善于逃跑的蹄脚变为践踏敌人的武器，依然像一阵狂风刮过就行了。不大一会儿工夫，除秃尾王拼死逃逸外，他的九个部下全部毙命，在羚羊们无须用心奔跑的路上，留下了九处碎骨烂皮掺和着血水、泥草的污渍。

震撼！悟空与狐王深深地被眼前这场草原大决战震撼了！这是一场纯自然、纯力量、纯意志的较量，比起那些施用法术、变幻的打斗，这种打斗是那样的令人亢奋！愤怒中夹着狂喜、惬意中含着遗憾的悟空，恨不得当下跳出去，向羚羊们表示祝贺，只是碍于现在出去尚不是时候的顾忌，才强行忍住内心的冲动，同狐王离开草原，离开羚羊谷，按照原先的计划，向下一个目标走去。

离洞巡查的第五天，悟空和狐王回到了水帘洞。翌日，七十二洞洞主奉命齐齐来到栖凤岭龙阁下，悟空要将他和狐王几天来暗访到的各种不良情况当众作个处理，重新制定山规。洞主们不知是预感到了什么还是心中有鬼，来后或坐或站，不再像以往那样嘻嘻哈哈，狻猊王、秃尾王、朝天大圣更是郁郁寡欢，各自拣了个角落坐下。

有道是哪壶不开揭哪把。悟空今天用的就是这个办法。

"狻猊王,恭喜你近日发了大财!不知那些珠宝被风刮走了没有?"悟空首先朝狻猊王开了口,称呼也没了"兄"或"弟"的字眼。

狻猊王闻听大吃一惊,脱口回道:"大圣,您,您怎么知道?"说着,朝四周看了一眼,似是下定了决心,道出了实话:"咳!都怪俺眼皮薄,剪彩时看着人家们的东西眼红,也想弄些明珠装在那些新建的亭台楼阁上。没想到东西抢到却被一股大风刮走,一堆好好的明珠不知怎地全变成了石头。"

众人见狻猊王那副憨憨的模样,再听听他那老实的话语,全都忍不住哄笑起来。悟空笑了笑道:"这有什么好气的,再抢一回不就成了?"

"您别再挖苦俺,俺说啥也不干这种提心吊胆的事了!"

悟空收起笑脸,语气变得严肃了许多:"好!念在你是为山里着想,既没伤人,也没得到宝物,还能认错,暂时撤去你的封号,戴罪管理本洞事务,日后根据表现,再行定夺!服吗?"

"服!错是俺犯的,俺一定戴罪立功,不负众望!"狻猊王一躬到地,样子十分诚恳。

羚羊王朝天大圣从上岭起本就十五个葫芦打水——七上八下的,一听悟空当场问出"刮风"之类问题,揭穿狻猊王背后干的丑事,更是忐忑不安,赶紧将头向膝盖处又低了低,不想却被悟空一眼看见,最不愿听的一句话随即跟了过来:"朝天大圣,今天为何如此无精打采,可是还在为你的手下受害难过?"

"大圣!俺老而无用,保护不了手下,请您能够为俺做主!"朝天大圣见躲不过,只好抛出了这么一句看似谦恭实则卸责的话来搪塞。

"你贵为一洞之主,自号朝天大圣,尚且对自家儿孙见死不救,任由他人胡作非为,俺凭啥要替你做主?"悟空越说越气,伸手指了指各位洞主,"诸位问问他手下那母子俩是怎样险险丢了性命?"

洞主们一阵哗然,齐齐朝朝天大圣看去。朝天大圣惊恐的大眼转了转,突然将头歪向一旁朝秃尾王大骂起来:"都是你这个不守山规的家伙把俺害的!你凭啥闯入俺的地界吃俺的子孙?"

秃尾王瞪起阴森森的三角眼咆哮道:"羚羊老儿!大圣问的是你,你为啥不回答却来侮辱咱家?我看你是活得不耐烦了!"

"你……"朝天大圣一看对方那副凶恶模样,吓得不敢再说什么,急忙将头低了下去。悟空却被秃尾王的嚣张跋扈彻底激怒了,他嗖地一下跃了起来,指着秃尾王大喝道:

"世上竟有你这样强词夺理、不知羞耻的东西!俺所以先问他们两家,意在让你主动说出自己办下的丑事,俺好再进行处理,想不到你竟违规杀戮在先,当场威胁在后,俺岂能轻饶了你!"

"大圣! 我秃尾王究竟犯了什么错,您要这样待俺?"秃尾王想必是王八吃秤砣——铁了心了,反倒向悟空发了难。

"不知死活的家伙,看来你是不见棺材不掉泪,碰了南墙也不回头!"悟空金睛火眼一亮,喝道:"狐王! 把咱俩那天见到的情况给大伙说个清楚,让大伙知道这家伙究竟办了什么事!"

"属下明白!"狐王高声应了一句,起身往前走了几步,将这段暗访到的情况一桩桩一件件说了个头尾清楚,直说得不少洞主将头低下,一个个羞惭满面,唯有秃尾王忽闪着绿幽幽的怪眼,心里似乎在盘算着什么主意。

鲁莽之人往往心地诚实,最见不得不平、阴险之事。狻猊王就具有这样一种禀性。狐王刚把情况说完,他就起身来到秃尾王跟前,带着规劝的口吻说:"老兄,这就是你的不是了! 不准在本山自相残杀是山规之一,你怎么能明知故犯? 事情做得不对就该认错,怎能背着牛头不认账? 依俺看,你得好好反省才是!"

其他洞主早就看不惯秃尾王凶残霸道的行径,此时无不气愤地吼了起来:

"就是! 都像你这样,花果山岂不乱了套?"

"处理他! 不能让他滑过去!"

"俺们不要他做邻居!"

……

秃尾王一听急了,连蹦几蹦叫嚷道:"不公! 不公! 咱家有八九个弟兄被羚羊踩成肉泥,你们怎么不说?"

狐王厉声道:"你不去残杀本山弟兄,你的手下怎么会被踩死? 简直无可救药,可恶之至!"

"诸位不必再行多讲,与他白费口舌!"悟空挥手制止住激愤的人群,沉声说道:"秃尾王凶残暴戾,藐视山规,不思悔改,衔恨结怨,实属罪大恶极! 本应乱棍处死,姑念他往日也曾有功劳,故从今日起逐出花果山,自决生死;若再踏入山中一步,满山成员皆可格杀勿论! 鬼见愁不能一日无主,为防止意外,可从新近投奔的犀牛中分出一半永驻鬼见愁,并从中择出新主,统管鬼见愁事务!"

"好……"洞主们立即欢呼起来,与鬼见愁为邻的几家洞主更是又呼又跳。

"朝天大圣听着!"悟空待大家欢呼了一阵,接住继续说道:"你身为山中元老,却欺弱惧强,徒有虚名,误我大事! 俺给你个机会,回谷后召集群雄挑战,若部众服你,须洗心革面,重振雄威;若大家不服,必须削去封号,降为平民!"

未等朝天大圣发话,岭上再次响起一连串的叫好声。洞主们想不到神通广大的孙悟空在处理问题上竟也这般有情有义、有斩有杀,无不从内心感到一阵温暖和畏惧,纷纷赞叹不已。犭贡王心怀感恩不必说了,朝天大圣见大圣如此对待自己,感激中增添了几分愧疚,单剩下秃尾王一声不响地站起来,看也不看大伙一眼,离岭而去,殊死殊活,一度没了消息。

稍事休息后,仪程转入了重定山规。狐王按照事先和悟空商定好的办法、内容站起来:"定山规并非全部推翻以前的,过去凡是好的留下,定得不合适的推倒重定,过去没有的必须新立。办法是逐条议定,一经大伙商定,必须严格遵守! 先说第一条,山上日后该用什么样的人? 什么样的人才配当洞主?"

"用什么人?"象王大声说道:"就用咱们大圣这样的人,办事公道,部众信服,敢作敢为,武艺高强,方可当洞主!"

"同意!"

"说得好!"

洞主们你说我喊,气氛一片热烈。

就这样,狐王说一条,大伙议一条,到午饭时分,方方面面加起来,总共定了十二条,有用人的,有禁止吃拿卡要收受孝敬钱的,有防范见死不救的,有组织防卫的,等等。悟空了却了心中一件大事,自然满心欢喜,洞主们直抒己意,无不兴高采烈。午餐就在这种喜气洋洋的气氛中开始了。

接下来的日子,各洞洞主均按照新规回去整肃自己的内部。悟空独自赴卧牛沟同黄面太岁将犀牛一分为二,一半留在原地,一半由犀牛精率领,随他一同到了鬼见愁。用一天时间主持雄狼决斗,决出了新狼王,然后由悟空指派,新狼王当洞主,犀牛精当副洞主,并给群犀划分了领地。从此,鬼见愁的群狼受犀牛的制约,再也不敢像以前那样无所顾忌,群犀也因分作南北栖息,故而被后人称为南牛寺、北牛寺。

最令悟空关心的是羚羊谷。这是因为,一者对羚羊们善良却不和的本性最终导致的命运担心,二者深深为红角羚羊的英勇壮举感佩不已。他要亲自到那儿看看决战,挑选出一个善待同类、威震草原的羚羊王。

刚刚处理了卧牛沟、鬼见愁两边的事情,悟空就来到了羚羊谷。朝天大圣急忙将所有部众召集到草地中央,宣布了决战定王的决定。按他原先的想法,他想借往日权威吓阻群羊继续推自己为王,日后再改变自己的形象,取得悟空的信任,但当他宣布了决定举目四顾时,却发现羚羊们先是拿鄙夷的眼光看着自己,接着将视线都盯向红角羚羊,眼光是那么专注,神情是那么热烈,不禁心里一惊,知道自己的想法只是一厢情愿,高高昂着的头不由得耷拉了下去。

这时,红角羚羊在数百只身强力壮的年轻雄羊的簇拥下缓缓走近朝天大圣,那不卑不亢的神情和憋足了劲的架势,全场一看都明白了内中含义,无不屏息静气,静静地观看着,等待着。朝天大圣当然也看明白了,不甘心似的抢上一步,勾头扎蹄像要搦战。红角羚羊并不主动出击,而是在朝天大圣跟前站定,上下左右端详了一阵,猛地转身冲向旁边的一棵碗口粗的柳树,红角一顶一摆,树干被齐腰折断。

"噢……"

"好……"

几乎是在同时,群羊与悟空发出了由衷的喝彩声。红角羚羊朝大伙感激地点了点头,再次向朝天大圣靠了过去。朝天大圣情知不是对手,众目睽睽之下又不能就此俯首称臣,只好做仪式一般主动上前顶了红角羚羊一下,便塌了架子似的默默走向羚羊群。

无需作任何讨论,无需谁来宣布,按照羚羊乃至大自然的法则,新旧羚羊王的易位就在这一刻决定了!红角羚羊转身面向已成为部属的万余只羚羊开了口:"俺并不想当什么王,只是无法容忍咱们外弱内斗、任人欺凌的现象。我们不需要什么特殊本领,只要还像前几天那样,敢于朝着敌人一直往前跑,我们就永远不会失败!"

"说得太好了!"悟空朝着迎上来的红角羚羊亲热地拍了一下,"俺从你这儿悟出了个道理,善良并不可怕,可怕的是不知道自己的力量!从今往后,这儿的事就交给你了!"

红角羚羊腼腆却坚定地点了点头,"请大圣放心!只要有俺在,羚羊谷再不会是过去那种可悲情况了!"只因这一说,有分教:后生不畏世间险,浩气冲霄令敌寒。懦弱皆自心底生,胜败只在方寸间。

欲听后事,且听下回分解。

第十五回
沿岛布哨　水番国首次启战端

一番整肃,七十二洞洞主该罚的罚了,该换的换了,该撵的撵了,士气自然高涨起来;新山规随之一立,全山的秩序越发不可同日而语。真个是:人和家也兴,山和万物葱;凤自仙境来,骐从乐土临;天池腾瑞气,地阁捧光明;熊山换气象,狐府报捷音;鹏程照万里,羚谷壮千军;花美峰峦秀,水碧海河清。

一日,悟空、芭将和刚从唐坡山料理完山务的狐王聊起近期山中事务,很自然地聊到了全山的防务问题。狐王在讲述了这次抽空回唐坡山仔细察看了新搞建筑,宣示了新定的山规条款后,从部下口里得悉又有一伙来历不明的强盗数次窥探过唐坡山的情况,长相、穿着、兵器与数月前抢夺食物的人都一样。为了防备万一,他同鹿相、鹤将等不仅商定了本山的防务,还在临走之前派出兵丁驻守各处卡口、港湾、滩岸。凡是沿海处,均由擅长水上功夫的獭将分兵把守;陆上由本族狐狸与群鹿防卫;山上高塔作为全山瞭望处,由鹤将率队负责。

"噢? 又是那些人? 看来今天这个话题谈对了!"悟空眉头皱了皱,将目光转向芭将。

"咱花果山方圆这么大,不管有没有人来侵犯,防守一事都得抓紧。"芭将顿了顿,脸上露出了自责的神色,"只是俺一直搞采办管理,对防务之事不太通晓,要是有这么个合适人选,事情就好办得多了。"

防务,历来是悟空归山之后萦绕于心的一件大事。前段,花果山百废待兴,自是应该先抓恢复,稳定人心,防务一事只好暂时搁置,如今内部大事业已解决,全山整肃也已结束,当务之急就是把防务搞上去。大闹天宫的生死往事,西天取经的桩桩经历,使他明白了一个道理:天上人间,龙宫地府,贤德固然重要,强势也必不可少,妖魔不听说教,手软遭人欺负。别看花果山今日花红草绿,莺歌燕舞,说不定哪天乱自内部起,祸从外部来,防务之事太重要了!但在"如何搞"、"搞什么样防务"问题上,他虽说想得还不太清晰、条理,却有了一个大的框框,想再听听两个忠实部下的看法。

"怎么搞?"芭将有点不理解大圣的提问,不假思索地说了出来,"全山抓好训练,山中所有关卡、路口派人把守不就行了?"

"芭兄所言似有不妥。"狐王长期住在海边,免不了要与外界频繁接触,何况外寇抢夺、窥视之事发生不久,当然知道单纯防守有缺陷,"依小弟之见,理应全面防守,攻敌于外!"

悟空一听乐了。刚才他脑子里一直翻腾着降妖灭怪时的经验教训和天机星吴用曾经说过的话,急切间没有理出个头绪,此时听了狐王简短的一句话,立刻脑清绪顺,有了主意:"好一个全面防守,攻敌于外! 要俺看,这八个字倒过来更好,叫做:攻敌于外,全面防守! 你们说怎样?"

狐王一时没有明白过来,芭将更是一脸茫然:"大圣,翻过来倒过去还不是那八个字,有啥更好不更好的?"

"嗨嗨,芭兄弟不懂,这颠倒可是学问大着呢!"悟空深为自己刚才的领悟感到高兴,脸上放出了异样的神采,"照狐兄弟刚才所说,那是以防为主,以攻为辅,虽说比单纯防守进了一步,终究还是守住原地等别人来打,任你所有地方都防守到,也脱不了被人挨打的境况。别说守不住败了,损失不知会有多大,即使守住胜了,糟践的还是咱的地盘,毁坏的还是咱的东西。更为危险的是,咱的人会因一味防守而不懂得何为进攻,难免会重蹈羚羊们有角不知道是利器、齐齐奔跑也能踩死敌人的覆辙。如果把他颠倒过来,则是主动出击为主,全面防守为次。全山上下都有了进攻思想,自会强兵练武,斗志昂扬,一旦觉察敌人有不良意图,咱们就可先发制人,先声夺人,不论胜败,损失都不会太大。这就是吴用星君所谓的提师征伐、御敌于外的道理。"

"此外,颠倒与否还有个说法。"悟空越说头脑越亮堂,越说情绪越亢奋,"以守为主,你们说咱得动用多少兵丁去防守? 假如咱用一万兵丁去防守一百处关卡、路口,即使不搞平均分配,最多的地方配上三五百兵丁去把守,人家来上个千人部队去进攻,这三五百人也是个弱势,很容易被人家突破。就是说,以防为主,一万人难敌对方一千。假如咱们改变方略,以攻为主,让对方疲于对付咱们的进攻,情势可就变成一万敌人难敌咱的千人部队进攻了!"

"这样颠倒看来确实不错,就怕……"芭将欲言又止,见悟空和狐王齐齐望着自己,终于说出了心里的顾虑,"俺是担心这样做容易给外界留下口实,说咱们以力压人,不讲仁义道德。"

"那要看是不是真正的仁义道德!"悟空不听犹可,一听"仁义道德"四个字,不由得想起了那些因歪曲了仁义道德的真谛的惨痛之事,怒火腾地燃烧起来,"这都是那些腐儒用来骗人上当的鬼话! 东土那些皇帝老儿要不是受了他们的毒害,还成不了今天这个一代不如一代、常受外族欺凌的样子。汉武帝打匈奴,是因为匈奴一直欺负汉朝;曹操灭蜀、吴,是因为蜀、吴都想灭曹操。咱们也是这样。谁对咱友善,咱就与谁友善;谁想进攻咱们,咱们就全力以赴进攻谁! 如果有人对咱这种做法评头品足,那就让他念经似的去说好了!"

一番话说得两人既惊又喜,心悦诚服。芭将忍不住心头的喜悦,拍了拍自己的脑袋:"嗨,俺怎么就想不到这些? 照您这么做,咱花果山就谁也不怕了!"狐王也高兴地说道:"大圣! 先发制人,提师征伐,实是太好了! 天下万物没几样不是贱的! 你不惹他,他就惹你;你不攻他,他就攻你。你一旦瞅准机会攻他一家伙,他反倒得死守自己的地盘,提心吊胆去防你。依俺看,这个方略如果让全山上上下下都知道,威力可就更大了。"

"这件事既然是咱们三个人定下来的,具体事就由你来安排办理!"悟空将全山防务之事托给狐王,三人又围绕具体事宜谈了起来。

以防务问题为标志,花果山揭开了新的一页。

首先是狐王遵从悟空的吩咐,布置了三件事:一是洞洞均要添置兵丁,组织本洞成员训练;二是各洞限期安排人员把守各自的关卡、路口,检查过往人员;三是责成芭将挑选得力部属,迅速进驻东海五个岛屿,与花果山形成里外两道防线。

与此同时,各洞洞主接到了紧急状态下相互之间的报警信号、联络方式、奖罚规定以及条件成熟时组建全山军伍前各自应做的提前准备工作。

号令既下,全山莫不响应。对于日逐觅食、嬉戏、打闹的花果山成员来说,巡山放哨、使枪弄棒这些事无疑是件新奇有趣之事,纷纷报名,踊跃参加,极欲抖抖威风,炫耀自己,过过被人眼馋的风光日子。

单表芭将受命后,忙碌挑选了一天,终将驻守岛屿的五支队伍组建起来,二百名士卒全由猴子组成,统一由那个叫"钻天猴"的原采运队队长负责,于次日上午携带兵器、食物,分乘二十多个自制的木筏离山下海,送到指定岛屿开始驻守。

在驻岛兵丁一事上,悟空曾有过让火器营官兵前去的想法,经再三琢磨,认为此乃花果山安危及日后进袭侵犯之敌的劲旅,不可轻易安排,遂打消了此念。同时他也知道猴子通山不通水,驻守海上有些不妥,但也明白那片海面向来由花果山本山管辖,猴子们去此较适宜,唯一弥补的办法就是严令本山与唐坡山两处观察哨给予密切关注,一有情况,立即禀报。

为了便于管理与联系,孙悟空根据五个岛所处方位,亲自命名为东山岛、西山岛、南山岛、北山岛和中心岛,公示全山,让全山上下都知道。

派兵驻守东海,与岛上百姓共同防守宝岛,是花果山走出单纯保山的第一步,是开天辟地的第一次。孙悟空在关注着岛上的动静,全花果山的生灵在关注着岛上的动静。

一天过去了,岛上风平浪静;

两天过去了,猴兵们依然在搭建着自己住的房屋;

三天、四天……

半个月过去了,瞭望哨、瞭望塔照旧送来了"平安无事"的消息。

谁知就在第十六天黎明时分,先是鹤将飞来水帘洞,向悟空禀报了"岛屿发现一伙来历不明的人"的情报;紧接着,一只专门负责传递消息的猴子也一溜紧跑,送来了本山瞭望哨"岛屿出事"的消息。悟空一个鲤鱼打挺从石床上跃起,来不及和狐王、芭将说什么,跳出洞口就纵上了云头。狐王吩咐芭将在家待命,也跃在半空,紧紧跟了过去。

晨曦,已自地平线上透出,岛屿于黑暗中走了出来。悟空、狐王一先一后来到岛屿上空往下瞧去,呈花蕊状排列的五个岛屿中,北山岛已经空无一人,刚建不久的哨楼孤零零地默立着,正面尚未完工的房屋裸着半截身子,显得格外寂寞;小岛附近的海面上有一片黑点或起或浮,似乎有人在追逐打斗。其他几个岛屿全都在激烈搏杀,哨楼上有人在纵跳蹿跃,哨楼外的平地、岩石上也有人在攻来攻去。一阵阵呐喊怒啸透过海水击岸的撞击声隐隐传来,在万物尚未完全醒来的早晨,听起来是那么凄厉、瘆人。

悟空见狐王也已赶来,急忙吩咐他:"你去北山岛救援,无论如何要把咱的人救回来,来犯之敌一个也不准放跑,要留活口!俺去那几个岛上收拾那帮家伙,而后在中心岛会合!"狐王答应一声,往北山岛而去。悟空头下脚上,一溜轻烟似的冲到了战况甚为激烈的南山岛。

此刻,驻守南山岛的猴兵正在一个绰号为"一爪抓"的头目的带领下,与六十多个矮小粗胖、黑脸长发的入侵者厮杀在一起。猴兵有三十个,数量上本就处于劣势,武器又大多是木棍,与个个都手持铁质长刀的番寇交手,更是相形见绌;尤其是岛上作战,场地狭小,四面皆海,番兵无不精通水上功夫,打斗中往往采用诱敌入水之法,三面围攻,一面放开,让你在退却中不知不觉被逼下水去,以便趁机擒拿或淹死。因此刚一交手,不明底细的猴兵就伤亡了五六个。好在"一爪抓"及时识破了番寇的诡计,吩咐部属靠背对敌,无论如何不能落单,不能离开陆地,才使己方独步天下的正宗轻功和腾挪蹿跃的技艺发挥出来,稳住了阵脚,展开了反击,有七八个敌人被猴兵们抓伤了颜面。

悟空下落之际,正逢"一爪抓"与番寇中最凶狠的小头目交手。别看这家伙长得没高没宽,出手却异常凌厉狠毒,双手紧握的那把长刀上劈下撩,横削竖砍,招招都是实招,刀刀都带着一股锐利的刀风。龇牙咧嘴,鼻子上一撮毛上下乱扭的模样,活像地狱中放出来的恶鬼。

"一爪抓"虽以"手臂奇长,出招如电,专攻面首,一爪就准"成名,功夫自是厉害,却因刚交手时数量悬殊、顾忌部属安危,不得不采取守势;摸清对方情况,采取结阵对敌方法后,他的心方安了下来,寻上对方头目打了起来。此时看见悟空来到,当下精神一振,扯开嗓子大声喊道:"弟兄们!大圣帮咱们来了,都给俺手狠点!"边喊边于对方收刀之际,伸出长臂,闪电似的向他面门抓去。那个小头目已见过"一爪抓"方才抓伤自己部下的骇人情景,晓得对方厉害,见对方话到爪到,急忙挥刀向后退去。哪知这么一退,可就遇到了克星,恰恰退到了刚刚落地的悟空跟前。若放在平时,悟空绝不会偷袭,认为那不是光明正大之举,如今,悟空本已对外敌入侵充满了怒火,又见五个岛上皆有战事,部下生死未卜,岛屿安危难测,焉有什么仁慈之念,随手一指戳去,正中小头目背后的命门死穴,将其一招毙命。

猴兵们见大圣来了,顿时狂呼厉啸,勇气倍增,二十多支大棍借着迅疾无比的身法,幻起一片棍影,向面前的敌人发起了反击,霎时就将敌人逼得纷纷后退,有几个敌人倒在了棍下。与此同时,悟空奋起神威冲入敌阵,见刀就抓,逢寇即杀,陀螺也似的转了一圈,二十多个敌人非死即伤,躺了一地。其余番寇见状不对,呼哨一声向四下逃跑。憋了满肚子气的猴兵哪里能够放过,一顿棍击爪抓,又有二十多个敌人躺在地上,剩下四五个发疯似的跳进海里,已经杀红了眼的"一爪抓"拔足往下就跳,悟空一把拉住,吩咐他安顿伤员,打扫战场,继续率队监视海面,自己则飞速掠过水面,朝另一个岛屿去了。

就在悟空擒杀南山岛顽敌之际,狐王一个鹞鹰扑兔,疾扑到了北山岛上。岛上并不太高的哨楼上,躺着两具尸体:一具是猴,脸朝下,背部有一道斜穿而过的刀口,流出的鲜血已凝结成块,显然是被偷袭的贼寇偷刺而亡;一具是贼寇,仰面躺在地上,满脸是血,两只眼窝处被紧紧压在身上的猴子的一只利爪深深地插了进去,似乎是在刺中这只猴子的同时被对方扑倒戳中了眼睛和大脑。

狐王不忍心再看这个惨烈的场面,迅速在岛上搜索了一周,除哨楼内有三个负伤昏迷的猴兵外,再无什么人影。转眼向海面搜索,发现那片黑点还在沉浮移动。狐王急忙提了口气,掠着水面飞速赶去,发现十几个猴兵在中,二十多个贼寇在外,正揪发抱头地厮打,有几个猴兵被对方几个抓一个地往水里按,显然已无还手之力,一味在水里上下扑腾。

"该死的家伙!"狐王怒骂一声,立即从身上掏出一把石子,扣在右手,随着拇指、中指一捏一弹,一粒粒石子疾飞出去,不是击中贼寇的眉心,就是打在敌人的后脑,弹无虚发,粒粒毙命,眨眼工夫打得只剩下一个。那个敌人何曾见过这种情况,身一沉企图潜水而逃,却被两个猴兵左右夹击,硬生生地被拖到岸边,按狐王的指点,五花大绑捆了起来。这头事儿一完,狐王交代了一番,遂又赶往其他岛屿施救。

西山岛,一个南北长、东西窄、方圆约四里大的小岛,相比南山、北山两岛,面积要大一些,驻扎着四十名猴兵,由一名"小弯弓"的头目率领着。岛上的哨楼也是分上下两层,只不过是比南、北两岛高些。

今早,快到黎明时分,小弯弓一听哨兵报告东山岛、南山岛似乎有情况,立即命令部下紧插大门,分兵两层把守,没有命令,谁也不能出门。刚刚布置完毕,一只木制帆船从东向西驶来。船到岸边,六七十个番寇在一头目的指挥下,纷纷上岸,将哨楼团团围住。

番寇头目见对方已有防备,命人从船上抬下一根又粗又长的木头合力撞门。楼里的猴兵初次上阵对敌,不免有些慌乱,有的甚至惊叫起来,都被小弯弓一一喝止住。

小弯弓之所以有这个诨号,自是在射箭上有过人之处。他的老老爷爷当年是花果山中一使箭高手,所使的一张弓是孙悟空从龙宫中顺便带出来的一支宝弓。弓弦虽然不到一尺,却是用海底的千年蚕丝浸了乌龟的唾液做的,加上海底一种千年海藤做成的弓背坚韧无比,更使他视为至宝,爱不释手。到了小弯弓这一代,老老爷爷见他喜爱,便将这张弓连同技艺一并传给他。小弯弓也不负其期望,打小就弓不离手地天天练习,终于练就了一手闻声发射、百发百中的功夫。番寇上岸,他正在底层,本欲对撞门的敌人给予反击,却发现底层因住人所留的窗口既小且距地面甚高,无法使用。情急之下,他一面制止了猴兵们的惊慌失措,一面携弓蹿上二层,瞄准撞门中一个大喊大叫的番兵拉开了弓弦,不偏不倚射中那人脑门,倒地而亡,贼寇发一声喊,丢下木头,慌忙四下逃开。猴兵们见敌人竟也这般稀松,胆怯之心一去,勇气随之大增,纷纷向敌人射箭的射箭,投石块的投石块,又击伤了五六个敌人。

躲在岩石后的番寇头目深知速战速决对自己的重要,举刀朝着番兵暴喝了一声,番兵们无奈只得重新聚拢到门口继续撞门。小弯弓一声令下,箭矢、石块纷纷向门前掷下,六七个敌兵惨叫着倒在地上,仅小弯弓两箭就射穿了两个敌兵的脑袋。

番寇头目见强攻不行,命人从船上搬下一件既长又圆且粗的铁家伙,即刻有个敌兵接过来爬下朝着大门摆弄。小弯弓和二层的猴兵不知番寇要干什么,一时停止投掷,好奇地朝下看着。就在这时,随着"呼"地一声闷响,一团火球从那个东西里喷射而出,直朝大门射去,大门当即熊熊燃烧起来。

把守一层的猴子们哪里见过这种阵势,吓得吱吱大叫就往二层撤。番寇趁机踢开大门攻了进来,将两个来不及上楼的猴兵当场砍死。情况到了这种危急地步,猴子们已无暇顾及生死,纷纷围住楼口四周,朝着往上攻的敌人狠砸猛打,小弯弓更是凶猛异常,先是一顿近距离疾射,一连击毙七八个敌人,箭射完了瞅准机会探手去抓,拿棍去戳,连抓带戳,又毙伤了三四个番兵,加上猴兵们反击,楼里楼外有二十个敌人非死即伤,自己这头也被敌人刺得刺,砍得砍,死伤了七八个。此时,楼上能战斗的虽然还有三十余个猴兵,但敌人还有近五十个,而且那个番寇头目已命人从船上又搬下三具铁家伙,连同原先那具,从四个方向对准了哨楼。

情况十分危急!

生死立判,几成定局!

来了!孙悟空恰在此时,疾如流星似的来到了西山岛。一直躲在后面指挥的番寇头目此刻已来到门前十几丈远的地方,先是令四个操弄铁家伙的番兵向哨楼发射火球,然后借着火势指挥众兵向楼上发起了又一轮攻击。

猴子最怕火,却也最机灵。他们看见四个番兵爬下又在摆弄那个长长的家伙,知道没有好事,赶紧吱吱叫着爬在楼面上。四团火球有两个通过瞭望孔射进楼里的石壁燃烧起来,小弯弓赶快让猴兵集中到没有火的地方,就这样,仍有两个猴兵被烧着,惊呼大叫中掉下了底层,立即被涌进来的敌人乱刀砍死。

小弯弓眼瞅自己的部下惨遭敌手,不禁怒火中烧,操起一支木棍就向下狠戳,几个正顺着楼梯往上爬的番兵立即惨叫着滚下楼去。

"这么多人攻不下个哨楼,回去怎么向长官交代?"想起长官那副阴沉的马脸,军中的戒律,番寇头目心中顿时不寒而栗,舞起手中的指挥刀向门外畏缩不前的番兵狼嚎似的发出了再次进攻的命令,番兵们只得舞起长刀朝门里涌去。

射人先射马,擒贼先擒王。就在番寇头目边喊边往前跑的时候,孙悟空已一个纵跃阻住了去路，厉声喝道："番贼！哪里走，尝尝你孙爷爷的厉害！"

番寇头目闻声一看，面前阻路之人一张雷公脸，一袭淡黄衫，个头不比自己高多少，手里并没带任何兵器，不禁心存小瞧，也不答话，举刀就朝对方恶狠狠地砍来。悟空不闪不避，左臂倏地一伸，竟神奇般地暴长二尺，在钢刀着脑火花四溅的同时，已捏住他的下巴轻轻一拉拉脱，随即右腿一扫，将他扫倒爬不起来，而后一个箭步，冲入门外番兵群中，手脚并用，抓扫同起，将门外三十多个番兵全部打翻在地。

楼上的小弯弓和猴兵听见悟空呵斥的声音，无不大喜过甚，趁楼下敌人惊慌乱窜之际，一人一根大棍，顺着楼梯向下冲去。番兵见势不对，拔腿逃出大门。悟空正待动手，小弯弓已追了出来，道了声："大圣！请把这些敌人都交给俺来处理，俺要亲自为弟兄们报仇！"说罢，拔足向前紧追，紧跟其后的猴兵也哭着对悟空说道："大圣！弟兄们死得好惨啊！"一个个向敌人冲去。

楼外尚有四个摆弄铁家伙的番兵，加上从楼里跑出来的，共有十五六个，一齐向岸边停船的地方狂奔。殊不知，人跑得再快，也比不过猴子们的纵跳，何况一方是为了逃命，一方是志在报仇，尤其是小弯弓犹如一只发了疯的猛虎，几个纵跳就赶在前面，挡住敌人的退路，舞起一片棍影，不要命地厮杀起来。此中有个缘由：芭将奉命挑选驻岛兵勇时，完全是按猴子的生活习性来搞的。要知道，猴子是以族群聚居的，极少允许外族同类进入，即便是同一个家族，也无一不是实行公猴竞争的管理方式，正因如此，五个驻岛上的兵丁，都是由五个不同的家族成员组成。小弯弓这支队伍中，清一色是其兄弟姐妹。刚才与敌人交手，眼看着一个个亲人在敌人屠刀下不死即伤，他已仇满胸膛，恨不得将敌人悉数消灭，现在有大圣在，且已将敌人大部杀伤，自己再不抓紧时间，恐怕就没有了复仇机会。你看他左纵右跳，上劈下扫，激战不久，两个贼寇就被他打得脑浆迸溅，尸横当场。尾随而上的二十多个猴兵见敌人只有十几个，胆气益壮，刀劈、棍戳、爪抓、脚踢，腾挪飞跳，勇不可当。相比之下，番兵们斗志已失，陆地打斗又非对手，几次想逃都没逃成，反而被猴子们趁隙一个个杀死在逃跑的路上。直到此时，小弯弓才勉强往前走了几步，说了句："大圣，俺给您丢脸了！"身子一软，又急又气，昏倒在地。

悟空一把将他抱起，找了块平地轻轻放下，吩咐其余猴兵："你们着一部分监视海面，把那只船看好，其余人照看好你们的头目和伤员。待俺把其他岛上的敌人处理完，就派人来接应你们！"说罢，伸手朝木船一指，将船上的两个正欲驾船逃跑的番兵连人带船牢牢地定住，随即纵身跳到船上，将那两个僵立不动的番兵扔到岸上，由跑过来的猴兵捆绑结实，看管起来。

悟空正待驶船,忽听头顶有人叫唤,抬头一看,狐王站在云端正往岛上赶来,忙问道:"狐兄弟!北山岛情况怎样?"

"请大圣放心!俺已将岛上的敌人消灭,留下了一个活口,咱们的人已经救出,还在岛上守候。东山岛险险失守,俺已同大伙将敌人灭了一部分,被他们逃了一部分。"狐王说时已落到船上,脸上一片着急的神色,"眼下唯有中心岛还在激战,俺已让鹤将前去支援。咱得赶紧前去,否则怕有危险!"

悟空闻听两个岛已经无事,一颗紧悬着的心始放了下来,点头道:"咱俩现在就去,免得夜长梦多!"说罢,向船尾喷了一口气,霎时涌起一阵狂风,木船滴溜一声,向东疾驶而去。

狐王说得没错,此次群岛之战,尤数"钻天猴"驻守的中心岛战况激烈。该岛在五个岛中面积最大也最高,方圆十几里,站在高处俯瞰四周,四个岛屿固是清晰可见,就连南山岛之南的唐坡岛的轮廓也能看到,确有雄踞于中、襟带四周、海中砥柱、陆之屏障之气势。

岛大,哨楼自然要高,人员势必要多。前时兴建岛屿时,鲁班按照悟空意见,专门在此建造了一座三层哨楼,底层开了一个大门,沿墙开了三个里小外大的孔口,既可瞭望,也可作战,楼里堆放器械、食物、石头;二层住人,四周留有窗户;三层瞭望,猴兵们轮流看守,观察动静。哨楼前面盖了两个用木头横七竖八搭起的架子,上面间隔搭有木板,拴了长短不一的山藤枝条,既可供猴子们睡觉、休息,也可让他们无事时玩耍,以解岛上的枯燥乏味之闷。钻天猴率兵驻岛后,用了几天时间,于哨楼四周堆起了一堆堆石头,沿岛屿近岸处插了几圈削制的木质尘桩,这固然是猴子们生性爱玩爱动的一种乐趣,更是严防敌人来犯所采取的阻敌之术。

头天晚上,钻天猴照例沿着岛屿巡视了一周,没有发现什么情况,吩咐了当值猴兵几句,就同其他部属或楼或架歇息去了。内中有三只年轻的公猴在山上时就特别顽皮,经常好搞些恶作剧。这天上午巡逻,他们遇见岸边有条蛇正从水里往岸上游,吓得一个同伴吱吱大叫。巡逻回来后,三个调皮的家伙一碰头,决定晚上去把那条蛇捉回来,吓唬吓唬其他同伴,闹个开心。睡到半夜,三个人悄悄爬起来,直奔白天观察好的那个水滩。一来夜暗水黑,二来怕同伴们听见,三人穷折腾了一个多时辰,水里岸上搜寻了好多遍,贝壳虾蟹倒是捞了不少,唯独没见蛇的影子。眼看天色已经不早,三人捉住几只大蟹正要返回,忽听海上传来一阵奇异的声音,似海浪,却不似海浪那样有节奏;似鱼儿跃水,却根本不是扑通声。眼前既然有新奇东西,三人顿时忘了方才的失望与害怕，一齐盯着声音来处敛心神观察起来。这一盯，可就盯出了情况。随着声音的逐渐增大，一个庞大的船影慢慢映入了他们的眼帘，叽里咕噜的说话声也隐隐约约传入了他们的耳鼓。

"你们听！上次抢咱们东西的那伙强盗说话不是和这些人的声音一样？"一个猴兵曾经是钻天猴当采运队队长时的属下，首先提出了疑问。

"不好？肯定是偷袭咱们来了！"有着同样经历的另一个猴兵立时意识到了危险。

"还愣什么？赶快报警！"第三个猴兵说罢，扔掉手中的螃蟹，绕开尘桩一边往岛上跑，一边放开嗓子尖叫起来："不好了，强盗来了！"另两个同伴也一边狂奔一边喊叫。

睡在楼外横七竖八木架上的钻天猴第一个惊醒过来，随手抓住身边的藤条溜下来，急忙传令楼里楼外按照事先规定坚守各自岗位，按其号令行事，自己则将一条绳鞭缠到腰上，率领五十名士兵向发现敌人动静的哨楼南面的石堆旁跑去。

乘船来的并非一般的土匪海盗，而是来自水番国的大队人马，足有一百二十号人，由一名叫山纠武夫的大头目率领。此人是东海之外水番国青龙会的一名骨干，在国内小有名气。因其国家散居岛上，国土不大，自东土皇帝赐其国号后，该国不思认祖报恩，反而眼红东土神龙文化，觊觎大唐锦绣江山，成立了个青龙会组织，妄图以小压大，实现其扩张疆土的狼子野心。

犯东必先摘花。青龙会的头儿脑儿们日逐研究东土文化，自然清楚花果山乃东土的门户，东海群岛则是花果山的屏障，必先侵占这个地方，才能将其作为跳板进犯花果山，进犯中原。经过深思熟虑，青龙会派遣山纠武夫率五百名番兵，以东海群岛无主为由强行占领。

山纠武夫受命后派出小股人员向西侦探，始知岛屿已有驻军。眼见偷占不成，山纠武夫决定偷袭。为了保证偷袭成功，他们短期内没动手，有意麻痹对方，半个月后才分乘大小船只，趁黎明人们酣睡之际开始行动。在偷袭其他四岛的船只出发后，山纠武夫亲自乘坐一只大船，目标直指中心岛。在他看来，此举必定大获全胜，以致在登船时就对部下大放狂言："占领东海岛，回国领重奖！"公然鼓动部属："不留一活口，财物任意抢！"直把贼寇高兴得狂呼乱跳，以为东海岛屿唾手可得，发财升官的希望就在眼前。

机关算尽太聪明，反误了卿卿性命。令山纠武夫意想不到的是，船尚未靠岸，就被对方发现了行踪。懊恼气急之下，他朝着刚才说话的几个部下各赏了几记耳光,命令部下迅速登陆。番兵们见长官发怒,纷纷跳船往岛上冲去。岸上还好说,没遇到什么危险情况,番兵们胆子一壮,横成一条线,争先恐后往岸边的山坡上爬。还没爬了几步,方才还是兴高采烈的号叫顿时变成了一声接一声的惨叫,冲在最前面的二十几个贼寇不是踩上了尖厉的木桩,痛得不能动弹,就是被戳了五官,躺在地上拼命惨叫。山纠武夫不知这儿埋了多少木桩,命令大队人马隐蔽待命,着一名曹长率小部队绕到山后偷袭。曹长率人偷偷往山后袭去,终因那儿也遇到了同样情况被戳伤了几个。在进不敢进、退不敢退的困境下,曹长只得率领小队人马隐于山后,相机行事。

眼看天色越来越亮,山后依然杳无音信,山纠武夫急了,命令部下抓起被戳倒在地的尸体垫路前进,有的番兵只是受了重伤也被同伴们强行垫到路上,不是被下面的木桩戳死,就是被上面的人踩死。就这样,山纠武夫用这种残暴的方法,终于突破中心岛上的木桩阵,率队冲到了山腰。

钻天猴看到自己设置的木头阵竟迟滞了敌人的进攻,不由得信心大增,急忙传令伏在一堆堆石头后的部下做好准备。时间没过多久,山纠武夫指挥番兵向山上发起了攻击。钻天猴一声尖厉的长啸,部属们扔得扔,推得推,大大小小的石头顺坡滚动着,遇棱弹跳着,形成了一股可怕的声势向下滚去。倒霉的番兵不是被砸得脑浆迸溅,当场毙命,就是被砸断了四肢、腰胯,其余贼众吓得逃得逃,躲得躲,鬼哭狼嚎,一片混乱。

山纠武夫毕竟久经历练,见多识广,见正面强攻不成,当即密嘱三名曹长各带几人到其他方向虚张声势,摇旗呐喊,以佯攻分散对方兵力与注意力,自己则率大部队原地分散隐蔽,等待时机。

初涉战阵的钻天猴哪里能料到对方的奸诈阴险?一听东、西、北三面同时传来敌人声嘶力竭的叫喊声,深恐三面人少难以抵挡,急忙从正面抽调兵力赴各方支援,留下的人员骤然减少,不到二十个猴兵。山纠武夫要的就是这个结果,先命少数番兵向正面试探,发现滚下的石头稀稀拉拉,贼眼一亮,立即严令七十多人散开,向上发起了猛攻。虽然又有几个番兵被砸倒,大部贼寇还是冲了上去。一场短兵相接的拼杀开始了!

看见其他方面没有一个敌人出现,原先这面却一下子涌出这么多人,钻天猴明白自己中了敌人声东击西的诡计,心里直骂自己无能。就在他急令部属向哨楼撤退时,几个部属被蜂拥而上的番兵乱刀劈死,直恨得他双眼血红,唰的一下从腰中抽出绳鞭,单臂一挥一卷,软绵绵的绳索倏然变做一条充满灵性的矫龙,向一个举刀欲砍的贼寇脖子卷个正着,两眼翻白倒在地上。趁其他敌人收势急退的空隙,他已护着猴兵连纵带跳,跑到了哨楼旁,随着他的一声尖啸,齐齐纵上木架。

　　愚蠢的番兵以为众猴着了怕,舞起长刀将两个木架团团围了起来。好一个钻天猴,终于让敌人上了他的圈套,左手抓住一根垂在半空的藤条呼地荡起,右手紧握绳鞭凌空下去,鞭上的飞镖正正扎中一个仰脸观看的番兵的咽喉。头目的这一连串杀敌动作提醒了木架上的猴兵,纷纷抓起藤条与敌人捉开了迷藏,不是趁隙抓起地上的石头悠起藤条向敌人猛击,就是利用手中的长棍向下狠扎,顿时形势大转。番兵空自人多刀利,却只能站在下面仰着脸团团转,时间不长,地上又增添了十几具番兵的尸体。

　　战事到了如此地步,山纠武夫使出了毒招——火攻。他命部下从船上搬来六个铁家伙,分作三组,每组皆是操作者居中爬下,其他人举刀围在两侧,朝着哨楼和两个木架喷起火来。三处地方顷刻火焰大起,吓得猴子吱吱大叫。有几个见火已烧着木架、藤条,急忙跳到地上,顷刻就被番兵乱刀杀死。哨楼里的猴兵见门已烧着,纷纷跑到二层。

　　眼看部属乱成这个样子,钻天猴跳下木架,借着绳鞭的掩护,掩护场上的部属撤进了哨楼,一边拣起楼里的石块向外反击,一边等待援兵的到来。

　　此时,六个铁家伙的燃料已经用完,山纠武夫急忙命人下船去取,非要将守军全部消灭占领此地不可,否则,难以在部下面前立威,无法向青龙会交代。

　　其实,鹤将此时已在岛屿上空盘旋了一阵子,岛上所发生的情况全收入他的眼底。

　　还是凌晨时分,鹤将照例沿着大海向东飞翔,忽然发现海上有几个移动的黑影。他心里一惊,立即降低高度,向黑影飞去,发现是大小不等的几只船,船上满满的都是人,人人手里都拿着长刀,正向西驶来。船到东山岛时,留下一只,其余继续向前行驶。驶了一阵,船分三股,分别向南、北、中三个方向驶去,每到一个岛屿,就留下一只船,船上照例下来一伙人,悄悄向岛上摸去。看到这儿,他明白了,这不是一般的靠岸休息的商旅,一准是外来的强盗。他立即飞往水帘洞禀报。返唐坡山途中,他老觉着不放心又飞了回来,恰遇狐王处置了北山岛贼寇往东山岛赶,遂按狐王吩咐飞临中心岛上空实施救援。来到该岛上空后,正逢钻天猴率部属巧用木架、藤条痛击番寇,直把他看得技痒难忍,仰天大笑。后来,贼寇实施火攻,他想下去支援却因火是自己的天敌下不成,急得只能在空中上下翻飞。

　　机会来到了!四个番兵急匆匆从岛上跑下,直奔停在岸边的大船。鹤将情知不对,立即从空中尾随过去。当四人搬着四只木桶刚要下船,鹤将一个垂直下落,尖尖的利喙连啄两下,先将走在前头的两个贼寇啄死,后面两个见势不对,刚要放桶抵挡,鹤将已展开双翅从他俩头顶掠过,一双利爪将他们抓落下海。

这边的事情一完,鹤将放心大胆地返回岛上,恰逢山纠武夫离哨楼远远的,喝令部下向楼上进攻,遂一个俯冲直朝山纠武夫扑去。山纠武夫全部身心都放在了前面的哨楼上,做梦也想不到天上会有强敌袭击,猛觉得头上一阵剧痛,刀不觉掉在地上,抬头一看,一只大鸟张着沾满头发、肉丝的利爪再次向自己扑来。山纠武夫当即吓得滚翻在地,拼命嘶叫。番兵们见状哪还有心思再去攻楼,一个接一个地退到门外,攻势顿时缓了下来。

鹤将见敌人头目已被自己死死拖住,心里暗暗得意,正待再施杀手之际,猛然瞥见岸边驶来一只大船,船头上站着孙悟空与狐王,急忙大声喊道:"大圣、大王,俺在这儿! 快来消灭这帮强盗!"

悟空应了一声,同狐王纵身一跃落到岸上,举目四顾了一周,对狐王说道:"这里由俺来对付,你们两个去四周搜索一下,不要让敌人跑了!"狐王点点头,朝上打了个手势,两人一上一下朝岛屿四周赶去。

山纠武夫痛得仍在地上打滚,悟空见他已受重伤,心里不忍,上前点了他的哑穴,使他不再号叫。楼外的贼寇以为来人要加害自己的长官,又见他长得瘦小,纷纷跑来捉拿,想救出头儿立功。悟空冷笑一声正待动手,楼里传来一声高叫:"大圣! 请您退开,俺要手刃这帮乌龟王八蛋,为死难弟兄报仇!"话到人到,钻天猴在前,猴兵们在后,一顿长棍猛击,将楼里敌人打出楼外,双方随即在楼外混战起来。悟空站在一旁,发现哪儿吃紧就上去助上一拳,看见哪个部下危急,随手给上对方一脚,直打得贼寇战无法战,躲无处躲,逃没了去路,一个个被越战越勇的猴兵们打倒在地。还是悟空不忍再看下去发了号令,五六个番兵才侥幸拣了条性命,被猴兵们捆了起来。

场上的战斗刚刚结束,一个猴兵匆匆跑来,禀报了狐王让他带回的消息:东、西、北三个地方的守岛人员无一伤亡,担任偷袭与佯攻的贼寇被石头、尖桩搞得死伤惨重,在狐王、鹤将的打击下,残敌纷纷跳海逃跑,狐王正带队进行搜索。悟空尚未来得及说话,钻天猴与猴兵们已在一旁高兴得又喊又跳,庆贺这场胜利,悟空更是为五个岛屿安然无虞、失而复得暗自庆幸,为部下的团结御敌心存感激。时人感慨这场戍边御寇战争,曾以陆游登多景楼所赋《水调歌头》为底,稍作修改,以资纪念。词曰:

江左占形胜,最数东海洲。连山如画佳处,缥缈著危楼。鼓角临波悲壮,烽火连空明灭,往事记孙猴。碧海曜戈甲,天际宿貔貅。血滴石,鞭荡木,桩沾肉。腾挪穿插蹿跳，洗尽古今羞。悔见临安新君，空有泥马渡江，不敢见敌寇。偏安犹奢乐，令人愈记猴。

少顷，狐王率队从西奔回，禀告道："大圣，逃跑的敌人被俺和弟兄们追杀了几个，大部都从海上跑了。当今之事，是否抓紧时间审问俘虏，弄清他们的来龙去脉，咱好对症下药，作好下段准备？"

"说得是！"悟空赞赏地看了狐王一眼，"俺也想尽快弄清情况，这件事你来办最合适，由你审问，俺在一边听着。"

狐王知道悟空最不愿管这些婆婆妈妈之事，笑了笑，刚要命人将山纠武夫等几个俘虏带来，忽听得空中传来一声大喊："大圣！您看俺给您带来什么？"众人不知就里，纷纷抬头仰望，这一看不打紧，顿使贼寇吐真言，抗番陡起新风波。欲知情况如何，且听下回分解。

第十六回
节外生枝　崩将军雨夜禀异情

来者显然是鹤将,但他带来了什么? 话音缘何带着几分激动? 悟空心思电转的瞬间,鹤将已从空中落下,将一个满脸是血、衣服破碎的人丢在地上,兴奋地说道:"刚才狐王带人追赶贼寇时,俺发现这个家伙钻到了一个山洞里,打斗中本想杀了他,但从说话中发现他不像外邦人,寻思留下或许能问出点情况,这才把他活捉回来。"

"不像外邦人?"悟空起身围着那人转了一圈,果然,此人身着打扮虽与贼寇一样,却身材高挑,长相有异,心下疑心大起,冷不防喝道:"大胆狂徒! 你是何方人氏,姓啥名谁? 老实招来!"

"小的就是咱东土人氏,叫陈二仔。早些年被水番国番寇捉去,逼着我学他们的话,给他们做事,这次又让我带路来到这儿。嗨! 不管是死是活,总算让我又见到故土了。"敢情此人只是脸上被鹤将抓破,衣服在逃跑时被树枝撕破,并未受什么重伤,悟空的话刚问完,就老老实实道出了真情。

"听你话音似乎还有点良心",悟空放缓了口气,金睛火眼扫了陈二仔一眼,"那你说说,他们这次来这儿究竟是何意图?"

"回大王,水番国早就眼红咱东土,经常派人来此骚扰、抢劫,这次下了狠心,非要占了咱这几个岛不可。我虽说在他们那儿住了几年,但要让我干这种辱没祖宗的事,我才不干!"

"不干? 不干你为何与俺打斗?"鹤将不相信地盯着陈二仔。

"你这位大王扑下来就打,我不还手岂不白白送死?"陈二仔苦笑了一声。

"好了,鹤兄弟! 连早上报警,你今天为咱花果山立了大功,日后俺得好好谢你!"悟空夸赞了鹤将几句,接着吩咐狐王:"你现在就开始审问,一定要让那几个家伙将所有情况都说出来! 俺去那几个岛上招呼一下孩儿们,完了再听你说。"

"请大圣放心,有陈二仔在场,不怕他们不说!"狐王见了刚才情景,心里已有了把握,见悟空腾空而去,猛然想起一事,"哦,对了! 鹤贤弟,北山岛上还有个活口,你现在就去带回来一并审问。"正在高兴中的鹤将答应一声,朝北飞去。

审讯就在岛上哨楼旁进行。狐王命人拿来几块木板拼凑成个几案模样，后边摆了把椅子，让钻天猴在自己身边一站，陈二仔案前一立，猴兵们分成两侧在前面一列，场上顿时增添了几分威严肃穆的萧森气氛。

一切准备就绪，猴兵们将山纠武夫以及那几个番兵押了过来。问了几句，几个人不是不说，就是叽里咕噜听不懂，那几个番兵且不时偷瞥一旁的山纠武夫一眼，相互之间也是你看我我看你，那样子似乎怕同伴知道，更怕其头目知道。

狐王何等细心，即刻让猴兵们将番寇带到远处分头看押，而后对陈二仔说道："你如果真的良心未泯，就必须给我当好翻译，将双方说的话一字不漏地说给对方听！一旦番寇不说实话，你应该痛痛快快驳斥他们，逼也要把实情逼出来！"

"小的也是父母生养之人，岂能数典忘祖？大王所说我陈二仔一定遵从！如能收下我，我终生不忘大恩大德！"陈二仔不假思索地跪下表明了自己的心迹。

有了陈二仔从中翻译、质对，加上逐个单独审问，没有了相互牵制的顾虑，在接下来的审问中，几乎每个番兵都将自己知道的情况说了出来。

轮到审问山纠武夫，这家伙却一副死猪不怕开水烫的架势，死活不开口。拿出其他人的供词让他看，他情知躲不过，口是开了，却说自己是奉命行事，其他则什么都不讲。还是陈二仔出了个主意：要么交给岛上群猴处置，要么即刻送他回国。狐王按此一讲，山纠武夫顿时神情大变，跪地哀求起来："我的哪也不去，你们问啥我的全说。"于是，有陈二仔帮忙，狐王问什么，他就说什么，将青龙会的狂妄野心、入侵打算、今后还要派兵再犯的情况和盘托出，直听得狐王和在场的猴兵毛骨悚然，心头一阵阵发冷。事后，狐王问起山纠武夫为何前倨后恭时，陈二仔笑了笑说："番寇就是这么个德行，别看他们平日里耀武扬威，不可一世，骨子里却阴毒手辣，胆小怕死。山纠武夫之所以面对选择即刻招认，一怕受害者将他残酷杀死，二怕他的主人怪他全军覆没而除了他在会里的名号，砍了他的头。"

鹤将往返几次，将其他岛上的"活口"送了回来。

审讯直直搞了大半天。狐王不仅审出了自己这方面急切需要知道的军情大事，而且还不厌其烦地从俘虏们的嘴里问讯了水番国的风俗习惯、地名地理、穿着打扮等看似与战事并无瓜葛的琐碎事情。陈二仔虽然翻译起来还是那么认真,且不时加上自己对某些事情的解释、补充,却不免感到纳闷,弄不清狐王有何用意。

日暮时分,孙悟空巡查并安顿好其余四岛的人员、守备后,带着所有伤号、部属的遗体乘船返回中心岛,他要将他们带回花果山好好疗伤、埋葬,以此来激发全山部属同仇敌忾的斗志。毕竟这是花果山第一次抵御外寇的入侵,不能像以往那样,让他们自生自灭。

"那些家伙招了没有?"回到岛上,悟空首先关心的就是这件事。

"招了!"狐王将审讯情况给悟空作了详细禀报,提出了一个想法,"据这些番寇们讲,他们以前虽然也来东土干过几次偷盗、抢劫勾当,但正儿八经侵占咱疆土还是第一次,以后还会派兵再来。既然如此,咱就应该有个通晓他们语言与情况的人,以便更好地对付这帮野心勃勃的东西。"

"你是不是想把那个叫陈二仔的留下? 可以!"悟空说,"不过,对待这帮看着自己碗里的盯着别人锅里的东西,光对付不行,咱得瞅准时机主动出击!俺琢磨,在咱这方面的事情尚未做好准备之际,最要紧的是做好防务。一旦时机成熟,就要按以前所说,先发制人,提师征伐,让他们也尝尝被人收拾是何滋味! 方才看了那几个岛屿的情况俺已想好,这五个岛还需增加兵员,沿岸至岛层层设堵,不能单靠哨楼;岸边要有船只,沿岸的岩洞都要配置暗哨;不论花果山还是所有岛屿,平时都要抓紧操练。这些都搞好了,首先咱们就能做到积极防守;与此同时,咱要好好考虑如何主动进攻,不受别人欺侮。"

受此启发与鼓舞,狐王忽然想到一件事:"大圣! 防守、进攻,第一得物色人,第二得增添些兵器。今天来得这些番寇,人倒长得不怎么样,手中的刀却又硬又利,咱是否再向四海龙王借些?"

"大圣! 既要主动进攻敌人,没船可是不行!"站立一旁的鹤将点了一下。

"二位说得好! 物色人、添加兵器、船只三件事一旦解决,何愁咱们不能主动进攻敌人? 只是需要时日,俺会好好琢磨。至于借兵器一说,"悟空不禁笑了起来,"那是老皇历,咱不会再用了,免得他们小瞧咱! 铁器也好,火药也好,都是咱东土人发明出来的,番寇无非是偷窃老祖宗的东西而已,咱有的是办法! 刚才俺说的山里岛上防守之事,由狐兄弟回去落实。陈二仔随咱们回山,那些俘虏也一并带回。他们既然已经作了交代,就不要再行为难,留着今后有用!"

春去夏来,几个月转眼过去,花果山迎来了欢乐也迎来了烦恼。说欢乐,是狐王于这段时间全部落实了悟空安排下的几件事:七十二洞自东海岛事件之后,全部抓紧了兵丁训练、道卡防守巡逻;五个岛屿一律将哨楼上的木制构件改为石砌结构,哨楼及哨楼四周新垒的一道道高高的石柱上都垂挂着长短不一的藤条;岸边岩洞被利用起来设了暗哨,从岸脚至岛顶设置了牡蛎阵、尖桩阵、石头阵与地弩阵;每个岛上都配置了一只船,平时负责拉运食品、货物,战时用于作战。变化尤为明显的是每个岛上都增加了兵力,钻天猴、小弯弓、一爪抓还在,另外两个岛上新提了两个技艺出众的头目。可谓:四百猴兵扼东海,万千生灵护家园。

说烦恼,是花果山地处东海之滨,气候炎热,雨量忒多,时不时来场飓风,免不免降场暴雨。每逢这种时刻,东海岛屿不是海浪淹了作为暗哨的洞穴,不能居住,就是狂风吹折了树株,猴兵无法栖身。消息传到悟空那儿,令他在焦虑之际组建水军的念头日益强烈。

一个雷鸣电闪、大雨滂沱的晚上,悟空正在水帘洞与狐王商议山上近日发生的几桩灾情的解决办法,芭将突然兴冲冲地跳进洞里,神秘兮兮地开了口:"大圣,俺知道您这几天心烦,想法给您找了颗顺气丸。"说完,朝狐王眨了眨眼。

悟空知道芭将为人实在,向来不善言辞,更别说开玩笑了,今晚这是怎么了,莫非有什么好事?寻思于此,他笑了笑指了指洞外:"说说看,是否有人找俺?还是给俺弄来什么好吃的?"

"别卖关子了,连俺都看出来了,一准是遇到了好事!"狐王也笑着说道。

"大圣,老三回来了!"芭将本想卖个关子,然后再给二人一个惊喜,想不到开口就被他俩看出了破绽,只好抖出了老底。

"什么? 崩兄弟回来了? 他现在在哪里? 为何不来见我?"悟空腾地站起,火眼金睛里闪烁出异样的神采。

"是崩三哥回来了! 他本想立刻就来见您,是俺看他浑身水湿,未曾进食,才让他先到俺那儿换换衣衫吃点饭,然后再来见您。您说,俺这是不是给您带来了顺气丸?"

"明知是这样恶劣的天气还要赶回来,难道仅仅是为了急于见到离别多年的花果山和众位弟兄?"悟空在洞里转着转着,猛地拍了下脑袋,"是了,他一准是有重大事情要给咱说。快! 你现在就去把他叫来,我有话要问!"

芭将素来清楚悟空的急脾气,赶紧应了一声,疾步走出去。少顷,崩芭二将如飞赶来。崩将一眼瞥见悟空和狐王站在水帘洞外迎候,顿时鼻子一酸,全然不顾雨水、泥泞,哽咽着说了一声"大圣,俺总算见到您了",双腿一弯跪了下去。悟空一个纵跃跳出洞口将他扶起,激动地说:"自家兄弟何必如此。

来来来,进洞再说。"

四人一齐纵入洞里。崩将未曾落座,双手就紧紧握住悟空的手:"大圣!属下无能,给您丢了脸。"说着说着,泪水已顺颊流下。

"崩兄弟!你的事我已知晓,不仅没错,反倒有功,千万别再难过自责!"悟空盯着满脸疲惫的崩将,"你能回来比什么都好,好好歇息几天再说。"

"大圣,俺此次回来不仅是要看看您和弟兄们,还有一件要紧事要向您禀报。没想到一路下雨,海上风浪又特别大,船被打翻,险险丢了性命,幸亏抓住块木板才逃了回来。"

"船?"狐王似乎有点明白,"崩三哥莫非住在什么岛上?"

"狐兄弟猜得不错,愚兄自离山出走后就带着弟兄们到了一个叫钓龟岛的地方,离咱花果山较远。"崩将抹了抹头上的雨水,喝了几口芭将递过来的茶水,"弟兄们早就想回来看看,奈何不明山中情况。直到最近听说大圣回山,还与什么人打了一仗,加上岛上发生了一件大事,俺才安顿好弟兄们,拼着这条老命不要,急匆匆赶了回来。"

"大事?什么大事?"崩将一再说有大事,令悟空三人都惊异起来。

"事情是这样的……"

东海,一片浩渺的水上世界,错落有致地排列着许多大大小小的岛屿,或紧靠陆地,或散布水中,素为花果山之屏障,历为东土管辖。这些群岛中,除东、西、南、北、中五岛外,尚有好多,个个都有着悠久的历史。岛上的居民绝大多数都是从东土大陆迁移过去的,与岛上所有的土著人以及栖息于此的飞禽走兽共同组成了一个个安谧恬静的家园。

钓龟岛位于群岛东北角,其偏南不远处是东海五岛,正南远处是面积最大的龙湾岛,东西窄,南北长,那形状既像一头静静安睡的海豚,又如一头巨大的巨鲨,在默默地守卫着自己的领地。

传说,人类有了捕捞行业后,花果山附近的居民纷纷编筏织网下海猎捕鱼虾。开始,人们只是在靠近岸边的浅海处劳作;时间久了,劳作的人越来越多,浅海处可捕捞的越来越少,生计艰难的阴影如乌云笼罩在人们的头顶,不得不将眼光盯向远处,幻想着海中那些隐隐绰绰、高高隆起的山丘。

终于有一天,在同伴们的激将下,一个二十多岁的渔民乘一叶小舟,独自向东北角那个最远的岛屿驶去。走啊走啊,他不知战胜了多少重大浪的肆虐,经历了多少次海风的挑战,来到了这个岛上。风停了,浪静了,他拖着疲惫的双腿,艰难地爬上了岛的最高处。

啊！一个多么美丽又多么富饶的海上宝岛。

阳光灿烂的海面上，闪烁着蓝缎也似的粼粼波光，一群又一群熟悉的不熟悉的各种大鱼小鱼在蔚蓝的海水里欢快地追逐、嬉戏；靠近岛屿礁石的浅水处，一湾湾地净是不惯在深水里活动的虾蟹，懒洋洋地躺在水里，过着优哉游哉、偶尔伸伸胳膊展展腰的自在日子；海滩上，到处是五颜六色的贝壳，透过阳光的折射，将斑斓的色彩重新反回海面，射向四面八方。岛上另成一个世界：山川河流构建了岛的轮廓，不知名的大树参天遮地，根底苗出来的须根变成枝条弯曲入地再次生长起来的树株，在母树周围形成一片片匪夷所思的奇异风景，开着五颜六色的花朵，给山披上了盛装，给平川铺上了地毯，更有那形形色色的飞禽走兽纵跳于上，五彩缤纷的蜂虫蝴蝶翩舞其间，愈加平添了大自然的生机，勃发了这一世外桃源的灵气，使人如入仙境，流连忘返。

年轻的渔民被美丽的海岛迷住，看了东面看南面，转了西岛看北岛，饿了食野果，渴了饮泉水，整整在岛上转悠了半个多月。直到有一天转回原地，发现自己来时乘坐的小船，才猛然想起与同伴们打赌之事。本想下网捕些鱼虾回去向伙伴们交差，谁知寻遍船舱也没看见来时带的渔网，想是被海浪冲走。沮丧之中随意翻了翻，幸好还藏着一个渔钩、一串时刻准备补网的网线。有了这两样东西，他的心静了下来，到山下折了支细长的木棍做成一副钓竿，先围了几个水湾，捉了些从未见过的鱼虾，然后乘船在近海处垂钓。谁知，那么密集的鱼群，第一钩上来没钓着鱼，却钓了一个圆圆的小海龟。正当他伸手欲捉的当儿，海面上浮起一只磨盘大的老龟，频频向他点头，好像那是他的子孙，求他放掉。心地善良的小伙子毫不犹豫地将小海龟从钩上解下轻轻放进海里，老龟冲他点点头消失在水里。一会，老海龟再次来到船前，嘴巴一松，一团东西漂到他跟前。"哎呀！这不是我的那张网吗？"年轻人几乎惊叫出口。他二话没说，立即弃钩撒网，待收网时却怎么也拉不上来。就在这时，老海龟又一次出现了。不过，这次他不再是点头，而是迅速潜到网底。年轻人会意再次收网，满满一网鱼竟轻轻地拉了起来，毫不费力地拉到船上。倒下一瞧，哇！大黄鱼、小黄鱼、鲟鱼、海蜇、龙虾、水母，等等，什么都有，不仅有浅海的鱼，而且有深海处的鱼，几乎都是老家门前以及附近岛屿很少见的和未曾见过的宝贝。如是者下了两网，网网如此，直将小船压得距水仅有一指深。年轻人又喜又愁，担心小船吃水过多无法回去，就见海龟挤了挤眼，朝着小船吹了口气，小船竟不由自主地朝着他来时的水路轻松平稳地飞驶而去，抽袋烟的工夫不到，年轻人就看见了自家村前的海滩。从此，这个无名小岛不仅有了一个别致的名字——钓龟岛，而且成了这个村以及附近地方一批又一批渔民竞相趋附的捕捞之地,居住之地,成了东土一块富庶之地。

　　许是冥冥中自有安排。崩将年轻时,曾与几个伙伴偷偷藏在停泊于岸边的一艘货船到过钓龟岛,尽情玩耍了几天后,又用同样办法返回花果山。以后,每逢在山上玩腻了,他就想方设法弄上船跑到那儿玩上几天,后来,随着道行的加深,尤其是从悟空那儿得了几许变幻之术,能够变幻为人后,他不需再乘什么现成船只,只要编个木筏即可顺利前去光顾一番。来往次数多了,不仅练就了一身水上功夫和驾船技艺,而且同岛上的居民熟识了起来,成为多时不见彼此都颇想念的好朋友。

　　马狐事件爆发,崩将激于义愤,伙同流帅智闯囚洞,义释芭将与熊、象二王,后在流、芭二人劝说下,为避马一棒的报复,被迫率众出逃,先是在其他地方躲避了两天,第三天才偷了岸边几只船,绑了二十多个木筏,逃到了钓龟岛。

　　初到岛上,崩将最怕的是马一棒的跟踪报复,最愁的是一千多号部属的生存,最盼的是等待时机重归故里,再见大圣一面。为了自己与部属的生存,他与岛上一个名叫吴望祖的村正经过协商,率部众单独住在岛上一座有山有水、有屋有洞的地方,既解决了大家的吃住玩耍,又避免了部属与岛上居民因频繁接触而可能产生的冲突行为。

　　过了半年时间,一切平安无事。崩将在放下怕遭报复一颗心的同时,思乡之情却日盛一日。思考再三,派出了第一个暗探打探花果山的消息。不知是这个暗探不识水性,还是有其他原因,崩将在岛上直直等了两个多月,也未见暗探回来。直到第二个暗探回来,他才知道了自己出走后山里发生的一连串事情。马一棒这头的威胁一经解除,按崩将的想法,恨不得马上率众返山,但却遭到了来自两方面的阻力:多数部属贪图岛上衣食无忧的环境,不愿在花果山受难之际回去吃苦;吴村正鉴于近年来番寇时不时来岛抢劫、骚扰的情况,再三恳请崩将率队久住,以保岛上平安。崩将与悟空一样,一生疾恶如仇,侠肝义胆,一听说番寇竟敢侵犯东土疆界,顿时豪气大生,觉得有责任留下来御敌护土,遂打消走的念头,与大家耐着性子住了下来,闲暇时间就召集部属搞些打斗演练,练练驾船和水上功夫,日子倒也过得比较安稳。直到三个月前的一天,钓龟岛发生了一件事情,崩将才彻底下定了永久驻守的决心。

　　那是一个天气晴朗的后半上午,岛上大部分居民出海的出海,上山的上山,做午饭的做午饭,一派平和安静的景象。

　　岛北,一处全岛最高的山地,丘陵连绵,杂树成林,人们既可下海捕鱼,也可耕耘种田。在靠海最近的山地里,居住着两户人家,一户姓林,靠捕捞为生,一户姓陈,种田狩猎。两家茅屋相距不远,附近就是村正吴望祖划给崩将他们住的地方。

这天,林姓人家的青壮劳力都下海捕捞去了,家中只留下一对七十来岁的老翁老妇,老翁在屋外织补渔网,老妇在屋里备炊。邻居陈姓人家五口人,父子三人打猎未归,家里只有一个四十多岁主妇和一个十六七岁的女儿,也在屋里屋外地忙活着。

突然,沿着北面海滩上跌跌撞撞地走来三个人。其中一个似乎腿脚不便,被两个腰插长刀的人左右架着,直奔林家屋前。林老汉起身,一声"番寇"刚刚脱口而出,一个番寇已放脱同伴,将刀横放在他的肩上叽里咕噜地骂了几句;另一个持刀者一下窜进屋里,抄起案板上的生鱼狼吞虎咽地嚼了一阵,出来换下操刀的同伴,同时塞给坐卧在院的番寇几块肉。这边的动静惊动了那边的母女俩。陈妇低声吩咐了女儿几句,女儿立即从墙上取下一枚海螺掖在衣襟里面,几步闪到屋后,一溜烟跑到附近的山丘上,"呜呜呜"地吹了起来。

崩将此时正在与部属们一块进食,猛然听到一长两短的报警信号,脑子愣了一愣,立即率领部属朝发音处连蹿带跳地飞奔而来。三个番寇听到螺号惊愕地看了看起身欲跑,晚了!满山遍野的猴子已顺着藤条,攀着树枝,从四面八方包围过来。崩将奔在最前面,未等番寇跑出多远,就将他们打翻在地,当即被赶上来的猴子拿藤条捆了个结结实实。

刚才被番寇逼得不能动弹的林老汉,操起一把渔叉扑到跟前骂一声"番寇!"就要往下扎,崩将赶紧抱住说道:"老丈!你刚才说什么来着?他们是番寇?"

"这还能错了?你看他们这副长相与俺以前见过的那些番寇有什么两样?还能是什么好东西?"林老汉气犹未解,挣扎着踢了番寇一脚。

"这就奇了!三个家伙有多大胆量敢光天化日之下跑到咱这儿撒野?喂,你叫什么名字?"崩将见三个番寇口里在说却一个字也听不懂,转身对闻讯而来的村民问道:"诸位乡邻!你们谁能听懂他们说话?"

"崩将军,我懂!"人群中闪出一个身着长衫的中年男人,"我以前经商,曾在水番国住过几年,多少懂得他们的说话,我来替您问问。"崩将点了点头,中年男人走到惊恐不安的番寇跟前,连说带比画问了一阵,返身将崩将拉到一旁,把问出来的情况说了一遍。

一切都明白了。这三个番寇是从攻打东海岛屿中跳水逃出来的。仗着身上的水上功夫,他们逃到这儿,计划抢上点吃的抢上只船回国禀报,没想到在这儿栽了跟头。

"好险！幸亏没有领上弟兄们回山,否则钓龟岛今后还不知道会是个什么结果。敌人一旦侵占了这儿再向其他地方进攻,花果山可就麻烦大了。"崩将暗暗庆幸的同时,心中升腾起了一股压抑不住的激动,"番寇所说的那个人一准是大圣,只有大圣才有那样的本事！不行,我得赶紧回去,一来看看弟兄们,二来把番寇来这儿的情况禀报大圣,对今后该咋办讨个主意。嗨嗨,想不到当初为了活命逃到这儿,如今却误打误撞办了件好事。"

崩将一时高兴,竟对三个番寇产生了一丝感激,感激他们为自己提供了这么好的消息,于是说服了林老汉和围观的村民,着人将他们带回山上看管,找了些草药为那个受了伤的番寇疗伤,准备自己回花果山时,将他们作为一件特殊礼物送给大圣,或许对今后有点用处。处理完事情回到山洞后,他把大圣回山、东海岛之战给部属们一说,大伙无不乐得吱哇大叫,都想回山看看日夜思念的大王,还是他再三讲述了番寇侵犯东土的野心、长期驻岛的作用之后,大伙才渐渐平静下来。

世间的事情往往就是这样,大喜之后多有大祸,顺心不久常遇烦恼。就在崩将安顿好洞中事务准备回花果山面见孙悟空之际,岛上接二连三发生了几桩令人烦恼甚至愤慨之事。

先是有一天,岛上十几户渔民结伴下海,当天没回来,家属们急得找了吴望祖找崩将,请他们想办法。二人率队出海寻找,连寻几天都未见踪影。直到第九天头上,他们在海上遇见了一只渔船,经询问,那人说他几天前曾见一伙强盗抢劫了十几只船,船上男男女女都被捆绑,向东北方向开走了,当时,他的船离得较远,见状不对驾船就跑,没看清是什么人。

岛上既然摊上了这种人心惶惶的祸事,崩将岂能一走了之？只得暂时收起回山见圣的念头,同吴望祖一道组织海上巡逻队,护卫渔民出海,加强岛上防守,整天忙得屁股不着地,生怕再出了什么问题。

怕什么,来什么。时隔一个多月,巡逻队在南面海域发现了一只渔船,船上有八个人,大多衣衫破碎,身上带伤,有两个血迹斑斑,已经死去,只有撑船的两个青年渔民还算幸运没有负伤,其中一个林姓青年与岛上的林老汉是本家。据他说,他们一伙都是龙湾岛上的人。岛北有个叫边水成的是全岛最大的乡绅、富户,其祖先也是从东土大陆过去的。此人仗着祖上的荫庇与势力,占据了岛北最好的地块,背靠青山,脚踏平原,修起了一所占地十几顷、院中套院、楼房相间、富丽堂皇的庄院,自号"边府"。仅那高逾三丈、宽可通车、角设哨楼、铁门高耸的城墙也似的围墙,足可显示出其不同凡响的气派,令人望而却步，闻而生畏。

令全岛人怒而不齿的是，边水成自小就撩鸡逗狗，打架斗殴，被人称为"活害"，年纪稍大更是横行乡里，祸害百姓。到了二十多岁，虽也学了点文墨，练了几手"三脚猫"功夫，却全不用在正事上，整日领着一伙地痞无赖包揽诉讼，私设税卡，连官府都惧他几分，成了岛北乃至龙湾岛上说一不二的地头蛇、土皇帝。前几年，边水成五十岁时，纳了个叫刘休兰的小妾。二十出头的刘休兰，其祖上也是来自东土大陆上的名门望族，本是知书达理的大户人家，谁知龙生九子，各不一样，到了她这个女人这儿，却刁钻泼辣，心狠手辣，不思贤惠做人，反爱出谋害人。两口子这可真是屎壳郎配苍蝇，一样的货色，欺压的是自己的同胞，喜欢的是外人，尤其喜欢与番寇交往，不是夫妇俩到水番国住上一段，就是将一个又一个番人引进府内密谈什么。

今年大年刚过，两口子利用宾客登门拜访，于茶馆酒肆设宴，大放厥词，说龙湾岛孤悬海上，自成体系，不应再受东土管束，理应改弦易辙，自立国号。边府的一些爪牙和岛上的泼皮无赖更是招摇过市，满嘴喷粪，逢人就谈"龙湾国"。

岛上居民有谁不是炎黄子孙、东土后人？自然对这种说法非常反感，都骂边氏夫妇"叛祖离宗，禽兽不如"。边氏夫妇见群情激奋，才没敢采取什么行动。最近，岛上来了几个衣冠楚楚的水番"商客"，一头钻进边府好几天不出来，令人感到十分蹊跷。"商客"走后的第二天，边府发出帖子，将岛上所有有头有脸的人请进府中，好酒好菜摆上，拿出几张由自己写就手下誊写的书札，说应岛上民意，让大伙讨论龙湾国立国之事。赴宴者中正直之士大有人在，一看边水成竟然公开叛国，当即表示反对，拂袖而去；一些素与边府有点来往的人知道此事非同小可，弄不好就会遗臭万年，也托辞溜掉，十几桌宴席的场面上只剩下了三四个不晓得"人"字为何要这么写的货色，弄得边水成尴尬万分，刘休兰娇喘不已。

俗话说，好事不出门，坏事传千里。边府的残席尚未收拾干净，边水成通敌叛国的丑闻不胫而走，在全岛传扬开来。人们气得气，骂得骂，有那年事已高、行动不便的老翁老妇没力气出去找人理论，气得在家里诅咒边氏两口上刀山下油锅不得好死。

最气愤且付诸行动的是岛上那些血气方刚的年轻人，林姓青年就是其中的一个。边水成设宴鼓噪的第二天，他正因此事在家谋划惩罚边水成，七个与他相处甚好的小弟兄来家找他，异口同声要好好教训一下叛国贼。八个人一合计，于翌日凌晨攀树翻墙进入边家大院，欲乘其不备打他个措手不及。谁知狡猾奸诈的边水成已从爪牙们的口中觉出了危险,对护院家丁作了昼夜巡查防卫的准备。八个青年进院刚打开大门,三十多个值夜家丁立即将他们从四面围住。双方激战了一阵,八人终因寡不敌众,被越来越多的打手围在阵中。眼看伤的伤,死的死,再战一阵就有悉数被歼的危险,正这时,一个异常勇猛剽悍、被部属称为"马帅"的人,率领几百只猴子趁乱闯进边府,声称要活捉叛国贼,为岛上人出气,吓得边氏夫妇躲进密室,任凭外边大嚷大叫,也不敢吭声,几个青年才抬着死者,扶着死者,趁乱驾船跑了出来。

钓龟岛上的村民热情地接待了这伙热血青年,择地掩埋了两个死者,并为他俩立了墓碑。林老汉一家更是跑前跑后,跟着吴村正将侄儿与其他青年安置在几户村民家里,找来草药为伤者疗伤。大家至此已然明白,村里前时被抢的人与船肯定与龙湾岛发生的事一样,是番寇干的。穷帮穷,富帮富,钓龟岛上的村民将这伙青年当成自己的亲人那样给予关心。

人就是这样,不遇大事时尚且散散漫漫,怪话连篇,一旦有了事关每个人切身利益的大事,往往会自动聚集起来,做出平时想做却怎么也做不成、做不好的事情。自出现了这两桩事之后,岛上居民越发关注起防守之事。趁此契机,崩将和吴望祖在加强海上巡逻的同时,组织了四支队伍,分驻岛的四处。这些由村民与猴子组成的队伍,平时进行操练,战时投入战斗,随时准备粉碎入侵之敌。

萦绕于崩将心头的还有一件大事,那就是林姓青年不经意间说出的"马帅"二字。莫非他们所说的马帅就是自己的老大? 一连几天,崩将连走路都在反复琢磨这件事。与吴望祖安点好岛上防御大事后,他立即派出几个暗探秘密到龙湾岛打探,尽快探明马帅究竟在不在那儿,现在是什么情况。

几天后,暗探回来禀报,马帅果真就在龙湾岛上,因整日思念花果山,经常借酒浇愁,喝醉了就大哭大笑。率兵闯边府也确有此事。据透露给他们消息的猴子讲,马帅从边府回到住处后,一直大骂边水成和他的小老婆,说谁要敢置花果山与其他地方不顾、搞什么另立国号的话,就要踏平谁家。

打发走暗探后,崩将百感交集,心里简直就像打翻了五味瓶,不知是什么滋味,既有对马老大以前那种颐指气使、残害部属行为的愤慨,也有对如今他的这种疾恶如仇、敢于抗争的做法的感动。两者相比,似乎后者更大,前者愈小,以至于在随后的日子里,产生了一股日益强烈的急欲与他见上一面的冲动。

祸事到此并未完结。十几天前的一天下午,一只装饰比较考究的帆船来到了钓龟岛,从船上下来了五个人。从衣着打扮看,分明是东土人氏,举止比较文雅。五个人从船上搬下一大堆东西,锅碗瓢盆、铺盖行李、榔头木楔,还有几支标有红道黑道的长短木杆,那样子好像要在岛上安营扎寨。接下来的五六天中,这些人既不与岛上的人说话,也不找任何人麻烦,天一明就在岛上比比画画,写写记记,天一黑就找个山洞进去,一日三餐自己支锅做饭,天天如此。弄得人们深感奇怪,崩将和吴村正更是疑窦丛生。直到崩将将刚从外面回来的那个中年商人找来,让他设法了解底细,中年商人用了一天时间才将情况探实:五人中四个是水番国人,一个是东土人,专为四人担任翻译,他们这次来钓龟岛是勘量他们水番国地形的。

"钓龟岛历来就是东土的,什么时候成了他们水番国的地盘?简直是一伙死不要脸的强盗!"崩将一听,怒火腾地涌上脑门,叫上吴望祖与中年商人,在岛西的一处山坡上找到了那伙人,劈头就是一声怒喝:"何处来的野人,还不快给老子滚过来!"

"好汉息怒!请问有何事情?"那个东土人与其中一个番人嘀咕了几句,一脸诌笑地小跑过来。

"你们是什么人?为何跑到我们东土比比画画?"吴望祖大声问道。

"我是东土人,他们、他们……只是来这儿随便看看。"翻译被三双眼睛盯得低下了脑袋,吞吞吐吐不说实话。

世上竟有如此无耻至极的东西!明明是在别人的土地上搞阴谋,却编出这么个荒唐的理由。崩将气得眼睛都要喷出火来,一把抓住翻译的领口怒斥道:"最最可恨的就是你这种丧尽天良、吃里爬外的坏种!告诉他们,再要不滚,小心老子要了他们的狗命!"

翻译吓得面无人色,急忙跑回去对着四个番寇边说边比画。那个头目模样的人朝下看了看,见对方仅有三个人,阴侧侧地哼了一声,拿着一支三尺长的木杆迎面走来,距崩将三人两步远时,突然左手用力一拔,右手中一把闪着寒光的长剑闪电似的刺向崩将。

好一个勇敢机智的崩将!在身后吴望祖"不好,看剑"的惊呼声中,他腰身向左一旋,人已避过剑锋,借着番寇前扑之势,右手食、中两指使了招"灵蛇吐信",迅疾插入他的脖颈,用劲一抽,两个窟窿里顿时血液狂喷,长剑掉地,瞬间毙命。

紧随其头目身后的三个番寇见状,飞快地从木杆里抽出长剑,怪叫一声从两侧扑来。崩将哪将他们放在眼里,左手作个招手手势,塌腰蹲身,双足一蹬,身子已贴住地面蹿了出去,两个对面冲来的番寇来不及收步,手中的剑恰恰刺中对方的前胸，眼见得不能活了。剩下的一个番寇见己方四人死了三个，吓得扭头就跑，吴望祖眼疾腿快，左腿屈右腿伸，一个扫蹚腿将他扫倒在地。番寇起身要跑，又被吴望祖当头一掌拍下，再次爬在地下起不来了。

再说那个充当翻译的家伙，乘崩、吴二人收拾番寇之际，跑到一处坡前倒身疾滚。崩将生平最恨的就是这种认贼作父、有奶就是娘的败类，一见他已滚到坡下，再往前走就是番寇来时乘坐的帆船，知道追赶无用，当即从地上拣起一枚石子屈指一弹，石子好像长了眼睛似的疾飞出去，不偏不倚正中后脑，可怜这个卖国求荣的家伙哼都没哼一声便扑倒在地，跟着四个番寇奔赴黄泉去了。

一场战斗，顽敌尽除，闻讯而来的村民无不欢呼雀跃，对崩将刮目相看，崩将却怎么也高兴不起来。番寇专门派人来此测查地形，第二步无疑就是武力侵犯了，何况来人全被消灭，敌人岂能不来报复？那样一来，岛上恐怕没有多少胜算。自己死了是小事，岛屿一旦沦入敌手，花果山再难有好日子过，东土必然乱无宁日。思前想后，崩将觉得事不宜迟，必须尽快回花果山禀告大圣，早作准备，于是，悄悄告知了吴村正与手下一个头目，只身乘船踏上了征程。

宁静，水帘洞出奇般的宁静。大雨说来就来，说停就停，天地都已进入了沉沉的梦乡。除了崩将时而激昂时而低沉的叙述外，洞里再无其他声音，就连洞外高悬的瀑布也似乎知道主人要倾听要事而变得格外富有节奏，偶尔传来几声"呱呱"的蛙鸣，也好像是在催促洞里的人：夜深，睡吧！夜深，睡吧！

不知何时，崩将已把满肚子的话一股脑儿倒完，悟空只是在洞里转来转去，不发一言。再看狐王、芭将依然一副沉思状态，眼睛定定地盯着洞里的某处地方。这大概就是人们所说的，不是在沉默中死亡，就是在沉默中爆发。

果然，孙悟空转着转着突然停住脚步，举掌往壁上一拍大声说："来得好，俺老孙盼的就是这一天！什么狗屁番贼，俺倒想看看他们有没有三头六臂！"大概是憋了许久的火气一经发泄心里有点舒畅，他把崩将紧紧拉到自己面前："好兄弟！算俺老孙没有看错你。你回来就好，好好在山里住上几天，看看山里有何变化。过几天你就回去，替俺管好东面大门。东海岛上那几个岛屿一并归你指挥，你可要给俺管好！"

未等崩将开口，芭将也笑嘻嘻地走了过来："老三，你原先管的就是安营扎寨、布阵开仗这类事情，如今大圣让你把东海管起来，小弟真替你高兴。"

大圣对自己如此器重，老四又是这么心心相印，崩将激动之下，双腿跪地说道："大圣对俺这样一个逃跑有罪之人如此信任，俺哪怕肝脑涂地也要把东大门看照好,决不辜负您和弟兄们的期望!"

狐王早在脑子里琢磨着一件事,走到三人面前说道:"大圣!让崩三哥率队守卫东海群岛自是再好不过,只是说到马帅,我……"

"怎么,狐兄弟莫非还为当年之事……"芭将心里起疑,却不便启口说出,其他二人也将眼光盯向狐王。不因这一盯有分教,这就叫做:豆其豆秸本同根,是是非非于家评。从今设下网天网,兄弟合力御外侵。

欲知狐王要对马一棒如何,且听下回分解。

第十七回
初登宝岛　活地图尽兴话沉浮

见芭将以及悟空、崩将怔怔地盯着自己，狐王说："我没想到当年的马帅面对番寇的侵扰、凶残，竟有如此骨气与果敢，想想当年举动，我真是有些后悔。龙湾岛是咱东土最大的一个海岛，与咱花果山唇齿相依。番寇既然连北面这些小岛都不放过，龙湾岛必定是他们最想得到的目标。虽说岛上人员众多，对番寇入侵不会坐视不管，但不论哪方面讲，咱都应该里外联合，当好后盾，番寇和边水成的图谋才不会得逞。"

"哈哈，兄弟，俺就知道你会不计前嫌讲出此话。俺已琢磨过了，马兄弟尽管以前做事浪荡，激起公愤，但他能面对边贼、番寇的不齿行径敢于抗争，咱和他就还是好兄弟、一家人。从现在起，咱就派出信使主动与他搭话，里外协力保住龙湾岛！"

"大圣，您说得太好了！属下也想见见马老大，到时能不能让我也去？"崩将迫不及待地望着悟空。

"不用急，有你见的时候？"悟空扫了三人一眼，"天已不早，你们都在这儿休息，待崩兄弟在山里转悠遍了，咱再作安排。"

崩将回到昼思夜想的花果山，宛如走失的孩童重新回到母亲的怀抱，高兴得一夜没睡好。次日天明，他一骨碌从石床上翻起身，蹑手蹑脚走到洞口，纵身蹿出瀑布，跳了出去。昨晚听芭将讲，花果山经过一番整修，面貌已大为改观，他要好好看看，回岛以后也好给部属们讲讲。

先上栖凤楼，看了喷云吐雾似的天池，昂首溅玉的龙阁，美轮美奂的花坪，蜿蜒欢跳的渠水，蔚为壮观的飞瀑，他惊讶得又蹦又跳。

后到唐坡山，鹤将鹿相领他登高峰，观赏了眺望四方的瞭望塔；下岩洞，游览了洞中套洞的潜伏哨。他越看越有劲，越看越兴奋。

此后几天，闻讯而来的洞主们这个请他去看看自己的得意之作，那个邀他去观本洞的新鲜东西，乐得他手舞足蹈，不可自已；尤其是熊王、鹏王感激他当年舍身相救的恩情，每天都陪着他讲这看那，使他知道了自己走后山上所发生

215

的一切。

四五天不知不觉过去,崩将决定起身上路,悟空未加阻止,吩咐他:"你回钓龟岛把山上的事情给孩儿们讲讲,安顿好你那儿的事务。过几天俺从龙湾岛回来,专门陪你去东海五岛,正式接管岛上的事务。去吧!"

崩将走后的第二天,悟空偕狐王踏上了去龙湾的征程。几天来,被他察访的人都说这个地方这好那好。耳听为虚,眼见为实,他要看看究竟是个什么样子,怎么协助马一棒以及岛上的人把他守好。为此,他没用自己惯常的筋斗云,而是同狐王站在一块云上,沿着东海群岛的北端缓缓向南行进。

这是一个风和日丽的日子。蔚蓝色的天空、祥光四射的云朵下,浩瀚的东海宛若一匹没有边际的蓝缎尽收眼底:波光粼粼的海面在微风的吹拂下,闪着波纹轻轻地向前推去,那种欢快的情景就像一群调皮的孩子在追逐嬉戏;不时有鱼儿跃出水面,呼吸一下外面的新鲜空气又重新钻进水里;东海五岛酷似五艘停泊待命的巨船,扬着高高的脑袋凝视着四周,任凭海水拥抱亲吻着他们的躯体;靠东北的那个岛一定就是钓龟岛了,长长的,高高的,好似一所哨所,紧盯着前方,遮蔽着后头。凭崩将那种风风火火的脾性,没准已经回去,正在召集大伙议事。嗬,南面的那个岛真大!挺拔的山峰,苍莽的森林,银蛇似的河流,星罗棋布的村落。观其方位,看其模样,莫非就是龙湾岛?

悟空猜得不差,他俩的脚下就是龙湾岛。两人站在云头往下观察了一阵,发现岛北一座山上有猴子在追逐打闹,估计是崩将所说的马一棒居住的地方,当即按下云头落在山上。

此时,山上一派热闹景象:一群马猴攀着树枝纵来跳去,玩得正欢;一只小猴跳到树顶,见一只大猴还在往上追,吓得吱吱大叫;草地上,三只猴围着只懒洋洋地躺在草丛里的公猴翻理毛发。恬静的环境,单一的种类,即使是得道成精、挪移变幻的老猴、寿猴,在这时也无需再让自己有什么遮掩、变幻,全都出现的是自己的本来面貌,全都显露的是真实的本性。

好长时间没顾上和猴子们在一块说说笑笑、打打闹闹,乍一见这种无拘无束、其乐融融的景象,狐王自是站在一旁有趣地看着,孙悟空更是欣喜中夹着感慨,愈发激起了保护好这种恬静生活、保护好每寸土地不受番寇侵犯的豪情。

几只猴子跟着一只个头高大、毛发脱落的老猴跑了过来。老猴左看右看了一阵,突然开口问道:"这不是大王吗?您是怎么来的?"

悟空瞅着面熟,反问道:"你们可是马帅的部下?"

"正是!马帅就在西面洞里,小的这就领您前去。"老猴边说边指点方向。

"不用了,俺这就去找他。"悟空心里一阵高兴,拍了拍狐王,"你先过去见他,不要提俺,待俺突然给他一个惊喜,怎样? 是不是抹不开脸?"

"大圣请放心! 我原来就是马帅的部下,彼此又是弟兄,没什么抹不开脸的,您等着,我这就去。"说罢,顺着老猴指的方向往西走去。

马一棒住的地方是在山腰上一处天然石洞,背靠山峰,门前草地,两侧古树参天,花草点缀。洞虽天然生就,却也宽敞明亮。洞内桌凳齐全,靠里拴着几根山藤,并排扎在一起,内里人知道那是主人的睡具。桌上地下杯盘狼藉,一看便知主人同世上大多数单身男人一样,不善收拾,抑或主人心情并不太好。

此刻,马一棒正与几个部属一边喝酒一边谈论。一名叫"梢上飞"的大概是在劝说他:"您既然担心那两个鸟人勾结番寇来攻打咱们,酒就少喝些。咱这是孤军作战,不比在花果山有那么多洞主相互支援。指望官军和咱联合,谁知道人家愿不愿?"

洞里扬起了马一棒舌头涩滞的声音:"咱要是还……还在花……花果山,有……有那么多弟……弟兄相帮,什么番、番寇、边、边水成,还在咱、咱话下? 都、都怪马、马屁精坏、坏了咱、咱大事,没、没脸再见弟、弟兄们。倒、倒酒,你们不、不让咱喝,咱、咱偏要喝!"

话音顺着洞口清清楚楚传到洞外,狐王心里叫了声"有门!",抬脚跨了进去,朝着马一棒跪了下去:"马大哥! 近来可好?"

"噢? 是狐家兄弟?"马一棒连想也不敢想老家会有人来看自己,尤其是跪在地上的狐王的突然出现,更令他大出意外,惊讶中喊了一声,扔掉酒杯,伸开双臂直扑过来,"快快请起,你真羞煞为兄了!"说话间,两人已紧紧抱在一起,哽咽着说不出话来。几个部属乍一见到狐王,格外亲切,围住他俩又蹦又跳,高兴得不知怎样表达才好。

激动过后,马一棒吩咐部属撤去残席,重备酒食,而后拉着狐王问道:"狐兄弟! 是什么风把你吹来的? 你怎么知道咱在这儿?"

"当然是花果山的风了!"狐王满脸是笑,"兄弟我今天能见到您,还多亏了崩三哥,要不是他说,我就是再想见您也没处去找。"

"崩将? 崩老二不是在咱家之前就没了踪影,怎么能知道咱的消息?"马一棒满脸茫然。

"此话说来太长,咱有的是时间慢慢说。"狐王有意岔开话题,"马大哥! 兄弟来到贵地,您也不请我出去看看山里风光?"

"咳咳,这是为兄的不是了。走! 咱现在就领你出去转转!"

两人出了山洞，马一棒欲往南去，狐王一把拉住他的手道："马大哥，东面怎样？咱们去那儿如何？"马一棒感激狐王不计前嫌来看自己，岂有不同意之理？欣然应了一声折而向东，刚走到一片树林跟前，树后突然闪出一个人，笑嘻嘻地说道："马兄弟！还认识俺否？"

马一棒抬头一看，不由得惊呆了，大张着的嘴巴好一阵才发出声来："大圣！原来是您啊！咱做下错事没脸见您，您却和狐兄弟前来看咱，实在对不住您啊！"扑通一声跪在地上，大放悲声恸哭起来。哭声惊动了四下的猴子，纷纷攀枝跳壁跑过来，一见悟空，不认识的跟认识的齐齐跪了一地，"大王"、"大圣"的叫声霎时响彻林地上空。

悟空平生恨的是奸佞，恼的是强横，却最怕见人掉泪。眼下，这么多部属跪在地上齐声呼唤，马一棒这个宁折不弯、桀骜不驯的汉子，此刻竟像个做了错事的孩子趴在地上哀哀哭泣，他心里顿时酸楚难忍，一串英雄泪溢出眼眶，俯身拉住马一棒的双臂说道："这么大的人了哭哭啼啼，也不怕大伙笑话？起来，起来，陪俺前去看看你住的地方。"抬头吩咐群猴："孩儿们，俺和狐王专门前来看望大家，还要住几天，有的是见面叙话的时间，都去干你们的事吧！"群猴听话站了起来，却没有一个舍得离开，大圣历来是他们心目中的大英雄，这么多年没见了，谁都想和他多待一会。

马一棒收泪起身，紧紧拉住悟空的手，生怕他走了似的说："大圣！您来了一定多住几天，咱有一肚子的话要给您说。"转首朝狐王投去感激的眼光："狐兄弟，敢情让咱领你到东面，为的就是让咱早些见到大圣。想起以前做的那些错事，咱实在愧对你啊！"

"马大哥千万不要一味谴责自己，兄弟其实也有做错的地方。好在大圣此次回山不再走了，你我及众位兄弟今后好好相处，什么事都好办了。"狐王知道马一棒的话出于至诚，怕他再伤心，赶忙拿话安慰。

悟空轻轻拍了下马一棒的肩膀，笑了笑："都是些陈芝麻烂谷子的事情，还提他干啥？俺想知道的是你和小的们这几年是怎么过的，往后有什么打算？不说了，回去！俺要看看你这儿有什么好吃的。"

三人前行，猴子们恋恋不舍地跟在后面，看着他们进了大洞方才离去。洞里刚刚清扫干净，中间一张桌子上摆满了各式各样的时鲜果品，还有几坛不知从哪儿弄到的陈年老酒，一个大瓷盆里盛着条鲜鱼，洞里弥漫着令人垂涎的香味。

连同那几个部属依序坐好后，悟空抓起鲜桃张嘴就吃，狐王明白他的心意，不等主人招呼，也拿起了酒杯。马一棒本来还想说几句场面话，一见他俩这种毫无芥蒂、实实在在的举动，一股暖流再次涌上心头，急忙端起酒坛，带头敬了圈酒。几个部属待头儿敬完，轮番为悟空、狐王斟酒、布菜，山洞里一片融融乐意。

吃饭中间，马一棒毫不掩饰地讲述了自己当年骄横跋扈、挟私报复、讨伐唐坡山的所作所为，然后肃立在悟空面前沉声说道："大圣，您临走前将花果山事务交付于我，是我不争气，伤了弟兄们的心，伤了花果山的元气。那天逃脱出来后本想一死了之，只是看见那么多弟兄、子孙茫然无主的凄惨情景，才打消念头，带着大家逃到了龙湾岛。几年来，我想打探外边的动静，又怕大家知道了我的行踪；急切想见到您，又不知道您回来了没有；即使知道你回来了，我也实在无颜见您。无奈之下，我就天天靠喝酒来打发日子。"

"马兄弟不必如此糟践自己。"悟空看见马一棒沉痛不已的样子，有意转移了话题，"哎，俺听说这儿有人听信了番寇的鬼话要另立国号，是你带领孩儿们直闯进去，才使他们的阴谋没有得逞？"

"对了！刚才我在洞外听你们说什么'鸟人'、'番寇'什么的，这是怎么回事？"狐王趁机问道。

马一棒一听这话气就来了，将酒杯一放说道："你们是问那个边水成勾结番国卖国的事吧？说来真叫人气炸肚皮！龙湾向来就是咱东土的，岛上那么多人又有几个不是咱东土人？但那个边水成就是要卖国称帝。别看我在弟兄们眼里不是个东西，但在保国护土这件大事上绝非孬种！这些家伙们胆敢再次闹事，我绝不手软！"

"怎样？看来咱俩不虚此行，马兄弟还是条顶天立地的汉子！"悟空笑着对狐王说。

狐王道："马大哥，此次陪大圣前来看您，就是听说您和弟兄们敢抗番寇，敢惩坏人，您仍然不失为大圣的好助手，弟兄们的好兄长！"

"大圣，狐兄弟，你们果真这样看我？我现在就跟你们回花果山，再苦再累的事我都干！"马一棒双眼发亮，呼地又站了起来。

"马兄弟，你犯错在前，立功在后，俺老孙岂能仅为先前之事弃而不用？"悟空扫视了马一棒及几个部属一眼，"至于回山现在尚不是时候，你和孩儿们还得好好替咱守好这块地盘！"

几个部属起身点了点头。马一棒抢着说："让咱守岛也行，可就是怕万一有个闪失，叫我如何向您和弟兄们交代？"

"这你不必担心！有俺和全山弟兄撑腰做主，谅谁也没本事将这个地方抢夺了去！"悟空说时，金睛火眼显得格外明亮，"俺现在急欲知道的是龙湾的整个情况。有句话不是叫做知己知彼,方能百战不殆吗?"

"这个嘛,"马一棒思索了一会,猛一拍案,"有了!岛上有个人称'活地图'的人,对龙湾岛的过去现在什么都知道,我现在就着人把他叫来!"

"马大哥不必如此着急,改日相请也未为晚矣。来,兄弟再敬你一杯!"狐王给马一棒的酒杯斟满,自己也端起一杯。

悟空天上地下、水府龙宫都去过,自是知道但凡高人隐士须持礼相待的道理,笑了笑,继续与大家饮起酒来。

当日无事。次日早点过后,由马一棒引路,悟空、狐王迤逦来到岛北一条甚为僻静的山沟里。说是山沟,却不亚一处胜地,但见:危峰后枕,逶迤西去;山花漫坡,云烟竞秀;数椽茅屋,葱绿掩映;门列修竹,青翠扶疏;芳草萋萋,丹芍点缀;一湾溪水,环带屋前。

狐王恐马一棒鲁莽误事,轻步走到屋前款款叩问:"屋内有人吗?吾乃花果山人士,特来贵居造访,恳请一见!"

须臾,竹门启处走出一垂髫小童,问道:"请问相公,因何事求见吾师?"

悟空跨前一步,施礼问道:"烦请尊介回复汝师,花果山孙悟空因一事不明,欲请尊师赐教一二。"

话甫落音,两扇竹门大开,一面容清瘦、气度儒雅的中年人从屋内走出,双手深深一揖,满脸是笑道:"哎呀,原来是孙大圣驾临寒舍,小老儿何德何能,竟有如此旷世之缘?请进!"

三人鱼贯而入,老者随后进来,小童奉茶退下。悟空开口道:"敢问相公尊姓,乃本地人乎?"

"大圣面前岂敢称贵?小人敝姓郑,名乃清,字若水,来此业已四代,忝为本岛一员。"

马一棒不解,问道:"相公幽处深山,与世隔绝,我也是听人提起却未曾一见,多亏他人指点,才寻到这儿,你怎么认识我家大圣?"

"孙大圣一千年前大闹天宫、西天取经之事,天下谁人不知?小人蜗居老林,却也略知一二。"郑乃清笑道:"方才听你们讲花果山有人来见,小人从门里瞧去,便知大圣到此。"

悟空大笑道:"如此说来,俺老孙可是大伙茶余话后的作料了?"

"大圣说笑了!自古人们爱英雄,大圣是英雄中的英雄,神仙中的神仙,天下谁人不敬?谁人不羡?"

四人一番说笑,霎时拉近了距离。悟空乘机问道:"你既然生于此岛,长于此岛,想必清楚龙湾过去现在之事,烦请你为俺讲述一番。"

220

"不知大圣缘何对龙湾之事如此关切?"郑乃清扫视了三人一眼,顿了顿接着说道:"何况小人一时也不知从何说起。"

悟空怎能听不出郑乃清话中之意,当即回道:"是俺老孙心急,未曾说得清楚。俺听说岛上常有番寇来往,有人企图仗势改立国号?"

"果有此事!"郑乃清点点头,"闻听岛人正为此事愤慨,设法阻止,大圣可是……"

"龙湾乃东土人的龙湾,岂容逆贼胡为,外邦觊觎?"悟空眼放毫光,语句如锤砸地。

郑乃清本就听说孙悟空不畏强暴,疾恶如仇,想不到如今还是心怀忠义,侠肝义胆,遂慨然道:"大圣如此忧国忧民,小人自是不胜钦敬! 别看我足不出门,其实整日都在寻思此事。列位若不嫌我絮烦,这就给你们说说龙湾的由来之事。"

"吾等定当洗耳恭听!"

早在远古时期,龙湾就像母亲身上的一块肉,与东土大陆紧紧地连在一起,日复一日、年复一年地随着母体的脉搏一起跳动,沐浴着东逐、南、北三面海水而成长。茂密的森林里,一棵棵参天紧挨的楠树、樟树等名贵树种终久经不住雨水腐草的腐蚀而倒在周围的树木身上慢慢朽去,一批批新苗的树苗又挨着父辈的身躯顽强地拔高;广袤的平原上、绵延的丘陵里,各种各样不知名的巨鸟在空中飞来飞去,一群群巨兽在草丛里、沼泽地里追逐着其他野兽,就连如今一手即可握住的小鸟,两指就能捏死的蜈蚣,那时却是空中的霸主、地上的领袖,不知风光了多少日子;至于那些五颜六色的花草,遍布山野,遮蔽日月,要找块露着岩石、土壤的地皮,真比登天还难。

后来,这些天上飞的、地上跑的、水里游的庞然大物日渐少了,没了,虎豹熊狮、鸟雀燕莺开始有了,多了,学会立着走路的猿猴也出现了。他们磨石为锥、钻木取火,慢慢成了人。由于三面都是无边无际的大海,这地方的人无一不是从紧挨母体的地方来的。他们说着各自的语言,过着不同习俗的生活,以种而分,以族而居,生生息息,繁衍不已。

不知过了多久多久,突然有一天,一阵惊天动地的响声过后,人们居住的这块地方竟然从中部与母体裂开,擦着下面依然与母体连接的部分,缓缓向东面大海移去,原先横挡于北的海水猛然冲过来,从中冲出一条狭长的海上峡谷;与此同时,几十块大小不一的从母体身上断裂开的岩石也不情愿地被漂到东面乃至东南面的海上。这些岩石似乎像个有灵性的孩子,既不愿远离母亲的怀抱，又担心先行漂移的姐姐孤单寂寞，遂在周围或左或右、或远或近停留下来，形成了眼下星布棋布的群岛岛屿。

那个最先漂流于海中的岛上的居民何曾会料到与亲人分离？他们天天站在岛上向西眺望，盼望能见到亲人、故土。所站立的地方与母体相比，就像一条弯在海里的小龙；又因打鱼就得有停泊船只的港湾，于是，人们就给岛起名为"望娘岛"，或曰"龙湾岛"。因"望"与"忘"发音不分，岛人担心亵渎娘亲，多叫"龙湾岛"，久而久之，这个岛有了自己固定的名字。

岛名有了，那么最先在岛上生存的人有无一个集体的名字？就像南有"元谋人"，北有"北京人"？有的！他们原本是与母体在一块时的东山人、清流人。漂流入海后，这些居民惧怕那难以忘却的惊天动地的裂体声响，遂集中居住在岛上一个叫左镇的地方，后人遂将其称为"左镇人"。经过多少千年的分化、繁衍、演变，这些人到后来虽然仅占全岛总人口的百分之一二，却勤劳勇敢，骁勇善战，捕、猎、耕、商，自强不息。此后，东土大陆上的人大批大批地来到龙湾，人口逐渐增多，士农工商，日趋发达兴旺。

却说岛东有个叫阿郎的青年，自幼随大人出海，跟邻人上山，练就了一身本事，加之孝敬双亲，睦邻乡里，不畏强暴，扶弱济贫，深受岛人爱戴，同伴们拥护。邻居有个姑娘叫阿月，上无兄姊，下无弟妹，是父母的掌上明珠。阿月虽然生于穷家，自幼就得随父出海，帮母织网，却天生丽质，美若天仙，且端庄贤淑，聪颖过人，在穷苦乡亲喜爱她的同时，也成了那些豪门大户纨绔子弟们人人垂涎欲得的目标。尚在她十一二岁时，媒婆们就穿梭也似往她家跑，几乎要踏烂了门槛。

阿郎阿月自幼青梅竹马，两小无猜，入则同食，出则同玩。两家大人看在眼里，乐在心上，邻里也都夸赞他俩玉树璧人，天生一对。两人稍大后，虽说碍于孔孟礼教，来往较前少了，却因年长识事，情窦已开，心里那团火焰燃得更旺。两家也开始为他俩开始筹办婚事。

就在他俩的婚期已经迫近、大人们为此忙碌之际，一场横祸突然降临到他们的头上。

岛东有一大户人家，主人叫春无忌，据说是古代某位奸贼秦氏之后。秦氏外投番国，内倚昏君，于风浪亭残害一忠臣后，济公活佛道破真情，东窗事发，天怒人怨，不得善终而死。其后人为避世人唾骂，在姓氏上大做文章，保留了其姓氏的上半部分，而以"日"字取代了下半部分的"禾"字，干脆改姓为"春"。改姓后，又恐京城难以安身，便你东我西分散四方。其中春无忌随家人携大量金银细软泛舟远避龙湾。初时，春无忌尚规矩行事，以善待人；几年后,见岛人淳朴善良,遂故态复萌,日渐骄横起来,仗着自家有钱,于岛上修建了深宅大院;网罗地痞无赖,时时寻衅滋事;勾结官府败类,欺压穷苦百姓,成了当地一个恶霸。

一次,春无忌率打手从街上走过,恰遇阿月随父打鱼归来,立即被她的美色所吸引。回家后,即刻找来媒婆上门提亲,遭到女方父母拒绝,说女儿已聘出,近期就要过门。春无忌癞蛤蟆没吃到天鹅肉本就气愤难忍,一打听姑娘嫁的竟是个无钱无势的穷小子,心里那股气更是憋得要命,遂心生一计,扬言要与阿郎比试,看谁能南山灭虎,西潭除蛟,为民除害。

豺狼装菩萨,必定没好心。村人劝阿郎不可莽撞应诺,防其奸诈。阿郎虽也觉得事有蹊跷,却自恃武艺高强,且两处确有猛兽为害乡里,早应诛杀而未听劝告,豪爽应战。

先是春无忌上山擒虎,虚晃了一枪,无功而返,后到潭边折腾了半天,自然也是两手空空。

轮到阿郎动手了。他于头天上山摸清了猛虎行踪,次日一早,让十几个伙伴在四下设弩张网,虚张声势,自己则持棍负剑,独自上山,经过一天的搜索、打斗,终将一只常常祸害人畜的猛虎杀死。日暮时分,当他拖着疲惫的双腿下山之际,树林里突然射出三支箭,分上、中、下三个部位一齐向他袭来。幸亏他人年轻,反应敏捷,危急中拔剑狂舞,两支被挡落草丛中,一支刺伤了左腿。回到家里,同伴们都说肯定是春无忌那家伙指使人干的,劝他莫去斗蛟,免得再遭暗算。阿月一边为心上人包扎敷药,一边气恨连声,让他千万莫再逞强。阿郎明知春无忌绝不会就此罢手,有心不去,但当看到闻讯而来的乡亲们脸上焕发出来的那种因老虎被除而兴奋不已的神情时,不觉豪情又起,吩咐伙伴们届时严守潭边,以防奸贼使坏,自己一定要诛灭蛟龙,为民铲除最后一害。同伴们纷纷答应而去,阿月见劝说无效,默默地打定了自己的主意。

几天后,阿郎伤口刚刚恢复,同十几个同伴来到了西潭。乡亲们闻讯,纷纷从四面八方赶来助威、观战。春无忌一身短打扮,带着手下早早赶到,一见阿郎,又是查问伤情,又是嘱咐小心,显得异常热情。阿月有心想上前同阿郎说上几句,但见这么多人在场,只好站在近处,默默地观察着春无忌一伙人的动静。

日上三竿,一切皆已就绪,阿郎看了看围在西潭四周的同伴和乡亲们,紧了紧腰带,剑握臂后,一个猛子扎进了水里,四周的人群呼啦一声拥到潭边。趁此机会,春无忌的十多个手下不知何时已弄来几袋鼓囊囊、沉甸甸的东西,分东南西北四个地方悄悄放下。人群中的阿月虽觉有异,却也不好直接询问,唯有继续盯着那伙人,看他们到底要干什么。

此时,偌大的潭里已展开了激烈的厮杀。潜在潭底的是一条黑色的蛟龙。每逢饥饿时,他不是将正在水里玩水的人乘机吃掉,就是带着一股腥风上岸,见人吃人,见鸡吃鸡,逮住什么吃什么;一旦吃饱喝足,就潜入潭底憩息、沉睡。

这天,蛟龙照例在潭底酣睡,猛觉一阵剧痛醒了过来。睁眼一看,方知前爪被人刺破,一个黑影正向自己扑来。一向横行无忌的孽龙儿曾吃过这亏,当即兽性大发,尾巴一摆,飞速冲向对方张开了血盆大嘴。

阿郎一击成功,顿时勇气倍增,身子鱼儿似的一闪,手中的剑改刺为削,猛磕蛟龙利齿。蛟龙见来势凶猛,迅疾躲闪的同时,尾巴插地搅了几下,带起的泥沙霎时将潭水弄得浑浊不清,腥臭欲吐。阿郎情知不妙,当即一镫里藏身,身子向斜下方疾速沉下,剑式一收一竖,向来不及收势的蛟龙腹部划去。蛟龙负痛,慌忙向上直蹿。阿郎岂肯坐失良机,剑随尾上,将其尾巴捅了个透明窟窿,人也跟着浮出水面,在潭里翻翻滚滚激战起来。

就在阿郎又在蛟龙身上留下了几处致命伤口、蛟龙也将阿郎腹部抓得皮开肉绽的危急关头,只听得春无忌一声大喝:"快投!杀死蛟龙,救出阿郎!"其手下两人一组,抬起脚下的袋子就往下扔。阿月喊了一声"不要扔",直扑潭边,那些人已将袋子全部扔进水里。

意想不到的惨景出现了!袋子刚刚入水,"嘭嘭嘭"的巨响接连响起。伴随着震耳欲聋的爆炸声,潭里无数肉片飞向空中,潭水则像一锅沸水上下翻腾。原来,春无忌事先将刚从山里开采出来的石灰装在袋里,瞅准机会扔下去,必欲将阿郎与蛟龙一块杀死,以此达到霸占阿月的罪恶目的。阿月见状一声惨叫,纵身跳进潭里,紧紧抱住正在下沉的阿郎一齐沉了下去,身负重伤的蛟龙在水里挣扎了几下,也跟着沉入潭底。阿郎的十几个伙伴与观看的人群目睹眼前发生的惨剧,无不气炸了肺,围住春无忌一伙一顿锹铲镐劈,无一漏网地结束了他们的狗命,复将尸体投入潭里,让阿郎阿月继续去收拾他们。

真也稀奇!阿郎阿月死后不久,村人发现阿郎打虎的南山突然长出两株树干紧紧靠在一起、枝条紧紧缠在一起的椰树,样子显得十分亲密。紧挨两株树的周围,长出一些浑身带刺枝叶发臭的矮小植物,一蓬蓬,一丛丛,枝条无不弯向那两株树。人们都说两株树是阿郎、阿月显灵变的,而那些讨厌的植物则是春无忌以及其手下贼心不死的化身。人们怀念阿郎、阿月,主动起来保护那两株树。村人谁家有人生病、遇上什么灾祸,都来树下拈香祝祷,刚回到家,灾病就都消失了。对于那些讨厌的植物,村人无不憎恨,谁见谁砍,谁见谁骂,遇上手边没带任何工具,踩也要踩上几脚,以泄胸中怒气。说也怪,任凭人们怎样糟践,这种东西就是根除不了。

还有一样令人惊奇的是,西潭自阿郎阿月归天之后,潭水变得异常清澈,经常出现太阳与月亮同时辉映的情景。人们只要凑近潭边仔细看,就会发现一大一小两个圆圆的光影,时而靠近,时而相互转动,宛如一对情侣相依相偎,窃窃私语。

村人为了纪念这对勇敢善良的痴情男女,将南山叫做阿郎山,两株树起名为"鸳鸯树",将西潭更名为日月潭,而对树周围的讨厌植物,村人愤恨之中也给他起了个名字:鬼圪针。

受阿郎、阿月的影响,阿郎山、日月潭的世代男女都具有了勤劳善良、勇敢尚武的优秀品质,涌现出了日后一代代抵御外侵、保家卫国的英雄儿女。

"想不到龙湾山川这般秀丽,竟有这么复杂的来历,有这么好的人!"悟空高兴地站了起来,想了想问道:"其他方面又是什么情况?"

"其他方面?其他方面也是大有说法!"郑乃清呷了口茶,清清嗓子,继续侃侃而谈。随着他那缓慢低沉的讲述,一幕幕场景出现在众人眼前——

大陆居民一批又一批地迁入龙湾,使岛上很早以前就有了文字记载。大汉末年,吴王孙权派遣一万官兵、三百多艘战船抵达龙湾,开始了对他的管护。之后,这些官兵大部被调走,其中一部分被留了下来,成为岛上一批较大的留驻人员。隋王朝为了巩固边防、海防,三次派兵出师龙湾,大业六年,又将大批汉人移居龙湾及所辖岛屿。唐王李世民进军南方时,阿郎山、日月潭及岛上其他地方组织义军出海,协助唐军打败了盘踞江南的一些地方势力,"唐人"从此成为龙湾群岛居民引以为自豪的称呼。

龙湾气候炎热,雨水充足,不论岛东的高山峻岭,岛中的连绵丘陵,还是岛西的众多平原,无不四季常青,碧绿如洗。山上盛产桧、樟、楠、檀等名贵树木;丘陵、平原盛产甘蔗、稻米和茶;海里更是鱼类繁多,数不胜数;加之地处海中,南来北往,东进西出,均要从龙湾经过,此岛便成了中外通商的黄金地段。于是,一些野心勃勃的外寇都把龙湾当作一块肥肉,恨不得一口吞掉,先后有三伙强盗将他侵占。

豺狼闯进家,自然遭人打!每次外寇入侵,阿郎山、日月潭人以及全岛居民无不例外地进行了英勇的反抗。无奈外寇船坚炮利,岛人无法取胜。还是一位英雄率领大陆军队里应外合,才将第二伙外寇赶走。这位英雄就是郑乃清的先人。这位英雄逝后好多年,可恶的水番国也将魔爪伸出,欲武力侵占龙湾。同样是在大陆人民的强力支援下,打败进攻龙湾岛的番寇。谁知水番国隔了若干年之后,又明里暗里耍阴谋,搞骚扰,怂恿边水成一伙另立什么国号。

郑乃清的语调越来越低沉,越来越愤怒,双手一阵阵地颤抖。悟空深恐再说下去,有伤他的身体,急忙将话题打住,问道:"你对过去之事知道得如此之多,想必清楚岛上眼下的人口,能拉起多少队伍?"

"岛上少说也有三万人,加上周围岛上的,不下五万。若说拉队伍,不是小人夸口,仅我们郑家子弟和亲朋故旧,出一千多青壮年并不算难事。要是全岛都出,怎么也能出五六千人!"

马一棒清楚悟空的用意,急忙加了一句:"大圣!别忘了咱这儿能上阵的也有一千多。"

"官兵怎样?"狐王问道。

"眼下还不能指望他们!"郑乃清回答得很干脆,"只有设法除了边水成这伙奸贼,才能再说!"

悟空沉吟道:"五千加一千,把守五个地方,应该能够防守,只是……"

"对!得五个地方,除了岛上四个边上外,岛中还得留一支。"郑乃清不明白悟空担心什么,试探地问道:"孙大圣是否有所担心?"

"俺老孙担心倒没有,就是觉得只防守不进攻,并非上策。"

"大圣所言甚是,眼下只能先考虑防守。依小人之见,这防守不能平分兵力。岛北、岛东离水番国最近,兵力应该多放;岛中人数也不能太少,哪里吃紧就得接应哪里,人少了不行!"

郑乃清有板有眼的几句话,引起了狐王注意,不禁好奇地问道:"听你方才所言,似乎对攻防进退、安营扎寨很熟悉,莫非对此有研究?"

郑乃清笑道:"这位大王过奖了,小人岂敢谈什么'研究'?只不过祖上当过朝廷武官,一生都在沙场,加之世代习武,好看兵书,年轻时也曾与外寇打过几仗,对此多少有点了解。别看俺身体消瘦,却身板硬朗,手脚灵便,一日三餐饭量不减,对付三五个精壮后生尚不在话下。"

悟空刚才已对龙湾防务有了个设想,只是为统领人选踌躇不决,此时一听郑乃清所言,方知他不失为合适人选,遂高兴地看了看狐王和马一棒一眼,对郑乃清说:"敢情你有如此经历和身体!俺以为,番寇近日四处骚扰,到处咬人,妄图侵占咱的疆土,咱们必须做好准备,头一步加强防守,第二步主动出击。龙湾是咱的,千万不能让他们里外勾连,阴谋得逞!岛北既然是要紧之处,就由马兄弟负责防守,其他四处则由岛上组织五千兵丁分兵把守。全岛防守事务由老丈挂帅,马兄弟辅佐,我等在花果山做好策应,随时可以和你们联络支援。你们以为如何?"

马帅一听大圣将如此重大之事托付给自己,心里异常激动,见狐王笑着推了推自己,当即站起来说道:"大圣如此信任咱,咱就是粉身碎骨也难以为报!何况这是保家卫国的大事,咱更是没说的,一定协助郑老守好龙湾!"

郑乃清也一脸严肃地站起来:"守卫龙湾是小老儿分内之事,只是久隐深山,才疏学浅,担当此帅,恐难以胜任。"

悟空果断地摇了摇手:"你是本地宿儒,情况熟悉,郑家世代建功,人员甚多,众望所归,且熟谙兵机,通晓武备,担当此帅,最为合适,万勿推辞!"

"好!说得痛快!"郑乃清一时豪情勃发,志气大起,"抗番保国,匹夫有责。我身为东土臣民,郑家子孙,岂能老死林泉,置国家兴亡于不顾?今后愿追随大圣,重出江湖,轰轰烈烈干一番事业!"

"今后是否仍居此地?"狐王起身看了看门外幽雅的环境。

"哈哈!您是觉得此地过于僻静,不适合调度指挥吧?"郑乃清一下就猜出了狐王的话中之话,"三位不必担心!我在岛北还有一所庄院,一两天之内就可回去居住,决不会误了咱们的大事!"

四人一齐哈哈大笑。正所谓:万水千山不隔音,英雄就在赤心中。未雨绸缪机先著,同仇敌忾抗敌凶。欲知后事如何,且听下回分解。

第十八回
整军备武　岳啸峰离京赴国难

　　笑得最开心的是悟空。

　　马一棒痛改前非、慷慨激昂的样子,自是让悟空欣慰不已;郑乃清以国事为重、勇于赴任的一片赤诚,更使他高兴万分。有这两个忠心赤胆、文武兼备之人统驭龙湾民众,不敢说这片岛屿确保无虞,却也是克敌制胜的重要力量。怀着不虚此行的满意心情,悟空与狐王在郑乃清、马一棒的陪同下,花儿天时间,从岛北到岛南、岛东到岛西仔细巡查了一遍,于巡查完毕的次日,告别郑、马及部属,回到了花果山。

　　狐王因出来时间较长,挂念唐坡山的事务,需要回去小住几天。狐王不在的这几天,悟空并没闲着,而是将此次龙湾之行的情况告诉了芭将,并带着他在山里逐洞巡视了一圈。几天下来,一个全山如何加强防卫、届时如何组织进攻、眼下如何整军备武的设想,逐渐在心中形成。

　　三天后,狐王处理完唐坡山事务,返回到水帘洞,悟空当即着人将芭将召来。

　　"大圣,我这几天虽说是回去处理一些事务,却老是在琢磨番寇侵扰之事,您对此是否有了打算?"狐王清楚悟空的脉搏,尚未坐稳就开了口。

　　"狐兄弟猜得不错,俺是有些打算。"悟空道,"从眼下情况看,山中的干旱已经得到解决,饥荒问题也不复存在;内部经过整肃,秩序已与以前大不一样;人头蜂的两次犯界骚扰,不仅没捞到一点儿便宜,反倒给咱们送来了粮食、兵器,鼓舞了全山士气。所忧虑的是番寇亡我之心不死,屡屡向我沿海岛屿寻衅滋事。虽说咱们已对这些地方作了安排,却不能仅靠他们担当防守重任,必得山里山外一齐行动。尤其是对于边水成的卖国行径,咱更应严加防范,里外配合,决不能让其阴谋得逞! 你以为如何?"

　　狐王自登龙湾起就一直在寻思防番抗番这件事,此时听悟空发问,即刻回道:"咱花果山虽时有打斗之事发生,却都是内里纠纷,打斗过去也就算了,况有您威望震慑,再怎么严重也易平复。番寇作乱,却与此大为不同。他们之所以屡屡侵扰,就是要占我疆土,役我民众,掠我财物,必得针锋相对,强硬对之。

从沿海岛屿数次遭袭的情况看,这些家伙显然训练有素,蓄谋已久,远比咱这儿组织严密,功夫较高。再者,那伙人皆自海上而来,海上而去,说明其在海上,必定有像样的船只才敢如此嚣张。咱要对付他,要战胜他,必须有自己的队伍,有像样的武器,有像样的战船。只有这样,才能以其人之道还治其人之身!"

"好一个以其人之道还治其人之身!"悟空闻言大喜,眼睛里射出逼人的光彩,"对付这班不讲仁义廉耻、唯有狼子野心的家伙,就得用他们使用的做法去惩治他们,再厉害的手段都不为过! 从现在起,咱要正式成立咱们的队伍。全山七十二洞,洞洞都要定数成兵,各编两队。一队防守本洞,一队集中成军,随时待命出征。前时缴获的兵器,由芭兄弟按各洞人数多寡分发下去,如有短缺,立即外出购置! 全山以及各洞之间如何联络、防卫等由狐兄弟办理。另外,各洞先定出三人,于三天后来栖凤岭集结操练武艺;操练结束后,返归本洞操练其他人。这件事由狐兄弟负责往下晓谕,往起集中。二位可曾听明白?"

"属下明白!"芭将与狐王一起作答之后,有点不解,问悟空:"大圣,如此安排,俺自是高兴,但由谁来负责操练,似乎没有确定具体人选,您是否已有打算?"

悟空见狐王也是满脸茫然,笑道:"此事暂由俺来负责,待有了合适人选再行确定。怎么,芭兄弟莫非要荐人?"

"俺只是见您没说才有此问,哪里是要荐人。"芭将急忙摇了摇头。

"大圣日夜操劳,里里外外有那么多事需要你去操心,暂时负责操练尚且可行,从长远讲,亟待尽快物色合适人选,以分您肩头重负。"狐王关心地看了悟空一眼。

悟空道:"眼下需要做的事确实很多,你俩肩上担子都不轻松,操练之事只能暂时由俺担起。俺之所以要找个合适人选长期管这件事,是因为俺只能教授大家些兵器功夫、打斗技巧,至于安营扎寨、排兵布阵、兵法谋略却非俺所长,必得有这样一个人来肩此重任。俺倒是想起个人,却不知他能否走开。眼下只好走出一步再说第二步了。"芭将、狐王闻听之下方才放心,分头去办自己的事情。

七十二洞洞主再次齐齐聚集到栖凤岭。

芭将当众宣布了悟空的决定。

洞主们听说整军备武、分发兵器,可就乐开了。要知道,玩耍是动物的天性,猎奇更是他们的喜好。别说熊狮虎豹这些厉害家族一说打斗手就发痒,就是那些牛羊鹿獾兔之类弱势群体,也明白身怀武艺对他们意味着什么。正是出于各自的兴趣与需要,洞主们无不争先恐后地报数定人,直把芭将忙了个团团乱转,不亦忙乎。

上任不久的红角羚羊深深记得悟空那次在羚羊谷临走前对自己的嘱托,知道这次整军备武是锤炼自己及部属的极好机会,报自家队伍人数时多报了一倍,被芭将制止,理由是眼下实难拿出这么多的兵器。红角羚羊好说歹说,死缠硬磨,芭将见他如此执著,十分感动,破例允准了他的请求,红角羚羊这才感激地离开。人数报完,所参加操练的对象一一确定后,芭将立即将兵器库打开逐家分发,轮到最后几家洞主去领,兵器已所剩无几,原因是前头那些洞主乘乱多拿了。芭将苦笑之下,只好派出专人立即外出购买。

第三天,各洞参加操练的对象陆续来到了栖凤岭下的一个大洞里。来的这些对象中,绝大多数是洞主们手下的得力干将,个个都有一定的武艺与特长,其中就有狐王手下的鹤将,豹王手下的鹰也愁,芭将手下的钻天猴等。红角羚羊不仅来了六名手下前来参训,而且亲自出马,欲在这次孙悟空的直接操练中多多学些神奇本领。

与此同时,两件大事也在悟空的安排下相继展开:

一件事:扩建火器营。在原先近千人的基础上,由芭将挑选了五百名猴兵参加,组成了一支比人头蜂当时还要壮观的队伍。火器营仍分三部分,即火铳营、火炮营、火箭营,依次由袁得胜、张天彪、田大榜三员原火器营的统领负责。为保证这支队伍有足够的火药、弹丸和油脂,悟空增设了一支采买队,专门负责外出采买。

另一件事:建造小型战船。由唐坡山的鹿相负责。造船所需木料以及运送等事,悟空交给了山中的大力士象王率众办理;船只打造则由鹿相率其久居海边的部属去搞。限期三个月,建造二十只船。

大圣安排之事,有谁不从?此事全系保山安邦,又岂有谁人不愿?两件事随即紧锣密鼓地办了起来。

栖凤岭前,一块平整的足可容六七千人的谷地,山花朵朵,芳草漫地。向东,经水帘洞倾泻而下的天池之水到了这儿形成一条河流蜿蜒奔南而去;看北,专为火器营官兵家眷修建的房舍与天然生成的山洞俯瞰谷底。一处花团锦绣地,此刻不得不做了操练武艺的校场。二百多人的操练队伍摆在这儿,虽说不免有点空荡,却也给一向恬静的山谷增添了点英武之气。

参练对象来自各个种族。别看他们在各洞位于洞主之下、部属之上,平素大多散漫惯了,操练中却个个严肃认真,每天天刚亮就来到场地,在悟空的督率下辛勤操练,天色黑下来收队回洞。这固然有对悟空敬畏、借机向他多学几手的因素,还有一个原因就是来前几乎每个洞主都对他们有过交代:只能给本洞增光,不能给自己丢脸。加之那些火器营官兵的家眷习惯了与异类邻居的相处,竞相前来观看,这就更激发了与人类相同的动物们极欲在大庭广众之下炫耀、表现自己的本能习性,于是严格按照悟空的要求,一样一样地进行操练。

令所有每天都观看的人们十分惊异的是,这些参练对象世世代代生活在野外、山里,日逐以岩壁、树木为伍,每天因生存与赛跑、追逐、躲避打道,身上流淌着祖宗们能跑善跳、机敏聪慧的血液,手脚具有腾挪闪跳、劈挖抓挠的功夫,没用多长时间,他们中的大多数就技艺大进,功夫不凡,较之人类,只有过之而无不及。在这些操练对象中,红角羚羊可谓资历最浅、道行最短。别说鹤将、鹰也愁、钻天猴这些有几百年道行,他没法比,就是较之其他对象,他也只是多了些血气方刚,多了些顽强不服。正因如此,他吃的苦最多,受的罪最大,除从其他训练者那里学到了一些快速奔行的诀窍,进一步增强了自身奔跑冠军的优势,还着意创立了双角配蹄的顶、勾、挑、跳、甩、撩、踢的“冲霄角蹄功”,在日后的对敌作战中发挥了意想不到的作用。

当操练接近尾声之际,大伙向悟空提出了一个请求:学学腾云驾雾,练练神通变幻。悟空虽然知道练这些需假以时日,且对内力、悟性要求甚高,但看着大伙那一双双热辣辣的眼神,想想今后迎敌出战时的沙场需要,略略迟疑了一下,还是痛快地答应了他们的头项请求。

练习腾云驾雾,需要有精湛的轻功、高超的气功,两者结合,始能提气纵跳,而后再学会念诀驭气,方可任意腾挪,驾云飞行。练这功夫,便宜了猴子,累坏了熊象。猴子天生是轻功世家,不学即会,腾挪纵跃自是一绝,只要学会念诀发咒,即可腾上云去;熊象却因身高体重,怎么练也不行,急得嗷嗷直叫。还是悟空看着不忍心,朝着这些笨重家伙身上逐个输了些真气。你想,悟空生下来就身怀仙气,不同凡种;此后访道从师,练就了通天彻地的本事;从当弼马温起,吃了多少长生不老的金丹、仙果,饮了多少提神换气的仙酒、琼液,内力自是充盈无比,仙气更是无人匹敌。此时输入这些笨重家伙的身上,无异于给他们增添了百十年的内家功夫,顿使他们跳得起来,纵得上去,受益匪浅。

三个月的初期操拣即将结束之际,火器营的扩建演练和造船两件大事也取得了好的成绩。

火器营原有的官兵刚上山时心里恐慌,生怕猴子们报复、骚扰,担心山里没有自己适合的食物,待住下来之后才发现,不仅那个叫大圣和芭将的经常来照看他们,满足他们饮食上的需要,而且与猴子们熟悉之后,相处得十分融洽、开心。自然,恐惧感消失了,戒备心也随之没有了。这次扩建,新进来的五百名猴子被单独编为三哨,分属三个火器营统领,避免了因饮食起居的迥然不同而容易产生的矛盾。演练中,由于悟空、芭将的再三约束以及猴子们的天性好动,猴子们除偶尔打打闹闹,搞搞恶作剧外,都对操练学习这些稀奇古怪的东西有浓厚的兴趣,使那些官兵们在感受到人的尊严的同时倾心相教,耐心指点,三个月未到,三个火器营就队列整齐,士气高昂,操作娴熟。

造船那边,船是如数造出来了,鹿相及其属下们却累了个够呛。这是因为,造船纯属一种手艺与细巧营生。鹿相与其所带的狐、鹿、獐、兔尽管心细手巧,毕竟只扎过木筏没造过战船,连一个懂行的人都没有。他们只好拆开一只破船,照猫画虎地展开了从裁板、粘合、打磨、上油到试水等繁杂工艺,于限期之内造出了二十只木制战船。悟空带狐王来点验时,虽都感到船型、外观不尽满意,却也清楚他们尽了心出了力,吩咐他们将船泊在岸边暗哨处,派出得力者严加看管。

该是请人接着训练排兵布阵、安营扎寨、攻防进退的时候了。在这件事上,悟空心里早有打算,请小将岳庚来山掌管训练,如情况许可,今后山中统兵开战之事就由他来全权执掌。他清楚,岳雷、岳霖兄弟四人皆为朝廷命官,让他们前来,不说朝廷不会允准,就是他们也过不了自己那根深蒂固的愚忠愚孝之关;杨继周虽然也是可堪挂帅之人,然他既已归隐林下,想必不会再行出山;岳庚、岳辰、杨念祖三人,后两个较年幼,且长依父母膝下,不曾有过历练,现在用之未必合适,唯有岳庚生在云南,长在民间,多的是朴实、历练,少的是君君臣臣、父父子子、循规蹈矩等貌似忠孝实则害人的那一套,且武艺出众,兵法娴熟,前时在岳府曾传授过他一些腾挪变幻之术,来山管军再合适不过。

事不宜迟,说去就去。悟空本想将自己这一打算说给芭将、狐王,又恐万一岳府舍不得岳庚出来,或有其他原因阻隔不能成行,反而让二人到时失望,于是临时改变主意,于芭将询问时只说了个大概,直到临动身的头天晚上,他才说自己要去临安岳府,芭、狐二人闻听,皆知此乃大事,连连催促他赶快动身。

翌日清晨,悟空将山中事务托付给芭、狐二位,草草进了点早点,纵起筋斗云向临安城奔去。

岳庚这阵日子正闹烦心。

还是在送走孙悟空之后，岳雷兄弟虽说为王事越发忙得不可开交，却也没放却下岳庚的婚事，议定岳霖带着岳庚、杨念祖去丹朱岭，一来看望杨继周夫妇，以表老弟兄们的眷念之情；二来与杨家商定婚事，不忘孙大圣亲为月下老之恩。

岳霖按照四兄弟所定，择日带领岳庚、杨念祖以及两名家将，携儿子庚帖、聘礼启程，到了丹朱岭。老友久别重逢，自然少不了一场唏嘘、高兴；何况儿女婚事一说即合，更是喜上加喜，免不了彻夜相谈，忆昔抚今；尤其令两家人感怀的是孙大圣的古道热肠，仙凡相见。盘桓了几天，岳霖因公事在身要走，杨家情知留不住，只得设宴相送。如此来往几次，婚事于三个月内办成。

岳庚自幼随母及外祖父母在苗王府过活，看惯了边陲之地的绮丽风光，熏陶了那里自由自在、各具特色的风土人情，自是率性朴实，无拘无束。乍来京城，那些繁华的建筑、林立的店铺着实令他称奇，由弟弟岳辰带领，好好地游玩了几趟。时间一长，新奇感消失了，京城景象在他眼里渐渐变得索然无味，反倒觉得没有老家好。尤其令他憋闷的是，府里规矩太多，动辄就闹出个笑话；父母管束甚严，在放他出府游玩了几次后，轻易不让他出门，每天不是让他读书就是习武。他虽也趁此认真翻看了府里珍藏的好多兵书，在用兵方略上有了更大的长进，但越是这样，一颗躁动不安、极欲出去干一番事业的心越是难以控制，每每在这种时候，他想得最多的就是为他做媒、授他神通的孙悟空。

这天，岳庚正在房中看书，一名家丁兴冲冲地跑进来："大公子！门外有人找您，看样子是前时来咱府上的那个圣僧。"

"圣僧？莫非是大圣老爷爷来了？"岳庚一下子从椅子上跳了起来，拔腿往外跑的时候把椅子也蹬翻了，边跑边吩咐家丁："快去禀报老夫人在大厅等候，我这就去门外迎接！"刚刚跨出房门，悟空已进了大门迎面走来。岳庚当即倒身就拜："大圣老爷爷！您老人家可算来了，小的给您磕头了！"

"乖孩子！哪有这么多礼节，还不快快起来叙话！"

岳庚依言站起，拉住悟空的手道："老爷爷请到客厅，我有正事要给您说。"

两人手拉手走进屋内，岳庚伺候悟空坐下，从家丁手里接过茶杯奉上。

"令尊令堂在否？"

"家父天天忙于公务，家母已经通禀，估计很快就到。老爷爷，咱先不谈别个，我想跟你去花果山，您老人家千万得答应！"

悟空心里一喜：俺此行来的目的就是要说服他上山，这孩子反倒先说出来，只不知这是他的想法，还是大人们的主意，此事不容孟浪，总需家里同意才妥。于是,悟空试探地问道:"好好在家里待着有何不好?令尊令堂能允许你出去?"

"家父在我这个年龄,早已随伯父干出了一番大的事业,哪像我现在无所事事,整天在家坐着。他们答应我更好,如不答应,我也非去不可!"

悟空正待开口,院里传来杂沓的脚步声和家丁的问候声:"夫人过来了?""老爷,您看谁来了!"悟空闻听。当即端正身子,不再说话。岳庚刚闻声快步出门,就见父、母亲一个自外、一个由内,向客厅匆匆走来。

其实,岳霖乘马刚刚回到门外,门吏就将"圣僧到府"的消息告诉了他,立即将马交给随行的家将,大步流星地直奔客厅,在院里遇见从正往这儿走的夫人云蛮和迎出门外的儿子。岳霖顾不上与母子俩叙话,径直跨进厅门看一眼,当下倒身就拜:"果真是圣僧光临敝府,您老人家一向可好?"悟空急忙离座扶起,岳夫人已在岳庚的搀扶下带着丫环走了进来。施礼毕,悟空与岳氏夫妇依宾主之礼坐下,岳庚站在父母身后。待丫环退下、家丁奉茶毕,岳霖问起了悟空别后的情况,悟空将自己回山以来所遇之事一一说了一遍。当讲到人头蜂两次犯界作乱、水番国屡屡挑衅、全山如何备武待战情况时,岳霖拍案大怒道:"可恨这班内贼外寇每每无端寻事,好端端的事情都让他们给弄坏了!别看我年近半百,只要朝廷一声令下,还会像当年打金兵那样率兵出征,打他们个落花流水!唉,只可惜身在公门,概不由己。"

"父亲,您身为朝廷命官,自然不能无令而行。孩儿我年已十八,至今在家赋闲,实在愧对列祖列宗与父母教诲!孩儿愿随大圣老爷爷前去抗击番寇,让他们尝尝咱东土人的厉害!"

岳霖喝道:"你年纪轻轻有何本事,竟敢在圣僧面前口出狂言,还不快快退下?"

岳庚知道若不再说,机会即将失去,于是拼着被父亲再度训斥的劲气,争辩道:"父亲,咱岳家世代忠良,辈辈均建有功勋,朝野上下谁人不知,谁人不敬?孩儿蒙母亲传授,已习得岳家枪法和李家锏法,且在大圣老爷爷手里又学了些变幻之术,兵书兵法在外祖父处已看过一些,来府之后常听父亲讲解,自认懂了不少。有此几样,上阵打仗,尚不惧怕。万望父母大人允准,放孩儿前去。"

"我也要去!"屋里尚在争论,一声喊叫传了进来。众人一看,说话的是岳辰。

岳辰这天同一班小弟兄在城外一座破庙里搞什么擂台比武。玩了一阵,岳辰怕父亲回府发现自己不在而挨罚受训,骑马赶回府中。回到门前,门吏告诉他圣僧来了。他本想马上进去看看日夜想念的大圣老爷爷,恰好听见父亲训斥哥哥的声音,一低头躲在门外,将里边的说话听了个清清楚楚。到底是年轻人遇事性急,一听哥哥要去花果山打什么番寇,他再也忍不住,边说边闯进客厅。

岳霖见儿子一副猴急的样子,故意板起脸问他:"你要去哪里?"

"哥哥去哪我就去哪!"岳辰话刚说完,立即跑到悟空跟前,"老爷爷、老爷爷"地叫了起来。

岳夫人见状,疼爱地对着岳庚兄弟说:"你俩年纪尚小,再过几年去也不迟。"

"母亲!我大伯父当年痛打金兵大太子、保护岳家庄时,年龄还没我大。您不是十五六岁就随外祖父上阵打仗?再说,等我再过几年,大圣老爷爷早就把番寇都消灭干净了。"

岳霖没想到自己的一番话引出了两个儿子的这番行动,有心不让去,却觉得他俩说得句句在理,不愧是岳家的后代子孙;若让他俩去,唯恐年少不谙事,给孙大圣增添麻烦,或者有什么闪失。左右为难之际,他求助似的看着悟空:"圣僧在上,俩小子给您添乱了,实在惭愧!请问您这次出来还要去何地?"

悟空此时已摸清了岳氏父子的想法,知道时机已经成熟,遂坦言相告:"俺此次专程来府上,就是因为训练中缺少一位既武艺高强、通晓兵法阵图又忠心赤胆、疾恶如仇之帅才。想来想去,唯公子堪当此任。方才二位公子所言,固有少年人血气方刚、初生牛犊不怕虎的劲气,却也不乏志向高大、精忠报国之气概。况抗击外侵乃岳家为万人敬仰之所在,做人为事之根本,还请岳将军三思。"

"老爷,圣僧所言甚是!想我岳家辈辈忠良,岂能到孩子们这儿无所建树,整天闷在家里憋出病来?依妾之见,让他俩随圣僧经经世面,为国分忧解愁岂不更好?何况有圣僧护着,孩子们也出不了什么差错。"岳夫人乃出自英雄豪侠之家,不比寻常女子那种儿女情长的劲儿,经过内心一番斟酌,反倒做开了丈夫的工作。

岳霖闻听,不禁心里一亮:是啊,精忠报国乃我岳家祖训,为人之根本,岂能到我手上就儿女情长?自己怎么反倒不如夫人见识高远?看来是自己错了!想到这儿,他爽快地对悟空说:"圣僧!就依夫人之言,让两个孩子随您出去历练一番。他俩武艺,尚请您多加指点;至于排兵布阵,孩子们虽也学了一些,却还不够,所幸我父生前曾留下他戎马一生的资料、书札,到我弟兄这辈也曾整理了些心得领会,待我着人连夜誊写一份,着小儿岳庚带上,或者对日后抗番保国起点作用。"转身面向两个儿子,"母亲与为父既然答应你们前去,那就不比在家中,务必听从圣僧教诲,服从圣僧安排,并从今日起将"大圣老爷爷"之称呼铭记心底,以部属敬上称之,时刻牢记你曾祖母"精忠报国"之祖训,为岳家祖上增光,辅佐圣僧痛歼番寇,早奏凯歌返京!"

"请二老放心,孩儿定当谨记严训!"岳庚、岳辰双双答道。

岳家满门忠烈,悟空自是心里清楚;事情办得如此顺利,却也令他多少有点意外。他不无感激地对岳霖夫妇道:"岳家世代以国事为重,每每在抗击外侵上舍家为国,勇赴沙场,实在令俺老孙不胜钦佩!两个孩子的事,贤夫妇尽可放心,有俺在,决不会少了他们一根毛发!此次时短事紧,杨家那儿无法再去,请岳将军代俺多多致意。"

"圣僧放心,我一定早日致意!"

说话间已是中午,岳霖抬手向门外一招,家丁们鱼贯也似的端来酒肴,主客双方自然又是谈笑晏晏,开怀畅饮。

晚上,岳雷、岳霆、岳震偕夫人、子女来到,一来与悟空叙旧,二来与侄儿话别。当晚,众英雄在厅里大开宴席。中间,围绕如何搞好山中防务、如何抗击番寇各抒己见,气氛甚是激昂热烈,令悟空受益匪浅。岳夫人房里,岳庚、岳辰一把兄弟姐妹同母亲、伯母、婶娘另设宴席,喁喁叙话,好不亲热。宴后,为兄弟俩准备行装,又是一番殷殷嘱咐,几多热泪。

分手上路的时刻到了。

悟空因心事已了,头天连喝两次上等好酒喝得多了,不觉酣睡过去,一觉醒来,已是次日早饭时分。饭毕,岳霖陪其走出厅门,岳庚、岳辰一个身着火红的铠甲,牵着胭脂赤兔马,腰佩利剑,手持一杆亮银枪,一个全身银盔银甲,手持岳家枪,牵着匹通体雪白的草上飞,端得是火红似焰,银白胜雪,丰神俊逸,威风凛凛。身后两名家将,一个叫岩松,乃是随岳庚从云南苗王府来的,使得一手缅刀,赤脚能追上山中的野兔;一个叫岳信,日逐跟随在岳辰左右的忠实家将,习得一手铜铸的双锤,完全是当年岳云的套路。二人也是一律戎装打扮,牵着两匹扬蹄甩尾的烈马,面含秋霜,英气勃发。悟空打心底里暗暗赞叹了一声,跨步出门,在与岳府上下互相道别声中,吩咐岳庚四人扳鞍上马,缓缓步出京城,一路向花果山进发。

在路非止一日,一行人马来到了一处林木茂密、岩石嵯峨的山下。此时,太阳虽还悬挂在西天半空,但在山峰与树木的遮掩下,山里已开始罩上夜色,变得或明或暗,朦朦胧胧。依着岳氏兄弟的脾性,想要当下过山,悟空却不同意,找了处罗圈形的山脚歇息下来。他这样做自有道理:西天取经途中遭了那么多妖魔作祟施难,大都在山里、夜间,岳家将两个儿子送到自己身边,绝不能在自己手里出了任何差错。于是,他硬让岳庚等四人及马匹在里,自己在外,歇息下来。一夜无事,悟空不由为之窃喜。

黎明时分,悟空叫醒众人,沿着崎岖的山路继续行进。翻过几个山头,前面出现了一块宽阔而圆圆的平地。山路到此变得宽直平坦起来。往下看,平地上满是茂密的青草,间或有稀疏的树株上,鸟雀已呢呢喃喃地开始了一天一次的闹林催晨,一切显得是那么自然。

大概是腻恶了漫长山路的艰难滋味,四匹战马乍见平地与草,霎时高兴得齐声嘶叫,甩开四蹄如飞奔下。孙悟空刚欲开口阻止,四匹马已连人带马跃入草地,随即传来了"扑通扑通"的响声。马上四人于惊愕之际,方才晓得这哪里是什么平地,原来竟是一片深不可测的山中湖泊。

马生来善于泅水,刚跌入水中即很快浮出水面,能在水中游走,人可就不一样了。你想,马上四人皆以为下面是长着草的平地,何曾料到是水?何况他们身穿重铠,别说不会玩水,即使会玩也经不住全身重量的下沉。一时间,四人在水中浮起沉下胡乱扑腾,肚里灌了不少水,直弄得头昏脑涨鼻孔奇酸。

事情变起仓促,令刚开始就感到蹊跷的孙悟空急了。他一个纵身起在湖水上空,掏出金箍棒向张着双手扑腾的岳庚、岳辰四人伸去,想把他们扯出来,不曾想,一件更为怪异的事发生了:原先平静的湖面突然腾起一缕缕、一团团热气,湖水顷刻间像开了锅似的上下翻腾。受水汽热雾的影响,岳庚、岳辰几次探手想抓住长棍,却都一次次落空,一次次沉下水面。两名家将不知是身轻还是什么缘故,在水汽刚才弥漫之际,竟扑腾到了岸边,吓得目瞪口呆,傻傻地望着湖水。

悟空急怒之下,将金箍棒变得如山中巨树一般又长又粗,一边狠力朝湖底捅去,一边怒叱道:"大胆妖龙,快快给俺老孙滚出来!"话犹未了,一个龙头人身的怪物浮出湖面:"大圣! 这不关小神之事。"

"休得胡言! 快快将水中人马救上岸来! 若有半点闪失,俺一棍将你打为肉酱!"

怪物显然是该湖的龙王,见悟空满脸杀气,双眼血红,吓得浑身发抖,连声求饶,但就是不出手施救。悟空见状,举起棍就往下打。千钧一发之际,猛听空中有人喝道:"悟空! 切莫动手,为师来也!"

悟空大异,将棍硬生生收回,抬头望去,空中一朵白云上站着的竟是唐僧、八戒和沙僧。值此岳庚兄弟身处生死一瞬之际,悟空哪里顾得上与师父寒暄,只是一迭连声地说道:"师父,待徒弟救了二人再与您叙话!"说着,又向湖面冲去。

"别急,为师自会处置!"唐僧不疾不徐地再次阻止了悟空的行动。

"猴哥,又不是你掉进水里,着哪门子急呀?"八戒一副嬉皮笑脸的样子。

一旁的沙僧瞪了八戒一眼,正色道:"大师兄不知内情,你说什么风凉话?真是的!"

说话中间,唐僧三人已按落云头,落到湖边。

此时,湖中二人已不再扑腾,透过迷茫的水汽,露出两张异常苍白的面容。奇怪的是,二人身子竟然不再下沉,好像下面有人托住了他俩,抑或是湖水突然变浅,他俩踩住了湖底。

唐僧知道时机已到,轻轻挥动袍袖,朝湖面拂了三下,剧烈翻腾的湖水顿时复归平静,弥漫湖上的水汽随之骤然消失。悟空愣怔间,八戒、沙僧双双足踏湖面,一人抓起一个跃回岸上,将一动不动的岳氏兄弟头下脚上,放在岸边一处斜坡上;与此同时,龙王也钻入湖底,将所有兵器一一捞起,把四匹尚在湖中挣扎游走的战马推到岸上。

事情至此有了转机,一个疑问也同时出现:孙悟空那样大的神通,却为何连一个小小的湖泊都奈何不得?

俗话说:急中生智,或曰:人急计穷。听起来,两种俗话,两种办法,结果却截然不同。其实,细加分析,均有道理。所谓人急计穷,往往是所发生的事情与着急者有千丝万缕的亲密关系,每每令着急者于刹那间情感骤失,理智顿失,致使自身的智能被急攻上心的焦急、惊慌所代替,直弄得没了冷静,手足无措;至于急中生智则恰恰相反,多数是发生在与己关联不甚要紧,却因道义或受当时环境的影响而有必要去做的情况下,这时的援助者尽管面临的情势紧迫、凶险,却往往头脑冷静,思维敏捷,能够于情绪复杂的情势下调动自身的潜能,迅速拿出解救的办法。孙悟空此时正属于前种情况的着急者。

曾记得,悟空初到岳府,岳雷兄弟盛情款待,岳庚、岳辰逐日跟随左右,虽然未行拜师之礼,却已有师徒之实,情分自是非同一般;此次二到岳府,岳霖夫妇深明大义,岳氏昆仲全力支持,岳庚兄弟矢志不移,才使自己出使顺利,携二子欣然返程;况且花果山抗番在即,岳庚、岳辰无疑是不可多得的统兵将帅,二人若遭不测,山上之事尚可推后,岳府那头却怎么交代?自己临行前对岳霖夫妇许下的诺言该如何解释? 正是宥于这些原因,悟空本可自行轻易解决的搭救问题,却于急怒攻心之际变得笨拙无措。

此时,岳庚兄弟已被放到坡上,悟空跟过去朝他俩脸上一摸,触脸冰凉,鼻息全无,金睛火眼霎时瞪得溜圆,一声怒吼,再度挥棍朝龙王劈下。

唐僧见状愠声喝道:"徒儿不得无礼!此事与他无关,为师自有解救之法!"说着,伸出两手按在了岳庚岳辰腹部丹田之上。稍停,岳庚岳辰先是发出了低微的呻吟,身子开始慢慢蠕动,接着,肚子一阵猛烈起伏,哇哇呕吐起来,直吐得脏物净尽,胆水流出。当此之际,唐僧移手掌,在他俩头顶百会穴上各自摩挲了几下,沉声喝道:"内气已充,灵台已明,此时不醒,尚待何时?"话刚落音,原本血色全无、昏迷不醒的岳庚岳辰猛地脸罩红润,双眼大睁,醒了过来。见眼前这么多人围着自己,二人猛然忆起方才发生之事,立即撑臂收腿,本欲起身答谢,却未曾料到起得过猛,立得太快,竟双双自坡上跃起,倏地飞起在身周二十多丈高的大树之上,无不吓得哇哇大叫。

哥俩不知道,就在他俩从生到死、从死到生这一看似漫长实质短暂的转换关头,他们已从佛力无边的唐僧那儿得到了莫大好处:先是经过唐僧施了法术、下了圣水的沸水、蒸汽的浸润、蒸腾,他俩已脱胎换骨,身子变轻;接着,通过丹田按压、催吐,唐僧已将自己佛家内力输入他俩体力,等于练了百年功力,同时一轻呕吐,腹内浊物、体内浊气业已排除干净,再不同凡夫俗子;随后百会穴按摩,霎时令他俩真气贯通,灵台清明,几与神仙无异。正因不知这些,不懂得如何聚气、闭气、发气、驭气,哥俩一看自己莫名其妙地起在半空,生怕掉下来摔坏摔死,才有哇哇惊叫一说。对此,唐僧早有准备,见他俩双双跌下,挥袖发出一股无声无息的柔力缓缓托住,将他俩轻轻放在地上。

再看湖岸另一边,两个家将已缓过神,见主人已被救上岸,急忙拉住马匹往过赶。刚一抬脚,便觉双腿轻盈,浑身是劲,那四匹战马也如腾云驾雾似的,格外精神。二人四马于不经意间已如飞来到岳氏兄弟面前。悟空一怔,正待开口,八戒已抢先张了嘴:"猴哥!你说他们怎像长了翅膀似的?"

悟空明白了,透过八戒那故作不知、欲说又止的怪模怪样中明白了眼前发生的一切。原来,唐僧自悟空下界归山后,出于十四年风雨相处、生死与共的师徒深情,无时不在关注着他的行动:与妖魔打斗堪称好手,入海觅龙毋需担心,内部纷争平息由他自去,唯一担心的是与番寇开仗,徒儿弄不懂兵法谋略。因此,当他卜算出悟空欲带岳庚兄弟上山抗番之事时,不禁心忧起来。让两个在东土中原长大的孩子去海上与番寇率兵作战,且不说天真、稚气需尽快通过磨难得以解除,仅那无边无际的冰冷海水、铺天盖地的海浪都非他俩能够经受得住,若不援手,岂不既害了忠良之后又误了徒儿大事?看来,自己得出手。于是,他召来八戒、沙僧,说了悟空当前正在办的事情,讲了如何帮助岳氏兄弟的办法,让他们相随前去,一来见见师兄,二来也各自尽尽心意。八戒、沙僧焉有不肯？无不喜笑颜开,连催师父动身。

唐僧算准了悟空从岳府起身的时间与途径,偕两个徒弟于头天赶到此山,与湖里的龙王约定好,要在这儿办件善事。龙王见是佛祖最得意的弟子,自然乐得满口答应。次日一早,唐僧先将佛药投入湖里,随后使了个障眼法,使途经此地之人满以为是块长满青草、杂树的平地,好诱其下水,实施后面的计划。岳庚兄弟及家将、乘骑皆为凡人凡马,焉能识破佛家个中奥妙？这才发生了误入湖水的一连串事情。

悟空明白是明白,直到八戒、沙僧你一句我一句说出了事情的前后经过,才深深感到,一向不愿管事不苟言笑的师父不仅对自己如此关心,而且对抗番保国之事如此看重,竟使出如此高超手法成全了岳氏兄弟,施惠于所有人马,在关键时刻帮了自己一个大忙。他急忙走到唐僧跟前,动情地说道:"师父!您为了俺的大事,真是用心良苦。俺要是干不出番大的事业,再也无颜见您!"

岳庚岳辰及两个家将将师徒俩所说的话听了个清清楚楚,方知自己在经受了这场意外灾难之后,竟然因祸得福,得了佛家的无穷法力,有了非凡的悟性、体魄与本事,无不感动万分,纷纷跪地磕头,倾心相谢。就连那四匹马也仿佛有了灵性,朝着唐僧、八戒、沙僧仨人扬蹄甩鬃,频频点头,直把大家乐得咧嘴大笑。这正是:大千世界事多悖,勿以常情论是非。梅花香自苦寒处,一朝入水终不悔。

欲知唐僧还要怎样,且听下回分解。

第十九回
新官上任　狮驼王三难终悦服

在众人的大笑声中,唐僧的脸上呈现出了难得一见的笑容。

多少年来的修禅养性,已使唐僧到了六根清净、处变不惊、喜怒哀乐不形于色的佛家境界,此时,见大伙兴高采烈、欢呼雀跃的样子,心里不禁泛起一股暖暖的涟漪。这倒不仅仅是因为自己给徒弟办了件好事而心有所乐,更主要的是以自己的能力搭救了一批包括那些马匹在内的抗番保国的力量,使他们能够免遭日后沙场上的诸多厄难。虽说佛家向以普度众生为宗旨,以不贪、不淫、不杀、不抢、不嗔、不喜、不悲、不怒为戒律,然普度众生中就有弘扬善举、惩戒恶行两种处置办法,以此来达到殊途同归、人心向善的目的。正因如此,古往今来往往出现佛家劝谕众生向善的同时,奋起惩戒一个又一个恶徒的情况,就连佛祖在孙悟空大闹天宫时也忙忙出手,于盛怒之中将其压在五行山下,一压就是五百个春夏秋冬,以致给世人留下了佛家动怒大开杀戒之前呵斥规劝对方的一句名言:放下屠刀,立地成佛;苦海无边,回头是岸。

引起唐僧心动的还有因自己而起的原因。当年大唐太宗皇帝遣送自己出使西天恭迎佛经,自己为何不辞劳苦、不避艰险,一去就是十四年? 还不就是为了超度亡灵、教谕众生,以求上下和谐、国泰民安? 可恨那个水番国,与东土同样崇信佛教,到处建庙上香,却屡屡挑衅四邻,处处逞凶作恶,以蛇眼倒视的龌龊天性,不把猛虎、雄狮、巨象这些大了他几百上千倍的世间伙伴放在眼里,是不怒也得怒、不嗔也该嗔了! 自己身为佛门弟子,焉能坐视不管? 眼下,徒儿有了得力帮手,岳庚兄弟有了名扬乃祖乃父精忠报国的用武之地,真真南无阿弥陀佛! 就连那两名家将、四匹马经自己这么一弄,自也不同以往,很快就会让人刮目相看,岂不善哉善哉?

那边,悟空督促岳庚、岳辰、两名家将整理器械,晾晒衣裳,收拾鞍具,抓紧时间与两个师弟攀谈起来。

八戒还记着临来前师父说的话,问道:"师兄! 听说你要抗击什么番寇,番寇住在何处?"

"紧挨花果山海上的东北方向。"悟空用手指了指。

　　"就是东海龙王住的那个地方?"沙僧也与东海龙王打过交道,立即想到是否与他有什么关联。

　　"还在东海之外的北面。"悟空知道沙僧心中的疑惑,笑了笑,"要是东海龙王干的倒好办了,只可恨这些番寇……"

　　"这些番寇又怎么了? 他们能厉害过咱降伏过的那些妖怪?"八戒打断了悟空的话头,越说越有精神,"师兄,要说在海里打仗咱最为合适。想当年俺老猪镇守天河为天蓬元帅时……"

　　"二师兄! 大师兄他们还要上路,咱去不去花果山,师父和大师兄自有主张,别再吹牛了!"沙僧见他拉开了吹拍的架势,唯恐耽误了大师兄的正事,急忙加以制止,八戒这才噘起了嘴不再吭声。

　　此时,天色已完全大亮,岳庚四人的衣裳也已晾干,悟空对唐僧说:"师父! 您还有什么吩咐?"

　　"为师也别无吩咐,"唐僧从袍袖里掏出一个小巧的用墨玉制作的乌龟和一红一黑两粒药丸,"你将此三件东西带好,日后自有用处。"

　　悟空不解,问道:"弟子愚昧,不知此物用处何在,请师父明示。"

　　"这是两粒药丸。日后若遇什么极厉害的外伤,将这粒红的在上面摩挲一下,如是毒伤内伤即用这粒黑的内服一点,即可奏效。至于这只乌龟,为师送你十六个字:盆砸丘山,见水即开,武夫起起,挥之俱哉。切记切记!"

　　"徒儿一定铭记在心,请师父珍重,俺走了!"悟空晓得其中自有玄机,不便多问,将东西揣进怀里,先向师父道别,而后又不舍地看着两个师弟,"师父处请你们多去看望,俺这儿一旦有何危急情况,为兄一定去叫你们!"八戒、沙僧连连点头。见悟空已经道别,岳氏兄弟偕两名家将上前,再次向唐僧师徒三人表达感激之情,随着悟空向东行去。

　　悟空一行徒步走到湖东一处坡顶上,回首西望,唐僧三人已起在云端,向西缓缓而去。悟空对四人道:"大家快快上马,随俺在空中走走!"一纵身已起在半空。岳庚四人不知坐骑已经能够飞行,急忙喊了声"大圣慢走,等等我们",齐齐扳鞍上马,挥鞭欲追,孰料四人刚刚上马,胯下乘骑竟一声嘶鸣腾空飞起,顺着上面悟空行走的方向,掠过一座又一座山头、峡谷、河流,毫无阻挡地向前飞行。马上四人初时尚有点害怕,但很快就适应了这种方式。他们明白,经过湖里的一番折腾,不仅自己有了脱胎换骨之后的超凡功力,就连坐骑也均身具法力,不可同日而语了。

　　有话则长,无话则短。为了照顾岳庚四人的奔行速度,悟空放弃了筋斗云而改用一般纵云法。尽管如此,毕竟要比在平地上快得多了许多,领头奔了一个时辰,就来到了花果山。

岳庚岳辰在岳府时已听悟空讲述了花果山的奇妙风光,如今实地一看,果真见所未见,美轮美奂。两人系大家出身,见的东西多了,没有任何拘谨,管自沿途观赏起来。两名家将欲待拴马观看,悟空笑着阻止,让他们自管放心去看。二人见马匹无一乱动,这才兴高采烈地跟在二位主人后面,忙着欣赏起这儿的风景。主仆四人,看看天池,水在翻滚;踏上草坪,奇葩吐艳;顺渠走走,蜿蜒东下,直把他们看得眼花缭乱,乐不可支。及至水帘洞下,他们更是看得手舞足蹈,连呼"来得太迟"。

此后,悟空一为满足岳氏兄弟的好奇,二来顺便让他们尽快了解掌握花果山的具体情况,领着他们走遍了七十二洞。多数洞主见大圣亲自陪同,无不尽其所能,热情相待;也有少数洞主表面欢迎,心里却有点不服。岳庚岳辰初次接触这些洞主时,尚有点紧张不安,随着接触、交谈的次数增加,也就逐渐习惯起来。尤其是芭将和狐王与他们主动交谈,介绍情况,很快就成了好朋友。

接连转了七八天,岳庚与岳辰看也看了,问也问了,对全山的情况大都有了了解,向悟空提出接手训练事。悟空大喜,暂先委岳庚为花果山兵马都指挥使,岳辰为副使,上任头件事就是在前段技艺训练的基础上,教习、演练队列操典、扎寨安营、巡逻布哨、战阵变幻等内容。

马上就要同二百多名参加训练的对象见面了,事情会顺利吗?

应该说,孙悟空的一双火眼金睛确实没看错了人!

岳庚、岳辰虽然年龄都不甚大,却皆文武双全、身怀绝技,尤其是经历了湖水折腾事之后,两人都沉稳了许多。

有这样两个人来教习、训练,岂会不顺?嗨!事情就是这样,岳庚岳辰还真是遇到了麻烦。

谁都知道,花果山的生灵能跑能跳,能喊能叫,天生一个我行我素的自由世界。前段训练时,大伙慑于孙悟空的威信与本领,自然老老实实不敢捣乱,且悟空出于对各个种类习性的了解,未把那些嘻嘻哈哈、相互搞恶作剧之类行为当回事,前期训练也就看似顺利地结束了。轮到这一阶段的训练,不论是岳家兄弟的要求,还是所训练的内容,都含有极为严格的要求,于是,训练到了第二天,问题就出现了。

按参加训练对象的体魄、习性,岳庚将他们分作两队,一队由熊、狮、虎、豹、象等大块头组成,一队由猴、狐、獾、羊、兔等组成,先行队列训练。第一天,大伙尚且觉得有趣坚持下来,悟空陪岳氏兄弟看了一天甚为满意。次日,悟空因他事未来,岳庚、岳辰接着进行训练。半上午时分,先是与训的几只猴子耐不住约束,在队列里又扮鬼相又乱跑乱跳,弄得场上哄堂大笑,虽遭钻天猴、鹤将等反对,几只猴子依然怪相百出;而后,三头猛狮也不听指挥,一个个卧在场上不干了;其他成员见样学样,或追逐嬉戏,或打打闹闹,全无头天严肃、整齐的样子;唯有红角羚羊与其属下一边练,一边气愤地观察着场上的动静,并着一名属下悄悄去向悟空禀报。

岳庚岳辰将门出身,何曾见过这种情况,顿时勃然大怒,岩松、岳信两名家将也都紧握剑柄,随时应对不测。岳庚朗声道:"大圣组织这次训练,是让大家学好本事抗番保国,怎能如此玩世不恭? 念系初犯,姑且饶你们一次,速速入列继续训练!"

"与番寇打斗凭的是手脚功夫,练这些有何用处?"一只猴子方才在队列里扮鬼相逗得大伙一阵大笑,此时以为又是次出风头的机会,马上来个了反问。

"这个你就不清楚了!"岳辰强行压下心头的怒气,耐心地解释:"排队列阵不仅对今后打斗有好处,还能通过整齐的阵容来展示咱们的力量和威风。现在不好好练,将来与番寇对阵,岂不遭他们耻笑?"

长卧于场上的三只猴子来前已受其洞主的影响,对岳庚兄弟心存不服,此时正好有了发泄的机会,其中一头趁势叫道:"两位让我们训练,也得拿出点真才实学,光是训斥顶何用?"

红角羚羊见这几个家伙越来越不像话,忍不住顶了过去:"大圣让咱们训练,自有训练的必要。你们不想干可以退出,如此嚷来嚷去,成何体统?"

狮子生来就凶残暴戾,罕有敌手,只因族内无人能比得上悟空,才不得不臣服于他的麾下,哪儿还怕你个羚羊王? 三头狮子见羚羊王竟敢当众指责自己,顿时龇牙咧嘴咆哮起来:"此地岂有你羚羊说话的份? 既想找死,可就怨不得我们了!"话甫落音,一齐向红角羚羊扑来。红角羚羊见状,立即高昂双角,惧也不惧地站立当地,几个属下围在大王两侧,作好了迎战准备。双方一个猛扑一个严守,眼看一场实力悬殊的惨烈厮杀就要爆发。

随着"呛朗"一声响,所有与训对象的眼前闪过了三道寒光。被狮子的傲慢不敬行径激怒了的岳辰刷地一下抽出佩剑,几乎是在同一时刻;两名家将也亮出了兵器。

岳庚唯恐弟弟沉不住气把事情弄坏,一边紧紧抓住岳辰,一边朝着三头狮子厉声喝道:"不识好歹的家伙,速速给我住手! 否则,我岳庚上山的第一件事就是替大圣清理门户!"

　　嗨？怪了！三头已跃起在空中的狮子竟像傻子似的摇头瞪眼地齐齐落下，耳朵里钻了什么东西似的摆个不停。就连发声怒斥的岳庚也不会想到，他在那次落湖事件中喝得水最多吐得也最多，脱胎换骨自是比弟弟还多了一分；唐僧知道他将是徒弟的得力助手，故在助其运气、清浊的摩挲中，特意给他多输了几分佛家真气。你想他的一言一行还能停留在过去？武林人氏推崇"狮子大吼功"，意指狮子的怒吼厉害得很，殊不知岳庚用愤怒发出来的几句话已满含了佛家的无上真功，可令被呵斥者不死即伤，远比狮子大吼功要精妙许多。也正因岳庚不知这些，仅是随感而发，才没要了三个蠢家伙的命。即便如此，三头狮子也还是被震得眼冒金星，嗡嗡直响，不得不呆立当地。岳庚见状，正待上前发落，场上却多了一个人，后面尚有一人在追。

　　谁？孙悟空！后面赶来的是芭将。

　　原来，悟空于头天晚上从训练场上回水帘洞后，芭将前来向他禀报，前段派出去采买兵器的人员已回来一个，称次日一早都可回来，欲请他届时前去，看是否中意。悟空以为当天的训练进展顺当，兵器好坏也属大事，遂答允芭将，于第二天出洞来到岭前一条大路上等候。两人等了一阵，采买人员押着车辆奔来。悟空方自拣起几件观看，忽见一只羚羊匆匆奔来，向他禀报了训练场上发生的情况。

　　悟空不听犹可，一听不禁大怒，放下兵器就往训练场赶；芭将闻听事由猴起，也十分气愤，二话没说，跟着悟空也匆匆赶了过来。

　　见悟空突然现身，场上顿时安静下来。悟空几个纵跃来到岳庚四人面前，脸带愧色："二位将军息怒，看俺老孙怎样收拾这帮家伙！"一转身，指着钻天猴问道："是你带头闹的事？"

　　"大圣！岛上缺的就是本事，俺好好学还恐来不及呢。"钻天猴说得很硬梆。

　　"那就是你们两个了？"

　　"俺们、俺们只是想偷懒，逗大伙乐乐。"另两只猴子见悟空瞪着发红的眼神慌了神，一边嗫嚅着，一边观察退路。

　　"好！你们既想偷懒，从今往后就不用再为山里出力了。"悟空用手向外一指，"给俺滚出花果山去！如果让俺再在山里遇见你俩，你俩可就别想活了！"

　　"大圣爷爷！把俺留下吧，俺以后再也不敢了！"两个猴子知道脱离了族群的孤猴会是一个什么悲惨的下场，吓得跪在地上一个劲儿地求饶。

　　芭将来时就憋着满肚子火气，听悟空这么一问，果真是自己挑选得这两个部下办得好事,愈加气恼,飞起一脚将那个带头闹事的猴子踢翻在地,大声骂道:"不争气的东西! 留下你俩还有何用! 大圣饶了你们,俺可绝对饶不了!"边说边从岳庚腰间抽出利剑,疾向那只猴子刺去。岳庚眼明手快,急忙扯住道:"不劳芭将动手,事情是在训练场出的,还是由我们处置为好。"芭将将剑还给岳庚,又在两只猴子身上踢了几脚,方才气恨恨地站在一旁。

三头狮子见悟空、芭将一前一后来到场上,头件事就是处置自己的子孙,心里虽然害怕低下了头,但那左右转动的眼睛里还是流露出了不服气的神色。

悟空将这一切看在眼里,一步纵到为首的狮子面前,拍了拍他的脑袋问道:"你不是狮驼王跟前的那个叫'百步准'吗?"

"是! 大圣。"

"听说你百步之内追猎物,几乎没空?"

"差不多!"

"你既然有此本领,俺现在就与你比试比试。只要你在千步之内追上俺老孙,不仅不治你的罪,还要放你回狮驼山快活过日。"

"别,别,别,俺怎能和大圣您比! 别说一个一千步,就是十个、百个一千步,俺也见不到您的影子。"

百步准这犟头犟脑却又老老实实的话语一出口,直把大伙逗得想笑却又不敢笑,憋得个满脸通红,有的竟以咳嗽来代替,才没有在悟空面前失了态。

悟空还待再说什么,岳庚跨前一步,双手一拱说:"大圣! 属下初来乍到,大伙有些不服也属自然,这件事由我来处理好了!"未等悟空应允,他从腰上解下一条七八尺长的带子,大声问百步准:"本将军愿意与你比试比试,不知你有无这个胆量?"

"嘀嘀,小瞧俺没有胆量? 你说,怎么个比试?"百步准一听岳庚要与自己比试,顿时两眼放光,腰身一耸,咧开大嘴高兴起来。他以为,面前这两个人尽管身怀武艺,也绝不是自己的对手,赢在他俩手里,洞主肯定会更好地对待自己,在悟空面前也有了脸面。

"不比别的,就比这条带子。"岳庚扬了扬手中的带子,"我若在三招之内制不住你,情愿下山走人! 三招之内若赢了你,你们几个必须规矩行事,不得有任何捣乱!"

"行! 就依你的!"百步准信心十足,回答得十分干脆。

悟空生怕岳庚有什么闪失,张嘴欲说,岳庚急忙摇了摇手,才把要说的话咽了回去站在原地,随时准备出手施救。

岳庚见对方已蓄势待发,说了声"开始",扬起手中的带子向百步准挥去。

百步准眼瞅是条软不溜丢的红绸带子,冷哼一声,身子前扑的当儿,张口就向带子咬去。在他看来,只要一口将带子咬住,凭自己的力气还不把这个发号施令的人当场拖翻在地,显显自家威风,灭灭他人志气,省得日后既得听大圣的,还得听这两个人的? 可笑这个教头少不更事,竟拿这个东西来比试,一条带子岂奈我何? 就在他志得意满、张口欲咬的瞬间,那条看似弯曲无力的带子却突地笔直如箭,堪堪打在他鼻尖上。

有点生活常识的人都知道,大凡动物之类,身上均有几处最不禁打的地方,如软肋、眼睛、腋窝什么的,鼻子就是其中一处。一是百步准心存小觑,二是岳庚武艺高超,带子一触到百步准的鼻尖上,顿时像开了五味铺,酸麻苦辣咸齐齐袭来,又似铁锤击石,弄得他两眼直冒金星,前腿一个趔趄,前扑的身子顿了一顿,脑袋也不由自己地左右摇晃了几下,样子十分滑稽。大伙见他如此狼狈,齐齐哄笑不止。

百步准当场受辱,岂能忍受得住? 就见他两只前爪使劲一按地面,借势一纵,凌空跃起,径直朝岳庚头顶扑来。

"不好!"悟空一声惊呼正待出手,岳庚已身子一挫,几个仆步闪到百步准身后,手中的带子宛若矫龙似的,在百步准凌空后蹬的后腿上缠了几下,随即凌空旋转起来。

这是一个什么样的情景啊! 明亮的天空下,碧绿的草地上,打斗双方却像是一场游戏。大伙初时尚能看清火红的绸带前面是百步准上千斤重挣扎的身影;随着旋转的加快,出现在大伙面前的只是一圈红光带起的呼呼风响,酷似一个罕见的快速飞舞的链子锤。

此时的百步准空有一身蛮力与技巧却一点也使不上,开始还能挣扎吼叫,转到后来则眩晕过去,任人摆布。岳庚存心想要戒一儆百,直直舞动了百十来下,方猛然用力,将百步准甩到几十步外的草地上。大伙在岳庚闪避、缠足、舞动、猛甩的当儿,全都屏息静气,凝神观看,待百步准被甩落的瞬间,猛地发出了一阵惊雷也似的叫好声。随后,跑得跑,跳得跳,一齐涌到百步准的周围。

悟空惊喜之余,也跟着纵到百步准跟前,只见他身子软瘫瘫地动也不动,唯有微微翕动的鼻息证明他还活着。过了好大一阵,随着呼吸的渐渐粗重,百步准睁开了两只迷茫呆傻的眼睛,看了看眼前的情景。悟空趁机问他:"怎么样,你还要不要比试?"百步准忆起刚才比试的情况,不禁脸现愧色:"岳将军果然技艺出众,俺自不量力,自取耻辱,今后一定……"

百步准下面的话尚未说完,突然从对面山坡传来一声大喝:"大圣,我有话要说!"喊声响处,一个狮首人身的魁伟大汉从灌木丛中猛地跃起,蹿下一丈多高的石壁,向场中奔来。

悟空闪目一瞧,不觉诧异起来:"狮驼老弟,你怎么会在这儿?"

"我在这儿观看已久,欲请大圣主持公道,与二位新来的将军过几招!"狮驼王并不正面回答悟空的发问,却冷不丁提出了一道难题。

"嗯……"悟空闻听此言,将前后发生之事一联想,登时明白了百步准刚才出言不逊、当场起哄的原因所在,脸色一变,沉声道:"怪不得你的三个属下今日不听号令,屡屡寻衅滋事,原来竟是你在后面撑腰! 说吧,你让俺老孙如何主持公道?"

"大圣别误会!"狮驼王装出一副诚恳的样子,"您让大伙搞整军练武,我们哪个不支持? 但是在教头人选上却必须是龙中之龙,凤中之凤,方能令部下臣服。如今两位教头如此年轻,我想与他俩中任何一位比试三样本领。倘若样样都胜了我,我愿死心塌地听从他俩的号令! 否则,大圣就得允许我三个属下不再参加这后半截的训练。"

"你……"悟空想不到狮驼王会当众提出这种无礼的要求,一时戟指高举,气得说不上话来。

人们应当还会记得,孙悟空学艺归山、闯龙宫索讨金箍棒后,先是大张旗鼓,响振铜锣,广设珍馐百味,满斟椰液琼浆,与众畅怀欢宴;嗣后日逐腾云驾雾,遨游四海,行乐千山,以武会友,结识了牛、蛟、鹏、狮驼、猕猴、猯狒等六家魔王,连自家美猴王共计七个,日逐讲文论武,弦歌笙舞,朝去暮回,无般不乐,把那万里之遥,只当庭围之路,不知自由自在地狂欢了多少时日。后来,孙悟空因嫌玉帝骗人,辞去弼马温不做,反下天宫,自号齐天大圣。玉帝遣托塔李天王率天兵征讨花果山,被悟空打了个落花流水,大获全胜,六弟兄俱来贺喜。席间,悟空对他们说:"小弟已称齐天大圣,你们也可以大圣称之。"六弟兄闻言欣喜,当场纷纷自定名号,狮驼王自定为"移山大圣"。山中其他洞主闻讯无不动容,一时之间,满山皆王,处处有"圣"。悟空本应对此严加制止,无奈当时的他一味贪玩,玩世不恭,不制反赞,情况愈加混乱。直到遭唐僧斥逐回山暂住的那段日子,悟空才认真地筛选了一次,淘汰了一批老而无用的,起用了一批新的,使七十二洞有了新气象。

狮驼王那次虽然被留了下来,但看到夏义狐这些身躯矮小的洞主也被悟空提上了王位,与自己平起平坐,心里老大不服气。打那之后,凡是山里之事,他能推则推,不能推则拖,轻易不与总山来往。

悟空这次归山后,狮驼王耳闻目睹山里一连串可喜变化,对悟空增添了几分敬重,却依然对当年之事有所耿介。尤其是近日岳庚兄弟上山逐洞游览,他碍于悟空的情面，表面上热情客气，心底里却对二人大为眼红，除头天嘱咐三名属下于训练时找茬闹事，借此抬高本洞威望外，次日一早又亲自前来，潜藏在训练场附近的山林里，偷窥下边的动静。初时，三名部下借机发难，他看了感到开心；中间，悟空到场训斥，他稍稍有点担心；之后，岳庚手握绸带提出比试，他暗暗讥笑；孰料，眼睛还没眨几下，他再也笑不出来了，百步准被人家玩耍了一阵甩出去了。

"要不要出去？"正当他犹豫不定之际，百步准认输服气的声音清清楚楚地传入他的耳朵。这偷鸡不成反蚀把米的事已经够他异常尴尬，百步准再要说出什么求饶的话，岂不令他这个洞主、这个王日后再也抬不起头，反倒让人家笑掉了大牙？狮驼王再也忍不住，遂在发话的同时纵身跃下石壁，直接向岳氏兄弟叫了板。

其实，这都是瞬间之事。未等悟空说上话来，岳辰已挺身而出。

当两只猴子闹事、百步准找茬寻衅那会，岳辰已憋不住内心的气愤，欲好好教训教训这些顽劣之徒，被乃兄给拦住了；当哥哥将百步准甩到地上，百步准理应认输时，半路上却杀出狮驼王，不仅没有严饬部下的不良行为，反倒向悟空向自己哥俩提出了挑战，他清醒地意识到，狮驼王明着是向自己哥俩挑战，实际上是在向悟空示威。不彻底击败他们，不仅哥俩无法再待在山上，抗番之愿不能实现，而且这内部人心不齐的隐患还会在花果山继续隐藏蔓延，把不定什么时候以什么方式爆发，坏了悟空的大事。我岳家向来光明行事，磊落做人，岂能到我手落个畏缩不前、对友不义之名？这些想法犹如一团熊熊燃烧的火焰，直烧得他血脉贲张，两眼通红，一甩哥哥伸过来欲加阻拦的手臂，健步跨到狮驼王跟前，瞥了他一眼道："原来是狮驼王驾临！请问，你要比试什么？文的还是武的？我岳辰——接着便是！"

"别以为咱土生土长，会武不会文，咱是文武一起来！怎么样，咱说得不算苛刻吧？"狮驼王说完，摇头晃脑地朝四下看了看，希图得到大伙的支持，在心理上来个先声夺人，怎奈大伙不是不满他的这种无事生非的行为，就是被方才岳庚的神勇而镇服，都没有一点回应，只有其两个属下木然地点了点头，算是对他的做法表示赞同。

相反，这无声的场面对于岳辰而言却是一个莫大的声援。同时，他已少了几分刚上场时的冲动，以平静的口吻问道："这文的怎比，武的怎比，请狮驼王说个清楚！"

"文的比试赛跑，从这里到对面那面石壁来回跑上三次，谁先到达石壁前谁赢！"见岳辰点了点头，狮驼王接着说道："武的来两场，一场比赛兵器，一场比赛拳脚。岳将军肯赏咱这个脸否?"

"如此比试,难免会有损伤,狮驼王可曾考虑?"

"哈哈,别说损伤,就是被打死,也只能怪自己本事不济,怨着谁来? 岳将军如果不愿,现在就可收场!"

稍懂点常识的都知道,狮子的奔跑速度,几乎可以与虎豹甚至这方面的冠军鹿、羚羊媲美;且由于其先天的遗传和后天的锻炼,身长体健,肌肉发达,厮杀搏击能力罕有敌手。狮驼王之所以提出这样三个内容与岳氏兄弟比试,除了自身这些优势外,就是自恃有一千多年的道行,不仅能够幻为人身,而且使得一手好锤,创有一套狮拳。他在估量了自家的这些优势后,欲打算用长距离的奔跑,将对方累个半死,而后再凭自己的打斗彻底击败对方,好让其他洞主个个敬畏,悟空能够刮目相看。于是,自现身上场,他语气始终很硬,说话夹枪带棒,一副未比先胜、目中无人的狂妄神态。

自以为是的狮驼王的这种做法激怒了场上的绝大多数正直之士,红角羚羊带头顶了过去:"狮驼王! 二位将军舍家离山,教习大伙兵法阵式,是为了抗番保国,你这样做是何用意? 岳将军,别听他的,咱接着练!"

"狮驼老弟! 俺想不通你为何要这样做? 如果实在有力没处使,老哥愿陪你练上几遭。"芭将实在看不下去,开了口。

"狮驼王! 我看你还是现在走为好!"说话的是鹤将。

"大王! 俺刚才尽管输了,却输得服气。二位将军是为了不受外人欺负才来教咱操练,您就回去吧!"百步准忍不住也劝了起来。

狮驼王本来是有备而来,一心想要达到自己的目的,不承想还没开始比试就遭到了大家的反对,尤其是百步准这个混蛋,刚才还是自己最宠爱的战将,眼下竟然当众服输,指责起自己的不是来了,这叫自己怎么收场? 恼羞成怒之下,他恶狠狠地瞪了红角羚羊、芭将一眼,冲着百步准吼了声"混账东西",朝岳氏兄弟跟前跨了一步叫嚣道:"咱只是问你们一句,今日是比还是不比?"

岳辰扬天一声大笑道:"哈哈! 狮驼王看来是胜券在握,非要看我弟兄俩出丑不可。来而不往非礼也,现在咱就开始!"

"慢! 俺老孙有话要说!"悟空紧锁眉头,走到两人中间,一手托住狮驼王的肩膀,一手拉起岳辰的手掌,盯着狮驼王沉声道:"岳将军既然答应于你,俺也不便阻拦。但你身为一山之王、一洞之主,竟然藐视山规,且无尊长,无端生事,阻碍训练,即使胜了,俺也绝不饶你! 去吧! 俺倒要看看你有多大本事。"

狮驼王闻听此言,狂怒的脑袋始有了几分清醒,意识到自己的做法有些不妥,有心想打退堂鼓,却又难以返口,只得嗫嚅道:"大圣! 俺并无他意。岳将军要是……"说着,将眼光转向岳辰脸上,想让他说些什么。

岳辰能说"不"吗?不能!此时,他一是早已下定了与狮驼王决一雌雄的决心,二是正承受着来自悟空那儿功力的传输。别看悟空仅是一个手拉手的随意动作,其实他正将自己身上的无穷神力通过岳辰的劳宫穴源源不断地传入对方体内。见狮驼王一脸尴尬的神情,他一边继续输功,一边看也不看地说:"忙你的比试去吧。趁俺现在尚未改变主意,你就多喘息一阵好了!"

狮驼王见说无效,心一横,脚一跺,对芭将说道:"请芭将军为我俩作个评判!"说完,蹬蹬蹬往前走了十几步返身站下。

芭将冷不防被叫了号,本待当下拒绝,但见悟空朝他点了点头,只得对狮驼王问道:"比试可是你提出来的,但愿你说话算话!头场比试赛跑,请二位就位!"

岳辰在悟空放手之际,满怀感激的神色看了他一眼,又对岳庚点了点头,往前跨了几步,与狮驼王并排站在一起。

"开始!"芭将适时发出了号令。

人影一闪,早有准备的狮驼王暂时放下了心中的烦躁不安,一个猛子窜出了两丈开外。扭头瞥了岳辰一眼,心里暗自冷笑:"哼!看你小子有多大能耐!"

再看岳辰,虽说气定神闲,不慌不忙,也朝着对面峭壁跑去,但在起步上却慢了一步,观众无不为他担心起来。

狮驼王不愧是奔走山川河谷的老手,一眼就瞅准从起跑地到峭壁的距离,来回一趟三里,来回三次约十里,自己一个纵跃两丈多,一跑就是上百里,对付一个只有两条腿的年轻人,保准十拿十赢。自信在手,他从起步起用足劲头一路狂跃,周遭的树木花草均被他一闪而过。

殊不知岳辰生就一双飞毛腿,本已越过常人,赶上兽行,加上唐僧施救,悟空先前点拨及刚才输功,更是内无浊气,真气充盈,身轻足健,奔跑神速,因此,一圈下来,两人尚且比肩而行,看不出什么;到两圈之际,岳辰看似与先前一样不疾不徐,领先了二十余丈,狮驼王却微带喘息,脚下速度不如头圈快速;三圈头上,狮驼王刚刚奔到峭壁之前,岳辰已返回终点,面带微笑看着大家。

胜败已见分晓,芭将大声宣布:"头场比试结束,岳将军领先狮驼王一里之遥!"

"好……"场上腾起了一阵雷鸣般的欢呼声。事情竟然大大出乎大伙的预料,狮驼王再怎么也狂不起来了,默默地返回场地,等待后面的比试。

受头轮比试结果的鼓舞,芭将一改方才闷闷不乐的神情,待二人稍作小憩后,宣布了第二轮比试的内容:"兵器比试!"

好在岳庚、岳辰每次来训练场前,都穿甲贯盔,携带兵器,以给属下树立榜样,此时一听比试内容,家将岳信即刻将提炉枪递到主人手上;与此同时,狮驼王走到场地边缘的草丛里捡起两柄斗大的八角铁锤返回场上。芭将举目一瞧,认出是前时从人头蜂那里缴获的经自己分发下去的兵器,不禁与悟空对视了一眼,均为狮驼王这一早有预谋的举动加深了警惕。

比试双方皆做好了准备。随着芭将"比试开始"号令的再次发出,狮驼王左锤在上右锤在下,疾向岳辰当头砸下。快捷的身手,沉重的铁锤,霎时人影疾闪,锤风凌厉,端得来势凶猛,好不厉害!

岳辰见状,左腿微屈,右腿一个仆步旋转,趁狮驼王前扑闪空,身子已到自己前面,挺枪就向他背心刺去。枪到中途,暗想此人虽然狂妄,却与自己并无仇怨,何必伤其性命?遂左手略抬,右手一送,改向他肩后刺去。就这么一思一改之间,狮驼王已斜斜窜出,掉过身来。

悟空与芭将以及场上鹤将、钻天猴、鹰也愁、百步准等,无一不是打斗方面的行家里手,焉有不明之理?无不为岳辰的宽容气度所钦佩,岳庚更是明白弟弟的用意,不禁暗暗为他叫好。

就这样,两人战不到五个回合,大伙都发现岳辰三次留情,留住了狮驼王的性命。场上你传我告你,就连百步准的那两个同伴也深深为岳家的仁慈胸怀、大将风度而感动。

第六回合开始,狮驼王杀得性起,突然左手锤朝岳辰扔来,同时,身子猛然一扑,举起右锤向岳辰拦腰打去。岳辰毕竟未曾上过阵,根本料不到会有这种打法,仓促间向外一闪,狮驼王手中的锤是避过了,头顶上的那柄锤还是擦过肩膀落下,被擦破的地方霎时鲜血直流,将袖子染得通红。

俗话说:十指连心,兄弟连筋。岳庚见狮驼王突然使出这么个毒招,弟弟受伤,"啊呀"一声就要出手相救,猛地想起岳家的名誉和悟空的重托,硬生生地将迈出去的腿收回,一张脸因气愤、担心而憋成了紫酱色。悟空气得破口大骂:"好你个不知羞耻、恩将仇报的家伙!岳将军几次手下留情,你却使出如此卑鄙手段,欲夺他的性命,俺老孙岂能饶你!"口里说着,身子就要往起纵。

岳庚手疾眼快,一把拉住他道:"大圣别急,比武必有死伤,不能因为我们坏了规矩!"

红角羚羊忍不住骂道:"狮驼王!都是自家兄弟,你却如此无耻,算什么好汉?"

狮驼王一心要赢对方,此时见自己的毒招已经奏效,只需再加把劲即可将对方打倒获胜,哪里顾得上去理会他人的指责,俨然没听见似的挥起双锤再次扑向岳辰。

岳辰害怕了吗? 他要害怕就不是岳家子孙! 之前,他之所以未下杀手,处处留情,无非是想通过比试保全狮驼王的情面,使其理解自己的一片好心,替悟空消除内部隐患,凝集全山抗番民心,万没想到对方却以怨报德,必欲置自己于死地,如此狠毒之辈留他何用? 不如借此机会,替悟空清除门户,永绝后患! 心思电转之际,狮驼王已再次扑了上来。

"找死!"岳辰一声怒叱,出手就是岳、罗合一的上乘枪法,刷刷刷,一连十几枪,枪枪都指向对方面门。

试想,岳家枪、罗家枪皆浸润了各家几代人的心思、悟性,单用一种都罕逢敌手,双枪合一岂不威力更大? 何况此时的岳辰已注入了唐僧、孙悟空两位活佛的精妙佛力,每出一枪都力似泰山,快如电闪,直将狮驼王弄得眼前全是一片闪着寒光的枪影,别说还击,就连喘息都觉得紧张。惊慌之中,狮驼王急忙扔下双锤,来了个兔子下坡,仰身后倒,连打了十几个滚,滚到场子东面的草丛里索索发抖。

这么一来,可就难住了岳辰。打吧,胜之不武;住手吧,气愤难忍。犹豫之际,传来了岳庚洪亮的声音:"岳辰! 饶他一命,交大圣处置!"岳辰闻听,看也不看对方一眼,提枪返回场中。

随着场上再次响起一阵阵的喝彩声,杂七杂八的斥责声,悟空朝着躲在草丛里的狮驼王喝道:"该死的家伙,还不赶快滚过来!"狮驼王无奈,只得翻身爬起,垂头丧气地返回跪下,等待悟空的发落。

悟空闪目四看,二百多名部属肃立当地,紧紧盯着自己;四周山坡上,一群又一群闻讯而来的猴子静静地盯着下边,全无往日那种打打闹闹的情景。

静,出奇般的宁静,构成一张奇特而无形的大网,紧紧罩在了悟空的头上,他感受到了从未有过的压抑,也因此而激发出了从未有过的亢奋。稍稍一顿,他指着岳庚、岳辰大声问道:"大伙看了刚才二位将军的比试,意下如何?"

周围立即响起了杂乱却异常响亮的声音:

"文武双全,以德服人!"

"愿听二位将军号令!"

"谁不服,谁就滚下山!"

百步准与两个同伴一起走到悟空与岳庚兄弟面前,齐齐跪地道:"大圣,二位将军,俺们虽然是粗鲁之辈,却也晓得是非对错。从今以后愿听从号令,服从指挥。只是,只是请大圣能放过俺大王这次。"

场上最最难受的自然是狮驼王了。与岳辰打斗时，一股偏激取胜的劲气驱使着他亢奋的身体，一心想把对方打倒，直到此时，比试惨败了，冲动消失了，他才意识到自己狭隘、狂妄的害处。想想以往，大圣对自己信任有加；看看如今，岳氏兄弟在当众受辱的情况下，几次手下留情。自己怎么会利令智昏到如此地步？怀着这种自责自怨的复杂心情，他语调低沉却十分坚定地对着悟空说："大圣！一切都是俺的错，要杀要剐俺毫无怨言！但愿二位将军不要因俺而生去意，辅佐大圣治好花果山，不让那些番寇小瞧咱一分！"

"既然如此，俺老孙遂你心愿，留你个全尸，也算顾了往日情面！"说罢，右掌猛地举起，向其天灵盖击去。

说时迟，那时快，岳庚、岳辰一人托住悟空一只手。悟空一怔，岳庚已开了口："大圣！狮驼王藐视山规，轻慢大圣，无中生事，确应处死！念其在山多年，并无叛离之心，刚才所言，出乎内心，还是饶其一死，令其戴罪立功为好！"

狮驼王本已抱定必死之心，闭目等待，却听见岳庚不计前嫌为其求情，心中一阵大恸，伏地痛哭道："二位将军如此大仁大义，叫俺如何是好？还是让俺去死吧！"岳辰一把将他拉起来："狮驼王！我看你是条汉子，今后少不了你出力，不要自怨自责了！"

事情发生得如此突然，令所有人都未想到。芭将走到狮驼王跟前说："还不快谢谢二位将军不杀之恩？"

一言提醒了梦中人。狮驼王低头欲拜，却被岳氏兄弟从两旁架住。岳庚道："要谢也得谢大圣，我们年纪轻轻，怎敢受你大礼？"

"谢我？"悟空心头一阵激动，脸上满是喜悦的神色，"二位将军如此大度大量，真乃花果山之大幸！有你们及众位弟兄，何愁大事不成？"转身对狮驼王道："今日看在二位将军份上，赦你死罪，活罪难饶！芭将军，拉下去打四十大棍！"

狮驼王颤声道："大圣、二位将军，如此大的恩情，俺纵然粉身碎骨也难以回报！看俺今后行动好了！"说完，前行十几步，趴在地上接受刑罚。几乎在同一时刻，山上山下欢腾起来，无不为这一突如其来却令人信服的结局感到欣喜。端得是：风云突变于仓促，狮王三难反促和。以德服人人更敬，胜败不论少与多。欲知日后如何训练，且听下回分解。

第二十回
乘兴出海　方头船失利彭公湾

　　花果山的训练经狮驼王这么一闹，不仅没有中途夭折、人心涣散，反倒闹出个人心齐、上下和、岳氏兄弟立神威的大好结局。狮驼王说到做到，匆匆回洞安顿了山务后，即返回训练场上参加了训练，按照岳氏兄弟的教授，认认真真学习起来。可见这世上之事本无定律：因势利导，瞅准火候，四两可拨千斤，即使遇的是坏事，往往能够变成好事；反之，遇事只晓得火上添油，一味蛮打瞎干，一件好端端的事情也可能弄得节外生枝，砸了锅灶碎了盆。当然，至关重要的还是处在事物漩涡中的主角的心性、气量如何了。

　　打这以后，悟空知道岳氏兄弟的威望已经确立，毋需担心再有什么麻烦，遂放心大胆地让他俩去搞，不是什么重要事情，轻易不去训练场地，把大部分时间放在了与狐王、芭将等去抓其他大事。岳庚岳辰感激悟空的信任，训练越加认真，日逐早起晚睡，勤奋教习，整个训练天天都有新的变化。

　　转眼一个月过去，训练项目由队列操练转入到阵法演练及变幻阶段。鉴于训练项目需要，岳庚向悟空提出制作红、黄、蓝、白、黑五色标旗、服装，增加演练人员的请求。

　　悟空乍听有点不解：训练搞这些东西、增加演练人员有何用处？经岳庚解释方才明白，搞阵法训练不比队列训练那样，只需动作一致、队列整齐、阵容威仪就行，必须依照五行相生相克要求，将队伍依金、木、水、火、土分为五队，各穿相应颜色的盔甲、戎装，在本色标旗的导引下，演练各种阵法，掌握每一阵法及阵法之间的复杂变化。这样，不仅要有鲜明的标旗与戎装，而且参加演练的士卒不能太少，以免出现阵容不威、变化不显、士气不振等问题。

　　此乃好事，悟空岂有不准？满山居民闲着也是闲着，何不趁机让所有洞主带其精壮属下来此统一接受一次训练，既可壮大军威，又可为日后各洞进行的训练多些骨干？如今山上要粮有粮，要钱有钱，吃住购物皆不是问题，要搞就搞个五千兵丁的训练，从中物色人才，为今后抗番护土之用。说干就干，按照他的吩咐，芭将找岳庚要来图样，立即亲自率领火器营二十几个兵丁携银下山，来回七八天时间，将标旗、戎装等一应物件购置回来；与此同时，各洞洞主均按狐王所定名额,亲自率队来训练地集中。一时之间,水帘洞一带熙熙攘攘,训练之地你欢我叫,一派热闹景象。

岳庚、岳辰不愧为将门之后。面对士卒骤然增多的纷乱情景,他俩以正在训练的二百多兵丁为骨干,将新报到者分散编入,一千人为一队,按类编为五队,颁发了标旗与戎装,顿使嘈杂无序的场面安静下来。

为给日后管理、训练以及攻守厮杀打好基础,岳庚代悟空当场宣布:五个千人队乃花果山直接掌管的步军,分别定为中军、前军、后军、左军、右军。其中,黄队为中军,红队为前军,蓝队为后军,白队为左军,黑队为右军;训练结束后,暂回本洞召集未训练成员进行训练,事毕返归集中驻扎;五军如需增员,则从各洞自行训练过的成员中抽调,其余成员为各洞自己的步军;本次训练期间,暂由象王、豹王、熊王、羚羊王、狮驼王分任五军统制,待训练结束,依据参训表现正式确定。

宣示一出,训练场上呼声如雷。这是因为,早在悟空自命美猴王时期,花果山就不止一次地搞过演练,但每次都是练练兵器,耍耍拳脚,虽也练过什么安营扎寨什么的,却如同玩家家似的,哪曾有过如今这样正规?有过如今这等规模?故大伙除了欢天喜地外,更多的是一股争先恐后的激情。

几天忙过,一切皆已就绪。这天,前后左右中军统一换上新发的戎装,按照各自的标色,以本队的标旗为准,齐刷刷地列队于谷地中央。

队前,新置的五杆标旗在晨风的吹拂下猎猎作响;旗下,象、熊、豹、羚羊、狮驼五王凝重肃立;身后,各自所率的千人队方方正正,纵横成队;五个方队的中间,是其他洞主组成的一列纵队,看情景,显然是将他们单独编制,以便训练。这场景,这气势,俨然让所有成员都深切体验到花果山从此告别散漫步入了正规,体验到了大战即将面临于前的一阵阵紧张和莫名的亢奋。

过了一会,岳庚、岳辰各着盔甲在前,悟空全身戎装居中,狐王、芭将与岳氏兄弟的两名家将随后,跃出水帘洞,来到五军阵前。

悟空闪目一瞧,简直不敢相信这就是自己的步军。几天不见,原先那些只晓得嬉戏打闹的部属,眼下却变得如此听话,如此懂事,别说那些士卒神情专注,目不斜视,就连所有洞主也都浑无往日大大咧咧、吊儿郎当的山大王模样,动也不动地站在队列里。

"岳庚、岳辰两个小子,你们真是给俺老孙争光露脸了!"悟空内心翻腾着异样的感慨举目扫视了全场一周,开了口:"今天是咱花果山正式成军的大好日子,大伙高兴不高兴?"

"高——兴——"场上响起了整齐响亮的回音。

"前几天狮驼王无端捣乱,俺曾想杀一儆百,以正山规。是二位岳将军宽宏大量,令其戴罪立功,替俺保全了一员大将。狮驼王,你现在有何感想?"

"回禀大圣! 属下深感您和二位将军不杀之恩,愿为咱花果山肝脑涂地,效命疆场!"狮驼王没料到悟空会突然点名,愣了一愣,大步跨出队列,作了回答。

"好! 有这志气俺老孙就高兴!"悟空夸赞了狮驼王一句,面向全场,"从今天起,开始阵法演练。咱们日后面对的不是偷鸡摸狗、抢男霸女的一般坏人,而是一心想抢占咱花果山和东土的番寇。仅有一身蛮力,仅会几手拳脚、棍棒不行,必须学会阵法,地上水里都能打斗,为将的还须懂得兵法运用,咱才能有克敌制胜的把握! 不论是谁,都必须听从二位岳将军的号令! 违令者杀!"随着讲话戛然而止,场上爆发出了震耳欲聋的"遵命"声。

阵法训练自此拉开了帷幕。

在接下来的日子里,岳庚兄弟倾其所能,一个阵法练熟,接着教习第二个阵法。阵法演练内容繁杂,不易掌握,对初学者确实头痛。好在有了狮驼王那次教训,有了狐王的经常照应和芭将的饮食安排,从统制到兵丁,无不严肃认真,演练进度日益加快。一字长蛇阵花费了四五天时间,嗣后,随着熟练程度与领悟能力的提高,越到后来所用时间越短,一个半月下来,所有阵法无不演练娴熟。鉴于今后与敌接战多在海上,岳庚兄弟本想增加这方面的训练内容,怎奈没有这方面的实践与借鉴,兄弟俩思虑再三,终究拿不出合适阵法,只能在兵法上多教习一些。

到了演练阵法变幻,岳庚、岳辰根据演练需要,从中挑选出十名部属充任旗牌官,专司传令、联络之职。此时,即可看出队分五色的作用。阵法变幻,表现最多的是各色队伍的奉令穿插、游动,令敌目不暇接,陷入包围,达到分割包围、歼灭敌人之目的。由于各队标识分明,因而在变幻过程中随着令旗的指引,时而银龙出海,时而赤焰漫天,或如蓝光泻地,或如金黄耀日,端得是:光耀五色彻地飞,队分七彩漫天吹。兵机玄奥隐杀气,神惊鬼惧望尘追。

演练,凝聚了军心,壮大了军威。

演练,使岳庚岳辰从中悟到了新鲜的东西。

那是在演练一字长蛇阵时,参加演练的猴兵出于其天生的聪颖、机敏、能纵、善跳,在头尾伸缩的队形变化时,往往闪电似的纵跳到两侧,连抓带挠,做出一连串人类无法想到做到的匪夷所思的打斗招式,宛若长龙之上长了几千只利爪,使阵法平添无限威力。

八卦阵本是一种利用现有景物或人为设置障碍制造谜团制敌于死地的阵法。若由人来破阵,只能凭借智慧与技艺,但在此次演练中,身高体大的象、熊却不管你如何设置,鼻子一卷,大树被连根拔起;屁股一掀,作为迷阵中"眼"的障碍物的巨石不是被掀飞,就是被摔碎,真把迷阵弄得面目全非,不攻自破。

岳庚岳辰本就对阵法熟悉,触景生情,颇多领悟,遂将原阵法与发现的情况糅合起来,演变出了一字长蛇百爪阵、象熊合击破卦阵等一些新的阵法,在日后的抗番战斗中发挥了意想不到的作用。

步军训练的同时,其他地方也没闲着。

狐王在这段时间,将唐坡山的事务依旧托给鹿相料理,大部分时间放在了对七十二洞巡山、布哨、防守的督察上。洞主们参加了步军训练后,悟空担心各洞防务有所懈怠,除责成各洞确定一名副洞主负责外,专门抽出狐王进行督察。狐王深知此事重要,每隔几天就逐洞巡查一次。花果山之东面、南面濒临海面的地方,更是他巡查的重点,一旦发现有什么问题,就协同该洞迅速纠正、排解,直把各洞之间搞得忙而有序,未出大的事情。

搞得最为有序的是火器营。这支被孙悟空寄予厚望的火器军来自于官军,原本就器械齐全,训练有素,在将其眷属引领上山、解除了每个官兵的后顾之忧后,官兵们感谢孙悟空的知遇之恩,情绪十分高涨。尤其听说日后面临的敌人是经常骚扰、侵犯东土地界的番寇,无不义愤填膺,抓紧训练。促使他们好好表现的还有一个很重要的原因是要在今后的抗番御敌中超过步军,一展火器军的威风。袁德胜等三员统制虽说都是人头蜂窦国成的旧部,却并非窦的亲信,乃是窦为了加强对郴州城的监控、壮大自己的势力,通过乃父在京城的一位掌管兵权的同僚之手硬要过来的,刚到郴州不久,就随同大军征讨花果山被俘获过来。初时,三人尚忐忑不安,唯恐与毛虫相处不会有什么善局,待看见悟空及其周围的部属对自己及所有官兵十分善待,事事都予优待,不禁人心大悦,都想在今后的抗番保土中显露身心,建功立业,于是,步军训练开始后,三人一合计,也在前段训练五百新添猴兵的基础上,展开了三个营如何协同配合的阵法演练,琢磨出了两翼开花、中间突破、火烧战船、炮打连营等不少新的战法。

东海岛屿和钓龟岛的驻防演练,在崩将以及小弯弓、一爪抓等头目的带领下,也搞得有声有色。如果说,未曾经过阵仗而搞训练搞得是按部就班,那么,对于已吃过番寇苦头的小弯弓他们来讲,训练可谓有的放矢。如何对待敌人的火攻?崩将采纳大伙的建议,将伐下的竹子锯断,琢磨来琢磨去,制成了喷水筒,小的握在手里可以单独使用,大的粗的单人难以操作,崩将想了个办法,将他固定在木架上,吸水、喷射由几个猴兵合力操作。虽说费力费事,威力却颇惊人,一喷就是二十几丈远,比上次番寇的喷火筒喷得还要远。

有了喷水筒,就得有水。大伙一合计,以哨楼为中心,四下挖了深坑,将海水舀上来蓄满,随时可以供水筒使用,还可长久浸泡那些用以游荡击敌的山藤,免得藤条因长久暴晒而干裂,或遇上火攻而易于燃烧。

南山岛的头目一爪抓,不仅在摄物、击敌上出手迅疾,一抓就准,而且在捉蛇玩蛇方面也堪称好手,多大多凶的蛇一经他发现,电闪似的抓住蛇尾一抡一抖一甩,顷刻间就被他弄得浑身软瘫,任凭摆布,不是将其毒液磕掉,就是拿布除其毒液,再行玩弄。原先,他只是将其作为一种玩耍的工具,自从与崩将琢磨成喷水筒后,他于无意间将蛇的毒液挤进筒里对着岸边小水湾里喷射,湾里的鱼虾一会儿就肚子朝上,全部毒死,他灵机一动,对崩将说了自己的想法,崩将大喜过望,立即命令各岛捉蛇,放在蓄水坑里饲养,以备战时使用。

众人拾柴火焰高,功夫不负有心人。经过几个月的琢磨、苦练,包括钓龟岛在内,东海岛屿的防务明显完善。

滩边岩洞遍设暗哨,时刻监视着海上的动静,凭着猴兵们超常的耳目,筑起了第一道防线。

滩头——山脚——山坡,暗桩密布,上遮草皮,别说番寇夜晚偷袭是道难关,便是白天来犯也不易发现,一旦踏入此地,不仅可以杀死大量敌人,仅是迟滞敌之进攻的时间,也足够守兵从容准备。

山腰处,一堆又一堆全是足足可让敌人头碎骨折的利石。上次,石头阵发挥了令敌胆寒的作用;日后,这些数量更多的石头,必定会产生更好的效果。

每个岛的哨楼经过改装,已无一块木料,减少了敌人火器的威力。哨楼里,火箭、水筒、石头、水缸齐备;哨楼外,石墙上遍设山藤、固设的喷水筒,还有那万不得已时可供使用的蓄蛇坑。

船队训练是唐坡山近海处最为热闹的一幅场景。自二十只小型战船停泊此处后,经狐王与芭将共同商定,从会水的猴子中挑出了三百名士卒充当水军,由一名"浪里翻"的猴子负责。

浪里翻本是花果山的一只猴子,怎么会有如此雅号? 说来有段不寻常的经历。孙悟空靠第一个钻入瀑布进入水帘洞、荣登猴王宝座后,羡慕坏了其他猴子。他们见样学样,无不以学会穿越瀑布入洞为荣耀,纷纷学着跳洞戏水。内中有只马猴,身高体大,攀岩附壁、林间跳跃,可谓高手,但不知怎的就是怕水。在水帘洞前连着试了好多次,却一听见那雷鸣也似的瀑布落地声就没了胆气,眼看着同伴们一个个都跳了进去,自己只能在一旁干叹气。时间稍长,同伴们都嘲笑他,送了他个外号叫"傻大个",直把他气得昏头昏脑,独自在山里乱钻。一天,他来到水帘洞上方,呆呆蹲在水边一块大石水观看流水,一个同伴隔着河水叫他傻大个。俗话说:树怕剥皮,人怕揭短。他一听同伴笑话,怒气横生,本想跳过河道报复同伴,不料力没用好,一下子跌入水中,顺着湍急而下的水流跌入水帘洞前的漩涡中,不仅没有失了性命,反倒被大伙誉为英雄。打那以后,他胆气陡升,每天锻炼着从洞顶往下跌,结果练就了一身于漩涡中来去自由的独特功夫。其他猴子见状,纷纷拜他为师,一带十、十带百,致使许多猴子学会了玩水,他也由"傻大个"变为"浪里翻"。

这次,浪里翻奉命统领船队后,当即率领三百名部属在浅海处训练两项内容:划船与跳水。在他看来,只要学会这两个本领,事情就好办了。因此,当孙悟空偕芭将、狐王等来此察看时,浪里翻率领部属当场作了演示。悟空虽也觉得海上作战不比浅海演示,猴兵上船不太适宜,但见他们个个兴高采烈,士气高昂,且全山各洞再无超过他们的人选,还是着实勉励了大家一番。

又是三个月过去,眼看步军训练就要结束,其他训练也近尾声,东海岛屿与龙湾岛先后传来了番寇频频出没侦探的谍报。

家有三件事,先拣紧的办。悟空与岳庚、岳辰、芭将、狐王、鹏王等商议,当即决定:派出信使火速传谕所有岛屿加强防务与联络;步军训练暂时中断,所有参与训练的士卒与大部分洞主先行返回本洞,组织本洞人员训练,搞好本山防务,做到届时步军成员随时集中待命,本洞其他成员能够自行防守;船队立即赴彭公湾进行一次海上演练,由岳庚率队,岳辰、芭将、狐王副之,鹏王负责来往联络。

彭公湾,也名镇鲸湾,其实是个狭长的海峡,水深三四十丈,位于龙湾与花果山偏南的陆地之间。

相传,龙湾岛屿与母体分离后,中间留下了一条狭长的海道,久而久之,这儿成了两地联系的水上通道,南来北往船只的必经之路。由于其位于东海、南海之间,海与外面的大洋融合在一起,故在人们于水面上行船的同时,水下也成了各种水生动物的朝会之地。东西南北的人们靠山吃山,靠海吃海,日子倒也过得安逸自在。

不知经历了多少个潮涨潮落,一直平静的海峡不再平静了。人们先是在岸边发现了一块块破碎的船板和一件件破碎的衣服,接着,不少村庄和岛上接二连三发生了人、船突然失踪的事件。人们惊惶了,许多胆小的渔民不敢下海了。

　　龙湾西面有个小岛,岛上有六十多户人家,大都以打鱼为生。渔民不比农夫,可以将一年收获的粮食菜蔬储存起来慢慢食用,他们只能将每天打捞的鱼虾赶到集市上去卖,换回所需要的食物、渔具度日。这种情况放在正常时期,尚且没有什么,如今遇到多日不敢出海的异常情景,可就不一样了。渔户们不是缸空袋空,就是难以揭锅,上了年纪的人唉声叹气的同时还想再等几天,一伙年轻人可就忍不住了。

　　岛上有户彭姓人家,一家三代十口人中,爷爷奶奶均已年逾七十,早已不能劳作;父亲虽说尚在中年,但因长年出海患了一身病卧床不起,母亲一年到头咳嗽不断,仅能操持点家务;兄弟姊妹六人中,阿灿、阿秀是长兄、长姐,二十岁上下,是全家的顶梁柱,上要照顾四个老人,下需照看四个弟妹,日子过得经常是吃了上顿没下顿。遇上这次几天不能出海,翻遍所有盆盆罐罐,都没有一点吃的。

　　阿灿不能再等了,与几个小伙伴一合计,于次日一早分乘几只破船下了海。算他们运气好,岛西的海峡本来鱼虾繁多,加上连续几天极少有人捕捞,各种各样的鱼虾更是成群结队,不知有多少。阿灿他们只下了两网,就已把船舱堆满,到集市上换回了不少粮食蔬菜、油盐酱醋。受此鼓舞,岛上的渔户胆气大增,纷纷抢着出海,人人赶上了利市,美味重新溢出了各家的茅屋,欢乐又回到了人们的脸上。

　　这样的日子没持续多长,祸事就在四天后降临了。这天,阿灿一早起来胡乱吃了几口,叫上妹妹阿秀和老三阿荣,来到停船的岸边。此时,二三十只船上都有了人,大伙忙乱了一阵,一只接一只地驶出港湾,都想在这天再发个利市。

　　阿灿从小就因善良、勤快、乐于助人而遭邻里喜爱。这天,他见乡亲们都将船驶向海峡中央,知道那儿鱼虾密集,不愿与大伙到一块争抢,遂将船驶向一鱼少处下了网。将近中午时分,阿荣见舱里仅有十几条不足半尺长的小鱼,连催哥哥将船驶到中央。

　　阿灿笑着道:"别急,咱再下几网,管叫你连个站脚的地方都没有。"

　　正说着,平静的地方突然涌起一股湍急的水流,小船倏地向一侧翻去。阿灿手疾眼快,操起船桨用力划了几下,同时将身子狠劲向一侧压住,才把船重新稳住。

　　阿秀姑娘毕竟心细,四下一望,海面上并没起风,抬头向天,依然晴朗无云。怪了!阿秀手搭凉棚又往海面中央望去,立即尖叫一声,指着那儿对阿灿说道:"哥,你看那是什么?"阿灿阿荣顺着瞧去,不禁被眼前的可怕情景惊呆了。

　　你道为何？原来，船只密集的那片海面上，此时白浪排空，海水翻腾，隐约可见一头足有三丈多长、六尺多高的怪物在水里翻卷，每翻腾一下，就掀起一个大浪，伴随着大浪的起伏，是破碎的船板猛地甩到半空，又猛地抛入海里，其中似乎还有人的残肢断臂。

　　"不好，快去救人！"阿灿喊了一声，紧握桨柄就拼命朝出事处摇去，阿秀、阿荣一言未发，也操起了木桨，唯恐去得迟了，乡亲们会遭受更大的灾难。

　　船摇到距出事点尚有十多丈远的地方，无法前进了。映入他们眼帘的是一幅惨不忍睹的悲惨情景：

　　一头罕见的巨鲨正在海里肆虐，随着他的一呼一吸和身子的摆动，海水时而在他身前变成一股湍急的水流向前蹿去，时而如奔腾的野马向外飞涌，这会儿还是一股深不可测的巨大漩涡，倏而变作巨浪冲上高空。足能吞进一只小船的巨嘴里，两排巨耙似的森森白齿吞噬着一个血肉模糊的渔民，那人身上血水将周围的海面染得一片殷红，有四五只小船虽然距巨鲸尚有一定距离，却因漩涡的吸附，拼死也突不出去，眼看已经支撑不住，不是被巨鲨活活吞掉，就是葬身漩涡之中。

　　阿灿不忍再看下去，紧紧闭住了双眼。他想驾船冲进漩涡杀死那只凶残的家伙，却被弟弟死死地拽住了衣襟。转眼一看，妹妹与弟弟已吓得脸色发白，两个瘦弱的身体在索索发抖，惊恐的眼睛里满是哀怜无助的神色。再看船上，除了一张补了又补的渔网和一柄渔叉外，再无其他得手武器。他清楚，单凭自己以及船上的网叉，即使事先有准备，也决计不是巨鲨的对手，白白送命不说，还会给风雨飘摇的家庭带来灭顶之灾，咬咬牙，他掉转船头返回了岛上。

　　当晚，有七只渔船没回来，全被撞成了碎片。驾船的七个渔民，三人葬身鱼腹，四人负伤，挣扎着爬到了其他渔民的船上。阿灿逐户登门看望，只见家家举哀，户户悲伤。邻居一户瞎眼老妇闻听儿子这个唯一的亲人惨死海上，纵身跳进了大海，留下一间低矮的草房，在风中簌簌发抖。

　　次日，一个怪异的说法在岛上不胫而走：阿灿贸然出海捕鱼，触怒了龙王，龙王才派出手下得力大将来向岛上人报复。开始仅是少数人在窃窃私议，不到两三天，说的人越来越多，内容也越来越玄乎，变成了全岛居民街谈巷议的公开话题。

　　善良的阿灿并不知晓，依然天天到受难者家里去帮忙，却不是被人家客客气气拒之门外，就是冷言冷眼，令他纳闷；走在路上，人们本来三五成堆地说着什么，一见他来即缄口不语。与此同时，曾与他一起出海的那几个伙伴也都遭到了邻居们的责难，家里老人们的训斥，不准再与阿灿接触。直到有一天晚上，一个叫阿林的伙伴偷偷跑来说了情况，阿灿方才恍然大悟，得知了自己连遭冷遇的原委和眼前的处境。

打这以后，阿灿完全像变了个人，听不到他再唱歌，极少与人说话，一连几天带着阿荣到近海处打鱼，到鱼市去换物，待将家里所有坛坛罐罐、大小布袋都装满了粮食，地上堆了许多蔬菜，破箱子里偷偷放了一堆散碎银子，他又独自上山割来好多野藤，到稻田里找来大堆稻草，从集市上买回三柄钢叉和十几个布袋，然后将干藤盘起夹上干鱼，稻草团起也夹上干鱼，一捆捆、一盘盘，全部装袋扎牢。一切备妥，他将阿秀、阿荣叫来，说自己要去击杀巨鲨，替乡亲们报仇除害，嘱咐他俩一旦自己回不来，要好好孝敬老人，照顾好弟弟妹妹。阿秀阿荣初时哭着不让他去，后来见他主意不变，又都争着要与他一道去杀巨鲨，被他连哄带训地制止住。

次日，阿灿假说自己要出海捕鱼，告别了亲人，驾着装满了布袋、渔叉的小船独自来到了那天出事的海上。阿秀阿荣惦记着哥哥的安危，一起来到靠海的悬崖上呆呆观望。有村人发现他俩行动怪异上前探问，十六岁的阿荣带着怨愤的口气讲了哥哥为民除害而出海杀鲸的消息，那人一听大吃一惊，急忙回村禀告，直把全村人都惊动起来，年老体弱、胆小的拥到了悬崖上登高远望，胆大且年轻力壮者纷纷登船下海，要去帮助阿灿。几个与阿灿要好的伙伴一边大骂村人"乱嚼舌头"、"逼死鬼"，一边驾船向海上驶去。

阿灿在海上游弋间，瞥见从岛上驶来了十几只渔船，估计是弟妹们走漏了风声，村人赶来协助自己，忙扯开嗓子喝阻他们不要过来。村人正在犹豫之际，忽然看见距阿灿不远的海面上猛地凸起一座小山似的东西，平静的海水随之涌动起来。村民中有见过巨鲨的急忙朝阿灿喊了起来："快躲开，怪物出来了！"

阿灿等的就是这个家伙，岂会躲开？当他发现自己所驾的船突地晃动了一下，就知道所要寻找的目标出现了。也就是一闪念间，巨鲨浮出了水面，随着鼻孔中两股白色的水柱冲天而起，张开的巨嘴恰恰对着自己所在的方向。早已将生死置之度外的阿灿趁巨鲨将吸未吸之际，迅速将装着藤条的布袋一个个扔到海里。已尝到人肉滋味的巨鲨见眼前有人，且有一个又一个又长又圆又有浓烈腥味的东西就在眼前，以为又有一顿美味可餐，高兴地大嘴一张，鼻翼一收，那些布袋就赛跑似的向他嘴里奔去。巨鲨连吸了七八个布袋后犹不过瘾，再度用力一吸一张，将阿灿随后扔下的十五六个装满稻草的布袋也悉数吸进肚里。轻而易举地享受了这么多食物，巨鲨打消了吞食面前之人的念头,悠然自得地甩着尾巴游走过来。一旁的阿灿默默地估算着时间,等待那致命一搏时机的到来。远处船上的人们不知他们玩的是何把戏,全都屏息静气,眨也不眨地盯着前面的动静。

时候到了,缓缓游走的巨鲨突然发了疯似的在水里闹腾起来!聪明的阿灿急忙将船向外划了十几丈远,嘴角一咧,脸上露出了欣慰的笑容。

远处,正在翻腾的巨鲨却没这份心情,相反,他正在经历着一场从未有过的剧烈痛苦。

原来,阿灿之所以要砍藤条,是因为他知道山藤越老韧劲越大,不经水时尚且能经得住人们无数次的攀扯,能生生缠死那些参天大树,一旦入水浸泡,扭曲弹张的力道将更大,不亚于一条巨蟒。至于那些稻草则另有他用:一时不易腐烂的草茎、尖细锋利的茎叶草尖,触在手上都觉得生疼,若进到胃里那个柔软世界,无异于千万把钢刀利箭。如此两招,相得益彰。巨鲸没有得意多久,经过腹内热气蒸腾、胃水浸泡,外面的布袋融化了,里面粗壮紧盘的老藤却渐渐泛开,开始了自己发轫、扭曲、张弹的活动,酷似一条满布锋刃的巨蟒在一条软嫩的皮袋里挣扎扭动,直把巨鲨的胃撑成了一个越来越大的气球;与此同时,破布而出的一捆捆稻草紧紧地黏附在藤条上、胃壁上,伴随着藤条的扩张、胃袋的蠕动,一刻不停地猛扎着那越来越薄的柔软肉块。巨鲨受此交叉袭击,直疼得欲吐不能,欲排不行,上下翻滚,左右扭动。海水受到此剧动影响,霎时骇浪排空,漩涡入地,声势煞是骇人!

这一切都在阿灿的意料之中。

约摸过了一个时辰,受了严重内伤的巨鲸终于被自己折腾得精疲力竭,慢慢停止了挣扎,浮在水面上不停地喘息。海水随之平静了,可怕的漩涡也很快消失。

阿灿朝后面的船只摆了摆手,示意他们别过来,自己却快速划船,直朝巨鲨驶去。

快了!小船距巨鲨仅有两三丈时,听到动静、闻到人味的巨鲨猛地睁开双眼,张开了巨嘴。生死攸关的瞬间,阿灿将三柄钢叉连珠般掷出,长年练就的臂上功夫带着主人的仇恨,投进了巨鲨那大如门洞的巨口里面。巨鲨这次有了教训,不敢再往肚里咽,而是报复性地猛地一咬。坏了!锋利的交叉在一起的叉尖顿时刺穿双颊,待要张口吐掉,已是万万不能。借着巨鲨无力再掀波弄漩、只顾自我挣扎的空隙,阿灿将船向前划了丈许,然后持起跟随了自己多年的长柄钢叉,腿曲足蹬,借着小船一沉一浮的势道凌空跃起,将钢叉正正地插入巨鲸的眼里。

兔子急了还会咬人。巨鲨本是海中霸主,此刻虽然两度重创,奄奄一息,却凶性未除,残力犹在,何况仇人就在眼前,岂能束手待毙?嘴巴受伤不能施展,自己还有粗大的尾巴,何不将他拍死?于是,未等阿灿跃上脊背,巨鲸拼尽体内最后一点力气,头一摆,将阿灿甩下水,腰身一扭的同时,又长又粗的尾巴重重地击在阿灿身上,接着全身猛一转动,将骨碎筋断的阿灿彻底葬入身底。随着最后一点力气的耗尽,巨鲨也永远闭上了他那血肉模糊的双眼。

"阿灿……"目睹了这场英勇惨烈搏杀情景的渔民们,大声呼叫着从不远处划船赶来。站在悬崖上观望的乡亲们见海上没了动静,也都纷纷驾船出海,欲看看海上的情况。一时间,人声鼎沸,渔船竞渡,先后来到了打斗地点。

此时,巨鲨已没了气息,正随着海水的缓慢起伏一点点地向岸边漂移。大伙近前一看,只见他巨口微张,隐约可见里边的钢叉;眼里插着把又长又大的钢叉,许是插得过深,血液已经凝固,接连换了几人都没拔出来。

人们最关心的是阿灿,围着死鲸找了几次都未见踪影。还是一位中年渔民有经验,指点大家往对岸与下游找,果然在对岸近海处发现了阿灿的尸体。衣服被漩涡冲击自动离体,全身骨节大多折断粉碎,静静地浮在水面上。伙伴们见状痛哭了一阵,轻轻把他抬到船上,然后由一人看着,其余伙伴与岛上先后赶到的乡亲们利用海上的浮力,将巨鲨推上浅滩。在那个中年渔民的指点下,大伙操起船上的刀、斧,将他来了个开膛破肚,这才发现了鱼嘴里的钢叉、鱼肚里缠搅不清的山藤与稻草,无不为阿灿的智慧与胆量折服,更为他只身除害、为民消灾的精神所感动。为了纪念阿灿,警示后人,人们以他的姓氏给这道海峡起名为"彭公湾",同时,为了吓阻、震慑别的水怪的祸害,又将此地称之为"镇鲸湾"。

听着狐王一路的叙述,岳庚一行于后半上午时分,率着船队一路顺风地来到彭公湾。

此时,正是一天中略逊于早晨的美好时刻。明媚的阳光下,辽阔的海面上帆船点点;微微的北风轻轻吹拂着蔚蓝色的海水,涌起一道道波纹,向着无边无际的远方泛去,端得是撒网打鱼、战船驰骋的好时光。

望着两边隐约可见、一片黛色的岛屿,狐王说,东面一片就是龙湾岛屿,西面则是与花果山相连的陆地,紧挨陆地边缘那几处突出的地方是几个半陆半岛的地方,在这儿演练,既可让郑乃清、马帅等就近参与,也能在结束后适时返回出发地。

采纳狐王的建议,岳庚当即下令:船队于此展开训练;鹏王即刻飞赴龙湾,传谕郑、马率大小头目来此观练;岳辰乘所坐船只到最后做好呼应;狐王、芭将随同自己协同指挥。众人听命,纷纷照办,鹏王双翅一展,疾向龙湾飞去。

一声令下,船队齐齐停住,依照兵书上所载,二十只船在岳庚手中令旗的指挥下或成月牙形向东面岛屿展开包围,或呈"品"字形实施进攻,时而列成纵队向前疾驶,时而分两队演练进攻。岳庚尽管是初涉水仗,却也搞得像模像样,很像回事。

三百名士卒见行船打仗竟有这么多讲究和道道,无不兴趣大增,指东向东,指西向西,练得十分专心。狐、芭二人见岳庚初次出海就能使出招式,均暗暗喝彩,不仅全力配合,而且时不时地出点主意。

演练是顺利的。如果照此进行下去,首次出海必然会来个旗开得胜,奏凯而归。遗憾的是,天下意外之事往往出于顺当之际;大喜过后,每每是大哀的开始。似乎不这样,不显事物的复杂;不这样,不见上天的公平。

当演练船队愈趋熟练、所有士卒方兴未艾之际,一股南风掠过空中、贴着海面上下兜来,所有船只再无刚才那样操控自如,上下左右晃动起来;倏而,晴朗的天空涌来大块大块铅色的云朵,经过一番聚拢、合围,将太阳遮得无影无踪,蔚蓝色的海面很快换上了墨黑深邃的狰狞面孔;接着,北上的南风越刮越猛,船只像片可怜的树叶,在水里滴溜乱转;随着狂风的肆虐,是闪电惊雷和望不到头的滔天巨浪,小船呼地被掀上半空,猛地又跌入浪底。

岳庚何曾见过如此可怕的情景,吓得脸都黄了,本能地朝狐王、芭将望去,两人紧张的脸上露出的均是期待的神色,当即迫使自己镇定下来。他清楚,凭个人的本事,自己兄弟俩和芭、狐四个均可逃出这一可怕的场所,但身为统帅与岳家后代的他,岂能办此临阵脱逃之事?何况鹏王、郑、马及所带部属极有可能已到海上,说不定也遇到了同样的凶险。值此九死一生的危急关头,他立即命令狐、芭急速离船,与岳辰、浪里翻一道分头掌握船只。狐、芭奉命双双跃起,飞到了其他船上。士卒们见状,始稍稍安心,在岳庚五人的指挥下展开了自救。

然而,微薄的人力已难抵御这一突如其来的特大灾难,不幸的事件接二连三地在他们的眼皮底下发生了:

船上的猴子虽然都识水性,却都是在风平浪静的浅海里学点玩水的本事,从未经历过风浪考验,初时尚能抓住船帮支撑一阵,时间一长,随着海浪的颠簸,个个被颠得头晕目眩,拼命呕吐,纷纷落入海中。

由于没有经验,大风乍来时未将风帆落下,桅杆全被刮折,有几只船连桅带船翻转,船上的士卒全部落水。

　　还有一个致命的问题,当时造船为了多载兵,两头都搞成了方形,如今遇上狂风巨浪,前行后退阻力大,不是在水中团团打转,就是被浪击破击碎。

　　岳庚五人按照分头管船的办法忙活了一阵,收效并不明显。五人当即腾空的腾空,下水的下水,去救落水的士卒,救起一个,就往西岸放一个,尽管风大浪急,还是救起了一百多名,加上侥幸逃出来的和被巨浪推上岸的,近二百士卒得救,尚有一百多个死亡、失踪。再看船只,仅有五只比较完好,其余四分之三均已破碎,完全成了一堆废物。

　　说来真怪,老天似乎专门与岳庚他们作对似的,这儿刚将救起的士卒收拢到岸边,风停了,云散了,雷息了,咆哮的大海也停止了喧嚣。望着重新露出笑脸业已偏西的太阳,岳庚于又喜又气之际,突然想起龙湾那头至今尚无一点回音,急忙吩咐狐王去打探。狐王去没多久,同鹏王一起返回。

　　鹏王告诉岳庚,郑乃清与马帅接到传谕,马上召集起岛上二十多人,分乘两只小船往这边赶。船到中途遇见狂风大浪,幸好来人中大多是渔民,操船弄水的功夫都很老到,人、船均无大碍。为防止出事,经鹏王再三劝说,郑、马方率众返回龙湾。鹏王本想立即赶来,因空中乌云密布,雷鸣电闪,无法前行,暂在一小岛上躲避了一阵,风停后于返回途中和狐王相遇,方才知道了这边发生的情况。

　　初次受命出海就遇上了如此惨败,三百名活蹦乱跳的士卒未曾与番寇对阵,就有三分之一长眠海上,已获救的士卒中大多负伤,精疲力竭,有的已经气若游丝,随时都有死亡的危险,况且所带的水与食物全部掉入海中,靠五只小船能把超过数倍的士卒运回花果山吗?返归途中焉知不会再度涉险?大圣将重任交给自己,自己怎么向他交代?

　　岸边,受了伤的士卒在痛苦呻吟。

　　岳庚等陷入了痛苦的沉默之中。

　　欲知二百余众如何回山,且听下回分解。

第二十一回
雪中送炭　喜相逢英雄扯义旗

话表岳庚率队出海时，悟空本想一同前去，转念一想，此时正是锤炼岳庚岳辰统兵作战的好机会，自己一去，势必束缚他们的手脚，反倒不好。该放手时则放手，自己何不借此空隙，检查一下各洞的训练和防务？

主意一定，悟空顺着山势逐洞巡视起来。前时，听了崩将、郑乃清派人送来番寇频频侦探的情报后，他觉得抗番之事已迫在眉睫，须尽快了解全山统一训练以来各洞的情况，一旦水军返回，立即对抗番作出整体部署，早日改变长期以来被动挨打的不良局面。查看了几家他均感到满意。到了猎豹岭时，云中豹正在督率部属训练。见悟空亲来，云中豹十分快活，将公务交给鹰也愁，陪悟空回到自己的洞府，一边喝酒吃菜，一边禀报洞里的情况。

悟空多时未曾开怀畅饮，如今见事事顺心，洞洞盎然，不觉多饮了几坛，倚桌沉沉睡去。此时此刻，再有多好的听力视觉也全被醇醇的酒意化解了个七昏八晕，哪儿还能再像清醒时眼观千里之外、耳听四面八方？云中豹酒量本无悟空十之一二，此时更是来了个发昏第十一章，瘫软在地，醉得更为厉害。

不知睡了多久，悟空在梦中忽然听到有人在叫自己，他一骨碌从桌旁站起，声音又响了起来："悟空！船队出事，快去！快去！"循声跟出洞口，却再无声息。稍一思索，悟空猛地醒悟过来，哎呀，是师父在唤自己！一想到此，酒意睡意顿时消失了个无影无踪，未及多想，纵身腾空，急急朝东南处海上飞奔。

彭公湾转瞬即到。悟空于空中放眼细看，发现了岸边情景，蹑足收云，落了下去。

岳庚眼尖，几步迎了上去，倒身跪在地上，眼泪止不住地流了出来："大圣，我对不住您！"下面的话再也说不出来。

狐王、岳辰、芭将、鹏王也一齐赶了过来，一个个眼含热泪，默默地站在悟空面前。岸边那些或躺或坐或站的士卒，凡能说话的无不"大圣"、"大圣"地叫成一片，即令是块石头，也会被这情景感动得流下泪来。

大伙悲伤了一阵，狐王详细地讲述了海上所发生的事情经过，岳辰、芭将、鹏王也都将自己的见闻给悟空讲了一遍。

狐王道："大圣！我在唐坡山住了不知有多少年，从未见过今天这种可怕的风浪，莫说岳将军是初次出海，便是大罗神仙也难以对付。"

悟空点点头，一把将仍在悲痛不语的岳庚拉起道："今日之事，俺谁也不怪！如此险恶的情况下，你们还保存了三分之二的士卒，实是大功一件！胜败乃兵家常事，遭受了这次挫折，还怕没有以后的顺利？来来来，你们不用发愁士卒回山之事，俺老孙自有办法！"说罢，走到士卒跟前，挨个给那些身受重伤的喷了口仙气，那些士卒霎时疼痛大减，精神好了许多，然后对大伙说道："小的们，闭上眼睛，待俺老孙把你们送回家。"大伙依言，听话地闭起眼睛。悟空捻着诀，向地上喷了口气，道声"起"，一股柔风轻轻托起所有士卒，长了眼似的缓缓向花果山方向刮去。接着，悟空又用同样办法，将五只船送往花果山。

看见两股风渐行渐远，悟空展开双臂将岳庚兄弟揽到左右，笑了笑说："此处不留爷，自有留爷处，走，回家去！"双足一蹬，仨人已起在半空，其他人见状，也都一齐纵起，头也不回地朝花果山纵去。

不大一会，六人接踵落在了栖凤岭的花草中。悟空指着岭下一侧对芭将道："芭将军！小的们已经回到岭下，怎么样安排大伙疗伤、吃喝，就看你的了！"芭将答应一声，匆匆赶往岭下。

见狐王一副着急不安的样子，悟空朝他一笑："狐兄弟！那几只船已停在原先的海滩上，你也受累了，不必急着回去。鹏兄弟！你天上功夫了得，现在去趟唐坡山，着鹤将他们将船看管好，立即返回，俺今晚要给你们压压惊！"鹏王冲岳庚兄弟、狐王笑了笑，展翅飞上了高空。

当晚，悟空于水帘洞设宴为岳庚五人解忧压惊。席间，五人尚为白天之事闷闷不乐；岳庚见悟空始终没有责难之意，一味为自己宽心，内疚更甚，老半天夹口菜，催得急了方端端酒杯；岳辰见兄长难过的样子，自也无心吃喝，沉默少言。

悟空几次热情劝酒无效，知道大凡才高气傲之士，一旦身遭挫折，往往自怨自责，不易想通，唯有激将才是最好的振作之法。岳庚年少志大，出身将门，仅是劝慰，难免越劝越忧，不妨激他一激，或许奏效。于是，他将酒杯往桌上重重一放，对岳庚说："岳将军！恕俺老孙直言，莫非你岳家徒有虚名，能胜不能败？"

"大圣何出此言，这与我岳家有何关联？"岳庚打记事起，听到的全是对祖父对岳家的溢美之词，如今猛听到悟空说出如此刺耳的话语，想都未想就反问出口。

一旁的岳辰站起来正待反驳，见哥哥说出了自己想说的话，复坐了下去。

他想不通自己最崇敬的大圣老爷爷缘何说出这样对岳家大不敬的话来。

狐王、芭将、鹏王听得一时也怔住了，他们同样不明白悟空为何突然抛出了这样个话题。

悟空毫不理会这一套，继续沉声问道："既然没有关联，小将军怎么刚遇上点挫折就如此委靡不振？这岂是你尊祖在世时为将为帅处变不惊的气度？"

"这……"岳庚一时语塞，开始有点明白悟空的用意。

悟空干脆起身，绕着桌子侃侃而谈："大凡成就大业者，除了要有真才实学，临事有真知灼见，上阵有超人武艺外，还须有过人的胸怀与气度，做到'泰山崩于前而色不变，猛虎扑于后而心不惊'，方能胜不骄，败不馁，将大事办好。世人皆言俺神通广大，法力无边，连孺子也知道俺大闹天宫之事，你可知道俺在八卦炉里被太上老君用三昧真火焚烧七七四十九天时的滋味？可晓得佛祖将俺活活压在五行山下那五百年如何度过？你可倒好，一场海难就弄得你失了勇气，没了信心，连酒饭都难以下咽，这叫俺如何是好？"

激得好，响鼓更需要重槌敲！世间之人若从心性上讲，大体可分三种：

一种是像岳庚这样的英雄豪杰、仁人志士，生来秉具善良正直倔强之天性，幼时即有鸿鹄之志，年长则建功立业，文者往往学富五车，武者每每效命疆场，乃国家之栋梁，社稷之干城；唯有一样不好，不媚权贵，不谋权术，往往是上司提防的对象，同僚眼中的钉子，且每遇挫折，若温言相劝，他以为是怜悯，必得厉言激之，方悚然惊醒。

再一种是城府极深、工于心计、惯耍权术的奸佞之辈。《三字经》开篇就是"人之初，性本善"一句断言，似乎世有坏人，完全是后天所致。其实，这只是善良敦厚之人的一厢情愿，人云亦云者的学舌之词。人之所以不能成为其他动物，其他动物不能成为人，无非是种因在起根本作用。后天固然对人影响很大，却不能取代人生下来之时的差异。大凡奸佞之徒，其所作所为天生就带了一些，后天又学了一些。这些人大奸似忠，大佞似精，为了自身利益，他既可眉不动腿不抖地忍受"胯下之辱"，也可脸不变色心不跳地"指鹿为马"，你若用激将之法去激他，那可真是拿上树叶蹭象皮，丁点作用都不起。

三种人是心性平和、与世无争之常人。他们不谋大事，没有志向，遇事一个"无所谓"，对他们而言，激将不激将的无非像喝碗凉水。

话休繁叙。且说岳庚经悟空连将几军，惊出了一身大汗，头脑完全清醒过来，由衷地对悟空道："大圣！您对我岳氏兄弟的良苦用心岂能不知？我要是过不了这个坎，不说愧对我岳家列祖列宗，连您都对不起！今天之事需要好好琢磨琢磨,否则,日后只能让番寇找上门来打咱,咱们则没有主动出击的份。"

"说得好!"悟空设宴还有一个目的,让大家从白天的失败中找找教训,想点对策。凡人尚懂得亡羊补牢未为晚也的道理,花果山目前所抓之事关乎抗番保国,万万不能出了事就此了之。他看了看大家,用鼓励的口吻道:"大家都说说,今日之事,风大浪急固然令谁在场均无法抗拒,咱们这头是否也有不足之处?"

"大圣!总结今日的惨败实乃上上之策。按说这三百名水军弟兄是我和芭将一起定的,所有船只均是在唐坡山督造的,说这里面都有问题,等于是自打嘴巴,可我还是要说!"狐王在与狂风巨浪搏斗时已发现了不少问题,回来这段时间越寻思越觉得这些问题不可小视,本想说出来引起大伙注意,只是看到大家都在难过才没来得及说。此时见岳氏兄弟已缓过劲来,便接住悟空的话茬开了口,"这些问题,一是船只既小又笨,别说与番寇作战,便是捕鱼捉虾也怕不行,亟须改进样式;二是需从渔民中招募一批水军,专管驾船,配上咱那些能打善斗的士卒,估计会有改观。"

狐王如此坦诚地检讨自己的过错,令大家十分感动。芭将抢着道:"狐王所言甚是。依我看,孩儿们在海上训练也该变变地点,到深海里去搞,不能老是在浅处和风平浪静时训练。"

"龙湾那头也有类似情况,船大船小,什么样式,确实是件大事。"鹏王也谈了自己的看法。

"船是件大事,人更是件大事。自古三军皆有统帅,水军是咱抗番斗争中的重要力量,须有一位善水善战的人来统领,仅凭我们弟兄俩恐难以胜任。"岳辰说出了一个令大家十分注意的事项。

悟空满意地看了大家一眼,将目光望向岳庚:"岳将军,你呢?"

"除了大家说的这些,还需从全山各地作个通盘考虑,逐一拿出解决办法。"岳庚的脑子里闪过了东海岛屿、火器营以及全山各洞的训练、防卫。

议论到这儿,方才沉闷的局面已经悄然消失,代之的是一张张严肃却激昂的面孔。大家越说越热烈,话题自然而然转到了解决问题的办法上。

关于各军的统领及山里山外的人事安排,经过几天来的反复思考,悟空心里已然有谱,只是水军由谁来统领尚未拿定主意。对此,大伙自不便贸然提出。

七十二洞的训练还需抓紧进行,以便尽快把参与统一训练的五千士卒撤回,随时准备防范并出击来犯之敌。

龙湾与东海岛屿地处抗番前哨阵地,必须时时抓紧训练,近日内需进行一次巡查。

必须制定、颁布军规军令，做到令行禁止，赏罚有据。

水军受此重创，重组与训练乃全山首要大事，需召集崩将、郑乃清、马帅回山共同商定。

一切问题都有了解决的办法，唯独在战船的样式上，大家莫衷一是。悟空干脆招呼大家停止议论，放怀畅饮，留待次日再议。饮至深夜，方倒头大睡。

许是头天连喝两次酒，面临于前的问题基本有了对应之法，悟空一觉醒来，天色已一片灿烂，翻身一瞧，其他人已不在洞内。想起今天还要继续讨论船的事情，悟空急忙起身下床，由于起得太急，手托在了床边一硬硬的东西上，拿来一看，原来是师父前时送给自己的那个状如乌龟的物件。触景往往生情。师父临走前赠给他的"盆打丘山，遇水即开"八个字，立即清晰地浮现在脑海中。他一边在洞里走来走去，一边反复默念。念着念着，猛地想到"盆"不就是彭公湾的"彭"，"丘山"合起来岂非个"岳"字？对了？师父从来不苟言笑，赠送此物时一脸肃穆，"盆打丘山"岂不指的就是岳庚于彭公湾所遇之事？那么，"遇水即开"是否放到水里就知分晓？

意念于此，他一个纵跃跳出洞口，跑到前面的河湾，将物件轻轻放到水里。煞也作怪，那个看似黑不溜秋的乌龟刚触到水，竟滴溜溜地转了起来。悟空用手在他前面的水里轻轻一划，乌龟又长又尖的嘴巴宛如一支利箭，嗖地向前窜去。悟空觉得奇怪，将他从水中提起，原先浑然一体的小玩意的两侧中间偏上部位竟露出一丝缝隙。两手上下一扳，扳成两半。翻转来看，椭圆形的上盖要比下盖小，里面光滑无他；下盖里面均匀地分布着一个个带边的方格，靠近底部略上的四端各有一个脚掌形铁片，似是供人踩踏所用；盖之四周紧挨盖边处是一个个长方形的口子，两边各有木条，中间插着一块木板。

悟空不知那四块铁片作何用处，拿手轻轻一按，铁片被按了下去，从外面伸出一只酷似乌龟脚掌一样的东西，指尖锋利，指间有蹼，铁片通过一个小孔由一根弯弯的铁棍连着脚掌。悟空翻来翻去看了几回，心头突然一亮，拿起物件一边往栖凤岭飞跑，一边狂呼大叫："有了！有了！船有了！"

栖凤岭上，岳庚五人正在观赏一天之中最好的风景，蓦然听到悟空的喊叫。循声看去，悟空已飞跑上来，举着手里的东西大声问："你们看，这像不像只船？"

岳庚昨晚做梦都想着船的事情，一听悟空发问，兴奋中也顾不得什么礼节，一把将乌龟拿过，道："大圣！您且不要说，让我看了说说看法，看与您想的是否一样？"

"好,你且看看!"

其他四人见悟空如此高兴,纷纷围了过来,都想知道这究竟是什么宝贝。

岳庚上下里外仔细端详了一会,满脸惊喜道:"大圣,这确实是件宝物!您看,这个东西呈椭圆形,在海里行驶肯定比其他船要快;前边这个尖尖的嘴巴既便于快速行驶,本身还是件极具威力的兵器;上盖小,下底大,好处足有三个:一是启合不需耗费多大力气,二是不易进水,三还可以多载人;再看这些格子,一准是供人站立;下面四块铁片,好比船上的舵,供水手行船,掌握方向,需要往哪个方向走,猛踩那块铁片即可;四面留的洞口,打斗时是使用兵器的出口,没有战事或遇到风浪时,用木板一插则万事大吉,同时还是通风口,坐在里面不至于憋闷;这下面的四个爪,等于是船橹,前面的尖爪,还可防范敌人的水下偷袭。"

"岳将军不愧名将之后,竟比俺老孙还要看得透彻。你们说,咱这造船之事岂不是有了着落?"对于这件物件的妙用,悟空已看出个大概,听了岳庚的讲述,愈加高兴起来。

"大圣!何事有了着落,竟这般高兴?"未等狐王四人回话,洞口一暗,走进三个人。为首一人见这么多人在场,急忙转了话题,"不知诸位在此,多有打扰,贫道这厢有礼了!"双手抱在胸前,向大伙拱了拱手。

悟空抬头一看,"啊"的一声纵了过去,狐王、芭将也在同一时刻急急站起,异口同声地喊了起来:"原来是仙师驾临!您怎么现在才来?"

岳庚、岳辰、鹏王不知来者何人,肃立微笑,以示迎候。

你道发话者乃谁?悟空经常思念的天机星吴用是也!那么,相随二人又是何人?

却说水泊梁山因宋江功名心太重、设法受朝廷招安后,一百零八条好汉为征大辽、伏方腊,殁于王事者过半,所幸存者,除武松损了一臂已成废人,由鲁智深相陪,于杭州六和塔下养老外,尚有李俊、童威、童猛、燕青等三十二人,或为官,或隐居,或学道,或归家,如珠之脱线,叶之离条,再无往日英豪。

童威兄弟从征方腊回来,不愿居官奉职,随李俊来到太湖,搞几个扯满风帆的大船,日逐打鱼收息,比起做那个劳什子的朝廷命官倒也自在得多了。

此地有个丁乡宦,靠着乃祖丞相权势,勾结本州太守吕志球,颁下几道告示,称太湖是其放生湖,禁止任何人下湖捕捞,硬将三万六千顷大的太湖据为己有。

李俊三人见沿湖百姓生活无着,呼冤哭叫,不禁动了侠义之念,登门找丁府评理。丁乡宦一纸状子，以"梁山贼寇反心不死"之由，将李俊投入了死牢。

适逢阮小七被解职回家，因到忠义堂旧址凭吊旧友而遭官府追捕，朝廷以此为借口下令捉拿所有梁山旧人。

于是，昏君奸臣一支无情大棒将梁山旧部逼得你反我反。历经百般周折与血战，三十二位旧日兄弟与花逢春、呼延钰等英雄之后，一致推举混江龙李俊为尊，于海外暹罗国称王，诛奸佞，比前番在假仁假义的宋江那儿更觉舒心畅胆，做出了一番惊天动地的事业。

暹罗国经此重建，一应有功之人皆被封赏。出洞蛟童威、翻江蜃童猛皆被封为武卫将军、总统水军。兄弟俩从此专心水事，钻研水战，四周水贼敬其威德，惧其威仪，莫敢来犯。

一日，已被封为文成候、太子太保的浪子燕青上殿启奏："臣有一事禀奏，恭请主上降旨施行。"

"卿有事奏来！"

"男女之欲，人之天性。我等弟兄年少时皆负气使性，习学枪棒，不把女色放在心上，又为官司所逼，上了梁山；后来征讨四方，无暇及此。今蒙国主洪庇，同享富贵，除柴进、关胜、李应、朱仝、萧让、金大坚、宋清、孙立、孙新、呼延灼、蔡庆等有家眷外，其余皆是孤身。不要说衾寒枕冷，无人侍奉，后来绝了嗣息，有负祖宗，尤为可怕的是吾辈他日亡过，朝无勋戚，国无后人，国也就名存实亡，属于他人。故宜遍选国中旧日臣僚等名门望族女子，与东土来的文武百官求婚择偶，结为一家，一可安众位文武之心，感国主洪恩，二可使国中旧臣与吾贴心，融为一体，免生贰臣之念，三可繁衍子嗣，承继宗祧，日后长大还可辅翼嗣君，诚所谓一举三得之大事、善事也哉。便是军中无妻小的，也不妨与国中民家婚配。如此民兵相安，主客无隙，国家必然安康，无后顾之忧！"

国主闻奏，龙心大悦，当即传旨，令晓谕京城内外。童威、童猛借此际遇，各自与京中两户旧臣之妇联姻婚娶，不上几年，有了子女。

自古道：近朱者赤，近墨者黑。子女们受长辈影响，自小皆喜爱枪棒，不离海水，无不习得一身武艺和水上功夫。

到了童超、童起第三代，幼时皆为祖父掌上明珠，闲暇之时就将自己一生所得传给他们听，嗣后，父辈们接起了这桩事情。童超乃童威的嫡亲长孙，童起则是童猛的次孙。兄弟俩虽然隔了三四岁，却在同辈弟兄们中相处甚好，深受长辈们的青睐，不到二十岁习得一身武艺，至于操船掌舵、潜水打斗、水上指挥，更是强过乃祖乃父几分。待到四十多岁，祖、父先后逝世时，兄弟俩已官至暹罗国水军正管，与其他几个同门兄弟一起掌管着京城四面的水军。

事情的发展果然不出燕青所料，此时的国君虽然已经换成了李俊的孙子李耀光，但因君正臣廉，加之代代联姻，国中已无内外之分，故兵民融洽，将士用命，童超、童起一班功臣之后更是一心辅佐新君，把个国家治理得花团锦绣、格外强盛。

再说吴用头次到花果山拜见孙悟空，得悉一伙来自东北面海上的不明身份之人数次前来劫掠、骚扰之事，凭他多少年来戎马生涯的经历，便知海上防御是悟空复山兴山的头等大事，必得有几个忠贞不贰、能征善战的水军头领辅佐。在事情未曾办成之前，他不便事先许诺，遂以回天庭料理公事之名离别花果山，暗自到东海察访了一段日子，确知这儿有个断蛇也似的岛国历来窥视他国的疆土，四处出击，掠夺成性，花果山等东土地方更是他们垂涎、侵犯的首要目标。

这一情况的获得，愈发坚定了吴用给悟空物色水军头领的决心。谁是意中人？当然是原先那班梁山弟兄。这些人有的虽然早已阵亡，有的因年代久远不可能还在世上，但其后代继续干这行的必定大有人在。到哪去找呢？吴用已非凡人，来去易如反掌，有的是办法。他先到京城临安打听，打探到了暹罗国的朝代变易，便一路察访着来到其国都，装扮成一算命道士，一连几天在童府、阮府门前摇铃呼号。

这天，童超从京外水营回到府中，与夫人在厅叙话，忽听门外传来吵嚷之声，忙让家丁出外询问。一会，家丁偕门吏一起进来。童超问："门外何人争吵？"

"禀主人！有一算命道士连日在门外转悠，奴才知主人不在未曾搭理。方才他硬要进府见您，奴才不让，他就吵闹起来。"

"哦？他要见我？所为何事？"

"奴才不知。"

"方外之人不可怠慢，请他进来！"

门吏应诺一声走了出去，少顷，引着一人走进客厅。

童超一看，此人丰神道骨，气宇不凡，情知不是平俗之人，急忙起身问道："道长光临敝府，有何赐教？"

"敢问将军，令祖可是原梁山水军头领、人称出洞蛟的童威？"

"看道长年龄也不过五十出头，定与吾祖不是同时之人，何以知之？"

"哈哈，贫道吴用与乃祖同为梁山过命弟兄，岂能不知他的情况？只是贫道已过生死轮回这关，重归天庭，是以引起你之疑惑。"

童超一听来人竟是祖、父在世时经常念叨的智多星吴用，赶紧往起一站，半信半疑地问道："道长可知当年梁山先辈们后来的情况？"

吴用知道童超还对自己不相信，心里十分赞赏他的这种做事沉着细心的品格，缓缓道："莫说后来，就是所有弟兄的身世来历，贫道无不知晓。"于是，吴用从石碣村七星聚义、黄泥岗智取生辰纲说起，一直讲到宋江冤死蓼儿洼、卢俊义吞毒坠江亡、梁山兄弟惨死星散等。

童超目睹吴用时而神采飞扬、时而黯然神伤，讲得丝毫不差，哪儿还有什么疑惑？回想自家祖孙三代背井离乡、僻居海外的不幸遭遇，不禁悲从心来，哽咽着倒身拜倒在地："吴伯祖！见您如见吾祖，愚孙给您老人家叩头了！"

"贤孙请起！今日能见到你，贫道也算不枉此行了！"吴用心里一阵酸楚，急忙伸手去扶。

童超万没料到此生还能见到闻名江湖且与祖父是生死弟兄的吴用这位老前辈，心里别提有多高兴，急忙吩咐家丁奉茶、备宴，并派人分赴京城各地，将童起等所有童家子弟统统召来，让大家都来见见这位神仙、前辈，这里则继续与吴用亲切相谈。

中午时分，童起等同宗弟兄或轿或马，络绎不绝地从四下来到童府。经童超引荐，众弟兄无不惊喜万分，你也"吴伯祖"，他也"吴伯祖"，团团围在吴用身旁问长问短，甚是亲热不过。

说话间，丰盛的酒宴业已备好。一家人众星捧月似的将吴用拥在上座边吃边谈，吴用乘机讲了自己拜谒花果山、番寇屡犯东土、猴兵奋勇抗击等所见所闻，直把大家听得惊诧莫名，血脉贲张，好不羡慕。

可不是，见到吴用本已是意外之事，听说传说中的孙悟空竟然真有其人，且住在与自己同一海域的花果山，谁能不感惊喜？保家卫国乃匹夫皆关心之事，童家三代皆血性男儿，辈辈英勇御敌，更是对抗番格外关注。

童起道："孙悟空何等神勇人物，若让我见上一面，也不枉此生。"

"我要是齐天大圣手下，一准将水军管好，不让番寇猖獗！"童超想想猴兵守岛，不免有点担心。

大伙你言我语，无不流露出对孙悟空的神往，对番寇侵略行径的愤慨。

吴用有意将议论引上正题，乘机问道："孙大圣虽然神勇，却也不能包揽万事。况保家卫国乃天下人应尽之责，岂一人可以承担？倘若他那儿要个水军总管，你们有谁愿去？"

"我去！""我去！"年龄小的无不兴奋异常，争抢起来。

童超毕竟老成，举手作了个阻止的姿势，道："要说抗番保国，我童氏子孙毫无说的。然我辈皆公服在身，必得国主允准才行。吴伯祖若与国主说妥，我童超第一个去!"

"如此,我愿随大哥一道去花果山!"童起挺身一立,支持乃兄的主张。

"你们走后,谁来接替军中的职务?"

"吴伯祖放心,我辈弟兄十几个,个个都能挑起大梁,何况还有阮家兄弟,皆可接替。"童超知道吴用为何担心,当即作了解释。

"好!番寇野心勃勃,到处伸手,暹罗国也不能不防。既然有人接替,贫道也就放心了。"吴用顿了顿,接着说道:"至于国主那儿,窃以为陈清厉害,国主定会允准。大家只管放心吃喝,贫道明早就去皇宫。"一句话说得大家愈发高兴起来。

次日清晨,瞅准新君进膳的时机,童超陪吴用来到了皇宫门外,请求入宫晋见。侍卫见是国主最为倚重的武卫将军,不敢怠慢,匆匆进宫禀报,一会出来,将二人领了进去。

国主听说是令祖皇帝的结义弟兄、闻名遐迩的智多星吴用到此,已在后宫门外迎候。一见吴用进来,就要行后辈礼。

吴用一把扯住道:"国主不可如此!"

国主见吴用坚执不肯受礼,随即引吴用入宫,童超随后,分宾主坐下。

国主命内侍奉茶毕,躬身问道:"请问老前辈自朝廷招安后仙游何处?此次来暹罗小国有何贵干?"

吴用约略讲了自己招安后的生死变化以及赴花果山的所见所闻,最后说道:"花果山屡遭番寇侵犯,贫道虽为化外之人,却也不容他人犯我东土!此次专程前来,就是想跟国主借员水军统领,以助孙大圣抗番大业。"

国主略一沉吟,即金口顿开:"孙大圣已然成佛,尚毅然归山抗番保国,真令我们这些炎黄子孙自愧弗如。自古道唇亡齿寒,想暹罗蛰居海外,弹丸小国,若不与花果山结盟,一旦番贼在彼得手,势必顺海南下,直取吾邦。为暹罗计,为东土故国计,晚辈定然遣人前去!"

童超等的就是这句话,急忙俯伏于地求禀道:"国主圣明!请恩准我与舍弟童起随吴伯祖同赴花果山。国中水军之事尚有我童家、阮家等一把弟兄共同在朝,国主大可放心!"

国主闻听,龙颜大悦:"童爱卿原来早有打算,朕要不准,岂不拂了吴伯祖的一腔忠义?将军可将公事作个安排,而后同童起随吴伯祖同去辅佐孙大圣!"

"微臣定当竭尽全力,辅佐大圣搞好抗番大业!"

吴用原料国主会因情谊答允此事,却没料到他竟然如此洞察国事而痛快允准,不禁十分敬佩:"国主不愧李兄弟之后,贫道先替大圣谢过。"

二人辞别国主,返回童府。合家老小知道国主允准之事,无不欣喜不已。

按卜算,吴用情知花果山暂时不会有大的边衅,同时,童超兄弟安顿军中和家内之事也需时日,遂乘空返转天庭,了结了几桩事务,而后二去暹罗,与童氏兄弟乘船来到了花果山。

听了吴用三人的讲述,悟空分外高兴。见岳庚兄弟与鹏王在一旁站着,急忙给吴用作了介绍。

吴用动情道:"二位公子深明大义,放着京城不住,却来此辅佐大圣,不愧岳元帅之后,可饮可敬!"又对鹏王道:"大圣多次在贫道面前提过您,想必与狐王、芭将一样,都是大圣的左膀右臂!"岳氏三人连连谦对,热情问候。

悟空指着吴用身边二人道:"你莫非就是童超? 这位年少的就是童起了?"

"回禀大圣,卑职正是童超,这位是舍弟童起!"二人连忙起立,由童超恭恭敬敬作了回答。

岳庚三人经悟空介绍,本已对吴用这位民间流传甚广的智多星顿生敬仰之意,如今见他引来了两位水上英雄,愈发眼睛发亮。岳庚对悟空道:"恭喜大圣有了水军统领!"狐、芭、鹏也都眉开眼笑,喜不自禁。

场上最高兴的是悟空。刚刚破解了乌龟的秘密,造船有了满意的样式,眨眼间来了吴用三人,使自己梦寐以求的水军头领有了着落。你看他高兴地拉起吴用一阵大笑,又指着岳庚兄弟大声说道:"岳将军! 你们都是英雄之后,还不一块叙叙?"

岳庚兄弟早有此意,闻听之后,当即走到童氏仲昆面前,亲热交谈起来。

热闹过后,吴用问:"大圣,贫道进洞时,听您说事情有了着落,大伙那么高兴,究竟所为何事?"

"仙师请猜这是何物?"悟空从怀里掏出了那个乌龟。

吴用拿来正看,一旁的童超、童起仅是瞥了一眼,便异口同声惊叫起来:"船!"吴用知道他俩终日与船打道,各种样式的船不知见了多少,自有独到见解,遂将乌龟递给童超。

童超二人将外面看了一遍,随手揭开看里面,童起喜不自禁地道:"大哥,咱从来还没见过船竟有这种样式,实在太妙了! 如将这个尖尖的长管搞成空的,后面再装同样的长管,像火铳似的,人在里面就可向外喷射,发射砂弹,杀敌威力将会更大。"童超点头表示同意。其他人见童氏兄弟一上来就认定是船,刚看了里面就提出改进意见,均感到佩服,一齐围在他俩身边倾听。

童超道:"大圣,按此式样造船,既有利于在风浪中行驶,远胜其他船只,也便于隐蔽杀敌,不易被敌攻击。所造船只可大可小,大的可乘五十人,小的也可乘二三十。关键是每船须有四名体格健壮,懂得风浪、风向等学问的水手,其他人员须识水性、武艺精通。只是此船并非十全十美,不知卑职当讲不当讲?"

悟空一直在旁凝神倾听,时不时地点点头,脸上满是赞赏之色,听童超一问,立即鼓励他道:"童将军,咱乃一家人,有何话皆可放胆讲!"

"此船唯一一个缺陷是不易远距离发现敌人,如果每队有一艘瞭望船,则珠联璧合,互补短长,威力必然更大。"

岳庚受其启发频频点头道:"童将军所言甚是!瞭望船须造大的,且要采纳此船的好处,船首要尖,便于破浪前进;船上扯帆,有风时使用;船两侧安设脚踏件和击敌孔,既可在无风或风浪大时弃帆脚踏,也可上面观察下面击敌。如此,我们就可以在任何情况下都可主动出击。"

"大圣!怎么样?样式再好也该取个好名吧?"吴用满脸是笑地看着悟空。

悟空击掌道:"海豹既快又狠,就取个'赛海豹'如何?""好!"众人连声称赞。

一天连逢两件大喜事,接风洗尘也好,庆贺喜事也罢,一席盛宴自然不会少下。你看一众英雄推杯换盏、你欢我笑,又是一顿畅饮。

当晚,悟空将山里山外之事都给吴用讲了,吴用道:"依大圣看来,眼下欲办何事?"

"俺盼水军将领如夜盼日出,如今仙师已将二位童将军引荐上山,俺想让他俩督造战船挑选水军人选,从此统领所有水军。"

"听大圣方才讲,花果山目下钱粮充足,人心归顺,设施齐备,山规肃立,且与马、崩二将取得联系,重归于好;虽说彭公湾演练遭挫,却也坏中引好,裨益匪浅;尤其是内有七十二洞协力,外有岳、童忠良之后相帮,贫道窃以为时机业已成熟,是该拜帅封将、高扯义旗的时候了!"

"拜帅封将?大家各得其所,不也……"

"恕贫道坦言,大圣所想有所欠妥。"吴用肃然道:"岂不闻名不正则言不顺之古训?令不行则禁不止之军规?自古成大事者,无不顺乎民意,扯旗昌义,上下名分一定,军中号令一立,则威自尊起,礼自令来,上下肃然,内外相附,则兴山抗番之事可成矣!"

悟空悚然一惊，拱手相谢道："多亏仙师直言提醒，否则，险误大事矣！"

二人越谈越投机，悟空谈了自己对山里山外各项人事安排的想法，吴用对此作了一些补充。至此，事关花果山日后命运与发展的一件大事，迈出了决定性的一步。

次日，按悟空的安排，狐王派出信使分几路到七十二洞通知，命洞主们于三天头上率曾参加全山训练的士卒携带兵器到栖凤岭下集结；鹏王赴东海、龙湾知会崩将，郑乃清和马帅安顿好岛上防务后于同一时间返归花果山；芭将率本部属下于岭下搭建高棚；岳辰赴火器营巡查，做好第三天开赴岭下的一切准备；岳、童四人随悟空、吴用，于水帘洞商讨有关事项。

一切均在紧张有序中进行。花果山的居民们透过这一神秘的气氛，似乎觉察到了什么，无不喁喁私语，欲探寻个究竟。

第二天傍晚，鹏王陪同郑、马最先赶到。相隔时间不长，崩将也带着钻天猴接踵而至。吴用、童氏仲昆与其有了首次接触。

第三天清早，栖凤岭下再次热闹了起来：场地正面，一座高可一丈、长约两丈的木棚已经搭建而起；大棚前面由火器营兵丁用白灰打出四条纵线，权为临时通道；通道两侧距大棚丈余之地，三个火器营官兵已按岳辰指令，火器在前、士卒在后，成方队肃立等候；其后是步军的划分场地，五色标旗高高竖起，旗后，依然是五千士卒的队列和洞主们组成的纵队。

时交辰时，孙悟空、吴用在岳、童、狐、芭、鹏、崩、郑、马等簇拥下，来到岭上，登上高棚。除吴用依然一袭道袍装束外，余者一律顶盔贯甲，腰佩利剑，端得光彩耀目，神威凛凛。棚下士卒乍见这种威势，精神无不为之大振，齐声欢呼起来。呼声初时尚有点乱，呼到后来则有了节奏，变得十分齐整，宛如山间的松涛，海浪的喧嚣。

台上人按序落座后，悟空从正位上站起，闪目巡视了全场一周，朗声说道："俺自归山以来，承蒙在座各位鼎力相助，诸事业已粗就，唯海外番寇屡屡犯我疆土，贼心不死。为我花果山万千生灵安危计，为我东土黎民百姓计，俺决计正式成军，抗番保土。凡我花果山子孙、东土臣民，皆应同心同德，听从号令，严守山寨、岛屿，奋力杀敌！"台下再次响起了排山倒海般的欢呼声。

悟空落座，芭将走到台前，手捧书札，朗朗宣读起来：

吴用为大军师，总管全山一应军机大事；

岳庚为花果山兵马元帅；

狐王为军师；

岳辰为兵马副帅，兼火器营总管；

童超为兵马副帅,主管水军;

童起为水军都总管,参知军机大事;

芭将为钱粮总管,参知军机大事;

鹏王为联络总管,参知军机大事;

象王、熊王、豹王、羚羊王、狮驼王分别为中军、左军、右军、前军、后军总管,从即日起与五千士卒常驻总山,平时训练,战时出击;

以上所涉洞主不在本山期间,由洞主指定副手暂摄洞主事;其余洞主均为本洞步军总管,悉心抓好山中训练、防务,并随时听命出征;

火器营三营总管,仍分由袁德胜、张天彪、田大榜担任;

龙湾岛屿由郑乃清任总管,马帅副之;

东海岛屿由崩将任总管,钻天猴副之;

由大军师、元帅、军师、副帅共同制定军规条令,颁布全军执行;

由芭将限期督造兵符、印信,颁发诸将,并督造府第,解决岳、童各位居处;

由象、熊、狮三位总管按童超童起将军所示,于近日内督众砍伐造船所需木料,并运到指定地点。

当下宣唱已毕,众军欢呼如雷。欲知详情,且听下回分解。

第二十二回
贼喊捉贼　西村木图穷匕首现

花果山正式成军的消息一经传开,乐坏了七十二洞军民。保家护国、守疆御土本就是世间一应生灵义不容辞的神圣职责,何况花果山的居民少了人间动辄"仁义"思则"礼智"的虚伪,多了自然界快意恩仇、率性而为的实在,听说成军是为了抗番保家,无不欢呼雀跃,闻风而动,或敲梆巡哨,或操戈与训,那种说干就干激越高昂的情景,能叫纸上谈兵的赵括惊诧莫名,让道貌岸然的酸儒目瞪口呆。

最忙的当数童氏仲昆。弟兄俩刚才上山,悟空就将督造战船、招募水军两件大事交给他俩去办。虽说初来乍到,情况不熟,此事来得确乎突然,但哥俩恰是从这突然中体验到悟空疑人不用、用人不疑的用人之道,掂出了"信任"二字的千钧分量,当即作了分工:童超负责督造战船,童起专司水军招募与训练。

时间对于他们是格外珍贵的。

童超毕竟是水军出身,于造船之前先在唐坡东麓靠海处辟出一处造起了水寨,既是现时的造船工地,又是日后的水军营地。水寨刚一落成,象、熊、狮亲率兵丁将木料运到工地。为了将船建好,童超特地在四周招募了一批能工巧匠,下线破板、刨光沾接、上漆烘烤,严格按照定好的式样,铺开了一道道工序。

童起在鹏王的协助下,亲到龙湾同郑乃清于沿海岛屿的渔民中招募了一百名年轻力壮的使船好手担任船队水手,于全山挑选了五百名能打善斗且识水性的猴子,共同组成了新的水军,在战船尚未完工之前,仍由浪里翻为头目,展开了水陆两地训练。

不觉四个月过去,转眼已到初冬。此时,北国已是树叶凋零,满目萧条,这儿依然翠绿遮山,碧波荡漾。就在这个季节,童超督造的三十艘战船已经全面完工,童起组建的水军转入了船上训练。得到禀报的悟空匆匆与吴用、岳庚等来到水寨,一个蔚为壮观的场景映入了众人的眼帘:

两艘上有瞭望楼、下有左右两舷踏轮、可容六十多人作战、两头尖细中间椭圆的带篷大船，像两座能移动的山丘，屹立在水寨中间；三十只龟状样的小船拱卫在大船的周围。随着瞭望楼上令旗的摆动，所有船只或进或退，或分或合，端得是船随令动，整齐划一，直把悟空等人看得心花怒放，不可自已。

在这段时间，吴用与岳庚已将军规条令制定出来，经悟空审定，晓谕山里山外；芭将所负责的兵符印信铸造业已完成，悉数颁发给了所有将领；吴、岳、童等新来将帅都搬进了自己的府第，栖凤岭一带又挖了不少山洞，供水、步两军士卒居住；山上、岛屿的防务、训练业已步入正轨，不再是以前那种时断时续的情景。

花果山，千百年来的世外桃源、海边仙境，不得不在番寇的窥视、骚扰下披上戎衣。

一天，悟空与吴用、岳庚、童超等正在水帘洞议事，崩将遣人回山禀报，东山岛东面突然来了二十艘渔船，均不是本地的。说他们是渔民，却不见撒网围堵；说他们是海盗强人，却又没见带何兵器。崩将觉得蹊跷，一边亲到东山岛严密关注，一边着人回山禀报。

正在这时，鹏王也匆匆赶到，怀里还揣着一支利箭。原来，鹏王自担负起全山联络、侦探重任后，即把重点放在了沿海岛屿，每天除到唐坡山瞭望塔了解情况外，还同鹤将在东海、龙湾一带上空进行巡查。今天，他照例同鹤将在海上巡视，发现了那伙渔船。两人降低高度，飞临渔船上空来回盘旋，发现船中之人显然与上次侵犯东海岛屿的番寇长相一样，而且船上的人误以为他俩是普通的禽鸟，打开船舱，取出弓箭向他们乱射。鹏王于闪避中衔了一支回来禀报，命鹤将往东海岛屿通知去了。

悟空将箭拿来察看，上面刻得有字，像东土文字却笔画简单；再看那箭镞，尖而锋利，做工精细，绝非民间所制。看完之后，他以不容置疑的语调沉声道："一准是番寇！看来他们又要搞什么行动！"说罢，将眼光盯向吴用、岳庚俩人。

"元帅以为如何？"吴用有意想考考岳庚。

岳庚略一沉吟回道："这么多船既不打鱼又无其他动作，本身就十分可疑。兵法云，知己知彼，百战不殆。依我看，不如趁此机会来个以静制动，看看他们到底想要干些什么，咱好对症下药，决定下步行动。"

"贫道赞同元帅之见。"吴用一生征战，形形色色的对手不知遇到了多少，岂会看不出番寇的雕虫小技？他赞赏地看了岳庚一眼，将目光转向了大伙，"番寇自上次东海岛失利、龙湾碰壁，无疑对我有了畏惧之意，却又不甘就此死心，遂改变方略,欲以其他方式试探我方意图与虚实。为今之计,一是立即着人去东海岛,协助崩将处置好可能发生之事;二是火速通知龙湾加强戒备,严防番寇作祟;三是令步军与火器军严阵以待,护卫全山,水军随时准备出击!"见悟空频频点头,他接着说:"贫道自上山尚无任何作为,愿同狐军师即刻前往东山岛,请元帅下令!"

岳庚肃然道:"军师所言甚合我意。现在就由军师与狐王前去东山岛,协同崩将处理此事! 童超将军去水寨,协助童起将军掌管好水军,待命出击! 鹏将军即刻通知全山军民与龙湾做好准备! 岳将军火速去火器营,集结待命!"

众将一声得令,齐齐跃出洞府。

吴用与狐王一出水帘洞即踏上云头,向东山岛奔去。来到岛屿上空往下看去,北山、西山、南山、中心岛上的猴兵来来往往,异常忙乱,想是鹤将已一一通知过了,一副大战之前紧张、忙碌的景象。二人会意地笑了笑,继续向东山岛进发。

此时,东山岛上已经发生了变化。当崩将得到禀报带着陈二仔赶到岛上时,二十多只渔船都在东面海上作势打鱼。不上半个时辰,三只渔船飞快地从东向岛上驶来。船到岸边,一只船未动,另两只船上下来三个人,径直朝岛上走来,遭到岸边巡逻士卒阻止后,方才停步。来人中的其中一人一边打手势,一边叽里咕噜地说着什么。崩将远远望见,立即与陈二仔下山来到岸边。

"你们是何人? 来我东山岛有何事?"陈二仔操着一口流利的番语。

"我们是大东番国的渔民,来我们的海面上捕鱼。刚才有艘渔船失踪,要到你们岛上寻找!"来人见对方说的是番语,反倒改用汉语对答起来。

什么? "我们的海面?"要来岛上搜寻什么失踪渔船? 芭将不听犹可,一听肺都要气炸了,一声怒喝顶了过去:"从这往东二百多里,历来都是我们东土地界,何时变成了你们的? 你们来此本已属侵犯,没有驱赶已经够仁义了,反倒要来搜寻什么船只,简直无耻至极! 趁现在我没有恼,你们赶快退出我们的地界!"

三个番寇不仅不走,反而一会用番语,一会用汉语,死皮赖脸地纠缠不休。

崩将生平没见过人世间竟这有这号恬不知耻、强词夺理的东西,脸色一凛,命令巡逻士卒:"立刻将他们驱赶下海!"

"慢着!"正当士卒们上前驱赶时,吴用已在他们身后发了话。崩将扭头一看,二位军师正迈着沉稳的步伐来到跟前。

"崩将军! 你不好好带领弟兄们在山上防守,来此何干?"吴用存心想戏弄番寇一番，看也不看他们一眼，故意问了崩将一句。

"嗨，别提了！这几个番人说他们是来自家海上捕鱼，还说失踪了一条渔船，非要上岛搜寻不可！您说这不是故意欺负咱们吗？让他们走，他们硬是赖着不走，没皮没脸的，我才下令强行驱赶。"

"噢？竟然会有此事？"吴用瞧了瞧满脸怒容的狐王，将目光盯住了为首的番寇，不疾不徐地开了口："喂，你叫什么？"

"我叫什么没必要让你知道，我只是奉命前来搜寻我们失踪的渔船！"

"来别人的地盘求人家帮忙，却不愿说出自己的姓名，这与海里那些不会说话只会撕咬的恶鱼有何区别？"

"你不能这样侮辱我们大东番人！我有的是自己高贵的名字，西村木！"

"哈哈！大东番人？"吴用鄙夷地看了看面前三个矮小粗胖的番寇，禁不住大笑起来："那我们这些人是不是该在大字上面还得加个大字、神字之上再添个神字？西村木！你终于道出了自己的名字，看来还不太狡猾。你说你是奉命而来，我问你，你奉得是何人之命？为何擅自来我们的海上打鱼？你一个小小的人物能否对你们此行之事做得了主？"

"我当然是奉、奉了我们会里长、长官之命来的，自有长、长官做、做主。"吴用儒雅的风度，绵里藏针、居高临下的发问，顿时弄得西村木慌了手脚。

狐王心里暗暗好笑，未等对方缓过神，冷不丁地问了过去："又是你们那个青龙会？"

"你怎么知道我们青龙会？"

"嗨，我倒想知道你们青龙会的长官长相如何，安着何心，为何总要将别人的东西说成是自己的？"

"你想见我们会里的长官？啊？不，不，你们还没答复我们上岛搜寻我失踪船只的要求。"

西村木张皇失措、前后矛盾、强作镇定的一番表演，别说吴用、狐王、崩将暗自好笑，就连他的两个同伙也为之羞惭，连连给他使眼色。

狐王此时心中有数，假作思考，自言自语道："哦，是了，你们失踪的船上是不是坐着二十几个人？"

"是，是坐的有人。"西村木眼睛一亮，回答得却很含糊。

"那么，你们的船是不是像只乌龟那样大？"

"什么？乌龟一样大？乌龟大的船能打鱼吗？你若不信，请看我们乘坐的船有多大？"西村木不知对方是在戏弄自己，满以为抓住了把柄，一边气愤地说着，一边伸手指了指停在岸边的两只船。

"既然你们失踪的船与这两条大小一样,怎么能平白无故到了我们这既高又陡的岛上? 船上那么多人会好好地自动失踪? 莫非你们的人和船能大能小,能飞能跳?"

"这……"

"这什么? 分明是你们青龙会的长官想侵占我们的疆域领土,才使出这样贼喊捉贼的诡计来讹诈我们,以便挑起事端!"狐王越说越气,手指几乎戳到了西村木的额顶上,"只可惜你们虽然心机算尽,却诈术不高! 怎么,还要不要上岛搜寻?"

"诸君既然执意不准,我们只能回去给长官禀报。后会有期!"西村木肚里有鬼,哪里还敢再上岛去? 隐恻恻地看了四人一眼,率两个同伙匆匆登上了渔船。

崩将大声叫道:"命令你们的所有船只立即退出我们的海面! 否则,我们决不留情!"

海面上,那些渔船虽说还在装模作样地打鱼,却无一不在默默注视着岛这边的动静。西村木率船返归后,匆匆上了中间一只船上,立即有几个人从船舱里钻出来,一伙人交头接耳议论了一阵,似乎定了什么主意,分头散到其余船上,随着一阵海螺声起,所有船只收拾起渔具,向东面驶去。

尾随而来的吴用、狐王将这一切都看在眼里,随即返回东山岛。一路上,两人未曾多言,脑子里却在飞快地思索着。

奉命等候的崩将见他俩回来,急忙引进岛上的哨楼。新任头目"跳涧虎"和正在坚守哨位的兵丁见二位军师进来,高兴得端水摆凳,煞是高兴。

吴用询问了兵丁们的守卫情况,朝四周看了看,感到十分满意。嗣后,将几人召集到一起,先要听听崩将、跳涧虎有何打算。

崩将毕竟是一介武夫,方才将番寇轻而易举驱走的小胜助长了其大大咧咧的个性,此时听吴用发问,不假思索地回道:"谅那帮坏蛋今天决无再来骚扰的胆量。跳涧虎,赶快给孩儿们弄点吃的,鼓鼓士气!"

"万一再来,咱该怎办?"跳涧虎担负着东边第一岛的守卫重任,心里总有点不踏实。

"万一再来,咱就给他们来点硬货尝尝!"

通事陈二仔心里虽然不以为然,却又不敢直陈己见,见吴用、狐王用鼓励的眼神盯着自己,壮了壮胆说了自己的担忧:"禀大人! 以小的多年来与番人打交道的体验看,这帮家伙历来不达目的不罢休。今日虽然被咱赶走了,难保他们不会以其他方式再来；即使不敢来这儿，也可能到其他地方。这帮人看着是人，却最没人性，咱还是多防着点好。"

吴用双掌一击道："陈通事所说，正是贫道目下所虑之事！番寇今日并未伤了一根毛发，岂有轻易不来之理？崩将军千万不要麻痹轻敌，还需在防卫、巡逻上多下工夫，以免吃亏！"

"东山、北山岛位处东海前沿，与番国相距最近，迟早是番寇进犯的首要目标，不仅岛上的将士要全力防守，水军也须调一部分过来。一旦番寇来犯，我们进可攻退可守，不至于经常处于被动挨打的尴尬境地。回山之后，我即向大圣和元帅提出这个建议。"

吴用点头道："狐王此意可取，理当如此。"

"嗨，死脑筋！你怎么就不替我多琢磨些有用的东西？"崩将一掌拍在自己脑袋上，"狐兄弟，我等着你的好消息。一旦有了水军，我要不把番寇打个屁滚尿流才怪！"

一番话，说得大家都笑了起来。

水帘洞里，芭将正给悟空、岳庚禀报这些日子外出购置秘密物品和山里山外的钱粮开销之事。忽然，洞口一暗，吴用和狐王走了进来。

"东山岛事情处置得怎样？"见悟空发问，岳庚也站了起来。

"所幸没有大事发生！"吴用详细讲述了番寇犯境的经过与处置结果。

"这帮卑鄙无耻的坏种，打不痛他必不会死心，说不定何时还会再来！"悟空双拳一握，骨节一阵叭叭脆响。

"贫道与狐王担心的正是此事。俗话说，来者不善，善者不来。咱得好好议议！"

悟空正要回话，童超晃动着高大的身躯走进洞内。许是心情激动，人未近前，夹杂着兴奋的话语已传了过来："大圣，卑职有好消息禀报！"说着，走到桌边，端起水杯一口气喝了个底朝天。

大伙清楚，童超办事干练却不善言辞，今天一准是遇上了什么喜事，遂齐齐住口，等待他说出下文。

童超见大伙这副样子，方才感到不好意思，一抹嘴，大声道："我去水寨检查了一下，咱们的水军可以出海作战了！"说罢，坐在凳子上，伸手从脚上取下两个甲马。

在座的除了吴用都不清楚，童超一介凡将，缘何说去就去，说回就回？原来童威兄弟在日，曾跟神行太保戴宗学过神行之术，此法经代代相传，童超童起兄弟俩早已学会,只要绑上甲马,念动法术,即可日行千里,夜走八百,从水帘洞到唐坡山水寨虽有百里之遥,又岂奈他何?

"咦,这么快就能出海作战?"芭将心实,不无疑惑地脱口而出,其他人虽未言语,却也有点不敢相信。要知道,从重建水军,满打满算也不过四个多月,别说训练水军,便是训练步军,这么短时间也有问题。

"事情是这样的,"童超作为一员从戎近三十年的将军,自然明白大伙此时的心情,急忙解释道:"若按通常情况,这么短时间肯定训练不出一支水军,但咱这次情况却不比寻常。你看,"童超边说边将一个指头压下,"一者,所有水手均是自小在船上长大、大风大浪里扑腾出来的好手,对他们只需搞些队形训练即可;二者,所有士卒全是有一定水性和打斗功夫的猴兵,多搞几次风浪训练则行;三者,前有东海岛屿遭敌袭击的惨痛教训,现有强敌在侧的无情威胁,谁都清楚不好好演练的严重后果,故格外用心,你们说能训练不好?"

大伙闻听之下,均信服地频频点头,悟空更是高兴得手舞足蹈,大声作了补充:"还有一条,二位童将军悉心相授,别说是内行,便是外行,也会铁树开花!"

"分内之事,理当如此。唯一遗憾的是两艘大船上缺乏强弩厚盾,难以发挥更大的杀伤力。"

悟空朝岳庚笑了笑,岳庚随即从桌上拿起一张图样递给童超:"童将军!您看这是什么?"

童超展纸一看,图上赫然画着两样东西:左边一样占得纸面大些,绘的是两块同样大小的方板,中间穿着一支利箭;不同的是,前面板上均匀摆布的是一个个孔,后面与孔对应的是同样大小的坑,两块板中间用四根簧连着,每根簧中间都穿着一根细铁柱,前端固定在前面板上,后端通过后面板上的窟窿伸出板外。后板正中安有一个铁环,铁环上拴着一根粗壮的麻绳,似是供拉拽所用;图的右面绘着一个面具,露着大小不一的四个窟窿。

童超细细端详了一阵,猛然大叫起来:"元帅,这是连弩牌和面具!我数了数,每面牌可同时发射十二支箭,射得肯定要比弓箭远。假如把他固定在大船两侧,每侧搞上十面,每面牌用两个士卒拉,四十个人就能同时发射二百四十支利箭,足顶二百四十个士卒的威力。再戴上这些面具,配上火箭,卑职敢说,任何强敌都得败在咱手下! 只是到哪去置办这些物件?"

"童将军,这你就不必担心了!"芭将的脸上满布笑容,"就在大伙确定战船式样不久,俺已奉命率火器营几个弟兄出外,将所用的这些杂七杂八的物件采买了一大堆。别说每只大船上用二十面牌,就是再多些也够你使用。至于如何安排,那可就是你的事了。"

"芭将军!劳您大驾,帮我伐几株木质坚硬的大树,我即刻就来制作,保证五天之内将两艘大船的连弩牌安好!"

"俺早就想到了这一层,已命人砍倒两株檀树,后天就可给你拉到工地。"

"大圣,这该叫卑职如何感谢才好?"

悟空见大伙心无芥蒂,情绪高涨,将老底端了出来:"童将军,你以为这些都是俺老孙的主意?哈哈,俺凭一副热心肠处朋友,靠一条金箍棒闯天下,何曾能想到这些?多亏军师与元帅出了这个点子,俺才派芭将外出采买。不说这些了,咱们商议一下下段该怎么办?"

狐王刚进洞时就急着想将自己关于对水军部署的建议说出来,此时听悟空发问,遂接住话音开了口:"东海岛屿屡受番寇侵扰,我意将水军分作两队,一队在东海岛屿巡逻,一队在水寨至龙湾一带巡逻,由二位童将军分别率领。"

童超首先点了点头,其他人也都点头表示赞同。

岳庚问吴用:"大军师此去东山岛,可看出了什么?"

"据贫道分析,番寇近期的目标,十有八九是龙湾一带。咱应在全面防守的同时,加强对那儿的监视。"

悟空神目一闪:"军师何以见得?"

"一者,龙湾与东海岛屿相比,前者距花果山较远,不容易得到及时的支援,后者较近,来去比较方便;二者,敌人刚刚在东山岛触了霉头,知道我方会加强戒备,小股骚扰难以得手,龙湾则易被敌人当作弱点;三者,东海岛全是我们挑选出来的士卒,内部一心,龙湾却有边水成一伙内奸,人心不一。鉴于这三者差异,敌人只要不是大举进犯,很有可能将龙湾作为他们近期骚扰的重点。"

谈论间,岳辰自火器营返回,见大伙谈兴正浓,没说什么,搬了个凳子坐下,但从那眉头舒展的神情看,火器营的情况一准令人满意。

悟空此时提出了第二个问题:"依大军师之见,敌人会在龙湾采取什么行动?"

"此事虽然难以预料,却也能依据番寇的几次袭扰看出个端倪。"吴用扫视了众人一眼,"番寇尽管不可理喻,却也多少懂得点师出有名的道理。如若再来,还会编造什么理由。只要吃透他们这点,我们完全可以相机行事,该赶则赶,该打则打,绝不能让他们占了半点便宜!"

"说到打,我倒有个想法。只是让人看起来,有点难以接受。"狐王欲说未说。

"狐王有话就讲,说不定与贫道想的一样。"

"番寇几次来犯,未沾了多大便宜,也未伤了什么元气。倘若再来,我们不如在表面上示弱,诱其放胆上岛,而后一举歼灭之,重创其威风,鼓舞我方士气。"

"好!从兵法上讲,这叫欲灭其兵,先以弱示之。应该让敌人晓得疯狗闯寨决无生还的道理,不能老是让他们打得赢就狂,打不赢就跑!"岳庚的话掷地有声,令大伙无不精神为之一振。

看看所议之事皆有了眉目,悟空发了话:"只要不是天上、地下、海底的麻缠事,大伙就有主有意、放开胆子去干!现在看吴军师和岳元帅有何安排。"

吴用谦让地朝岳庚点点头,岳庚当即起身道:"那好,本帅现在发令,童将军!"

"卑职在!"

"命你与童起将军从明日起,五日内将连弩牌按每艘大船二十面安装完毕,同时由岳将军配合,在大船甲板上各装两尊大炮;五日后将水军分为两支,一支派驻东海,重点加强对东山、北山二岛一带海域的巡逻;一支派驻龙湾与南山岛之间,加强游弋。两支船队由你统一掌管,紧急时刻可有权指挥沿海岛屿上的所有战船!"

"遵命!"

"狐军师!"

"属下在!"

"命你在辅佐吴军师赞襄全山军务之际,总管七十二洞的防务、训练和紧急时刻的调兵遣将!"

"遵命!"

"芭将军!"

"属下在!"

"命你三日内将水军、火器营、东海岛屿上的器械、粮秣等一应物资补给完毕,确保各军、各岛无后顾之忧!"

"属下明白!"

"岳将军!"

"卑职在!"

"命你自今日起统领五千步军和火器营,防守山寨,随时准备增援水军;另于火器营内抽调四门火炮和人员,随水军渡海作战;近期内一律进行海上训练,所需船只由吴军师替你解决!"

"遵命!"

众将领令后纷纷出洞,只剩下悟空、吴用、岳庚三人。悟空深为岳庚方才的气度与安排感到欣慰,却又为他最后一句话大惑不解。见其他人皆已离去,他忍不住问道:"军师手里何时有船,怎么连俺老孙都蒙在鼓里?"

吴用两手一摊作了个无奈状:"大圣!贫道手里何曾有船,岳元帅这是存心要我好看。"

岳庚尚在为自己刚才的安排暗暗得意,见悟空尚未转过弯来,笑着提醒道:"大圣!您忘了方才军师对番寇近期行动的分析?"

悟空心思电转,当即明白过来,放声笑道:"你这个鬼精灵,还没见到番寇的鬼影就料到了他们的结局。看来古有孔明草船借箭,如今要有军师海上借船了。"一句话,说得三人开怀大笑。

事情果真不出吴用所料。五天之后的一天上午,悟空、吴用、岳庚、岳辰、狐王刚从东山岛察看了童超所率的船队回到山上,鹏王匆匆赶来禀报,龙湾东北海面上发现五只番船往南行驶,距这些船只不太远的一个孤岛后面,停泊着二十多只大船,意图不明。他先到龙湾通知了马一棒,归途中将此事说给了正在岛西北海面上巡逻的另一支水军,童起将军让他回山禀报后即刻将山里决定回复,以定行动。

悟空哼了一声:"这帮家伙终于露头了!俺亲自去会会,看他们又要耍何花招。"

得悉番寇将船只分为明暗两起的情况,吴用心中已基本有数,眼下见悟空要亲身前往,劝阻道:"区区小事,何劳大圣大驾?谅他们也掀不起多大风浪,有我们几位足矣!何况大的行动还在后面,您到时再去不迟。"

岳庚身为无帅,早就想惩戒番寇一番,此时也劝道:"杀鸡岂用牛刀?有我们在哪能坐视不理?鹏将军!即刻前去通知童起将军,让他们原地待命,千万不要过早暴露,打草惊蛇,事完到岛北等候!"

鹏王一声"遵命"腾上天空,吴用、岳庚、岳辰、狐王也纵上云头,越过海面,直抵岛北。

此时,守卫岛北的马一棒在派人通禀郑乃清的同时,已率领其几个部属在一块巨石上守候;悬崖哨壁、山坡上全是严阵以待的猴兵,滩岸上,一队五十余士卒组成的巡逻队边走边注视着海上的动静;一些闻讯而来的渔民、猎户手持渔叉、镐头、扁担,主动加入到防守的队伍中,岛上一派同仇敌忾的战前景象。

吴用、岳庚四人刚刚落到岛上，郑乃清一匹快骑疾驰而至。马一棒见军师、元帅均已来到，斗志益旺，表示番寇一旦来犯，立即在滩岸阻杀，绝不允许他们上岛一步。

吴用笑笑问："从滩岸顺这条路进去，有没有大沟？"

"有，约三里多长！"马一棒回答得很干脆。

"沟两侧树木杂草怎样？"

"多着呢，钻三两千人别想发现。"

"这一带住的有多少人家？"

"零零散散有二十几户。哎？军师问这些何用？"

郑乃清一生熟读兵书，历事甚多，已然明白了军师用意，脱口问道："军师是否想把敌人放进来打他个埋伏？"

"就怕敌人狡猾不上咱的当。否则，放着这现成的条件不用，岂不便宜了他们？"

"那就要看咱做得像与不像。做得像，不怕敌人不上钩！"

郑乃清说得如此肯定，引起了大家的注意。狐王自提出"以弱示敌，后发制人"的看法后，脑子里一直在琢磨着这个计策的有关细节，此时听郑乃清所说似乎与自己相似，忍不住问了出来："郑总管，怎样才能使敌人上钩？"

"说来并非难事！"郑乃清略作沉思，说出了自己的看法，"首先，番狗来到滩岸，咱需见机行事。他若要打，咱上一阵，然后假作打不过就跑，让他们觉得咱是一伙乌合之众，敢于放胆登山；接着，咱用少数人在山坡上抵挡一会，就顺沟往前跑，那时，咱预先埋伏在沟两侧的大队人马就可痛歼敌人了。"

岳庚被郑乃清的见解折服，当即回复："郑总管真不愧是当年驱逐外寇的郑老英雄之后，思虑竟如此周详。这一仗就按您说的办，我们几个暂不露面，一切由您和马将军安排！"

"严防敌人乘夜偷袭，岛上民户要安顿好，以防万一！"吴用补充了一句。

"请各位放心！我与弟兄们在此多年，情况熟悉，保准不让有闪失！只是敌人留在船上，我可就不敢打包票了。"马一棒喜欢的就是与敌人刀对刀枪对枪地对阵厮杀，一听伏击更能大量歼灭敌人，心里一高兴，抢先作了回答。

"这个不劳二位费心，我们自有安排。"岳庚拍了拍马一棒，算是赞赏。

郑、马答应一声匆匆而去。

一个黑点自北面天际疾速飞来。

"鹏王！一准有新情况！"狐王眼尖，喊了一声。转眼间，黑点来到近前，果然不差。鹏王刚刚落地，就急不可耐地开了口："番寇前行的船只即将来到，童将军已经按令待命。"

岳庚当即着人通知郑、马，然后，几人隐在岩壁后头默默地观察起来。

约摸抽袋烟的工夫，五艘扯着双帆的木船在海上出现。由于风顺，木船一会儿就驶到了岸边。

这是海上经常见到的头尾尖翘的带舱木船，船上的人有的八九个，有的十几个，一律穿着和服，个个戾气十足，行动敏捷。四只船的船舱两头堆得高高的，上面遮着苫布，似乎藏着值钱的货物；另一只船上苫的是一块白白的单子，下面躺着的显然是个人，上面赫然透着殷红的颜色，两侧各坐着两个人，唯恐风浪把单子吹走。

来船见岸上有巡逻队，一字儿沿岸边抛锚泊船。当中船上放下搭板，前后下来三个人。其中二人显然是随从，刚下船就一左一右将个身躯矮胖却贼眼闪烁的人护在中间，一齐向岸上走来。岳庚仔细一看，扯住吴用附耳道："军师，又是那个在东山岛上寻衅滋事的西村木！"吴用低语道："嗯，且看他此次搞什么名堂！"

东土地界，岂容外敌擅自乱闯？郑乃清、马一棒出现了。十几个老少不等、高矮不一的士卒拿着长短不一的木棍紧随其后，迎着西村木等走了过去。

"来者何人？"一身儒士打扮的郑乃清的话音里透着威严、冷峻。

"我们是大东番国的商人，前来贸易经商。不料在前面海上遭到了你们东土人的袭击，抢走了我们一船货物，还打死了我们一个同事，故特地来岛，要求你们交出凶手！"说话的是西村木。他见对方为首二人，一个文质彬彬，一个面相不善，身后士卒参差不齐，手持粗制木棍，不禁嘴角微撇，暗暗冷笑，傲慢之气立即通过短促的语音表露出来。

"噢，大东番国？莫非就是人称小人国的地方？"郑乃清话锋一转，不屑的语气愈加浓厚，"我们的人既然袭击了你们的商船，怎不见你们的人与船有丝毫遭袭的情景？难道你们双方是君子动口不动手？如此，你的同事又怎能被打死？"

"幸亏我们人多，你们的人才没有靠近我们的船只！"一个随从本想遮掩，脱口说了一句，方才晓得说漏了嘴，立即戛然止住，一双惊恐的眼睛偷偷瞧着自己的头目。

"混蛋！"西村木一个重重的耳光落在随从的脸上，转脸对着船只，"抬上来！"

船上的人齐应一声"是"，手脚麻利地揭去苫布，抬下一具尸体，放在滩岸上。

尸体大约死去不久,脸上血肉模糊,完全辨不出原先模样,只有上唇一小撮短茬胡子完整无损;胸口似是被刀剑所击,伤口既深且长,将一身和服染得片片殷红;左眼眼珠被戳得翻在眶外,右眼却基本完好,露出了死前惊恐、愤怒的神色;个子瘦弱却细长,与矮胖的番人相比,简直是"鹤立鸡群"。

滩岸上的怪异情景,惊动了岛上。七八个居民顺着小路跑到岸边,想要看个究竟。一个头发蓬乱的老妇人也发疯似的跑过来,拨开前面的人,怔怔地看着不动。

西村木见有百姓在场,以为这正是施展其阴谋的极好机会,遂手指尸体,咄咄逼人地展开了攻势:"这就是被你们残忍杀死的我们的同事!你们东土人不是常说'杀人偿命,欠债还钱'?现在有两个解决的办法:一是你们主动交出凶手和财物,二是由我们上岛搜寻。两个办法任由你们定一个!"

"放你娘的狗屁!看你爷爷怎么收拾你!"番寇嚣张的样子激怒了马一棒,大骂一声就要往前扑。

郑乃清一把将他拉住,迎着西村木逼人的架势驳了回去:"请你别忘记你的人方才说的话,即便是我们真有人想抢你们的东西,一是人少,二是没靠近你们的船,怎么就能发生财抢人死之事?难道你们是任人宰割的绵羊?"

"反正我们的人躺在这儿,这是无法否认的事实。总不成是我们杀了同胞前来讹诈你们?"

"天下之大,无奇不有,百人百姓,什么人都有。人是不是你们杀的,能问得着别人?"

配合着两人的唇枪舌剑,老妇人蓦然发出了一声凄惨无比的哭叫:"儿啊,你死得好惨啊!"

哭声将在场人猛然吓了一跳,就连岩壁上的吴用、岳庚等人也都心头为之一震,不知这是怎么回事。只有久住岛北的马一棒意识到了什么,眉头一紧,拉住郑乃清三步并两步跑了过去。

节外生枝自有来由。老妇人乃岛北之人,只有一个儿子叫阿星,因家境贫穷,年过三十尚是单身,日逐靠下海打鱼养活老母。前几天,阿星驾舟出海失踪,急得老母四处寻找,终不见踪影。这天,她见滩岸上来了几只船,围着一堆人,急忙随着众人来到岛上,希图能见到儿子。许是天意如此,或是思儿心切,让她一下子就来到尸体前,怔怔看了一阵,而后跪倒在地,翻翻手看看臂,心急急地看个没完。同来的乡亲们以为她想儿过甚,对她的举动并没在意。孰料老妇人看了五官看身上,竟把死者的鞋袜脱下。就在这瞬间,老妇人突然抱住死者双脚悲天怆地哭喊起来。邻居中有知其儿子名字来历的,急忙凑近去看,死者脚底赫然有三颗"品"字形排列的红痣。天哪,这不是阿星幼时起名的那个标志吗? 怎么转眼间成了番国人?

邻居怔了一怔,双手不由得往死者胡子上摸去。此时,西村木满脸惊慌,急忙喝令两个随从强行往开拉人。然而,就在两名随从冲过来的同一时间,老妇的邻居用手一捹,胡子竟然随手而起,露出了死者完好的嘴皮。

"阿星! 这是阿星!"邻居猛然起身,手拿着那片假胡子愤怒地吼叫起来:"乡亲们,番狗杀死了阿星,还要栽赃陷害咱们! 打呀! 打死这伙强盗,为阿星报仇!"

"打! 打死狗日的!"滩岸上腾起了一片愤怒的呼喊声。

西村木万没料到谋算好的大事竟然误打误撞地坏在一个疯婆子手里,心里一阵阵发慌,待看清对方只是一味呼喊,却没多少人上前阻挡,一边往船上走,一边恶狠狠地瞪了人群一眼:"不堪一击的东土人,且让你们去哭吧,待会收拾你们时,让你们连个哭的人都没有!"

番寇登船起锚,顺着原路渐行渐远。

吴用、岳庚几人跃下峭壁,来到了岸边。郑乃清上前问道:"请问军师、元师,不知这样处置是否妥当?"

"言辞激烈,不失我东土尊严;只喊不打,给其假象! 这示弱诱敌之计十有八九会奏效!"岳庚由衷佩服郑乃清的一番表演。

"马将军! 多亏你忍到最后,才使咱的计策有了成功的希望!"

"军师过奖了。要不是郑总管扯了一下,我一准与这帮坏种动起手来,说不定已将那个家伙撕成了碎片!"

吴用道:"小不忍则乱大谋。事情并未完结,大家现在听候元帅的安排。"

岳庚扫视了几人一眼,道:"按照我与军师分析,番寇今晚可能会来偷袭。诸位务必按原定方略行事,于敌人必经的山沟设好埋伏,不得懈怠! 鹏将军即刻起身,按军师所示通知童起将军依计行事。"

鹏王从吴用手里接过一个锦囊起身而去。

一切均按岳庚的安排在悄悄进行。吴用四人选定一处可以俯视山沟的民宅潜伏了下来。此时情景真的是:夜藏杀机待敌来,巍巍青山洞门开。为灭番寇雪大耻,天罗地网任安排。

欲知番寇如何来犯,且听下回分解。

第二十三回
弄巧成拙　南侵军丧命娘娘沟

子夜的大海虽没了白日里那种千船竞发、渔歌迭唱的热闹与喧嚣,却因清冷月色与幽蓝海面的交织、辉映,于神秘之中多了诡异,诡异之处多了恐怖。就在这种怪异情景的等待中,北面海上闪出了一长串灯光,始而微弱,继而强烈,宛若一条快速游动的巨大海蛇,向龙湾蜿蜒扑来。

"来了!"

"来了!"

"狗日的终于上钩了!"

在人们一声声含着紧张、透着兴奋的低语声中,那越来越亮的船队借着海水的拍击,由纵队变成横队,悄无声息地来到近前。

这是一支颇具规模且训练有素的水军船队。除已经来到的那五只小船是双帆外,其余三十五艘全是一丈多高、三丈多长的四帆大船。因船大力沉,这些大船无法靠近岸边,只得在小船后面的浅海处抛锚停泊。不论小船大船,在昏暗的夜色下,均停靠得头尾成线,间距相等,毫无杂乱现象;船上的人或搭板而下,或涉水而下,足有三百多个,每人腰间别着一把长刀,绝对机敏迅捷,整齐肃静,没有一点磕碰,没有一点声响。

当大部分人下船登岸,于滩头集中时,响起了西村木那冷酷、干硬、短促的发令声:"立即登岛,按计划进行!"

事情至此再为明白不过,敌人这是一次大的奔袭行动。

伏在岸边岩壁上的岳庚与身旁的吴用、狐王耳语了几句,当即下令:狐王立刻到后面通知并协助郑、马按计划行事;鹏王去通知童将军,于半个时辰内火速赶来,先行夺取敌船,而后围歼山上败退之敌。"

狐、鹏奉命起身,岳辰不满地问:"为何没有我的事干?"

"别急!你等会儿接收船只就是。"吴用清楚年轻人的心性,安慰了他一句。

"让我吃现成饭,这怎么能行? 待会敌人来了,我可要大开杀戒了!"

"行! 童将军一旦得手,任由你行动!"岳庚瞪了弟弟一眼,望了望下面,

"别再说话,敌人已经开始行动!"

山下,整好队的番寇在西村木的督率下,顺着滩头前唯一的山口,成单行悄悄摸了上去。

进山口,登山径,上山顶,番寇一路势如破竹,没遇到任何抵挡。眼前就是下山的小路了,一条幽长的山沟在静夜中显得分外宁静。

"咦?"这一情景引起了西村木的手下、一个名叫松井郎的怀疑,低声对正督促部下向山沟行进的西村木说:"长官,东土人素来狡猾,是不是有意诱骗我们上当?"

"东土人向来就是一盘散沙,有何可怕?你不见白天那些兵丁、百姓只喊不动,兵器落后?何况他们自以为取胜,何曾会想到我们会杀他们个回马枪?火速前进,与边水成会合,占领岛北!"

松井郎还想再说什么,见西村木眼射寒光,一副目中无人的骄横模样,嘴巴张了几下,想想不是时候,只得隐忍未发,跟在他后面,踏着模糊可见的山径开始下坡。

当地人知道,四面临海的龙湾气候湿润,雨量充沛,别说土壤肥沃的地方古树参天,芳草遍地,拐棍插地也能发芽成活,便是石厚土薄的地方也均草木繁茂,郁郁葱葱,见到一处裸露的岩石,比登天还难。

郑、马率兵设伏的这道沟乃是土石山区,名曰娘娘沟,传说是九天玄女娘娘曾经修炼过的地方,山上至今尚有娘娘庙,供人们消灾祈福、求男求女祭祀所用。沟里内外生长着各种各样的花草树木,除了人们常年行走的山沟中间有一条弯弯曲曲的小径外,两侧全是挺拔伟岸的乔木,互相缠绕在一起的灌木,以及形形色色的花草。潮湿自然蛇多,林密必有猛兽。没有当地人的指引,没有对付虫兽的本领,别说夜晚,白天也没人敢乱走。

西村木之所以要选择娘娘沟实施偷袭,自有其道理:从北面上岛,最近的是这条必经之路,其他地方倒也有路,却距边府甚远,不适宜长途奔袭,这是其一;其二,正因为沟深沟长,林内复杂,才少有他人走动,便于偷袭成功;其三,自己所率兵丁都是从军中挑选出来的,人人皆有格斗本领,便是遇上猛兽,这么多人也不畏惧。尽管如此,当西村木踏入这一异国土地,心头也禁不住渐生寒意,边走边仔细察看着周边的动静。生性多疑的松井郎更是双手紧握长刀,眼睛瞪得溜圆,踩着脚下自以为是树根、树枝之类磕磕绊绊的东西,战战兢兢地往前走。

大约走了一个时辰,西村木率队走完下坡路,好不容易来到了沟中一处开阔平坦之地。

借着灰暗的月光打量,这是个东西环抱、南北狭长的山谷,活脱脱一个葫芦丝的模样。两侧坡岭绵延,谷中花草如锦,一条小溪从西面沟底泉眼处流出,缓缓经过谷地中央,向东面一岩洞潺潺注入。溪水流到中央,约有三尺来宽,在月光下闪着粼粼银光。溪水两侧经冲刷留下的沙粒、砾石平展松软。有趣的是,距溪水约三十余丈远的南面谷地,散布着一块块、一堆堆形如馒头的大石,另有一些则像人们所说的卧牛石。花草并没因他们而嫌弃,照样点缀其旁,看上去是那样的和谐相配。

大概是经历了海上长期的困顿、颠簸和上岛以后的过度紧张、疲累,番寇们乍一来到这平坦宽敞的谷地,见到面前清澈的溪水,无不心情为之一缓,精神为之一振,被海风吹的喉咙里像是伸出手来,倍觉干渴难忍,遭海水拍打过的脸上,宛如粘了胶水,越感憋胀刺痒,不顾一切地一窝蜂往溪边跑。

乱了! 三百多人一条小溪,且是在狂喜之中,你推我搡,你争我抢,焉能不乱? 捷足先登的尚且能占个位置蹲在溪边掬起水喝,跑在后头的干着急没处喝,干脆硬推乱挤。一时间,你要喝水,他要洗脸,你嫌我挤,他嫌你脏,你蹲在边上,我就跳进水里,争吵四起,拳脚齐上,乱了个七糟八糟。

西村木本欲下令制止,看见队伍已经失控,且自己也干渴难忍,浑身难受,有心挤进去喝上几口,洗漱一下,唯恐失了身份,不得不站在远处向四面观望。

松井郎初时担心谷中有情况,未曾挪步,怎奈身困腿乏,喉咙冒烟,见四周并无异常,遂也拔腿向溪边跑去。

就在此时,谷东山顶上突然冒出一溜火光,在五六丈的高空发出了一声清脆的炸响。

“不好,有情况!”正向四面观望的西村木话刚出口,来自两侧大树上密如飞蝗的火箭,拖着长长的尾巴向溪水中的番兵射来,溪边溪中顿时响起了一片“扑通扑通”的倒地声和声声惨叫。未等他们反应过来,东西两边山坡上的石头,借着火光雨点般地袭来,番寇又横七竖八倒下一片。

从噩梦中清醒过来的西村木发疯似的呵斥部属向南面沟口突围。他知道,在这迷蒙的夜晚,身处谷中的自己一伙,攻,没法攻;守,无险可以凭借,唯一的办法就是跑,尽快与边水成会合,再设法报此伏击之仇。

番兵们受此突袭,人人丢魂失魄,哪儿还有斗志? 一听长官发令,急忙捡起长刀向南猛冲。身上挨了石块袭击的松井郎,率着二十几个番兵,冒着山上火箭石块的痛袭的危险,一路挥刀狂噪,拼死冲到窄窄的隘口,恰逢山上的伏兵往下放木栅。松井郎野狼也似与部属连砍带拦,亦翻亦滚地冲了出去,后面的番兵却被木栅和滚下来的大石、树枝挡住去路,不是被当场打死打伤,就是返身逃窜。

山上，发起了一轮又一轮的急袭。

山下，活着的番寇狂奔乱窜。不少番寇见溪南有不少巨石，以为可以藏身躲避，一股脑儿往那飞跑。大概是山上的火箭、石块够不着，这些番兵倒是没有再遇到袭击。

好了，到了！番兵们暗暗庆幸，一个个在那些石头旁边伏下。

"呀！"蓦然，一声尖细的怒喝从身旁响起，一块块"石头"动了起来。霎时，看似圆圆的石头原来是一顶顶岛上居民头上戴得大大的竹笠，一堆堆卧牛石竟是渔家出海所乘的牛皮筏。随着众多"石头"的突兀起来，一把把钢刀、利剑戳向番兵，端得是鬼诧神惊，好不厉害！

尤为可怕的是，这些敢于以日常用具为伪装的士卒，全是马一棒精心挑选出来的打斗高手，腾挪纵跳自是本身绝活，劈刺削挑也个个不凡，加之奇袭得手，立即势如疯虎，气若长虹，闪电似的扑入敌群中搏杀起来。

西村木眼看一眼就能望见的溪南已成为无法逾越的死亡之地，向南突围根本无望，三百多名士卒已伤亡近半，情知再不走必遭灭顶之灾，慌忙召集残兵向来路逃跑，妄图返归海上，伺机再来报复。那些吓破了胆的番兵，此刻只恨爹娘少生了两条腿，听说顺路返船，一个个如丧家之犬、漏网之鱼，撒开脚丫往来路狂奔。

龙湾西北处一陡峭壁立的巨大黑影下，静静地停泊着一支船队。中间一艘大船上，四块风帆落在桅杆底部；微弱的灯光下，一个个士卒肃立于炮侧、连弩牌后，明亮的眼睛默默注视着海面；船舱的情况虽然无法看到，但也可猜测出同样是严阵以待的场景。大船两侧分列着十只龟状式小船，头尾成线，间隔排列，随着海水的轻轻拍击而上下起伏。

无疑，这是童起率领的水军船队。

尚在白天，童起按照军师的锦囊所示，率船队秘密抵达这儿，既可隐蔽待命，又可在最短距离内快速接敌。时交丑时，鹏王再次衔令而来。童起及所有士卒早已养精蓄锐，难以忍耐，闻听元帅所令无不眉开眼笑，摩拳擦掌，随着一声"起锚"，十只小船分作两拨，簇拥着大船，向东面急速驶来。

距番船约两海里的海面，鹏王告知前面不远就是所要奔袭的目标，船上可能留有番兵看守。童起看了看迷蒙的夜色和自己的船队，略一思索，即命前面五只小船随自己继续前进，让鹏王及浪里翻坐镇大船，与后面的小船原地等候。

　　安排已毕,童起卸下铠甲,露出里面的一身水靠打扮,将一柄两尺余长的钢刀咬在嘴上,一个漂亮的倒栽葱,滴水不起地跃入海中,仅仅两三个穿跃,已来到中间小船旁边,轻轻在船帮上敲了三下,被船里的士卒接入船中。眨眼工夫,停驶的小船又恢复了来时的迅捷势头,率着四只小船成纵队式悄悄地掩杀过去。

　　眼看再有一百多步就能接近敌船,一个情况意外地发生了。

　　西村木此次亲率五只小船、三十五艘大船、四百名士卒前来龙湾实施偷袭,除大部随其上岛外,尚留六十名看船。他以为,偷袭之行天衣无缝,东土之人不堪一击,占领岛北只不过是一举之劳,届时派人返归海上安顿战船,仅是个来往之事,故大军南去,只留这么些人留守。

　　船上的番兵经过连日海上行驶,早已神倦体乏,加之已是深夜,长官不在,无不沉沉入睡,鼾声大作。唯有一人梦中内憋,急忙起身小解,忽然发现海面上有几个黑影在动,不禁吓得喊了起来:“有船!”

　　同船另一个抱刀而睡的同伴被喊声惊醒,睁开惺忪的双眼看了看,不满地斥责道:“喊什么喊,没见过海狮、海豹?惊了老子好梦!”说罢,双眼一闭又睡了起来。

　　“活见鬼!”小解的番兵睁大眼睛看了看,果然见是几个长不溜秋、全身发黑的东西,十足的海狮、海豹模样,遂嘟囔着回到原先的位置,也自管自做起了春秋大梦。

　　“好险!”那边船上的童起庆幸一场虚惊过去,为保险起见,不得不耐心等待。直到看见敌船上没有异常,他才打开船旁供人出进的舱口,口衔钢刀,第一个跳下海去,同船的十个士卒紧接着鱼贯而下,人人口衔一把钢刀;后面船上的士卒几乎是在同一时刻,衔着同一式样的钢刀,身着同样的紧身水靠,悄无声息地跃入海中。

　　几个月的训练看来是有效的。

　　作为士卒的猴子,看来其领悟与心性确实是好的,反应灵敏,动作快捷。

　　同样式样的钢刀和水靠,看来是置对了,便于携带,估计威力也不小。

　　童起以满意的心情瞥了身后五十名士卒一眼,然后,一个深长的吸气,将整个身子没在水里,率先向敌船潜游过去。待身后的士卒完全按事先每只大船两人负责击杀的安排,均靠到了大船的两侧,童起双脚猛蹬,双臂借力向上一跃,已登上了一艘大船的上面,手起刀落,两个沉睡的番兵哼都没哼一声就做了刀下之鬼。

　　与此同时,极善纵跳的猴兵也已纷纷上船,向睡梦中的番兵痛下杀手。

　　戚里察拉的砍杀声惊醒了前面小船上的一个番兵,一声惊叫,将其他船上的同伙惊动了起来。十个番兵见势不对,惊慌中抄起番刀弃船上岸,欲趁乱逃跑。

　　迟了!就在这些番兵拔足往岸边狂奔之际,一人自前面的岩壁上飞身而下,手中寒光闪闪的利剑直朝冲在最前面的番兵刺来。

　　番兵们见对方孤身一人挡住了逃路,担心后面大队人马乘势掩杀过来,顿时凶相毕露,迅速将来人围在中间,一刀狠似一刀地猛劈狠砍,恨不将其立毙刀下。

　　来人一声长啸,手中利剑指东打西,指南打北,霎时将敌兵弄了个手忙脚乱,有两个莽撞的家伙被戳了两个透明窟窿。见敌人再次合围上来,来人突然平地飞起,来不及收势的敌人一下子把长刀砍在了对面同伙的身上。如此几次,弄得敌人欲进不敢,欲退不忍,哇哇直叫。

　　见敌人被自己捉弄得够了,来人眉头一竖,杀机顿起,刷刷刷一连几剑,将几个敌兵刺倒在地。剩下的四五个敌人这下才知道了来人的厉害,转身就往西面跑。来人冷笑一声提刀直追。敌人慌了,不顾一切地跳入海中,希图躲过眼前劫难。

　　行吗?晚了!就在他们跳入海中,心中稍稍松了口气之际,一个敌兵突觉脚脖被什么紧紧抓住直往下沉。惊恐之下,他"啊"地大喊一声,一口咸咸的海水灌入口中,随即被拽入水中。身旁的伙伴还没弄清是怎么回事,又有一个葬身水底。

　　岸上的来人本欲下水追赶,见敌人一个沉入水中没了声息,水面上似乎还冒起一团团黑色的东西,不觉诧异起来,遂打消了下水念头,好奇地仔细观看。也就是说句话的工夫,随着最后一个敌人沉下水去,海面上冒出一个人来,手中握着一把钢刀。几乎是在同一时刻,两人惊叫出声:

　　"岳将军!"

　　"浪里翻!"

　　事情来得竟然如此奇巧。岸上的来人自是岳辰无疑,那么,浪里翻来此又是怎么回事?

　　且说鹏王给童起送锦囊后,作为童起的副手,浪里翻就知道了晚上可能要发生战事,一心想到时一展身手,痛痛快快地杀上几个番寇,出出心中的怒气。孰料童起率兵出发时,却让他与鹏王一块留守,照管其他船只,心中这口憋闷之气甭提有多大了。望着东去的小船渐行渐远,一个念头浮上了他的心头:何不偷偷随在后面前去杀敌?凭着自己在海里能泅善潜的功夫,即使不乘船也能跟上。主意一定,他立马将自己的想法告诉了鹏王。鹏王初时不同意,怎奈他死乞白赖,鹏王终于点头。浪里翻高兴之下,衔刀直追,始终随在小船之后。当童起率队登船杀敌时,他几次想露面参加,又恐童起责罚,白来一趟,遂耐着性子等待时机。

说来真算凑巧。岳辰来了,一下来就与番兵交了手。浪里翻虽然不知道杀敌之人是谁,却既高兴又着急,唯恐自己哪头也得不了手。好在时间不长,四五个敌人纷纷跳入了自己潜伏的海上,这岂不是人们常说的"守株待兔"?英雄有了用武之地,就看自己的了! 只见他藏在水中,见一个往下拉一个,再乘空补上一刀,只一会工夫,就将送上门的番兵全部送回了老家。

不说岳辰、浪里翻如何意外相遇。再说童起那边已结束战斗,除那个因小解未睡实的番兵躲在舱里被生擒外,余敌悉数被歼。不到抽袋烟的工夫,如此干净、利落地全歼来犯之敌,令所有士卒无不心花怒放,直想扯开嗓子大吼一阵。直到此时,童起才发现了岳辰和浪里翻,从他俩的口里知道了小船上敌人被歼的情况。对于浪里翻的擅自行动,童起十分恼火,本想严惩,转念一想,一个猴子能有如此勇气与战绩,实属不易,遂训斥了几句,表扬了一番,算作了事。

按军师锦囊所示,偷袭一旦得手,水军船队需相机行事,截断登岛败退残敌之去路,与郑、马追兵围歼残敌。

童起需立即作出部署。

有言云:临阵不乱,方为大将本色。童起正是这样一个人物。他方待下令,猛然想起方才那个番兵误将自己率得小船当作海狮、海豹以及偷袭成功的事情,脑子里随即浮起一个念头,遂一面派浪里翻回去将船队弓弩手调来听命,一面令五只龟船火速退后隐蔽,而后同岳辰一道,指挥士卒将番寇尸体抛入大海,擦洗船上的血迹,等候下一场战斗的到来。

黎明时分,接近大海的岛上传来了此起彼落的叱骂声和杂沓的脚步声。

此时,滩岸、浅水处已恢复了平静。番寇的五条小船、三十五艘大船,依然一前一后整齐地排列着,看上去与原先并无两样。其实,小船上隐藏着那五十名尚被胜利刺激得嗷嗷待叫的士兵;一字排开的大船上,则布满了刚从水军船队调过来的一百名弓弩手。大家心中只有一个想法:全歼番寇,扬我威风!

岛上的声音越来越大,原先寂静、安谧的岛北通往海滩的山径先是出现了狼奔豕突的番兵的身影,俄顷,山径两旁突然间乱石齐飞,箭矢如雨,配合着后面的追兵,齐齐向溃逃之敌猛袭。后面,马一棒挥舞着镔铁大棍边吼边打,一棍下去,不是打得敌人血光迸现,就是令其筋断骨折,端得是:棍扫落叶无敌手,汤泼蚁穴有尸浮。

率着残兵败逃的西村木仗着其功夫不错和亲兵的护卫,一路冲出重围,跌跌撞撞地跑出山口,来到滩岸,歇斯底里地发出一声狂叫:"上船! 快快上船!"身后五六十名番兵此时顾不上别人死活,看也不看就朝船奔去。

怪了! 番寇从娘娘沟谷中逃跑时不是还有一半人马,近二百人,这会怎么还不到出发时的五分之一? 难道番兵竟如此不经打?

事情确乎如此,也并非完全如此。

诸位尚应记得,番兵登岛下坡时曾不断踩住"树根"、"树枝"什么的,其实那全是横扯在路上的山间老藤。

老藤,山中的宝贝,林里的精灵。猴子用他嬉戏、避敌,人们靠他攀壁采药;他将一些大树缠死,始有了众多小树、花草的新生、成长;不知有多少猎户凭他逃脱了猛兽的追击、扑杀,也不知有多少农夫将他作为编织篱笆的带子。最令花果山居民难忘的是,钻天猴率猴攀藤击敌的生动故事。

这次,为了有效歼敌,郑、马二人采纳大伙建议,从山中找来了数十根老藤,或打环,或顺摆,隔几步就横放一条,两端通向路旁猴兵与猎户们的手里,准备到时拉扯。果然,狡猾而又愚蠢的敌人囿于迷茫夜色、山径狭窄的限制,丝毫未起疑心,磕磕碰碰地顺坡而下,到了沟中各地。

当番寇们在谷中遭到了突袭、不得不折身北逃、重新踏入山径时,郑、马二人一声断喝,伏兵们立即两头猛扯,将只顾忙着逃命的番兵套得套、绊得绊,弄了个措手不及。那些没有被套住或摔倒的番兵惊慌之中,想穿过路旁的山坡逃出厄运,却被埋伏于此的伏兵伸出的长矛、大刀捅了个正着。一场奇异的搏杀就此展开。

前面已经说过,老藤看着不起眼,却用途极广。凡是历经十年、二十年乃至更长时间日晒雨淋的老藤,扭曲缠绕力越大,反弹力越强,一旦套住猛兽的腿脚,越挣扎套得越紧,越使力遭得殃越重。眼下,套住的不是猛兽而是人,哪里有他们的好果子吃? 一个个被套得呼爹唤娘,鬼哭狼嚎。有的被两旁伏兵合力一拉,头下脚上悬在空中,任你怎么挣扎哭叫也无济于事;还有的番兵挥起长刀俯身砍脚底的藤条,结果,藤条没砍断,反倒砍在了自己或同伴的身上。

趁番兵乱成一团、嚎成一片时,两侧的伏兵在马一棒的率领下突然现身,人手一支长矛向中间杀来。尚能打斗的番兵尽管舞刀展开反击,怎奈人多拥挤,路窄刀短,霎时就被刺倒一片。

西村木侥幸逃过了这场劫难,一个重要原因是沾了走在队伍前面的光。

按照郑、马二人拟订的计划,一旦敌人全部进入山径,即刻前堵后截,尽数歼灭。孰料败逃的番兵由于在谷中遭了痛击,腿快的紧随西村木顺着山径往回狂奔,腿慢的、受伤的却被抛在后面,队伍一截一截地没了秩序。当西村木率着三十多人已快走出埋伏地,后面近一百人尚未入埋伏地段。为避免打草惊蛇,郑、马二人不得不将前面之人放过,集中精力围歼后面的大批敌人,然后再设法消灭前头之敌。西村木于无意之中拣了个大便宜,连同后面逃出来的六十多人狼狈地逃上山顶,却在已经望见自己船只的下坡路上,再次遭到了伏击与追杀,遗下三十多具尸体,带着残众逃到了滩岸上。

不管怎样,敌人就剩了这么多,内中还有一部分身带血迹的伤兵。按说,敌人少了本是好事,对于童起、岳辰以及船上所有士卒来说,却实在有点大失所望。大老远的一路赶来,又是隐蔽,又是等待,憋着浑身劲儿准备杀敌,想不到来敌还不够塞塞牙缝,岂不令人沮丧?

气归气,干归干。童起与岳辰对视一眼,猛地挺身而起。童起朝着前面大声喝道:"番贼!睁大你的狗眼,看看老子是谁?"

"啊?敌人!快快抢船!违令者斩!"西村木闻声一看,方知战船已被敌人抢占,长刀一举,向部下发出了命令。

番兵情知上不了船,将死无葬身之地;不听长官命令,即使苟活一时,也难逃惩罚。众兵发声喊,举刀扑向战船。

"不自量力的家伙,竟然敢来领死!弟兄们,射箭!"童起一声令下,船上的弓弩手一齐现身,拉弦扣箭,敌人顿时倒下一片。

与此同时,岳辰从身旁一个士卒手里拿过一张弓,瞄准躲在后面的西村木一箭射去。

"长官,不好!"西村木身旁的一个亲兵瞅见船上一员将领朝着这边发射,急忙喊了一声,将西村木猛地一拉。饶是如此,箭还是紧紧擦着西村木的右脸,带着一只耳朵插到身后另一个亲兵的臂上。

船上又是几轮急射,敌人再也不敢冲了。为什么?因为死尸倒下了一大片,活着的不到二十人,个个面无血色,无助地看着他们的长官——西村木。

西村木吓得呆住了。他万万没料到大部分被歼不说,连自己的战船也被人家给占了,本想孤注一掷夺船逃跑,却再次遭到了惨败。投降?不能!自杀?不敢!跑吧?追兵已经追下山来!值此前后夹攻、无有兵力的生死关头,这个经历了许多次凶险的西村木眼睛一转,朝着船上开了口:"将军!我们虽然战败,却败得不服,能否坐下来谈判?"

"哼哼!死到临头还要谈什么判,请问你有何不服?"未等童起回话,身后已传来吴用的冷笑声。与他一道前来的还有岳庚、狐王、郑乃清、马一棒，尾随而后的是二百多名士卒和岛上参加的猎户、渔民。

"完了，完了，彻底完了！"一阵悲哀猛地袭上西村木的心头，身子也似乎因黎明的寒意而抖了起来，然而，从他口里说出来的却是截然不同的内容："贵部不敢与我军正面相对，专搞偷袭，我军才招致失败。假若……"

"假若什么？是否以为刀对刀枪对枪地摆开硬干，你们就可获胜？你要不服，就咱们两个试试，我要是三招之内不把你揍成肉饼，任由你来去！"马一棒早就想将这个可恶的家伙一棍击毙，边说边提起了镔铁大棍。

"这……"对方剽悍的身躯，沉重的铁棍，满脸的杀气，将西村木吓得后退一步，一只手下意识地捂住自己尚在流血的耳根。

"你以为我们的偷袭导致了你们的失败，那么，你们早早将船藏在孤岛之上，深夜潜入我们的岛上，难道不是偷袭？告诉你，对付你们这种没有人性的东西，就得以其人之道还治其人之身！不论怎么打，你们都逃脱不了失败的命运！"岳庚堂堂正正的一番话，说得大家豪气顿增，不错眼地盯着西村木。场中的十多个番兵尽管听不懂，也晓得定然不是什么有利之话，相互偷看一眼，复将头低下。

"我们是大东番国的子民，有不怕死的精神，倘若能够正面交锋，败得不一定是我们。"

西村木色厉内荏的狂妄之言，令在场之人无不感到既好气又可笑，马一棒更是怒火中烧，一把举起了大棍。狐王伸手按住，冲他挤挤眼，指指军师、元帅，示意他别乱动。

岳庚与军师低语了几句，朝着西村木大声喝道："好一个数典忘祖的不肖子孙，连自己的老祖宗是从何处来的都不知道，还要来这儿硬充什么好汉，逞什么英雄！我问你，你口口声声说你们是什么大东番国的子民，为何屡屡犯我东土？为何要搞这些偷偷摸摸的勾当？"

想想番寇惨杀阿星、贼喊捉贼的卑劣行径，岳庚越说越激动："侵犯别国疆土已然有罪，有何资格谴责别人偷袭！打败了就搞谈判，说穿了，无非是想用大话、硬话来激怒我们，好让你们拣条活命回去，以图东山再起，堂堂的东土人岂能看不出你的卑劣用心、雕虫小技？好！今天我们就饶你们的小命，命你回去转告你那青龙会的头目，有什么花招尽管往出使，好让你们领略一下祖宗们的气度，尝尝真正称之为人的厉害！童将军！"

"卑职在！"

"拨出一条小船放这帮家伙回去！"

"遵命!"

岳庚一番义正词严、势如高山流水的驳斥,令吴用、狐王、岳辰、郑乃清等频频点头。马一棒想说什么,见大伙这样,嘴张了张没有说出来。

船上的童起命弓弩手、刀兵手收起兵器,而后跃下大船,将东面一只小船指给了西村木。

见西村木率着残部狼狈地爬上小船走远,吴用忽然板起面孔,将岳辰召到跟前。

"岳将军! 你可知道贫道要对你说什么?"

大伙见一向温和谦良的军师突然换了脸色,不知所为何事,一时呆愣在地,岳辰更是如坠五里雾中,来到跟前。不因这一变有分教,可谓:獴獴船帆归吾手,直冷巨浪葬敌酋。

欲知吴用缘何变色,且听下回分解。

第二十四回
丧心病狂　边水成受唆谋独立

见岳辰满脸迷茫的样子，吴用道："你是否忘了今天元帅与贫道让你来的意图？"

"船，让我来接受番船！"岳辰心念一转，不觉高兴之中含了点委屈，"军师，您这么一板脸，卑职只以为犯了什么过错，何曾会往好事上想？"

"既然已经想起，还不同童将军速速清理缴获的敌船与所载的物资？岳元帅前时让我给你解决一批战船，从现在起，这些船只全部归你指挥，迅速组织五千步军展开船上训练。日后若遇大的海上作战，你的船队统归童超将军调遣！"

"卑职明白！"

看见岳辰一溜烟地登上战船，想想方才自己的做作情景，吴用忍俊不禁地笑了起来。其他人见状，也觉十分有趣。方才还是剑拔弩张、浓浓杀气的滩岸，此时却变成了喜气洋洋、你呼我叫的欢乐场所。

出于自尊，同时也因等待下一轮的鏖战，童起在歼灭留守船上番兵之后，并没去翻动船上的货物。听到军师的吩咐，他让士卒们赶快清理，自己也随手揭去一块苫布。哇！全是一把把崭新的番刀和其他兵器，问其他船上，有的说是食品，有的说是兵器，还有只船上装的全是白花花的银子。

吴用、岳庚等登船细看，情况果然如此。从那一船又一船装的全是从未用过的兵器和大宗银子的迹象看，西村木此次极有可能是给边水成输送，其间的阴谋自是不言而喻。

面对这些极为有用的物品怎么办？岳庚与吴用、狐王稍作商议，即刻吩咐全部交给郑、马，以资奖励龙湾军民的奋勇作战，加强岛上的防御能力。郑、马没想到竟会有这么大的收获，赶忙组织士卒往下搬运。好在天已放亮，搬运起来自是方便了许多。

几乎是在同一时刻，松井郎率同五六个亲信番兵，跌跌撞撞逃到了边府门前。

在人们看来,松井郎这么一个貌不惊人、艺不出众,动辄得向西村木俯首禀报的小小参事,之所以能冲出重围,侥幸逃生,全亏了"命运"二字。其实,此话只说对了一半,事情远非想象得这么简单。

东番国有本田、索尼、松井、丰田等十数家名门望族。说名门,是这些姓氏,无一不是国内累世军功、颇有建树的人家,在靠本国弹丸之地难以发展、世代向往侵略扩张的这个国度,凡建有军功的人家便成了朝廷的栋梁、社稷的股肱;说望族,是这些大姓之家,锦衣玉食,呼奴唤仆,人丁往往兴旺,家族每每繁荣,不仅在仕途上有很好的前程,而且在数量上也占尽优势,令其他小姓小族不敢仰视。

松井便是这其中的一大姓氏。松井郎自幼受族中长辈"武力至上、军族一体"说教的影响,骨子里早早就浸润了尚武、崇高、贪婪、残暴的毒素,异常崇拜族内族外那些用无辜者颅骨制作项上念珠、拿冤魂鲜血染红头带红日的"英雄",钦佩那些表面上谦恭有礼、动辄弯腰鞠躬,实质上腹藏利剑、视人命为草芥的"勇士",日逐思之学之,慕之效之。与那些经常把"大东番国人"放在嘴边,将强壮的肌肉、沉重的番刀露在外边的同族兄弟不同的是,他一袭和服常在身、一副笑容挂嘴唇,经常规劝他们需将"侵略"改成"进入"、"征服"说成"友善"。族中长辈叹其"少年老成"、"胸藏韬略",遂将他送入培养、掌管全国武士的青龙会深造,成为低西村木两级的学友。几年下来,由于其性格内敛、不事张扬,且文武皆备,深得青龙会会长本田禾之青睐,常将一些重大之事秘密交由他去办。这次,西村木奉命偷袭岛北,本田禾即命松井郎一同前往,名为参事,实乃监军,密嘱其一路监视西村木与边水成联合偷袭的情况,必要时刻可直接指令边水成在接到大批兵器、银两援助后,在岛上鼓噪独立,为青龙会的下段行动铺路。

可笑狂妄自大的西村木并不知悉这些内情,满以为松井郎只不过是自己手里的一枚棋子,一路上对他颐指气使,冷语相加,殊不知,所有这些都使负有特殊使命的松井郎大为反感。登岛途中,当西村木刚愎自用、毫不理会他的规劝时,松井郎本欲亮出身份严加斥责,又恐自己判断有误,贻误战机,反倒被对方抓住把柄上告总会,有损自己的仕途发展,遂强忍怒火,隐而未发。

谷中突遭袭击后,松井郎明白大事不妙,情知再指望西村木,连自己的命也得搭进去,遂率领自己带来的亲信和一部分番兵拼死向谷南突围,仗着自己使得一手好刀和平时练就的横练功夫,借对方木栅障碍尚未完全封牢的间隙,硬是率领几人闯出了隘口。

边府，盘踞于岛北的边府，此时正处于主喜奴欢的状态之中。

还是在马一棒率众怒闯边府、搅了边水成妄图叛国独立美梦并打走那几个青年后，边水成生怕再有人来报复，遂日逐躲在府里与爱妾刘休兰及几个狐朋狗友摸牌斗狗，借酒浇愁。

两个月过去了，人们迫于生计，忙活开各自的活计，谁也没工夫去议论前时发生的事情，边水成才像一条蛰居了一冬天的毒蛇，重新露了头。想想番人交代给自己的重大事情，加上刘休兰的枕边吹风，他始而试探，继而实干，从几个方面展开了自己的行动。

刘休兰何许人也？

按照东土汉人的习俗，凡连生姑娘不生儿子的人家，为了传宗接代、延续香火，往往会将最小姑娘的名字起个"换"呀"改"啊，抑或在"弟"字前面来个"引"啊"转"呀之类字眼，意思是通过吉利之名停女换男，后继有人。

刘休兰之所以叫这个名字，也是因为其父母连生几个姑娘着了忙，待生下她时，即在"兰"字前面加了个"休"，目的也是想生个男丁，日后好延续宗嗣，光宗耀祖。应该说，习俗如此，其父母的一片苦心，应能理解。

然而，令其家人及邻里意想不到的是，刘家的这个女娃自牙牙学语起，就显示出了与众不同的个性：专爱听丫环们遭人毒打时尖叫惨叫的声音，专爱看斗鸡斗狗时鸡狗被咬死时的惨景。为此，家中丫环不知受了多少莫名其妙被毒打一顿的罪，鸡狗不知死了多少，买了多少，邻里悄悄称之为"活害"。到了十一二岁，刘休兰更是聪明中杂着阴冷刻薄，伶俐间透着刁钻古怪，不是令仆人们将蝎子、蜈蚣捉上装着进荷包袋里，自己拿上放进人的被窝里，就是女扮男装，潜入丫环屋里挑逗，然后四处张扬，弄得人们啼笑皆非，无可奈何。于是，府中奴仆背后都叫她"人精"。

到了十五六岁谈婚论嫁的年龄，因她刁名在外，上至官绅富商，下至门当户对，几乎无人问津。便是有那不太知情的人家托媒婆上门，也皆被她当着父母面的稀奇古怪提问，弄得张口结舌，退下阵来。

人常说：女大十八变。此话包含两个意思：一是说女子大了，有十八种变化，按东土人九为最大数之义讲，即有很多种变化；二是说女子一到十八芳龄，身材、容貌均有显著变化，乃女子一生中黄金、珠宝均买不来的妙龄时期。女子凡是到了这个时候，国色天香者，自是令不食人间烟火的神仙圣贤也为之倾倒；容颜丑陋者，也因其勃勃青春而觉秀色可餐。

不知不觉间，刘休兰已年届十八芳龄。要说老天，实在没有对她有何亏待，不仅让她降生在一个家资殷实的富户人家，而且在她十八岁这年还给了她一副姣好容颜,但见她身材不高却不失婀娜,额头虽大却多含聪慧,尤其是薄薄的嘴皮和一双忽闪着心机的大眼睛,更增添了她的秀色,使人一看就知道这是一朵带刺的玫瑰、看得上惹不起的主儿。于是,家里人为有这样一个女儿既骄傲又发愁,外人既用热辣辣的眼光看着她,又用极不恭敬的话语议论她。就这样,她有了第三个雅号:白花蛇。父母听着不雅观,又见无人上门提亲做媒,不免要开导她几句。这下可好,刘休兰秀眉一竖,粉脸一变,一腔怨气全撒在了其父母头上。有了头回的撒泼滚打,就不愁下回的娇诧怒喝,时间不长,不仅奴仆们成了她的"鞭下石",便是父母也变成她的"出气筒",气则开骂,怒则开打,扬言不再姓刘,要自立姓氏,几次三番带着使女、家丁外出疯跑。

有道是:物以类聚,人以群分。落到平民百姓口里,说得更为形象,叫做:癞蛤蟆摸着他孩光,臭虫闻着他孩香。天下的事情往往如此。刘休兰的大名,在岛上不胫而走,终于有一天传进了边水成的耳朵。

"天下竟有如此奇女?"一股强烈的欲望驱使着边水成带着家丁,前呼后拥地来到街上,狗眼四望地逡巡着每个店铺、酒肆。时分不大,见一伙男女正往一家饭铺走。一个家丁眼尖,告诉他那就是刘休兰与其使女、家丁。边水成喜出望外,三步并作两步赶上前去,尾随着刘氏一伙进了饭铺,点了两桌酒席,一席给了她们,一席留给了自己一伙。刘休兰诧异之下一打听,家丁悄悄告诉她这就是岛上有名的边大官人。刘休兰借口"感谢",吩咐家丁将边水成请过来。家丁使女知趣,急忙起身避开,留下二人眉来眼去。于是,一对狗男女一拍即合,没多久,边水成不管家中妻妾成群、群起反对的情况,硬将刘休兰迎娶进门,成了他最宠爱的尤物,一时间被岛上传为"佳话",均称他俩是"蛇蝎撮合,毒毒相配"。

大凡一个女子欲在夫君面前得宠,婆家之内逞强,或靠媚功,或耍心计。刘休兰却双管齐下,样样皆使,何况她还有泼妇的本事,刁钻的绝招,未经几个回合,便将边的原配夫人和其他姬妾打下阵另地居住,取得了"专宠"之位,俨然成为府内说一不二的人物。自此,府中大小事务得她说了算,所有奴仆得归她管,尤其是在涉及全岛生计、安危的要事上,她是不亚当年商朝的妲己、西汉的吕后,遇事必参,有客必见。开始尚是边水成的枕头军师,嗣后便是边水成也惧她三分。番人正是在这种情况下,频频遣使来府。刘休兰一旦知道丈夫"独立称王"的意图,番人"助边割岛"的野心,一颗"称君称王"的心也勃勃跳动起来,接连与夫君秘抵番国,接受了青龙会头目本田禾的几次"秘密而亲切的召见"。

时间不长,边、刘二人上了青龙会的顶级秘册。

时间不长,松井郎以不同的身份抵岛,成了边府的座上客。边水成偶尔不在时,刘氏的帷屋里则经常会有松井郎的身影。

边水成重新露头后,刘休兰当即面授机宜,让其"痛舍钱财,广收民心"。边水成称王心切,对爱妾所嘱深信不疑,一改以往眼高于顶、脸冷若冰的倨傲做法,今天到这家转转,说上一堆温言热语,临走放下几两散碎银子;明天到那家看看,送上一副慈眉善眼,让人留下半袋粮食。岛北搞罢去岛南,岛东跑遍跑岛西,一年下来,边水成跑遍了龙湾的四面八方。

与此同时,边水成利用自己掌管全岛厘税之便,抽时间到税卡下,当着众人之面训斥自己的属下"不恤民苦",亲自动手减免在场者的厘税。

常言道:热脸招人笑,财帛动人心。尽管边水成所用的全是番人资助的钱财,他每晚都要在灯下将白天施舍出去的钱物一笔笔连人带物登记在账上,以便日后翻倍算账,并且还要将那些"受惠者"恶狠狠地大骂一顿;但在岛上却渐渐赢得了一些平民百姓和商贩们的赞许,连带着减少了对刘休兰的反感,"边善人"的说法与称呼也随之悄然出现。

边水成看在眼里,听在耳里,自然也就乐在了心里。有几次"抚慰"、"济民"归府,见松井郎与爱妾单独在卧室嬉戏浪笑,边水成虽然也醋意大生,却一来明知"小不忍则乱大谋",二来挡不住松井郎居高临下式的夸奖,对刘休兰愈发言听计从,宠爱有加。在他看来,戴"绿帽子"是暂时的,"黄袍加身"是顶顶重要的;大丈夫能屈能伸,没有眼下的"绿帽",何来日后的"皇冠"?女人,不就是身上的衣服墙上的皮?到时一旦荣登九五、手握九鼎,天下美女多得是,废掉你个刘休兰岂不易如反掌?

清晨,边府四下的高墙上晃动着持械防守的家丁们的身影;墙内,一应仆役、丫环、老妈子已来来去去,开始了一天的侍役生活;唯有幽雅、宽敞的后院依然一片静寂。从门前几个静立不动、端着铜盆、热水的丫环、老妈子的神情看,边府的主人们尚在梦中,边水成与其爱妾更是还在巫山云雨中游荡。

突然,一个门公自前院奔进,径直来到正房居中的门口轻轻敲了几下门。

"谁?大清早的敲什么门?"屋里传来边水成不耐烦的问话声。

"老爷,门外有人!"

"混账!有人就得老爷我去见?"

"听声音是松井郎先生!"

"松井郎?这家伙又来做什么?"边水成不情愿地动了动身。

"哟,人家这么早来必定有要紧事,你发哪门子火?有胆量你就这么撑着！哼！"这回发话的是刘休兰，她一边数落丈夫，一边起身穿衣。

"我这不是刚知道？夫人何必冲我发怒？"一看爱妾那个心急火燎的样子，边水成醋意大增，却又不敢不让那个惹不起的家伙进来，将火气全撒在了门外的家丁身上，"混账东西，还不快去开门！"

"奴才就去！"

边水成极不情愿地起身穿衣，刚出卧室打开后堂大门，松井郎一行六人就推开正要开口的门公闯进后堂。

"哟，松井先生，您怎么弄成了个这个样子？"接踵而来的刘休兰一眼瞥见松井郎，不由惊叫出声，又是摸其胳膊，又是抚其肩背，那股关切、心痛的样子，直叫随后走进的门公、丫环、老妈子想看不敢看，急忙将头低下。

可不是，松井郎衣衫破碎，满脸污渍，左腿似乎受伤，一瘸一拐的，浑没了以往来府时那种衣着整齐、不怒自威的儒雅风度。身后的五个随从也均破衣烂裳、身带血迹、惊魂未定的模样。

"松井先生，这到底是怎么回事？"

"水成君，事情待会再说！"松井郎向还在继续摸擦着他身体的刘休兰抛去一个人人皆可以意会的眼神，以不容商量的口气吩咐边水成："请你先给我和这些部下找几身干净衣服，备上洗澡水，再准备桌饭菜和治疗外伤的药物！"

"对不起，你看我一着急连这些要紧之事都给忘了。边二！马上通知下人从速备来。"

"奴才明白！"那个叫边二的门公答应一声，匆匆跨出后堂大门，一会儿进来，告知诸事齐备，酒宴也已开始制作。松井郎一言未发，带着部下随边二出门，来到府中一处整洁、温暖的居室。

一个时辰之后，已经得到消息的边府管家黄德昌引着已改换一新的松井郎六人重返后堂。按边水成的意思，接风宴欲摆在前面大厅，刘休兰却以"谈论机密要事不宜到人多之地"加以拒绝，边水成只得继续在后堂相陪。

一张雕刻着鱼虫花草及八仙醉酒的楠木方桌上，摆满了海陆空皆具的上等菜肴和几坛岛上有名的椰子酒。桌边相陪的有边氏夫妇和黄管家。为了表示东道主的热忱，坐在主位上的边水成亲自动手启掉泥封，道了声"请"，松井郎假意谦让了两句，拿起筷子就吃。五名属下饥肠辘辘，馋虫在喉，见长官已然动手，急忙饿狼也似扑了过去，好一顿牙齿乱响，狼吞虎咽。

酒足饭饱，松井郎脸上露出了笑容。令五个部属他屋休息后，他将已经敷药包好的伤腿轻轻放在面前的椅子上，给边等三人简略讲述了昨晚发生的事情。边水成闻听,心里不禁暗暗叫了声:"好险! 幸亏自己没有参加,否则还不知道能否活着回来。"

松井郎生就阴鸷、多疑之恶性,加之长期从事督察、暗探之事,更助长了其心细而疑虑、机敏却阴毒的性格。他本来就因这次惨败而怨气在胸,此时见边水成一副心不在焉的样子,复杂多变的性格顿时化为一团怒火,话锋一转,突然问道:

"水成君! 听说龙湾管理权已经易人,你在岛上的作用不好发挥?"

"谁说的? 哪有此事?"

"别管是谁说的,仅从我们昨晚所见,也已清楚你在岛上失了威望! 如系这样,我可以回去禀报本田禾长官,从今以后绝不再难为你,我们可以在边府之外另找合作者!"

"不不不,请别这样! 这段时间只不过是让郑乃清那个自命不凡的家伙钻了空子,又有一批猴精为其撑腰,才使我在岛上受了点影响。不过,这不要紧,对我这一年来所做的那么多事,您不是还几次夸奖过吗?"

"既然如此,除去那些猴子不说,昨晚为何还有那么多人来攻打我们? 我不得不怀疑你以前给我所说的那些事是不是真的?"

"你,你……"

"请放心! 我会向本田禾长官如实禀报这儿情况的。当然了,龙湾的独立以及独立后谁来当国君之事,也就不必你水成君再费心了!"

"哟,松井先生,话怎么说得这么难听!"正当边水成一脸尴尬、满肚惶恐之际,刘休兰一声娇滴滴的声音,打断了松井郎的话。她不是一直向着这个番人,此刻怎么反而责怪起来了呢?

要知道,刘休兰这个骚货,不认祖宗嚷着要改姓的烂货,之所以与松井郎勾搭上手,时时为他说话,并非看上了他的人品、相貌,而是通过他的搭线架桥,可以让自己的丈夫能够在番国的支持下,实现"立国称王"的美梦,进而像武则天那样,自己有朝一日过上几天北面为尊的帝王日子。以此为界限,以前松井郎再三转达青龙会支持其丈夫的意思并偷偷运来银两、物资时,她自是施展女人的本事,千方百计想讨松井郎的好,如今竟然听到他说什么"边府之外另选他人"之类绝话,这个野心勃勃的女人可就柳眉倒竖,向刚才还一味传情的松井郎发了难:"要说像我家老爷这样对你们忠心耿耿的,我敢说在龙湾找不出第二个。岛上出了点事并不奇怪,龙生九子还不一样呢,何况百人百姓,还能一剪子铰齐? 你们那么多士卒尚且还吃了那么大亏,这又该如何解释? 人常说卸磨杀驴,你们东番国人可倒好,面还没推完,就想杀驴了。"

"就是！我家老爷这一年来跑遍全岛各个犄角旮旯，可是出了大力。尚请松井先生多加考虑！"黄管家见女主人带了头，趁机表达了自己的不满。

"哈哈，夫人、管家误会了！"松井郎一声干笑，打破了酒桌上的沉闷气氛。对于边水成，青龙会并没有要撤换他的意思，松井郎也无非是临时动议，目的是趁机吓唬、威胁他一下，以便进一步抬高自己在他心目中的威慑形象，使他更加死心塌地为自己及青龙会服务。对于刘休兰，松井郎是知道的，是离不开的。只因自己恼怒之下一时疏忽，才导致了她的发火。于是，他一改方才冷酷无情的神态，换上了一副笑脸："多日未见，我只不过和水成君开几句玩笑。"

"对对对！松井先生是在和我开开玩笑。"

"这就对了，松井先生。除了您真还没有人敢对我家老爷这样指手画脚的！您说是不是这样，松井先生？"刘休兰说到后来，已恢复了先前眉目传情的媚态，将一杯酒双手端着，俯身递到松井郎嘴边，"松井先生"四个字里透出了要多嗲有多嗲的味道。

"是，是，夫人不愧洞察秋毫，慧眼识人，佩服！佩服！"

"不过，话要说回来，老爷您要是在自立国号这件事上做了缩头乌龟，别说人家松井先生不依，就连妾身这个长长头发的也瞧不起！"

"夫人放心！我边水成岂能做缩头乌龟？开弓没有回头箭，你就等着好事临门好了！"

几句话说了两个男人，两个男人竟然如此顺从，这可真就有点奇哉怪哉。

细细琢磨，也并不奇怪。世间原本就有这么种人：软的欺，硬的怕，见了强的就爬下。你给他碗蜜水，他非要说蜜水太辣；一旦辣椒上面放点蜜，他反倒吃得满头大汗直喊甜。眼前的两个男人正是这路货色。

且不说边水成就是出于这种德行才冷落了糟糠之妻看上了刘休兰，松井郎更是初次见面就被她美艳、泼辣、聪慧、阴毒、夹枪带棒、颇有见地的个性所折服，认为她虽系女流，却是青龙会实现纳龙湾为东番国版图目标的一个难得的人选，自己来龙湾寻欢作乐的海外伴侣，以致时间不长就与她各图所好地黏到了一起。此事虽然瞒不了合府上下，但见主人依然亲热相待，也就无人加以理会。这次奉命前来，公事固然重要，私会也是其甘冒艰险的原因之一。正因如此，听了刘休兰的冷嘲热讽，松井郎不仅不恼，反而从刘休兰的泄愤中看出了她的幽怨，从粉脸色变中觉出了她的可爱，遂以轻松的语气化解了由自己制造的紧张气氛。

看看场面上业已和缓，刘休兰正色道："松井先生，说说你此行的真实意图究为何事？"

"策应你们及早独立！"松井郎脸色一凛，语气十分干脆，"为此，本田禾长官命西村木率四百精锐士卒专程前来，里应外合先占领岛北。就因没有得到你们的配合，招致了这次行动的失败。水成君，下步就要看你的了！"

"干她娘的！不是鱼死就是网破！只要你们能帮我当上龙湾国的皇帝，我豁出去了！"想想自己多年来为君为王的美好打算，看看如今岛上郑乃清、马一棒一伙日益强大的势头，边水成清楚摆在自己面前只有两条路：一是偃旗息鼓，俯首称臣；二是铤而走险，独立称皇。两条路他要走称皇路，于是，他牙一咬，身子猛地立了起来。

"好！有胆略！我来这儿要的就是这句话！只要你好好干，我们东番国一定会扶你荣登皇位，号令龙湾！"

"千万莫高兴得过早，这八字还没见一撇呢。我们这儿只有些护院家丁，兵器也不多，钱粮又不够，真要干起来，我们凭什么？松井先生，您说该怎办？"刘休兰知道丈夫不便说，遂主动站了出来。

"夫人所言甚是！自立国号可不是件小事，得再加把劲，让更多的老百姓拥护才行。"黄管家晓得事情利害，赶紧补充了一句。

"诸位不必担心！我们东番国与你们同处海上，贵为近邻，焉能半途而废？兵器钱财本已过来不少，可惜不知落入谁手，一定再设法给你们送！战事一开，我们的人马定会前来支援。岛上招兵买马、收买人心的事由你们来做，但你们必须答应我们一个条件！"

"答应什么条件？"刘休兰紧紧逼问。

"一旦另立国号，水成君荣登九五，北面为君，必须服从我们大东番国的旨意，允许我们参与国事，派驻军旅，管理商贸，与我们订立永久友好合作条约。"

"不就是多个婆婆？"边水成乐了，"只要你们说话算数，你说的这些事项，我都可以答应。至于抚慰民众、招兵买马之事，我和夫人现在就可以办，但你们允诺的钱财、兵器必须尽快运来！"

"最好咱们派人悄悄去取，以免过早暴露秘密。"刘休兰赶紧提醒了一句。

"一言为定？"松井郎伸出了手掌。

"一言为定！"边、刘二人的两只手与松井郎的手"啪"地合在了一起。

龙湾人是淳朴善良的。无论你走到哪儿，都不时会听到岛民对边水成夫妇的赞扬。

是的，边水成两口子这段确实够忙的，接二连三为岛人办了几件"好事"。

　　先是边水成往岛上百姓家跑得次数更多了,范围更大了,不是给这家送袋米,就是给那家送桶油。按照他的现场说法是:人嘛,图个啥?图财?生不带来,死不带去,弄下多少家当有什么用?还不如有钱大家花,有物大家用,有饭大家吃,还能给子孙后代积点阴德。说法一经绘声绘色地传扬开去,一些善良的人们被迷惑了,"边善人"这一名字开始在越来越多的人口里叫了出来。

　　"边善人"如此,爱妾刘休兰也不例外。以往出去时,边水成只是带着管家、家丁赶着车辆跑,这段时间车里多了个刘休兰,一齐下去施舍,一道抛头露面。她给人们的说法更为动听:"同住一个岛,就是有缘人!谁家没个锅盖揭不开的时候!府里那些粮食放着也是放着,还不如拿出来接济了乡亲们。银钱多了折阳寿,乡亲们都花上些,睡觉也安心。儿孙自有儿孙福,留给他们反倒害了他们。"没见过她面的毕竟占多数,事实面前纷纷为她打不平:"谁说人家是人精,这不好好的?"

　　令全岛居民深感惊奇的还有一件事,那就是由边水成直接掌控的各个税卡虽然还在收税,所收的税金却明显降了一半,成为其他任何地方都无法相比的低税地带。就这,边水成还公开惩办了一个税卡头目,说他胡收税,祸害百姓。就在人们作为喜讯奔走相告之际,那个头目却乘夜溜进边府,由边做东,为共同演出了这么一出戏而推杯换盏,饮至深夜。

　　也正是在这段时间,几个经常来岛做买卖的外地商贩没了踪影。急得渔民连呼渔具没法更换,猎户发愁上山打猎少了得手家伙,一些姑娘、媳妇更是没了针头线脑之类手头用具逢人就说。

　　直到三个月之后的一天,一个四十多岁的商贩出现在岛上,人们争相购其货物,却发现缺这少那,价格明显比以前高了一倍。问起个中原因,商贩露出一脸的无奈,说岛西陆地上的厘税翻番,行情上涨,不仅当地人怨声载道,苦不堪言,就连他们这些商贩们也无法再做,洗手不干。那几个同行之所以不再来岛,就是这个原因。

　　商贩的一番诉说,犹如长了翅膀的信天翁,没几天就传遍了全港。岛内岛外一些比较淳朴的龙湾人在认定"数咱这儿厘税低"的同时,越加改变了原先对边家夫妇的恶感,纷纷称道"边善人"的"善举",指责别地的"苛政"。

　　周边岛屿居民闻听龙湾税金最低,或三五成群结伴来此,或单身驾舟来此觅活,更有少数人家拖儿带女,干脆迁来居住。不论何人,边水成夫妇均亲自接见,慷慨解囊,使得所有来人无不感激涕零,齐声称颂。大家谁也不会想到,那名"诉苦"的商贩从此成了边府的座上客,隔三岔五以卖货为借口进边府一次,每次出来均眉开眼笑,扬长而去。至于新迁百姓的各种所得,边水成均一点不漏地记在账上。

一天，边水成一副行旅打扮，在黄总管及四名家丁的簇拥下，骑着高头大马出了府门，边走边向路人打招呼，说要外出进货。一行人马奔驰、招呼了一天，于当晚来到岛东，在自家船坞处宿了一晚，次日清晨乘坐两艘三桅大船向西疾驶而去。

几天后的中午，边水成乘坐有自家标志的大船重新出现在岛东船坞处。此时，由边二带领的几十名家丁和车辆已在滩头等候，闻讯而来的不少岛东居民都想看看"边善人"进回来什么货，也都拥在滩头。郑乃清派来的两名暗探假装买货，也夹杂在人群中间，欲乘机探个究竟。

边水成踏着踏板走到岸上，吩咐管家率人卸货。围观的人群一阵乱动，纷纷拥到船旁，当家丁们将船上的苫布揭去，出现在人们眼前的全是渔具、猎具、农具以及锅碗瓢盆、油盐酱醋之类日常用品。

看见人们那一双双渴望、期待的眼神，边水成笑盈盈地开了口：

"乡亲们，有谁缺什么的请讲！"

"价钱怎么搞？"

"都是一个岛上的，低头不见抬头见，讲什么价钱！看在大伙都能看得起我边水成的分上，不论什么货，一律按平素的半价算！"

"感谢边大官人，我买两支渔叉！"

"我买一张犁！"

"我买二斤油！"

……

一时间，叫声四起，竞相拥挤。管家遵照主人吩咐，督促家丁们开始卸货。买货的人们出于对边水成一口应答的感激，主动上船帮忙，郑乃清的两名手下乘机一人登上一只船假装卸货。人多力量大。不消半个时辰，原本堆得小山似的两船货全部卸下，直到见了舱底，均无一件可疑物品。

待人们买上各自所需要的物品、其余悉数装车后，边水成一边与人们打招呼，一边率队启程。不消说，用同样的口气，出同样的价钱，那些余货售完的同时，边大官人的美名再次被人们念叨起来。

时隔五六天，"受乡亲们所托，再去进些货"的边水成，率领三艘大船又拉回更多的"半价"物品，岛南、岛西转了一圈，货物一卖而空。

"边水成真得变好了！"岛上的不少人如是说。

"边水成真的变好了？"郑乃清、马一棒以及有见地的人莫不心存狐疑。

狐疑归狐疑,对边水成的戒备毕竟放松了。

随着一个五六天的过去,边水成第三次出海了。与前两次不同的是,三艘大帆船向西驶了一阵,乘海上无人看见,边水成指挥水手们将原先"边府商船"标志全部收起,掉头东北,疾驶而去,直到七天后方返归岛东。岛上居民不到二十天买了自己迫切需要的东西,哪里还需再买? 所以,当看到边水成以及几十辆载着满满货物,听着他"乡亲们,还缺什么东西"的问候时,人们不仅不怀疑,反而感激地点点头,回句话。于是,边水成暗自得意地将货车一路顺风地拉进了府门。等到卸货入库时,原先去的那些家丁们才暗暗发了愁。因为这次的货物不仅比前两次多了许多,其中有十几个箱子特别重,从船上往岸边卸时,家丁们几乎把吃奶的劲都使上了,往库房搬时,四个精壮汉子抬一个木箱都得挪着走,十几步长的距离歇了两次才抬了进去。

就在这批货物拉回来没几天的一个深夜,边水成所在的新竹城突然狂呼乱叫,人喊马嘶,临街的店铺不是遭了抢劫,就是失了火,不少民房也遭到了刀枪、石块的袭击,就连边府有那么多的家丁护院,也大呼小叫地折腾了半夜。次日一早人们来看,大门外石块狼藉,蹄印遍地。

此后一连几天,每到深夜,总有骚乱。城里没再受害,周围的山庄窝铺却遭了殃,有的百姓被打死打伤,有的财物被抢,屋子被烧。

"来人一律蒙面、黑衣、骑着马,见人就杀,见东西就抢,这可怎么活呀?"一时间,议论四起,谈夜色变。

嗣后,新竹城内十几个泼皮开始在城里嚷嚷:"强盗猖獗,请边大官人出山招兵买马,保护岛人安全!"接着,拥进边府,将类似话讲给了边水成。

三天后,一张张落款为"边水成"的帖子,随着一骑骑快马贴满了龙湾各处,所写内容是:近日强盗四起,匪患肆虐,上至官绅下至庶民,莫不受其涂炭。承蒙全岛父老乡亲屡屡相劝,殷殷致意,为龙湾安危计,余决定出任龙湾及所辖岛屿防匪保境营总管,暂以边府开署办公。自即日起,凡吾岛屿年满十八至四十五之健壮男丁,十日内均可到敝府报名。有幸选中者,即为营兵,月饷银贰两,家属待遇从优。逾期不候。切切此布。

自古道:插起招兵旗,不愁吃粮人。边水成普施小恩小惠于先,借保境安民之名招兵买马于后,着着棋都在那些善良、单纯者心里起到了蛊惑诱骗的作用,尤其是"月饷银贰两,家属待遇从优"十一个大字,更在那些一年忙到头都积攒不下三五两碎银的穷苦百姓那儿产生了极大的诱惑,以致十天之内就有两千多名男丁从四面八方赶到边府报名。一些原在郑乃清手下的兵丁,经不住家人的软磨硬逼,也偷偷溜出营房,走进了边府。几个头目愤怒之下欲率兵前去捣毁边府,幸被同样气愤的郑乃清强行拦住。

从边水成一反常态四处施舍时起,郑乃清就疑窦大起:狼岂能改掉了吃人习性?嗣后匪患突起,招兵买马接踵而至,透过这一连串的事件,郑乃清终于明白:边水成使的是连环计,没准还是为了搞他的立国称帝。这个丧心病狂且狡猾奸诈的家伙,即使让人能看穿他的这些阴谋,却难以抓住他的把柄。假若让自己的部下直闯边家大院,正好中了边贼的诡计,以此离间那些视其为善人的岛上居民与自己这方的关系,助长边贼一伙的嚣张气焰。由于自己的疏忽与轻敌,已让边水成一伙钻了空子,若再不冷静处置眼前之事,铸成大错,何以面对大圣、对祖宗、对全岛乡亲?于是,他一边安抚部众,一边与马一棒商定,着一名叫王阿斌的青年乘报名之机,打入边营内部,寻找证据,监视边府动静,待时机成熟时里应外合,消灭边贼一伙。

冬去春归,转眼又是一个阳光明媚的季节。一天夜晚,阿斌悄悄来到郑府。一见面,阿斌迫不及待地对郑乃清说:"老叔,边家大院有情况!"郑乃清心中不由一阵大喜,呼地一下从桌旁站了起来。不因这一站,有讲究,叫做:

欲挥长缨缚兀鹰,岁月蹉跎赘肉生。如今畅展平生志,管叫逆贼归鬼城。

欲知阿斌说出什么情况,且听下回分解。

第二十五回
紧锣密鼓　李大海中计失港卡

郑乃清眉毛一扬,问:"且说说看,你发现有何情况?"

"按照您老吩咐,我自入兵营起不论让干什么都好好表现,见了那些头目都假意服从,他们都认为我老实听话。前几天,边水成亲自到兵营挑人,说要组织什么亲兵队,专门保护他。我在的百夫队百夫长举荐了我,边水成还真的要上我了。"阿斌说得兴奋起来,嗓门自然高了许多,见郑乃清手掌往下压了一下,心里会意,伸了伸舌头,急忙将声音压低,"这样,我就和另外四十九人一齐进入边家大院,由一个姓袁的教头教练我们。"

见阿斌干渴找水的样子,郑乃清给他倒了杯水。阿斌仰起脖子一口喝干,将杯子一放,接着道:"今早刚刚开过饭,边家的那个黄管家让亲兵队弟兄们到库房那儿站哨,再三吩咐我们只准好好执勤,不许乱说乱动。我揣摸这儿肯定有什么机密,到了库房院,才晓得是往营房搬运兵器。院里停着一溜大车,搬运的赶车的没个外人,清一色的边府家丁,还有两个百夫长,带着兵丁在院里接应、装车。管家让我们这些亲兵排成两行,每隔三五步一个,从库房门口一直排到库房院大门外。库房门口出出进进,弟兄们谁也不愿到那儿,黄管家指派我去。大叔,这不是想睡觉给了咱个枕头?"

"好!"郑乃清说了一声,赞赏地看了阿斌一眼。

"我和另一个弟兄往库房门口两旁一站,里外情况都能看到,可把我高兴坏了!家丁们开始是往外搬刀、枪之类兵器,倒也没事。没过多大一会,黄管家与个百夫长争吵起来。我急忙扭头瞅去,原来靠墙处摆着堆得很高的中等木箱,那个百夫长手托箱子在责问管家为何不让搬这些东西,只听管家口气很硬:'不让你搬就是不让搬,你啰嗦什么?','老子今天就要搬,你能把老子怎样!''老爷有吩咐,这是大东番,不不不,这是老爷的家用东西,你有胆量搬走?'百夫长一听不再说什么,气咻咻地看着家丁们去搬其他东西。"

"噢?箱子里究竟装着何物?"郑乃清眉头一皱,脑子急速转动起来。

"我也觉得纳闷,悄悄问一个家丁:'老哥,这可省下劲不用你们多耗气力了。'那个家丁大概是出来进去的不耐烦了,哼了一声对我说:'咱就是想搬,人家也不让。你知道那些箱子里装的是什么？实话对你说，全是圆铁筒筒，听说能喷火伤人，邪门着哩！只有那些水番国的人会用。'我怕他起疑，假装不在意，回了他一句：'管他长的圆的，咱是吃粮不管闲务事，图个心上清闲。'您猜这个家丁说什么？他一挤眼对我说：'兄弟，我看你是个实在人，索性再告诉你件事，屋角里放的那几个大木箱才叫值钱哩，里面全是白花花的银子。上次从船上往岸边卸货，弟兄们四五个人伙抬都沉得要命。嗨，人家有钱人就是不一样，到哪都能弄到钱。'老叔！前晌无事，我就急着想来告您，又怕边府的人觉察没敢来，午饭后接着站哨也抽不出工夫。今晚，我找了个借口出来，总觉得这儿有问题。您老见多识广，琢磨琢磨这是咋回事？"

一切都明白了。

一切又似乎有点扑朔迷离。

边水成招兵没多久就能从府里搬出这多兵器，这令郑乃清委实没有料到，说明边水成蓄谋已久，绝非自家所有，联系到"争吵"、"大东番"、"船上卸下"等情况，十有八九是水番国提供的，目的就是为了搞他的"立国称帝"。这么多东西莫非就是边水成那几次外出购货时做了手脚拉回来的？可自己派出的两名暗探明明见船里全是日常用品，这到底是怎么回事？还有圆铁筒筒是不是孙大圣所说的喷火筒？如果不是，为何不让搬？倘若是，边水成有了这么厉害的家伙，是否已经下定了鱼死网破的决心？大木箱里装的是银子看来不假，从船上卸下也极有可能是番国人给的，一贯靠偷盗抢掠的吝啬鬼突然变成大方的主儿，意图何在？是不是最近就要有大的行动？

问题一个又一个地在郑乃清的脑海里浮现，一个个推断又将这些问题搞得上下翻腾。尽管如此，他并不想让阿斌知道，以免涉世未深的阿斌过早知道这些，反而对他潜伏不利，惹来不必要的杀身之祸，遂迎着阿斌询问的目光回道："你说的这些情况非常重要，我得好好寻思寻思。前段日子做得对，今后还要设法让边水成一伙更加相信你，获取更多机密情况。"

"眼下需要侄儿做什么？"

"那个家丁不是说那些圆铁筒筒是杀人兵器，管家死活不让往外搬吗？我估摸，边水成必定要请外人来教，而且时间不会太长。这段日子你要仔细留心边府与外人的来往，想法弄出一个样品。一旦有什么情况，我会派人与你联系。你是咱们这边安插在边府的一颗钉子，保护好你比什么都重要！"

"侄儿明白，我回去就办！"

岛北的春夜是温暖的。送走阿斌后，郑乃清却感到心里异常烦躁，辗转竹榻，难以入睡，直到脑子里理出个头绪，这才抓紧时间睡了一会。

翌日清晨，郑乃清带着两名随从乘快船驶往岛东营地，与驻守在此的李大海询问并安排了海岸巡逻、来往船只检查等事项。据李大海讲，自驻守岛东起，他所带的兵丁因无大的船只，巡逻只能在岸边搞，无法出海；对过往船只，他们倒是检查得紧，但海岸线太长，难免有检查不到的时候；对于边府出入海船只一事，因上头没作详细交代，他们也仅是搞搞例行检查，且没发现什么异常情况。当郑乃清问起边水成三次派船出海之事时，李大海老实承认，因前两次检查都没发现什么问题，故边家第三次船只返港时，一听对方说装的还是日用物资，就没登船检查。

"这只狡猾的狐狸，一准是在第三次做了手脚！我怎么能让他给骗了？"郑乃清一听，心里雪亮起来，也懊丧、后悔不已。稍作沉吟，他吩咐李大海："往日之事，全怪我虑事不周，心存善念。往后要严加盘查，不得疏漏！尤其是对边家船只，更得多长一颗眼睛！至于巡逻船只一事，我立即着手解决！"

"属下遵命，一定照您的吩咐去做！只是……"李大海欲言又止，黑红的脸膛上露出几许为难的神色。

"只是什么？是不是有什么问题？"

"咱这儿发得饷银远比边家少，弟兄们有些不安心，办起事来也不像开始那么用心。能不能再加点？"

"你只管放心办事，饷银的事我要考虑！"

"属下这就好办了，您就看着好了！"

安顿好自己最为关心的岛东防务后，郑乃清依次来到岛南、岛西营地，一一作了检查和安排，最后来到岛北。

马一棒在郑乃清讲述情况时急得抓耳挠腮，几次打断话头插问，待郑乃清把边府之事刚刚说完，立即气咻咻地埋怨起来：

"郑总管，这就是你的不是了！对付边家这两个坏种，只有狠狠地敲打！前段那家伙招兵买马，俺就想痛痛快快地打他一次，叫他兵招不上，马买不成，是你把俺劝住了。这回发现他领发兵器，你就该告一声，俺要捣不烂边家大院才怪！好了，你不用再劝俺，俺这就带领孩儿们去边家，先把边水成和他那个小老婆揍个半死，烧了他的大院，再去端了他的营盘，省得给以后留下麻烦。"

郑乃清历来欣赏马一棒疾恶如仇、直来直去的禀性，却也知道其对世间的情况、"师出有名"等道理、方略知之甚少，于是毫不气恼地回道："马大哥，我之所以不让你动武，并非怕他们，是清楚岛内岛外不少百姓已受了边水成两口子的欺骗,咱们手里没有抓住他们办坏事的确凿证据。此种情况下贸然动武,必然是亲者痛仇者快,迫使人们起来反对我们……"

"那就连这些人也一块处置!"

"如若这样,咱们保家护园还有何意思?"

"这倒也是,那你说该如何是好?"

见马一棒火气已消,郑乃清说出了自己的打算:

"一是加强巡逻和关隘道口的盘查,截断边水成与番寇之间的联系;二是严密监视边府的动静,以便咱们及时采取相应对策;三是立即禀报大圣,求得山里对我们的支持!"

"嗨!你有这么好的主意何不早说?害得俺心急火燎,抢白了你一顿。"

"那回山禀报之事,你看咱俩谁去合适?"

"俺倒是想回山见见大圣和弟兄们,但全岛情况纷乱如麻,俺哪能说清?还是你去最为合适。"

"既然这样,明早我就启程,至迟三天内回来,我还是先到这儿。"

郑乃清出发了。在两名随从的陪同下,他们乘坐的快船于次日傍晚抵达花果山,在水帘洞见到了悟空和吴用。问起其他人的去向,悟空告诉他,元帅、狐王等这段正在东海岛海域训练步军的海上作战,而后问道:

"看你行色匆匆,是不是龙湾有什么事情?"

"是的!禀告大圣、军师,边水成眼下正在龙湾兴风作浪,属下此行专为此事。"郑乃清呷口茶,清了清嗓子,从边水成如何笼络人心说起,一直说到近段招兵买马、发现可疑兵器和大宗银子,以及自己和马帅共同商定的几条应对措施。

龙湾发生之事竟然到了如此地步,这令有所预料的孙悟空和吴用也感到意外。悟空当即说道:

"郑总管,你说的那个圆铁筒,一准就是番寇偷袭东海岛时使用的那个能喷火的兵器,说明番寇要借边水成之手正儿八经与咱们大干了。军师,您意如何?"

"大圣说得是!"吴用盯着郑乃清,发问了一个问题:"龙湾岛四个驻扎的地方有没有适合海上巡逻的船只?"

"回军师,有倒是有,却都是些小渔船,不用说与咱那水军和番寇的船没法比,就是边家的船,也都比咱既多又大。"

"这倒是贫道的失误了。再问你件事,你那些住在各处的头目、士卒是否都忠实可靠?"

"要说都是岛上的渔民、猎户、农夫,应该不会有何问题。只是边水成使了一招重金收买兵丁及其家属的绝招,弄得人们不像初时那样齐心。"

听了郑乃清的回答,吴用转身对悟空道:"大圣!贫道以为这两件事亟须尽快解决,否则怕有问题。"

"钱财好说,回头让芭将先给拿上些,加上前时缴获番寇的那些银两,可与边水成来个对着干!只是船只一事,当下不易解决。这样吧,军师!你给二位童将军打个招呼,让他们多多注意番国方向的动静。山里从现在起再造二十艘中等木船,造好后全部交由郑总管安排!"

"谨遵大圣之命!"吴用清楚,眼下也只能如此,转而用命令的口气吩咐郑乃清:"郑总管!龙湾之事就按你和马帅所定去办!要紧的是内部军心士气和尽快拿到边水成与番寇秘密往来的证据。明白这个意思吗?"

"属下明白!"

郑乃清回山的目的,除火速将龙湾发生之事向大圣禀报清楚外,还想请山里解决巡逻船只和军饷两件事,想不到未曾开口要求,就被军师一一提了出来,大圣当场作了答复。将门出身的郑乃清在深深钦佩、感激的同时,也从军师的话里越发感到岛内眼下潜伏的危机,自己肩负的责任的重大。他本来还计划在山上盘桓一两天,见见岳元帅等诸将,此时却归心似箭,恨不得立即启程返回龙湾。好不容易挨到次日天明,他辞别悟空、吴用,带着一大箱银两,同两个随从启程返岛,在与马一棒再次过细商议后,分头赶紧去落实各项事项去了。

边府的训练正进入紧锣密鼓的阶段。

边水成将招募的兵丁按伍、什、百、千的军营惯例编队后,即从岛上雇了一名叫黄三泰的武林人士担任了总教头,并从发下兵器之日起,在距边家大院几里远的一处依托山地的自家庄院展开了训练。为了牢牢掌握这支部队,边家几乎有点能耐的子弟和刘氏家族的人员,均被委以重任:两名千夫长是边焕成和刘太奎,边、刘两家一家一个;二十个百夫长中有十六个是边刘子弟,那个与管家在库房争吵的百夫长叫边二苟,就是边水成的一个远房侄儿,尚有四个百夫长虽然是外姓,却也是边家的亲戚;至于刘休兰,名曰参军,实为军师,雌威一下子从边水成的枕头边进入到军营里。军兵本就是私招,经过这么上下一安插,更成了名副其实的边家军了。

一天,边水成携爱妾巡视营房回府后,刘休兰眉头紧锁开了口:

"老爷！依婢妾看来，每天仅是刀刀枪枪地操练怕是不行。别说咱船少，在海上打不过人家，便是在陆地上也不是人家们的对手。"

"夫人何必长他人志气，灭自己威风？"

"在外头咱要大吹大擂，为的是鼓舞咱的人的士气，让那些穷鬼们不敢小视；回家可得说实话，不要把自己也蒙得不知东南西北。"

"夫人息怒，今天莫非在营地看出了什么问题？"

"这不是秃子头上的虱子，明摆着的事？论人数，咱比郑乃清的少；论训练，他们也没闲着；论打斗，老猴精的猴兵，一个足顶咱们三个。你说，一旦打斗起来，咱能有几分胜算？"

"哎呀，幸亏夫人提醒，要不我还真想不到这些。"边水成这段日子一直陶醉在一桩接一桩的喜事里，自以为万事俱备，只欠训练了，此时经刘休兰这么一说，方才感到事态严重，腾地起身，在屋子里转了几圈突然停住：

"夫人有何高见？咱是否再招他几千兵？"

"再招几千？说得倒是轻巧！即便再招三千，也多不过郑乃清他们眼下的人数，何况得发多少饷银？番国人会再给你？依妾之见，倒不如抓紧把两件事办好。"

"哪两件事？"

"一件事是赶快让那边派人来，让咱那些兵丁学会操弄那个喷火筒。咱只要学会这，凭他郑乃清人再多，老猴精的猴兵再厉害，也胜券在握。要不是你疑神疑鬼，第三次出海时总要把松井郎顺便带走，今天咱还用为教头之事犯愁？真是的！"

"过去之事就别再提了！夫人所说第二件事是什么？"边水成最不愿别人提那个色胆包天的松井郎，此时急忙岔开了话题。

"这第二件事就是饷银。你没听说郑乃清昨天已给他的兵丁发了下去？虽说每人每月提高到了一两，比咱说得要少，可总是兑了现。咱要是赶紧将这个月的兵饷发了，让兵丁们和他们的家属都说咱好，你看岛上其他人往咱这儿跑不跑？"

"这两件事确实重要，容我琢磨一下怎么办好。"

"不是我说你，老爷！"刘休兰最见不得的就是夫君遇事绕弯打圈的做法，立即打断了他的话头，"咱要另立国号，必须把内部的人笼络住，把郑乃清他们消灭掉！做到这两项，靠的就是番国人和铁筒。舍不得孩子套不住狼。你怕引来番人，人们说长道短，又舍不得花大价钱，好事怎能办成？"

蛤蟆降蚧蟆，卤水点豆腐。刘休兰与边水成朝夕相处，焉能不清楚他肚子里有几根花花肠子？每逢关键时刻就这么撸几下。果然，边水成被爱妾说中了心事，只好讪笑着道："我这也是为了咱家安危才有许顾虑，夫人既然说得头头是道，这两件事咱立马就办！"

再过三天就是规定发饷的日子，黄管家于头天就率人忙活起来，又是催要兵营名册，又是派人四出张扬，弄得岛人都晓得边府要发军饷了。第三日上午，所有兵丁齐齐候在兵营，兵丁家属和一些看热闹者也都打早来到门外，想看看边府说话算不算数。

辰时整，边水成一身戎装，骑着高头大马，刘休兰也是戎装打扮却乘着八抬大轿，后面跟着黄管家和四辆拉着箱子的马车，在五十名荷枪佩刀的亲兵的前呼后拥下，神气十足地来到兵营。

边水成夫妇在正中大厅坐下，黄三泰和两名千夫长急忙进厅相陪。刚刚喝完亲兵奉上的茶水，值勤官进厅禀报，营兵已经集合完毕，恭候总管驾临。见夫人点了点头，边水成停止与教头、千夫长的说话，起身理理衣冠，与夫人一起跨出厅门，其他人紧随其后，来到演练场。

演练场正中设有一个一丈多高的木头台子，供平时演练发号施令使用。在黄三泰和两个千夫长的左搀右扶下，边水成、刘休兰登了上去，站在中间。台前十几步远，二十个百夫队成行成线地肃立着，标有"勇"字的戎衣和兵器给场面增添了森严、肃杀的气氛。边水成带着满意的神情扫视了队列一眼，劈头就是一声喝问：

"弟兄们，你们知道我和刘参军今天来干什么来了？"

士卒们不晓得自己的总管到底想听什么回答，一时没敢吱声。唯有边二苟担心冷场，见状大声喊道：

"发军饷！"

"对了，我们就是给大家发饷银来了！"边水成本想听到场下雷鸣般的齐声回答，没想到头句话就遇了个冷场，原先那份亢奋的心情不由凉了几分，"我边水成向来说话算话，今天不仅要给你们发军饷，还要给你们的家属发补贴。抬上来！"

随着一声大喝，黄管家督率八名亲兵将四个箱子抬到台上，揭开盖子，露出了里面白花花的银子，全场所有人的目光"刷"地投到一起，门外静寂的人群随即发出了惊讶的声音。

"咱这仅仅是个开头！只要大家听我的，让你们想干什么就干什么，好日子还在后头呢！"

"弟兄们都听好了,这可是我和边总管辛辛苦苦攒下的家产。大家可要好好干!"刘休兰不肯放过这一收买人心的大好机会,丈夫的话刚落音,她就接上了腔,"黄管家! 由你负责,把银子分毫不差地发到每人手中。若出现半点差错,我拿你是问!"

"奴才这就办,请老爷、夫人放心!"

从兵营出来,边、刘二人又骑马坐轿来到新竹城大街小巷,笑口大开,宣扬自己的"德政",并装出一副谦谦君子的模样,见人就打招呼,有意扯起发饷银的事,听听人们的赞扬之声,直到嘴干舌燥才打道回府。

兵营之行鼓起了边水成的信心。回府第二天,不等刘休兰催促,他就打发黄管家带着几个家丁和写给青龙会头目本田禾的亲笔信赴水番国,去接教授喷火筒的教头。

翌日中午,踌躇满志的边水成正在后堂与刘休兰议事,黄管家及随从家丁却匆匆赶回,一副沮丧、狼狈、灰头土脸的模样。

边水成情知有异,呼地起身问:

"怎么这么快就回来了? 你们接的人呢?"

"老爷,这趟根本就没去成。昨天在岛东港湾处碰上了郑乃清的巡逻队,好说歹说都不让出海,奴才只好回来禀报。"

"我看你是老而无用了,连这点事都办不了! 回来禀报,难道让老爷我亲自去不成?"

"坐下慢慢说。"刘休兰不理丈夫发怒,指了指凳子问管家:"这是怎的了,以前不是顺当吗? 莫非郑乃清发现了咱什么?"

"这倒不见得,"管家感激地看了内当家的一眼,凭自己的猜测说出一个情况:"听那个头目李大海的话音,似乎是想乘机要点什么。奴才一时拿不准,未敢贸然行事。"

刘休兰一听,眼睛一亮,断然道:

"这就好办! 这个李大海是否喜爱钱财?"

"禀夫人! 小的与李大海系同村,钱财倒是不爱,只是眼下还在打光棍。"说话的是随管家一齐回来的一名家丁,名叫阿福。

刘休兰此时已经心里有数,怕再问下去反而不好,遂吩咐几名家丁出去吃饭。

边水成见爱妾一副高兴的样子,问:

"夫人莫非有了好办法?"

"老爷别急,妾身已经想好一计,只要你舍得,我敢保证大事成功!"

"老爷,夫人,奴才还没顾上吃饭,我待会再来。"黄管家一见内当家那神秘的模样,知道不宜在场,赶紧找了个理由走了出去。

边水成疑惑地问道:

"夫人!你葫芦里究竟装的是什么药,怎么说出我'舍得''舍不得'的话来?"

"老爷,你不是还有个远方侄女未出嫁吗?咱那岛东停船处还有所院子吗?"

"这和咱派人出海有何瓜葛?"

"瓜葛大着呢!你听我说,"刘休兰将嘴巴凑到丈夫耳边,如此这般地说了一番。

"这可不成!"待刘休兰把"计"说完,边水成立即脸上变色,头摇得像拨浪鼓似的,"好歹是我个侄女,这要传出去,我还怎么做人?"

"自古道,无毒不丈夫,量小非君子。你顾这虑那,怎能成大事?再说,只有这样,别人才不会怀疑你。无非事情一完,给她们几个钱罢了。"

"那管家配合的事我可不去说。"

"管家的事我包了,管保让你满意!"

这天,黄管家打早起来就张罗着让家丁备马备车,说是岛东看船房院人手不够,要给边家子弟边福成一家找个谋生活计,老爷要亲自去安排安排,顺便检查一下船只。早饭后,边水成、管家和几个家丁一齐上马,中间两辆车上一辆坐着早早赶来的边福成夫妇和女儿阿秀,一辆堆着大包小包的东西,出了府门,一路向岛东进发。

时至中午,一行人马来到庄院。

这是一所坐落在半山腰平地处的院落。虽说是供看管下边港湾处船只的下人住的,却因边水成摆阔,且自己每年时不时要来这儿看看海上日出,需要住上几天,故修建得正房富丽,厢房配套,一应物件,样样俱全。此处虽有几个看门护船的,也无非是几个孤寡老人。今日一见主人到来,听说是让其本家兄弟来此帮忙,哪个不是嘴里奉承,手脚忙活,又是给主人住的房间打扫晾晒,又是替边福成一家安排房间,出出进进,好不热闹。唯有那个叫阿猫的家丁看上去轻闲自在,见黄管家陪着老爷在屋叙话,即迅速出门下坡,在海滩上溜达起来。

时分不大,李大海率着二十几个士卒从南到北走了过来。见阿猫站在路边，大海问道：

"嗨，你不是前几天才回去，怎么又来了？"

"谁像人家你，手握这儿的生杀大权！咱是个奴才，主人让咱去哪就得去哪。"

李大海以为他还在为那天丢了面子的事生气，遂带着几分歉意道：

"我这是奉命支差，身不由己，那天之事还请你包涵。"

"好说好说，端人碗就得服人管。"阿猫装作一副毫在不意的样子，指了指路旁山腰处的庄院，"大海兄弟，咱自打分手后还没在一块聊聊，今天正好有空，请进里头坐坐。"

"你不看我正带人巡逻？改天再说。"

"让弟兄们该巡逻巡逻，就坐一会能误了大事？"阿猫从身上掏出一把散碎银子扔给那些巡逻的士卒，同时拉住了大海的胳膊，"弟兄们辛苦了！拿上这些银子待会买碗酒喝，俺弟兄俩进屋叙叙旧。"

李大海见状不好意思拒绝，被阿猫半拉半推地走进了庄院。

阿猫刚进院门就扯开嗓子喊了起来：

"老爷！您看谁来了？"

边水成与管家跨出房门，假装不知问道：

"请问壮士？"

"他叫李大海，奴才的同村伙伴，眼下在郑总管手下当差，这可是奴才村里拔尖的人才！"

"哦，原来是大海兄弟！失敬！失敬！"边水成礼贤下士、客客气气的架势，一下子弄得李大海走也不是，在也不是，愣在当院，瞪了阿猫一眼。

"来来来，进屋坐！"见多识广的边水成哪里还对付不了这样一个场面？几步跨到跟前，轻轻拉住了李大海的手，"敝人边水成，来此看看房子和船需不需要修补。今日有缘碰上大海兄弟，岂能失了礼数，慢待贵客？"

"边总管！我还有事，实在抱歉。"事到此时，李大海不得不开了口。

"大海兄弟是不是瞧不起鄙人？来人，给客人上茶！"

李大海不好再行推辞，只得进门坐下。他知道自己与边水成是两条汉道驶的船，尽管与之喝茶聊天，却始终保持戒备，看看对方究竟要干什么。孰料边水成说来说去全是些街巷趣事、古今笑话，说到好笑处，不管别人如何，他先自大笑一阵。

看看天已向晚，李大海起身要走，边水成却紧紧拉住，道：

"大海兄弟，你在我得吃饭，你不在我也得吃饭，何不吃了饭再走？"边水成说罢,朝门外喝了一声:"黄管家,上饭!"

"这就来!"管家答应一声,随即带着两个家丁,端着木盘走了进来。

说是饭,其实是一桌丰盛的酒席。李大海三杯下肚,话开始多了起来,眼中的边水成似乎少了几分厌恶,多了几分和善;半坛酒下去,成了问啥说啥,有啥说啥。

时机已经成熟,边水成又给李大海满满倒了一杯:

"我说大海兄弟,你这样明黑早晚地受,每月能给你发多少饷?"

"要图饷银我就不会来这儿! 一月就那一两银子,不用说娶妻生子,就连孝敬父母亲的钱也没几个。"

"怎么,兄弟这样的人品、年龄,至今还是单身?"

"嗨,别提了! 谁家有闺女愿来咱这穷家?"

"咚"地一声,边水成从身上掏出一锭五十两银子放在桌上:"古人云:不孝有三,无后为大。到这个年龄尚未成家,怎么对得起你李家的列祖列宗? 先给你放下这锭银子,拿回去孝敬父母,娶妻之事包在我身上,不出一月保准给你找个贤惠漂亮的媳妇。这个郑总管也真是的!"

银子碰桌的声响,使喝得迷迷糊糊的李大海吓了一跳,酒也醒了几分,本想起身谢绝,不料双腿一软又坐了下去,只得含混不清地说道:

"自古无功不受禄。我任何事都没给您干过,怎能要你的银子? 拿去,我不能要!"

"你我既是同一个岛上的,人不亲还土亲。来人! 将大兄弟扶到我床上,好好睡一觉。"

"不,不要,我……我还有……有事……"

李大海一觉醒来,已是次日早晨。他揉了揉眼,一骨碌从床上翻起,看见桌上放着一锭银子,方才想起昨晚喝酒之事,心里一激灵,拿起银子就要去找边水成,却发现另一张床上发出了低沉的打鼾声,悄悄过去一看,竟是边水成。想想昨晚人家对自己的体贴,摸摸手中那锭可以办许多事的银子,看看边水成酣睡的样子,李大海打消了放下银子的念头,出门与家丁打了个招呼,直奔营房而去。

随着大门"吱扭"一响,边水成一个"鲤鱼打挺"从床上跃到地上。原来这个老奸巨猾的家伙是在装睡,目的就是将戏继续演下去,不给李大任何反悔的机会。确信李大海走远了,他立即召来黄管家和阿福,低声吩咐了几句,然后独自出门上山,悠然自得地观赏起山上的风景。

傍晚，黄管家与阿猫带着一个人乘船返回，指使人卸下一大堆东西，海参、鲍鱼等生猛海鲜不说，猴头、鹿胎等珍稀食品应有尽有，足足够做五六桌席；再看那十几个坛子，全都是闻着就醉的好酒。搬回庄院，管家立即吩咐所有下人一齐动手，按照带回来的那个人的指点，洗得洗，泡得泡，连夜忙乱起来。

时间又过了一天，食物均已准备就绪。中午时分，边水成乘车在前，黄管家率家丁、护院抬着食盒在后，朝李大海所住的营房走去。

边水成已经打探清楚，李大海所率的六十名士卒，仅是郑乃清所在岛东部属的一部分，分三班进行巡逻。当他们一行来到营房之时，正逢营房准备开饭之际。

"大海兄弟！你看我给弟兄们带来什么？"一见李大海迎了下来，边水成立即开了口。

"边总管，这，这是……"

"弟兄们为全岛安危昼夜辛苦，我好歹也是个总管，岂能不犒劳犒劳，略表心意？"

"怎能让您如此破费？"

"兄弟这就见外了！虽说咱们不是一支队伍，却都是保境安民，总能让我再抬回去吧？"

两人说话之间，兵丁们已围了过来，有的还揭开食盒看了看，而后将一双双热辣辣的眼光盯向李大海，那情景显然透着一句无形的询问：送上门的吃喝，不吃白不吃！难道还真的让他们抬走？

李大海不能再犹豫了。他吩咐士卒接过食盒，去安排酒宴，自己则领着边水成、黄管家及手下几个头目进了自己的房间，摆开桌凳，陪边水成开怀畅饮起来。

席间，边水成与黄总管向李大海发起了进攻。俩人左一个"年轻有为"，右一个"英雄海量"，加上不知内情的部下们的难得一劝，直把李大海喝得脸色发红，舌头打卷，几个头目也喝得东倒西歪，醉话连篇。眼见火候已到，边水成假意劝道：

"大海兄弟，你已醉了，咱改日再喝。"

"谁说我醉、醉了，咱再、再喝一坛。"李大海挣扎着从桌旁站起，话刚说完，身子一歪，倒在地上。

"人都醉成这样，怎能在这儿睡？弟兄们！你们留下，我把大海兄弟引到我那儿去吧！"

两名家丁闻声上前，一人架起一只胳膊，连拉带架地将李大海放在门外的马车里,在边水成的示意下,一起赶回了庄院。

十七岁的阿秀,清纯秀丽,是个家里地里都能拿得起来的姑娘。父亲边福成,虽说刚刚四十出头,却因年轻时从山上滚下摔断了条腿,而提前苍老,看上去像个五六十岁的老头,加之生性懦弱、木讷,常遭别人欺负;母亲生下来就既聋又哑,劳作方面倒是把好手,却自惭形秽,一年到头轻易不和他人来往。显然,这是一户穷得叮当响的人家。这样的人家却偏偏有了阿秀这样一位聪明、勤快、漂亮的姑娘,惹得不少媒婆从前几年起就蹬断门槛地上门说媒,怎奈阿秀不忍心丢下可怜的父母,以致至今尚待字闺中。

按说,边福成是边水成未出五服的胞弟,边水成却从未施以援手,就当不认识似的。三天前,边水成却一脸堆笑地出现在阿秀家中,说看在同宗分上,给他们家找了个看管岛东房院的美差,让他们全家都去,相互有个照应,看看门,扫扫院,一年就能拿到三十两银子。老实、善良的边福成一听竟有这么好的美事上门,当下满口答应。临走时,又从刘休兰手中拿过一大堆半新半旧的衣服,第二天就坐车来到了岛东,在家丁、护院们的收拾下,边福成夫妇住了一间,阿秀单独住了一间。

年轻的少女自然心性单纯。阿秀自来庄院禁不住好奇,抽空就跑到山上、海滩上看日出,捡贝壳,一连几天都沉浸在说不出来的喜悦中。

许是连续奔走疲累的缘故,这天晚饭后,阿秀与父母说了一阵子话,就回房间门也没插睡下了。睡梦中梦见自己在山中游玩,走着走着,一块石板掉下来将自己死死压住,喘不过气来。她一边大声呼叫,一边用手去推,不觉惊醒过来。睁眼一看,身上有个人,耳边传来粗重的呼吸,同时,一股股窒息的酒气扑鼻而来。阿秀一经发现是人,而且是个男人,顿时吓得芳容失色,立即尖着嗓子连喊:"救命!"

阿秀发现之人正是李大海。李大海不是酒醉被架回来了,怎么会出现在阿秀的床上?原来,两个家丁将李大海架回庄院时,院里已全部熄灯,唯有两个护院的提着灯笼在门口等候。见主人一伙返回,两人将边水成开门引进。趁护院关闭大门之际,边水成朝一间房指了指,随即快步走进自己的房间。两名家丁会意,一人到大门与护院的说话,一人用力将李大海背进阿秀的房间,放在了阿秀的床上,闭门走了出去。李大海酒醉之人,哪儿晓得遭人算计?不知何时一个翻身,一条胳膊和大半个身子已压到阿秀身上,直到阿秀连喊带推,才将他惊醒过来。借着窗外透进来的灰暗月色一看,他不由地呆了,咦?自己怎么与一个年轻女子睡在了一起?

就在两人惊诧、呼叫之际，两个家丁和护院踢开房门闯了进来。护院手举灯笼近前看了看正待发话，门外已响起边水成的声音：

"深更半夜的不睡觉，喊叫什么？"

"老爷！那个李大海在阿秀姑娘的床上！"护院边说，边朝房间指了指。

"胡说！大海兄弟堂堂男儿，岂会作此卑鄙下流之事？"边水成假装不相信似的一边说，一边跨进房间，待看了一眼，立即脸色大变，双眼瞪圆，"果真是你啊，李大海！我敬你是条汉子，才屈尊下就，与你称兄道弟，推杯换盏，想不到你色胆包天，竟敢欺负我的侄女！"

"边大官人，这分明是你设的圈套！我一个酒醉之人，怎能知道你侄女的房间？"

"哈哈！你说是我设的圈套，有谁能证明？你糟蹋了我的侄女，反倒倒打一耙，我看你是活得不耐烦了！"

"有种的你把我杀了，我李大海皱下眉头不算好汉！"

"说得轻巧！自古道：万恶淫为首。我要将你带回岛上，让大家都知道你办得好事，郑乃清用的是什么人！"

"……"李大海是个最看重面子的汉子，也知道世人对"奸淫"二字最为不齿。虽然明知这都是边水成挖下的陷阱，但自己毕竟是在那个女子的床上被发现，边家这么多人有谁会为自己辩白？那个素昧平生的女子又怎会相信自己？此事一旦传扬出去，家中二老和兄弟姐妹自是抬不起头来，更可怕的是郑乃清将会威信扫地，抗番大业不知要受多大影响。一时之间，李大海思前虑后，恨不得在墙上碰死。

边水成察言观色，知道时机已到，朝屋里所有家丁、护院挥了挥手，示意他们留下灯笼出去，然后压低声音对李大海说：

"两条路任你选：一条是硬到底，身败名裂；一条是听我话，保你名节，还能将我侄女许配于你。何去何从，半个时辰后，我等你回音！"

"……"

第二天，黄管家带着阿猫等几名家丁，揣着李大海给的腰牌，登船望北而去。见船已走远，边水成在其他家丁的簇拥下走出庄院，扳鞍上马。临行前，他扬了扬手中墨汁未干的麻纸，对呆立在门外的李大海和面色苍白的阿秀，皮笑肉不笑地抛下句话："大海兄弟，不，如今你该是我侄女女婿了，新婚燕尔，你可要好好待我侄女。来日方长，今后好多事还得多多仰仗于你。"一回头，"走！"几骑劣马绝尘而去。

　　四天后,黄管家乘船返回。与去时不同的是,船上多了个身着东土人服饰却眼露凶光、矮胖短矬的男子。李大海强装笑脸,应酬他们吃过午饭,随即挥手放行,眼瞅他们乘车西归。

　　来者究为何人,且听下回分解。

第二十六回
引狼入室　祸国贼频施"民心"计

管家一行一路扬鞭策马,于当天晚饭时分返抵岛北,在夜幕的掩护下,神不知鬼不觉地将车停在前院,然后将神秘之人直接领进了边府客厅大院。

闻听车响,边水成夫妇急不可耐地走出厅门,正逢管家陪着来人步上台阶。经管家一旁介绍,边水成双手一拱开了口:

"哦,原来是佐佐木先生! 久仰! 久仰!"

"你的,水成君? 休兰君?"佐佐木操着一口生硬的东土话,圆滚滚的眼珠转来转去,十分滑稽。

"鄙人就是边水成,这是内人,不,这是刘休兰参军。"

"参军? 参军的好! 你们的,大东番国的忠实朋友,这个的是!"佐佐木伸出两手的大拇指晃了晃。

"先生过奖,但愿今后能得到您的大力帮忙!"刘休兰不知是出于客套还是别的原因,说完之后,抛来一个意味深长的媚笑。

"好说,好说,我的一定效劳!"佐佐木早已不只一次地从同事们那儿听说过刘休兰的不少花边轶事,此时不禁多看了她几眼。

"先生一路车船劳累,请进客厅品茗叙话。"边水成最担心的就是刘休兰的这套做法,急忙岔开话题,腰一弯,臂一伸,做了个请的姿势。

两名家丁当即往厅门口左右一站,四人进厅,分宾主坐下。

佐佐木端起茶杯喝了几口,从身上掏出一封书札递给边水成:"我的奉松井郎长官之命,前来担任你的军事教官,先行教习喷火器的使用。我的什么时候的开始?"

"不急,不急,先生刚来,先休息几天再说。"边水成将书札看完,随手递给夫人。他清楚番人说干就干的脾性,故意来了个欲擒故纵。

"不对的! 不对的! 你们东土人做事四平八稳,大事的干不成!"

"那就从后天开始,先生再心急也得休息上一天吧?"刘休兰将看完的书札揣起,一双热辣辣的眼睛盯着对方。她已看出,这个负有重要使命的番人是个急性子。对于急性子的人,她自有她的办法:顺着对方杆子爬的同时,使点软功夫。

"好的,那就后天的开始!"

"蠢货!"不知是佐佐木大大咧咧的举动触犯了自己的尊严,还是刚见面就发现他一副色迷迷的样子,边水成总感到这个家伙对自己是个威胁,心里暗暗骂了一句,发泄了一下自己的不满,随即面向管家,"上席!"

管家应声出去,一会儿带着家丁、女拥鱼贯而入,将已经备好的佳肴美酒一一端了进来。为了迎接番人的到来,边水成夫妇不惜采用各种手段制住李大海,操控了岛东关键出入处。今天,他们要大开宴席,既是为佐佐木接风洗尘,更是为近日的胜利把酒庆贺。

喷火筒的教习训练开始了。教练场设在与边府相通的北面一处山谷里,教习对象是边水成的全体亲兵。

在确定教习场地与教习对象的问题上,边水成与佐佐木的意见完全不同。边水成主张营地设在边府后面隐蔽之地,本着先里后外、先少后多、逐步教习的策略,先让亲兵队参加;佐佐木却坚持一气呵成,由全体营兵在府外大营一体进行。两人各执己见,互不让步,最后还是刘休兰以"岛上情况复杂,郑乃清虎视眈眈,先走一步稳妥"为由以及与佐佐木的"单独交谈",才使佐佐木放弃了自己的意见,采纳了边水成的主张。

争执本乃常见之事,然而此次两人的争执却都各怀鬼胎,各有其难以启齿的用意。扶持边水成立国称帝,使其成为自己国家的傀儡,进而觊觎、侵犯周边国家,是青龙会梦寐以求的强烈愿望。然而,扶持几年来,边水成"只听楼梯响,不见人下来"的缓慢进展,却令青龙会对其深感不满和失望。作为青龙会中握有实权的松井郎,自上次武装偷袭遭到惨败后,越加感到"馒头从里面烂最好"的深切含义,处心积虑地想促使边水成尽快行动。偷渡回国后,他将自己的想法向本田禾作了禀报,本田禾大为赞赏,要求他尽快实施。于是,佐佐木临来之前,本田禾即面授机宜,让他利用这次教习,逼迫边水成加快独立称帝的步伐;同时,让他从一开始就将刘休兰抓在手心里,利用她日益膨胀的权力欲,联手应付边水成。

与此相反,身为本地人的边水成,尽管称帝心切,却不能不虑及龙湾的实际情况:营兵组建不久,难以与郑乃清和马一棒的队伍抗衡;虽说岛上一部分民众相信了自己,但一旦让他们知道了自己离宗叛祖的另立国号的意图,死心塌地跟自己干的恐怕不会有多少;最好的办法就是训练一支郑、马所没有的喷火队伍,但又不能像佐佐木说的那样,一开始就把摊子搞大,让人们及早发现

336

自己勾结番人的事情。万一事情搞砸，你佐佐木可以一溜了之，我边水成往哪儿跑？边家偌大的产业该怎么办？

　　强龙不压地头蛇。佐佐木在来岛的头着棋中，让边水成占了上风，但他并不灰心，在勉强同意了边水成主张后，语气强硬地给对方提了一个要求：喷火筒教习一旦全部结束，必须在岛内迅速开展"立国称帝"的鼓吹活动；否则，自己将立即返国，中断大东番对龙湾的支持和援助。边水成在教习一事上抢了先机，自然不便于在这件事上再令对方难堪，何况对方并非善良之辈，一旦被惹恼，失去了水番国对自己各方面的支持，自己称帝为尊的打算也就成为泡影。"管他以后怎么样，走出一步是一步！"于是，他连连点头，答应了佐佐木的要求。

　　边府后面天然生就的罗圈式山谷，失去了往日鸟语花香、雀来兽往的和谐与恬静，完全被尘土、呵斥和肃杀的气氛所代替。

　　按照佐佐木的严厉要求，亲兵队伍每天天不亮就起床，先行进行队列操练。在佐佐木看来，亲兵队原先的训练简直就是白搞，队不成队，步不成步，根本没有点行伍样子，必须先从队列操练抓起，让上司和其他人知道我训出来的是什么样的士卒。从表面看，这一想法与要求不无道理，实际上却包藏了其改造、掌控这支"御林军"的野心。

　　如此一来，亲兵们所吃的苦头就大了。一天到晚上操、跑步、甩腿、列队，三天下来，人人腰酸腿痛，身困脚乏，无不龇牙咧嘴，叫苦连天。尤其难以忍受的是佐佐木的暴戾脾气，开口就是训斥，动辄就是打骂。以往操练，教头往往是用木棍、鞭子打人；佐佐木却不是这样，打人的东西就是他的那把时刻不离身的长把番刀。只要哪个兵丁做的动作不好，他就给你一刀背。打得人们腿上、背上到处都是伤痕，恨得人们先是背地里大骂佐佐木，随后又骂上了边水成、刘休兰的"十八代祖宗"。

　　当然，也有刻苦训练、受到佐佐木夸奖的，阿斌就是极少数人中的一个。

　　还是在训练教习的第一天，负有特殊使命的阿斌就从场上刚刚现身的佐佐木的长相和其所佩带的长刀上，料定其是番国人；待边水成介绍来人的身份并威胁要绝对保密，佐佐木用半生半熟的东土话训话时，他顿时感到番人与边水成正式勾结，肯定会有重大事情发生，把不定哪天边水成就会亮出独立的牌子。自己该怎么办？尽快将这一情况禀报给郑乃清？可自己至今都因边府库房看管甚严而没弄到那个喷火筒；利用同伴们厌恶训练的情绪、设法破坏训练？学不会喷火筒的操弄不说，反倒容易暴露自己的身份，坏了郑总管的大事。思量再三,他终于定了主意:好好表现,学会操练,寻机盗筒,再行禀报。于是,他耐着性子积极参加训练,一丝不苟地照着佐佐木的要求去做,样样都做得比别人强。狂妄自大的佐佐木本就想在亲兵队里培植自己的势力,见阿斌如此认真、听话,几乎每天都要夸他几句。

第四天,当亲兵们吃过早饭重新列队时,场上已整整齐齐摆放着二十多个木箱和十几个木桶,由边府的几个家丁在一旁看管着。亲兵们刚把队站好,边水成、刘休兰陪着佐佐木来到前面。四天之内,边氏夫妇来了两次,阿斌知道今天他们要动真格的了。

果然,三人刚在队前站定,佐佐木朝边水成努了努嘴,边水成立刻故作尊严地咳了一声,而后目光一扫,开始了他对亲兵队的再次训话:

"弟兄们,佐佐木先生督率大家操练了三天,今天就要正式教习新兵器!你们都是本总管亲自挑选出来的好兄弟,是成就我们龙湾大业的栋梁之材,一定要听从教头的号令,刻苦学习,把本事学到手。此事关乎全岛的前程、命运,任何人不得向外泄露一星半点! 违令者,本总管将严惩不贷!"

"新兵器"三个字一经从边水成嘴里吐出,队列里立即引起一阵骚动,大家你看我,我看你,最后不约而同地将目光投向那堆箱子和木桶,脸上流露出来的惊异,是迷茫。阿斌在心里骂了声"狗日的,狐狸尾巴终于露出来了",同时,一股莫名的燥热倏地涌遍全身,恨不得当下就打开箱子,看看他究竟是个什么玩意。

边水成训完话,瞥了佐佐木一眼,复提高嗓门说道:

"现在请教头佐佐木训示!"

"训示的不要,分组的开始!"佐佐木不知是不懂场面规矩,还是不屑于这些官场客套,或是有其他原因,将边水成的话顶了回去,一阵大叫大喊,比比画画,将亲兵二人一组地分成二十五组,然后命家丁打开箱子、桶盖,从中拿出一具喷火器,连说带比画地讲了起来。

再看亲兵队伍,多数人听说这个圆圆的长长的东西竟能喷火杀人,惊奇之中不免多了惊慌,身子不由自己地直往后退,生怕一不留意喷出火来伤了自己。阿斌知道这就是自己朝思夜想极欲得到的那件兵器,兴趣大增,两眼眨也不眨地盯着佐佐木,一字不漏地听着他的讲解,将喷火筒的里外构造、如何使用等,听了个明明白白。

佐佐木讲解、比画了一阵,拧开圆筒上方的铁盖,露出一个圆圆的窟窿,命家丁掂来一只桶,将桶里散发着刺鼻气味的油小心翼翼地倒进窟窿里,再把铁盖盖上拧紧,随即跑步来到谷底。随后奉令跟进来的亲兵们这时才发现,距谷底二十步外,从东到西堆着五个间距相等的土堆;土堆前面并排竖着五个宛若人形、外裹棉絮的木头架子。正在人们惊异间,前面的佐佐木已在中间的土堆后面顺坡爬下,双手持筒,准备发射。

阿斌知道重要时刻来到了,尽管一颗心扑通扑通跳得很快,却瞪大眼睛看着佐佐木的每个动作。其他亲兵大都因害怕,捂耳的捂耳,闭眼的闭眼,有的趁佐佐木背朝自己的机会,干脆双手抱头蹲了下去。最可笑的是边水成夫妇。当佐佐木讲解、比画时,两人尚且站在队列前面,脸上满布矜持、威严的神色,不时相互低语几句,发出几声笑声,如今一见喷火筒里装满了油,情知佐佐木要动真喷火了,急忙闪在队列之后,缩头缩脑地远远望着。

"全体注意,眼睛的睁大!"佐佐木扭头大喝一声,随即恢复原先姿势,左手扶筒,右手一扣喷筒下方的机关,一团火光"嘭"的一响,直朝前面一具木架喷去。

这时,一个意想不到同时令人捧腹好笑的情况发生了。当火光喷出之际,边府的一只看院大狗不知怎的,突然蹿到那具人形木架前,在火沾棉絮、木架顷刻燃起熊熊火焰的同时,一星火苗也溅到他的身上燃烧起来。猛犬着火受惊,一边狂叫,一边在人群里乱窜乱跳。不少亲兵本就胆小,眼下经疯狗这么来回折腾,更是吓得失声大叫,随着狗四处逃窜。直到阿斌和那几个看守兵器的兵丁一顿围打,将疯狗打死,场上才逐渐恢复了平静。

这边,边水成见自家的狗无巧不巧地被烧疯打死,心里连呼"晦气";那边,佐佐木却因这意外增添了其所教兵器的威力而更加得意,狞笑着向亲兵们问道:"兵器厉害的有?"

"……"

"嗯?!"

"厉害!厉害!佐佐木先生,该接着搞下面的事了吧?"见丈夫铁青着脸生闷气,亲兵们不好当着自己夫妇俩的面作回答,一直沉默未语的刘休兰接上了佐佐木的话茬。佐佐木正欲发火,见刘休兰出面夸赞,当即脸色变缓,看了她一眼,复转身面向亲兵:"你们的,谁来试试?"

亲兵们已被刚才的情景吓得心怯胆寒,你看我,我看你,一个个把头低下。阿斌本想上前一试,见众人如此,想了想没有吭声。

"你的,队长的干活,试试!"佐佐木被眼前无人答理的场面彻底激怒了,指着站在前面的亲兵队长,下达了命令。

"长官!属下眼睛不好,还是让别人先试吧。"这个仗着自己是边水成亲戚的队长,平素在亲兵们面前说话带骂,动手就打,此刻却像只缩头乌龟,一边说一边往后退。

"混蛋！你们东土人统统的怕死！统统的死啦死啦！"

"我来试试！"刚才的情景，阿斌全看在眼里，他既为走狗队长的贪生怕死的行为深为不齿，为自己同胞的懦弱表现而脸上发烧，更为佐佐木这个异国人的骄横狂妄而感到愤怒，佐佐木的骂声刚落，立即在队列里高喊起来。

佐佐木循声看去，见是自己经常表扬的那个青年士卒，当下一伸手：

"你的，这儿的试！"

阿斌跨出队列，来到家丁们看管的兵器跟前，拿筒，启盖，装油，拧盖，干得十分利落，而后，几步跨到土堆后，俯身，持筒，瞄准，一气呵成。随着身后佐佐木"开始"的一声令下，阿斌屏息闭气，扣动了机关，一溜火光喷射到前面的一具木架上。

"你的好样的，大大的！"佐佐木用力在刚刚起身的阿斌肩上拍了一下，身子猛然向后一转，手指那个队长厉声喝道："你的，废物的一个，队长的不用再干！"

边水成在佐佐木命令亲兵们试射之时，已同夫人重新回到队列前头，目睹了兵丁们的胆怯、自己亲戚的畏缩和阿斌挺身而出、首试成功的全过程，脸色一会儿发青，一会儿发红，刚刚露出点笑脸，正想上前收买阿斌几句，以示自己总管的恩威，却猛然听到佐佐木竟然要擅自免去自家亲戚职务的决定，心里一急，急忙走到佐佐木跟前开了口：

"佐佐木先生，眼下正值用人之际，临阵换将，可是兵家大忌啊！"

"这个不用担心！"佐佐木丝毫不去揣摸边水成的话中之意，一指阿斌，"队长的他干！喷火筒的威力，会大大的！你们的，拥护？"

"拥护！"亲兵们早已厌恶了那个队长狐假虎威、作威作福的德行，如今一听佐佐木要撤换他，欣喜之中岂肯放过这一难得的良机，遂借着佐佐木的发问，可劲地喊叫起来："换得好！"

目睹此情，刘休兰心里清楚，当场推翻了佐佐木的决定，佐佐木必定不干，亲兵们必然心生怨愤，两者哪头都不能失，不如送水推舟，既圆了场面，又笼络了人心。于是，她用力在丈夫屁股上拧了一把，同时大声说道：

"这样贪生怕死的东西留他何用，阿斌当队长，本参军第一个同意！"

边水成刚才只是一时情急才说出了那句话，此时见士卒们群情激奋，纷纷倒向佐佐木那边，何尝不明白众怒难犯、人为我用的道理？脸色一阵急换，立马来了个大义灭亲的模样，指着那个倒霉的亲戚骂道："你这个不争气的东西！看来不仅是佐佐木先生骂你怕死、无用，就连弟兄们也容你不得！既然如此，我听大家的，从现在起就去当一名士卒，永不要再来找我！如若胆敢不听新任队长的号令，看我怎么收拾你！"

边水成夫妇的一番即兴表演，令狂妄自大却头脑简单的佐佐木于高兴之下，消除了方才的不快，目送边氏二人走后，随即下达了"继续操练"的命令。

喷火筒的教习是件听着害怕学起来容易的事情，仅用几天工夫，亲兵队人人都学会了操作使用。此间，阿斌本想以身份之便偷出一具给郑总管，想想现在已无必要，且目标较大，容易被人发现，遂打消此念，抽了个机会溜出边府，将边水成公然勾结番寇、佐佐木教授喷火筒、自已被任命为亲兵队队长等重要情况，向郑乃清作了禀报。

"看来番寇和边水成、刘休兰加紧了他们另立国号的活动，很快就会有什么大动作！"郑乃清一番思索后，拿出了主意："阿斌！你能当上亲兵队队长，实在是件好事！你要利用这个身份，多多靠近边水成一伙，并在亲兵队里发展咱的人员，设法刺探他们的机密要事，尽快拿到他们相互勾结的证据，届时里应外合，挫败他们的一切罪恶行动！"

"侄儿一定办到！"阿斌答应一声，返回边府。自此，他一方面善待部众，一方面以各种理由去向边水成、刘休兰和佐佐木"禀报"军情，时间稍长，就进一步取得了上头的信任，赢得了队里多数士卒的拥戴。

一天，边水成的随身家丁告诉阿斌，边总管要他立即前去。阿斌见家丁来去匆匆，一句话不肯多说的样子，疑心顿起，本想问他几句，想想觉得不妥，只好抱着随机应变的想法，跟着家丁来到了客厅。

进门一看，边水成与佐佐木在正面对坐，刘休兰则在边水成旁边坐着。大概刚才正讨论什么事，边、刘二人脸上挂着淡淡的笑容，佐佐木却木然、冷峻，一副忿忿然的表情。

"卑职叩见三位长官！"见此情景，阿斌紧悬的心放下了一半，单腿跪地，行了个标准的叩拜礼。

"阿斌！经本总管和二位长官商定，命你从明日起去府外大营选定一个百夫队教授喷火洞的操作使用。限期五日，务必教会！"边水成边说，边冷峻地盯着阿斌。

"回总管！亲兵队已全部学会，还用那么多人来操弄？何况咱也未必有那么多的喷火筒。"阿斌的心已完全落实下来，胆气一壮，遂打蛇随棍上，欲乘机摸摸底细。

"兵器的，我们大大的有！你的担心的不要！"佐佐木不假思索，张口就道出了实情。

"对！这种兵器你们亲兵队要有，大营也要有！"边水成本不想让阿斌过早知道这些底细，见佐佐木已在一旁露了底，明白他的用意，遂干脆亮出老底，不能让阿斌倒向他那边，"你是我本总管的亲兵队队长，我们完全信任的部下，这件事只准干好不准干坏！"

"卑职感谢各位大人的栽培，只是训练一支百夫队，是件大事，有佐佐木教头在，我岂敢班门弄斧？再说府外大营，卑职人地两生，恐难以服众，有负大人重托。"阿斌以退为进，还想再摸点情况。

"佐佐木先生尚有许多大事要办，哪还有时间再去抓训练？大营教习之事就由你去操持，你可要明白我们的一片良苦用心！"刘休兰几句话，将几个人都说了进去，阿斌知道不宜再说了。

依着佐佐木此次的使命和自身的脾性，本想训练罢亲兵训大营，把统兵大权都掌控在自己心里。殊不知，他的这一意图不仅为边水成所反对，就连"过从甚密"的刘休兰也绝不让步。于是，夫妇俩左一个"岛上情况复杂"，右一个"先生安危要紧"，弄得佐佐木发火没理由，动硬没对象，不得不同意他俩"先生帮我们谋划大事，百夫队训练着阿斌去搞"的主张。同意是同意了，窝囊气却憋满了。阿斌刚进来时，他脸上不悦的神色还没消退，此时听了阿斌的"赞扬"，不禁为之一快，接住刘休兰的话音就是一顿鼓励："你的，百夫队的训练！准备准备的，推辞不要的！我的，指导指导的！"

"承蒙各位大人如此厚爱，卑职遵命，一定把百夫队的喷火训练搞好！"阿斌通过亲兵队训练和眼前三人的说话，已对番人扶持边水成的情况有了进一步的了解，隐约察觉出了他们三人之间相互利用、相互猜疑、相互提防的微妙关系，适时将话打住，转身出了客厅。

在黄管家的陪同下，阿斌乘马来到了府外大营。来此之前，他与郑乃清派来的人在边府外面进行了密谈，告知了自己即将去搞百夫队的喷火训练，嗣后回府召集了几个相处甚好正直弟兄，说了自己去大营训练的事，嘱咐他们在此期间要抓好队里的事务，注意掌握府内来往人员的动向。

总教头黄三泰和大营的两个千夫长，听了黄管家的介绍，方知眼前这个高大魁梧的青年人，是边总管、刘参军、佐佐木教头的"红人"，是专门来大营训练喷火队的，无不上眼看待，争相奉承，又是设宴，又是巡查，于当天确定了所要接受喷火训练的百夫队。

特殊训练开始了。

训练是刻板、艰苦的。

五天期限刚过,大营迎来了一律戎装打扮、骑着高头大马的边水成、刘休兰、佐佐木,以及军容整齐、荷枪佩刀的亲兵队。在边水成这头,他是要借此阅武之机,炫耀自己的威风,确立自家的威信;对于佐佐木而言,则是要通过自己这个番人教头的公开亮相,迫使边水成早日亮出"另立国号"的旗帜,以实现青龙会的意图;刘休兰这头呢,也有自己的打算,"天下非一人之天下,有德者居之"。大家拥戴夫君,我刘休兰自然是"皇后",如若你佐佐木一直与边君不和,其主子万一不用自己的丈夫,姑奶奶我可就乘虚而入,好歹不能让别人拣了这块肥肉。三人各怀鬼胎,进大营高台上坐下,接受属下的问候、服侍。

台前,早有心理准备的阿斌一声令下,接受喷火训练的百夫队从场地中央齐刷刷地站起,其余十九个百夫队则在两名千夫长的指挥下,站在了场地两旁。

边水成三人尚未喝完杯中的茶水,阿斌已躬身台下,朗声说道:"卑职恭请大人发令!"

"你的,指挥表演的!我们的观看观看的!"行伍出身的佐佐木有个怪癖,与边水成打交道后又多了个脾气,一到军营就以行家自居,根本不屑于去理会不懂军事的边水成。此次又是这样,劈头就对阿斌下达了命令。

"卑职遵命,佐佐木长官!"阿斌表面看来一副毕恭毕敬、唯命是从的样子,说到"佐佐木"三字时,却有意把声音提高,语调拉长,让在场所有的人都能听清楚。

"哼!"边水成不止一次地在大庭广众面前遭到了佐佐木的呛白。今早,他再三以其他"关心"的理由婉言劝说佐佐木不要来,本意其实是担心这个不管不顾的番国人的出现,过早暴露了他勾结外国人的行踪,佐佐木却非来不可。为此,他在临来前暗示爱妾劝导他来了之后不要贸然开口,爱妾说他已勉强答应,想不到这个家伙不仅不守诺言,反而在这么多士卒面前越俎代庖,反客为主,丝毫不给自己一点面子,一股激愤之气不由透过鼻孔重重发泄出来,同时狠狠瞪了刘休兰一眼。

"咦?怎么看模样听名字都不是咱东土人,倒像是从水番国过来的?边总管不是让咱们保境安民的吗?怎么和强盗打上交道了?"

"就是嘛,番寇可是咱们的死对头,让这个家伙来这儿干什么?"

阿斌见队列里不少人都在交头接耳,指指点点,知道自己方才的话已经产生了一定效果,心里一阵窃喜,嘴里却发出了第一道口令:

"按组带开,依序列队!"

话音甫落,肃立中央的百人队一阵脚步声动,立即由原先的十列横队变成了五列纵队,每列十组,二十个人;与此同时,场地西侧五个排列成一线的高高的东西被人揭去了伪装,露出了五具大小一样、间距相等的人形木架;距木架二十步远的前面,树枝揭开处现出了五个半人高的土堆,土堆上顺直各摆着个喷火筒,土堆下各放着一只揭开盖子的油桶。一切,安排的是那么周密;一切,摆放的是那样有序。

"进入阵地!"阿斌发出了第二道口令。

五列纵队立即转身向西,迅速从场中跑到西侧,顺着土堆站好,蹲下;其他百人队和亲兵队也都随着千夫长的口令,一律转身西面,寂无人声地盯着前面。

"第一组准备,发射!"

随着阿斌第三道口令的发出,每列纵队的前两个士卒,一个人掂起木桶给喷火筒里倒油,另一个人往土堆上一爬一握,几乎是在同一时刻,五串火光"嘭"的喷出,五个木架霎时腾起了熊熊的火焰。

就这样,这儿退下,那儿换架,一组下来,另一组上去,一道道口令,一串串火光,直把台上台下的官兵看得眼花缭乱,张嘴咋舌。

演练完毕,全场响起了狂喊。一场更大范围的表演,将阿斌推向了军中人人皆知的英雄宝座。

大营喷火演练一举成功的战绩,宛如一味魔药,激起了边水成夫妇的胆量与决心。在此之前,边水成这也是"秘密",那也需"谨慎",想吃油糕怕腻嘴,想立国号怕反对,就是觉得自己兵少将寡,兵器不行,不得不在整军备武之前之中,先行用银两开路,好话跟上,竭尽收买民心之能事。如今,亲兵队人人都会使用喷火筒,自己与夫人以及边府的安全已然不是问题;大营内增添了一支百夫队喷火兵,郑乃清、老猴精的兵再多再厉害也难敌我火器一发!即便他们有花果山那些妖猴的撑腰,支持我的水番国的实力岂不更比他们强大?嗨嗨,我边水成终于有了扬眉吐气、为所欲为的今天!松井郎不是多次催促我另立国号吗?佐佐木这个讨厌的家伙不是以为我这不懂那不懂、明里暗里欺负我吗?好了!该着我出气了。我就是要以出人意料的行动,做给他们瞧瞧,让他们都来怕我,让世人都知道我边水成是敢于称王称帝的英雄!

子系中山狼,得志便猖狂。边水成还未得志,就与之前判若两人,于瞬间变成了一条凶残暴戾的"中山狼"。

就在大营演练后的不几天,佐佐木同黄管家从岛东乘船外出,很快拉回两大船货物,仅喷火筒就有一百多箱,外带二百余桶油。尤其令边水成夫妇欣喜若狂的是佐佐木带回的一封密札,是青龙会头子本田禾直接写给他们的。信札中明确表明:只要这边有立国行动,那边就会随时予以大力支援,包括出兵。

喜上添喜,边水成的胆子更大了。为了削弱和打击自己立国称帝的最大强敌郑乃清和马一棒及其部属,他使出了"诬陷离间计",先是指使一些地痞无赖和不明真相的渔民到郑乃清布防的营地寻衅闹事,说郑乃清不让他们出海捕鱼,然后派出营兵赶赴闹事处,"为渔民出海捕鱼主持公道"。几天下来,"郑乃清胳膊肘向着外人,边总管为民做主"的说法不胫而走。

接下来,边水成采纳刘休兰的主意,花重金从其原籍岛南收买了马永、马成两名武林高手,专门暗杀那些曾去找郑乃清部属闹事的渔民,事后则让其爪牙四处散布"郑乃清报复杀人"的消息。善良的人们怎能想到事件背后隐藏的阴谋?无不以讹传讹,闹得岛上沸沸扬扬。

看看时机差不多,边水成一面指使手下继续闹事的闹事,暗杀的暗杀,一面唆使岛上几家富户开始在岛上宣传,说什么"龙湾是龙湾人的,不能受其他人管束"。

有道是:扯起的旗子再烂,也会有人过来响应。经这些人这么一闹,虽说有不少人反对,但还是有那么一把子人呼应。在边水成夫妇的授意下,这些人公然提出了"龙湾国"的名称,要求"边总管统管"。

边水成已经急不可待了!

阿斌连续几次将自己发现的情况,秘密转告给了郑乃清。

山雨欲来风满楼。在边水成一伙施展阴谋、猖獗活动之时,郑乃清的府第也一天比一天忙了起来。先是一贯不齿边水成德行的正直之士一次又一次地前来提供消息,商讨对付边水成一伙的办法;随后,一些曾受过边水成"德政"迷惑的民众,从岛上甚嚣尘上的"立国拥边"的气氛中看穿了边水成的险恶用心,也纷纷来找郑乃清,希望他能率众制止边水成的猖狂活动。

郑乃清在安慰、鼓励大家的同时,冷静地权衡着各种办法的利弊:

找边水成论理,劝其住手?显然是与虎谋皮,白费唇舌!边水成"立国称帝"图谋已久,利欲熏心,凭道理去打动他,根本行不通!

与边水成动武?一是不少人受其迷惑,贸然动武,势必引起这些民众对自己的不满,反倒让边水成的阴谋得逞;再说,边水成必然会使用喷火筒疯狂反扑,并积极向番寇求援。到那时,有理的反倒变得没理,没理的却变得有理。

向大圣火速禀报是应该,但在边水成并未直接亮出"另立国号"旗帜的现在,大圣又岂能师出无名对其采取行动?对!眼下最当紧的是拿到边水成与番寇狼狈为奸、卖国求荣的确凿证据!人们只晓得边水成在为岛人谋福利,才相信了他的假话,一旦知道他勾结番寇卖国的罪恶勾当,必定幡然醒悟,群起攻之;还有,岛上最近接二连三发生渔民被害事件,罪名无一例外地落到了自己头上,这毫无疑问是边水成阴谋策划的结果。只有拿到证据,不论动文是动武,百姓才会跟我们。

经过再三考虑,并与马一棒共同商议,决定郑乃清留在岛上,让阿斌设法寻找证据,马一棒则回山禀报,请求大圣派员协助。

马一棒说走就走,揣起郑乃清写好的一封书札,让部下驾船送他前去。船到海上,遇到了正在巡逻的童起船队。童起听说龙湾形势紧急,二话没说,将马一棒拉上自己的大船,疾速向花果山驶去。这正是:你事我事毋需分,同是抗番保国臣。今日联袂一体去,明朝并肩沙场行。欲知后事如何,且听下回分解。

第二十七回
东窗事秘　夏义狐匿形探真凶

　　花果山这段日子并没因诸事就绪而轻闲下来,依然是一派繁忙的景象。

　　番寇几次侵疆犯土、掳掠劫杀的行径,本已在花果山人的心里罩上了一层挥之不去的阴影;西村木率兵偷袭龙湾的大行动,更是再次给大家敲响了警钟。别说悟空、吴用、岳庚他们心知肚明,就连山里的居民、东海岛屿上的兵丁也都清楚,狗改不了吃屎,番寇一定不会就此死心,花果山迟早要与这些家伙大打几仗。就像一头屡遭毒蛇欺负而终被激怒了的大象,为了彻底击败这些披着人皮却丧失了人性的变种人,山里山外都紧急行动了起来:各个岛屿在加紧防守,南北两支水军在昼夜巡逻,岳辰率领的步军始终没停止过海上演练,七十二洞的关隘、路口,日夜有人在把守稽查。

　　尤其令全山部众高兴的是,唐坡山近海处的水寨经过扩建,已完全变了模样:足可容纳一百艘大小船只的近海处,除东面作为进出口外,南北两面都用一人粗的木桩围了起来,显得异常齐楚、雄壮,一看就知又是象、熊的功劳;靠西邻山处,筑了一道既长又宽的石坝,足有一丈多高,石坝后面中间处,顺着海滩砌起了一层层石阶,一直延伸到唐坡山底,与附近的几个暗洞观察哨左右呼应,蔚为壮观。从石坝、石阶所砌的平平整整的巨石来看,没准是狐王的成果;再看水寨,里面停靠着二十艘中等木船,这些船刚刚上了二道桐油,在阳光的照射下,分外威武、醒目。

　　这是按照孙悟空的安排,由狐王、芭将督造的新船,用于龙湾四个营地海上巡逻。再上一次油,就可交付使用了。

　　马一棒恰恰在这个时候二次回到了花果山。他与童起乘船经过此处东面的海上时,一眼就看见了这批新船。一问,方知是专为自己那儿打造的,直乐得他在船上又蹦又跳。

　　二人来到水帘洞,却没见到悟空、吴用、岳庚等人。负责看洞的猴子告诉他们,大圣与军师于昨天到了东海岛屿察看步军训练,说好今天回来。依着马一棒的脾气,当下就要转赴东海,童起担心路上错过,劝他等等再说。好在时分不大,悟空、吴用联袂返回,马一棒这才不再着急。

"二位前来,莫非有什么大事要说?"悟空见童起与马一棒一道前来,知道不是龙湾有了什么急事,就是海上发生了什么情况,未等他俩开口,先问了起来。

"大圣、军师! 边水成那王八蛋要另立国号,番寇已经派人上岛……"马一棒将近日岛上之事一一说完,方才想那封信,忙掏出来递给悟空。悟空从头至尾看了一遍,将信给了吴用。

"大圣! 您说怎么办? 要不要俺回去带孩儿们烧了边家大院,将那对狗男女和番寇捉来见您?"

"边水成、刘休兰这两个东西既然已经公然与番寇勾结在一起,俺老孙可就容不得他们了!"悟空从牙缝里迸出一句话,随即将脸转向马一棒,"你说说,那个番寇长得是何模样? 存放火器的库房在边家大院的哪个方位?"

"属下并没见过这个叫佐佐木的番寇,库房在什么方位也不清楚。"马一棒摸了摸头,突然眼睛一亮,"有了! 郑总管派进去的阿斌什么都知道!"

"大圣! 不成您要亲自去边府捉拿番寇、搜寻喷火筒?"吴用此时已将书札看完,微微一笑问道。

"嗨,俺只是想弄清这两件事,"悟空知道吴用是有意想将气氛搞得轻松一些,遂咧嘴笑了笑,"郑总管说得好,眼下最当紧的是赶快把边水成与青龙会来往的书札拿到手。最不济也要把这个佐佐木弄出来,迫使他来揭露双方之间的阴谋!"

"大圣所言甚是! 只要搞到这些书札,其中必定会有他们立国称帝、相互勾结的内容。咱把这些书札一公布,岛上的居民就会看清边水成一伙的真面目,我们采取其他行动就有了民心的支持。"吴用转脸问童起:"童将军! 你所率的水军船队可曾发现过边水成与水番国来往的船只?"

"回禀军师! 龙湾东面一线全系郑总管人马驻防、管辖,属下船队去得不多,迄今尚未发现过。"

"这就怪了! 从郑总管书札中所说的情况看,边水成所用的所有兵器、银两一定是水番国给的,那个佐佐木无疑是从番国来的,龙湾到水番国全是水路,并无陆路可通,难道真如郑总管猜测的那样,岛东防地出了什么问题?"

"事情确实蹊跷!"悟空见吴用边踱步边自言自语,自己也思索起来。少顷,他心里有了主意:"军师! 事不宜迟,咱们要做好打的准备,以免龙湾出现什么大的意外。未打之前,先要把证据弄到手。郑总管打进边府去的那个阿斌虽说迟早也能将证据搞到,但一是时间来不及,二不能让他因为此事过早暴露了身份。不如从咱这儿派出高手潜入边府去搞,最好把那个佐佐木也弄来!"

"好!贫道现在就把岳元帅他们从下边召回来,共同商议商议。至于派人之事,我倒有个最合适不过的人选。"

"狐王?"

"对,狐王!狐王既胆大心细,又有一身变幻本领,由他去边府办这两件事,绝不会出任何差错。"吴用接着吩咐面前二人:"童将军,你留下来参会!马将军,你即刻乘坐来船返岛,协助郑总管严密监视边府及海上动静,万勿轻举妄动,打草惊蛇。三天后在你住处等候,山里会派人与你们一道商议近期行动。回去立即挑选一批人员前来接收新船,由郑总管统一作出安排。"

两人答应一声,童起唤过洞口自己带的侍卫,让他随同马帅到龙湾后立刻返归待命。马一棒告别了大圣三人,同那个侍卫一齐踏上了归程;与此同时,几名信使也匆匆奔出。

且说马一棒回到龙湾后,顾不得身倦夜晚,立即赴郑府将大圣、军师所说告诉了郑乃清,并将二人对岛东营地的担心特意说了一番。郑乃清一听,一颗焦虑不安的心这才稍稍放了下来,围绕军师的安排,同马一棒商议一番,立即分手,紧急准备起来。

三天并不算长,但就在这短暂的三天里,岛上又发生了两起秘密杀人事件,有三个渔民被害,其中两个是父子俩。与以往不同的是,边水成一改过去躲在幕后的做法,公开站出来大骂郑乃清,大骂外来人,说这些渔民都是郑乃清勾结外来人干的,扬言"龙湾不能再受外人欺凌,已到自己管理自己的时候"。不仅如此,边水成还装出一副悲天悯人的模样,公开表示:我边水成为拯救全岛黎民于水火,愿散尽家产,资助穷苦百姓,成立"龙湾国",让大家世世代代都能过上好日子。刘休兰也不甘落后,一次又一次对闻讯登门讨教主意的同伙人打气,鼓励,说什么"咱们有的是人马,有的是兵器,打他个郑乃清、老猴精易如反掌",怂恿他们"好好干,不要怕,只要立了国,都是有功之臣"!

在边氏夫妇摇唇鼓舌的同时,府外大营士卒在其头目们的率领下,兵分数路,纷纷在岛上、海湾横冲直闯,美其名曰:搜捕凶手,为民申冤报仇。

佐佐木高兴了!见边水成、刘休兰终于有了行动,佐佐木兴奋得不是在边府狂呼痛饮,就是强迫亲兵、家丁们观看他的番刀表演,叫嚣自己吃一碗饭的时间可以连杀二十个人。为了证明自己的话是真的,他提着刀在院里追杀猛犬,直闹得边府人跑狗窜,一片狼藉。

于是,谣言像长了翅膀似的满天乱飞;空气,瞬间弥漫着一股股看不见却觉得出的杀伐气息。人们惊愕了,家庭乱套了,昔日和睦相处的街坊邻居,因赞同与反对两种截然不同的态度,一夜之间变得形同路人,互不往来。

岛上令人窒息不安的情景,加速了郑、马两位总管加强防卫的步伐。尤其是掌控龙湾绝大部分防地的郑乃清,于这几天办了几件事:一是从岛中营地挑选了二百名渔民出身的士卒,于马一棒回岛后的第二天乘船去花果山接收新船;二是秘密召见阿斌,命他严密监视边府动静的同时,设法弄清渔民连遭暗杀的内幕,并要在亲兵队内进一步扩大人员,伺机行动;三是以检查海防为名,派出十几个得力人员,分赴岛东、岛南、岛西三处营地,其中,重点是岛东,郑乃清特意对前去的人作了秘密安排。

在召见阿斌时,郑乃清意外获知了一个重要情况。据阿斌讲,他为了设法得到边水成夫妇与番寇勾结的书札证据,常以"禀报军情"为名,去边水成的后堂,同时有意同服侍边氏夫妇的家丁、丫环、女佣等套近乎,希望能从中发现点情况,怎奈边氏夫妇非常狡猾,那些下人也不知道机密情况,书证的事没办成,反倒发现了一个奇怪情况。紧接边水成夫妇居住的后院前面的二进院子,历来是女佣们的住处,最近却让她们搬到了前院。听女佣们私下说,那么大的中院,老爷却安排了两个素不相识的男人去住。两人白天躲在屋里哪也不去,一到晚上可就忙活开了,害得她们半夜三更都得起来去给他俩送饭。

"昼伏夜出,必然干得不是什么光彩之事!莫非与岛上出现的暗杀事件有关?"郑乃清心头豁然一亮,将自己的猜测说了出来,阿斌点了点头。郑乃清急忙吩咐他加强夜间观察,想方设法弄清两个神秘人的夜间活动,一有情况,立即设法禀报。

阿斌走后,郑乃清依然没有抵榻休息的心思,眼下最惦记的是各个防地的情况。"千万不能在内部出了什么差错!要那样的话,我郑乃清有何面目去见大圣他们?又有何面目去面对岛上的父老乡亲?"

李大海来了,是在第三天傍晚时分独自一人来的。从他进门时犹豫的动作和躲闪的神色中,郑乃清的心头掠过了一丝不安的阴影。

李大海乃贫苦农家子弟,郑乃清的街坊邻居。七岁那年得了一场大病,因家境贫寒,人口又多,家里人只能在家硬拖硬顶。眼看再拖下去,一条小命就没了,李大海的父亲只好去向边家老太爷求借,却被老家伙赶出门外。适值在外弃官回来的郑乃清得悉此事,立即上门给了李父十两纹银,李父才寻医觅药,把儿子从鬼门关上拉了回来。事后,李父欲变卖家什偿还这笔救命金,郑乃清不仅坚执不要，反而继续帮助李家。李大海感谢郑的救命之恩，凡是郑家有什么劳作之事，都抢着去做，对郑的吩咐从不道个"不"字，故两人名为叔侄，其情却胜过父子。

郑乃情奉悟空之命招募团勇时，李大海第一个就报了名，被郑乃清派到岛东，委了一名头目。当边水成招兵买马、有人劝他"改换门庭"时，他当即严词拒绝。在他看来，边水成面善心毒，花花肠子多，给自己座金山银山都不稀罕；相反，郑乃清是侠义心肠的男子汉，再穷也要跟着他走。

想不到，边水成的一个诡计却将李大海打入了痛苦的深渊。在违心地放行了边府的几次出海船只后，李大海更是悔恨交集，深感对不起自己的恩人。好在阿秀善良贤惠，在听了他对那件事情的叙述后，方知这全是自己那个突然发了"善心"的叔叔玩得一场一毁两人的阴谋，当即消除了对李大海的厌恶，再三相劝他要挺起腰杆，联手报这不共戴天之仇。就在李大海心情刚刚好转不久，郑乃清派遣来的几个人到了营地。从他们的话中，李大海知道了岛上最近发生的事情，也揣摸到了几人来此的意图。回屋与阿秀商议，阿秀劝他主动去见郑乃清言明此事，说这才是堂堂男儿敢作敢为的作为。思虑再三，他借口回岛有事，托来人照管几天营务，独自骑马回到了岛北郑府。

"大海！你这是怎么了？营地有事？"郑乃清将屋内随从打发出去，急忙问道。

"大叔！侄儿对不起您老人家！"李大海一张口，多时压在心里的愤恨、羞愧、委屈，顿时化作一股不可抑止的伤心、酸楚，哭着跪了下去。

"看来是真的出事了！"郑乃清虽然心里"咯噔"了一下，表面却依然像平素那样，平心静气地问道：

"怎的啦？大叔看着你长大，难道不清楚你的为人？即便是塌天大祸，只要你说出来，大叔我自会晓得如何处置！"

"大叔，侄儿让边水成这个王八蛋给害苦了！我实在无颜见您！"

"起来！不管遇上什么难事，是男人就得打掉牙齿往肚里咽，有仇就得攥紧拳头报！你说，边水成对你做了些什么？"

"边水成简直就是个披着人皮的狼，什么事都能做得出来！"李大海起身擦去脸上的眼泪，牙齿咬得咯咯直响，"那天……"

听着李大海的哭诉，郑乃清两眼发火，肺都要气炸了。他怎么也想不到边水成卑鄙到连禽兽都不如的地步，竟然使用如此下作的手段来胁迫自己的部下，以此达到自己勾结番寇、立国称帝的目的。紧随着难平的气愤是对自己的无情遣责：郑乃清啊郑乃清，亏你还是郑家的后代，却让人家要了你不说还算计了大海,顶顶要紧的是人家还把番寇和那么多杀人的火器拉上岛上,你这岂不是助纣为虐吗?

李大海见郑乃清脸上一阵青一阵白,身子都在瑟瑟发抖,怯生生地说道:"大叔! 都是侄儿害了您。您该怎办就怎办,我没怨言。"

"孩子,是大叔老糊涂,是边水成丧失了人性,大叔只怪我自己!"停了停,郑乃清双眼紧紧盯着李大海,"你要是个真正的男子汉,就该哪儿跌倒哪儿往起爬! 你要还听大叔的,咱就必须同边水成一伙斗智斗勇,彻底消灭这帮害人精! 你办得到吗?"

"大叔,你就是让我上刀山下火海,侄儿都没说的!"说到这儿,大海突然想起了一件事,"对了! 前几天边府的管家又带着三条船出去了,估计还是拉那些火器、木桶什么的,到时我带十几个弟兄在他们快回来时,悄悄潜入海中把船凿沉拉倒!"

"船什么时候能返回来?"

"最早也在后天中午。我现在是不是连夜返回,做好明天凿船的准备?"

"傻瓜!"郑乃清抑制不住心中的喜悦,亲昵地骂了李大海一句,"将几船东西和船上的人全部扣住,不就是拿到了边水成勾结番寇的证据了吗? 何况那些东西到了咱手里,咱不是也有了火器?"

"嗨,我光顾着报仇,怎就想不到这点? 大叔,事情紧急,侄儿这就连夜回去。您老还有什么吩咐?"

"好! 你立马出发,路上要小心,我会派人去接应你们的。对了,你是说那个阿秀姑娘还在吗,这就好,你干脆明媒正娶过来,省得别人说三道四。"

"行,侄儿保准对她好!"

第四天凌晨,郑乃清带着两名随从驱马赶到了马一棒的住处。刚见面,马一棒就喜滋滋地告诉他,新船已经全部接回,因昨天回来已晚,且船只不能上岸,就让接船的士卒就地留下,今天再作安排。郑乃清想不到一向大大咧咧、风风火火的马一棒竟然考虑得如此细心、周到,高兴之余,不免赞扬了他几句。

时分不大,岳庚、狐王驾着云朵,鹏王展开双翼,前后来到。马一棒急忙把三人迎进洞府,高兴得出来进去,拿这摆那。

岳庚道:"今奉大圣之令,我们三位前来协助二位总管弄清边贼叛国之事,不知这几天岛上情况如何?"

"边水成、刘休兰这几天已公开叫嚣要建立龙湾国,我们已掌握到了一些可疑情况。"郑乃清将三天来岛上发生的事情和自己做的几件事讲了后,提出了自己的想法:"李大海那头我已安顿好,只是担心货物与人扣住后,他那儿人手紧张,属下计划派兵前去。至于书札、暗杀之事,最好直接从边府这头着手。"

"大圣和军师也是这个意思。军师! 其他事由我们几个来办,边府之事就交给你了!"岳庚这么一说,大家都将眼光投向狐王。

"我一路上已经想好,只要阿斌了解边府内部的情况,今晚就可动手。"狐王说得如此自信,大家的脸上都露出了笑容。

"阿斌那头没说的! 临来之前,我已让他今晚到我住处等候。"郑乃清回道。

"郑总管这样安排正好,待会咱们直接去你府上。"岳庚接着吩咐马一棒:"马总管,你就不必去了。那批新船不是已经回来? 你现在就与郑总管作个安排,我们走后,你即刻将船分开,让兵丁们开到各个指定的营地。"

"属下遵命! 郑总管,你说个意见,我来安排。"

郑、马二人商议之际,岳庚吩咐鹏王:"鹏将军,趁现在天色还早,你即刻到岛东观察海上动静。边水成出海的船只倘若能于今天返回,务必在暗中协助李大海扣住,决不能走漏了半点风声! 那儿不是人手不够吗? 你走前让郑总管给你写个手札,调岛东其他营地的弟兄就近支援,省得从远处调兵打草惊蛇。"

"遵命!"

岛北郑府。此时,表面上看依然像往日那样平静正常,门口两个家丁,时不时有人出进,门前不断有行人走过;但在府中后院,郑乃清却正陪着岳庚、狐王在议论着今晚的行动。

傍晚时分,阿斌来了。瞅准一个路上无人的机会,他几步箭步闪到门前,家丁麻利地把门推开,把他放了进去,然后迅速把门闭上。

阿斌径直来到后院郑乃清的住处,与两个家丁打了个手势,一推门看见迎面坐着两个陌生人,当即怔了一怔。郑乃清见状,赶忙从中作了介绍。

一听面前两人就是郑乃清经常提到的元帅和狐王,阿斌一时高兴就要上去握他俩的手,走了一步,方才觉得不妥,赶忙站在当地,双手一拱,单腿跪地道:"卑职王阿斌拜见元帅、军师!"

"我们几个正等着你来,说说这几天的情况!"岳庚身负重任,刚见面就来了个单刀直入。

"岳元帅,你们来得正好! 今天我以禀报亲兵队情况为名去见边水成,正碰见他与两个陌生人喝酒喝得多了。大概是认为我对他忠心,未等我把情况说完,他就拍着我的肩膀让我好好干,并指着那两人对我说:'你在明,他弟兄俩在暗,只要你们把我安排的事干好,你们就是我的有功之臣!一旦我飞黄腾达,一定好好封赏你们!'我冲那俩人笑了笑,谁知他俩冷冰冰的,只是眼皮一抬点了点头。就这个时分,我看清他俩的眼神像刀似的,太阳穴鼓得高高的。属下也是练武之人,一看就知道他俩武功不凡。出了边水成的房门,我悄悄向门外站立的两个女佣打听那俩人是谁,女佣都说不知道,只晓得他俩住在中院,白天不出门,晚上才出来活动。不知怎地,我总觉得这俩人就是暗杀岛上渔民的坏东西!"

岳庚眼睛一亮,抬头看着郑乃清。郑乃清稍一沉思,道:

"元帅!属下估摸了一下,从岛上发生暗杀的时间与阿斌探听到这俩人来边府的时间看,都很一致,这俩人没准就是杀人凶手。否则,边水成、刘休兰都已公开站了出来,这俩人为何还是鬼鬼祟祟?"

"嗯,有道理!若能弄清这俩人的底细,边水成夫妇即使长了一百张嘴,也难以糊弄住人了。狐王,你说呢?"

"元帅,我明白您的意思,今晚我就两件大事一起干,既要设法把书札弄到手,也要弄清这是两个什么人。"

"好!那咱现在就分分工。由阿斌给你带路,今晚办好这两件事。我尾随在你们后面,随时准备接应。郑总管在府里坐镇,着重处置好李大海那头的事情。鹏王一旦回来,让他前来找我!"

众人一声"遵命",除郑乃清外,都走了出去,岳庚待狐王、阿斌出了府门,也随后不紧不慢地跟在后面。

人常说:得道的狐狸会隐身。此话用在狐王的身上,可就说准了。千年得道的狐王不仅会隐身,身怀变幻之术和高超武功,而且临来龙湾之前还跟悟空要了一根毛发,学了一手催眠术,以备必要时刻施展,心之细密,可谓罕见。

依阿斌想法,欲让狐王扮作亲兵模样随他进府。狐王心中有数,让他即刻起身,自己使隐身法跟在后面,一切均不需担心。

出郑府大门时,阿斌尚见狐王跟在后面,转眼间,却不见了他的踪影。初时,阿斌不免有些担心,禁不住一边走一边回头张望,快到边府门前时,阿斌耳旁传来狐王的声音:

"你不要再回头张望!进门之后,你只管拣那些要紧地方走,让我熟悉一下情况,待夜深人静咱好行动。"

阿斌会意,点了点头,放心大胆地径直来到门前。四个把守大门的家丁见是阿斌,讨好似的打了声招呼,打开大门,把他放了进去。

进了府门,阿斌左拐右拐,首先来到了库房大院。他之所以这么做,是这儿打前天起已由他的亲兵队代替了家丁,派了十几个人在这里把守。亲兵们见队长进来,纷纷向他问候。一名带班的头目是阿斌的生死兄弟,低声对他说道:

"队长! 边总管刚才来过,命令我们严加看管,听话音好像近日要有什么行动。"

"噢? 是这样?"阿斌一想,这正是进库房让狐王一饱"眼福"的绝佳时机,遂当着院里所有亲兵们的面大声吩咐:"边总管既然亲自来过,我当队长的可就责任大了! 来,打开库门,我进去看看有什么问题没有?"

头目赶忙掏出钥匙开锁,推开了两扇大门。阿斌让头目严把门口,走进了库房,沿着一个方向慢慢地走走停停,假装检查的样子;与此同时,不是后面传来一声声翻腾东西的声响,就是见那些装油木桶的盖子在上下活动。当走到墙角几个大木箱前,阿斌耳旁再次传来狐王十分低微却很清晰的声音:

"箱子里装的是什么?"

"不大清楚。听那些家丁们的话音,好像是银子什么的,是从水番国运来的。"

"他们有没有钥匙?"狐王指的是门外的亲兵。

"没有,钥匙在刘休兰手里。"

"那只好用我的办法了。"声音随即不再响起。阿斌仔细瞧去,只听木箱上铜锁"叭"地轻轻一响,随即见箱盖朝上翻去,一道道白光霎时从眼前闪起。

哇! 一锭锭雪花纹银一层层摞着。从箱底到箱盖,足有三尺来高,两边一拃,不下五尺长短,银锭底部明显有东土大国铸就的字样。敢情这些东西都是东土的,被番寇抢去,眼下又被番寇当作筹码送给边水成,唆使这伙东土的败类来打东土人!"无耻!""万恶!"阿斌和狐王无不在心里暗暗痛骂不已。

打开一箱如此,连着打开另四个箱子也都如此。狐王将锁重新锁好后,随着阿斌来到了一堆油桶跟前,随手掂起一只,发现是空的,略一沉思,心里浮起了一个念头。

由于自己是亲兵队队长,府内外许多人都知道自己是边水成倚重的人物,再加上与门口那个头目的特殊关系,阿斌任由隐身的狐王在库房里看了翻,翻了看，将每个角落的东西都看了个遍；自然，那些令边水成得意、花果山人担忧的喷火筒，阿斌更是在刚进来时就领狐王看了个仔细。门外的亲兵们虽也听见库房里传出来各种声响，却都以为是他们的队长在认真检查，哪会想到里面尚有个比他们队长更为厉害的神秘人？

半个时辰过去了，狐王的声音再次响起：

“阿斌，晚上让你的弟兄们把那些空桶装满水，全部放在那些未用的油桶上面。”

“装水？”阿斌一时不明白狐王说话的用意，稍一思索，猛然醒悟过来，立即将大门拉开一道缝，招手唤进那个头目，在他耳边低语了几句，头目点点头，出门站在原先的位置。

少顷，阿斌搓着手大摇大摆走出库房，脸上罩着一层青霜。头目假作惶恐地问：“队长，库房看管得还好吧？”

“好什么？你看那些空桶堆得是什么样子？”阿斌一副严肃认真的样子，“弟兄们，咱这地方常年炎热，稍不小心就会引起火灾。那些空桶与其闲放着，乱七八糟的，还不如全部装满水，以防不测。什么时候装，听你们头目的！”

“明白！”“小的明白！”亲兵们抢着回答。

“那好，有劳弟兄们辛苦了，明早我来检查！”说完，扬头出了库房大院。

晚饭后，随着夜幕的渐渐加深，边府大院的一片烛光变得星星点点，除服侍的丫环、女佣偶尔还在来回走动外，院里一片安宁。

此时，阿斌从前院走进。在那些与之打招呼的门丁们看来，阿斌包准又是独自给边总管去禀报什么要事，哪知在这“独自”的背后还隐着一个镇静自若边走边仔细的人，这当然是狐王了。

阿斌与狐王“检查”库房时，天色不是还早吗？为何不乘白昼连续进行呢？这是狐王的主意，理由很简单：人多不安全，夜深有把握。

目睹眼前情景，狐王心里一阵窃喜：此时动手虽说还有点早，但也不能再迟疑下去。看来今晚事情顺利，岳元帅，你就等待佳音吧！

谁知，狐王随着阿斌刚刚跨进第二进院，两个女佣端着两个放着剩菜剩饭的木盘从东厢房出来。女佣见是阿斌正要开口，阿斌急忙摆了摆手，待她俩走到跟前才压低声音问：“刘妈，这么晚了还不睡？”

“谁知道他俩又要去哪？这不刚吃了饭就要动身？真是的，害得我们天天晚上不能睡个安生觉？”刘妈低语了两句，同另一个女佣奔前院而去。

"怎么，现在就要动身？这可糟了！"阿斌因今晚的任务是带路，倒没从女佣嘴里感觉到什么，满腹计划的狐王却在心里连连叫苦。原来，他在郑府听了阿斌提供的情况后，就当众表示要办成两件事。他的打算是前半夜设法窃取书证，后半夜那两个人出去时，自己隐身在后，探清他们是不是边水成雇佣的杀手。谁曾想书札的事尚未办，这俩人就要动身；虽然自己也可改变计划，先尾随这两人出去，但谁知道他俩要去哪，需要多长时间？一旦时间过长，出现了什么意外，让边水成一伙引起警觉，不说今晚弄不到那些书札证据，恐怕还要出现更大的麻烦，破坏了整个大事，这可如何是好？

俗话说：人忙无智。一向精明干练的狐王此时就遇到了这种情况。阿斌不知狐王眼下焦虑的心情，瞧见院里的灯光越来越少，低声说了句："差不多都睡了，睡了就好办了。"

"睡了就好办了？"阿斌本是无意之话，传到狐王耳里，却赛如一剂清凉药，使他猛地清醒过来，心里叫了声"好险"，一个"蜻蜓点水"，抢到东厢房亮着灯光、人影的门前，轻轻推开半掩的门跨了进去。

屋内，两个三十多岁的精壮男子正在更衣。个子稍高的叫马永，稍低的叫马成，是嫡亲兄弟。两人并没看见狐王，只顾穿上一身紧身衣靠，更换妥当，就要持刀出发。狐王不敢怠慢，掏出悟空送给他的那根毛发断成两截，一截装起，一截放在嘴里嚼碎，然后默念咒语，"噗"的一喷，就见弟兄俩的手耷拉下来，眼皮慢慢合上。马成咕囔了声："哥，我眼皮实在困得不行，不如睡会儿再……"身子一软倒在地上；马永"嗯？嗯！"两声，也斜倚在床边睡着了。狐王迅速吹灭火烛，掩上房门，来到阿斌身旁。从进门、出手到出来，仅是瞬间之事，快得连阿斌也毫没察觉。

阿斌见东厢房烛火灭了，以为屋内俩人不知在搞什么名堂，低声告诉狐王："再往里走就是边住的后院，正面从东数第二个门就是他的住房。走，咱现在就去！"

"这么晚了你进去不合适，待我一人进去，你先在院子里找个地方藏起来等我。"话刚落音，一缕轻风从阿斌身边掠过，随即看见后院大门被轻轻打开。

要知道，边水成自喷火兵训练成功后，自以为"老子天下第一"，岛上无人敢惹，加上最近公然露面，打出"龙湾国"旗号后，自己与夫人需要经常出外活动，还得随时等待派出去的人回府禀报，故三进大院除增加了门丁外，三道大门即使是在深夜也是只闭不关。

狐王正是于无意中利用了边水成自造的这一漏洞，推门进了后院。两个值夜的家丁只听大门轻轻响了一下随即裂开了道缝，以为有风，其中一个低声嘀咕了一声,上前重新闭住,随后两人又头对头地低语起来。

跨上几层台阶,就是边水成一家所住的深宅大院。此时,偌长的一排屋子和东西厢房均已漆黑一片,唯有阿斌所说的那间屋子里还亮着灯光,窗纸上映照着两个时大时小时近时远的身影,同时传来一男一女的低语声。

"肯定是两个狗男女还在谈论事情!"狐王静了静心,伸展两掌往两扇门上紧紧贴住,然后气贯双掌一抬一推,两扇厚重的花格大门被无声推开,人已进了屋里。

"咦?门怎么开了?"坐在桌子一侧椅子上的刘休兰本能地站了起来。

"怎么回事?"边水成从另一侧起身,疾步擦过隐身的狐王身旁,将头探出门外,见院门紧闭,两个门丁尚在低语,遂毫不疑心地将门闭住,重新在椅子上坐下,"风刮的!"

"老爷!不知怎地,这几天我老是心惊肉跳的,老怕发生什么事情。莫非这世上真有神灵,要来惩罚咱们?"刘休兰嘴动着,两眼却紧紧盯着房门,生怕闯进什么可怕的东西来。

"夫人说哪里话?许是这些日子为咱另立国号的事累坏了身子。世上即使有神灵,也不敢把咱们怎么了!"

"其他,婢妾倒是不怕,怕得就是咱与水番国来往的书札、马氏兄弟替咱杀人栽赃的事被人发现。那时,不用郑乃清他们动手,老百姓吞也把咱们吞了。"

"怕什么!夫人不是一贯不让须眉,怎么变得如此胆小?别说现在谁也不是咱的对手,就是真的有那么一天,咱也不后悔!火器、兵器、银两,都是水番国送给咱的,要败也不只是咱们败!"

"老爷!这怕和当男子汉可是两码事。神灵不神灵的,婢妾只是与你在家说说,明天我一出去,你看他们哪个不怕我敬我!"

站在距边氏夫妇仅两三步远的狐王听到这些话,心里一阵愤恨,屏息已久的一口气不由得吐了出来,直将对面桌上烛座上的烛火吹得摇曳了几下。

"老爷,真的有神灵!你看……"刘休兰吓得花容失色,腾地跳起来就往边水成这边扑。

"没事!没事!又是他妈的风捣得鬼!"边水成嘴上在安慰爱妾,身上却倏地起了层鸡皮疙瘩,"你是不是把那些书札换个地方?我总觉得放在你那梳妆台的夹层里不牢靠,想上把锁都没地方上。"

"依你说,放在哪儿牢靠?"

"这放在什么地方嘛,你让我想想。书房里?不行,太显眼!埋了?也不行,烂了怎办?"

"干脆烧掉算了,省得为他操心!"

"不行!不行!那些番人比鬼还精灵,万一以后他们不按书札所说对待咱们,咱拿什么东西和他们论理?"

狐王想不到自己一个无意动作却引来一个意想不到的巨大收获,真可谓:踏破铁鞋无觅处,得来全不费功夫。心里那个高兴劲儿呀,真是没法提。时间一长,他喜不起反而急了,照他俩这样琢磨下去,自己何时才能动手?于是,他放弃了等他俩睡着之后再下手的念头,掏出半截毛发,如法炮制,将边氏夫妇双双睡倒,找到刘休兰的梳妆台,从夹层里取出一沓子书札揣在怀里,拉上房门走了出去。此时,两名门丁已倚墙进入梦乡,狐王只将院门拉开道缝,就返回中院。

藏在房角处的阿斌正等得心焦,耳旁忽然传来狐王的声音:"你赶快回你住处睡下,明天见机行事!"

阿斌点点头,依言闪了出去。

狐王推开东厢房的门,掏出身上的火折子将烛点着,然后依照悟空所授方法,在马永、马成头顶的百会穴上各拍了一掌,又端起桌上的水杯吸了口凉水,照着两人脸上喷了一下。须臾,两人慢慢醒转过来。

"哥,这是怎么了,今晚竟这般瞌睡?脸上怎么还有水?"

"啰嗦什么,赶紧出发!再迟延一阵,今晚的事就办不成了!"马永打断乃弟的话,将身上重新收拾了一遍,将单刀插在背后,"走!"一个箭步蹿出门外,马成也紧紧跟着走了出去。

狐王不敢怠慢,赶紧跨出房门。就相差这么一下,马永、马成已蹿出中院,奔到前院。快到高高的寨墙前,两人双腿微微一弯,已跃上墙头,飞出墙外。狐王暗赞一声:"好俊的功夫!"也飞在半空,同时不忘往墙外扔了颗石子,一刻不停地跟了过去。

边府门外的树林里,岳庚正在静静等候,他这已经是第二次来此了。

还是在白天的时候,他装扮成渔民的模样,尾随着阿斌、狐王来到边府大门附近,等待着二人的消息。一个多时辰后,狐王隐身出来找见岳庚,说了库房侦探的情况和自己夜探边府的打算。因时间尚早,两人回到郑府,郑乃清已在这段时间内,派出兵丁和车辆,名义上说是给岛上营地送给养,其实车上下面装的是稻草,赶往岛东接运被扣船只上的物资,同时已密令驻岛中央的兵丁做好准备,无令一律不准出营房。三人正在谈论之间,鹏王也自岛东赶回,说边水成的三艘船已于中午时分返归港湾,船上果然装的是喷火器和其他兵器,还有两个水番国人。李大海率兵扣留时,遭到了边水成头天到达岛东拉送物资的家丁们的反抗,幸亏自己所通知的岛东其他兵丁及时赶到,才连船带人一个不剩地扣押起来。

不到一天就办了这么几件事,这令每个人都很高兴。岳庚与大伙就下段之事作了进一步商议后,看看天色不早,忙与狐王再次来到边府附近,看着狐王隐身了边府。

等待中,两人人影从头顶掠过,落到前面,接着听到石子落地的声音。岳庚知道,狐王出来了,前面那两个人影肯定就是狐王追踪的对象。他来不及多想,运起神功,拔腿追了上去。

马永哥俩显然熟悉岛上的地形,穿街巷,过村落,越平川,涉山岭,一路上毫不停留。大约走了一个多时辰,狐王尾随着他俩来到一处只有三四十户人家的渔村。大概是天色已经开始发白的原因,马永兄弟俩丝毫不注意隐蔽,径直来到村东一所孤零零的有篱笆院墙的草房前停下,低声商讨起来:"这就是边总管指定来的地方,咱收拾了这家人就回!"说话的是马永。

"哥,边水成两口子不是好人!你说咱帮他们杀这么多人,今后还怎么在江湖上闯荡?无冤无仇的,我可不想再干了!"

"银子已拿了人家的,咱人也来了,说这话顶啥用?行!哥答应你,了了这桩事,咱就走人!"

马永头微微一低,刀已在手,一股黑烟似的蹿到草房门前,马成犹豫了一下,也随后跟上,闪到了门的另一侧。

两人脚步尽管很轻,还是惊动了院里的狗,"汪汪汪"地叫个不停。屋里的人被惊醒,嘟囔了几句,点着了灯火,一个苍老的声音传出屋外:"你们睡,我出去看看。"

一阵抽拉门闩的声音。马永给弟弟使了个眼色,刀一下子高高举起。

狐王知道,这家人的生死关头已到,立即飘身上前,时刻准备出手施救。

门"吱纽"一响,一个满头白发的老头先探头看了看,接着佝偻着身子走了出来。马永挥刀向下劈去,马成的刀却是背向下。千钧一发之际,狐王双手闪电般地朝马永、马成背后大椎穴各戳一指。怪了!两人霎时大张着嘴,圆瞪着眼,举起的单刀连同整个身子动也不动地僵在那儿,那样子就像庙里两个作势欲扑、狰狞可怕的凶神恶煞。

就在这时,一声凄厉的惨叫突然响起,长长的尾音撕破了村庄的宁静,令苍莽的大地也不由为之一惊。不因这一叫有分教,可谓:小小村庄,惊雷惊醒

昔日梦;大千世界,复仇掀起怒潮涌。正是:

狐王忠贞法力高,善恶到头终有报。

欲知叫声来自何处,且听下回分解。

第二十八回
铁证如山　众百姓怒责卖国贼

　　原来那声惨叫是从老汉嘴里发出来的。一个老实巴交的庄户人,何曾会料到刚跨出自家屋门,就有两把寒光闪闪的钢刀当头劈来?"啊"的一声,就倒在两名歹徒中间的地上。屋里人听见怪叫,纷纷涌到门首,无不被眼前的情景吓得魂飞魄散。

　　狐王情知隐身已无必要,遂退了法术现出真身。马永、马成从被制住那时起便知自己遇到了高人,头脑清醒却无法发音。此刻,面前突然现出一个仙风道骨的长衫人,立即明白高人就在眼前,脸上均现出惊恐绝望的神色。

　　从出边府到现在,随着近两个时辰的过去,天已快交辰时,加之临海之处见到太阳早,整个村庄业已破晓,周围不断传来人们的开门声、咳嗽声以及简短、沉闷的说话声。涌在这家门口的五六个人中,有一个二十多岁的年轻后生,大概是老汉的儿子,仅是愣怔了一下便清醒过来,看见老父躺在两个手举钢刀的大汉中间,气得两眼冒火,骂了声"狗强盗! 你们竟敢上门杀人,老子和你们拼了!"随手从门后抄起一把渔叉就要向前刺去,被狐王一把攥住没有刺上。一个夹杂着花白头发的老妇一边扯开嗓子大喊"救命",一边俯在老汉身上哭叫;其他几人哭喊的哭喊,抄家伙的抄家伙,院里的狗和村里的狗也狂吠得更厉害了。

　　叫声,撕碎了拂晓的宁静;哭闹,惊动了街坊邻居。人们光着上身的、边跑边穿袖子的、趿拉着鞋的,纷纷从村西跑来,将一个不大的小院围了个密密麻麻。

　　人们的神色,初时莫不惊诧,瞬间变成了不可言状的愤怒,不知是谁喊了声"强盗",院里随即腾起了一片疯狂的"打强盗"、"打死他们"的声浪。

　　有着丰富阅历的狐王晓得,成了群的人们一旦被激怒,胆子再小的也会受当时气氛的感染而动手杀人。他本来就站在两个歹徒的旁边,急忙伸开双臂喊了起来:"乡亲们,大家且莫急着动手,咱还有话要问他们!"

　　"你是谁? 是不是一伙的?"人群有人凶巴巴地质问起来。

　　"我要是一伙的,他们还能举起刀杀不了人? 我还敢站在这儿?"

狐王的一句话给自己解了围。见大伙信服地点了点头，他继续说了下去："大伙知不知道岛上渔民被暗杀之事？"

"知道！"

"那还不都是那个郑乃清指使人干的？"

狐王双手一压，制住了人们的嚷叫，指着两个歹徒说："乡亲们误会了！郑乃清并没指使人杀人，所有被暗杀的人都是边水成出钱雇这两个人干的。如若不信，我现在就让他俩亲口说出来！"狐王说罢，伸出右手在两人身上几处大穴上点了几下，两把刀"哐啷"一声掉在地上。马永、马成先是眼睛转了一下，随即身子也动了起来。躺在地上的老汉已清醒过来，急忙爬起来跪在地上喊了起来：

"恩人！是您救了我全家，叫我老汉怎么感谢您呀！"

这时，人群中一个五十多岁的男子挤到前面端详了一会，突然开口问："这不是岛南大有名气，人称'单刀双雄'的马永、马成弟兄俩吗？怎么有空到俺们这小村来了？"

"怎么，你认识？"人群中传出一个年轻人的声音。

"嗨，想当年俺也吃过绿林这碗饭，与他俩见过几面。只不过后来金盆洗手，才和狼虫虎豹打上交道。"

"原来是'单刀双雄'弟兄俩！"狐王直到此时才知道两名歹徒的姓名，"我在边家东厢房略施小术，让二位好好睡了一觉。待从边水成住处搞到他与番寇相互勾结、妄图立国称帝的来往书札，又将你俩弄醒，尾随你们来到这儿。我原本以为你俩是个十恶不赦的武林败类，但听了你们未动手前说今后再不给边贼干此杀人勾当的话，方知你们良心未灭，才没废了你俩武功。我说得对吗？"

"大侠慈悲心肠，我哥俩铭记在心！"马永双手一拱表示感谢，"只是我有一事不明，请赐教！"

"你有何事不明？"

"方才大侠说边大官人勾结番寇、立国称帝，可有证据？"

"看来不让你看个明白，你还以为边水成是什么好人！"狐王知道这正是让大伙知晓真相的大好机会，遂从身上掏出那一沓书札，"给你！你要是识点番文，就该知道我说得假与不假！"

"在下小时念过几年私塾，江湖上走南闯北，也会过一些番国武师，多少识得几个番文。"马永接过书札，翻着翻着，脸色变得越来越难看。

"哥！这书札上写的是啥？大侠所言是否确实？"马成早就对边水成的作

为有所猜疑,此时更是心急如焚,唯恐被大侠说中。

"兄弟,咱俩上了边水成这家伙的大当,成了他和番寇的帮凶了!"马永一声长叹,拉着马成"通"的一声跪了下去,"大侠,我弟兄俩犯下了滔天大罪,无颜再在世上! 要杀要剐,任凭处置,我们决无怨言!"

"大侠! 边水成说岛上有他的一伙仇人,专门滋扰岛上安全,雇我们为民除害。但我俩见到的全是些老实巴交的庄户人,今天才知道是怎么回事。干脆杀了我们吧,江湖人办下这等事,还有何面目再见世人?"马成说着说着,泪水已流了下来。

围观的人群起了一阵骚动,无不因边水成的罪恶感到无比的愤怒,也有的人为马氏兄弟的痛快交代觉得惋惜。

狐王不失时机地添了一句:"二位既然不失敢作敢当的武林豪气,何不考虑戴罪立功? 难道就让那些无辜被杀之人到了黄泉路上还不知道谁是真正的凶手?"

人群中立即有人回应起来:"这位大侠说得对! 死了算什么? 死了也是个冤死鬼! 既然号称'双雄',就应该拿出大丈夫的气概揭发边水成,让他以后不能再害人!"

"对! 好好揭发他们!"

原本心灰意冷、唯愿一死了之的马永弟兄,想不到村民竟这般善良、识大义,更觉羞愧难当,心绪难平。马成一急,拉住了马永胳膊:

"哥! 说到死,兄弟我绝不惧怕! 但这岂不是便宜了边水成这个畜生了?"

"好! 大家既然这样讲,我们这就去边家当众把事情讲清,以赎自己之罪! 至于所拿的佣金,我兄弟俩就是砸锅卖铁也要如数奉还!"马永一咬牙作了决定,而后抬头面向人群,"大伙谁要愿去作证,我俩先在这儿谢了!"

"我去! 什么他娘的狗屁善人!"

"俺一家都去,看看这条老狗会有什么好下场!"

"狗日的敢情勾结上番寇来立国当王,俺以前还觉得他好呢,呸! 真是瞎了眼!"

"……"

"真是太好了! 太好了!"狐王乃是个心思缜密、办事沉稳之人,自受命起就考虑如何将两样证据搞到手,怎样揭露边水成一伙的叛国阴谋,万没料到事情进展顺利不说,竟有这么多村民要同马永兄弟前去作证,他感叹一声,当即大呼向前,领着马永、马成及全村男女老少五十多人走上了来时的道路。

村口,人影一闪,有个人抑制不住心中的喜悦笑了笑,顺着小路的同一方向,在树丛中、土丘旁一路疾走。他要看看这群人一路上的动静,大伙途中会不会遇到什么危险。

狐王领着人群走了三里来路,来到一个地势比较平坦、房屋较多的村落。此时正值早饭时分,几乎家家户户都有人坐在屋外绿荫下吃饭,见邻村熟人结伴而来,不免觉得奇怪,纷纷上前打探。险遭暗杀的老汉一家当即停步,讲述了边水成指使人暗杀自己一家的情况,其他人也都七嘴八舌地说个不停。村人不听则已,一听全炸了营。要知道,猎奇、凑热闹,本是人的一大本能,何况听说鼎鼎大名的"边善人"竟是杀害同胞的元凶、勾结番寇卖国的奸贼,有谁不惊?有谁不愤?有谁不愿去好好看看他的嘴脸,观观他的下场?于是,你呼他,他唤你,一下子出来一百多号人,加入了前行的队列。这时,有个人从人群中悄悄退出,回一所院牵出一匹马骑上,向前面疾驶而去。

就这样,这支由百姓组成的队伍一路走,一路有人参加进来,尤其是路过那些渔民被害的村庄时,几乎家家出动,户户参加,滚动的人流迅速增加到一千多人。人群中,既有血气方刚的青年,也不乏上了年纪的老人和十几岁的孩子;既有男的,也有女的;至于那些受害人的家属,除留个人照门外,更是大的牵着小的,壮的扶着弱的,倾家而出。

当这股乱哄哄却气昂昂的人流快到平川处一个人口稠密的大村时,一路暗自留心观察的狐王忽然看见前面村口闪出一人驻足观看。他闪目一瞧,脸上顿时现出了笑容,心情越发轻松起来。

你道前面路口站立者是谁?原来那是岳庚,就是狐王跃出边府寨墙尾追马永兄弟时,从地下发现石子声响而后一路暗暗跟踪之人。

若论未遇孙悟空前,岳庚纵然出身将门,天资聪慧,习得一手武艺,却也没有行走如飞、夜视如昼的超凡本领。自打悟空授艺、唐僧助力起,他可就去凡添神,身轻髓精,不可同日而语了。正因如此,他一路上紧紧跟在狐王等人后面,目睹了小渔村狐王出手、归途中人流汇聚的所有情景。初时,他曾担心狐王一人难以掌控场面,几次欲现身相助,后见诸事顺妥,百姓越聚越多,方在钦佩狐王的同时放下心来。如今,为让狐王知道自己行踪,同时也进一步增添他的斗志,岳庚这才有意在前面停下。

队伍行到村口,狐王有意提高嗓门喊道:

"乡亲们,咱们已有了边水成通敌卖国、杀人栽赃的铁证!继续喊起来,让这个村里的老少爷们也都知道边水成是个什么东西!"

行进着的人群中立即响起了一阵接一阵的激越呼号。见此情景,岳庚朝走到跟前的狐王对视了一眼，转身向前奔去。

边府后院。边水成夫妇早晨起来后，因忙于梳洗，并没发现屋内有什么异常。两人吃过早饭，正要接住昨晚话题商议书札往哪藏时，门外传来家丁的禀报：

"老爷，有人要见您，说有急事！"

"急事？让他在客厅等候，老爷一会就来！"边水成整了整衣冠，在衣镜前端详了一会，方才踱步到了客厅。

"表叔，我可算见到您了！"来人原来是边水成的亲戚，大概是紧张、惊恐的缘故，说话时嗓音干哑，一副东张西望找水喝的样子。

"来人！给他倒点水喝！"门外进来一名家丁，倒了一杯水。

来人一口气将水喝完，抹了抹嘴，说起了正事："我今早刚刚起来，突然听到街面上大声吵嚷。出门一看，原来是邻村的七八十个人正在说您的坏话。我一听不好，骑了匹马就往这儿跑。"

"说我坏话？大清早的他们去干啥？"

"哪是到俺村，他们说您通敌卖国，杀人栽赃，要找您算账！"

"胡说！一群草头百姓，他们知道什么？"

"您是不知道，人家还当场抓住两个凶手，说是要来府上当众对证！"

"什么？马永兄弟被抓住了？这……"边水成这下可傻了眼，"边恶人"、"立国称帝"、"黄粱美梦"等一连串字眼，霎时涌上心头，走马灯似的转个不停。

正在这时，刘休兰一脸煞白地闯了进来，气急败坏地喊道：

"老爷，不好了，那些书札都不见了！"

"啊！书札不见了？"边水成脑袋"嗡"地一下被彻底击懵了，一屁股瘫坐在椅子上。稍停，两臂撑在扶手上，将满肚子火气撒向了刘休兰："连封书札都看不住，告我有啥屁用？知道不？马永兄弟也被人家给抓住了！真是一群废物！"

"老爷说话可要凭良心，当初你是怎样让我给出主意的？事到临头，不是如何想办法去对付，反倒怪起我的不是了。哼，大不了一起去死！"

边水成被顶得说不出话来，只能在那儿喘粗气，沉默了一阵，似乎有了主意，指着家丁道："告诉门公把大门关上，没有我的号令不准开门！通知亲兵队和所有家丁，一律拿兵器上墙严守，我就不信一群刁民能把我怎样！"转身又吩咐报信的亲戚："你这次报信有功，到前面柜上支五两白银赶紧走人！"两人答应一声,匆匆走了出去。

见爱妾板着脸还在生气,已经从最初的惊恐中缓过点神的边水成,赶忙赔笑道:

"夫人息怒。刁民马上就要成群结伙来府闹事,你说我能不急?我意将他们挡在门外,来个死不认账,你以为怎样?"

"当务之急是赶快调兵来府,再就是绝不能让佐佐木这个活害露头,否则麻烦就大了!"刘休兰虽说气未全消,但值此紧要关头,还是给丈夫提了个醒。

"夫人真是女中豪杰,句句都说在了点子上!只是这个家伙自恃是从水番国来的,脾气又暴,还不定听不听劝。"

"还有,赶紧派支人马去岛东,看那些东西拉回来了没有?并干掉李大海守住港湾,说不定郑乃清已派出了人家的队伍。若是丢了这个地方,万一有什么不测,咱可就没了退路,任人家宰杀了!"

"哎呀!夫人不说,我还真把这件大事给忘了。"边水成不由得拍了一个脑袋,"来人!"

"老爷有何吩咐?"另一名家丁进门问道。

"马上通知黄管家和佐佐木先生来此议事!"

"是!"家丁转身出去,一会,引着二人来到。佐佐木未等主人发话,大大咧咧地坐到边水成刚才坐过的椅子上,管家则肃立南面,等候差遣。

边水成此时也顾不上去计较佐佐木的傲慢无礼,管自吩咐管家道:

"眼下有刁民要来府上闹事,郑乃清他们极有可能趁火打劫。命你即刻前往府外大营率一个百夫队去岛东,先把那个李大海看管起来,由你负责守住港湾,护好船只!另外,通知黄教头和千夫长整肃队伍,集结待命,一听府里发出三声大炮,立即带兵来府!"

"奴才这就起身!"管家转身走了出去。

佐佐木不清楚发生了何事,只见边水成管自调兵遣将,根本不与自己商量,不禁连急带气地发作起来:

"什么事的这么慌张?我的参军的为什么不知道?你们不听我们青龙会的,错误大大的!"

刘休兰知道,事成事败都离不开青龙会,离不开水番国,千万不能得罪了他们的这个代理人,于是,立即抢着用娇滴滴的声音解释道:

"先生且莫误会!只因事情来得太急,唯恐安排迟了危及您的生命安危,这才让他们先作准备。至于事情嘛,确实有点不妙……"

"混蛋!"听了刘休兰、边水成你一句我一句的介绍,佐佐木没头没脑地就是一声怒骂。他想不到一夜之间，好端端的大事竟变得危机四伏，如此糟糕，气得在屋里来回走动，火气全发到了边水成的头上，"边桑，你的本领小小的！立国称帝的不行！刘桑的差不多，我的要向青龙会禀报！"

"你，欺人太甚！"边水成想不到值此危难关头，佐佐木竟会说出如此话来，不知是气愤，还是害怕，身上一阵阵发抖。

"我？先生此话……"刘休兰乍听此话，眼里掠过一丝不易为人觉察的惊喜神色，见丈夫狠狠地瞪了自己一眼，想想眼前绝不能让前来闹事的人们发现佐佐木、许多事还得靠丈夫去出头安排的境况，不由神色一暗，再次向佐佐木发出了劝告：

"感谢先生厚爱！只是刁民就要来到，先生还是……"

"我的现在就去前面等候，刁民死啦死啦的！"

"有我俩在，哪能让您去冒险？再说那些刁民野蛮得很，您还是不出面的好！"刘休兰见越说越岔，只好道出了本来意图。

"喷火器大大的厉害，我的去喷火的干活！刁民的不听话，统统的烧死！"佐佐木发了疯似的冲出房门，直朝库房奔去，扔下了面面相觑的边氏夫妇。

郑乃清带着一队兵丁亲自上阵了。他要将边水成派往岛东的那支百夫队截杀在半路上。

还是在与岳庚、狐王再次分手后，郑乃清和鹏王连夜来到了岛中营地，随时准备应付不测。

次日早饭后，营中派出去的暗探进营禀报：边府的黄管家乘马进了府外大营，很快就率领一队人马向东去了。

"向东？莫非要到岛东？"郑乃清略作思索，当即命其千夫长紧守营盘，见机而动，自己率领两队兵丁向东追去。

且说黄管家到府外大营传谕了边水成的号令后，即带着一个百夫队上了路。走了不久，发现后面有一队人马紧紧跟了过来。黄管家初时尚以为是边水成担心人手不够，续派来的，但走出七八里路时，却见越来越近的那支人马所打的旗帜和服饰都与自己的这方面不一样，不禁心中大疑，命令本部人马就地停止，以观动静。

不一会，后边人马赶到。未等黄管家弄明白，郑乃清令旗一挥，所率兵丁就前一队后一队，呼啦啦地涌上前去，将边府兵丁围了起来。

黄管家毕竟不是行伍出身，从未见过这种场面，当下吓得满脸惊慌，在马上抱拳问道：

"这不是郑大人郑总管吗？请问您老这是要到何处？"

"黄管家，你这又是领兵去什么地方？"

"在下奉主人之命，要，要……"

"要到岛东去吧？"郑乃清不想和这伙人多费唇舌，一针见血，替黄管家作了回答。

"去岛东又怎么样？咱们井水不犯河水，你管得着吗？"领队的百夫长是刘休兰的本族兄弟，叫刘大赖，恶狠狠地开了口。

"管着管不着，要看你们要去干什么事！"郑乃清神色一凛，昂首面向所有兵丁，"边水成勾结番寇，教习你们喷火器，公开鼓噪'另立国号'，妄图叛国称帝，弟兄们，难道你们也要跟着他们一伙背叛自己的祖宗，落个不忠不孝、遗臭万年的罪名？"

"边总管不是让咱们保境安民，怎么又要做此伤天害理之事？"

"是啊，我看那个佐佐木来咱大营就没安什么好心，哪能纯粹是为了教咱武艺？"

……

黄管家心中有鬼不敢说什么，刘大赖却仗着自己有身武艺，边水成、刘休兰是自己的靠山，硬撑着胆狂叫道：

"弟兄们别听他胡说八道，有种的让他们与刘爷我较量较量！"

"不知死活的狂妄小儿，你以为郑家子孙徒有虚名？"郑乃清"呛啷"一声拔剑在手，就要策马上前。

"郑总管！杀鸡焉用宰牛刀？看小的怎样取这个家伙的颈上人头！"一名叫郑化龙的年轻百夫长手持利剑挺身而出。双方部众哗地散开，给他俩留出了一片空地。

刘大赖狂言既出，岂能示弱？当即挥舞鬼头刀，向郑化龙当头劈来。郑化龙冷哼一声，举剑虚虚一架，右腿往左轻轻一迈，人已闪到刘的一侧，乘其身子前抢、来不及收势的一刹那，剑尖已在他的右臂上戳了一个血窟窿。

一招击敌，顿时让郑乃清的兵丁狂呼起来，就连边水成的兵丁也分别露出了赞叹、惧怕的神色。那个黄管家则吓得黄脸变白，骑马乱动，不知道该往哪躲。

刘大赖听着四周的嘈杂、呼叫，感到大失面子，眨了眨眼，改变了打法。只见他刀到中途，突然变劈为刺，平平向对方腰际刺去。好一个郑化龙，已从刘的眼光中觉出了其诡诈，就在刀锋即将触身的危急时刻，双足不动，上身猛然后仰倒了下去，紧接着一个地蹚腿，将刘大赖扫翻在地，手中的利剑趁势刺进他的后背,眼见得不能活了。

"还有哪个不怕死的?"郑化龙一个挺身站了起来,举剑指着前面。

"郑总管!小的们并不清楚边水成的叛国勾当,有几个愿去跟着他干那些辱没祖宗的坏事?我们跟你干吧!"

"郑总管,收下我们吧!"

骑在马上的郑乃清看得清楚,黄管家所带的这支队伍,十之八九都在喊着要跟随自己,只有十几个兵丁一声不吭,脸上罩着仇视的神色;那个黄管家此时已悄然下马,低头站在一旁。想到使用了"攻心为上"与"恩威并济"的两招谋略,就能大体收到兵不血刃的偌大战果,郑乃清一扫以前被动挨打带来的不快,向前面的边府兵丁发出了号令:

"本总管接受你们的请求!愿意投诚的来我这头,不愿意的原地不动,放下兵器!"

号令一下,中间站立的兵丁纷纷朝郑乃清涌了过来,约有八十多个;未动的还有十几个,兵器虽然放下,却一副不服输的劲头。

"人各有志,不能勉强。看在你们尚未办什么坏事的分上,我不会难为你们。但有一条,眼下正值动乱之际,你们得委屈几天!"郑乃清说完,转而吩咐道:"郑化龙,命你们两个百夫长将投诚的弟兄分别编入两队,不投诚的一律羁押起来!"

"属下遵命!"郑化龙和另一名百夫长答应一声,立即指挥部下编队的编队,看押的看押,一阵忙活之后,随郑乃清返回了防地。

再说狐王领着百姓专拣那些人烟稠密的地方走,过一村,增批人,致使队伍滚雪球似的越走越多,走到距边府所在的新竹镇仅有三四里的一个村庄时,队伍已扩展到两千多人。马永兄弟初时尚为自己一时的冲动有点后悔,生怕违了江湖中"一诺千金"的规矩而被人耻笑,但当看到一路上的百姓自动参加进来的情景,无不大为震骇,深受感动,决心以戴罪之身,为百姓讨个说法。

说话间,狐王领着队伍浩浩荡荡地开进新竹镇。穿街过巷,直逼镇东面的边府。蜂拥而至的人流,群情激昂的情景,惊动了店铺林立、人来人往的新竹镇,这是怎么了?这么多乡下人为何脸上都是怒气?人们纷纷停下手中的活计,有的关门,有的挑担,相互打问着,招呼着,随在人群后面,挨肩擦背地涌向边府。

边府,偌大的边府,失去了往日客来车往的热闹情景,代之以肃杀、冷清,大门紧闭,除偶尔瞥见寨墙道上有人在躬腰而过和几声低语外,一片死一般的寂静。

狐王将队伍约束在距边府寨墙一箭之外的空地上站定,让马永、马成站在队伍前面,随后一个转身,飞步跳上边府门前半人多高的下马石上,暗运真气将全身护住,展开双臂大声说道:

"乡亲们,大家静一静,我来此是要和边大官人说件事。"

不需什么提高嗓门,仅凭充沛的中气,狐王就将每一个字清晰地传到场上近三千人的耳朵里,方才还是一片嘈杂的人群顿时安静下来。

"边大官人,我知道你和你的爱妾此刻就在门楼里面,敢不敢出来与大伙见个面?"门楼上寂然无声。狐王顿了顿,声音再次响起:

"你不是拿上钱物给大伙施舍吗?不是半价出货周济百姓吗?不是想博得大家口中个善人吗?做了这么多'善事'为何不敢露面?"

门楼上依然一片静寂。

"好,我替你出头!你做的这一切,都是为了收买人心,为你所用,根本就是要勾结番寇,另立国号,充当水番人的儿皇帝!为了这,你招兵买马,不惜雇凶杀人,栽赃陷害,出卖自己的祖宗,作践自己的侄女!番寇为了控制龙湾,不惜给你大批金银,又送兵器,又派教头,你所花的钱有哪一钱是你边家的?水番人送给你的银两又有哪一锭不是抢自东土的?"

"你是从哪儿钻出来的妖人,竟敢来我龙湾妖言惑众?"躲在门楼里的边水成再也忍不住,一拉门,站在了护墙道上。

狐王一声哈哈大笑:"请边大官人少安毋躁,我让大伙看样东西!"说着,从怀中取出一封书札:"列位,有通晓番文的,请给大伙念念!"

"不才愿意效劳!"人群中走过一位儒生装束的中年人,从狐王手里接过书札,朗朗诵读起来:

大东番国知会边氏水成君阁下:龙湾与吾国同为岛国,互为近邻。想汝所在东土,水天相隔,层层羁管,君虽有鹏程之志,亦决能翼展!前时君使人持信,欲脱却东土,自立国号,藩属我国,堪称英雄之举,喜莫大焉。吾大东番国定从军、财、人诸方面大伸援手,扶您为帝,甚尔派军驰援,在所不惜。今拨银五万两,喷火筒一百俱,供君暂用,其余所要之银两钱财,于近日内来船载回。盼君早举义旗,捷报频传。

大东番国青龙会
年　月　日

此书一读,场上黑压压的人群无不怒满胸膛,犹如火山似的爆发开来:

"边水成,大骗子!"

"卖国贼,滚下来!"

"打进去,活捉害人精!"

边水成急了!在轰雷似的怒吼声中,他两臂乱舞,嘴巴一张一合,不知是说还是在骂,待吼叫声稍落下来后,才听见他歇斯底里的号叫:

"大家不要听信妖人蛊惑!我边水成怎么会勾结番寇?"

活该边水成倒霉。就在有人为之一怔的时候,门楼左侧突然冒出一个人,圆圆的光头在阳光下泛着青色,鼻下一撮鸡屎似的胡茬分外招眼。人群中不少见过番寇的立即狂喊起来:

"番寇!番寇!快看番寇!"

"边水成,你还有何话要说!"

年轻人一见是番寇,气不打一处来,捡起地上的东西就往门楼上扔。一时间,石子、瓦片,连同手中的果子、香蕉皮乱飞,噼里啪啦落了一地。

"你的,胆小如鼠的,说话不算数的!"冒出来的不屑说是那个目空一切的佐佐木了。从边府后堂憋上气跑出来,他一直没个机会发泄。人们聚集在门前发难时,他本想站出来吓阻一番,却又想着"边水成究竟怎样来处理,日后回国也好向上司交代",便隐忍未动。如今见边水成不是命令兵丁开火,反而一味抵赖自己与水番国的关系,这令他这个笃信"武力征服一切"的狂徒再也难以忍受,于现身之后当众指责了边水成一句,然后将矛头对准了台下的人众,"东土人,统统的死啦死啦的!"

门前的人群愈发被激怒了,骂声、掷击声再次掀起了高潮。

一旁的边水成压根没料到佐佐木早不露晚不露、偏偏在他的诡辩稍微起了点作用的紧要关头露了头,连人带话给他作了活证,直气得脸色铁青,两眼喷火,恶毒地瞪了佐佐木一眼,然后朝门楼里重咳了一声。

刘休兰知道这声咳是专门给她听的。面对这个来势汹汹的场景,她本想让丈夫独力承担,以保持自己在人们面前已经被看好的印象,现在看来再不出面来制止佐佐木,把不定这个家伙还会说什么"东窗"之话,将自己也拖进死胡同。于是,她一起身走出门楼。喧嚣的人群见门楼里突然钻出个年轻艳丽的女人,认识的不认识的均觉新奇,不约而同地静了下来。刘休兰并没时间去理会下面的动静,上前几步扯住佐佐木的胳膊。

"先生,这儿的事由总管来料理,你还是跟我回房休息好了。"

"房间休息的不要,晚上的!晚上的!"佐佐木懂得刘休兰的用意,连连摆手,越发不肯下去。

门前的人群看在眼里,纷纷扯开嗓子大骂、耻笑起来:

"刘休兰,骚货!竟敢在光天化日之下与番寇调情!"

"边大官人!绿帽子好戴不好戴?"

狐王被眼前民众汹涌的声势感动了,好大一会儿才想起了怀中尚未念完的书札,急忙挥手制止住人们的再次喧闹:

"大伙听着,我这儿还有一沓子书札……"

"念!看边水成还有什么见不得人的丑事!"

于是,在人们一迭连声的呼叫下,中年儒士从狐王手里接过一封念一封,将所有书札念完。这些书札无一写的不是边水成与番人密谋卖国之事,尤其让人们气炸肺的是,番人一旦支持边水成立国称帝,龙湾不仅年年要向水番国进贡几百万两白银、大批年轻姑娘,以及名贵木材、药材、皮革、矿产和水产,水番国还要派人直接掌管全岛的官吏任免、钱粮、兵丁训练,并在岛上各地设立番国书馆,学番字,说番语,着番衣,进而向东土其他地方蚕食、渗透、扩大其疆域。这不是明摆着让龙湾叛国亡种吗?因此,每念完一封书札,台下就喧嚣一次,待全部书札念完,人们再也忍不下去,怒斥之声宛若大海的怒涛,一浪高过一浪。

该是与边水成质对杀人栽赃之事了!随着狐王与马永、马成对视了一眼,站在前面的人们都知道下面要干什么,不觉往前涌动起来。辛辛苦苦走到这儿,就要是亲自听听边水成一伙是如何卖国、如何杀人栽赃,亲自看看这个万恶的东西会落个什么样的下场,如今,这一时刻就要到了,有谁能不激动呢?

后面的人群不知前面发生了什么,纷纷翘首踮脚,想看个究竟,在经意不经意间,人推人,人挤人,队伍已向前涌动了一截。

亢奋之中的狐王并没意识到这点,将书札重新揣到怀里,再次朝着门楼上面开了口:

"边大官人!你不是派人到处宣扬岛上的渔民都是郑乃清指使人杀的?现在就让马永兄弟当着你和大伙的面说说到底是怎么回事!"

话音刚落,一支利箭突然破空而来,正好射中未曾提防的马永的肩胛,马永趔趄一下,险险跌坐在地。一旁的马成见乃兄遭了暗算,大骂一声"边老贼,老子今天和你拼了",右手一探,拔出背后的鬼头刀,疯虎也似的向前扑去。

站在下马石上的狐王因自己站的位置距边府近,刚上来就作了准备,并让众人站在一箭之外,没想到人群前涌,还是让边水成钻了空子。他来不及发话,脚下一蹬,飞离下马石,扭头朝门楼上一望,一个家丁模样的人正弯弓搭箭,准备朝下再射。"找死!"狐王厉叱一声,于半空掏出一粒石子发力弹出,不偏不倚,击中那个家丁的眉心天目处后,从后脑穿出,余势不减地撞到后面的门楼上。狐王毫不停留,借着发石之力,一个"鹞鹰倒转",将马成提起,放回原处,然后双脚落地,纵到马永身边,伸手点了他身上几处大穴,将血止住,拔出利箭,从身上掏出一枚黑红色的药丸掰成两半,一半塞进他口里,一半使真气化成碎末涂在他的伤处。这一连串的动作一气呵成,只是霎时之事,直弄得楼上门外之人目不暇接,看得神了!

"马兄弟,且莫乱动!对证之事待你歇息一阵再说也不迟。"狐王见马永挣扎着要站起来,急忙加以阻止。

马永经止血、服药、敷伤,血已完全止住,疼痛也减轻了许多,见狐王如此相救、体贴自己,执意要往起站。狐王只好伸手为他解开封闭之穴,扶他站了起来。马永阻止住欲待开口的弟弟,十分感激而又异常坚决地对狐王道:

"多谢大侠搭救,又让我弟兄俩各捡回了条命。我要不亲口将边老贼的罪恶抖搂出来,别说愧对那些冤魂,就连您也对不住!"说罢,抱着肩胛向前跨了几步,朝门楼大声喝道:

"边老贼!你不是害怕你的罪恶暴露想杀人灭口吗?我马氏兄弟在此,有种的叫你的手下射几箭让老子看看!"

"哪儿来的野种,竟敢对我边老爷如此放肆!弟兄们,快快动手,给我将前面三个领头闹事的家伙统统杀死!"边水成气急败坏地下了命令。

门楼上、寨墙走道里一片死寂。

"怎么?吃上我的,穿上我的,你们胆敢不听本总管的号令?"

回答他的还是一片死寂。要晓得,埋伏的绝大多数亲兵,当初都是在边水成"保境安民"的欺骗下和饷银诱人的情况下被诱骗来的,哪会知道自己心目中的这个"善人"与上司是个连祖宗都不要的卖国奸贼?何况他们中的多数人都已是阿斌争取过来的人,有谁会帮助奸贼去杀害面前的亲人和邻里乡亲?至于亲兵中的那些仰仗边水成作威作福的地痞、无赖、亲戚、家丁,虽也想在主人面前露一手,却被方才狐王一弹击毙膂力惊人的家丁、瞬息之间解救马永的神功所震慑,因此任凭主子说什么,无不低垂脑袋死不动手。

"哈哈!边老贼,敢情你也有众叛亲离的今天?"边水成的一箭,将残存在马永心里的顾虑、不安彻底摧毁了,他带着轻松而嘲讽的口吻滔滔不绝地开了话匣:"我马氏兄弟虽说是刀头上舔血、鬼门关上折腾的粗人,却也还懂得江湖上行侠仗义的规矩，生平专爱抱打不平。是你将我俩请到府上，再三说郑乃清郑大人网罗一批刁民专与百姓作对，勾结外人残害无辜岛民，恳求我俩为民除掉他们。我俩不合听信你的花言巧语，按你所画的图样与名单，错杀了一个个好人。要不是这位大侠及时出手，昨晚我俩险些又将一家老少灭门！直到今天，我们才知道，每次杀了人，你就以安全为名将我俩困在你家院里，不让我俩白天出门，你却让人在外面四处张扬，将罪名安在郑大人头上，而后你再派兵到处搜查，让大伙以为你在为民捉拿罪犯。边老贼，你敢说这不是事实吗？"

"本总管没空听你扯淡！知趣的赶紧走开，否则，我今天可要大开杀戒了！"

十分明显，边水成已默认了自己雇凶杀人、栽赃陷害的罪恶事实！此情此景，本已让门前的百姓愤怒到了极点，"大开杀戒"四个字，更如晴天霹雳，炸响在人们的心里。就见一个青年人振臂喊了声："边水成，还我老父的命来！"拨拉开人群，抽出身上别的利刀，照直向边府大门冲去。其他人见状，有兵器的拿兵器，没带兵器的就捡起地上的石头、瓦片，折下路旁的树枝，一窝蜂地冲了上去，恨不得将边水成拽下门楼，撕成碎片。

边水成的威胁言犹在耳，人群已如潮水般涌入门楼上火器、利箭的射击范围。这正是：怒火成山迸溅时，性命唯悬蛛丝期。欲知后事如何，且听下回分解。

第二十九回
围城打援　儿皇梦难成反丧命

　　千钧一发之际,狐王、马氏兄弟急忙上前阻拦。他们都是见过世面的人,岂能让百姓去白白送死? 就在这时,边水成夺过身边一名家丁手中的朴刀,朝家丁与亲兵队怒喝道:

　　"开火! 放箭! 若敢违抗,当场格杀!"

　　伏在寨墙走道里的阿斌知道不能再沉默下去了,对齐齐盯着他的亲兵们道:"看我的,开火!"说罢,将喷火筒朝着人群上空扣动了机关,亲兵们学着他的样式,也纷纷抠机发射,有几个边水成、刘休兰的亲戚、亲信才不这样做,抬起喷火筒后部向下开了火。

　　咦,这是怎的了? 亲兵们发射出来的怎么都是股略带红色、含有刺鼻气味的水柱而不是火? 原来,这就是阿斌按照狐王的指点,让部下空桶盛水所制造的杰作。当阿斌奉命去库房领取油桶时,亲兵们搬的全是摞在上面的水桶,于是就出现了眼下喷火变喷水的戏剧性场景。

　　"混蛋,我的干活!"喷火筒是佐佐木赖以自豪、骄横、逞威的看家武器,此时见他竟然喷的是水,情急之下大骂一声,操起自己手中的喷火筒开了火。几步远外的阿斌给身边几个手下眨了眨眼,就向佐佐木靠去,一旦知道他装的是油,立即采取果断行动。就在他刚到之际,佐佐木手中的火器响了,"噗"的一声,一股水柱带着腥臭的气味,喷到了下面几个朝墙上乱扔石子的人的身上。

　　佐佐木急红眼了,"混蛋"之声大骂不绝,一连从亲兵手里接过五六具火器向下疾射,却没有一具喷火,气得他像只逼急了的恶狼,挥拳扬臂,嗥叫不已。

　　女人到底心细。刘休兰见状心下起疑,朝丈夫点了点下巴,将眼盯了阿斌一下,边水成会意,立即厉声喝道:"王阿斌! 你捣得什么鬼?"

　　"回总管,属下怕库房起火,命人将空桶盛水摆到一块,大概是弟兄们一急之下搬错了!"

　　"胡闹! 简直是胡闹!"见阿斌说得实在,边水成只能是一阵大叫。

　　却说场上百姓见上面喷下来的全是水,以为这不过是边水成吓唬人的玩艺,惧意大消,恨意愈起,又从退回来的场地向前涌动,情势比方才更为激烈。二十多个青年趁机跑到大门的门洞里面,用肩扛,拿石砸,操起棍子捅,直把守在里面的门丁吓得哇哇大叫。

边水成、刘休兰此时已如热锅上的蚂蚁,哪还有心思再去质问阿斌? 一个挥刀狂吼,一个尖声大叫:"放箭! 放箭! 千万不能让他们冲进来!"走道里的家丁情愿不情愿地拉开了弓弦,七八个冲在前面的人当即倒在了地上,其他人见状,收住脚步,一边怒吼,一边反击。

"边老贼,纳命来!"边水成两口子心里方自为之一松之际,墙外突然响起一声炸雷似的怒吼。向下一看,马永兄弟一个在前,一个在后,挥舞着鬼头刀,越过人群,扑向前面。场上众人受其影响,也都士气倍增,拔足狂冲,其间多是那些被害渔民的子弟,一个个亮出身上的渔叉、刀剑,疾冲而来。转眼之间,门洞里的人增加到了三十多个。由于有了刀叉之类利器,大伙用力撬一阵,然后合力撞一阵,声势自是较前有了不同。

马永兄弟方才不是还协同狐王出面阻拦愤怒的百姓,此时怎么反倒带头蛮干起来了呢? 这儿有个缘故。马永兄弟俩早年弃文从武,行走江湖,颇有些除暴安民、扶危济困的侠义作为,故被江湖称为"单刀双雄"。没想到因一时贪图钱财,上了边水成的当,半世英名毁于一旦,酿成了"终日打雁雁啄眼"的大错,焉能不恨不恼? 令哥俩感动的是,在这半日之内,狐王本有数次诛杀他们的能耐与机会,却不仅不杀,反而再三相救;百姓们尤其是那些受害渔民的亲属本应该向自己复仇,却出于大义与自己一同前来揭露、惩戒边水成一伙。此情此景,怎不令他俩更加悔恨? 出于恩仇并发的想法,当场上群情激奋之际,他俩怕这些善良的百姓遭受荼毒,遂赶紧协同狐王加以拦阻;但当看到边水成下令开火、那个可恶的番寇竟然在龙湾的土地上向百姓痛下杀手、一向温顺绵善的百姓依然不屈不挠地继续反击时,一股舍生取义的激情霎时自心底生起。于是就在场上攻势受挫之际,双双大吼一声,自人群中越出,几个纵跃就来到了距高墙仅有三四丈远的地方,将拣来的石子扣在手上,运起内力向门楼和寨墙走道上的家丁连连疾弹,接连打翻六七名射箭的家丁。其他家丁一是受边氏夫妇的恫吓,二是被马永兄弟专打他们的做法激怒,纷纷扣动弓弦向下疾射。马永毕竟是带伤打斗,体力不支,动作迟滞,不一会就身中数箭,犹自挥刀狂呼;身体敏捷的马成虽未受伤,却也险象环生,几次险被射中。狂怒的人群见他俩如此不要命地打斗,无不为之动容,就连那些受害者的亲属也恨意大消,反倒为他俩的性命多了几分担忧。

一直阻拦、遮护场上百姓的狐王几番想出手惩戒边水成,活捉佐佐木,皆因担心百姓安危而没有出击。目睹马氏兄弟的刚烈举动，他明白，马氏兄弟作为江湖上的成名人物，此举无疑是以死赎罪，以死明志。心头一热，他弹腿一跃，人已起在空中，朝着乱箭伸手一抓，借着下沉之势，将箭朝门楼上一甩，上面随即传来几声惨叫。再抓再甩，五六个家丁已倒了下去。趁着敌人惊呼乱叫狼狈藏匿的间隙，狐王使出神力将马氏兄弟一手扯起一个，不容分说带到后面，命几人看住拼命挣扎的马成，赶紧为身负重伤的马永和其他伤者拔箭疗伤。

狐王再度出手击敌救人的神勇举动，给场上百姓增添了更大的勇气。有这样好的人带头还怕什么！抱着同样的想法，由十几个青年带头，人群又怒吼着向大门涌去。

"老爷，快快发炮求援！若再迟延，人家打进门可就完了！"早已躲进门楼里面的刘休兰一边尖叫，一边往屋角钻。

藏在墙道里的边水成闻言看了一下两边，二十几个家丁已死伤过半，其余的虽未受伤，却个个面如土色，索索发抖，一双双惊恐的眼睛看着自己；亲兵队不知怎的竟无人受伤，只是徒有火器却出尽了洋相。那不是佐佐木吗？你刚才的凶横劲哪儿去了？怎么不再向那些刁民吼叫了？听听下面，门洞里的人越多了，两扇大门发出了脱臼、松动的声音，里面的门丁、家丁惊慌大叫，显然是顶不住了。这下子可把边水成吓慌了，朝着院里嘶声喝道：

"快，快放号炮！快放炮！"

两名家丁顾不上答话，从门侧的耳房里拿出三尊早已填好火药的铁炮在当院放稳，点着线香，向引线点去。

"咚！咚！咚！"三声大炮在院中炸响。

咦？分明是边家大院发出的炮声，转瞬间怎么变成了马蹄击地的"嗒嗒"声？正当场上最后面的人们惊异之际，三个一身戎装的青年从南骑马奔来，边跑边向场上的人众呼喊：

"来了！来了！人马来了！"

狐王一见，急忙飞奔出去，挡在三骑面前问道：

"什么人马来了，请问三位？"

来人中一个二十多岁的青年细细打量了狐王几眼，带着探询的口气回道：

"敢问你是狐军师吗？"

"正是！"

"哎呀，果然是您！在下郑化龙，拜见将军！"郑化龙滚鞍下马，单腿跪地，双手抱拳，"岳元帅、郑总管、马将军率领兵马即刻就到，郑总管命我三人先来联络！"后面二人见状，也随即下马，肃立在后。

"你们报信有功，速返原路迎候元帅兵马！"狐王见郑化龙三人返回，转身向场上百姓欢声喊了起来：

"乡亲们，岳元帅、郑总管率领的大批人马马上就到！请大家散到两边，腾出场地，活捉卖国贼边水成一伙的时刻就要到了！"

"噢……"

场上沸腾了！几千人不约而同发出的欢呼声发得整齐，拖得长久，远胜林海的松涛，超过大海的怒潮。受前后左右的影响，人们谁也没往两边走，反倒越喊越来劲，越喊越往前走，根本没把城楼上、墙道里的人看在眼里。直到狐王、马成以及人群中有威望的老者再三劝阻，大伙这才极不情愿地向两边退去。已经进入门洞的几十个青年却说啥也不干，反而撞击得更有劲了。

门楼上却是另一番情景：边水成乍听见狐王的朗朗话语，两眼一黑，身子即软软地向地上瘫去；小楼里的刘休兰本已花容失色，此刻更是浑身发抖，全没了往日里或娇或媚的架势；佐佐木呆呆地愣了一阵，忽然眼露凶光，伏下身子将墙道里的木桶翻了个不停；唯独高兴而紧张的是王阿斌他们。他们晓得，岳元帅兵马来到之际，也就是边水成府外大营的兵丁赶来之时，一场激战不可避免，作为内应的自己必须做好准备。于是，阿斌以增强火力为名，派出半数亲兵即刻下墙到库房搬来真正的油桶，除一桶被佐佐木强行拿过外，悉数给了靠得住的亲兵。

就在这上面戚戚然下面轰轰然之际，岳庚领着大队人马出现了。先是骑马并排走在前面的岳庚、鹏王和郑乃清以及数十骑手持刀枪剑戟的马军，后面紧跟的是郑乃清的兵勇，有一千余人，本系驻扎在岛中的一个千夫队，由一名叫呼延豹的千夫长率领。兵勇们虽然没有赶上看方才数千百姓大闹边府的壮观场景，但已从岳庚、郑乃清以及郑化龙等两队弟兄的口里知道了边水成一伙的卖国行径，无不义愤填膺，士气高涨。

"禀元帅！属下正领着百姓与边贼一伙隔墙对峙，闻听元帅领兵来到，方劝得大伙退在两侧。请元帅示下！"狐王疾走几步，向迎面而来的岳庚抱拳禀报。

"狐军师！今日之事，我已看到不少，真想不到这么多百姓能随你大闹边府！"岳庚由衷地赞扬了狐王一句，随即扳鞍下马，对跟着下马的鹏王、郑乃清道："且听听狐将军这儿的情况，咱好采取对策！"

"悉听元帅安排！"

"眼下情况十分明了,数千百姓已经当场见证了边水成一伙雇凶杀人、栽赃陷害、勾结番寇、卖国求荣的罪恶事实。边水成和那个番寇理屈词穷之下,向百姓下了毒手,十多人已死伤在他们的箭下。"狐王言罢,将一沓书札掏出来递给岳庚,并招手唤过马成,"马成!这就是岳元帅,你将边水成策划的暗杀之事说给元帅听听。"

"大侠放心!"马成答应一声,随手掏出边水成画好的图样和暗杀名单以及给付酬金的承诺书悉数给了岳庚,"岳元帅,边水成栽赃陷害之事全是事实,这些就是证据!"

岳庚将手中的东西飞快看完,转给了郑乃清,而后指着两侧黑压压的人众和门洞里撞击大门的人群问道:

"狐军师,你以为目下应该如何?"

"从眼前情势看,我方人多势众,士气高昂,阿斌所带亲兵多为我用,适才边水成喝令开火,阿斌指挥亲兵将喷火器变为喷水就是一个明证。如果此时里应外合发起攻势,消灭边水成一伙应该不难,只是元帅领兵未来之时,边府已放了三声号炮,估计是召集其府外营兵来援。其大营距此并不甚远,现在应该就在路上。若有一队兵马半路阻击,我们就免去腹背受敌之厄,可以专力攻打边府了。"

"军师以为派何兵马阻击最好?"岳庚与鹏王、郑乃清交换了下眼色,想听听狐王所说与自己的部署是否一致。

"边水成的府外大营虽然人数比咱们多,并不可惧,唯独其喷火队对咱不利。对付这支队伍、骚扰其余兵丁,当数马将军的猴兵为宜!"

"狐军师,这可真是英雄所见略同!"岳庚兴奋之际交了底,"我和二位来时已将马将军及其部下留在了中途一处边水成营兵的必经之地。还有一事,我们想让王阿斌继续留在边府内部,即使边水成被捉被杀,也要让他潜伏到最后,将军以为如何?"

"元帅,此乃一着高棋!要尽快让阿斌知道,同时还不能让边水成一伙觉察。"

"将军勿虑,郑总管已有应对之策!"

人马来了,怎么还不动手?岳庚四人的谈论虽然仅是片刻之事,分散在两侧的百姓可就有点憋不住了,你看我,我看你,交头接耳起来。殊不知,岳庚此时已对整个行动作出了周密部署:由自己和狐王率门洞里的复仇青年攻打边府大门;郑乃清则率郑化龙队于门外实行佯攻,乘隙将消息传给王阿斌,让其设法与番寇一起逃走,取得番寇信任,以备日后从中举事;呼延豹率其余兵勇赴南二里处埋伏,随时准备截击边水成府外大营的败退之敌,与马一棒合围歼灭;马成既然已幡然醒悟,可专门负责约束两侧百姓,万勿形成内部混乱,妨碍行动;鹏王则随呼延豹一同行动,随时传递战场消息。众将得令,迅速分开,展开了各自的行动。

担负夺门任务的岳庚、狐王是何等样人,两人对视一眼,双双弹腿一跃,人已起在半空。两侧百姓喝声彩,两人几个兔起鹘落,已进入楼下的门洞。

与此同时,郑乃清和郑化龙带着兵勇散开向上面发起了攻击。阿斌见郑乃清亲自出阵,料定必有用意,当即从墙道中站起,作出一副临危不惧的样子,命令亲兵准备发射。一番举动,迷惑了边水成、刘休兰、佐佐木和那些家丁,纷纷从躲藏的地方钻了出来。目睹此情,那些跟随阿斌的亲兵却弄得迷惑不解:向下发射不就伤了自己人?队长这葫芦里究竟卖的是什么药?未等弄明白,阿斌手中的喷火筒"蓬"的一声响了,一溜火光射到墙外三四十步远的空地上燃烧起来。边水成见喷出来的不再是水而是火,而且是阿斌带头干的,一射就射到了下面,仿佛落水致命时好不容易抓住了束稻草,狂呼了声好。刘休兰对阿斌的猜疑也瞬间化为乌有,从门楼小屋探出头连连鼓励。亲兵们见队长已经开火,估计他有用意,也都朝下扣动了机关。发射一次发二次,二次喷完喷三次,直把门前一块平地弄得火团滚滚,烈焰腾腾,别说地上的树枝、落叶见火就烧,就连那坚硬的石块、土地也都变成了燃料,在烈焰中发出了"哔哔剥剥"的爆响。

围墙上最为亢奋的是佐佐木。当阿斌发出了第一道火光后,他就急忙扣动了手中喷火筒的机关,火球射得最远,在四十步以上。见亲兵们纷纷开火,下面攻击的兵勇四处乱躲,他高兴地一边狂喊,一边不间断地开火、装油,再开火,再装油,直到发现油桶空了,这才停止发射,向阿斌跷起了大拇指,连夸"大大的"。

一通火器发射,使两侧站立的百姓无不心惊,原来小番人的兵器竟这般凶残霸道!随着心悸的逐渐消失,每个人升腾起来的是对刚才狐王、马永兄弟再三阻拦的感激,对边水成、刘休兰、佐佐木的无比仇恨。

如此猛烈的发射,无疑会给郑乃清、郑化龙的团勇造成重大杀伤。待火势减弱,人们才发现,并无一人受伤。奇怪吗?不奇怪!早在阿斌给郑乃清禀报亲兵队火器训练的情况时,郑乃清就知道了喷火筒最远也就是四十多步的发射距离。于是,他在兵勇们即将实施佯攻时,就将此情况告诉了郑化龙。郑化龙当然晓得该如何指挥部下了。

让阿斌继续潜伏在敌人内部,以便在日后发挥更大的作用,是郑乃清向岳庚提出的一个主意。面对上面猛烈发射的情景,郑乃清知道通知阿斌的时机到了。趁门楼上停止发射的间隙,郑乃清假作气愤难平的样子,朝上指骂道:

"王阿斌,你这个吃里爬外的畜生!边水成究竟给了你多少好处,你要对自己的同胞下这样的毒手?从现在起,除非你能跟着那个佐佐木逃到番国去,否则让我郑乃清逮住,你绝对没有好下场!"

闻听此言,门楼上、墙道里不同的人产生了不同的反响。边水成、刘休兰等自是对阿斌愈加深信不疑,跟随阿斌的几个心腹弟兄却只管看着他皱眉。阿斌认真琢磨了一会,不大放心,忍着内心的痛苦朝下发了话:

"郑总管!你我各为其主,何必骂得如此难听?我去不去哪,莫非还得你来允许?"

"别人我管不着,你的事我郑乃清管定了!只要你在龙湾一天,我就容不下你!你明白了吗?"

阿斌明白了,郑乃清这是要自己与佐佐木乘乱逃到水番国,以图后举。但自己这样做,不明真相的弟兄们和乡亲们会怎样看待呢?阿斌陷入了痛苦和沉思之中。

进入门洞里的岳庚与狐王将外面的情况看得清清楚楚,听了个明明白白。攻开一道城门似的大门,对于那些急欲报仇的青年百姓而言,是件极不容易的事情,但对身怀非凡技艺的岳庚、狐王,均易如反掌。当数千百姓一次又一次冲击、攻门时,狐王之所以没有直接出手,是因事出意外,没有得到元帅的命令;当他和岳庚跃入门洞没有施法破门时,是两人要等着郑乃清将议定的情况设法告知阿斌。惩戒边水成一伙卖国贼固然是件大事,痛击番寇才是悟空以及这么多弟兄志愿上山的根本志向。现在,目的已达,时机已到,他俩要带领几十个青年真正攻门了!

通往边府的大路上,由南向北开来了一支急匆匆、乱嚷嚷的兵马。走在队前的是那个叫边焕成的千夫长,胯下一骑黄骠马,腰悬一柄利剑;在他身后是喷火队,手拉肩扛,队伍拉了老长;与喷火队隔了二里许的是教头黄三泰、千夫长刘玉奎所率的大队营兵。除黄教头等少数几人外,营兵们并不晓得发生了什么事,反正让来就来,心里并无什么准备。

五、六里路一阵急跑就可赶到,为何现在还在路上?兵马行军隔开一段距离本属正常,紧急情况下为何还要这样?内中有两个原因:黄三泰本系赵括式人物,兵法兵书倒是学了不少,却毫无自己主见,临事则墨守成规,不敢越雷池半步,加之有司马懿多猜多疑的特点,一听黄管家说有大批刁民要来闹事,不禁猜疑是不是郑乃清的兵勇,路上会不会有伏兵,这是其一;身为边水成胞弟的边焕成,一向在营中目中无人,骄横傲慢,与黄三泰多有龃龉。闻听边府有事,他当即大吼大叫,带上喷火队就上了路,待走出一里多地,黄三泰才督率大队兵马赶了上来,边走边观察着路边树林、草丛中的动静。

看看来到距边府将近二里远的一个拐弯地带,藏在路旁繁茂树林中的马一棒高兴坏了。待边焕成和喷火队全部进入埋伏区,他立即留下一百猴兵击敌,其余四百部属由鹏王率领,顺来路两侧树林散开,准备堵截后面的大队营兵。

厄运降临到了边焕成和喷火兵的头上。随着马一棒一声尖厉的长啸,藏身树株上的猴兵挥舞兵器凌空跳下。可怜那些身负重物、赶着车辆的营兵,于猝不及防的情况下,不是被打碎了天灵盖,就是肩断手折,于瞬间死伤过半;活着的士卒哪儿见过如此阵仗,发一声喊,扔下身上的喷火筒和赶的车辆,向四下逃命。幸亏猴兵们天性好奇,见地上有那么多铁筒筒,不知是何玩意,看得看,玩得玩,倒让那些营兵趁空拣了条性命。

马一棒早就瞄准了骑在马上的边焕成。他在发出尖啸的同时,腾身跃起,手中的大棍直朝边焕成当头劈下。正在驱马行走的边焕成忽觉一股劲风袭来,本能地将身子往前一伏,虽然躲过了这致命的一击,却连人带马倒在尘埃。你想,马一棒本具神力,又是凌空下击,棍上的力道岂止千钧? 只是因马在走,差了分毫,棍才落在马背,将其拦腰打成两截。边焕成惊恐之下,于挺身之际拔出了利剑,朝着扑上来的马一棒拼死抵挡,怎奈根本不是对手,不出两招就被马一棒击毙。

突袭,取得了意想不到的战果! 马一棒留下猴兵让他们清理战场,严禁他们乱动那些兵器,一个纵跃跳上树,要好好安排下一步的行动。

模仿、搞恶作剧是猴子们的又一大天性。不知是哪个猴兵将一具血肉模糊、面目狰狞的尸体倚在路旁的石头上,愈发增添了死亡的恐怖情景,其他已将喷火筒、兵器收拾好装在车上的同伴大感新奇,纷纷仿效,手脚麻利地将地上的尸体或立或坐摆弄好,一个个面孔朝着来路,俨然一段阴森森、鬼幢幢的死亡之路,然后推着车子隐到树后。

时分不大,大队营兵开始露头,进入了马一棒设置的又一埋伏地带。

打头的是边二苟率领的百夫队。在整支人马的中间,是黄三泰和刘玉奎一队马军。由于兵丁众多,队与队之间都保持着一段距离,队伍拉得很长,以致前头的那队人马已经快要走出伏击地带,后边的还望不到头。

树上的马一棒犯难了：打吧，寡不敌众，很难阻挡这么多敌人，坏了元帅那边的大事；放过前头打后头，跑出去的敌人依然会给元帅那儿增加麻烦，有悖自己在元帅、郑总管等人面前夸下的海口。鹏王看出了他的心思，附耳低语了几句，立即向南飞了一段，落在了一株一眼即可望见营兵队尾的大树上。

马一棒有了主意，让边二苟的人马全部放过。待后面的营兵来到，只听他一声长啸，人已纵到营兵堆里，手中的镔铁大棍舞得风车似的，霎时打倒了一片。

啸声就是号令！散布在二里长地带内的四百猴兵一股脑地从路旁的树上、草丛里、岩石后跳了出来，一边吱吱大叫，一边向前面的营兵痛下杀手。鹏王所在的地段猴兵不多，不足五十个。为了迷惑敌人，他命十几个猴兵只管在树上跳来跳去，大声喊叫，自己则带领多数猴兵打倒一片敌人后，阻断了去路。被围的营兵不知树上有多少猴兵，后退又无命令，只得一边招架，一边不要命地向前逃跑。一时队伍大乱，人马相撞，乱成了一锅粥，任凭那些百夫长怎么喝阻，也毫不顶事。

被猴兵们紧紧围住、自己的人马死死挤住的黄三泰、刘玉奎初时不知遇了多少敌人，想打打心发毛，想跑跑不掉，后来见那些猴兵尽管个个骁勇，却远比自己的兵丁少，遂打马驱开四周的营兵，欲率先逃出包围，向边府靠拢。

马一棒一番横扫竖打之后，将目光盯上了那些骑马的头目。或许是命运的安排，刘玉奎这个心比脸还要黑的家伙，为了逃命，也为了在部属面前露露自己的本事，一旦驱散开身边的兵丁，就舞动手中的蛇矛，打伤几个纵跃上来的猴兵，率领一支营兵向前猛冲过来。

"哪里跑？"马一棒一声雷霆大喝，持棍迎面截住，一个马上，一个马下，厮杀起来。

大凡使槊、使锤、使斧的，都有一身好力气。刘玉奎仗着自己有一身蛮力和人称"赛张飞"的武艺，一上来就横拦竖刺，打了三两个回合。马一棒见在地上一时难以取胜，心里一急纵身跃起，趁马往前一纵之际，已一个空中转身，落到了马背上，用一只手从后面紧紧箍住了刘玉奎的脖子。刘玉奎欲待挣扎，马一棒哪儿还会留情，猛一使力，已将他活活勒死，推下马去。后面的营兵见主将已死，发声喊，往四下逃走。

此时，黄三泰从后面打马赶了上来，见马一棒挺立路中，挺枪便刺。大队营兵经过与猴兵的一番打斗，也都赶了上来。马一棒见对方人多势众，遂放弃了擒拿、格杀黄三泰的打算，发啸声将部卒召到大路两侧，一路打打杀杀，迫使敌兵边打边走，不能顺利到达边府。

当缓慢行进着的营兵一步两挪地来到那个拐弯处时,眼前一幅惨景把他们吓呆了:路上横七竖八,到处是营兵的尸体和遗弃的兵器,那些被猴兵们摆弄的"狰狞面孔"依然斜斜倚着。尸体最密集处,不见黄骠马的踪影,唯有边二苟躺在地上,浑身都是枪眼刀伤,明显是遭遇群猴围击而死。在"死亡之路"的前头,一群猴兵正得意地又喊又叫,一见大队人马过来,立即抄起兵器,飞快地爬上了路旁的大树,准备再来一次"突袭"。于是,前有"突袭"队,后有鹏王所率的追兵,中间有马一棒亲自率领的大队猴兵,于拐弯处再次上演了一出前后夹击的"武戏"。黄三泰此时岂敢恋战,抢起枪一番狂舞冲了出去,后面的营兵只恨爹娘少生了两条腿,一边招架一边往前跑,人挤人,人踩人,总算冲出了"死亡之路"。

边府已到生死存亡的最后关头。

阿斌一旦明白了郑乃清"大骂"的意图,立即开始了行动。他知道,凭元帅和狐王的本事,大门很快就会攻开,自己稍一迟延,就会误了大事。要走,必须拉上佐佐木。郑总管如此安排,必定有他的用意。于是,他向身边一个亲兵耳语了几句,立即起身以"油桶已空,需马上搬取"为由,提出要和佐佐木等去库房,边水成亲眼目睹了阿斌刚才的"英雄壮举",同时厌恶佐佐木在场,当即满口应允,让他快去快回。佐佐木见府里兵微将寡,外面援军迟迟不到,已经没了刚上来时的"英武气概",一听阿斌提出一同下去搬桶的请求,脑子里猛然生出一个念头,起身就跟阿斌要下寨墙。躲在门楼小屋的刘休兰,不知是经不起惊吓,还是有别的想法,此时也钻了出来,说要到后堂收拾收拾,以防不测。说罢,也不管丈夫同意与否,急匆匆走了下去。阿斌一走,那个亲兵一声招呼,那些凡是与阿斌关系好的,无不随在后面,下墙"搬桶"而去。

"阿斌,你说咱们能守住吗?"刘休兰刚走下寨墙,就紧走几步,扯住阿斌问。

"夫人,您说呢?"

"不是我当参军的说丧气话,边府决难再守!咱得赶紧想法出走!"

"夫人不愧是女中豪杰,但咱怎么走?"

"府里不是有几十匹好马?咱骑马从后门出去,躲过一时算一时。"

"你的想法正确的,找船到我们国家的!"佐佐木一听来了神。

"边总管怎么办?"阿斌一片忠心的样子。

"唉,眼下事难两全,只能各顾各了。"刘休兰长长叹了口气。

"既然如此,咱就赶紧行动!"阿斌朝后面招了招手,亲兵们马上围了上来，"随夫人到马厩牵马，快！"

不说阿斌他们怎样开后门出去。且说边水成看着一伙人下墙不久，猛然醒悟过来，"莫非他们扔下我跑了？"念及于此，脑袋"轰"地一下就要倒下，旁边一个家丁赶紧扶住。边水成定了定神，气急败坏地对他道："快！快扶我下去！"

家丁不知何故，搀着主人跌跌撞撞走下墙道，赶入后堂，哪有刘休兰的人影？问门口的家丁，家丁说，夫人一伙好像是牵马奔后院走了。"无耻的小贱人，你竟伙同佐佐木把我给骗了！"边水成大叫一声，一股鲜血自口中喷出，一头栽倒在地。

此时，门洞里的岳庚、狐王拿刀朝门缝别了一阵，发现里面上了死闩别不开。岳庚正要使神力硬行破门，狐王微微一笑，对准门缝撮唇吹了口气，然后用劲一推，大门竟被推开，门闩齐齐断为两截。几十个青年发声喊，有的扑向院中的家丁，有的顺石阶往墙上跑。狐王平地纵起一望，门楼内、寨墙上除了十几个吓得半死的家丁和部分亲兵外，不见了边水成等人的踪影。问家丁，方知佐佐木、刘休兰随阿斌下去不久，边水成也回到了后堂。狐王急忙纵到院子，正要去后堂，岳庚已迎面奔来，后面紧跟着那些攻门的青年，其中两人架着满脸血污的边水成。原来，他并没死，刚才只是昏过去了。

"禀元帅，边水成的大营人马来了！"郑化龙急匆匆跑来禀报。

"听我的！"岳庚几步奔出府门，令郑化龙将部属全部摆在门洞前面，狐王率马成安抚两侧百姓，自己则和郑乃清带那伙青年及押着边水成登上了门楼。

说话间，黄三泰领着大队营兵奔到了边府门前。五六里长的距离并不远，这支队伍却足足耗了一个多时辰，直跑得马吐白沫人喘气，衣衫不整，鞍鞯歪斜，不少人身上挂彩，有的兵连兵器也没了。在他们的后面，是一路尾随而至的马一棒及其猴兵，有的顺大路撵，有的攀着路旁的树枝追，走在最后的鹏王则不忘自己断后的使命，领着几十个猴兵一直跟在后面。

"边水成不是有两千营兵，怎么刚过一千？"人群中有那细心的百姓，不禁向周围的人打听。

"谁说不是！看来这人要是做了伤天害理的坏事，再好的后生进了他的营盘也经不住人家打！"旁边一位老者插了话，话中有几分对人世间的感慨。狐王耳尖，将这些话一字不漏地听了进去。

场上最害怕最尴尬的是黄三泰。身为大营统帅、全军总教头的他，未到边府就折损了边、刘两员大将，七百余名士卒，大失面子；好不容易率队来到边府门前，入眼的却是门楼上边水成被缚亮相、门洞前敌兵亮械列阵、两侧百姓怒目相视、后头追兵以武断路的危急情景。"完了！悔不该当初投错了主，弄得自己今生没了下场！"黄三泰一声长叹，怔怔地骑在马上，心里一阵凄凉。

"马将军！让你的部属赶快列队，本帅有话要说！"岳庚在门楼上举目四顾，发现那些猴兵仍在不停地追打营兵，急忙向马一棒发出了号令。

马一棒一声长啸，猴兵们纷纷从树上跃下，从路上赶来，在营兵后面列队站好，手中的兵器依然指着前方。

岳庚满意地看了下面一眼，中气十足地开了腔：

"边大官人！你不是要靠着番人立国称帝吗？佐佐木那个家伙怎么不见了？"

边水成翻起白眼看了看没有吭声。

押解他的青年心里充满的是仇恨，立即用力一按，将他的头按了下去，同时一声怒喝：

"你这条老狗的威风哪儿去了？说！"

"哎呀呀，我说！我说！"边水成本已体内受伤，哪里还能经起这样折磨？立即松口求饶起来，"帅爷！能否让他们松开手？"

"放开他！"

青年百姓不情愿地松开手，一双仇恨的眼睛依然眨也不眨地盯着边水成。

边水成伸了伸腰，活动了活动身子，突然往前蹿了几步，朝着面下嘶声大喊起来：

"黄教头，边家的子弟们！我边水成活不成，也不能便宜了这伙人和那些刁民，你们给我狠狠地打！"话刚说完，一头就向垛口撞去。几个青年眼疾手快，纷纷冲上去拖住，要对他下手，被岳庚、郑乃清劝阻住。

一句话，在门前的人群中产生了不同的反应：

听在黄三泰的耳里倒没什么，只是朝上回了一缕怨愤的眼神；对于那些姓边的百夫长和军中靠边水成起家的痞棍而言，却无异于一颗救心丸，霎时鼓噪起来，策马的策马，举刀的举刀，颇有一番"同生共死"的拼命气概。就在岳庚即将下令围歼的时刻，两侧的百姓愤怒了，发出了各自的怒喊：

"边水成，你这个挨千刀的！"

"谁要不识时务，咱们就和谁拼！"

"阿龙，你小子要是敢眼上边水成干坏事，你就不要想望再进家门！"

听了这最后一句呼喊，门楼上的郑乃清怔了一怔，随即有了主意，朝着下面亮开了嗓门："大营的弟兄们，听我郑乃清几句！"

下面的营兵停止了躁动，两侧的百姓也停止了呼喊，都想听听郑乃清要说什么。

郑乃清朝外面扫视了一眼,开口就是一句:"你们当兵吃粮,究竟为了什么?"

"当然是保境安民,这还有什么说的?"一个营兵答上了腔。

"边水成勾结番寇,卖国求荣,这难道是保境安民?"

人群彻底静下来了。那些边家子弟还想再行鼓动,却慑于这可怕的静寂,不敢再说什么。

场上再次响起了郑乃清的声音:"你们中有多少是百姓人家出身?跟着这样的人,你们难道不怕辱没了自己的祖宗?有种的给我站到一边去!"

两侧的百姓以为接下来就要开战,无不为营兵中的亲人着了急,急切的呼喊顿时再次响彻上空:

"阿勇,你给我出来!"

"孩子他爹,咱敏儿可离不开你啊!"

……

眼前的困境,亲人的呼唤,使场中的营兵很快瓦解。随着刚才那个回答郑乃清之话的营兵的"老子不干了"的话音和刀片落地的声音,周围的同伴也都扔下兵器向外走去。一个百夫长刚刚骂了一句,就被随后往出走的兵丁刀枪齐举,栽下马去。这一着更为有效,营兵们一个个、一片片放下兵器,急着往外挤,生怕迟了脱不了身。片刻之间,一千多营兵走得还剩下一百多人,全是边、刘两家的亲朋和岛上出了名的地痞、无赖。

岳庚看得愣了!马一棒和鹏王看得呆了!他们想不到郑乃清的登高一呼,竟会不战而屈人之兵。还是狐王不失时机地在下面高高喊了声"元帅!该收场了",岳庚方才回过神,正要开口再问边水成,边水成却趁人不备,猛地用力挣脱束缚,夺下一个青年手中的刀,反手刺进了青年的肚腹。

"找死!"岳庚一声厉叱,郑乃清已扑了上去,宝剑划起一道弧光,已将边水成的脑袋切下抛起在空中。与此同时,郑化龙、马一棒、狐王、鹏王、马成已从四面八方,率领部属向场地中央那一百多号恶徒发起了围歼,除黄三泰趁乱纵马逃逸外,其余都做了刀下之鬼。一场战斗漂亮结束,后人有词盛赞:

世间多少奇谋,问几人堪称国手?垓下楚歌,赤壁火抖,不及孙猴!内潜外伏,攻心痛殴,连环巧扣。动黎民万千,你证我证,密相契,贼授首。从来叛国遗臭,遭多少青史评咒。赵高腰斩,董卓弃沟,宇文化坂,秦桧尸抽。何及今朝,怒围贼府,快意恩仇?待他日,折戟沉沙番寇,论雄煮酒!

欲知岳庚下步打算,且听下回分解。

第三十回
狗急跳墙　青龙会贼兵大出洞

　　岛北靠海处,一条由南向北的峡长山沟到这儿形成了一个蜿蜒而上的山口,再顺坡而下就是浩瀚的大海。显然,这儿就是那个倒霉该死的西村木领兵偷袭龙湾时曾经走过的地方。

　　自几个月前此处发生了一场漂漂亮亮的伏击战起,马一棒就奉军师、元帅和郑乃清之令,抽出五十名猴兵驻防于此,盘查过往行旅,监视海上动静,接到新船后,又增了看管船只、随时准备出征的任务。

　　猴子爱动不爱静。听说马帅带大部分弟兄入岛作战,这些猴兵羡慕得要命,无不想着要去。无奈成了"兵"就得受兵营管束,猴兵们大叫大嚷一番后,觉得死死待在原地无有趣味,遂你东我西,找自个的乐趣去了。这不,除山口还有两个被头目硬留下来的猴兵外,再就是坡下海滩边两三个看船的弟兄,其中一个是岛上的青年渔民,是与另外几个渔民一起来的。按照马一棒的说法,招募他们来是为了便于同外界的人打交道。

　　海面上,帆船点点,山谷间,鸟语花香,实乃一种恬然安静、天地融一的和谐生活。然而,这种宁静没有持续多久,就被一阵急骤的马蹄声打碎。"谁家的马有这么多,莫非是马帅得胜归来?"两个懒洋洋的猴兵心里一惊,急忙站了起来。

　　马蹄声越来越大,一会就来到了山口,打头的是穿着东土服饰伏在马背上的佐佐木,紧随其后的是满脸惊慌、钗掉发乱的刘休兰和几个家丁,接着是已经从阿斌口里得到点底细的亲兵,最后一骑是阿斌,他要想方设法将自己的行踪悄悄转告给郑乃清。

　　由于一行人马来得太快,两个猴兵还没看清面容,这些人就策马蹄下山坡,来到海湾泊船处。看船的两个猴兵和青年猛听马蹄声响,刚从船上露出头,佐佐木已下马,涉水抢上船头,几个家丁也紧扶着刘休兰上了同一条船。三个看船的见势不妙,急忙弃船跳水,恰被随后赶来的阿斌看见。阿斌灵机一动,命亲兵们将他们擒上岸来,趁乱将那个青年抓到跟前,一边眨眼一边喝道:

　　"好小子,留你条小命回去转告郑乃清,就说我王阿斌不听他那一套,随刘参军、佐佐木先生渡海远行了！他要不服气，迟早后会有期，届时再决高低！"

此时，亲兵们已上了另一艘船，佐佐木、刘休兰已在连声催促。阿斌深情地望了岛上一眼，一跺脚，登上了佐佐木乘坐的新船，随着家丁们的一阵忙乱，随船向北驶去。

边府门前成了一片欢乐的海洋。场中战事刚了，两侧的百姓和被他们召唤过来的亲人就一齐拥到中间，将岳庚、狐王、鹏王、郑乃清、马一棒、郑化龙以及所有兵勇、猴兵一个个、一团团围了起来，说得说，笑得笑，乐个没完。

狂欢中，脚下的兵器、尸体不是将人绊倒，就是踩两脚血。不知是谁喊了一声："乡亲们，动动手把这些东西搬走，省得碍手碍脚，坏了咱的兴致！"人群一下子呼应起来，争着去抬那些尸体。按照大伙的想法，这些人生前作威作福，死了也不能让他们安生，干脆堆起来一把火烧了。还是郑乃清出面，让有亲属的将其领走，没人愿领的，连同边水成的尸体，在附近找地挖坑，将他们掩埋了。

轮到满地的兵器，大伙当然晓得该如何处理。只见那个从小渔村来的父子俩同马成嘀咕了几句，马成点点头，领着他们走到岳庚、狐王等人面前：

"岳元帅！我马成和他们父子俩愿从此跟随你们干番事业，请千万允准！"

"这位大侠，要不是您出手搭救，俺家哪还有能条活命，您就帮帮忙，让这位大人收下俺父子吧！"

马成仨人的举动提醒了场上的百姓。那伙拼死攻门的青年闻声赶了过来，齐声说要当兵吃粮，其他人也都拣起地上喜爱的兵器，要求收下，里三层外三层地嚷个不停，就连那些已经放下武器的边府营兵也都要参加。

如此好事，岂有不允？岳庚、狐王交换了一下眼色，朝郑乃清点了点头，郑乃清会意，立即纵身跳上场中一匹战马，朝四下扬声道：

"岳元帅已经允准大伙的请求，凡年龄在十六至四十五岁的男丁均可报名！马义士，现在就请你带领这伙攻打大门的年轻人办好这件事！然后将结果报我！"

"属下遵命，请各位大人放心！"马成双拳一抱，施了个礼，领着一群兴高采烈的青年在边府门前临时找了个空阔场地。

趁此空档，岳庚决定清理边府。随着一声令下，岳庚等人在前，团勇、猴兵整队在后，后面跟着一部分看热闹的老百姓，开进了边府大院。清理一事由狐王、郑乃清率兵勇进行，马一棒则带领猴兵担任警戒，鹏王还是他的老本行，负责来往传递消息。

边府，偌大的边府此时虽没了往日仆人穿梭、宾客来往的热闹，却另添了一种忙乱、亢奋的气氛。随着鹏王一次次来回禀报，岳庚知道了边府的奢侈豪富：整仓整仓的粮食不下百万斤，仅地窖里暗藏的大缸金银就达一百万两，从刘休兰的夹壁暗道里搜出了几大箱珍珠首饰，一间屋子里放得全是边氏夫妇的绸缎布料和衣衫。最令大家高兴的是那个专门存放兵器的库房：喷火筒有二百多具，油桶有三百多只，刀枪剑戟等不计其数。此外，马厩里还有十几匹马，加上府外缴获的那些马，足有二十多匹。

他娘的，太富了！灭了老贼夫妇，太好了！面对这些清查出来的战果，每个人心里无不翻腾着一种复杂的情感，既有对边水成夫妇搜刮民财、富可敌国的行径的无比愤慨，也有对消灭卖国贼的煌煌战果感到无比高兴。清查中，郑乃清从边水成的睡榻下发现了一册折叠而成的账簿，上面密密麻麻写得全是人名、物资品名和银两数字，其中有不少人都熟悉。他仔细想了想，猛地想到了什么，立即放下手中活计，叫上鹏王一同见了岳庚，将账簿交岳庚看过，说出了自己的猜疑。岳庚一听知是大事，即命他将跟进府中的百姓召来询问。

进入府中的百姓虽说是一部分，少说也有七八百人，既有被暗杀者的亲属，也有曾经受过边水成"周济"的穷人，有的是领取过"优待金"的营兵家眷，有的是购买过边水成"半价出售"物品的顾客。他们进府的目的虽然是想看看边家究竟是个什么样子，但心情却稍有差别。正当大伙看得入神之际，却见郑乃清从前厅匆匆奔出，朝着下面大喊：

"乡亲们，有事要向大家询问，请大伙来此集中！"

人们不知发生了何事，纷纷从四下跑来，有些在远处听不到的，也被郑乃清派出的兵勇找到，齐集大厅前面。

"郭德应！边水成可曾给过你一斗谷，言明赈济？"郑乃清翻开账簿，指着人群中一位认识的老者问道。

"给过！怎的，上头还有俺的名字？"

"不仅有你的名字，按照这上面以三偿一的办法，以后你每年不知要还他多少稻谷？"

"他奶奶的，俺还以为边水成坏是坏，却对俺们这些穷苦人多少有些善心，想不到竟是个吃人不吐骨头的坏种！俺要早知道，刚才不要说去埋他，把他大卸八块也不解恨！"

其他人闻听，方才知道是怎么回事，无不凝神静听。当郑乃清好不容易阻止住人们一次又一次的怒骂,将账簿上的名字念完,场上有近三分之一上了账簿的人首先大骂起来,接着,那些未上名单的人也齐声鼓噪,不少人甚至从院里抓起家什,要出去将边水成的尸体挖出来,鞭尸焚灰,以泄胸中怒气。

郑乃清一顿劝阻,使场上重新安静下来,接着问道:

"边水成、刘休兰狗胆再大也翻不起掀天的浪!你们说他靠的是什么?"

"郑老弟!你什么话都不用说了,边水成靠那些水番人撑腰之事,大伙都已明白了!"人群中一位五十多岁的儒雅老者发了话,"乡亲们!冤有头,债有主。眼下,边水成死了,刘休兰不见了,咱要一百股绳子扭起来,和那些番寇斗!"

"说得好!郑大人,咱都听您的,和那些番寇们斗!"场上一呼百应,吼成一片。

积玉岛,一个饶有趣味的地名,一处南与龙湾相望、西与钓龟岛相近、北与水番国相隔甚远的岛屿。此岛是由积玉、成珠和九面山等一百四十余个大小岛屿组成,人口不下五万,从南到北散布于方圆二千多里的海面,覆盖的面积比水番国本土还大。早在数百年前,这里就是一单独的方国,称积玉国。因距东土大唐王国最近,且大唐国乃最为强盛发达的礼仪之邦,积玉国每年都要向唐进贡,从那儿获取保护和各种各样的货物。从此形成常例,历代积玉国除继续朝贡外,每逢新君即位,必定请求东土皇帝派遣使臣为其举行"册封"盛典,绘有壮观队伍、肃穆场面的《中国册封使行列图》,至今还被水番国密藏着。

过了几百年,一直靠骚扰、偷窃四方邻居的水番国不当小偷要做强盗了,派重兵侵占了积玉,强行将其及周围的海域纳入了自己的范围,起了个名字叫"流绳"。在他们看来,自己的这块地方尽管长长的像条蛇,却太细太短,不足以与有"巨龙"之称的东土抗衡,同时,一直对其进行骚扰、侵犯,也难于靠近。流绳,意为一条能任意蹿跃、流动的绳,岂不既是蛇,可将本土与之连接起来,以这条割不断、砸不烂的绳索缚住西面之龙?

此刻,经过两天两夜的海浪颠簸,佐佐木终于带着两只船驶抵积玉主岛,锚船登岸,率人走进了全岛最为气派、富丽的一所唐式建筑——青龙会的驻岛分会。

这是一个背靠山丘、前临大海、与左右房舍明显隔开的偌大院落。从远处看,好似一所大院,走到近前才能知道是隔着一道墙的两个院落。东院稍小,大门是一座仿唐牌坊,牌坊正中汉白玉制作的横楣上镌刻着"大东番国青龙会流绳分会"十个汉字。飞檐翘角的屋顶,配以下面的朱红支柱、朱狮画栋,再点睛于这一行楷体文字,本应该是珠联璧合,气势恢弘,却因水番人干什么都是缩龙成寸的习气,显得小家碧玉,不伦不类。

西院很大,同东院一样,门前都站着两个番兵,院里不断传出一声声口令和兵器相互撞击的声音。阿斌及其亲兵心里明白,那无疑是座兵营,番兵们正在操练。

佐佐木显然是这儿主人或常客。只见他同东院的守门番兵叽里咕噜说了几句,就拉起身后刘休兰的手率先登上了门前的台阶,阿斌皱了皱眉,朝亲兵们一挥手,跟着前面二人进了院。

几十号人急促而杂沓的脚步声,惊动了整个大院,不少人或探首窗口,或起身出门观看,在与佐佐木互打招呼的同时,均对身后的亲兵们露出了敌视、鄙夷的神色。这个大院住的可能都是青龙会的大小头目,一个个粗壮矮小,鼻子下面大都留有一撮短茬胡子,虽然没带番刀,却个个凶神恶煞,横眉怒目,似乎不这样,不足以显示其不是"小人国"的傲慢;不这样,不能反映其生来就是与他人生死动粗的天性。

"真他妈的晦气!要不是为了大哥你,我才不来这个鬼也不待见的地方!"低低说话的是那个按阿斌吩咐、带人往空桶里装水的亲兵小头目,名叫蔡文忠。要不是怕佐佐木、刘休兰在前头听见坏了大事,他早就大骂开了。

"蔡哥,这你可就说错了。你不听咱那儿早有人骂他们是'鬼子'吗?你还以为他们是什么人啊?"身旁的一个亲兵边走边接上了茬。

"别说话,跟着走!"阿斌见佐、刘二人已远远走进二进院子,一边加快脚步,一边喝止住后边的说话。

一会儿进了第三进大院。佐佐木挥手示意亲兵们停下,招手唤过阿斌,而后朝刘休兰眼珠一转,领着二人跨上台阶,走到一排房子的门前敲了几下。

不见门往两边开,一个人即露出头来。原来这是一扇推拉门,水番人嫌推拉门占地,又是个小家子气。

"哟,刘参军!你怎么来了?"

"啊,松井郎先生!想不到您在这儿!"

两个人一个是色中饿鬼,一个是丧家之犬,异地乍逢,两双眼睛倏地一亮,又同时暗淡(对松井郎来说则是迷茫)下来。碍于还有他人在场,松井郎伸手将三人招呼进屋,随即有一个番女一步十挪地过来给他们倒茶,然后退步出去。

你道松井郎为何会在这儿?难道他会未卜先知,知道刘休兰事情败露而专门来此见她?

　　事情并非如此。前面已经说过，松井郎作为青龙会所器重的核心人物，除了他具有阴险奸诈、文武兼备等特征外，还有就是对青龙会的忠诚和国内不多的"东土通"。所谓的"流绳分会"本就是水番国侵犯东土的一只魔爪，松井郎更是他们派驻此地的特使，可以上马管军，下马管民，一个最重要的使命就是动用各种手段向东土侵犯。松井郎未来之前，这儿派出去的番寇还仅是窜扰东土、干些偷鸡摸狗的勾当；自打他来积玉之后，一改以往旧官的做法，不是派人侦探，就是发兵侵犯，或者明里发令，或者暗地策划，至于动用重金和新式武器来扶持边水成当傀儡皇帝，更是他侵犯东土的重头戏。他以为，自己下了这么大功夫，加上佐佐木的从旁监督，"龙湾国"一定可以大功告成。到那时，自己不仅是大东番国名垂青史的不世英雄，可以到征服了的龙湾恣意妄为，而且还可以同刘休兰这个尤物再度相会。

　　如今，"尤物"送上门来了，松井郎乍见之下，不禁心花怒放，直想将她抱起来好好亲热一番，但当他碍于场面不得不细细打量时，却见刘休兰不仅没有了以往那种风情万种的妩媚神态，反倒是发散衫乱，满腹忧思。于是，尚未坐稳，他就迫不及待地开了口：

　　"刘桑！你还没回答我的问题，龙湾的事搞得怎么样？"

　　"先生，都怪边水成不听我的话，才招致了这次的失败！"刘休兰一句话刚说完，就掩面抽泣起来。看她那珠泪成线、香肩乱抽的样子，好像真的受了天大的委屈。其实，在行船的路上，这个面若桃花、心如蛇毒的女人已想好了对策：失败已成定局，过错由谁负责？推给郑乃清一伙，说不定会遭番人小瞧，干脆让人家给抛弃；丈夫总不过难逃活命，推到他身上，自己不就可以得到解脱，有望得到番人的支持？如其那样，边水成死了倒是件好事，自己还能像戏文里所说的武则天那样，当几天女皇帝；何况，佐佐木一向对边水成厌恶，与自己有情，为了推卸他监军不力的过错，也会帮自己。

　　果然，佐佐木一直为自己想不出个万全之策而惴惴不安，此时一听不禁喜上眉梢，急忙搭话道：

　　"松井君！刘参军说得没错，确实是边水成这个孬种把件好端端的大事给坏了！"

　　"你说！这究竟是怎么回事？"松井郎一急，站了起来。

　　"遵照你的安排，属下和刘参军已把一切部署妥当，准备立即率兵举事，成立龙湾国，谁料边水成优柔寡断，让郑乃清一伙抢先率一万多兵马围了边府，幸亏这位亲兵队队长，"佐佐木指了指阿斌，"幸亏这个叫王阿斌的率兵与我们拼死突出包围，这才赶了回来。"

刘休兰虽然听不懂佐佐木用番语在说什么,但看他神色和话中"王阿斌"三个字,揣摸其是在说从边府逃跑的事,赶紧点了点头。

"边水成真的这么窝囊?你们是否也有责任?"松井郎有点不信似的盯着佐、刘二人。

"边水成大大的窝囊!属下为此不知和他生了多少回气,但他就是不听!"佐佐木说前番话时,连虚带实还有点心虚,眼下一听松井郎问出此话,不由得勾起了他与边水成数次争吵的往事,心里真来了火气,"大营训练,他不让我去!调兵遣将,他不让我知道!他只是让咱们给他出钱出力,轮到行事却信不过咱们!"

"白养了一条没用的狗!"松井郎从牙缝里迸出来一声骂,双眼盯着南面,语气十分阴沉,"龙湾不能就这么白白丢掉!青龙会不会答应,我松井郎也决不会善罢甘休!我们必须尽快物色一个有用之人代替边水成!佐佐君,你考虑过没有?"

松井郎一口流利的东土话,刘休兰和阿斌是听得懂的,闻听此言,不禁都将眼光盯向佐佐木。

"这本是松井君您思考的大事,不过属下也曾琢磨过,刘休兰参军倒是最合适的人选!还有这个王阿斌,对我青龙会忠贞不贰,武艺超群,是我们的好朋友!"佐佐木有意让刘休兰和王阿斌知道自己在帮他们说话,回答松井郎时,有意将他俩的名字点了出来,而且说得很慢。

"好!有刘参军这样的女中豪杰来代替边水成,真是再好不过!至于你,"松井郎此时已恢复了原先平静的神态,伸手指了指阿斌,"我们大东番国是不会亏待你的,可以带更多的兵,也可以继续当你的亲兵队长!"

"谢谢松井郎先生!"刘休兰一扫脸上愁云,起身朝松井郎道了个万福,同时秋波暗送,对着两个番寇投以一个妖艳的微笑。

"谢长官栽培!"阿斌也起身双拳抱于胸前,高声应了一句。

松井郎带着刘休兰走了,是阿斌他们来积玉的第三天早上,说是要同她回本州晋见青龙会长官并朝拜皇帝,决定今后龙湾大事,半月左右才能返回,吩咐佐佐木可趁这段时间带阿斌他们到岛上各地转转,但不许出事。

望着已经登上码头内停泊着的大船上的松井郎、刘休兰亲热相偎的身影,佐佐木勉强挤出了几丝笑容,摆了摆手,待船起航后,立即带阿斌回到住处。许是因为松井郎有明确吩咐,也许是为刘休兰移情别恋而心怀惆怅,佐佐木几乎每天都带阿斌他们出门游玩,以至于把积玉、成珠和九面山三个主岛都转遍了,而且每到一地,都要到本地最有名的饭庄去海吃一顿,到最风光的地方看一看,或把杯狂饮,借以发泄自己胸中郁愤,或轻歌粗唱,鼓励阿斌和亲兵们跟着他干一番事业。

这恰恰暗合了阿斌的心思。从离龙湾时起,一个问题无时无刻不萦绕在他的心头:郑乃清之所以施计让自己随佐佐木赶紧出走,无疑是利用佐佐木对自己的信任,随他到水番国继续作内应,这说明郑大叔他们有更长远的打算,说不定以后要对番寇来个以牙还牙;没料到的是,刘休兰这个坏女人竟然置自己丈夫的生死于不顾,也跟着出逃到此。虽然通过边府门楼上的"奋勇杀敌",尤其是最后一着的"舍生救主",自己已取得了她的完全信任,但只要她活着,水番国就会把她作为侵占龙湾以及东土其他地方的"活宝"继续作乱。这样,自己就会面临两种选择:一种是设法潜藏在此,为郑大叔他们作"卧底",提供番人的消息;一种是日后随刘休兰回去,继续当好内应。郑大叔究竟让自己干什么?自己该作何种选择?初来几天,阿斌表面上与佐佐木装作开心的样子四处游玩,内心却始终焦虑不安,时间一长想通了,不管以后怎样,利用游玩之机,先把这儿的情况搞清楚再说!于是,每到一处,他就仔细观察,肚子里积攒了许多情况,尤其是积玉等凡有人烟的岛屿,人们对番人的憎恶,引起了他和亲兵们的热切关注。

在他们看来,积玉沦入敌手并改名几十年后,一定是个说番话、着番衣、与东土人氏处处不同的异国他乡,不曾想事情远非如此。

一天,佐佐木领着阿斌来到积玉岛的繁华闹市,说要让他们看看流绳的"国宝"。当来到一所悬挂着一座写有"守礼门"汉字匾额的牌坊以及后面有一座金碧辉煌的唐式宫殿前,佐佐木得意地指了指。这些建筑除了个头低矮、气派不大以外,其样式岂不是和龙湾的几乎一模一样?东土的式样,东土的汉字,这难道就是所谓的流绳的"国宝"?

在接下来的日子里,随着一处处的耳闻目睹,阿斌他们终于从众多的见闻中,对番人眼中的流绳、自己心目中的积玉以及水番人有了较深的了解。

积玉王国通过与东土历代王朝"朝贡"与"册封",与东土建立起紧密的邦交与货物往来关系之事,阿斌早已从岛上的长者口里知道了不少,至于水番国从"海盗式骚扰"和武力侵犯两方面来对付积玉,他也早有耳闻,相信这都是事实。正因如此,水番国武力窃取积玉后,为消除积玉人对自己的仇恨,同时为了从根本上泯灭积玉人的"东土心性",不仅将岛名改了,将积玉由藩降为县,而且不择手段,强制推行"番化",学水番语言,说水番话,穿水番衣裳,可谓机关算尽,费尽了心思。

令水番国悲哀的是,他们这个从姥姥家出来、强记了姥姥家汉字的偏旁部首,反过来要强迫什么都学姥姥家的邻居来改学他们的东西,岂是有数千年浩瀚文化的姥姥家的对手? 汉化极深的积玉人受东土文化的影响,历经水番国漫长的"皇民化训导",至今依然使用的是东土语言,一直奉行的是儒家的风俗民情,始终采用的是东土的农历年号。令积玉人能在阿斌他们面前引以为高兴的是:水番人总是在客厅摆一把武士刀作为炫耀,而所有积玉人则摆放类似东土琵琶的三弦琴,以此来嘲弄水番国的凶残好武,没有人性。

如果仅是这样,也只能说积玉人不忘祖宗,不忘善邻,事实上,积玉人不仅不承认自己是水番人,而且始终没停止过自己的独立行动,弄得水番国曾一度如热锅上的蚂蚁,最后不得不拨给积玉大量金银,而且像对他国国王一样接见积玉县知事,并一再道歉,连哄带骗才蒙混过关。积玉人之所以这样,是因为他们明白,一个民族,最悲惨的事莫过于自己的民族语言被忘记,民族的文化被流失,民族的称号被改掉,民族的历史被淹没。而几百年来,自己这个民族,被残暴如狼、阴毒胜蝎的水番国百般凌辱,正面临着被奴化的惨痛经历。

"斌哥,我就弄不明白,水番国什么都学咱东土的,房屋、穿戴、文字,你看哪样不和咱差不多? 但他们为何对咱东土这般仇恨,连咱的邻居都不放过?"一天晚上,亲兵们回到住地议论当天看到的情景时,一个亲兵向阿斌提出了个问题。

"这还用咱们队长说? 我都知道! 你们知道鸽子一旦产下三颗蛋,孵出来的是什么?"另一个亲兵故作神秘地提出了另一个问题。

"当然还是鸽子! 难道能孵出别的东西?"其他人乐了,七嘴八舌嘲笑起来。

"不知道了吧? 其中有一个看着和鸽子长得一样,实际上却叫鹬,是专门吃自己同类的!"

"哟? 敢情水番国出产的就是这号玩意! 怪不得他们专门欺负咱这姥姥家门上的人!"原先提问的亲兵恍然大悟,点了点头。

"还有一个说法,咱那儿不是有句俗话叫做'人心不足蛇吞象'吗? 别看蛇小,他那眼睛与人不一样,人眼看东西是多大看多大;蛇却反了,再大的东西在他的眼里都不知小多少倍。他敢吞象,就是因为他的眼里,象就好比只蚂蚁。不吞还好,一吞保准让象一脚踩烂!"说话的亲兵是个捕蛇高手,一番话说得大伙信服起来。

"我说嘛,水番人什么名字不能起,偏要给自己的团伙起个'青龙会'。青蛇、青蛇,不就是那种见人就咬,一咬非死即残的黑乌蛇?"

"说对了！斌哥，我一路上还觉得心里七上八下的，以为跟着佐佐木来到他们的地方，不晓得会遇些什么人。这些天游玩下来，才发现这儿的人并没服了狗日的水番国，人家们受咱老祖宗的影响，至今还能这样，咱们都是堂堂正正的东土人，难道不应该做得更好？你是咱们的领头大哥，又是一队之长，你说怎办咱就怎办！豁出身上这一百多斤肉，咱也要在他们的老窝干出个名堂！"一直听大伙议论的蔡文忠不说便罢，一说就说到了大伙的心坎上。

"蔡哥说得对！队长，我们都听你的！"亲兵们纷纷喊了起来。

"嘘！"阿斌伸手在嘴边轻轻一按，满脸都是兴奋的神色，"我相信大伙说的都是心里话。咱们既然来到狼窝蛇穴，做事就该上对得起祖宗，下对得起自己，干不出番惊天动地的名堂决不罢休！从今往后，大伙要多长个心眼，多长副耳朵，多做少说，一切听我的！"

不知不觉，半个多月过去。这天，院落门前的码头突然人声鼎沸，喧嚣起来。已经连续两天不再出外的佐佐木与满院的番人全都一溜小跑奔了出去。阿斌心知有异，急忙率亲兵赶出门外，映入眼帘的情景不由得令他们心头猛地一沉。

本地十分宽敞的码头里原来停泊着他们来时乘坐的两只木船和番人的几艘大船，此时不仅只剩下番船，而且又塞满了一时无法数清的大船，他们的船已不知去向；在码头外面的浅海处，停靠的大船密密麻麻，一支支桅杆组成了一片没有树叶与枝杈的木林，越过桅林往东面海上望去，仍有类似的船只往码头这边驶来。

船多必然人多。站在大院前高高的石阶上向下俯视，阿斌首先听见的是松井郎与刘休兰的话声与笑声，接着看见松、刘二人被十几个腰杆笔挺、腆着肚皮、手扶佩刀、戎装打扮的番人拥在中间，往大院这边走，佐佐木和那些从大院一起跑出去的番人，则像一群奴仆，低头伸手，走在松井郎这伙人的两侧；码头里外的大船人虽不见有人下来，但从各艘船上不时有人探出身子四下张望的情景看，所有人都戴着同一式样的帽子，穿着同一式样的衣服，手里都拿着兵器。稍有点常识和阅历的人都晓得，只有兵丁才会这样。

"斌哥！我粗粗数了数，这里里外外总共有一百艘船。与咱来时坐得船相比，这些番船一只有咱两只大，都是四挂大帆。按一只船上坐一百人计算，少说也有一万兵丁。我担心他们是不是要去龙湾实施报复？"

"让弟兄们闪到两边，他们来了！"阿斌边说边往边上靠去。松井郎、刘休兰一伙走到阿斌身边时，其中几人发现台阶两边竟然立着几十个身材魁梧、东土人装束的青年士卒，不禁贼眼一盯，满脸诧异。待这伙人走进大门，阿斌才低声对问话的蔡文忠低声说："这么多兵马突然来此，不只是去咱那儿报复，恐怕还有更大的阴谋和行动！记住，吩咐弟兄们这几天盯紧点，同时要约束自己的行为，千万不能在这紧要关头让他们抓住任何把柄！另外，你们就在住的大屋子里待着，尽量少往我的房间跑，有事我会通知你们！走，回屋！"

一股战前的肃杀气氛，紧紧地笼罩在阿斌他们的心头，他和他们多想把这不祥的消息早一天、早一时传送给远方的亲人啊！

松井郎宽大的会客厅，此时成了青龙会一伙头目的议事厅。与其说这是一个按照番人习俗装饰的场所，倒不如说是充满着东土文化色彩的展厅更为确切。客厅正中的墙壁上挂着一张彻天彻地的白底红圈图，水番人说这表示海上日出时的一轮太阳，是他们敬仰、崇拜的象征。只可惜白的刺眼，红的暗淡，底面相配，极不和谐。尤其是正中的红圈，不知是制作者根本不晓得红为何色，抑或是个嗜血成性的杀手，竟将所谓的一轮红日画得红里透黑，黑里掺红，使人一看就像是杀人不久凝固变色的污血。

正墙下方，横放着一张东土人称之为条几的两头高翘中间细长的楠木桌子。乌黑漆亮的桌面上，横放着一具颇为考究的黑漆刀架，刀架上放着一柄长逾主人身高的带鞘钢刀，仅从刀鞘那黄铜打就、缕有细腻花纹、图案和饰有钻石的外形看，无疑来自东土的技艺，一旦抽刀而出就会发现，完全是番人为了弥补自身体矮手短每天想着杀人的天生缺陷，而将刀把制得老长，便于双手合握，刀柄稍微弯曲，便于一刀就能将对方高大身躯的头颅砍削下来。几案奇长，刀架奇高，将一柄刀紧挨太阳图下面，不知上天的太阳神君会对这种"尊敬"作何感慨。

东西两面墙壁上全挂的是一款又一款的条幅，上面无一不是东土的汉字。应该承认，松井郎在诸多条幅的布局上还是有所讲究的，横的竖的还比较搭配得当。令人捧腹的是，凡是行家里手啧啧称羡的，全系东土历代文物中的真品瑰宝，上面都有名人的落款、时间和加盖的印章；依照番人的一贯做法，十有八九是抢来的、盗来的或骗来的；相反，凡是那些涂鸦之作，则都出自番国名人之手，你不见上面落得全是"犬"呀"郎"呀"雄"呀什么的，水番国除了前面提到的那些姓氏外，不是还有"犬养"、"义雄"之类名与姓吗？

再看大厅中间，因此地乃公务场所，不可能有"榻榻米"，地毯上摆得小茶桌，有的只是东土样式的太师椅、长条桌，以及东土景德镇烧制的茶壶、瓷杯。

议事开始了。随着几个奉茶倒水的番女的悄然退去，肩负重大使命的松井郎开了口：

"诸位！想必大家都已清楚，青龙会总部已奉皇命，决定近期对东土的龙湾、东海一带岛屿发动一次全面进攻，扬我大东番国的国威，帮助刘君建立龙湾国，实现两国的睦邻友好。这位就是刘君，未来龙湾国的第一个皇帝！"

"感谢大东番国的鼎力相助！感谢诸君的提师支援！"半个多月不见，刘休兰已是华服在身，珠光宝气，重新恢复了妖艳狐媚的模样。这是因为，在她与松井郎去水番国都城坂京的那段日子里，她已直接从本田禾与皇帝那儿得到了派重兵打回龙湾帮她立国称帝的许诺；作为回报的条件，未来的龙湾国必须一切都得听从水番国的安排。对于这些条件，刘休兰早就听松井郎当着她和边水成——讲过，那时都已答应，何况帝王宝座轮到自己来坐，坐成坐不成全看番人高兴不高兴，自己岂有不应承之理？正是在这样的情况下，皇帝诏令青龙会全力以赴搞好此事，务须成功，不许失败；松井郎则坐镇流绳指挥，必要时刻亲自率兵南下，待攻陷龙湾、东海岛屿后，再送刘休兰回岛就位。为了在最短时间内实施这一"南进"行动，诏命青龙会几员大将和幕僚率一万二千兵丁一起随松井郎、刘休兰先赴流绳演练几天后择日出兵。现在，刘休兰的出场之辞，一半是出于真心，一半则属应酬。

"刘君既然是未来龙湾的女皇，我们岂有不效力之理？何况这也是我们大东番国的一件头等大事，您就放心好了！"坐中一位身体壮实、满脸横肉的头目说话时的自负神态，博得了其他人的赞同。

"索尼君，武男君，二位是成名已久的将军。这次南进东土，就看你们的了！"松井郎朝刚才答话的头目和另一位头目指了指，话音上似在恭维，实际上已经下达了命令。

"愿为阁下效劳！"

"好！从明天起开始进行海上演练，时刻等候出征命令！如诸位想多掌握点东土情况，可多问问佐佐木君！"松井郎一边起身，一边指了指佐佐木。

未等佐佐木作出反应，身材干瘦的武男村隐含阴鸷的神色问道：

"门外怎么会有一群东土兵勇？这对于我们这次重大行动的保密可是大大的不利！"

"您是说阿斌他们吧？请长官放心，那是我们最好的朋友！"佐佐木官微位卑，一直没有说话的机会，此时急忙起身回答。

"那是我的亲兵队，个个都靠得住。要不是他们拼死护卫，我今天也不会见到诸位。"刘休兰见武男村将眼光盯向了自己，启唇一笑，作了解释。

青龙会是专门为侵犯东土而成立的，在座的大都通晓东土语言，听佐佐木、刘休兰都这么讲,方不再开腔。

　　议事之后,番兵展开了海上演练,由一胖一瘦的索尼殿和武男村负责指挥,西院的五百番兵也参加了演练。直到此时,已开始率队担负刘休兰"护驾"职责的阿斌才知道,西院的番兵敢情与其他番兵不一样,是专门操练什么"火炮"的。据刘休兰喜滋滋地讲,这种炮打出去的不是火,而是一颗颗射得老远、击船船破、击石石碎的铁弹,威力大得惊人,是这次攻打东土的头号武器。阿斌这才明白佐佐木为何不带他们去西院观看的原因,不禁在心里暗暗祈祷:郑大叔,您知不知道我们在这儿? 快些派人来吧,我有紧急情况要说!亲兵们看在眼里,也都急在心,恨不得:吸尽海水缩短路,化作鲲鹏擂信鼓。

　　欲知后面如何,且听下回分解。

第三十一回
狼烟骤起 钓龟岛失陷遭屠戮

郑乃清不是没有派人，而是茫茫大海，岛屿无数，派出去的几拨人员一时都不知阿斌他们的确切去向。

边府财物清理结束的同时，马成那头也传来了佳音：连营兵在内，共有两千余人报名参加团勇，在那些被打散的喷火队和没有出走的亲兵中，报名的也有三十余名。与狐、郑、鹏几人一商量，岳庚当即作出几项决定：边府作为郑乃清的总管府，即日署理；没收边府的全部家产，拿出一部分粮食、布帛赈济团勇中和岛上的贫困者，其余全部充作军用；论功行赏，提高军饷，抚慰阵亡将士，激励军心民气；新成立一支千夫队和二百人的喷火营，由郑化龙任千夫长，统管这支队伍，从即日起进驻边水成的府外大营展开训练，限期七天学会喷火筒的操作使用；马成接管郑化龙原率的百夫队，任总管府的亲兵队队长；原岛中部伍全部移驻岛东，呼延豹升任岛东指挥使，统领所有岛东兵勇和包括边府港湾在内的一应船只；李大海升任千夫长，协助呼延豹赞襄岛东军事；郑乃清、郑化龙于路上堵截回来的那队边营营兵则任其去留，黄管家释放出营，驱其离岛；马一棒此次作战有功，升任总管，统管岛北、岛西部伍，与郑乃清各司各事；阿斌既然"托人带信"，已随佐佐木、刘ం兰"渡海远行"，说明"潜伏计"的第一着已经奏效，必须立即派出熟悉海上情况的人员设法到靠近水番国的附近岛屿去打探他们的下落，以便及时联系，掌握番寇举动，采取相应对策。

决定一出，上下欢欣，内外振奋。郑乃清当即派出人员出外打探。同时，新改成的总管府宴请岛上文武志士三天，全体将士也在各营地摆酒庆贺。直把一个龙湾搞得欢天喜地，比过大年还要热闹。美中不足的是，派出去的人员相继回来，都说找遍所有的岛屿都没发现阿斌他们的踪影。岳庚不能再等待，他要赶紧将岛上的情况和下步打算禀报给大圣、军师，遂在寻找阿斌的人员回岛后的次日清晨，嘱咐郑、马二总管严加防范，与狐王、鹏王返回花果山。

龙湾的风云突变，时刻牵扯着孙悟空和吴用的心。眼看一天天过去，龙湾依然没有消息传来，急得悟空几次欲亲身前往，均被吴用温言劝住。

这天,二人打早起来,正在栖凤岭边走边谈论龙湾之事,忽见从东南方向疾速飘来一朵白云。悟空眼尖,对吴用道:

"军师,快看,一准是岳庚他们回来了!"

"是岳庚他们!咱们现在就下去等候。"吴用眯眼仔细一瞧,叫了起来。

二人刚刚来到水帘洞前,岳庚三人已落下云头,隔着老远就兴冲冲地喊道:

"大圣,军师,有好消息!"

说话中,三人已来到面前。

"边水成这个卖国贼被抓住了?"悟空急不可耐,紧紧盯着岳庚。

"何止是抓住了,恐怕现在正在十八层地狱里过关呢!"狐王大概是过于高兴,一句话脱口而出,没了往日的那份拘谨。

五人说说笑笑,纵入水帘洞。尚未坐定,岳庚就将龙湾前后发生之事,狐王等在事件中的出色表现讲了个清清楚楚。当讲到最后做的几项决定时,岳庚原本是想说清事情紧急不得不当机立断而有所歉意,悟空却打断了他后面想说的话,赞赏道:

"岳元帅!你以为老孙我不懂'将在外,君命有所不受'之理?你这样做,正对俺的脾性。所有事情,就按你定的去办!"

吴用赞同地点了点头,提出了一个令大伙悚然一惊的问题:

"贫道以为番寇决不会善罢甘休,今后恐有更大的行动。乘乱让王阿斌带佐佐木、刘休兰逃走,确是着高棋,只是无法及早得悉他们的去向,对我们眼下制定方略深为不利。"

"阿斌他们不在咱们所属的岛屿,必然就在水番国那头,属下现在就去那儿设法寻找。"鹏王还在龙湾时就已琢磨过阿斌的去向,只是那时尚未想到番寇报复这一层而未曾多想,此时听军师之言,方知事态严重,遂提出了请求。

"鹏王不顾多时疲劳主动请缨,令贫道感佩。然此去水番地界,间隔甚远,岛屿棋布,且人海茫茫,番人蚁集,寻人觅物,岂是易事?只能在这段日子里加紧对东北海面的监视,发现有大批船只,即刻来报!"

"谨遵军师号令!"鹏王连声答应。

对于番寇报复之事,岳庚、狐王等曾考虑过,均以为水番国在龙湾所依赖的边水成一死,急切间不可能有合适的继任人选,近期即使实施报复,也不可能有太大的行动;至于刘休兰,尽管是个不齿于人类的货色,但一个女流之辈,至多也不过是附庸男人作威作福而已,不曾想到此女人早就有觊觎帝王的野心,番人在物色傀儡皇帝的人选上可不分什么男女。于是,从此考虑出发,岳庚在安排龙湾防务时,虽已看出岛东是重地,加强了对此地的重兵防御,却没从大的方面去部署。不仅岳庚如此,就连一向虑事深沉、办事细心的狐王和郑乃清也无不如此。此时,听吴用说得严重,都有些不解。岳庚首先问道:

"按照咱们东土规矩,在攻伐之类大事上都讲究个师出有名。番寇虽说奸诈无比,每次行动却也都要找个冠冕堂皇的理由。现在,边水成已死,他们若要大规模侵犯,岂不是师出无名,授人于把柄?"

"岳元帅出身将门府第,儒家的仁义理智一套自然熟记于心,指导于行,用在君子身上本无可厚非,但用在毫无人性的番寇身上,则用错了地方。要知道,番人的目的就是要吞并龙湾,并非真的是要扶持边水成称帝。边水成虽然死了,他们手里不是还有个刘休兰,发兵攻打龙湾,岂不是也有个出师之名?"

"番人会扶持一个寡廉鲜耻的女人?"岳庚依然不太相信。

"你以为番人会扶持品行、本事兼具之人? 如若那样,他们又怎能轻易操控?"

"军师,您这么一说,小侄可就明白了!"岳庚心头亮了一下,随即又担忧起来:"依您之见,番人倘若来犯,将会在什么时候? 有多大规模?"

"是啊,军师,您以为如何?"狐王在对待番寇入侵一事上,想法其实与岳庚一样,这时方知事态严重,不免有点着急。

"贫道也不知晓。好在咱们现在的人马、器械、战船已今非昔比,只要加强监视,严令各地严密防守,以逸待劳,量他们再有什么打算也掀不起多大浪!"

悟空在听他们对答时几次想说说自己的想法,只是怕自己这个急性子一说,反而使大伙不好再说什么,在洞里走来走去忍了一阵,终于憋不住了:

"番寇如若胆敢大举侵犯,俺可就要大开杀戒,以牙还牙了! 只是这么一味迎战,何时是了? 他们既然能一而再、再而三地上门欺负咱,咱就不能主动击敌,上门端掉他们的老窝? 大伙就按我说的这样,先打好这一仗,然后来个搂草打兔子,一锅端!"

"大圣! 您真的要这么干?"吴用眼里闪出了异常兴奋的光彩,岳庚、狐王、鹏王也都抑制不住内心的高兴,一双双眼睛紧紧盯着悟空。

"真的要干什么?"人影一闪,芭将从洞口闪了进来,手里捏着一块小石片。

"芭将好心情,忙碌之中还有闲心拿上石头玩。"鹏王边说笑,边从芭将手里拿过石片,却被石片上黏黏糊糊的东西粘住了手,"这不是松脂吗? 你拿他干什么?"

"谁说不是! 孩儿们拿这些东西投来投去地玩,不是沾在身上拿不下来,就是沾在洞壁上乱七八糟,我拿了一块,想来问问军师这些松树上的油脂能不能当漆用。要是能用,咱以后造船、修船就不用花银两买桐油了。"芭将负责山里的钱粮、采买,时常关心的是这类事情,唯恐浪费了银两。

"沾住掉不下来?"岳庚知道松脂也叫松香,是松树上流出来而凝结在树上的油脂,既有润滑功效,也可作燃料照明之用,听芭将说到个"船"字,心里一动,将石片小心地从芭将手里拿过来看了看,"芭将军,这东西做其他用还行,只是不能代替桐油。"

见自己进来打断了大伙的议事,芭将找个凳子坐下,不再提石片之事,只听悟空接住刚才的话题,斩钉截铁地说道:

"就这么干! 对于这帮没有人性不长记性的家伙,说什么都没用,只有把他们打得筋断骨折爬不起来,才是最好的办法。番寇纵然要来也得调兵遣将,准备一段时间,不可能马上就来。鹏兄弟,现在就命你去东海、龙湾传召所有将官立即回山议事! 事完后,劳你在东海监视水番国方向的动静,以防不测!芭兄弟负责通知本山所有洞主和将官,于明天在这儿参加议事!"

"遵命!"

天尚未亮,积玉岛前的港湾就忙碌起来了。为了取得这次"南进"的煌煌战果,一举侵占东土的东海、龙湾,松井郎让刘休兰"暂留积玉,静候佳音",自己则亲任元帅,索尼殿和武男村为攻打龙湾、东海两路指挥使,并举行了隆重的祭旗仪式。做法虽然学自东土,祭物却不是什么猪头三牲,而是将事先捉拿的三个东土人当场杀害,用三颗血淋淋的人头祭了旗,以为这就可以打个好头,预示此次"南进"旗开得胜,马到成功。直把在场的阿斌及其亲兵怒得血脉贲张,几乎不能自制。

祭旗仪式结束后,松井郎同索尼殿和其他头目登上了一艘装饰华美的大船,在前后船只的拱卫下带领七千五百兵丁驶离了港口。阿斌站在码头高处刘休兰身旁默默数了一下,仅大船就有六十艘,中间尚有几十只中等船只,人不多,货物却堆得很高;首批船队驶出不久,由武男村以及佐佐木在内的头目所率的第二批船只载着五千多兵丁也接着开出,在四十艘大船的中间,同样夹杂着不少货船。

"难道这就要直接去打龙湾了? 还是包括其他地方?"阿斌原以为番兵这次出动必然要有向导带路,那样自己和亲兵们就可乘机回去,将情况设法送出,让郑大叔他们能做好准备。想不到番人竟一个不用,看来他们了解东土沿

海的情况。急切之下,他看了看身后同样着急的亲兵们一眼,然后对正要起身回去的刘休兰假作关心地问:

"刘参军!有我们这些亲兵们在,却不能护您回龙湾,实在惭愧得很。"

"你们可不要小瞧这帮番人。我听松井郎先生讲,他们中很多人都去过龙湾、东海,有些事情比本地人还清楚。你们就在这儿好好待着,等这次番人占了龙湾,你们就随我回去。到那时,还怕没有你们的用武之地?"

"属下谨遵参军之令!"事已至此,阿斌心里再急,也只能伺机而动了。

入夜的钓龟岛,安谧中孕育着一片紧张,岛上的多数渔家虽然已闭门睡觉,但岛上四处仍有点点灯光透出窗外、船上,给漆黑的夜空、海面上闪过片片生命之光;偶尔响起人的脚步声和猴子的嬉戏声、兵器的撞击声,转瞬间又归于平静。

在靠岛东面最高处的一所石砌哨楼里,崩将、吴望祖、林二娃(就是那个反抗边水成的林姓青年)正就着微弱的灯光在碰头议事。

"崩将军!按照您从花果山领回来的任务,咱们白天黑夜地已经防守了一个月,怎没见番寇有何动静?"林二娃自那次从龙湾与几个同伴来到钓龟岛,先是在林老汉家养伤,而后就同那几个伙伴和岛上的青壮年渔民组织起了一支队伍,协助崩将的一千多名猴子守岛,白天出海捕鱼,晚上轮班防守。一个月前崩将去了趟花果山,回来召集大伙,说边水成已死,刘休兰出逃,番寇很有可能要大举出动,令各地做好准备,加强防守,钓龟岛靠水番国最近,更不能有丝毫懈怠。岛民深知番寇的凶残,不仅帮助崩将加固了一应防御设施,给哨楼等防守之处送了大批食物和水,还公推几个渔民专门在港湾处看船、行船,再三嘱咐林二娃他们安心守护,不必再为生计操心。这不,方才刚送走童超所率的海上巡逻队,二娃就急着向崩将提出了问题。

"嗨,我还怪这帮家伙不来呢!只要他们来了,我一准让你杀个痛快!"

"心急吃不了热豆腐,说不定番寇正在路上呢。"吴望祖当村正时间久了,显然比他俩有耐心。

事情就是这样凑巧。吴望祖本是一句安慰话,谁知话音刚落,就听泊船处传来了一长两短的螺号报警声,哨楼顶端的猴兵也从上楼处探头向下禀报,说港湾处发现有船只驶来。按预先规定,港湾泊船处如遇紧急情况,螺号应该连吹三次,怎么只吹了一次再无下文?

"不对!吴村正,你和孩儿们把守哨楼!二娃,你随我来!"崩将虽说性急,却见多识广,一抄身边放的宣华大斧,纵下楼底,朝山下港湾处奔去。林二娃随手拿起自己的渔叉,一顿狂奔,紧紧跟在崩将后面。

港湾停船处,那个报警的渔民已被杀死在沙滩上,手里还紧紧握着一支螺号;负责守卫此处的二百猴兵此时正散布在海滩靠近岸边岩石的地方,与多过数倍的番寇拿弓箭对射着,时有一些猴兵电似的冲出去想手刃敌兵,却因敌不住对方势众而不得不退了回来。

崩将不是预先作了准备,怎么还能让番兵袭了过来? 原来,率兵攻打东海岛屿的武男村早已从山纠武夫等人几次偷袭的失败中得出了教训,在坚决执行青龙会所定的两路人马"昼伏夜行、突然制敌"方略的同时,转而采取了"攻其一点、不及其余"的方略,选择了离自己最近、最靠边的钓龟岛和北山岛作为攻打目标,自己率一多半人马攻打钓龟岛,其余人马则由佐佐木带路并指挥,攻占北山岛。为了偷袭成功,他命五艘货船亮灯前行,其余船只则摸黑衔尾跟进,一是万一有情况可迷惑对方,二是以此掩护松井郎所率船队能够悄然通过钓龟岛东面海面,便于奔袭龙湾。

狡猾的敌人在第一着上取得了成功。当防守的渔民和猴兵们发现有五艘"货船"向岛上驶来,立即散立滩头,做好了检查的准备。来船渐渐靠近,在泊船处停了下来。负责报警的渔民正要和其他人上前检查,船上高大的"货物"却动了起来,一下子从里面扑出二十多个番兵,手握长刀跳下船,一声不响地向岸边扑来。渔民见势不对,拿起螺号就吹,未等吹第二次,番兵已将他砍死在地。与此同时,防守此地的猴兵已同登岸的敌人展开了激战。刚开始,猴兵们仗着地形熟悉,身手敏捷,于混战中杀死了十几个番兵,不料,敌船越来越多,登岸的敌兵足有六七百个,猴兵们不得不退到岸边,用箭来阻止敌人的进攻,形成了短暂的对峙。

疾奔而来的崩将此时已来到靠岸的岩壁上,见下面敌兵还在从陆续到达的船上往岸上涌,来不及多想,一声厉啸,提斧纵身跃下,正好跳入两军阵中,抡圆大斧一阵狂舞,将箭矢挡落于地,对准前面的敌人就是一顿猛劈猛杀。趁敌兵攻势受阻一时慌乱之际,听到啸声的猴兵精神为之一振,同后到的林二娃一齐扑上前去,杀入了敌群,霎时就将前面的番兵杀得死的死,伤的伤,纷纷倒下;后面的敌兵虽然人数众多,却因前面同伙挡住难以施展,同时见猴兵异常骁勇、机敏而心生怯意,不得不向后面退去。

杀红了眼的崩将正要挥斧追赶,忽听船上传来一声刺耳的尖叫,正在后退的番兵"哗"地向两侧退去,露出了浅海处的几艘大船。

"不好,快退!"随着一声大叫,紧随身后的林二娃将方自诧异的崩将使劲一拉,向一侧跃去,其余猴兵并不知眼前有什么危险,见番兵纷纷后退,以为正是夺取敌船的极好机会,反倒一窝蜂向前猛冲。

站在中间一艘大船上发号施令的是武男村。这个沙场上滚打出来的番兵头目,见自己"商船骗敌"的诡计得手,立即命令步军抢占滩头,欲一举击败守军,配合另外几支突袭队伍攻击全岛,使东土的东海岛屿失去屏障,不料,步军的攻击却遭到了那些纵跳自如、来去如风的猴子们的顽强反击,自己的兵丁尚未登岛就死伤一片,遂改变打法,喝令部属退开,使出了自己的"杀手锏"。

猴兵们万万想不到,前面正是番寇有意设下的陷阱。就在他们往前猛冲之际,一阵沉闷的响声自大船上连珠般发出,尚没弄明白是怎么回事,猴兵就倒下了一片。

林二娃虽说是个初上战阵的年轻人,却看得十分清楚,知道再战下去,极有全军覆没的危险,遂再次大喝道:

"崩将军! 不可恋战,快招呼弟兄们回哨楼坚守要紧!"

猴类在同类遭到伤害时往往野性大发,越斗越凶,只要领头的猴王还在战,绝不会有人退缩。此时的情景就是这样。崩将眼看自己的部属惨遭杀害,哪里能听得进他人的劝告? 只管纵来跳去地挥斧砍杀,众猴见主将如此,无不奋勇向前,倒把退向两侧的番兵打了个沿滩乱窜,七零八落。

正在这时,钓龟岛其他地方相继传来了急促、凄厉的报警声,不时可以看见暗夜中闪烁的光亮。崩将再怎么不情愿放弃眼前的敌人,也不得不考虑全岛的安危,陀螺似的杀死两名番兵后,命林二娃率猴兵回哨楼坚守,自己则长啸连连,向灯光最亮的岛北攀壁纵树而去。

钓龟岛北此时已被番兵攻占,崩将连蹿带跳地赶到之时,渔民队和猴兵正被番兵追着往岛上的树丛中溃退。

这是武男村分兵击敌、各个击破意图的结果。按照松井郎的部署,武男村所率的兵丁要全面用兵,一举攻占钓龟岛与东海诸岛,与自己的攻岛行动南北呼应,既可图分散、牵制敌方兵力之谋,也可收大功一举告成之效。老谋深算的武男村却另有安排,在派出两千兵力去侵犯北山岛的同时,自己则亲率三千五百人马从四面攻打钓龟岛,欲以一岛之胜鼓舞士气,再挟得胜之勇会攻东海其余岛屿。在他看来,以自己丰富的沙场经历,辅之以喷火筒、火炮这些新式兵器攻夺钓龟岛,简直是易如反掌。于是,他将所有喷火兵全部派往岛的北、西、南三个地方,身边只留下一千兵丁和火炮兵。

应该说,武男村的这一招果然狠毒,以两千五百名携有新式兵器的兵力分攻钓龟岛的三个地方,对于每处仅有二百余名的守军而言,无论人数还是兵器,番兵都占了上风,加之番兵一上来就用喷火筒开火,守军在海滩边无险可守,渔民队和猴兵只能在边打边退中,将番兵引往牡蛎阵、尖桩阵、石头阵,尽量杀伤、阻滞敌人,但番兵仗着人多器厉,死伤一批又涌上一批,见人也喷,见树也喷,直把守军追得四下逃散,到处是火。飞奔而来的崩将见岛北已经无法夺回,只得用啸声召集残部,往哨楼一带退却。

一波未平,一波又起。就在岛北失守不久,岛南、岛西也犬吠不断,火光四起,厄运同样降临到了这些地方。一伙又一伙的渔民和猴兵一边绕着那些尖桩、牡蛎、石头、地弩往山上跑,一边趁空回击追在后面的番兵。岛上的渔家被外面的火光、叫声惊醒,纷纷起身下地,从门缝处往外偷看。有那些头脑清醒的青壮男子已将可以抵御的东西拿在手,以防不测,住在岛北山岭处的林老汉更是一听动静便爬了起来,准备和再次上门的番寇拼命。

钓龟岛平静的夜晚被彻底打破了!空前的灾难正向人们一步步逼近。

哨楼,屹立于岛东山顶处的哨楼,以及周围的防卫设施,此时成了四下守军汇聚的中心,番兵四面围攻的场所。

自奉命负责钓龟岛和东海诸岛的防务起,崩将虽然也时不时到东海各岛去进行巡视,但一直住在钓龟岛。这倒不是他虚于应付,或是难以驾驭"钻天猴"等头目,相反,不论中心岛还是东、西、南、北岛,所有头目都曾是他的旧部,都因他的刚正不阿、敢作敢为而对他尊重有加,无论他去哪个岛,都会受到大伙的拥护。他之所以不去,一是感到钓龟岛距水番国最近,自己对岛上情况熟悉,首先必须保住这块地方,对得起大圣以及大伙对自己的信任;二是在知道了钻天猴、一爪抓等头目英勇抗击番寇的事情后,对这些后代子孙佩服之中加了放心;三是自从花果山被逼逃亡到钓龟岛后,就与跟随自己的一千多部属长年待在一起,一旦分离,真还割舍不下。

既要在,就无论如何得守好这个岛。为此,崩将将东海岛屿的做法都搬了过来,除在岛东港湾泊船处设了巡查队外,还在其他三个地方设置了牡蛎阵、尖桩阵、石头阵和地弩阵,并于岛之高处建了哨楼,四周密布藤绳和层层障碍,同时还在吴望祖及渔民们的协助下,成立了以阿斌为队长的渔民队,共同防守钓龟岛。

崩将当然不会想到,番寇一下子会来这么多,而且使用的是自己及部众最为恐惧的火器。面对从四面八方追逐围攻过来的越来越多的敌人,他无暇多想,命吴望祖、林二娃率撤上山的渔民队和原先的猴兵坚守哨楼,自己则将其余的六百猴兵,多半散入周围的密林、山丘、岩石处,只留少量在哨楼四周。他已看到敌人火器的厉害，决心以自己的智慧来抵御敌人的进攻，不能让部属去白白送死。

经过一路上的遭袭，番兵折损了五百多人，比守军损失要大，但仍有近三千人，此时正从四面包围过来。由于在其他地方尝到了各种阵势的苦头，不是被飞石砸得倒地毙命，就是被尖桩刺得头破足烂，因而攻击速度明显放慢，再加上夜黑地生，树摇草动，弄得番兵疑神疑鬼，追追停停，不敢大胆前进。尤其令他们想不到的是，那些专管喷火的兵丁已在前期攻击中几乎都耗尽了油，有的即使还有些，也所剩无几。至于火炮，因移动困难，并未携带上岛。所有这些，都为崩将的紧急部署赢得了时间，创造了战机。

最先上来的是进攻岛东的番兵，约有七百余众，由一个名叫小泽郎的青龙会头目统领。此人的地位仅次于武男村，是积玉岛议事时的高级头目之一。作为此次侵犯钓龟岛、东海的总头目武男村的助手，在主帅坐镇指挥的情况下，他必须亲临沙场、督兵攻伐。这个三十多岁的家伙，原以为一阵炮轰、一番攻击，就可拿下钓龟岛，谁知海滩一战，损失过百；爬岛抵楼，又伤损了二百多人，弄得他不得不率岛东之兵攻打哨楼时，派人呼叫其他方向的兵丁实行合围。

哨楼所在之地原来是一个面积并不小的土石山岗，树木茂密，绿草如茵。为了便于瞭望、驻扎和防御，吴望祖带领全岛居民花了一个月时间，将中间场地平了，砌起哨楼，周围的树木则全部保留，并架设了山藤，沿哨楼四周堆放了大量石头，便于猴兵们平时玩耍，战时御敌。如今，当番兵已从四下山坡慢慢接近之时，这儿已成了全岛最后一道防线。

番兵越来越近，已能听见他们粗重的喘息声和兵器的撞击声。随着崩将一声长啸，猴兵们推的推，扔的扔，一块块石头向下滚去，传来的是番兵一连串的惊呼、惨叫。但时隔不久，敌兵又在小泽郎的呵斥下向上蠕动。原来，满山遍野的大树小树既阻碍了番兵火器的使用，又制约了石头滚动的威力，不是碰到了树上，就是滚不了多远。

有道是，东方不亮西方亮，黑了南边白北边。就在番兵们为树木阻挡石头而暗自庆幸之际，早已潜藏在树林里的猴兵们却有了乘机袭敌的大好机会，而这正是崩将令其躲藏的原因之一。你想，在树间纵跃飞荡本就是猴子的看家本事，手中的利刀长棍更成了此时最拿手的坚兵利器，未等崩将发令，藏在树上的猴兵就向下面的敌人发起了攻击。只见他们一手抓住树梢、山藤，一手持兵器向下猛击，几乎刀刀见红，棍棍溅血。番兵想反击，一是行动笨拙，二是仰面迎敌，加之林间转动不便，岂是猴兵们的对手？不大一会，就成片成片倒下，哀号惨叫之声不绝于耳。

　　狗东西们这是怎么了，为何死死挨打而不再喷火？崩将稍作思索，当即明白是怎么回事，在暗暗悔恨自己糊涂的同时，将宣华大斧往地上一放，而后用啸声指挥部属再次向下推扔石头。乘敌人上遭猴兵攻、下有石头滚、拼命乱躲惨叫之际，他飞身上树，一阵手探足抓，登时打伤了四五个番兵。众猴从他的啸声里明白了用意，在树上打得更为起劲，或操兵器，或用手足，直把番兵打得狼哭鬼叫，死伤惨重。

　　天色已在不知不觉间放亮。林间虽然还很昏暗，但透过那隐隐绰绰的身影可以将情况看个大概。藏在后面的小泽郎见攻了半夜，不仅没把最后一道防线攻下，反倒损兵折将，直把他气得连砍了几个后退的部下，也没制止住溃逃的颓势。一怒之下，他用番语一阵大喝，夹杂在兵丁中的那些喷火兵，不顾一切地向树上、向周围开了火。一时间，火光四射，人影乱窜，树上的枝叶被燃着落到地面的枯叶上，火焰霎时这一堆那一堆地燃烧起来。有几个猴兵被突如其来火焰烧着，剧痛之中不在树上纵跳，反倒带着炽烈的复仇意念腾身下树，抱住下面的敌人拼命撕咬。一个全身是火的猴兵没逮住番兵，急怒之下抱住了一只油桶，引燃了里面的油，随着一声轰响，熊熊的火焰带着肉片、木片向四下迸溅开去，将周围的一切全罩在火里。树丛中的番兵本就不少，此时全都成了火人，你推我，我挤你，人撞树，树挡人，狼奔豕突，好不凄惨。再看树上，猴兵们已在崩将的带领下，蹿到了哨楼附近，有的干脆找些土丘、岩缝暂时躲藏起来。

　　小泽郎用死伤二百人的惨重代价，取得了他意想中的效果：哨楼四周的树木几乎全被烧焦，树叶没有了，枝梢烧掉了，原先碧绿繁茂、无从下脚的树林，此时一片空旷，只剩下一株株孤零零的树杆，以及树下横躺竖卧的番兵尸体和深可没足的尚在燃烧的灰烬。小泽郎见林中已经安全，立即抽出番刀，在一百余兵丁的严密护卫下，督饬番兵发起进攻，将哨楼围了个水泄不通。

　　经过多半夜的奔波、激战，林二娃所带的渔民队几乎没有什么伤亡，猴兵却死伤了近三百人，剩余的六百多除哨楼里能留四五十个外，大部都坚守在不足六七亩大的狭窄地方。始终守在哨楼外的崩将不禁为这么密集的部属的命运暗自担心，琢磨着如何击敌的办法。

　　见对方失去了树木的遮挡而退缩到了中间地带，小泽郎胆子壮了，先是令喷火兵向上集中开火，令猴兵们无法反击，然后指挥番兵从四面疯狂地发起了进攻。

　　面对一道道火光，有的猴兵慌了，起身就朝山下跑，却不是被火烧着，就是被蜂拥而上的番兵刀剑并举,戳个正着。崩将看出了门道,严令部属坚守不动,看自己的行动行事。一会,手举长刀的番兵从四面涌上,崩将一声厉啸,朝着冲在前面的番兵抡起大斧一阵横扫,将敌人扫倒一片;早已憋足了劲的猴兵岂肯放过这一机会?纷纷从隐藏处扑了出去;守在哨楼里边的吴望祖和林二娃见番兵攻到近前,也急忙指挥渔民队和猴兵向山坡上的敌人张弓疾射。番兵经此反击,留下满地尸体逃了下去。

一轮又一轮的向上攻击,均遭到了崩将组织的近距离袭杀。看着天已完全大亮,小泽郎正要组织再一轮的攻击,百余个番兵抬着五尊炮和一箱箱的铁弹,费力地找到他的跟前。原来,在大船上等候佳音的武男村只见火光起,不见捷报来,闻听岛上惨呼连起,估计遇上了劲敌,遂命一头目运送火炮上山,并将一页书札交给他,让他速交小泽郎依计行事。

小泽郎将书札看完,立即命令番兵把炮支好,向上开炮,同时着一个头目带领五百部众悄悄撤了出去。

头轮铁弹呼啸着落到地上。崩将知其厉害,急忙招呼部属躲藏,但狭窄的场地中何处安全?随着一排排铁弹的落下,密集的猴兵中已有不少中弹,大多一击毙命,即使没死,也都身负重伤,形势到了最危急的关头。

炮声、火光、厮杀声,伴随着岛上惊恐不安的人们,度过了一个漫漫长夜。胆小的尚不敢出门,躲在屋里喁喁私语,猜测着各种可能降临的厄运;胆大的则聚集在门外,指着哨楼处冒烟喊叫的地方大声议论着。该是做早饭的时候了,岛上却没有一家烟囱冒烟,大伙盼的是那个猴将军和吴望祖、林二娃能够率兵将来犯之敌全部消灭或赶跑。

正当人们议论之际,两个打算出海的渔民从海滩处跑来,边跑边大声喊叫:

"不好了,番寇的船将下面占满了!"

一些好奇的年轻人闻听就要下岛,却见一队队番兵朝哨楼方向有房屋的地方扑来。未等人们醒悟过来,一队番兵已扑到近前,弓起弦落,射倒了几个。人群一阵大乱,拔足便跑,却已经迟了,除几个逃走后,其余七八个全被番寇乱刀砍死。

武男村转给小泽郎的书札并非全是催促用兵之事,而是命令他迅速攻击钓龟岛的同时,分出一部分兵力血洗全岛,旨在将此地变成一个无人岛之后,继续挥师南下,攻击东海诸岛。此令正好符合了小泽郎久攻不下、死伤惨重的报复想法,立即派出野田、小吉等五名素有军中"冷面杀手"的头目,各率一百名兵丁,血洗钓龟岛,命令他们动作要大,下手要狠,以此瓦解哨楼守军的斗志,配合自己攻下钓龟岛上最后一块阵地。

野田、小吉这两个三天不杀人就手痒的头目接受命令后心中狂喜,当即约定来场杀人比赛,碰面时以各自割下的被杀者的耳朵计数,然后分头带着兵丁杀向了岛上。

射杀门外人群的便是野田所率的番兵。这伙兽兵见门外已无一人,便分头砸门入户,见人就杀,见东西就抢,见女的不分年龄大小,一律轮奸后再行杀死,而后出屋将房屋烧毁。霎时间,岛上火光冲天,惨叫连天。

野田此时已不知杀了多少人,只见身后一个番兵背着的专装人耳朵的背囊越来越鼓。当他带着一伙番兵来到一所大门紧闭的二进院时,遭到这家人的反抗,从院里高房处向外射出的箭,将几个番兵射倒。野田恼羞成怒之下,即刻命跟随的喷火兵将大门烧穿,攻了进去。原来这正是村正吴望祖的家。几名抵抗的家丁尚要反击,怎奈番兵人多,不一会就全被杀死。野田见这所院落整齐高大,估计里面一定有人、有财物,命令部属逐屋搜查。当搜查到里院时,从一间屋里传出了孩子的哭声。野田一阵大喜,几脚将门踹开,里面有一个年约四十岁的妇人,一个少妇,一个十四五岁的姑娘,一个七八岁的男孩,两个丫环打扮的女子,还有个青年男子,是吴望祖的儿子,刚才尚带着家丁在房上抵抗番寇,家丁战死后,为了保护家小刚刚进到屋里,此刻手里还拿着把刀。他趁敌人不防,一刀将冲在前面的一个番兵杀死,未曾再举起刀,就被蜂拥而上的番兵砍倒在地。野田见屋里有这么多年轻女子,狞笑一声,随手将刀扔在地上,饿狼扑食似的将那个少女按在了床上,其他番兵见头目已动了手,也都几个拖一个,将其余四个女子往院里拖。中年妇女是吴望祖的夫人,见儿子被杀,女儿和儿媳妇以及两个丫环即将惨遭蹂躏,低头死死咬住了拖她的一个番兵的手腕,小儿子则抱住番兵的腿不放。被咬的番兵痛得惨嚎一声,举刀先朝女子当头劈了一刀,而后将男孩踢飞,犹不解恨,朝着母子俩一阵横劈竖砍,母子双双身亡。

野田带领兽兵肆虐屠杀的同时,小吉也率兵在岛上展开了疯狂的屠杀、烧抢。由于几路兽兵的纵横来去,许多人家杀的杀,逃的逃,人员所剩无几,他唯恐比不过野田杀的人多,遂追赶一伙逃难的人到了北面一座山上。此地正是林老汉和陈姓人家住的地方。陈家母女害怕遭了番寇的毒手,早早就逃到了一处洞穴藏了起来。林老汉老两口均已是七十岁左右的人了,哪儿也不去,死也要拉个垫背的死在自己家里。

随着一阵急促的脚步声,十几个逃难的人来到了林老汉的屋前。林老汉急忙举手示意他们往山后躲藏，自己则坐在门前继续修补渔网。一会，小吉率兵来到，里里外外搜查了一遍，发现只有两个人，忙命林老汉带路，领他们去山上搜人。老汉假装听不懂，问一句摇摇头，故意拖延时间。正在这时，屋里传出了老伴的哭喊。林老汉扭头一看，几个番兵已将老伴按在床上。"畜生，俺和你们拼了！"林老汉弯腰抄起身旁的一柄渔叉，起身就往屋里闯去，身旁的小吉长刀一挥，将他杀死在地。

钓龟岛遭到了空前的劫难。

哨楼，番兵犯下了同样的罪行。在哨楼顶端顽强抵抗的吴望祖、林二娃以及渔民队的渔民，看见岛上到处是大火，到处是逃难的人群和在后面追赶的番兵，无不心急如焚，在打退了番兵的又一轮攻击后，急忙下楼找崩将禀报。崩将登楼一望，果真如此。大愤之下，就要率兵与番寇决一死战。吴望祖急忙阻止道：

"崩将军，万万不可造次！番寇多过咱们几倍，硬拼岂不上负大圣重托，下负百姓期望？为今之计，只有赶快突围！留得青山在，不怕没柴烧。岛上百姓肯定遭了大难，留下咱们才能为大伙报仇！"

崩将想想，确也如此。他当即命令吴望祖、林二娃带领渔民队先从西面撤退，自己率猴兵断后。为了给番兵以最后的打击，掩护吴望祖他们顺利突围，他命部属将剩余的石头一股脑儿地扔了下去，趁敌人惊魂未定之际，长啸一声，带领部属从西面风似的刮了过去。不因这一突围，有分数：血战孤岛志未酬，大仇铸剑恨成流。抗番从兹添劲旅，且看海战斩敌酋。

欲知崩将能否突围出去，且听下回分解。

第三十二回
同仇敌忾 赛海豹初试显神威

鹏王没有料到,自己主动请求在东北海面监视番寇的动静,竟会在不易观察的晚上让敌人钻了空子。这天早晨,他照旧从花果山出发,先是在北山岛北面发现了十六七艘大船和一些货船,随后在钓龟岛上空目睹了番兵肆意烧杀掳掠的惨景。

"狡猾的番寇,我看你们还能猖獗几时!"怀着对番寇暴行的愤恨和因自己失职而滋生的内疚,鹏王朝着南面低空飞行,终于在距龙湾还有两天路程的一个无人居住的荒岛东面,发现了隐藏的密密麻麻的庞大船队。

情况万分紧急,这无疑是水番国向东土发动的一次大的侵犯。鹏王不敢有丝毫的松懈,在返山途中,相继找见童起、童超分别率领的水军船队,将自己发现的敌情作了通报,接着在中心岛见到了一直在这儿操练步军海上作战的岳辰,告知了番寇即将兵临北山岛的情况,最后来到了花果山。

此时,已经是上午时分,悟空、吴用、岳庚、芭将四人正在水帘洞内谈论山里山外的防务和番兵何时进犯之事。狐王因唐坡山有事,没有在场。

"军师!您说已经一个多月了,为何还不见番寇有什么动静?"岳庚自上次与狐王、郑乃清、马一棒痛歼边家军后,几乎连晚上做梦都想的是与番兵作战的事。出身将门的他,自然知道卫青、霍去病北击匈奴、捍边卫国的煌煌青史,更清楚祖父在时屡败金兵、壮志未酬的英雄业绩。按他与大圣的想法,番寇既然屡屡犯我东土,我们何不提前动手,打他个措手不及? 只是经吴用再三解劝,说番寇之前的所为还不足以构成我方主动出击的充足理由,必须等他不仅露出了尾巴,而且露出了整个身子,我们就可名正言顺地大举反攻了。岳庚并不是不明白这个道理,在听从了军师的劝告后,忍是忍了下来,但当谈论起这方面之事,他还是憋不住想问。

"按照番寇的本性和兵丁、粮草的调遣、征集,贫道敢说他们一定会来,一个月的时间也足够了,恐怕就在这几天内!"吴用回答得十分肯定。

"俺老孙就怕这帮狗东西不敢来! 军师,这次番寇们来了,你可不能再阻拦俺,这么长时间不活动筋骨了,得让咱舒展舒展了!"悟空几近孩童的顽皮模样,逗得大伙大笑起来。谈笑间,洞口的猴子跑了进来:"大王,鹏王回来了!"

话音未落,鹏王已敛翅伸足,变为人形,风火火地闯到面前:

"禀大圣!番寇分三路进犯,目下已进入咱们海面!"

"三路进犯?哪三路?有没有交手?"悟空一步纵到鹏王跟前,眼里闪烁着异样兴奋的神采。吴用、岳庚、芭将也停止了议论,将鹏王围在中间。

"一路已快接近北山岛,大船不到二十艘,中等船有六七只;一路位于龙湾与钓龟岛中间的一个荒岛东面,仅大船就有五十多艘,还有不少中等船只,我往回返时,这些船还都隐藏未动;再一路是到了离咱们最远的钓龟岛,我、我去时……"说到这儿,鹏王头一低,眼圈一红,哽咽着说不下去。

"钓龟岛怎么了?是不是已经……"悟空情知不妙,咽下了后半截话,双手紧紧抓住了鹏王的肩膀。

"大圣!钓龟岛已经陷入敌手,那些强盗们正在岛上大加杀戮,房屋全部被烧!大圣,我该死,对不起你们,对不起崩三哥啊!"鹏王一屁股坐在地上,失声痛哭起来。

见悟空气得抓耳挠腮,在洞里急速走动,岳庚猛地想到一个问题:

"鹏将军!这股番兵有多少人?崩将军是否遭了他们的夜间偷袭?"

"敌人有多少我不清楚,从岛东港湾处停靠的船只看,要比进犯北山岛的多,仅是大船就不下二十艘。"鹏王从地上站起来,抹掉了脸上的眼泪,"我清楚崩三哥的脾性和本领,没有几个时辰苦战,番寇决计占不了岛!"

"这就对了!番兵一定是实施了夜间偷袭,其他两路敌人也一准是夜间航行,不得不在白天出现,也不得不找个地方先隐蔽起来。鹏将军,你纵然本事再大,也不易于漆黑的夜晚发现敌人的行踪,此事我考虑不周,与您无关!"岳庚连续数月在东海一带操练步军,对整个海域的情况已了如指掌,说这番话并非仅是安慰鹏王,而是有自责的成分。他在心里谴责自己:作为鲲鹏之类的大鸟,尽管有搏击长空、俯瞰万里的本事,但那是在白天;一旦到了泼墨似的晚上,即便是像鹏王这样道行颇深、能够变幻的鸟中之仙,也依然不能完全去掉"夜宿眼"这个与生俱来的毛病。自己身为主帅,当时议事时为何就没想到这点呢?

悟空从气愤中平静下来。他并不是迁怒鹏王,而是崩将在他走后的内讧中的忠直表现给他留下了非常深刻的印象,而且崩将归山不久,一旦有什么意外,如何对得起这个生死弟兄?此时听着岳庚与鹏王的答对,他恢复了原先的神态,面对大伙道:

"胜败乃兵家常事,各位都别自责! 兵贵神速,咱们需马上制定方略,展开行动!"

"听鹏将军刚才所说,番兵这次出动的大船不下一百艘,还有那么多中等船只,兵力应该在一万人以上,重点显然是龙湾。尽管兵分三路,每一路兵力均超过了所进犯的我方人数,贫道以为咱们可以来个针锋相对,一显咱赛海豹的威力!"说到这儿,他语气一转,用鼓励的神色看着岳庚,"岳元帅,你就下令吧,贫道愿担当一路!"

"军师所言与我所想不谋而合。大圣您?"见悟空点了点头,岳庚当即作了部署:"此次是咱们同番寇的首次大战,必得大圣您亲自出面,统管各处,以壮军威,弘扬国气! 下面兵分三路,一路由我率童起将军的水军奔赴龙湾之北截击番兵的大批船队,与郑、马二总管的守军共同歼灭这股敌人;一路由军师率岳辰的步军围歼进犯北山岛之敌,而后驰赴龙湾,作万一之备;一路由鹏将军通知狐王,二人先行奔赴钓龟岛,设法诱其南下,与随后赶到的童超将军的水军在海上将其歼灭,同时设法寻找崩将的下落!"

军令既出,无不肃然。见大伙即将出发,鹏王突然想起自己已经对水军和岳辰作了通知,忙将此事讲了。悟空此时最为关心的是侵犯龙湾的那支番兵,安顿了芭将几句,首先纵出洞口,径向东南海域奔去。

岳辰此时已率船队来到了北山岛。别看他年纪小,却因出身将门,耳濡目染的净是些如何运筹帷幄、排兵布阵的说教与兵书,且在京城时经常与一班小弟兄择场演练、入山狩猎,倒也使他从中悟出了不少这方面的道道。同哥哥来到花果山后,他就暗自下定一个决心:既要听哥哥令,又不能比哥哥差,一定为岳家增光添彩! 抱定这一宗旨,他不论是在花果山,还是在东海岛,白天率领部属操练,夜晚就在灯下研读兵书,不仅熟悉了三个火器营的兵器性能,知道怎样使用才能发挥出其最好的效力,而且通过海上演练,掌握了船队在水中的几个阵法,了解了步军中象、熊等所有部属的脾性与专长。今早,他一得到鹏王告诉的消息,立即留下四千步军和六百火器营兵丁待命,防备番兵攻打其余四岛,而后先命熊王带一千步军、袁德胜带三百火器营兵丁出发,于北山岛之西隐蔽,自己同家将岳信亲率二百火器营兵丁乘船直抵岛北。他要用少量兵力予敌以痛击,然后再诱敌深入在近海或岛上合围歼敌。

来了! 由佐佐木带路并指挥的番船出现在北山岛北面的海面上。按照松井郎开拔前的安排,三支船队必须白天隐蔽,乘夜偷袭,以确保一举成功。命令到了佐佐木这儿却发生了变化。佐佐木这个心高气傲的家伙,本来就想处处出头,建立战功,能在青龙会抬抬位置,不料却在龙湾失事,落荒北归;积玉岛议事,因官差一级,想说而不敢说,让他又憋了一肚子气。因此,当武男村令他率领两千人马、乘坐十七艘大船和六艘用来骗敌的货船攻打北山岛时,他乐得心花怒放,以为这么多兵马并有最厉害的喷火、火炮在内,攻打一个北山岛,岂用得着费时旷日的夜间偷袭? 基于这一急于立功受奖的迫切心理,他与武男村在漆黑的海上分手后,立即率队改变航向,经过一晚上的行驶,于次日上午来到了北山岛的北面海上。

船队越驶越近,已经完全能够看清海滩与岛上的情景。

"哈哈,我说中了吧? 一个小小的岛屿能有多少兵力? 一顿炮轰、火攻,就能将那七八只船打个粉碎!"佐佐木一阵狂笑,转而下令:

"全速前进,抵近开火!"

原先长蛇似的船队突然由纵变横,齐齐向近海处驶来。

眼看敌船就要开火,吴用突然来了,凌空跃入岳辰乘坐的船上,对他说道:

"岳将军! 贫道在空中发现每艘番兵的大船上都有一个大铁筒似的东西,估计是种厉害兵器,千万不要轻敌!"

"大铁筒?"岳辰脑子里猛地浮起祖父在书札里所叙述并画就的铁浮陀的情景与图样,脱口问道:"莫非是铁浮陀? 那可是种一射多远的兵器!"

像是回答二人心中的疑问,番船此时开了火。随着一阵"嗵嗵嗵"的响声,一枚枚铁蛋从空而降,大部分落在岳辰所率船只不远的海面上,溅起了一支支白色的水柱,少量击在船上,击伤了几个兵丁,将船砸出了几个窟窿。

吴用见此,已经心中有数,问岳辰:

"岳将军打算如何迎敌?"

"禀军师! 属下计划分两步走。"岳辰用一两句话说了自己的打算,然后用征询的眼光看着吴用,"不知军师以为如何?"

"将军所想甚合贫道之意,只是面对敌人如此兵器,不能拿这些船与之硬敌,需及早避开为妙!"

说话间,番兵又向前推进了一步,铁弹几乎就在船前下落。

岳辰腮帮子一动,向船只和身旁的岳信发出了命令:

"立即将船驶向东面,所有火器兵做好准备,待敌船驶入射程范围,给我狠狠地打! 岳信立即前去西面通知象、熊二王,让他们将所有火器留下,来此夹击敌船,其余人马由他俩带队上岛,沿着北面埋伏,听我号令行事!"

岳信答应一声腾空而去,岳辰则护着军师率船驶离原地,向东驶了一段停下。

两通炮火就打退了当面之敌,这使佐佐木更加狂妄,立即督船队全速前进。有几只船为了抢占头功,率先冲在前头,船刚刚驶入滩头前面的浅水处,番兵就争先恐后跳下船向岸上冲来,后面的船只见前面的船挡了路,来不及按序展开,只得就地停下,将佐佐木的指挥船挤在了中间。

站在远处船上的岳辰冲着吴用笑了笑,大声喊道:

"准备靠近!"

话犹未了,只见前面的滩头上出现了一个奇特的情景:一百多名冲在前头的番兵没了方才气势汹汹的模样,先是抱着脚在地上哇哇乱叫,而后又抱住鲜血淋漓的脸惨叫起来,手中的长刀扔了一地,没一个敢再往前走一步。难道他们遇上了鬼魅?非也!这正是东海岛屿所有守军的阵式之一,猴兵们用来御敌的杰作——牡蛎阵。早在前半个月,岳辰就根据花果山议事时所定的方略,帮助东、南、西、北四个突出的岛屿,改进了御敌办法,牡蛎阵便是其中一项。针对番兵犯岛必先登岛、登岛必先过滩的情况,四个岛全部在敌人必经的海滩上增设增大了这一阵式;为了予敌以最大的杀伤,岳辰动用象、熊这些军中的大力士将大木头运到各个海滩,由猴子这些巧手用铁丝将一支支木头松松地连在一起,然后拣那些又大又尖的牡蛎插在上面,放在滩头,最后铺沙遮住,如此一来,既不怕海浪冲走冲散,又能给敌人以意想不到的打击:踩在上面,锋利如刀的牡蛎会刺穿鞋底;踩到木头中间,同样会刺伤踝骨;一脚踩脱或俯身护脚,往往会伤及脸面。这些番兵正是在如此进退维谷的情况下,未曾交战就损兵折将了不少。

厄运接踵降临到了番兵的头上。正当佐佐木不知前面发生何事、被船围在中间急得哇哇大叫之际,岳信带着火器营的十多艘船从西面来了。

岳辰等的就是这时机!他将手中令旗一挥,率东面船队疾速向西驶来,西面由火铳营统制袁德胜率领的船队也向东抵近。看看完全进入火器射击范围,岳辰将令旗向下一挥,早已做好准备的两队兵丁一齐向中间的番船开了火,但见火铳枪射出片片铁砂,喷火筒闪出道道火光,弓开时火箭如灵蛇飞舞,呐喊处声涛似雷霆爆发,端得是一场漂亮的两翼合围战。

一着妙棋打乱了佐佐木的部署,两千余人的船队此时陷入了一片混乱:船上到处都是火,到处都是致人死伤的铁砂,未被击中的兵丁一边惊慌大叫,一边找地方躲藏;身上已经着火的则疯了似的,不是往人群中钻,就是往海里跳;一些喷火兵不管三七二十一扣动了机关,除少数喷向了东西方向,多数都喷在了前面自家船上;紧靠前面的几艘大船上的兵丁不等长官发令就开了炮,因船搁浅滩,后面有船挡着,无法转向,结果,一枚枚铁弹不仅打不中对方,却被前面岸边峭壁反弹回来,击中了那些仍在海滩上挣扎逃命的同伙。

眼看再这样下去即将面临惨败甚至覆灭的危险,佐佐木心一横,带着几十个番兵跳下坐船,借着前面船只的掩护,涉水来到前面。弄清了海滩上的情况,他当即传令后面的船只掉转船头,分别向两侧开炮、喷火。不大一会,番船上又响起了隆隆的炮声,与此同时,那些缓过神的喷火兵也纷纷向东西两侧喷出了道道火焰。

佐佐木见两侧的船队开始后退,以为对手害怕了,脸上又恢复了得意的神色,命令其余兵丁将所有货船上的东西全部卸下,到前面海滩上铺路。兵丁们将货船上的苫布揭去,船上哪有什么货物,全是一些稻草。兵丁们见两侧几乎没有了威胁,谁都怕敌人再来一次夹击,干得十分卖力。不一会,一条宽宽的全部用稻草铺成的草路直通对岸峭壁之前。佐佐木留下所有炮手看船,率领一千多名番兵怪叫着冲上了北山岛。

钓龟岛,经过一番血洗、烧抢,岛上面目全非,一片凄惨、冷清的景象。按照武男村传来的命令,杀人魔王小泽郎正在收拢番兵,准备离岛登船,直奔东海诸岛。尚未列队的番兵中,野男和小吉指挥着各自的部属在清理着自己的战利品——布袋里的耳朵。经双方核实,野田的杀人纪录为一百零六人,小吉为一百零五人。

正当两个恶鬼为多一个少一个争论不休之际,嘈杂的场地上突然出现了一个人,一个穿着东土服饰的中年男子。

"野田君,你不是说我比你少杀一人吗?我现在就当场将这个东土人杀给你看!"小吉说着,手中的长刀已高高举起,呀地吼了一声,向陌生人扑来。野田和番兵们正沉浸于杀人取乐的亢奋之中,谁也没有心思去考虑这个人为什么会到这儿。

陌生人见对方来势凶猛,身子倏地一闪,双脚一错,向旁边的野田紧贴过去。小吉急忙拧身变招,手中的刀已闪电似的劈下,众番兵正要拍手叫好,张开的嘴巴却被死死地定住了,只见野田的胸前被刀尖竖竖地划了一道,衣服断裂处是他那已被划破的皮肉,而那个陌生人正好端端地站在一旁,脸上带着一丝嘲讽的冷笑。

"呀!"野田被激怒了,立即拔出军刀,与同样气急败坏的小吉一前一后将陌生人围在中间,双双挥刀扑来。

"该死的家伙,让你们尝尝自相残杀的味道!"陌生人一声厉叱,左闪一步,右晃一下,神态是那样安闲,步伐是那样从容,苦了惨了的却是那两个杀人魔鬼,因为他俩劈下去的是刀,几乎刀刀都落在了对方的身上。只一会儿工夫,两人全都变成了血人,直把周围观看的番兵看得目瞪口呆,忘了一切。

番寇是人世间最无人性的人,也是最狡猾奸诈的人。当他们认为可以左右一切的时候,可以用世上最残酷的手段去毁灭对方;一旦遇到强硬的对手,他们会立即祭起欺骗、栽赃、诬陷等等“法宝”。眼前的野田与小吉就是这样一种货色。他俩知道今天遇上了真正厉害的对手,相互对视一眼,不约而同地将刀垂下不再劈杀,眼角却向周围的部属偷偷瞥去,希图用群狼灭虎之法将对方除去。

按孔老夫子的说教,当狼饿得奄奄一息时,发现他的人应以“仁爱”之心给其喂食,用博大的胸怀去感化狼性,至于他以前吃了多少人完全可以既往不咎。此事要是放在以前,陌生人没准会这么做,但当他看了岛上尸横遍野的屠戮惨景,目睹了番兵清理被杀害者耳朵的现场,他对以往自己所信奉的孔孟之道产生了深深的厌恶,决心“以其人之道还治其人之身”,狠狠教训一下这帮泯灭人性的人间魔鬼。因此,趁周围番兵尚未完全醒悟过来之际,他不知使用了个什么法术,野田、小吉手中紧握的刀已到了自己手上。两人见状吓得要跑,已经晚了。陌生人先是用刀将其带血的衣服削成碎片,待露出整个身子后,陌生人解了施在他俩身上的法术。两人得便,拔足便逃。陌生人要的就是他俩这样,不见他怎么使力用劲,人却始终一步不离地跟在两人后面,刀一挥,一块肉掉了下来,再一刀,一块肉掉在地上。遇上别的番兵来救,陌生人手起刀落,立劈地下。就这样,陌生人此一刀彼一刀,横一刀竖一刀,只一会工夫,就将俩人劈得体无完肤,身无完肉,先后倒地毙命。这就叫:痛快报敌辱,淋漓真丈夫,以德报以德,遇仇避酸儒。

“狐老兄,干得好!”就在陌生人以“千刀万剐”之法杀死野田、小吉两个杀人魔鬼、心头之气稍微为之一松之际,鹏王一边喊叫,一边从空中落下。陌生人,不,狐王顾不着说其他,急忙问道:

“找到崩三哥了没有?还有多少人马?”

“嗨,总算在西面山上的树林里找见了,见了我就哭,说他对不起大圣,对不起弟兄们和钓龟岛的老百姓。我问了问,一千猴兵还剩下六百多,其中有一部分受了伤。渔民队因有崩三哥保护损失不大,只是那个吴村正和林二娃已从逃到山上的邻居口中,知道了吴、林两家满门被害的消息,同崩三哥一样,执意要全体出动,找番寇报仇雪恨。我清楚咱们这次是要在海上开仗,担心崩三哥的部下不习水战,故再三解劝,崩三哥才决定猴兵全部留下,由他和吴村正、林二娃带全体渔民队的人,随咱俩一道下海,同番寇决一死战。我怕你着急,先走了一步,他们随后就到。"

二人说话间,番兵们已在小泽郎呵斥下于远处整好了队准备下岛。看来狡猾的敌人并不想在他俩身上耗费时间。目睹此景,鹏王急了:

"狐哥,咱俩再杀狗日的一回怎样?"

"凭咱俩也杀不了这么多敌人,何况童将军的水军还等着大伙敌人试船呢!要不,怎么能知道咱那船赛不赛得过海豹?"

"狐兄弟,那些番寇怎么不见了?"鹏王尚待回话,却被一声大叫打断。两人循声看去,崩将手提大斧如飞地纵跃而来,在他的身后远处,是一路奔跑的吴望祖、林二娃以及四五十个手拿兵器的渔民。

"崩三哥!番寇刚刚下山,你难道还要和他们大打一场?"

"嗨,你俩怎么不把他们挡住?要不是有那么多孩儿们硬把俺拉扯住,俺宁可丢了这条老命,也要多拉他几十个垫背的!"

"对付这次来犯的敌人,大圣他们已有安排!只要你崩三哥在,就有你报仇的机会!"鹏王三言两语讲了大圣、军师、元帅的安排,完了问狐王:"仅是咱们三个怎么还好办,加上吴望祖他们几十号人,必须得弄条船,你说呢?"

"对!狐将军,无论如何请您设法弄条大船!我们这些人要不手刃几个敌人,还不如死了的好!"刚刚赶到的吴望祖接住话茬乞求狐王。

"既然这样,快随我来!"诱敌南下,是水帘洞议事时所定的一条方略。鹏王去唐坡山通知狐王时,狐王不仅大为赞同,而且在路上已想好了对策。方才戏弄、痛杀野田、小吉时,固然是为番寇的暴行所激怒,同时也是其"激敌以诱敌"的头一指。此时,见大家都在催他弄船,一个念头油然而生。他要再使一招,将敌人彻底激怒,确保诱敌成功。

远远望去,下山的番兵已经陆续上船,稍一迟疑,就有被其甩掉的可能。狐王正待施法拖延,忽见一股狂风卷地而起,正好刮向番寇停船的海面;与此同时,觉得脚下像是有什么东西托着自己在走,扭头回看,所有人都同自己一样。他心里一动,抬头向天看了一下,随即又任其自然,向前"走"去。

港湾处,所有船只已被狂风刮得左右摇晃,被风撼动的海面也起了浪,加剧了船只的上下颠簸;已经上船的番兵急忙攀壁蹲下,未上船的兵丁则在船只中间乱转乱窜,有的掉入船底丧了性命。武男村的坐船虽然最大最沉,却也摇摆起伏不定,不得不停止小泽郎对自己的禀报,喝令部属赶快登船。

趁着番兵混乱之际,狐王一行稳稳当当地"走"到岸边,又突然被提离水面,被一股莫名所以的力道送到了靠南的两艘番船旁边。早已忍耐不住的崩将一脚重重地踏到了一只船上,对准船里的番兵就是一顿闪电般的狠劈,随后被送上船的林二娃和一伙渔民也抢起渔叉、刀枪加入了战团。在崩将上船的同时，狐王、鹏王、吴望祖和二十多个渔民也相继登上了另一艘大船，展开了同样的扑杀。由于敌人在攻打钓龟岛时损失了三分之一人马，加之出乎意外，来人尤其是崩将和那些渔民人人奋勇、个个拼命，船上的番兵很快就被消灭，悉数抛入海中。

前面船上的异常动静，惊动了后面船上的番兵。他们有心相救，却又怕遇到方才在岛上的那个陌生人，只得一船接一船地将情况禀报给了武男村。等到传来让他们就近消灭的命令时，两艘大船已在渔民们的操控下，迅速离开原地，向南驶去。

"混蛋，给我追！就是追到天涯海角也要把这些东土人统统撕成碎片！"也难怪武男村要动这么大的肝火，有生以来他这还是第一次吃了这么大亏，折损一千人马在先，众目睽睽之下被人家独自一人零剐了两员悍将在后，如今又在自己眼皮底下被人家劫走了两艘大船。此事若要传出去，别说半世英名毁于一旦，恐怕自己还得被青龙会除名、杀死。杀机一起，他不顾合击东海岛的行动，下决心要首先消灭眼前这股令自己无法生存的敌人。

像是配合武男村的行动，突兀而来的狂风转眼间成了强劲的北风。武男村狂喜之中下令升帆启程，番兵一阵忙乱，上船的上船，扯帆的扯帆，一艘接一艘地向南疾追过去。

此快彼也快。鼓满风帆的前后两拨船只以从来没有过的航速在海面上快速闪过。大约一个时辰之后，前面两艘船不知何故，船速明显降了下来，船上人的身影越来越清楚地映入后面番兵的眼帘中。

"追上去，剁成肉泥！"武男村长刀一举，发出了一声怪叫。

盔甲在身、英气勃勃的岳庚，正与其家将岩松沿着东南方向驾云疾行。根据鹏王所述，番兵这次显然是将龙湾作为侵犯的重点，人马多不说，还采用了昼伏夜行的办法。针对对方这种志在必得的狂妄野心，自己身为主帅，不仅要主动挑起这副重担，还必须要像祖父在时那样，通过交战，练出一支能打硬仗恶仗的水军、步军，将来犯之敌一举歼灭。既然番兵距龙湾尚有两三天的行程，妄图夜间偷袭，自己何不先找见童起后到龙湾，拿出对策，来个设饵张网、以逸待劳？

前行不久，望见下面海上一溜船只往东驶行。岳庚知道这是童起所率的水军，急忙降低云头，同岩松一起落到带有瞭望楼的大船上。

"卑职童起见过元帅！"童起见岳庚亲临，知道这次战事要紧，惊喜中没忘了规矩。

"童将军免礼！此次番兵分三路进犯，仅大船不下一百艘，其中以奔袭龙湾为主，将军计划如何迎敌？"

"番兵虽然船大人多，却劳师以远，犯了兵家大忌，我方尽管船小人寡，却足以以逸待劳；船大固然有其优势，船小却进退自如。若能找一合适地点预先隐蔽，届时就可几面出击，打他个出其不意！我此行正是为了寻找这样一个地点。"

"将军所见甚为独到。咱们不妨来个将计就计，在龙湾东面预先做好准备，好好与他们打场海战！万一敌兵仗着人多势众搞什么名堂，我们还可用岛上兵力实施夹击。至于地点一事，我现在就去找郑、马二位总管商量，将军只管在此停船等待结果即可！"

"倘若番兵从其他方向攻打怎么办？"

"咱可在其他地方故布疑兵，使其不敢进犯。另外，你要清楚，岛东可是边家的停船之地，刘休兰至今尚不知道李大海的'背叛'之事，番兵十有八九会从东面偷袭。"

"有元帅这样安排，卑职就完全放心了！"

与童起分手后，岳庚和岩松径直去龙湾，同郑乃清、马一棒作了紧急商议，然后迅速返归到了童起处。

龙湾行动起来了！郑化龙带领新近成立的千夫队紧急奔赴岛北；两路信使打着快马向岛西、岛南疾驶；马成的亲兵队跟随着郑乃清一路策马向岛东进发，后面是坐着马车的刚组建一个月的火器兵；许多商家主动接过了制作各色标志旗帜的任务；老百姓在收集锣鼓，上山采集松脂，有十几个渔民在往几只船上装东西。

海面上，岳庚、童起率领着水军船队，飞速向指定地点行驶。

随着夜幕的降临，松井郎、索尼殿的脸上再次露出了笑容。对于这次大兵犯境的"南进"行动，松井郎对自己的部署充满了自信，唯一担心的是中途被对方发现，破坏了战事的"出奇制胜"。如今，出行几天来，丝毫没有发现什么异常情况，证明自己的谋略完全没错。兴奋之下，他发出了起航的命令。话刚出口，索尼殿提出异议，主张兵分两路，一路由松井郎率领直取岛东，一路由自己率领径奔岛北，说这样可以分散敌方心力，容易奏效。

索尼殿是个辈分颇高、心高气傲的家伙。他之所以提出异议，一方面是出于对这"异常平静"情况的怀疑，一方面是不甘心松井郎这个后起之秀对自己的严格管束,欲乘机率队单独行动,谋取功名。他心里有个小九九:你松井郎本应在流绳坐镇指挥,由我来负责这次攻岛行动,你却偏要出头抢功,即使攻占龙湾,哪还有我的份? 如若分兵指挥,你小子却不一定赢得过我!

此事若要放在青龙会其他高级头目身上,绝不会允许这种以下犯上、不守军令之事存在,但对城府颇深的松井郎而言,并未立即予以申斥。他清楚索尼殿,知道他的内心想法,同时也觉得他的说法有点道理。经过短暂沉默,他点头答应了索尼殿的要求。

船行一夜,番兵于黎明时分驶抵一处由几个荒凉的小岛形成的岛屿。按照松井郎的命令,船队再次隐藏起来。想到东土的所有海岛都由自己的国家派人做过勘察,自己正是按照事先的安排指挥这次行动,松井郎的自信又增强了几分。

又是一个难耐的白天过去了,松井郎下达了兵分两路,于子夜抵达岛东、岛北实施偷袭的命令。

船队行驶了一程,到了预定分手的海域,索尼殿率二十艘大船和几只"货船"向西驶去,松井郎则率大批船只继续向前疾进。

到了! 右前方闪出了一片灯光。从灯光的亮度和固定不动的情况看,一定是岛屿。松井郎抑制住内心的亢奋与紧张,下令船队停止前进,派出一只"货船"抵近侦探。一会,"货船"返回,船上的水手禀报,说前面就是岛东,灯光处是一处位于半山腰的大院,院里的守军正在狂呼滥饮。

"哼哼,骄兵必败! 东土人大概以为剪除了边水成,就可高枕无忧了!"松井郎冷笑一声,举起了长刀,"按计划执行!"

六艘"货船"迅速从大船间距中闪出,行驶了一段,全部亮出了桅灯,径向前面驶去。

"嗯? 怎么不见对方动静?"站在松井郎旁边的一个头目忍不住脱口问了出来。松井郎狠狠瞪了他一眼,待扭头再看时,圆瞪的双眼却被前面的情景惊得定住了:

六艘"货船"处的海水里,突然冒出了一个个露着上身的大汉,这些人个个身手敏捷,口衔钢刀,疾如猿猴般地攀上船帮,手起刀落,将番兵一个个砍死在海里,端得是来如风,势如虎,干脆利落。眨眼工夫,这些人就驾着船向滩头驶去。

"快! 快! 所有船只都向我靠拢!"松井郎强忍惊慌,一迭连声地在船上狂吼。

能行吗? 不行! 不知何时,一个个形似海豚、状若海豹的东西已猛然出现在蜿蜒而行的番船两侧,乌黑的顶部与黝黑的海水浑为一体,即使仔细看也不易分辨出,唯一能够看到的是一艘位于番船与岛屿之间的带有瞭望楼的大型战船。透过瞭望楼上两盏用红、白绸子做成的纱灯的光亮,可以看到楼上有一个身着盔甲的将官,楼下的船面上有两排只露出上半身的人影。由于船身高大,别说那些海豹似的东西即使全部浮在水上仅达他的船面,便是松井郎的坐船也比他矮了许多,那模样就像屹立在大海中的一道峭壁。

"一艘船在这儿干什么?小心提防,东土人狡……"正当松井郎狐疑、呵斥,一句话还没说完之际,瞭望楼上的红灯不见了,只剩下白灯在上面晃了三下。

灯光就是号令!三下是全面开火的表示。随着瞭望船左侧密如飞蝗的利箭带着劲风射向番船上的番兵,两侧的"海豹"突然升高,向近在咫尺的敌船喷出了道道火焰,射出了支支火箭。未等番兵醒悟过来,瞭望船和"海豹"一个转身,第二轮急袭又降临到了番船的身上。霎时间,原本昏暗的海面变得一片通红。番船上到处是被击中的番兵和越烧越旺的火焰。

"开炮!喷火!给我顶住!"被青龙会青睐的松井郎并非无能之辈。面对敌方的突然袭击,他一边狂吼,一边下令自己的座船掉转方向,首先向瞭望船开了炮,船上的喷火兵则向东西两侧扣动了机关。其他番船上的番兵,在头目们的督率下,灭火的灭火,反击的反击,一场海上大战开始了。

在瞭望楼上指挥的自然是童起,在下面与猴兵一块作战的则是岳庚。当他俩准备发起第三轮攻击之时,番兵的铁弹已在船上和周围飞落,打伤了几个猴兵。岳庚担心童起的安危,飞身上去替换,只见童起身体趔趄了一下重新站定,发出了连晃两次的白色信号。

两侧的"海豹"本来就因距离番船近、顶盖圆而令番兵开炮打不住,喷火难命中,此时见到信号,更是发挥出了比海豹还要机敏、凶狠的作用,方向一变,全部船头朝前,从前面长长的铁管里喷出了一条条火龙。同样是火,喷火筒中喷出来的火焰虽说燃烧面积大,却难以在短时间内给对方以致命的打击;相反,铁管里喷出来的火笔直如柱,一烧一个窟窿,专门让水往船里灌,敌船岂能受得住?

被击中的番船已经开始进水,番兵不得不分出一部分兵力去填堵。面对这一船大遭围攻、兵多无法展开的困境,松井郎除命令炮手加紧对瞭望船的轰击外,派出一百名部属下水袭击"赛海豹"。他已看出门道,这些不起眼的船只,正是自己所率船队的克星,必须尽快将其凿沉,否则,后果不堪设想。

上百个番兵手持铁锤、尖锥下水后,飞快地向跟前的"赛海豹"游去。尽管有的被箭或火焰击中,但大部分都很快钻入船底。令松井郎不解的是,除了听到一阵低沉嘶哑的叫声外,并不见那些小船沉没。松井郎不死心,又派了一百名部属下去,依然是同样的情景。正在纳闷间,一个浑身是血的番兵被同伴救上了船。据他讲,敌人不知在船下面安了什么厉害的兵器,人一挨近就被卷了进去刺死,既使想喊也因喝上海水而发不出声。

"长官,是不是暂先退兵,等……"身旁的一个头目看出情形不对,怯生生地提出了请求。

"混蛋!我们大东番国什么时候败过?给我冲!我压也要把他们的船压扁压碎!"松井郎敢退吗?能退吗?此刻,他脑子里浮现的全是本田禾铁青的脸色,同僚们幸灾乐祸的笑声。

随着夜色的渐渐褪去,各处的战事已经接近尾声。

好不容易"攻"上北山岛的番兵尚未来得及喘息一下,就遭到了熊王、袁德胜所率步军和火器军的迎头痛击。佐佐木眼看情势不对,督兵返身要逃,吴用、岳辰的追击人马已封死了退路。熊王和袁德胜两个,一个虽然凭借法力变幻为人,却不失勇猛剽悍、敢打善斗的禀性,一个蒙悟空等眷顾且首次率兵上阵,时刻想在这场战斗中做出样子,夺取头功。番兵刚刚进入伏击范围,袁德胜就指挥三百部属开了火,火铳、火箭、火炮一个劲地向敌人袭去;趁火器兵装药、蘸油的空隙,生怕被火器兵全数歼敌的熊王一跃而起,带领部属一顿猛打猛冲,将番兵杀得七零八乱,所剩无几。佐佐木带着一伙残敌要跑,被岳辰身后的二百喷火兵挡住,全部死于烈焰之中。岛上的战事刚一结束,吴用督促部众火速下岛,直奔海滩,一桩怪事出现了:所有的番船都离水停在海滩上,任凭那些看管船只的番兵再怎么使劲往海里推,都纹丝不动。这下让熊王拣了个便宜,不等番兵开炮,他已率领部属奔了过去,刀劈斧砍,手脚并用,将六百番兵全部送上了西天。

在钓龟岛与东山岛之间的海面上,武男村的船队终于追上了前面两艘被劫的大船,同时也遇上了童超所率的水军。武男村初时有些吃惊,仔细一看,发现对方除了一艘船比自己的船又高又大外,其余十多条船却既矮又丑,要不是白天,谁能说那也是船?心里一松,他立即下令开火。谁知那些毫不起眼的小船在主帅令旗的指挥下,时而火箭疾射,时而船首喷火,加上对方那艘大船横冲直闯的同时,两侧连弩牌的利箭齐发,弄得番兵们想开炮,怕弹回来伤着自己;想喷火,苦无还手机会;加之番兵们已多是惊弓之鸟,不一会就被消灭了个差不多。武男村绝望之中欲拔刀自杀,被抢上船头的吴望祖、林二娃和复仇心切的渔民们刀枪齐下,戳了个稀巴烂。

最为倒霉的是索尼殿。这个一心想压压松井郎的青龙会高级头目,满以为会在岛北建立奇功,没想到迎接他的是岛上满山遍野的灯笼、锣鼓声、呐喊声和灯光照耀下那五颜六色的标旗。已无退路的索尼殿硬着头皮驱船来到上岛的山口处,这里已为他和他的部属们准备好了一切:山口两侧及后面是马一棒率领的一千猴兵,以备截杀冲上岛的敌人;长长的海滩上铺着一张张渔网,网下俯地而卧的是郑化龙所带的从千夫队里挑选出来的投掷渔叉的高手;浅海处,有十几条渔船,船上装的全是浇了油的柴草,每条船的周围都有七八个水性特好的兵丁。

摸黑跟在"商船"后面的番船此时也全部亮起了灯光,发现海面上有人正向"商船"靠近。索尼殿知道偷袭已成泡影,一边命令炮手开炮,一边率船向岸边靠近。不曾想,渔船一齐着火向"商船"驶来,网下突然站起了二百多人,准确地将一包包松脂扔到了每一艘番船上。随着那些番船和着火的商船的乱钻乱闯,船上的松脂先后均被引燃。令郑化龙他们惊喜的是,此时正好来了一阵风。于是,风助火力,火借风势,霎时将索尼殿和他的两千兵丁陷入火海之中,郑化龙只需率兵把住滩头,随时截杀那些"火人"即可。

岛东之敌终于在松井郎的呵斥下,"冲上"了滩头,"冲上"了山坡,随之而来的是郑乃清、呼延豹、李大海率领的数千人马和自动参战的岛民的围追堵截,除松井郎自杀、一缕阴魂飘向本田禾的梦中外,手下的兵丁被捉拿了十几个,其余无一幸免全部做了异乡之鬼。令人有趣的是,当呼延豹率兵追赶松井郎一伙残兵时,松井郎却率众躲入一个岩洞,令人无法接近。未等多久,番兵们却不攻自出,仓皇逃窜,在他们的身后是一只咆哮腾跃的猛虎。呼延豹毫不迟疑,立即挥兵将松井郎一伙重重包围了起来。

青龙会好不容易发动的一次大举进犯,就这样被彻底粉碎了。人们不禁要问:孙悟空不是头一个就出去了,怎么始终未见其踪影?欲知内情如何,且听下回分解。

第三十三回
以攻为守　变方略军民皆大欢

是的,孙悟空是第一个出去的。作为花果山的掌舵人,他在这次激战中并没因手下人人忠心、个个奋勇而闲着,总是在紧要关头暗中出现。这一点,恐怕只有吴用、岳庚、狐王有所察觉。

依悟空的想法,原想带几人去消灭侵犯龙湾的番兵,吴用、岳庚等去其余余两路,痛痛快快大干一场,出出长期以来心中积压的对番寇的怒气。后来,他看到吴用对战局心中有数却谦虚礼让、岳庚当机立断作出部署,心下高兴的同时改变了主意。他知道,沙场之上,瞬息万变,往往会出现意想不到的情况,自己何不三处皆到、暗中解决此类情况?主意一定,他纵出水帘洞后,明知敌军还有两天路程才能到达龙湾,也还是先到了那儿,凭着一双金睛火眼,东南西北转了一圈,直到发现各处守军都有人在巡查守卫,才去了钓龟岛。他没去过这个地方,只是从崩将口中知道个大体方位,寻寻觅觅中,才发现了下面的火光,发现了狐王戏弄番兵的情景。要放在以往,他早从云端下去了,此时却强行压制住自己的激愤与高兴,要看看看狐王如何收拾与对付这群穷凶极恶的敌人。

这一看不打紧,可就让他抓耳挠腮,奇痒难忍,嬉笑怒骂,极欲发作了。

狐王闪身诱敌,两个番兵挥刀对砍,不是你砍伤了他的胳膊,就是他将刀落在了对方身上,乐得悟空直想畅怀大笑。

这是怎的了,一向心地善良的狐王竟向两个已经受伤的番寇痛下杀手?哦,对了!兔子急了还要咬人,何况这是两个杀人不眨眼的十恶不赦之徒!再砍!千万不能心软,学那个饱读"子曰"经书的东郭先生!

呀,坏了!番船就要开动,渔民们就要上船!干脆刮场风将番船拖住,使出自己身上的佛家力道将狐王他们托上船。崩兄弟,能看见你安然归来,俺也就放心了!

不行!照番船这样行走,何时才能在前面海上遇到童超的截击?俺老孙帮忙帮到底,使风送你一程好了!

看着敌人的船只在自己的"大力帮助"下,风驰电掣地向南驶去,悟空不无得意地笑了笑,来到了北山岛。

吴用、岳庚已将番兵放上了岛,浅海处只剩下了看船的番兵和船。既来之,则安之,决不能让这般家伙乘船跑了!悟空心念一转,有了!稳稳落到番船后面,使出一股无声无息的罡风往前一推,所有船只都被推上海滩。番兵们做梦也不会想到,他们的坐船不仅脱离了海面,而且已被人家的"定身法"牢牢地定住。

目睹吴用、岳庚挥兵痛歼被困番兵的痛快情景,悟空改变了现身下去打一场的念头,向东面海域奔去。至今尚未发现鹏王所说的那支侵犯龙湾的番兵船队,他们会隐藏于哪片岛屿?

一定是这伙家伙!借着明媚的阳光,悟空经过仔细搜索,终于在东面的几个小岛之间,发现了番寇的踪影。怎么办?先单打独斗干他一场,挫挫他们的锐气?还是按原定部署,让岳庚、童起以及郑乃清所率人马在预定地点大打一场,自己再视情出手?思量再三,他觉得自己不能随意破坏元帅的部署,遂耐住性子,在岛上找了个地方隐蔽起来。入夜,他随番船离开了荒岛。当船队一分为二时,他尾随索尼殿的人马先到了岛北海域。他知道,此地守军不太多,千万不能让番兵钻了空子。看到岛上已有准备,他暗暗称赞部下的周密部署;当郑化龙指挥部属将番船引燃却一时无法形成烈焰时,他立即引来股风,将所有番船和番兵全部葬身火海。岛北战事一结束,他立马来到岛东,在松井郎一伙匿洞不出时,变作猛虎,将他们全部吓出洞外,成了呼延豹及其部属的刀下之鬼。

大战告捷,阳光灿烂。就在人们兴高采烈地忙着打扫战场、清点战果之际,孙悟空出现在了各个场所。

"大圣,您来得正好!岳元帅刚才已去了北山岛,说要去看看那儿的情况。走前吩咐属下清理战场,粗略结果已经出来,仅是在岛上,番兵就死了四千余人,我方兵丁也伤亡八百多。从捉拿的番兵的嘴里知道他们是从积玉岛来的。最奇怪的是那个山洞里竟然跑出一只斑斓老虎,将躲藏在里头的番寇头目和他的手下吓了出来,被呼延豹率兵悉数歼灭。"郑乃清虽然连续两天没有入睡,却依然精神抖擞,只是谈起这桩奇事,还是感到惊异不已。

"嗨,一只老虎就将他们吓得屁滚尿流,看来这些水番人也不是什么英雄好汉!"孙悟空鄙夷地冷嘲一句,扯起了郑乃清的手:

"走!咱到海滩上看看,那些番船还有多少能用。"

童起一只手臂被番兵的铁丸击伤,已用布条包好吊在胸前,见悟空二人来到，几步迎了过来：

"禀大圣！卑职正率部清理番船。大体情况是：我方人员损失不大，只有大船上的几个部下被铁丸击伤，赛海豹无一毁坏，几艘顶盖稍有点问题，略作整修即可无事；敌方四十艘大船大部受损，好好修葺一番，即能为我所用；船上的那些炮一尊没坏，到了咱手里，绝对要比他们用得好！"

"童将军！你是咱花果山水军总管，这些船只都交给你来处置，越快越好！至于这条胳膊，可不能让他就这么吊着。"悟空嘴里在说，一只手已按在了童起的伤臂上面，轻轻来回摩挲了两次，猛地将吊臂的布条扯断扔掉，笑着问："怎么样，还用着脖子上挂这个玩意吗？"

童起刚觉一股从未体验过的温暖平和的气流袭遍全身，半曲的胳膊已突然垂直落下，情不自禁中，双手抱拳正想对悟空说些什么，蓦然发现自己的那条伤臂不仅完好如初，而且浑身上下气力充盈，两只脚直想往起跳。他方自愣神间，看见悟空对着自己微微发笑，心里一下子明白过来，单腿跪地，激动地说：

"感谢大圣用佛力替卑职疗伤、输功！船只和水军的事，您就不用操心了，您说何时出发，我童起何时率队出征。"

听了此话，郑乃清才晓得是怎么回事，既为自己有这样一位主帅感到由衷的高兴，也为童起的伤愈而庆幸不已。

悟空不再耽搁，将龙湾之事给郑乃清作了安排后，立即赴北见狐王、鹏王和童超，了解了斩获敌人的情况，最后来到了北山岛，见到了岳庚、吴用与熊王、袁德胜所率的步军。至此，他已心中有数：经此一役，大举进犯的一万二千番兵无一漏网，全部被歼；一百艘大船和几十只"货船"有三分之一被烧毁，其余的经收拾还能使用；一百尊大炮基本完好，缴获的铁丸足够再打一场大仗；长把的番刀堆积如山，却无人愿意使用，看来只能暂先收藏起来；喷火筒和油桶除烧毁、掉到海里的，也还有不少，足够武装五百余人；粮食、淡水、咸鱼干等物资应有尽有，两支水军正好使用。与之相比，己方人员伤亡一千余众，战船则无一毁坏。胜利，一场堪称史无前例的辉煌胜利！当悟空将战果一说，大家无不高兴得欢呼起来。"大圣，看来您的那个'提师征伐'可以着手考虑了！"吴用轻易不喜形于色，此时也和大伙一样，又呼又叫，手舞足蹈。

两天后，一支水军船队奉命开向钓龟岛，日夜监视北面水番国的动静；与此同时，花果山山里山外的所有头目都络绎不绝地来到了中心岛。悟空要在这里召开一个盛会，一个决定花果山今后大政方略的极其重要的议事会。

　　无需什么宽敞明亮的议事厅,哨楼外那绿树掩映的场地,正好适应与会者的脾性;也无需搞什么尊卑秩序的座位排列,悟空生平最不讲究的就是这些规规矩矩。

　　既然是议事,大家自然要畅所欲言了,何况是在一场大捷之后。于是,由岳辰开头,童超、童起、郑乃清、马一棒等统兵将领各自讲述了与番兵的交战与斩获情况,紧接着他们之后,袁德胜、郑化龙、呼延豹、李大海等头目也绘声绘色地说了当时的战事。

　　"这次大胜番兵,俺老孙已经心中有数。召集大伙前来,就是要说一件大事,想听听大伙的看法。"悟空见大伙眉飞色舞,谈兴正浓,扯上了正题。

　　"大圣! 依俺看还得好好教训教训番寇不可,总不能让他们想来就来、想杀就杀!"熊王心直口快,抢先开了口。

　　"熊兄弟说得好! 番寇这次几乎将钓龟岛上的居民杀光,咱要不主动出击,说不定什么时候他们还会到其他地方行凶。大圣,您就下令吧,俺打头阵!"崩将至今仍沉浸在巨大的悲愤中,一提"番寇"二字,气就不打一处来。

　　见熊、崩二将开了口,其他人也都争先恐后抢着发言,群情之激愤,言辞之激烈,令吴用、岳庚、狐王等熟知悟空心思的人不由得微微发笑,频频点头。

　　"看来不用俺说,大伙已经和俺想到了一起。"悟空一挺身站了起来,一双火眼金睛里射出了异样明亮的光彩,"抗番保土是俺归山以来发下的宏愿!经过几次与番寇较量,咱们已经具备了反击的力量。怎么反击? 坐等敌人上门不行,等等待待不行,俺还是那句老话,提师征伐,主动出击,要打就找上门去打! 让那些番寇也尝尝被别人堵在家门挨打是什么滋味,知道东土人的厉害!"

　　"俗话说,打蛇要打七寸。对付水番国这些以小欺大、以恶欺善的卑劣小人,要打就必须有十成的把握! 要打就得令其几十年翻不过身来! 以此而论,"吴用话音略微一顿,接着道:"咱们从现在起就必须做好几件事。"

　　"哪几件事?"话虽然是岳庚问的,却说出了所有人的疑问,场上一片寂静。

　　"既要主动击敌,就得将钓龟岛作为咱们的屯兵出击之地,缩短咱与水番国的距离,同时还得做好咱自己的防卫,不能让敌人钻了空子。这样一来,三处都得有兵,必须对用兵重作安排,此其一。水番国地处海上,四面皆水,我们必得有一支强大的水军船队,并辅之以极厉害的兵器,尤其要有一员能攻善守的水军统帅,此其二。兵法云:知己知彼,方能百战不殆。兵进敌境,不可能依靠咱们这儿去运送接济一应粮草,需就地取材,以战养战,这就既需要王阿斌这样潜伏于敌人营垒内部的人给我们及时传递情况，也需要陈二仔这样通晓番人语言、情况的人才，协助咱们到时处理有关事情，此其三。最后一条，主动出击宜早不宜迟，宜快不宜慢！趁水番国现在尚不清楚他们出兵以后的情况，咱们来个突然袭击，贫道窃以为有十成胜算。"

吴用坚决抗番的态度和一番从大处着眼的分析，不仅使大伙看到了他对大圣的一片赤诚之心，而且也从他的分析中开始冷静下来，思考起战胜敌人的具体事项。

作为水军都总管，童超此时的心情尤为激动和复杂。想当初自己弟兄二人从暹罗国来到花果山，为的就是抗番保国，光耀祖宗；来到花果山后，蒙大圣、吴用、岳庚的眷顾，以及全山众位弟兄的支持，不仅很快建起了水军，而且在此次战事中取得了首战即胜的战绩。这里既有自己兄弟俩的一份，却也与大圣的威望、军师的运筹帷幄、元帅的现场指挥有很大的关系。这次是取得了胜利，今后又将如何？大圣已经下定了主动出击的决心，军师也把话挑明，与番兵的作战主要是水战，最当紧的是水军的统帅，这等于是向自己的"激将"。那么，围绕"如何打好今后的战事"这一大家都在关心的问题，当前亟须做些什么？经过一番短暂的思考，他开了口：

"诚如军师所言，与番寇作战，凭得是水军。咱们的船队经这次作战，长处确实很多，却也有需要改动的地方。比如，瞭望船上再配上番船上那些大炮和喷火筒、火铳，就可远用炮射，近用火铳、连弩箭打，再近则可火攻；至于咱们的赛海豹，倘若能够让他能沉能升，愈可收出奇制胜之效。至于缴获的番兵的大船，半数以上经修复还能再用，只是也要安上连弩牌，如此则可威力大增。"

一直在倾听大伙发言的岳庚，此时也想起了海战时番兵发射铁丸的情景，一个离奇而大胆的想法突然浮上脑际，说了出来：

"番兵的铁炮虽然射得远，力道大，每次却只能射一枚铁丸，要是将一枚变成几枚、几十枚，铁丸虽然小些，却可同时杀伤好多人。"

"元帅是说将一枚变成好多枚，还是将好多枚先团在一块，打出去再分散袭敌？"火炮营统领袁德胜对炮最感兴趣，一听岳庚提出这样一个问题，忍不住问道。

"我以为只要能够予敌以重创，哪样都行！袁统领是否有办法？"

"卑职眼下尚无什么办法，不过我倒可以按元帅所说，找几个匠人试试，届时还得请大圣您来指点。"

"让俺来指点？俺老孙倒是不怕他铁丸铁弹的，但要将他一个变作好多个还没试过。"孙悟空于静心听讲之际被点到了自己，一时也没有好的办法。

"大圣不是给我们讲过破解人头蜂窦国成火器之事吗？卑职以为您有如此神通！"火铳营统领田大榜起身一揖,适时提醒了一句。

"哈哈！你们是说那件事情？可惜骄横一世的人头蜂至死也不晓得俺是怎么对付他的！"悟空一阵好笑,接着道:"好！议完事,俺和元帅就同你们几位统领好好琢磨琢磨。"

议事在继续,岳辰谈了整个船只的编队之事,郑乃清提了抽调龙湾精锐兵丁随船出海征战的请求,熊、象、豹等步军头领则纷纷表示要入海杀敌。议事越来越趋于高潮。

半天过去了,所议之事基本有了着落。见崩将和钻天猴频频来催,悟空宣布开饭。在大伙纷纷摆设桌凳、准备欢宴之际,悟空、吴用、岳庚、狐王、岳辰、童超、童起、鹏王、郑乃清、马一棒和崩、芭二将起身,在一块议论了一番,而后返归场上,与大伙一起吃喝起来,既是对大败番兵的一次庆贺,也是二次大战前的一次聚会。

午饭过后,当大伙重新来议事地方时,场地正北面出现了一个用几块木板搭起的一个半人高的简易台子,台子正中摆着一把椅子,两侧仅能站两三个人。台子前面已收拾干净,无有任何摆设,显然是供人们站立所用。这一情景无疑告诉大家,大圣一准是要宣谕什么军机大事。

果然,就在人们交头接耳之际,悟空已带着吴用、岳庚等十几人从哨楼内走了出来。来到近前,吴用、悟空、岳庚三人相继上台,悟空在中间椅上坐定,吴用、岳庚肃立两旁,其他相跟出来的人则来到台前分两侧立下。场上的人见状,不等别人吩咐,立即依序顺着两侧一一站定,没有一人乱动,没有一点声响。

悟空满意地扫视了台下一圈,朝岳庚点了点头。岳庚朝前跨了一步,朗声道:

"秉承大圣'提师征伐、抗番护土'的一贯主张,兹决定对屡屡犯我东土的水番国实施反击！为确保北征成功,着童超为抗番前敌大将军,狐王为监军,节制所有水军和步军,分两路分批出征。第一路由岳辰为先锋,随童超将军的水军和三千步军,乘坐六十艘大船和赛海豹,于五日内做好一切准备,五日后启程,直取积玉岛！第二路由童起为后应,由芭将负责一应物件采买,限期修复所有损伤的大小船只,十日后率其余水军和步军出发,于积玉岛同一路人马会合,向水番国的其他地方发起攻击！不论哪路人马,凡大船之上都要装设连弩牌,配置各种火器。"

"禀元帅！能不能让我和我的部属来操弄这些连弩牌?"台下的熊王早就

有此想法,此时终于憋不住提了出来。

"熊将军不必着急,不仅你部与象将军所部要担当大船上的连弩手,使你们力有所用,而且三个火器营都要分别配置到所有大船上,并由郑将军派出一千名会使船识水性的兵丁担当大船上的水手,必要时刻还得担负起水下击敌的任务。至于人员、火器如何配置,一律由童超将军和狐军师来定!"

见熊王、象王、袁德胜等个个心花怒放,马一棒、崩将有些沉不住气了,一蹦一蹦地想说什么,却又怕悟空呵斥,满脸憋得通红。

岳庚看在眼里,微微一笑,继续说道:

"积玉岛虽然不属东土,但历来与东土要好。一旦收复,番人决不甘心,需派文武兼备之人率兵防守,万万不能再让番人给夺了回去!为此,元帅,俺愿领兵前去!"马一棒、崩将知道这是一个绝好机会,生怕落到别人头上,未等岳庚把话说完,便异口同声抢着要去。

"为此,着郑乃清、马一棒率龙湾两千兵丁随童起的二路船队出发,届时驻守积玉。龙湾防务,暂由李大海代为署理!"

"元帅莫非嫌俺这次打了败仗,不敢再用?"崩将见一个个冲锋陷阵的任务都落到了别人头上,自己却遭到了冷落,不免气愤起来。

"崩将军重任在身,万勿气馁!花果山、龙湾乃番寇做梦都欲侵犯的首要之地,东海诸岛,尤其是钓龟岛乃我东土门户。我方一旦向番国用兵,番人岂肯坐以待毙?必然伺机对我反扑。不论他们攻击积玉还是派兵偷袭我们这儿,都须有人来组织支援,巩固后方。您是咱们大圣的生死弟兄,花果山中的宿将、元老,这副重担就放到了您的头上!"

"元帅如此器重,俺无话可说。只是不能与番寇真刀真枪地厮杀,俺有些不过瘾而已。"

崩将的一句实话,引得大家都哄笑起来。

重大的议事,引来了紧张的行动。

首先坐不住的是孙悟空。扫北抗番是他的强烈想法,如今,已变为山里山外的一致行动。他在兴奋之余想起的头件事,就是曾经答应袁德胜、田大榜如何将铁丸一变为多的尝试。于是,议事刚一结束,他就同吴用、岳辰以及袁德胜等三个火器营统领乘船来到北山岛,跃上了缴获的一艘番兵的大船。

这是一艘未有任何损伤的船,一尊铁炮孤零零地蹲在船首。离炮不远,堆放着十几个大小一样的长长的木箱,其中一箱已被打开,露出了里面约有拳头大小、圆滚滚的铁丸,显见得番兵未曾攻击多久就人死船失,成了他人的战利品。

按照悟空所说，袁德胜开了一炮，一枚铁丸喷射而出，直击对面的峭壁上，又反弹落地。悟空见状，从箱子里拿起一枚铁丸轻轻一握递给袁德胜，让他对准对面峭壁上的树株再来一次。袁德胜会意，将铁丸塞入炮口仔细瞄准后又开了一炮，只见铁丸出口变作两瓣，将大树上的一枝小臂粗的树枝齐齐击落在地。

岳庚一个纵身从船上腾起，飞到峭壁上，费了一阵时间找到那两瓣铁丸，拣起被打折的树枝飞回船上交给悟空。几人围过来一看，铁丸分裂处几乎像刀切过一样，边缘异常锋利，那支树枝的断口也都比较齐整。众人目睹此景，无不齐声叫好。

"好什么？这至多也就是能同时击打两个敌人！让俺再来试试！"悟空说罢，从袁德胜手里又拿过一枚铁丸，边转边使神力，待递给袁德胜时，大伙发现，那枚铁丸看上去还很完整，摸着却很烫手，表面上且现出了斑斑纹络。

"大圣！这回打出去保准令你满意，大家看好！"袁德胜通晓火炮，装丸、瞄准、点火，只听"轰"地一声，一团碎片疾射而去，直将刚才那株大树打得树枝乱晃，枝叶落地。经岳庚再次飞身查看，所有碎片只有拇指甲盖大，凡击在树身上的都嵌了进去，用劲抠都抠不出来，至于被击中的枝叶更比头炮多了许多，假如击中的是人，怎么也能同时杀伤七八个。

"大圣真乃神力也！令贫道今日能够一饱眼福。"别说岳庚等对悟空的神力佩服得五体投地，便是已入仙道的吴用也由衷地发出了赞叹之语，"这么多铁丸都需要您一一施力而为，贫道却插不上手，想来实在惭愧！"

"军师是否担心俺老孙劳心费神？哈哈，实话对你们说，人间那些练武功的凭的是练就的外功与内力，耗力过多会损了元气，俺可是天生带来的本事，用之不完，耗之不尽，越用越有精神，你们大可不必为俺担心！"

"大圣固然神通广大，这次可以将所有铁丸如法炮制，却也不能为此经常操心。末将倒是有个想法，欲找几个工匠试试。"袁德胜通过方才观察悟空施力将铁丸震裂的情景，已经有了个想法，估计有七八分把握，但在大圣、军师面前，他不敢把话说满。

"袁统领可放胆去试！一旦有好消息，赶快来报！"悟空一边给箱子里铁丸施力，一边鼓励袁德胜。

童超兄弟俩今天可谓来花果山第二个特别高兴的日子。头一个是初次上山见到了神往已久的齐天大圣的那天，当时尽管出于对悟空的莫大敬畏而未敢多言,内心的激动却不亚于大海的浪涛;今天之所以分外激动,是因为大圣以及军师、元帅将如此重大的抗番扫北使命交给了自己兄弟二人。自古道:文死谏武死战。人生在世,有什么可比抗番保国更为重要,又有什么能比得上大家对自己的极端信任? 因此,不善言辞的弟兄俩在匆匆告别了悟空等人后,即叫上狐王、岳辰、芭将,来到步军船队,就船队组织、兵力配置、火器装备、时间安排等相关事宜,一一作了商议。

按照商议结果,芭将连夜回山准备,于次日上午带领连夜招募来的二十几个工艺匠人,携带前时安制连弩牌时所剩的材料来到北山岛,先对停泊在此的破损番船进行修葺,并安装连弩牌。

与此同时,童超、童起分赴各自所率水军停驶地,将所有能开动的大小船只悉数开回唐坡山水寨,准备修葺与安装。其余因损伤严重而无法行走的则命人就地看管,待首批船队开拔后再行收拾。

随着时间一天天地过去,已经修葺一新且全部安上连弩牌的六十艘大船全部排列在水寨的一侧;在他的旁边,是那三十只赛海豹。到第四天头上,郑化龙率领一千名全部由渔民组成的兵丁从龙湾来到水寨,除四百名留给童起的第二路船队外,六百名兵丁当即配置到这六十艘大船上。其中有一百二十名水性、搏击技艺特别好的,是郑化龙按照郑乃清所嘱,特意从岛上数千兵丁中挑选出来的,专门充当水下杀手,关键时刻大显身手。

岳辰所带的三千步军和袁德胜、张天彪率领的七百名火器军,也于是日上午如期赶到,按照原定计划,火速配置到了每艘大船上。火炮手、火铳手、火箭手各就各位;长枪手、刀牌手肃立两侧;经过几个月水上训练的熊、象等大力士则担当了连弩手,由熊王、狮驼王带队,先行来到第一路船队;象王、羚羊王、狻猊王则随童起的第二路船队负责指挥其余部属。

兵马未动,粮草先行。不论是久经战场的吴用,还是将门出身的岳庚,自然不会忽视了这件大事。这不,就在新扩建的船队抓紧时间进行演练时,芭将已督率部属将一车又一车的荤素食品以及一个个盛满水的皮囊送来。

郑乃清、马一棒清楚自己肩上重担的分量。在郑乃清看来,龙湾之事虽然因边水成及其边家军的灭亡而趋于平稳,但论自己在其间所起的作用却很渺小,要是没有大圣、军师、元帅、狐王、鹏王等人的周密部署,倾力相助,说不定会是另一个样子。如今,元帅指名让自己和马帅随一路船队去接管积玉,这显然是大圣等对自己的莫大信任,是郑家子弟的殊荣。收复积玉,使其重新回到东土,固然是件伸张民族正义、扬我东土国威的特大好事,但自己怎样才能把他接好管好,不辜负大家的重托与期望,这可需要好好琢磨。

马一棒可没有郑乃清那样多的思考。自打接受了与郑乃清共同去接管积玉岛使命起,他高兴得手舞足蹈,又说又叫,简直有点忘了形。想到能在距水番国最近的地方有仗可打,有事可做,他恨不得当下就去积玉,与那些可恶的番寇痛痛快快地先干上一仗,让他们再好好尝尝东土兵丁的厉害!他甚至想好,一旦驻守了积玉,自己做的头件事就是坐在公堂上,让那些原本就是东土的岛上人有冤的申冤,有仇的报仇,将那些骑在黎民百姓头上作威作福的水番人好好整治整治!军师不是讲过梁山好汉"李逵断案"的事吗?一个有胆有识的凡人尚且能够如此为民申冤做主,自己好歹也是得了仙气、蒙大圣看重的四健将之一,岂能逊于那个"黑旋风"?

两人各怀心事,带领所有参加议事的头目连夜赶回龙湾,于次日在总管府议事、安排。

无需多说什么,对于都已清楚要干什么的大伙而言,议事从一开始就进入了谁留谁走这一十分敏感的问题,除了担任亲兵队队长的马成明白自己决不会离开郑乃清而没有多说外,其余头目无不纷纷抢着要随军出征。

"总管!大圣、军师、元帅帮咱除了边水成一伙卖国贼,这次出兵积玉,咱可得不负众望,不仅要接管好,而且还要积极参战,打好头一仗!"郑化龙早在路上就盘算好了,这次无论如何要率兵出征,于是未等他人开口,就抢先说了出来。

"听郑兄所言,是要随二位总管出征。依愚弟看,这次还是让给我为好。"呼延豹一听急了,紧接着开了口。

"呼延兄莫非是觉得我郑化龙技不如你?"

"郑兄何出此言?想我二人均为忠良之后,以往战事你比我参加得多,这次轮也该轮到愚弟我了!"

"要叫我说,二位谁也不用争,就留在龙湾守好咱这块地盘。出征之事,我参加好了!"李大海何尝不想亲临沙场?见二人争论起来,适时提出了憋在心头已久的要求。

"大海兄!元帅明令你代管龙湾防务,这是一件何等重要的大事,怎么也跟我们争起出征之事了?""就是嘛,元帅要是让我防守龙湾,我肯定没有二话。"郑化龙、呼延豹你一言他一语,将话头一齐指向了李大海。

马一棒于前几天在岛北围剿番兵时曾见识过郑化龙奋勇杀敌的胆略与武艺,也知道呼延豹是员骁将,见二人争执不下,遂开口道:

"李大海代管龙湾是元帅所定,勿需争论!郑化龙和呼延豹也不需争抢!

依俺说,你们两个都随俺和郑总管前去,岂不更好?"

"还是马总管快人快语,事情就这么定了,谁也不要再说什么!"郑乃清不是没有主意,只因郑化龙是自家子弟,不愿因此而引起诸将不满,故迟迟不说,此时见马一棒出面给自己解了围,当即作了部署:"着郑化龙率你的千夫队随两路船队出发充当水手,并从中挑出一百多名水中高手到时使用,于明天出发,后天赶到水寨,接受二位童将军的分派!着呼延豹率领两支千夫队,随我和马总管于后天出发,到童超将军的船队集中!其余兵丁由李大海对岛之四方重新作出安排,确保全岛无虞!"

崩将尽管还是觉得守岛不如上阵厮杀痛快过瘾,但还是听从元帅的安排,决定尽快启程上路返归钓龟岛。临走之前,钻天猴曾向他禀报东海诸岛的情况,他吩咐将东山岛和北山岛的防务作为重点,在两地之间加强船只晚上巡逻,随时注意与自己多加联系。对钻天猴作出了一番安排后,他拉住正要回唐坡山的鹤将,找到正与童氏兄弟、岳辰在一块的狐王,说出了让鹤将去钓龟岛帮助自己侦探番兵动静的要求。他之所以这么做,完全是从前几天番兵趁夜偷袭海岛、致使钓龟岛遭受重大损失之事引起。由于实行主动袭敌的方略,花果山已不大可能受到番寇的侵扰,且崩将是自己很敬重的兄长,狐王岂有不允之理?不仅当面嘱咐了鹤将夜间如何观察海上动静等有关事项,还就钓龟岛的防守、渔民的组织等谈了自己的看法。

崩将方才还紧皱的眉头霎时松开了,拍了狐王一掌,道:

"好兄弟,哥哥我这就心里有底了!这几天,我一直在为岛上的事情犯愁,总想找个机会与番贼们痛痛快快干上一仗,为死去的孩儿们和乡亲们报仇雪恨,经你这么一指点,我回去就晓得怎么干了!好,你去忙你的,我在岛上听候你们的好消息!"

告别了狐王、童氏兄弟,崩将同吴望祖、林二娃登上了一只中等船只。船是岳庚专门安排的,里面放着大批粮食、器械,是用来赈济岛上百姓和补充兵丁兵器的。吴望祖、林二娃本来就为自己此次参加议事,尤其是见到孙悟空、吴用这两个传说中的英雄人物而高兴得一连几天睡不着觉,此时又见元帅考虑问题如此周详,连钓龟岛上老百姓的吃喝之事都给盘算到了,于是,船刚离岸,两人就兴奋地说道开来。

"吴大叔,咱们这次能来参加议事,亲眼看到大圣、军师、元帅这些大人物,还不是沾了崩将军的大光?你说咱这次回去该怎么办?"

"怎么办?人也没了,家也毁了,我要不豁出这一百多斤与狗日的番寇干,那真是上对不起大圣,对不起祖宗,下对不住死去的孩子了!"

"我是说咱该具体办些什么事情,你看人家龙湾,有那么多百姓都投到了郑总管的手下,一说同番寇干,一下子就能出来几千号人马。"

一听林二娃嘴里说出"人家龙湾"四个字,吴望祖明知他是在激将自己,却也不免觉得有点好笑,正想说什么,崩将已抢先开了口:

"哈哈,好一个'人家',我问你,你的老家就不是龙湾? 龙湾虽然比钓龟岛大了许多,出了那么多人,但钓龟岛也不能全被番寇杀尽灭绝,你说呢,望祖兄弟?"

"不劳崩将军费心! 这几天我已想好,岛上这次虽然死伤了不少,却也让大家明白一个事理:你不去想法杀死鲨鱼,鲨鱼就会吃你! 只要解决了大伙吃的问题,大伙一定会抱起团跟着咱们干!"吴望祖话音一顿,指了指船上堆积的粮食,"这些粮食可以救一段急,总有吃完的时候,咱也不能让大圣他们一直来周济。我家屋下还埋有一缸金银财宝,回去就把他挖出来,用于买粮买吃,添置厉害兵器,必要时咱还可到邻近岛屿招兵买船。我就不信咱打不过那些番寇!"

"哎呀,吴大叔,敢情你早就有了好办法,为何不早说? 害得我一连几天都在琢磨这件事情!"

"望祖兄弟,有你这句话,老哥哥我可就放心了! 只要你俩把岛上的百姓组织起来,加上我那七百名孩儿兵,再把岛上的各种防御搞得更好,咱就绝对辜负不了大圣他们对咱们的重托! 何况,有了鹤将这一千里眼,还怕他小小的水番人?"

一直未曾开口的鹤将,经崩将这么一说,遂与吴望祖、林二娃一一搭话。二人见添了这么一员大将,愈发高兴了起来。

再过一晚,首批船队就要出发了。在童超、狐王、岳辰继续对水寨的船只逐一进行检查并嘱托童起有关事项时,悟空出现了,后面是吴用、岳庚、芭将、鹏王以及那个通晓番语的陈二仔。他们之所以要来,一是来看望即将出征的将士,二是看还有何事需要解决。

"禀大圣! 一切均已就绪,就等明天出征! 您还有什么吩咐?"童超上前一步,躬身问道。

"该说的早已说了,俺只是领大伙来看看。"悟空一边说,一边跃上靠边的一艘大船,摸摸这个,看看那个,看得十分仔细。其他人也都登上船头,跟在后面看了起来。船上的兵丁既紧张又兴奋,肃立成线,接受头儿们的检查。

"船上的这些铁炮是否都已安上？兵丁们是否都会使用？"吴用摸着面前的铁炮问身旁的袁德胜。

"回军师！不仅都已安上，还都逐门进行了发射。那些铁丸经大圣施力，打出去一射一大片，可比番兵使用时厉害得多了。"

"你呢，这连弩牌操弄得怎么样？"问话的是悟空，他举目一扫，发现了一个情况，"怎么每面连弩牌后只有一人？"

"禀大圣，就俺一个拉这面牌都不敢用劲，生怕把他拉断误了大事。"回话的熊兵知道大圣疼惜部下，如实作了回答。

"原来定得不是两个一组，另一个干什么用？"悟空说出了心中疑惑。

"大圣！这是属下的主意。从前几天的海战看，发射容易装箭慢，容易给敌人喘息之机。于是我和童将军商妥，让另一个操作手和原先的两人专管装箭，一组变成了四人。这样，一旦有人负伤，另外一人就可及时补充，还不误往牌上装箭。"狐王这么一说，令悟空和在场的人均感到满意。

见大伙即将到第二艘船上，岳庚指着跟在后面的陈二仔对童超道：

"童将军！这是陈二仔，通晓番人语言，专门配给你们作通事之用。"

"小的陈二仔参拜童将军！"陈二仔单腿跪地，行了一礼。

"岳元帅！有了这个人，咱进兵水番可就方便多了！"童超接着对陈二仔道："从今以后，你就跟在我和狐监军的身边，不得懈怠！"

"小的遵命！"陈二仔应诺一声站起。

一船挨一船地看望、检查。

一个又一个令人满意、欢笑的场面。

当悟空一行登上最后一艘大船时，水寨外的海面上隐隐约约传来了一阵阵喊叫声。悟空一激灵，举目望去，朦胧的夜色中，一只渔船正向这儿驶来。这时，吴用、狐王、鹏王几个也都发现了海上的动静，一齐凝神细看。

渔船越来越近，喊声也越来越高，急促的话音中分明透着激动，带着着急。

"噢？看船行方向，显然是从东北面而来，莫非是番兵又来进犯？"疑问，自悟空心头生起，也在其他人心里罩上了一片阴影。霎时，人们都不免紧张起来。欲知来人是谁，究竟发生了什么情况，且听下回分解。

第三十四回
几经反复　积玉岛光复挫凶敌

在焦急的等待中,渔船终于来到水寨的栅栏北面。按照兵丁的指引,靠滩岸边停下,走下七个人来。悟空心急,朝吴用、岳庚一招手,三人率先纵上滩岸,童超、童起、熊王、象王等也踏着紧挨的战船跳跃过来。

"这不是岳元帅、狐将军吗? 小的可算见到二位大人了!"说话的是一个身材中等,年约二十五六岁的渔民打扮的青年,大概是心情过于激动,说话时带着几分颤抖。

"你是何人? 咋认识我和狐将军?"岳庚此时已明白几分,但出于谨慎,不得不对这几个不速之客加以盘问。

"回禀元帅! 小的叫蔡文忠,是王阿斌队长手下的亲兵。您和几位大人率兵攻打边府时,小的们正在门楼上,故此认识。边府被攻占前夕,队长带我们跟着刘休兰、佐佐木逃跑,以作咱们的内应,大伙就随佐佐木到了北面一个叫积玉岛的地方。大前天晚上,队长让我带两名弟兄找个向导连夜出发,回来禀报军情。途经钓龟岛时遇见咱们的水军和崩将军,方知各位大人都在这儿,并派了三名水军弟兄把我们直接带了过来。"

"你不是那个奉我和王阿斌之命往空油桶里装水的亲兵头目?"狐王经过仔细观察,想起了一个多月前夜探边府库房时见到的情景。

"正是小的!"

"各位大人! 既然是自己人,小的几个是否可以回去复命?"来人中的三个兵丁原来是奉命监送的,此时见情况已经明了,其中一人单腿一跪说了话。

"不必着急,你们先去吃饭!"见其余六人已被水寨兵丁带走,悟空朝蔡文忠一摆手,"你们队长让你回来禀报什么军情?"

"您莫非就是……大圣?"蔡文忠刚见到孙悟空时就有些疑惑,只因从未见过不敢造次,此时见他发问,忐忑之中不免带着更多的惊喜。

"怎么,看着不像?"悟空微微一笑,看着眼看这个不顾自家安危,冒死潜入敌人老窝的部下。

"大圣! 弟兄们在那边经常念叨您,都想见您一面,想不到小的竟有如此福分!"蔡文忠一个头磕下去,还想再说点什么,表达自己狂喜的心情,但见大伙都在盯着自己,方想起此行肩负的使命,赶紧将心思转上了正题,"队长让我禀报各位大人,水番国自七八天前发兵侵犯咱东土以来,一直未见回音,引起了怀疑和担心。他们一面让刘休兰派人来此侦探,一面从四面调兵遣将,准备再来一次大的侵犯。刘休兰那个贱货急了,把侦探之事交给了阿斌队长,限期五天之内搞好这档子事,队长乘机让我回来禀报。"

"积玉现时有多少番兵?多少战船?"悟空问。

"岛上的番兵不到一千。小的临走那天,发现从其他地方来了二十艘大船,船上有没有兵就不知道了。"

"与你同行的那三个人是否可靠?"这回问话的是吴用。

"完全可靠!小的那两个弟兄都是与我一齐出去的,时刻都在想着立功杀敌,早日回归故土。至于那个向导,原本就是咱东土人,对番寇恨之入骨,这次就是他自告奋勇给我们带路的。"

"你们在那儿怎样?能否接近番兵头目?"吴用又提出了一个问题。

"那些番人倒没有提防我们,只是连队长都不让参与他们的议事。队长知道的一些重要事情都是从刘休兰和佐佐木那儿得到的。"

"他们两个不提防你们?"吴用又问。

"嗨,刘休兰让我们给她当亲兵,那个佐佐木一直以为是我们的队长救了他,倒是对我们信任。"蔡文忠见几位大人个个和颜悦色,紧张的心情已经放松下来,越说越有精神。

"大圣!情况已经明了。是不是让他们几个抓紧时间吃点饭,而后就回去?只是凭他们乘一只渔船,恐怕我们已经到了,他们还在路上。"童超在一旁已听到了蔡文忠所说的全部内容,因急于起航,赶紧插了一句。

"你是怕耽搁了他们的行程?这好办,你过来!"悟空对闻言来到跟前的蔡文忠道:"把眼闭上!"

蔡文忠虽然不知道孙悟空要干什么,却听话地闭上双眼。悟空当即伸出左手,伸展手指在他的头顶轻轻按了下去。岳庚、童起等受过悟空佛力相助的人都知道他要给蔡文忠施力,无不暗暗替这个亲兵高兴,其他人则羡慕地凝视着眼前的情景。

也就是那么一瞬,悟空将手掌移去,蔡文忠也睁开双眼,只见他活动了一下手脚,立即明白了是怎么回事,倒身拜谢道:

"好我的大圣老爷爷!小的一个兵丁,竟蒙您老人家为我输功输力,这让小的怎么消受得起?"

"你也不用吃什么饭了,赶快叫上你那几个弟兄乘船起身,俺再助你们个'一路顺风',早些回去告诉你们队长,说大军今天就可到达积玉,让他继续潜伏,随时待命!"

蔡文忠不敢怠慢,拔腿便走,顿觉神清气爽,浑身是劲,不一会就带着那三人来到。悟空命他们登上来时乘坐的渔船,朝船后吹了一口气,船便以离弦之箭望北驶去,转眼间已没了踪影。

随着夜色渐渐淡去,东方的水天连接处现出了鱼肚白。童超一看预定出发的时间到了,赶忙对童起再次作了吩咐之后,立即同狐王、岳辰一起向悟空、吴用、岳庚等一一告别,分别登上了两艘大船,率领着由六十艘大船和所有的赛海豹驶出水寨。待最后一艘战船驶出栅栏,船首一律转向北面、船帆全部升起的同时,一股无形却强劲的罡风自悟空双掌发出,催着船队疾驶而去。

积玉岛青龙会松井郎原先所住的那间宽敞而蹩脚的会客厅里,坐着五个人。居中而坐的是几天前刚从总会派遣的三本六,五十多岁;紧挨其长条桌的左侧是暂时代理分会事务的番兵头目,右侧则是刘休兰,在她的身后站着的是王阿斌。

此时已近中午。海岛的夏天本就炎热难耐,议题的沉重更是令所有人都有股窒息的感觉,烦躁难忍。三本六原想在部下和刘休兰面前保持其威严与矜持,却因耐不住屋内的炎热和内心的焦虑,先是解开衣衫,露出其毛茸茸的胸膛,嗣后索性将腰带解开,将一颗圆滚滚的肚腹露在外面;那个番兵头目虽然在其长官面前不敢太过放肆,但也上松衣衫,下搓双脚,使厅内弥漫着一股股闻之欲吐的臭味;相比之下,刘休兰反倒显得从容自在。她今天只穿了一袭薄如蝉翼的白色纱衣,将自己的胴体直弄得该凸则凸,该凹则凹,曲直分明,风姿绰约。许是女人特有的对天气的细心体味,或许是有意在三个番人面前显露自己,面对三本六等人的粗俗龌龊、烦躁不已的情景,她既不嫌腥,也不烦恼,眼光从这个人身上掠到那个人身上,不时插上两句柔声细语。

"你们说,松井君此次率兵南进,真的会遇到什么麻烦?"三本六一边拿柄芭蕉扇不停地扇风,一边询问面前的人。

"回禀长官!属下刚才已经说过,凭松井太君的能耐,不会遇到大的麻烦。说不定此时还在狠狠教训那些一盘散沙的东土人呢!"那个与佐佐木坐在一起的番兵头目是松井郎的亲信,回话时面容谦恭,语调却很自信。

"属下也以为有松井太君在,战事必然无虞!"佐佐木因自己喜爱的尤物刚来就被松井郎独自霸占,恨不得松井郎战死异乡,又恐三本六及时派兵援助,故反话正说,尽量让三本六不去关心那个再也不要回来的松井郎。

"刘君,您以为如何?"三本六把话题移到了刘休兰这儿,并乘机举目肆无忌惮地搜索起她丰满诱人的胴体。

"松井君文韬武略,样样皆备,且兵多器利,人地两熟,岂能攻占不了龙湾、东海两处地方?三本君请勿多虑!"刘休兰说话时没忘了向三本六抛去一个迷人的微笑。

三本六见三人都如此说,且已感受到了刘休兰那一瞥勾人魂魄的眼神和微笑,对战事有所放心的同时,不免为自己刚才的问话感到有点失态,遂自我解讪道:

"不是本官信不过松井君,实在是此次南进关乎我大东番国的国威与社稷安危,故本田禾太君才命本官前来坐镇。前几天我已命刘君派人前去东土侦探,不知这些人何时能够返回?"

"属下所派的弟兄已走了三天,如不出现意外情况,再有两三天即可回来。"阿斌本不愿在这些番人面前多说什么,但见刘休兰冲他点头,不得不开了口。

"既然如此,那就再等两天!为了确保本岛安危,及时派兵支援可能遇到麻烦的松井君,除前几天调来两千兵丁外,这几天内还会陆续有人马过来,各位一定要做好随时出征或去龙湾的准备!"三本六说着站了起来,欲回到已经为他收拾好的房间。

几个人刚刚走出大厅,就听大门外传来杂沓的脚步声,继而见蔡文忠四人风风火火地跑了进来。三本六正待发问,蔡文忠已抢先开了口:

"太君!咱们的人马可能已得了手!"

"慢慢说!你们看到了什么?"阿斌一听,顿觉心头一沉,眼冒金花,但在表面上却装得十分镇定,出言安慰自己的手下。

"小的几个奉队长之命前往东土侦探,昨天上午到达钓龟岛附近海面,碰见了几伙逃难的人。经打听,有的是从东海岛上逃出来的,有的就是钓龟岛上的人。小的不敢太过相信,打算再往前走,打探龙湾的动静,没想到没走多远,就被越来越多的难民船和东土的兵船给挡住。听他们说,东土已召集了大量船只,要和咱们的人马决一死战,禁止其他船只进入前面海域。小的不敢硬闯,又怕大人们担心,便赶紧返了回来。"蔡文忠临回来前听了孙悟空"继续潜伏"、"大军今天可到"的嘱咐,已在路上想好了对策,故在回话时模棱两可,虚实皆有,令你真假难辨,把柄难捉。

"你说!我们的人马究竟攻占了东土的哪些地方?"三本六一把抓住蔡文

445

忠的领口,圆瞪的双眼里满是杀气。

"太君,钓龟岛肯定被咱占领了! 至于其他地方,小的因怕暴露身份坏了大事没敢去,攻占不攻占的不敢瞎说。"蔡文忠表面上看似有点惊慌,心里却始终有个老主意。

"属下以为,东海一带既然也有不少难民逃到海上,说明咱的队伍已经攻占了这些岛屿。不然,这些东土百姓为何要逃? 蔡文忠所说确有道理。他们如若硬闯,一旦被那些东土人识破,岂不误了咱们今后的大事? 还请太君三思!"佐佐木并非有意要庇护蔡文忠,而是以为自己辛辛苦苦经营起来的这支亲兵队,既是刘休兰的御林军,也是自己今后在青龙会和刘休兰面前得以提升、亲近、操控的一条纽带,故适时地站了出来,为蔡文忠解围。

"哼,你们东土人的,办事不得力! 以后若再这样,别怪我不客气!"三本六狠狠地瞪了蔡文忠一眼,松开了手,然后朝着那个代理分会的番兵头目大声道:"传令所有兵丁就地待命,一律不准外出,做好随时出发的准备!"说罢,换上了一副笑脸走到刘休兰跟前:"刘君,此事非同小可,我想与您单独商议商议。"刘休兰蛾眉微抬,任凭他拉住自己的手腕,向后院走去。

别说"随时出发"已成空话,就连"就地待命"也难以做到! 因为,东土的头路水军船队已经尾随着蔡文忠他们所坐的渔船,宛若一条蛟龙,在蔡文忠上岸不久,驶入了港湾的南面。

"快看! 那是什么船? 怎么来得那样快?"一个刚刚来到门外石阶上,正要奉命前往港湾传令的番兵于无意中看见海上有船驶来,急忙问同行的伙伴。

"船? 那是我们的战船,肯定是打了胜仗回来了!"同伴看了一眼,作出了肯定的回答,也不去传令了,返身就顺着台阶往上跑,边跑边扯开嗓子狂喊起来:"我们的战船回来了! 我们得胜了!"

喊声惊动了港湾里的番人,更惊动了大院青龙会的所有人,纷纷涌到门外看。三本六闻声披了一袭单衣遮住赤裸的身躯,拉开房门跑了出来,衣衫不整、乌发蓬松的刘休兰紧跟着跨出了同一个房间。两人刚刚来到大门口,那个分会的代理头目自门外匆匆返回,说出了自己的猜疑:

"太君! 属下觉得事有蹊跷,特来禀报!"

"不是说我们的船回来了? 有何蹊跷?"三本六不解地看了头目一眼,同已经赶上来的刘休兰边说边一齐跨出了大门。

"属下在此多年,对这儿的情况都很清楚。前几天松井君率兵出征,属下曾亲自送行,咱们的大船走得并没有这么快,如今船队是逆水而上,怎么反倒比顺水还要快得多?"

"你是说这些大船不是我们的?"

"从样式看是我们的,但我们并没有那些小船!太君,你看……"

三本六举目远眺,一支庞大的船队正由南向北驶来,恍然一看,前后均是鼓满风帆的大船,样子和门前港湾里停泊的战船毫无二致;仔细一瞧,在蜿蜒而行的船队中,中间似乎有段空档,尽管因大船过后劈开的白浪的遮挡看不清楚,却也能看到一些似船非船的东西在隐约起伏,快速前进。"这究竟是什么东西?怎么看上去是群海豹?"三本六乃青龙会中仅次于本田禾的二号头目,从事海盗和水军头领三十多年,在水番国内素有"镇海蛟"之称。这次被派前来,就是让他弄清松井郎率军南进的情况,必要时刻组织第二次向东土的武力侵犯。此时,他在看了海上这一奇异的情景后,一个想法仅是在脑子里闪了一下,似乎意识到了什么,当即脸色大变,随手拉住身旁刘休兰的一只手,一边踏着石阶往下跑,一边对分会那个代理头目和周围观看的部属发出了命令:

"你们赶快回去守好大院,原在船上的一律随我上船!"

刘休兰急切间不知出了什么事,只是急得回首大叫:

"阿斌,快带亲兵队下来!"

门前、港湾一阵人影乱窜,船只晃动,凡属青龙会的那些番兵头目都跑回了分会大院,已经从蔡文忠口中得知全部内情的王阿斌,则带着已有准备的亲兵随刘休兰之后,登上了三本六来时乘坐的一艘大船。

"童将军!敌人似乎已经发现了我们的行动,必须立即发起攻击,迫使敌船不能出港!"站在瞭望船上的狐王毕竟眼尖,还是在番人们闻讯一个接一个地跑出大门观望之时,就观察到了这边的动静,急忙向瞭望楼上的童超说出了自己的看法。

"请监军放心,本将这就发令!"一身盔甲装饰的童超刚落话音,随即在瞭望楼专制的木杆上升起了一面色彩鲜艳的绿色大旗。霎时,前后的大船一艘接一艘地亮出了同样的旗帜。后面的大船在亮旗的同时,不再跟着前进,而是另成一路纵队,与前面的大船形成左右两翼,飞速向前驶去。再看夹在中间的赛海豹,此时也脱离了大船,由纵变横,仗着其船轻力猛的优势,齐齐向前疾驶。

眼看再行四五十丈就可将敌船全部包围在港湾里,此时却有一只足与童起所乘瞭望船一样高大的番船率着两艘大船冲出港湾,一边发炮、射箭,一边掉转方向,朝东驶去。

"狗强盗,哪儿跑!"童超一声怒叱,拿起拴在手腕上的鼓槌,不分点儿地擂响了战鼓。顷刻,激越的鼓声划破晴朗的天空,回荡在辽阔的海面。

白昼用旗,夜晚用灯,鼓进锣退,这里既有历代相袭的沙场攻伐之法,也有童氏兄弟根据新的情况增补的进退新招。站在第一艘大船上的岳辰、家将岳信和掌管此船的熊王,正率领前队三十艘大船从西面向敌实施包抄之时,突然听到了位于中央的瞭望楼上的鼓声,不禁血脉贲张,一边命令部属加速前行,一边指挥炮手向港湾里乱闯乱动的番船猛烈开炮;与此同时,负责东面的狮驼王、袁德胜、郑化龙也向企图逃跑的番船发起了攻击;作为正面进攻的三十只赛海豹虽然没有两翼大船那种大轰大擂的宏大气势,却因离敌船最近,且转动自如,船首长长的铁管刚刚喷出一道道火焰,船两侧又射出了片片铁砂,专攻敌船的"下三路"和船上的番兵。如此上下结合,三面进攻,一下子就将敌人弄得只有招架之势,而无还手之力。

船队又向前行驶了一段,港湾内外的番船完全进入了各种火器的打击范围之内。眼看再来一番火攻、炮击,港湾内的二十多艘番船就会葬身火海,两翼及中间的赛海豹上的所有将佐、兵丁却同时听到了狐王的十分清晰的声音:

"消灭番兵,缴获战船! 消灭番兵,缴获战船!"

是啊,若用火攻,那些番船不就都毁了?岳辰一拍脑袋,立即下令喷火兵、火箭手一律隐蔽,而命炮手和连弩手连连向港内的番船兵丁发射。别说那些弹丸一出去立即变作一团碎片直飞船上,单讲那些初次充任连弩手的熊兵象丁早就憋足了劲,闻令正中下怀,既不用什么拉绳,也不需费多大力气,只是拉住牌后的把手轻轻一拉一放,一排排利箭就疾飞而去,去势之猛,宛如闪电,在空气中带起尖厉的啸声;力道之大,射到船帮,箭没无柄,射到番兵身上,贯通前后而出。几十艘大船一齐发射,端得是啸声震耳,箭林弹雨,直把一批又一批试图反抗的番兵杀得成片倒下,尸横成堆。

听到狐王的命令,赛海豹的里兵丁初时有点犯难,稍稍一想,方明白是为了保留那些番船为我所用,不知是哪个兵丁带头,大伙纷纷将船横过来,从射口伸出刀枪,专门截杀那些跳下船只不顾一切往外逃命的番兵。

东翼船队此时却遇上了一件意外之事。就在狮驼王、袁德胜、郑化龙率领战船向边战边逃的第一艘番船发出首轮"箭林弹雨"之后,狡猾的三本六却不顾刘休兰的反对,将王阿斌及其所带的几十名亲兵从船舱里逼上了船面,让他眼中的这些"可憎的东土人"充当"盾牌"。

"这不是那个报信的蔡文忠吗?咱该怎么办?"狮驼王、袁德胜、郑化龙都在花果山水寨见过蔡文忠,当场听到大圣对他讲过"继续潜伏"之类的吩咐,一时弄得打不能打，放舍不得放，没了主意。

"放过前面那艘大船，专打后面两艘!"正在此时，狐王已来到船上，对狮驼王、袁德胜等发了令。原来狐王也已在瞭望船上发现了阿斌、蔡文忠和亲兵们的身影，知道自己若不前去，求战心切的部属把不定会在蛮干中伤了这些奉命潜伏的亲兵们的性命，误了大圣的大事，心里一急，匆匆与童超打了个招呼，如飞来到东面的船上，做了如上安排。

狮驼王、袁德胜、郑化龙得了底，指挥所有兵丁向后面两艘番船发起了猛攻。几十只大船攻打两艘，岂不是易如反掌？只一会儿工夫，番船上再也不见番兵有何动静，待派出兵丁一看，番兵非死即伤，哪儿还能再行反抗？

事到此时，港湾中的番兵已成了瓮中之鳖。在童超二通战鼓的激励下，数十艘战船三路夹击，不仅消灭了港湾里的全部敌人，而且没用多大工夫，攻占了港湾之上的青蛇分会。至此，除三本六一伙侥幸逃走外，三千番兵几乎全部被歼，二十多艘番兵战船无一损伤地悉数被缴，一场战事从头至尾仅仅用了半个时辰就结束了。

"快去看，东土人把水番人打败了!"在一阵阵的呼喊声中，积玉人扶老携幼，纷纷奔出家门，成群结伙地涌到港湾，涌到那所独挺兀立的大院指指点点，来回观看。正如阿斌他们看到的，这些积玉人不仅长相、穿着、说话与东土人一模一样，而且对东土人有着一股与生俱来的亲切和关怀，一上来就毫无顾忌地问这问那，说个不停，更有那些胆子大的年轻人，见东土兵丁正在清理港湾，立即主动上前搬运尸体，帮助兵丁们一具具地往港湾外的海里扔。其他人见状，也都进大院的进大院，下港湾的下港湾，帮这帮那，干得十分起劲，那样子就像干自家活计一样。

站在大院门外与童超、岳辰一起指挥兵丁清理战场的狐王看见这一情景，心头猛然一动，急忙拉住一个正要进院的陌生青年：

"你就是这个岛上的?"

"正是! 敢问大人有何吩咐?"

"你们与我们素不相识，为何主动前来相助?"

"大人! 您不知道，这些水番人除了强占别人地盘，抢夺别人财产，奸淫良家女子，什么好事都不办，你们东土人就不一样了。听祖父讲，东土大国大气度，不知帮了我们多少大忙。如今你们帮我们把这帮可恨的东西除掉，我们怎能袖手旁观?"

不知何时，两人的身旁已围满了人，多是岛上的居民。年轻人话刚落音，一个头发花白的老者接上了茬：

"俺活了七十多岁，就受了水番人七十多年的气！他们让俺学他们的话，穿他们那种样式的衣裳，你说咱能辱没祖宗？世上的坏人有的是，水番人比任何坏人都坏！俺就寻思，他们还是人，还有点人性吗？"

狐王仔细地听着，越听越感到自己心里的想法对，遂问面前的老者：

"老丈！番兵已被我们消灭，当务之急是赶紧从岛上有威望者中推举出一个人来管束全岛，不能让水番人再来祸害！"

"大人所言甚是！俺们这儿倒是有个人人尊敬个个服气的人，但水番人霸占了积玉这么多年，既无自己的兵马，又无适合打仗的兵器，没你们在这儿怎么能行！"

"就是！大人如若不派兵防守，急切间我们哪里是水番人的对手？"人们纷纷喊了起来。

"大伙别急！我们既然敢于前来攻打番寇，就不会轻易让他们再把这个地方夺去！"狐王冲众人说完，复对老者说："我倒想见见你方才所说之人，不知此人尊姓名讳，离此有多远？"

"大人，此人姓吉名忠字国仁，一个时辰即可走个来回，小的愿意替您代步，将他唤来。"未等老者回话，先前那个青年已抢着说了出来，起身欲走。

"且慢！既是我提出来要见，怎能如此无礼？请你在前面带路，我要正式拜见此人！"在众人的叫好声中，狐王与童超知会一声，同那个青年及另几个自告奋勇者向东走去。

放下狐王这头不表。且说童超、岳辰、熊王、狮驼王、袁德胜督率兵丁以及岛上的百姓直直忙活了一个多时辰，方将港湾整理得水中无尸，船桅林立。为防万一，童超命原来的船队依然分作两翼，船尾相对，在港湾中严阵以待，赛海豹则排列在港外正中，随时准备应付不测之虞。

处置完港湾之事，童超率几名兵丁头次跨进东院，逐房察看。他知道，积玉即将成为郑乃清、马一棒率兵防守的重要关口，这儿很快就会变成己方署理公务、发号施令的枢密之地，必须将那些水番人的秽气扫除殆尽。因此，他每进一个房间，就吩咐兵丁将那些不顺眼的东西拿走。帮忙的百姓见这个身着盔甲的将军如此厌恶水番人的东西，未等吩咐，就将其他房间里的不合意的物件撕的撕，抬的抬，忙了个不亦乐乎。尤其是松井郎用于议事、待客的大厅里悬挂的"太阳旗"、靠墙摆放的番刀、刀架及其寝室里的榻榻米、红地毯，更是被百姓们拿到院里，撕碎捣毁后一把火烧为灰烬。令童超及大伙高兴的是，人们在后院的一间密室里，搜出了大批金银珠宝。珠宝的来路虽然弄不清楚，但从每锭金银底部所铸的汉字与形状来看,无一不是来自东土和积玉。群情激奋之下,童超当即严加封存,并命一名随从即刻到船上调来十名水手轮班看护,待郑、马赴任后妥为处置。

西院原来是番人操练兵丁的场所。想不到经过一番仔细搜寻,竟发现正房后面有暗门,暗门里面是一个连一个的石洞,石洞上方有气孔,洞里贮藏着大批粮食、器械、布匹、火药。从色泽上看,显然运来时间不久。童超一声冷笑,立即令人封存、看守起来。

到晚,狐王同一个中年男子又说又笑地相携而归。在他们的身前身后是一群群欢天喜地抬着食盒、扛着肉匹、拉着鱼虾的百姓,是来犒劳东土义军的。童超知道这是大伙的心意,也不推辞,将东西全部放下,与所有部属美美地饱餐了一顿,度过了收复积玉岛之后的第一个不寻常的战地之夜。

连续两天,昼夜平安。当第三天夜幕降临,狐王、童超、岳辰依例对三支船队作了巡查,没有发现任何情况后,都回到大院睡下了。前一段的海上大战,接下来连续几天的紧张准备,这一次的渡海出征,别说那些水军、步军觉得疲倦,就连狐王、童超、岳辰、熊王、狮王这些身具异禀之人也感到累了。尤其是在连获大捷、连日亢奋之际,不论是谁,都觉得需要好好睡上一觉。要知道,紧张固然产生疲倦,过度的兴奋更容易使人产生更大的疲倦和心灵上的麻痹与松懈。正是在这样的情况下,随着夜色的逐渐加重,除了大院门前与船上放哨的兵丁外,整个积玉岛都进入了沉沉的梦乡。

那是什么?一浮一沉的。破碎的船片?不像!这一块一块的,怎么都一样的齐整?东翼船上的一个值夜放哨的豹兵忽闪着两只眼睛,心里一阵嘀咕。让豹兵专管夜间放哨,是狐王自熊、象担当连弩手之后立即与童超、童起商定好并付诸实施的一项内容。猴子擅纵跃,熊象力道沉,羚羊跑似箭,豹子夜视清。让豹兵专司值夜,可防止万一。事实证明,狐王的这一知人善任、别出心裁的安排做得再好不过了,使整个船队躲过了一场灾难。

“不像船板”的东西越来越多,距东西两翼船队越来越近。西翼值夜的豹兵也发现了这些东西,眨巴着一双锐利的眼睛察看起来。

“管他是什么东西,俺正好乘机摆弄摆弄这些箭!”东翼船上的豹兵早就想像熊、象那样当个连弩手,此时明摆着是个难得的机会,岂不高兴?于是一边自言自语,一边来到连弩牌后,朝着靠前的一块漂浮物拉动了拉手,十二支箭划破夜幕疾飞出去。

“哎哟!”箭到声出,海面上突然传来一声惨叫,在静夜中显得那么清晰,那是番人！原来豹兵只是在旁边看过同伴们的摆弄,自己这是头一遭,射中那块漂浮物的没几支,大部分射进了水里,误打误撞,将推着漂浮物游走的人射了个正着。

"番兵！番兵来了！"东翼的豹兵一喊,西翼的豹兵也跟着狂喊起来。酣睡中的兵丁被喊声惊醒,一骨碌地翻身爬起,跑到了各自的位置。

"不要慌！听我的！"熊王此时已来到西翼自己所乘大船的船首。久经阵战,且向以勇猛剽悍著称的他,尽管面对突兀之事,依然毫不惊慌,安抚住了惊魂未定的部署;与此同时,狮驼王、袁德胜、郑化龙已各就各位,命东翼兵丁亮起了桅灯。

"在那儿！在那儿！"随着豹兵们一迭连声的指点,熊王、狮驼王几乎是在同时下达了命令。先是炮手、连弩手向那些还在移动的目标动了手;随后,火铳、火箭也开了火。这一开火不要紧,只见那些目标一个接一个地燃起了熊熊大火,有的大概是失去了人的推动,向其他方向漂去,有的却继续向两翼的船只移动。

"水手们,干掉他们！"正当熊王、狮驼王等踌躇之际,空中传来了狐王急促的声音。接着,童超已登上了停泊在港湾里的瞭望船,岳辰则直接飞到了熊王的身旁。

闻听号令,六七十名一律身着水靠的水手,抄起渔叉、刀剑之类的家伙,纷纷跃入水中,向那些漂来的"烈火"扑去,一边同潜伏的敌人搏斗,一边去推"火焰"。狐王不知水里究竟有多少敌人,唯恐自己的水手吃亏,急忙降低高度,准备随时接应,一边对已经出港的童超高喊道:

"童将军！这儿由我和岳将军料理！你赶快整理船队,严防敌人玩什么花招！"

童超心头一凛,暗暗责骂自己头脑太过简单,当即在船上亮起红灯,各船见状,也都纷纷举灯,停止发射,在熊王和狮驼王所乘战船的带领下,迅速拉开距离,驶离原地,严密监视着海上的动静。

岳辰此时已同岳信离船飞空,同狐王一道来到大片"火焰"的上空。

偷袭之敌都是水里的高手,军中的凶徒。这支由二百人组成的敢死队由一个海盗出身的头目率领,于午夜时分两人一组,趁潮水回落之机,推着一百个竹筏悄悄来到港湾左右,一心指望火烧东土的船队,报前几日的惨败之恨。出乎他们意料的是,几乎与海面同一颜色的竹筏,竟然还未动手,就被对方于如此昏暗的夜色中被发现,遭到了猛烈的攻击,致使原定的"攻其不备"的偷袭行动变成了挨打对象。尽管如此,那个头目还是督率着剩余的部属不要命地向对方的大船猛冲。竹筏上浇满油的棉絮被烧，难以靠近再推，他们就用事先备下的竹竿代替。当对方的水手入水游来时，双方短兵相接，立即混在一块，一时水上，一时水下，滚滚翻翻，展开了生死搏斗。狐王在空中看得清楚，一堆火光旁，两个敌兵死死揪住一个水手往水底按，他立即一个苍鹰搏兔，头下脚上，直扑而下，双手食指疾地一点，两个敌人当即头被戳穿，哼都没哼一声沉入海中。水手们本就士气高涨，见有狐王、岳辰在上掩护，更是斗志大增，哪儿有火光就往哪儿冲，海面上到处是起伏搏杀的人群和简短的斥叱声、兵器的撞击声。

敌兵头目初时还一心想用火筏烧毁对方的船队，尚未近前，对方船只已脱离原地，失去了攻击之物，不免感到沮丧，此时又见对方上有两个天神般的人物频频出击，下有功夫不亚于自己的对手的勇猛搏杀，一股寒气瞬间传遍全身，嗫唇厉啸三声，就潜入水中欲跑。敌兵们闻听撤退讯号，哪里还想恋战，潜水的潜水，转身的转身，唯恐手脚一慢，当了别人的替死鬼。

"哪里跑！"岳辰自蒙唐僧、悟空洗髓、授艺后，这是第一次跟着狐王在空中杀敌。他在连连向水中顽抗的敌人递招时，已发现了那个敌兵头目。此时见他在一个火堆旁闪了几下没了影，当即贴住水面寻找起来。说实在话，这个家伙确非等闲之辈，既能在水底闭气，一袋烟的工夫可以不露面，又有水中视物听音的一手绝招。他在水里游了一阵，刚想露头吸气，忽觉上面有个黑糊糊的影子遮着自己，同时还似有十分轻微的呼吸声。他心里一惊，急忙将身子向下沉了沉，继续向前游走。有道是：入水一寸，气短一分。这家伙水下功夫再好，也经不住长时间的憋闷。又游了一程，他实在忍受不住，四肢斜斜向上一动，"哗啦"一声钻出水面，露出了脑袋。就在这时，岳辰厉叱一声，手中的利剑已正正劈下。

再看周遭的海面，失去斗志、一心想逃出去的敌兵，此时已被自己带来的已经起火的竹筏照住，任凭狐王和水手们上下夹击，一个个惨叫着沉下水去，随后直挺挺地浮上水面，除少数侥幸逃走外，大部被歼灭。这边水手中，有八个战死，二十多人挂彩。

战事虽然取得了胜利，狐王的心里却并没因此有多大的高兴。据他观察和水手们的反映，此次来敌至多不上三百人，"有备而来却用兵极少，番人不是傻瓜，莫非会有更大的阴谋？"狐王心头一紧，吩咐水手们赶快上船，招呼上岳庚，赶忙向瞭望船奔去。就在这时，瞭望船上亮起了一盏白色的灯光，上下动了两次，接着又是两次。"不好！有紧急军情！岳将军！快走！"岳辰答应一声，带着岳信紧随而去。

三本六并没回到青蛇总会所在的京都,他也不敢以败军之将的身份返归京都,而是跑到了距积玉只有一天水路的成珠岛。王阿斌曾带领亲兵队的兵丁们来这儿游玩过,且此次是在白天行动,故在随三本六、刘休兰、佐佐木逃跑的路上,再次将沿途的情景默默记在了心里。

座船一到成珠,三本六即命船上的几十个番兵和大部分亲兵同所有守卫港口的兵丁在泊船处待命,自己则带着四个贴身随从和刘休兰、佐佐木离船上岸,直奔岛上的番兵守备处。阿斌因要观察敌人的动向,便也随在他们的后面。三本六想说什么,见刘休兰一言不发,蛾眉紧皱,不知是她受了惊恐,还是对自己有气,嘴张了几下,径自快步向前走去。

番兵守备处设在岛中央街道的北面,周围都是店铺。原先这儿仅有四五十名兵丁,两个月前一次就调来五百,岛前还增加了十几艘双桅船,由一个叫犬养大的头目率领。这些番兵自以为是岛民的太上皇,自来岛上以后,见好东西就抢,稍不中意就打,尤其令百姓切齿的是,这些番兵好像是从十八层地狱中跑出来的色魔饿鬼,不论到哪儿都要祸害女人,不知有多少年轻女子被他们糟蹋过,岛上居民恨死了他们,给他们起了个名字:牲口。

且说三本六刚刚来到守备处门前,闻讯而出的犬养大立即将他和刘休兰、佐佐木迎进屋,而让其他人留在门外。三本六经过一路上的琢磨,心里已有了主意,甫一落座,就用番语说了起来,直到犬养大匆匆走后,这才脸色转缓,一边喝水,一边对刘休兰说出了其调集附近岛屿上的守军、分军攻打东土来军的全盘打算。所有这些,都被门外的阿斌听了个清清楚楚。

接连几天,都有人数不等的番兵来到成珠。有的来自附近的岛屿,有的是几天前奉命前往积玉而被三本六派出的人员从海上拦截下来的,前后计有两千多人,大小战船三十多只。三本六明知靠这些兵马难以与东土抗衡,但他不能也不敢再行等待。他清楚,东土人既然敢来攻打积玉,难免还会提师北上,攻打其他地方。作为青蛇总会派来督饬部属进犯东土的特使,自己不仅没有一分战绩,反倒丧师失地,本已罪责难逃,如若不再组织兵力适时反击,别说自家性命不说,就连三本家族的累世英名也会毁于己手。鉴于此,他已酝酿好了一个阴谋:挑选军中凶悍之徒组成敢死队,突袭东土来军;派遣手中的所有人马攻占积玉岛北,阻滞东土来军北上。两处同时得手更好;以敢死队死死拖住敌人,掩护北面登岛成功也不失为上策。岛大必有山,滨海林必多。凭借自己一生在这一地域的闯荡,依托积玉复杂多样的地势,只要守上几天,待大批援军一到,积玉即可全部收复,自己则会成为被人们敬仰的英雄。

三本六被自己的图谋所鼓舞,一扫初来时的气急败坏,随着各地兵丁的陆续到来,越来越踌躇满志,于到达成珠后的第三天午后,命部下乔装打扮,兵分两路;各乘"渔船",驶往积玉,自己则与刘休兰对坐桌前,把杯欢娱。与此同时,蔡文忠也悄悄走出阿斌的房间,乘番兵忙乱登船之际,与两名弟兄上了另外一只渔船。

率领大批人马偷袭积玉的是犬养大。当他率兵抵达岛北时,发现港湾处除有一些渔船外,并无其他,便挥兵上岛。时隔不久,蔡文忠三人也匆匆赶到岛南,向童超禀报了番兵分兵攻打积玉的紧急军情,随即匆匆离去。

"嗨,都怪我轻敌,让番兵钻了空子!"童超一脸懊丧,向狐王、岳辰讲述了蔡文忠的禀报,问道:"监军有何见解?"

"番兵既然兵分两路,除咱打败的这一路外,另一路必然是去岛北!从时间上推算,那儿没有布兵,敌人肯定已经到了岛上。咱应兵分四路,悉数歼敌。一路由袁德胜、郑化龙率领,留下一部分船只在此坚守,提防敌人再度来犯,堵截岛上过来的窜犯之敌;一路由岳将军率领所有步军就此上岛,迎面截击,同时让陈二仔随队,随时帮岳将军处置情况;其余两路由你我率领,从岛东、岛西向北合围,消灭番兵留在海上的人马!"

"好,就按监军所说立即行动!"童超一声令下,所有船上兵丁一阵大动,岳辰率先带领三千步军下船上岸,由南向北席卷而去。

同龙湾一样,积玉也是个地形多样、绿树成荫之地。岳辰生就的飞毛腿,受了佛力的不凡之人,部下又全是山中的精灵,奔跑跳跃的冠军,逢村过村,逢山过山,只一个时辰,就听到前面传来接连不断的哭喊声。透过已经发亮的光线看去,那是一个西面紧靠大山的不小的村落。

"岳将军!前面肯定是番兵,俺来打这个头阵!"熊王早已摩拳擦掌,此时更是急喜交加,恨不得马上就去。

"容我看看再定!"岳辰双眼眨也不眨地观察了一会,有了主意,"传令所有猴兵,就此攀树疾进,占领村西之山;所有羚羊兵把住村东那些丘陵;其余的随我进村!"

队伍一阵风似的向前刮去,转眼已到来到村口。此刻,犬养大正领着先头部队一千多人挨家挨户大肆抢劫,以便为坚守准备物资。岳辰目睹此景,怒气大发,让岳信护着陈二仔,一声大喝,拔剑冲了上去。熊王岂甘落后,猛叫一声,率兵冲入了村落。

犬养大万没料到会在刚上岛不久就遭到了敌人,急忙督兵应战。你想,岳辰所率的中路兵丁全是熊、象、犭戾之类的山林霸主,小小的番兵岂是对手?只一会儿工夫,番兵就死的死,伤的伤,失了斗志。凡是活着能动的,不是往东岭跑，就是朝西山上窜。不曾想，往东遇上了羚羊的双角，跑得再快也比不上他们的双腿；向西遭到了猴兵的攻击，任凭你藏到什么地方，也难逃对方锐利的眼睛和围歼。战斗很快结束，除一百多番兵跪在求饶、被岳辰交给村里百姓处置外，包括犬养大在内的八百多人全部毙命。

　　陈二仔此时有了用武之地。经讯问，那些被俘的番兵供述了北面还有两伙同伴奉令守卫另外两地的情况。岳辰毫不迟疑，率兵北进，到早饭时分如法炮制，将那两伙敌人全部消灭。当他们来到岛北时，正碰见狐王迎面疾行而来。

　　"狐监军，这儿战事如何？"

　　"嗨！你们倒是显得轻松！"狐王满脸的焦急。

　　怎么，情况不妙？欲知后事为何，且听下回分解。

第三十五回
施术迷心　九面山众军遭厄难

"敌人跑了？还是需要我们前去相助？"熊王一副跃跃欲试的样子。

狐王道："三十几条船、百十号人，还能经得住打？倒是担心番兵都来岛上你们吃不消，童将军才让我赶紧看一看，不要有何闪失才好。"

"回监军，番兵要是集中在一块，打起来真还有些棘手。好就好在他们想多占几块地方，与咱拖延时间，等待他们的援军到来，结果让咱各个击破，悉数被歼。"岳辰接着道："看来这仗在山间陆地打，咱的这些步军弟兄最管用。若是海上，咱那些战船可就成了番兵的克星！照此打下去，水番国的那些人马还真不够咱打！"

"岳将军能如此思量，真乃我花果山之大幸！不过，水番国这么长时间以来敢于四处侵犯，必定有其强硬所在！就拿此次而言，要是敌人大兵来犯，抑或没有阿斌派人送信，你我现在能有如此轻松？"

岳辰心头一震，当即肃然道：

"监军所言甚是，卑职今后自当小心才是！"

说话间，众兵已清理完战场从四下汇聚过来。听说海上的番船和番兵无一漏网，敌人又遭到了一次惨败，无不高兴地大喊大笑。狐王因急于要考虑下步行动，遂对岳辰道：

"我已与童将军商定，为防止番兵的再次偷袭，命你部即刻返归原船，分三路防守：童将军率一路防守东北面海面，你率一路防守西北面，我率一路于岛前的港湾驻扎，以掎角之势对付番兵的可能之举。待童起将军的第二路人马和郑、马二位总管来到，咱们即可向水番国再次发兵！"

"谨遵二位大人之命，卑职这就传令归队！"岳辰抱拳行礼，立即同熊王转身而去。狐王一个纵跃起在空中，重新返向了海上。

浩瀚的海面上，一支船队正由南向北疾驶。当先的一艘大船上，除了那一排排肃然挺立的兵丁外，几个人一边观察着四周海面的动静，一边在热烈地说着什么。船中矗立的瞭望楼上，一个身着盔甲的将军嘴唇紧闭，双眼凝视着前方,样子显得十分威猛高大。

毋庸置疑,这是童起率领的第二路船队,站在瞭望楼上的正是童起。前后四十艘战船,中间夹杂着满载粮食、食物的中等船只,正劈波破浪,向积玉进发。

还是在童超的第一路人马尚未启程之时,童起就督率工匠开始了对破损番船的修葺。张天彪、田大榜则跟着袁德胜带了一班铁匠,不分昼夜地鼓捣那些铁丸,必欲找出铁丸出口破碎之法。九天下来,凡能修的番船全部焕然一新,配上了各种火器与连弩牌,加上原先的一部分战船,组成了一支新的船队;与此同时,张天彪、田大榜在袁德胜走后经过继续鼓捣,终于有了解决的办法:先踌出小铁丸,再将其用泥巴团成大铁丸风干。经多次试射,铁丸出口遇风即松,触物就炸,一打一大片,威力端得惊人。

船队分为前后两队,两千步军按各自所司被配置到各艘船上,前队由象王率领,后队则由狻猊王和羚羊王负责。郑乃清、马一棒所率的两千兵丁散坐在前后船上。为了加强对战事的联络,前时忙于在龙湾、东海岛屿、花果山之间进行联络的鹏王,此次再度随船出征。

船过钓龟岛,童起和所有将士同崩将等将士稍作交谈,即继续挥师北上。想到很快就要与头路人马会合,人们的心情愈加兴奋,说话之声也大了起来。

"番人霸占积玉几近百年,不知这岛屿附近到底有多少番兵? 但愿这次能一鼓荡平,永绝后患!"郑乃清道。

"我以前虽曾去过,只知道那儿岛屿无数,番兵究竟有多少,却不知晓。"鹏王边望前方边搭上了茬。

马一棒老觉得船行太慢,闻听此言,将手中镶铁大棍往下一墩,大声道:

"俺就怕番兵少了没事干! 这次咱们的大军一到,必定消灭他不少,剩下多少俺包了!"

"行! 俺们在前面打,马帅您就在后面收拾,管叫他有多少咱就干他多少!"负责前队的象王也在这艘船上,一听此话高了兴。

第二天下午,船队行抵积玉,在童超所派迎候船只的引领下,于港湾下停船登岸。异国他乡,两军会合,军中将士自是皆大欢喜。当晚,童超、岳辰自船队赶回,同狐王一道设宴,为新到弟兄接风洗尘,谈论军情,直至深夜方尽欢而息。

次日早饭毕,一场重要议事在东院举行。直到人员均已到齐,狐王方自外面匆匆而来,脸上带着兴奋的神色。

"昨晚在酒宴上,我和监军已将两次痛击番兵之事向诸位讲了。据哨探禀报,番兵又在正北的九面山集结了大批人马,似有阻挡我军北上之意。经与监军商议,决定两路船队分为左右两翼,于后天凌晨向九面山进发,乘敌立足未稳,再打一次胜仗!"童超开口说到这儿,将目光对准了郑乃清和马一棒,"请郑、马二位总管现在就将积玉防守事务接管起来,免得我们走后番兵再来偷袭!"

"谨遵大将军之命!只是我俩初来乍到,人地两生,可否让我们熟悉两天当地情况,将军再行起兵?"如何防守积玉,始终是郑乃清连日来寻思的大事,如今一听大军两天后就要动身,不免着了急。其他人一听觉得有理,齐齐将目光望向童超。

"郑总管勿虑,监军早已替你物色好了合适帮手!"童超微微一笑,与狐王交换了下眼神。

"帮手?"郑乃清一脸困惑,脱口而出。

狐王朝门外喊了一声。

"有请吉员外!"

厅门被一名守卫的兵丁从外面推开,一个年约三十七八年纪的长大汉子昂首快步进来。只见他头戴一顶青纱抓角儿头巾,身穿一领单绿罗团花战袍,腰系一条双搭尾龟背腰带,穿一对磕瓜头朝样皂靴。来人来到近前,抱拳道:"在下吉国仁,拜见天朝来的各位大人!"

见大伙一时不解,狐王上前拉住吉国仁,先将在座诸人一一给他作了介绍,然后来到郑、马面前。

"二位总管!吉员外虽说是积玉国人,却对番人疾恶如仇,屡屡率其同胞反抗番贼,且文武兼备,胆识过人,深得百姓信赖。有这样一位熟识本地情况的人来担当你俩的助手,岂可再为防务发愁?"

"敢情监军早已为我俩物色好人选,属下实在是感激不尽!"郑乃清转而面向吉国仁拱手道:"不才郑乃清,奉孙大圣之命,与马总管共同前来赞襄岛上防务,尚请吉员外鼎力相助,待扫灭番兵后,即随师返归东土。"

"有天朝大军助我国人剿除番贼,实乃我积玉小国百姓之大幸,吉某岂敢不尽心尽力?便是荡平番贼,也需天朝之兵长期住下,助我抗番保土!否则,凭我一个弹丸小国,岂是水番国的对手?"

马一棒此时想的全是兵力部署之事,一听二人彼此客套,不免心下着急,插言道:

"这都是以后之事,眼前最当紧的是赶快把咱的人马摆布开,万一那些番兵再来偷袭,咱也好痛痛快快的揍他们!"

"马总管快言快语,实乃英雄侠士!在下也不再讲什么客气话,现在就把这儿的情况给二位大人作一禀报!"吉国仁言罢,与二人详细地说了起来。

接连两天,鹏王均奉命到各个岛屿上空进行侦探,发现其他岛屿平静如常,唯独九面山情况诡异,扑朔迷离。明明看见那纵横交错的海湾峡道里有兵有船,一经细看,却于瞬间变得云遮雾罩,人船皆无。尤为不解的是,每当降低高度欲仔细观察时,立感阵阵晕眩袭来,不得不振翅高飞。初时,他以为是自己连续多天劳累所致,但当连试几次均如此之后,方感到此间必有什么蹊跷。

"莫非是岛上树木繁多,花开花落,有了瘴气?"童超在暹罗海岛上长大,知道凡气候温暖炎热、林木繁茂之地,往往在群花竞开时,产生一种芳香扑鼻却能置人于死地的瘴气,故在听了鹏王禀报之后,想到这儿并提了出来。

"这种情况虽说会有,却也不能不提防敌人搞什么阴谋!"狐王走南闯北,曾亲历过瘴气情景,晓得其厉害,虽然觉得童超说得在理,却不能完全排除心中的疑惑,"为防万一,这次由我带兵出击九面山,童将军、岳辰等几位弟兄可率一支船队在外面接应。"

"监军如此关爱,我童超深表感激!但抗番保国,乃我跟随军师投奔大圣之初衷。况我为此次抗番扫北统兵大将,值此紧要关头,焉能临阵退缩,让监军独去冒险?"

"用兵之道,讲究审时度势。我和鹏、熊、狮、象等几位步军总管毕竟有点腾挪变幻之法,一旦番兵使蛊弄术,即可以法制法,以术制术,再不济也可护身自保;你和岳辰等几位将军却不然,万一出现什么意外,有损抗番大事,岂非亲者痛仇者快?在大圣和军师处又怎么交代?"

"自古道,瓦罐不离井上破。为将为帅者,自当效命疆场,马革裹尸!何况咱只是揣测,我要不去,三军岂不耻笑?请监军宽心,我尽管小心好了!"

狐王知道,像童超、岳辰这些忠勇之辈,无不把杀敌报国之事看得比自己的性命还要重要,再劝也是无益,遂心怀敬佩却又无可奈何地摇了摇头,以巡视军务为名走了出去,暗中对熊、象、狮、羚、狻猊等五名步军总管作了交代,命他们在紧要关头护好童超、岳辰、童起等几位将军。

郑乃清这头经过两天的繁忙,办了两件大事:一是将青蛇总会积玉分会所住的那所东院改成了守备处,供郑乃清、马一棒、吉国仁署理全岛公务,西院作为兵营,暂由马成所率兵丁驻扎;二是在吉国仁协助下,将呼延豹所率两千兵丁沿岛布防,因兵力单薄,积玉县知事将其衙内兵丁、捕快以及岛上五百名志愿入营之青年分编各处,协防全岛。

转眼间,第三天的凌晨已到。为防番兵使诈,童超接受了狐王的建议,由自己随岳辰的头路人马为左翼,从九面山的西面向东包抄;童起的后路人马为右翼,从九面山的东侧向西合围;狐王则率所有赛海豹率先直捣九面山正中,迫使番兵几路作战,乱其阵脚;鹏王依然高空侦探,来往策应;同时,郑乃清等加强防守,严密防范敌人来犯。

九面山,并非一座山,而是由相距皆不太远的多个岛屿上的山峦所组成。因其山似扇状,四下环绕,故积玉人效仿东土人"九"为最大之做法,给这座群岛起了这么个雅而不俗的地名。从远处看,山山兀立,面面如屏,绿树花草,浑然一体;到近处瞧,群山水隔,曲径蜿蜒,峭壁峥嵘,水深莫测。缘于此状,唯岛上居民可自由出没,外人来此无异踏入迷宫,任你左寻右觅,也方向莫辨,好进难出。

老谋深算的三本六、刘休兰和佐佐木,此时就在这儿。

积玉岛一战全军覆没,偷袭积玉又遭到了惨败,这些对于一向自诩"百胜之将"的三本六,无疑是奇耻大辱。他虽然愈加不敢以此败绩返归京师,却也不甘心就此认输。在得知犬养大等两路人马均已覆灭的消息之后,他本想扔下刘休兰这个给他带来厄运的"扫帚星"逃窜,又深知青龙会和皇帝将其视为侵占龙湾乃至整个东土的活宝,遂改变主意,带着她、佐佐木、王阿斌等亲兵以及自己不足百人的残兵,乘坐几艘战船向北逃窜。途中,遇见十多艘本国的水军船队,率队的是一个叫苫米地的大头目,是专门来此打探他和松井郎消息和支援的。三本六这下可就欣喜若狂了!这倒不是因为手中又有了一千兵丁,而是有了苫米地这样一个奇人。原来,水番国自立国后,什么都学东土,然后再用掺杂了自己歪门邪道的东西去对付东土,直至发展到侵犯这个曾经给了其生命、智慧的国家。在他们所学的东西中,最看重东土的《易经》。《易经》本是一部以阴阳五行论述天文地理、世道运行、天下万物相生相克、轮番变幻之道的正宗巨著,谁知到了这些番人手里,左捣腾右琢磨,竟变得面目全非,滋生出许多邪恶之术。苫米地就是这样一个"功德圆满"者。正因他有高人一筹的才华,不仅被青龙会罗织门下,而且被水番国皇帝看中,成为其每逢紧要关头辄用的御前高手。这次,本田禾见松井郎杳无音信、三本六迟迟未归,情知事有不测,遂奏请皇帝允准,由苫米地率几名弟子和一千兵丁亲自离京南下,旨在寻找前两拨人马的过程中施展其能,予东土以重创,实现"龙湾立国"的狂妄野心。当三六本将这一情况给刘休兰一说,本已对"龙湾国"心灰意冷的刘休兰也不由得喜上眉梢,对这个能助其"脱离苦海"、"立国称帝"的番人又是献媚,又是频送秋波。三本六兴奋之下,则干脆将自己的残兵全部交给苫米地调遣。苫米地也不客气,在一起来到九面山后,当即带着三本六、刘休兰等一行众人,这儿安插几个人,那儿留下几个兵,往这面坡上贴上一道符,对着那道壁念几句咒语,直直忙碌了一天,方将自己所带的一千兵丁安置完毕,而后命三本六的那些残兵和王阿斌的亲兵另乘船只随在后面,自己则同三本六、刘休兰、佐佐木坐在前面的大船上,等待东土人马到来。

第三天中午,童超率领三支船队来了,从四面将九面山团团围住。鹏王再次奉命打探,发现岛上尽管还是云蒸雾蔚,却没了晕眩之感,而且透过云雾缝隙,依稀可见三五成群的番兵在岩壁间、树丛间走动,偶尔有几条船在峡道里行驶,也不见有多少兵丁。

"看来番兵人数并不多,无非是凭借这复杂的地势,故布疑阵而已!"童超闻听大为振奋,对前来禀报的鹏王道:"你去禀报监军和童起,就说我已领兵进岛作一试探,让他们暂在岛外等候。"

"来前不是已经定好,由狐监军率赛海豹先行进去,然后再定行止?将军这样做是否有些冒险?"

"我也知道番人奸诈,并非全是虚张声势。然不入虎穴,焉得虎子?我身为主将,岂能让他人代我涉险?我主意已定,请你速去禀报!"

鹏王见童超异常坚决,知道劝也无益,急忙向狐王所在方向飞去。

岳辰此时正心急如焚。见瞭望船上亮起了绿旗,遂率领自己所带的战船加速前行,驶入了一条两面是山、东西走向的海道。船行一程后,海道转而向东北弯了过去。此时,随着两边的山势变陡,海道渐渐变得狭窄起来。走?还是停?岳辰正在犹豫,忽见两侧山坡上树枝晃动,人影幢幢,隐隐约约传来一阵杀伐之声,不禁心头大喜,传令放箭。

话落牌动,前头几艘船上的连弩箭疾射而出。奇怪的是,两侧情景依然如旧,方才的箭雨似乎并未起了什么作用,山上不知究竟有多少番兵,也不知道再往里走海道有多宽窄。

瞭望船上换上了红旗,那是命令战船停止行驶之意。岳辰求战心切,传令水手停船,自己却一个腾跃跳到山上,欲探个究竟。后面船上的熊王早已憋屈不住,见岳辰已经离船上山,双足一蹬,也跳了上去。临行前,狐王对自己的嘱咐言犹在耳,他不能让岳辰有什么闪失,同时也想到山上舒展舒展筋骨。童超在瞭望楼上瞅见他俩上山,急忙传令各船严密监视。

熊王疾行几步赶上岳辰,仔细观察起来。令二人惊异的是,周遭鸟语花香,安谧平静,并无一个人影,再往里走,情况依然如此。两人对视一眼,沿着山坡继续往里行走,发现下面的海道虽然蜿蜒曲折,却比停船之地要宽广得多,既可供船队前行北去,也可在危急时刻掉头回撤。岳辰在暗暗责骂自己"胆小"、"太过谨慎"的同时,命熊王迅速返回通禀,让童将军率队前来。熊王连蹦带跳,顺原路返了回去。

一会,童超率船来到岳辰所在山坡下面的海道。岳辰正待起足上船,从对面一条岔道里驶出了三艘番兵战船,形状、大小与以前缴获的也即眼下自己率领的大船一模一样,只不过这些船上并没有己方船上那么多形形色色的兵器,当先的船首立着四个人。最前一人岳辰并不认识,但见他身材细长,两腮下陷,一双并不大的眼睛里闪烁着毒蛇般阴鸷的凶光。在他的身后,并排立着两男一女。岳辰一眼就认出,站在两边的一个是卖国求荣的刘休兰,一个是曾在边府见过的佐佐木,位居中间的那个粗矮黑胖,此刻正圆瞪双眼,抿紧嘴唇,拿仇恨的眼光盯着前面。离此四人几步远的船面上,是二十几个手握番刀的番兵。再后面的船上,岳辰看见了王阿斌、蔡文忠及其他亲兵的身影。

"原来刘休兰这个贱货还在这儿,看小爷等会儿怎么收拾你!"岳辰见敌人只有一条船,不免觉得奇怪,原本计划上船,此时却改变了主意,暗自在肚里骂了一句,隐在一株大树后观察起来。

"来者何人?为何擅闯我大东番国地界?"番船上那个当先站立的细长者用番语发了话。

此时,童超已命水手将船驶到前面。当他听了陈二仔的翻译后,立即大声喝道:

"我乃东土天朝花果山齐天大圣麾下征番扫北大将军童超是也!今奉大圣之命前来征讨你们这些屡屡犯我边界、霸占别人国土的人间败类!量你何人何能,竟敢阻我天兵去路?"

"将军何出此言?东土不是有句话叫做化干戈为玉帛吗?我苦米地虽是番人,却也不愿妄开杀戒,如若愿意,咱们可以对坐相谈。过来,将军过来呀!"苦米地说时,脸色瞬间由白变红,露出了柔柔的笑容,两只眼睛也顿时射出了柔柔的光彩,随着两手的招呼摆动,腰身也微微弯了下来。

匪夷所思之事就在此时发生了。

先是童超所乘船上的那些从渔民中招募的水手和袁德胜所率的火器营兵丁,原先还是紧握兵器,横眉冷对,转眼间却敌意顿失,满脸笑容,不仅于不知不觉中放脱了兵器,而且听话地将船朝对面番船开去,那样子就像迷失方向的孩童突然见到了家门、极欲归家似的。接着,其余战船也都一样似的朝前开去。由岳辰所率的步军因全系山中精灵组成,情况似乎好点,却也大梦初醒似的,紧握兵器不知使用,圆瞪双眼,却无喊声。再看童超,情知情况有异,正待擂鼓进军,眼光恰与苦米地的眼神对视了一下,顿觉心底浮起一股暖意,浑身上下懒洋洋地十分惬意,双臂一垂,鼓槌又悬在腕下,而自己的双眼再也离不开对方的眼神,只觉得对方不再是敌人,而是自己最可爱的亲人。

"好,好,这就好,到我这艘船上来!"苦米地此时已换上了一口流利的东土语,眼睛继续盯着前面,双手作环抱状。

那些"听话"的水手眼睛继续眨也不眨地盯着苦米地,有的已拿起了船上的木板,准备往对方船上搭。火器营的兵丁徒手跟过去了。郑化龙、袁德胜也相继跟在了人群的后面。与此同时,番船上的那些番兵已按三本六的手势来到船舷两侧,高高举起了手中的番刀。王阿斌见情况危急,朝蔡文忠使了个眼色,以护驾刘休兰为名,率亲兵来到三本六等人的船上,准备于危急时刻擒拿三人,以救己方人马。

"来,过来呀!"看见踏板已经放好,一个水手已顺着走到中间,苦米地的双臂环得更圆,裸露的牙齿似乎也充满了笑意。

"呀!番狗,且尝尝你家爷爷的厉害!"就在苦米地作势欲抓已经快要来到自己跟前的那名水手、身旁的番兵挥刀欲劈这一千钧一发之际,随着对面山上一声怒喝,一蓬石雨已破空而至,一个闪着斑斓光彩的人影也如离弦之箭凌空扑来。

来人是岳辰!原来他在对面山上仗着自己身具佛力,尤其是没进入苦米地目力所及的范围,故不仅没有损伤一丝一毫,反倒将苦米地的一举一动都收入眼底,眼见再不出手,童超等一干人马就要惨死番寇手下,心里一急,自丹田处发出一声怒骂,在挥臂掷石的同时,人已飞身扑去。

许是佐佐木已经活到了头。他对苦米地的作法施术并无多大兴趣,看了一会就将目光移开,顾盼起周围的山势情景。正因如此,他第一个发现了岳辰跃起的身影。出于一种本能的自卫,他一下子将身前的苦米地推了一把,而将自己的身躯全部暴露在了岳辰的猛扑之下。岳辰本来已经想好一上来就要了结苦米地的性命,最起码也要先毁了他那一双摄人魂魄的眼睛,想不到却来了个替死鬼,一怒之下,手中利剑已在佐佐木的脖子处戳了个透明窟窿。

从接到鹏王的禀报起,狐王就着了急,即刻命他前去通禀童起在岛外等候,如若已率部进入岛中,须留在童起那头协同作战。为防止鹏王功力不济而难于对付番兵,狐王从身上掏出一粒药丸让其服下。

与鹏王分手后,狐王命浪里翻立即率赛海豹从南面正中朝九面山开进。

深谙腾挪变幻的他心里清楚,大凡上阵交锋,最难对付的是僧、尼、女、道之类对手。这些人不是身怀绝技,武艺高强,就是精通旁门左道,有怪异之术。听鹏王讲,九面山并无多少番兵,却山含晦气,观之头晕,其间必有阴谋!可叹的是,童超、岳辰等诸将杀敌心切,忠勇可嘉,完全不顾个人安危,率队直进,万一遭了敌人暗算,自己作为监军,回去如何向大圣交代?眼下箭已离弦,泼水难收,自己需直捣岛中,多多吸引敌人,以解左右两翼之危,将番兵一网打尽。鉴于此,他一边腾空观察,一边连连催促船队速进,恨不得将那个施展邪术之人早早捉拿到手。

那是什么?原本清晰的山上怎么突然间变得迷迷蒙蒙,似乎还有许多人在来回奔跑?狐王仅是怔了一怔,随即发出一声冷笑,自言自语道:"如此雕虫小技,竟也敢用来糊弄世人!"随即于空中静了静,运用自家练就的"敛气吐纳"之术,将悟空所纳入自己身上的佛家真气聚拢起来,"疾"的一声朝迷蒙处喷去。正所谓:邪不压正,柔可克刚。一股真气刚喷出来,只听远处山坡上传来一迭连声的凄厉惨叫,迷蒙的山峦刹那间云收雾散,重新现出了清晰的本色。

"何方胆大之人,竟敢坏了我的法术?"说话间,在另一侧的一堵高约三丈的岩壁上闪出一个四十多岁的番人,二十多个番兵雁翅般地分列他身后两侧。

"大胆狂徒,竟敢在祖师爷面前卖弄这些手段!还不快快下来束手就缚?"狐王一声冷哼,给了番人一声当头棒喝。

"原来是上天神圣,那我可得向您多多讨教才是!"番人不怒反笑,果然按照狐王所言,带着番兵从壁顶缓缓来到下面一块略为平整的草地。从这儿望过去,几乎与海道里船只处在一条线上。

狐王盯着对方看了一眼,猛觉心头一阵悸动,方知来者正在施展法术,忙将目光移开,暗运了一下体内真气,向下喝道:

"开火!"

浪里翻等猴兵因船小窗口窄,任凭那个番人再怎么挤眉弄眼也看不到,并未感到有何不适,一听狐王发号,射的射,喷的喷,利箭、铁砂、火焰一齐向二十几步开外的敌人发起了突袭。那个番人——苫米地的弟子做梦也没想到自己竟然遇上了这样奇特的战船和狐王这样不惧自己法术的高手,待要转身逃跑时,却哪儿还来得及,顿时身中各种兵器倒地而亡,身后的番兵也大都毙伤,剩下几个没命地号叫着,往山上密林中跑去。

首战接触,狐王对番兵的伎俩有了了解。他严肃告诉浪里翻等所有猴兵和水手,如若再遇番兵,千万不要与其目光相视,一旦听到号令,瞅准其胸脯以下猛打即可。这办法还真管用！在接下来的行驶途中，每当遇到番兵，狐王不再问答，见船打船，见人打人，高处施法破，平处众兵攻。就这样，苦米地原想以众兵分散、布防御敌的安排，此时却给了狐王各个击破、势如破竹的歼敌良机，不知有多少番兵一拨又一拨地倒在了狐王与其部属的手下。

狐王并没因此而轻松起来，依然督率着船队在弯曲的山间海道中衔尾疾驶，欲尽快见到童起。如梭穿行间，船队来到了一个两端细长、中间椭圆、当地人称枪鱼湾的地方。不知是山势本就如此，还是海水相互激烈冲撞，抑或两者兼而有之，两侧的山峦在这儿留下了笔挺的峭壁和蜂窝般的水下洞穴，致使这足有三海里长的海道暗流回旋，惊涛拍岸，端得惊险、可怖。此时，一个五十岁年纪的番人正领着几艘战船、二百余名兵丁，背向狐王来的方向，一边指挥兵丁抵御空中鹏王的攻击，一边用笑眯眯的眼神和甜丝丝的言语大肆诱人、捉人、杀人，而与之乘船紧挨的是童起所率的四十艘战船。偌大的船队，二千多兵丁，此时竟无一点声响，一丝反抗，唯有童起死死扯住张天彪、田大榜二人，在船上硬行支撑，象王、猄猊王、羚羊王虽然还在各自的船上来回蹦跳，却也失却了往日神采飞扬的模样。而在那个番人的船上，已有十数个水手被捆绑起来，船下的海面上漂浮着几具尸体。显然，仅具凡人功力的童起等人已遭受到了番人邪术的侵害，象王等步军尽管还没就范，但也撑持不了多久，庞大的船队已面临灭顶之灾。

"该死的番贼，你的死期到了！"狐王不看犹可，一看眼前惨景，不禁怒火中烧，舌绽惊雷，一招"苍鹰搏兔"，直朝那个番人当头扑下。趁番人心神分散、转首回望之际，鹏王闪电似的扑了下来，铁钩似的双手一抓，已将他的脑袋连皮带发扯去一块。方才尚自洋洋得意的番人惨叫一声，双手抱着血淋淋的脑袋倒在船上，痛得又滚又叫。狐王见状，于空中一个转身，双掌已向船上的番兵挥去。就在掌力欲发未发之际，下面传来童起的喊声：

"请监军暂收杀手，容卑职来收拾这伙人的性命！"

童起等人不是已被番人迷失心性，不能言语，怎么又喊叫起来？此中有个缘故。苦米地所施的乃"迷心术"，左道旁门中的一种，旨在通过眼神的运用迷失对方的心性而将其制服。这种功夫练到极致，可以在瞬间消失对方的斗志，使其变得服服帖帖，任人宰割。紧要之处，就是施术者那双富有功力的眼睛，一旦被对方盯住，极少有人能脱离其眼神的控制；反之，只要没了这种控制，再加上施术者心性骤变，先前所施的法术就会不攻自破，受制者即可以大梦猛醒似的恢复过来。这个番人是苦米地的大弟子，功力稍逊，却也堪称高手，故被遣往此地独当一面。童起同其兄长一样，兵到东面海域后，即顺着海道向里挺进。初时尚无麻烦,待驶入枪鱼湾遇上了张网以待的番兵时,却被番人困住。仗着身处高高的瞭望楼上少受番人功力威慑的原因和深厚的内力功底,童起忍着晕眩坚持了一段,后见张天彪、田大榜等一个个顺从地往番人船上走时,他急忙下楼拉住二人。这样一来,就使自己完全进入了番人视线、法术的范围,心神很快迷糊起来。幸亏狐王及时赶到,一声大喝,使他悚然一惊;番人受伤时的惨叫,使他彻底清醒过来。见狐王即将痛下杀手,他唯恐失去复仇机会,在请求狐王的同时,已拔出佩剑,向那艘番船扑去。张天彪、田大榜同受一样的煎熬,此时也状如疯虎地举刀跃上了同一艘番船。象王、羚羊王、狻猊王等步军兵丁清醒得最早,见主将如此,正合自己大展身手心意,纷纷跃入其他番船。

这是一场复仇大战。弓弩手放下了手中的弓箭,火器兵扔下了自己的火器,用刀剑,用拳脚,用牙齿,同番兵展开了殊死的搏斗。先是童起一剑将仍在滚叫的那个番人刺死,而后张、田二人扑入番兵群中,一阵横劈竖削,将二十多个番兵一个不留地全部杀死,并解开了船上被捆兵丁的绳子。其他船上的番兵,更非象王等众多兵丁的对手,只一会儿工夫,就全部尸横船上,漂浮水里。直到这时,在空中督战的狐王才有时间同鹏王会在一起,发现他身上溅满了血迹,有的是从自己伤处流出来的,有的则是抓伤敌人时溅上去的。

"童将军那边情况怎样?"鹏王顾不得自己的伤痛,刚见到狐王,就急着相问。

"岳将军身具一定佛力,估计能撑持一阵,你留在这儿协助童将军清理战场,然后在此等待!我现在就去找他们!"狐王说完跃起,向西面搜索而去。

诚如狐王所料,童超所率船队此时依然还在与敌僵持。当岳辰一剑刺死佐佐木、正要向前扑击苦米地时,苦米地已转过身来。四目相遇,岳辰机灵灵地打了一个冷战,心头袭过一丝说不清的东西,欲向前扑的身子登时慢了下来。与此同时,受了惊吓的三本六、刘休兰以及备受鼓舞的王阿斌、蔡文忠等亲兵,欲待采取各自行动,却也因与苦米地的目光相接,被定在了原地。一船人就这样与苦米地盯着、凝视着,僵持起来,只有一人从船舷两侧的番兵中不受影响地朝苦米地走了过来。他是苦米地留在身边的一名弟子,欲听候师父的吩咐。

这头,岳辰等受了苦米地心术制约无法采取行动;那头,苦米地的背后却有了转机。首先是那个已走在两船搭板中间的水手由于脱却了苦米地的控制,猛地清醒过来,稍一愣怔,随即紧走几步,大喝一声,向前面背向而立的苦米地和身扑去。业已猛醒过来的童超趁机拿起鼓槌猛敲,激越高昂的鼓声霎时响彻两山相夹的海道上空,一时受制的几千兵丁纷纷拿起兵器,驾船从两面冲来。熊王、狮驼王、袁德胜、郑化龙等更是冲在头里,欲报方才的羞辱之仇。

自以为稳操胜券的苦米地做梦也想不到一个人的出现竟会将自己弄得如此狼狈,危急之中,猛地从身边一个番兵手里夺过长刀,先将扑到跟前的水手杀死,而后拉住呆若木鸡的三本六和刘休兰疾速退到岳辰后面。间不容发之际,岳辰举剑将苦米地的那名来不及后退的弟子刺死,随后飞身跃到瞭望船上,与正在继续擂鼓的童超一阵耳语,童超随即停止擂鼓,传令道:

"各船退后!一律不要与那个番人正面相视,听候本将号令!"

众军依言将船往后驶了一段停下。岳辰向童超说了一声,赶到熊王所乘船上,与其如此这般说了一番。熊王闻言大喜,同岳辰双足一蹬,来到番船上空一左一右游走起来,时不时来个俯身下击。

这下可就苦了苦米地!他既要时时拿眼神看着空中二人,唯恐他俩乘隙袭击,又得插空盯着前面的战船,担心对方冷不防扑了上来,于是不得不随着上面二人仰首转动,还得时不时瞥上敌船几眼。王阿斌本想乘机带领亲兵来个船上开花,但又不知还要在敌窝潜伏多时,只急得摩拳擦掌,不知如何是好。

眼看对方已被紧紧缠住,童超按照岳辰所说,令郑化龙率一百名水手下船,凿沉番船,及早消灭敌人。号令一出,郑化龙立即率领一队水手跃入海中,每人均口衔钢刀,手持利器,向番船游去。

"不好!水下有人!"刘休兰第一个惊叫起来。

"快退!快退!千万不要着了敌人的道儿!"一直没有吭声的三本六满指望依靠苦米地将东土兵马一举歼灭,此时却见他几面应敌,穷于转圈,同时领教过东土人马的厉害,几乎于刘休兰惊叫的同时,忙不迭地发出了号令。番兵们本就对几十倍与己的敌人畏惧不已,闻听号令正中下怀,一阵手忙脚乱,三条船齐齐向后退了开去。

此时,最感愤怒、难堪的是苦米地。本来,他对自己的技艺充满了自信,以为单凭心术和虚张声势遍布疑兵两招,即可将对方一举歼灭,想不到对方竟有如此腾云驾雾、毫不怕死之人。经过一轮的仰首转圈,他已深感精力不继,此刻又见三本六贸然发令,这显然是对自己的法术产生了怀疑,他怎么能在部下面前丢得起这张脸?恼怒之际,他一边不放松地继续仰首盯着空中之人,一边从怀里掏出一枚碧绿如玉的药丸。放进嘴里嚼碎、吞下。别人不清楚,这是苦米地采集海底岩壁上几种动物的唾液、与丹顶红等一些剧毒之物揉制而成的一种明目、壮肾、健脑之物,一旦服用,不仅能够解除疲劳,而且能使自身功力在短时间内增长一倍，就是有一样坏处，服用者将会遭受内伤，一年之内不得再行施术，否则将会危及性命。药丸制成后，苫米地虽然时时带在身边，却从未用过。此时，他已下定了拼着身受内伤也要取胜的决心，以便在部下面前争出脸来。

在上面游走的熊王并不知情，见番人往嘴里塞什么，以为机会来了，头下脚上猛地一沉，欲将其一手抓住来个痛快。海里继续前行的水手也恰于此时探出头来透气。

"下来！慢慢下来！"苫米地服药以后目光大盛，炯炯若火，朝着上面的熊王蓦然喝了一声。

熊王已距苫米地头顶不远，目光甫一接触，不知怎地恨意全消，再听这一吼喝，心神完全迷糊起来，通的一声掉在了船板上。苫米地头也不回地说道："不留活口，杀掉！"几个番兵当即挥刀砍下，可怜熊王一世英勇，竟惨死在番贼的屠刀之下。苫米地指使兵丁杀死熊王犹不解恨，一双如剑的目光朝着那些正在吸气的水手吼道："还不把自己打死！"有的水手机警，见番人低头朝水里看来，急忙潜入水中，一些水手来不及钻水，被其眼光盯住再也无法脱开，竟听话地拿起口中的钢刀或利器，朝自己头上狂劈乱刺，海面上顿时血光迸现，血花飞溅。

"番贼，拿命来！"苫米地的暴行，激起了东土将士的无比愤慨。先是岳辰一声怒吼，不顾一切地挺剑从上当头扑下，童超也与此同时擂响了战鼓，那些熊兵们连连呼啸，挺立在连弩牌后和船头，催船扑来。

大战一触即发！苫米地适时将头仰起，一双眼睛盯住了上面的岳辰，嘴巴已经大大张开，即将发话。

"番贼休得猖狂，吃我一弹！"声到人到，一条人影倏忽而至，手指一收一弹，一枚石子带着劲风堪堪击中苫米地的门牙，连牙进入口中。岳辰正待挺剑下刺，却被来人一把扯住，被带到瞭望船上。

"监军来得正好，快快与我消灭这伙敌人！"童超一看是狐王，一边继续擂鼓，一边对下面的狐王说出自己的决定。

"别看敌人不多，却邪术在身，不比寻常。兵法云：穷寇莫追。不若暂且饶其一命，待来日有了破解之法，再灭不迟。"狐王已从连续战事中觉出方才所遇番人绝非等闲之辈，如若继续纠缠下去，势必增加不必要的伤亡，故出此言相劝。

童超已知道那个番人邪术的狠毒，觉得狐王所言在理，遂停手不鼓。众军不知究竟，一时愣住，熊兵们更是急得嗷嗷大叫，深感不满，经狐王、岳辰等一番解劝,方才平静下来。

岳辰的神威凛凛,狐王的一击得手,众兵丁的勇猛气势,给了三本六、刘休兰以极大的震慑。童超的骤然停鼓,又在他们心里产生了疑惑,以为东土将士将要采取更大的行动,不禁慌张起来,也不管苦米地愿意与否,一边命人将苦米地扶到船舱为其疗伤,并把熊王的尸体扔进海里,一边下令撤退,急急向北逃跑。

童超命水下的水手捞起熊王的尸体一律上船,然后率队不疾不徐地跟在番船后面。这下倒好,那些散落在两侧山上番兵见自己船只到来,一伙又一伙地从隐藏处走了出来,呼叫上船。对于三本六而言,根本没有停驶的时间与心情;对于紧随其后的童超船队,这些番兵却成了兵丁们复仇的对象。那些熊兵们见一批用连弩牌射一批,直将大部番兵送回了郏都鬼域,为数不多的虽侥幸逃脱了性命,却也成了日后九面山居民捕杀的目标。真的是:机关算尽太聪明,反误了卿卿性命。

欲知后事如何,且听下回分解。

第三十六回
连克二岛　斩番贼如同秋扫叶

　　九面山的战事结束了,番人在积玉的最后一个霸占之地也随之结束,重新回到了积玉人的手中。童超一面遣鹏王经积玉、钓龟岛到花果山沿途禀报,让郑乃清等发兵驻守九面山,一面召集诸将议事,商定下段行动,同时借机修整兵马,补充粮草。

　　鹏王走后的第二天中午,马一棒、吉国仁率领一千五百名兵丁来到九面山。据二人讲,他们在接到鹏王禀报后,本欲从呼延豹所辖的守军中拨出一千兵丁即刻前来,怎奈积玉岛民一听九面山被光复,纷纷上门要求投军参战。尤其是那些青年渔民、猎户担心不收他们,来时都撑着自家的渔船,带着捕鱼打猎所用的刀、叉之类兵器,直令郑乃清、马、吉所有人等感奋不已。经商定,郑乃清依然带领呼延豹的大部人马驻守积玉,马一棒、吉国仁则连夜招募了五百名新兵,连同前时已经入营的和从呼延豹那儿拨出来的,共计一千五百人,于今日凌晨启程赶来这儿。

　　见此情景,狐王、童超等将领无不高兴异常。作为一员军中将领,谁都明白"知己知彼,方能百战不殆"之理。九面山地处积玉群岛最北端,进可攻,退可守,堪称拱卫南面所有海疆的屏障,支撑日后北面战事的营地,有马一棒这么一员骁将在此镇守,确实再好不过。尤为重要的是,战事再往前扩,则完全进入水番国的地界,一切皆很陌生,胜算全无把握。如今有了吉国仁这样一批长期与番人生活、来往之人,岂非雨中送伞、雪地送炭?

　　果然,未等谁人开口,吉国仁已提出了一个思谋已久的请求:

　　"我吉国仁此次前来,并非意在守岛,实欲随军北上,手刃番贼,万望诸位大人允准!"

　　众将高兴地互扫一眼,童超道:

　　"吉员外有此心愿,本将军不胜感激!适才议事,我等尚且为兵出何方有所争议,员外既然来此,还请多多赐教才是!"

　　"童将军所言,乃大家之共同心愿,请吉员外就此给大家讲述一番!"狐王将话题进一步扯到了当前的战事部署上。

"承蒙各位大人抬爱,在下这就说说北面的情况。"吉国仁双拳一抱,向四下转了一圈,亮开嗓子讲了起来。

原来,水番国虽说岛屿众多,人口不少,大的岛屿并不太多。除位于中部的京城占地最大、拥有重兵外,还有三个分布在南北两侧。其中,足尺、大丸在南,光够在北,历为北侵邻国赫洛少、南犯东土的三个屯兵、发兵之地,至于其他岛屿,虽也有兵,却并不多,素有"三岛安则京师安,三岛危则京师危,京师危则鸟兽散"之说。

在这三个大的岛屿之中,足尺距积玉群岛仅有三天海路,经常驻有一万余名重兵。港湾内战船如林,由一名叫吉田的头目统领。此人是水番国皇帝的外甥,青龙会的常客,据说其曾受异人指点,身怀绝技,加之生性残暴,动辄杀人,故有"活魔王"之称。且手下有一帮弟子,水里来,水里去,个个本事不凡。

"身怀绝技,动火杀人?"狐王听得入神,自言自语地念叨出口。

"港口是否有重兵把守?"童超注意的是番船之事,急着问吉国仁。

"番人自恃无人敢去那儿,港外从不派兵把守!"吉国仁以为二人都在问自己,在对童超的发问作了肯定答复之后,却不知如何应答狐王,一时不禁有些语塞,"监军是否觉得在下所说不……不实?"

"吉员外且莫误会!我是在琢磨这个叫吉田的家伙究竟是个什么人?"狐王微微一笑,安慰吉国仁。

"莫非监军有了制敌之策?"童超与狐王打道多时,已多少揣摸到狐王此时的想法。

"将军是否想学赤壁之战时的诸葛亮?"狐王已从童超兴奋的眼神中看出了端倪,答非所问,回了一句:

"哈哈,哈哈哈哈!"

"哈哈哈哈……"

听着二位主将的开心大笑,在座的诸位均知道他俩已经有了主意,受其影响,也都跟着乐了起来。

侥幸拣了条性命的苫米地、三本六和刘休兰惶惶然如漏雨之网,连夜望北逃窜。他们开始时生怕东土人马乘势掩杀,来不及想什么,只是再三催促水手拼命行动,待见后面再无追兵,且已进入水番国界,方才放下心来。

按说,脱离险境乃值得庆幸之事,然而越往北走,几个人却变得一言不发,脸色灰暗,在默默想着各自的心事。对于苫米地和三本六两人而言,虽然在相互尊重和指望上互有龃龉,但在如何回去复命之事上却不言而喻,心照不宣。

作为国内备受尊崇的"英雄",临走之前在同僚和部属面前夸下了那么大的海口,而今兵败逃亡,能承认自己是无能之辈、浪得虚名吗? 不能! 万万不能因此而失去了上下的信任和以前所取得的一切。如若这样,就必须找一个垫背的,让其为自己开脱,使上下人等均知道,不是这些人没本事,而是东土将士太厉害,任谁都不是他们的对手。前面不就是足尺吗? 吉田不是皇帝的外甥吗? 此君不是刚愎自用吗? 就让他来领教领教东土人的厉害,岂不是上上之策? 许是觉得自己的盘算有点卑鄙下作,唯恐对方看出,也许是感到届时需要得到对方配合才能成事,苫米地挤出一丝苦笑看了看对面的三本六,三本六恰于此时抬头对望,眼里露出了同样的神色。

再看刘休兰,此时双唇紧闭,茫然向天。是在思谋这一路上的曲折遭遇,还是盼望早日脱离苦海,不再过这种担惊受怕的日子? 外人不得而知。可以肯定的是,这个女人已经从一个个自命不凡的番人们一次次的惨败中,丧失了立国称帝的信心。这从她近日来言语日益见少、芳容日见枯萎的种种迹象中,完全可以觉察出来。

与此相反,船上最高兴也最忧心的是王阿斌、蔡文忠及其亲兵了。看到又一伙番兵死在了自己人的手下,他们真想痛痛快快地吼几声;身陷魔窟不知何时能够脱离,屡遇当面杀敌良机却需装得服服帖帖,直令他们憋得都快要疯了。他们已经暗自打好主意:船到番国第一个地方即见机行事,大干一场立刻返归故土。

不管各人的心事如何回旋翻腾,三艘船紧驶慢赶,于第三日后来到了足尺岛。苫米地和三本六经常来往此地,船刚靠近港湾处停下,二人就命随行兵丁与所有亲兵在船中待命,然后相互点点头,带着刘休兰径直来到位于岛中的将军府。

诚如吉国仁所说,孤居海上的水番国因历来只有侵犯别国而无外人来此反击,故养成了独霸天下、狂妄无比的做法,不仅偌大的港湾外面未设一兵一卒,就连将军府门外也只有两个兵丁。苫米地一行跨进大门,穿过幽深的大院,来到正中一扇门前。苫米地用番语同门前的兵丁说了几句,兵丁当即拉开一扇推拉门走了进去。少顷,兵丁出来做了个"请进"手势,屋里随即响起木板拖地的声音。

三人将鞋脱下放在外面跨进屋去,一个长得不算太矮、目透凶光、三十多岁年纪的番人已穿着木鞋,在一个侍女的服侍下从里屋走了出来。

"苫米君,三本君,看你俩这副样子,是不是在东土遇到了麻烦?"屋内之人就是吉田。皇亲国戚,封疆大吏,自然是一副居高临下、大咧咧的架势与腔调。

"回将军！卑职奉命前去打探松井君之行踪，不料他和全部人马已被东土人全部消灭。卑职不堪忍受此奇耻大辱，与敌血战几场，怎奈兵微船少，不得已才率众杀出了一条血路冲了出来，在返归途中遇上了前来援助的苫米君。"三本六虽说竭力粉饰自己，却也不敢过于隐瞒实情。

"对了！皇帝陛下不是命你施展法术，将东土兵丁悉数消灭，接应前面两拨人马攻占龙湾、东海，怎的这么快就返回来了？"吉田作为军中大将，对三本六的话深信不疑，却对靠邪术发迹起家的苫米地的行动产生了猜疑。

若放在平时，苫米地并不惧怕吉田，眼下却换了个个儿，按照一路上编造好的话，煞有介事地说了起来：

"在下奉皇帝诏命前往积玉的九面山，几仗下来，将东土兵马杀得七零八落。正待挥兵南下，遇见三本君从南归来，方知松井君已全军覆没。返国搬兵途中遇上风暴，多数船只遇难，在下与三本君托皇帝洪福，方死里逃生，来找将军报仇。三本君，你说情况是否如此？"

"嗯，是遇上了风、风暴！"为了自家的名誉地位，三本六明知他说的是鬼话，此时也顾不上了。

"好！本将军倒要好好看看这些东土人有多大本事，竟敢遣军北上，捋我虎须？"吉田并非有意在他人面前逞能，而是发自内心的一种蔑视。

"有将军在此坐镇，东土人岂敢前来冒犯？"苫米地想的就是用吹捧法来达到自己的目的，此时见对方已经上钩，假作提醒道："为防万一，将军是否派兵严守？"

这句话听在吉田耳朵里，无异于是对自己的蔑视，只见他脸上的横肉突地一动，两眼的凶光更盛：

"我足尺岛兵丁如云，战船如林，何人敢来偷袭？二位如若不信，三天后随本将出兵南下，看我如何消灭这些东土兵马！"

吉田说罢，头也不回地进入室内，扔下了暗暗得意的苫米地、默默沉思的三本六、一句话也没听懂的刘休兰。

凡刚愎自用、自恃了得之人，往往有个怪癖：对于来自他人的劝告，再觉得言之有理，当面不仅不会采纳，反而驳斥连声，说出一番歪理，但在背后，却悄悄按劝告者所言作出新的部署，以补疏漏。吉田就是这样一个家伙。将苫米地、三本六、刘休兰分别安置在将军府住下后，他立即派人对港湾的防守作了安排，命令所有兵丁一律上船待命，轮流下船吃饭，并在港湾出口处布哨设岗，盘查来往船只。

一连两日平安无事,说明自己判断无误。吉田兴奋之余,于是日晚在将军府大宴宾客。他要让前来赴宴的所有军中头目、弟子和岛上的士绅商贾知道,本将军明日就要起兵南下,征伐东土,为大东番国拓疆扩土,建立煌煌大业。有此逢迎奉承之机,宾客岂能错过? 只见你尊我敬,你拥我挤,直把吉田围在中间,喝了个没完没了。

醉眼惺忪的主宾自然无暇去理会屋外的一切,更不可能知道在浓浓夜幕下,两个人影已毫无声息地来到了他们的上空,四五艘几天前还在这儿停泊过的番船正排成一列横队,向港湾驶来,后面两溜黑色的东西或起或沉,正衔尾疾进。

"谁!"两个值夜兵丁从出口处的船上站起,朝着来船喝问。

"我们是苫米太君的部下,前几天随队出征被冲散,今天才回来,请放我们进去!"位于中间的一艘番船上,当先站着两个身着番兵服饰之人,其中一人操着熟练的番语,另一个人将番刀双手环抱于胸前,那样子俨然一个高手。

"哦,原来是苫米太君的手下!"一名守兵正待放行,却闻到一股浓重的刺鼻油味,往船中一瞅,不禁起了疑心,"船上装载何物,为何有这么重的油味?"

抱刀之人身子微微一动,那个回话之人再次不慌不忙开了口:

"油味? 遇上那么大的风浪,船上的东西还能不颠个底朝天? 也算弟兄们有福气,这次出去抢了不少值钱东西,等会分时算你们一份!"

"有我俩一份? 那咱现在就领你们进来!"两个守兵眼睛发亮,抄起双桨带头向里驶去。

来人要的就是这个结果! 见事情进展如此顺利,两人对视一眼,紧紧跟在后面,左右船只见状,缓缓从两旁驶近,一艘接一艘驶入进口处。与此同时,后面两溜黑点迅速散开,直抵出口处两侧的栅栏前。

两个番兵将来船领入里面密密麻麻的战船处停下,然后对来人道:"吉田将军明晨就要率兵南下,你们的船只千万不能挡住里面的战船! 否则,上头怪罪下来,我俩可就惨了!"

"弟兄们放心! 麻烦你们先守着,我们先去填填肚皮,待会回来分完东西,找地方把船停好,决不会牵连你们。"

番兵惦记那些"值钱东西",点头应允,看着来人招呼其他船上的同伴乘着自己的船只驶出出口。

夜幕更加浓重,十几步开外完全是黑糊糊一片。两个番兵求财心切,手忙脚乱揭开船上苫布,只见里面全是柴草,摸上去湿漉漉的,还有一股刺鼻的油

味。两人稍一愣神,明白过来,扯开嗓子不要命地喊叫起来:

"快来人! 有奸细!"

喊声,在静夜里传得很远,战船上的番兵不知发生了什么事,纷纷爬了起来,向发声处张望。由于大小头目都赴宴未归,群龙无首,自是异常混乱。

像是有意要给这人声鼎沸、狼奔豕突的场面增加点乐趣,这时,从栅栏南面喷来了道道火焰和簇簇火团,刚驶进去的几艘番船遇火即着,顷刻变成了几个蠕动的火球。两个狂呼大叫的番兵裹着满身火焰,绝望地跳上临近的大船,大船也很快燃烧起来。出于求生的欲望,兵船上的水手欲驾船逃出港口。谁知不动还好,一动秩序更乱,火遇船即着,船着火即跑,火燃着了船上的油,油助长了船上的火,只一会儿工夫,港湾里停泊着的战船就全部着火,成了一片火海。番兵们初时还想顾船,眼下逃命要紧,无不跳船下海,从出口处、栅栏的空隙中往外逃跑。跑到北面登船处的尚且无人阻挡,逃到其他方面的不是被射来的砂丸、火箭、火焰击中,就是被长矛、钢叉刺入水下。

奇袭,一场成功的超出意外的奇袭!

无疑,这又是狐王、童超等的杰作。

吉国仁讲述水番国的情况时,狐王、童超之所以发出了会心的大笑,是因为"战船如林,港外无人把守"之话,使童超想到了火攻,而狐王则从吉田的特殊身份、性格中揣摸出此种人多具骄横狂妄、刚愎自用之个性,偷袭加火攻应为上上之策。为了防止三本六等逃逸之人可能采取的防范,狐王召集诸将商议,决定由岳辰率陈二仔和一部分水手乔装番兵,乘坐后来缴获的六艘番船,船上堆放柴草,于适当时机浇上油,作为第一拨人马设法进入港口;由浪里翻率所有赛海豹带足油料尾随其后,利用夜幕遮挡直抵港湾,用喷火筒、火箭猛击那六艘柴火船,火烧港湾里的番兵兵船;童超、童起各率一支船队,跟在赛海豹之后,乘机掩杀逃出来的敌人,如若偷袭不成,就作为主力实施强攻;自己和刚刚回来的鹏王则于空中前行,相机处置军情,对付那个"身怀绝技"的吉田。

令他们没想到的是,吉田恰于这晚设什么宴,一万兵丁全然无人统率,港口尽管有两个番兵把守,却被陈二仔几句话说得上了钩,轻而易举地放船进港。这一切的一切,直令大家尤其是在空中看得清清楚楚的狐王、鹏王心里乐得开了花。

冲天的火焰映红了足尺岛,喊杀声、惨叫声、逃跑番兵的脚步声,惊动了岛上的番人,也惊动了将军府外守门的兵丁和一应侍役人等。一个兵丁急匆匆跑进了大厅:

"禀将军! 港湾停船处火光冲天,不知发生了什么事?"

"火、火光？哪来的火光？喝，继续喝！且看本将军明天、明天怎、怎样攻、攻打东土！来，倒满！本将军要、要和龙湾国皇帝喝、喝一杯！"吉田已喝得脸成猪肝，舌尖打卷，端着一杯酒跟跟跄跄向刘休兰走去。苫米地、三本六从上场起就没多喝，一听兵丁来报，当下不知是忧是喜，表面上虽然还在虚与周旋，心里却已做好了一切准备。头脑同样清醒的刘休兰已受过几次惊吓，本想说什么，见吉田已走了过来，正待举杯相碰，却听见院里传来了不少人的脚步声，厅门随即被人呼地推开。

"太君！东土人打过来了，把咱的船都烧着了！"闯进门的一伙番兵满脸污黑，衣衫不整瞪眼怒视着眼着这一杯盘狼藉的场景，其中一人越众而出，大声禀报了刚才发生的事情。

"混蛋！为什么不给我狠狠地打！"吉田被番兵所报吓得清醒过来，从那个兵丁手里夺过长刀将其一刀杀死，转身面对满屋的人一阵大喊大叫："快快的随我到港湾，把那些东土人统统杀死！"

吉田吼罢冲出大厅，到自己房间取出一把长刀率其弟子冲出府门，所有番兵头目不敢怠慢，一窝蜂地跟在后面，苫米地则拉住一个欲往外跑的商人模样的人耳语几句，唤过三本六、刘休兰，随在那人后面，出门向另一个方向奔去。以护驾名义也来赴宴的王阿斌，一边让蔡文忠去召集亲兵，一边跟在他们的身后。

此时，童超、童起所率的两支人马已经来到。一百条战船几轮急射，将番兵杀得死伤惨重，大部从北面逃上岛去。童超当即令岳辰率步军登岛追击，自己和童起在海上搜索，严密注视岛上的动静。

吉田率队没走多远，一伙又一伙逃兵堵塞住了去路，任凭他怎样大喊大叫也没人听从，反倒被他们裹挟着往后直退。那些跟随他的弟子和头目们虽然也想跟着他到港湾去组织反击，怎奈人人喝得头脑发胀、双腿发软，知道到了港湾也是个死，遂趁着夜色谁也看不清是谁，一声不响地加入了逃跑的人流。

夜战，为岳辰所率领的兵丁们提供了得天独厚的条件。他们凭着能射穿夜幕的敏锐眼力、能纵善跳的本事，在上有狐王、鹏王的发声指引，下有岳辰、象王等人身先士卒的情况下，分作几路，向逃敌展开了勇猛追杀。少数番兵仗着对岛上地形的熟悉藏了起来，多数人却在吉田的严厉呵斥下，成为被追杀的目标，一批又一批地倒在了追兵的刀下、掌下。

吉田毕竟在足尺多年，带着一伙残兵左拐右转，逃出了追兵的视线。转身仔细一看，发觉只有一百五六十人，多是其弟子和手下的头目，他气得大叫一声，转身就跑，欲与东土士兵拼个你死我活，却被几个弟子死死拖住。挣扎苦劝间，两个人影来到跟前。吉田瞪眼一看，一个是三本六，一个是跟随刘休兰的那个亲兵——王阿斌。吉田停止挣扎正待发问，三本六已抢先开了口：

"将军！事不宜迟，请随我赶快上船！"

"你们早有了准备，知道东土人要来？"吉田满腹狐疑，持刀逼向三本六。

"将军请莫误会。卑职虽然不知东土兵要来，却也深知他们大大的狡猾，故在刚才退却途中十分留心，发现离此不远有个小小港湾，停着六七条渔船，苫米君专让卑职带着这个人前来向将军禀报。"

"将军！留得青山在，不怕没柴烧。咱还是走吧！"弟子们听说有船，七嘴八舌劝了起来。

"三本君，你的忠心大大的！"吉田夸了一句，持刀往地上狠狠一戳，"走，快快上船！看我在海上如何收拾这帮东土人！"

足尺不比积玉、九面山，乃水番国的地界，不需派兵驻守。狐王、鹏王在空中指引地面兵丁将大股番兵消灭后，即传令离岛。岳辰毫不迟疑，督率兵丁赶往将军府，经过一番搜寻，将府旁仓库里堆积的粮食、兵器，尤其是喷火筒、油料，全部搬运上船。还有不少未曾启封的酒坛，兵丁们舍不得扔下，也将他们搬了上去。童超见获得了如此辉煌战绩，即刻传令就地埋锅造饭，于黎明时分让大伙美美地饱餐了一顿。

下步该是大丸。在如何攻打上，议事出现了分歧。童超、岳辰、童起等受连战连捷的影响，主张乘胜追击，拿下大丸，理由是：我军进展神速，大丸之敌并不知晓，即使有敌逃往此地，此刻必定还在路上，逃得再快也比不上我方的船快；一向心细的狐王虽也主张速战速决，却为一件事而大惑不解：据吉国仁讲，吉田身怀绝技，手下一帮弟子本事不俗，此次未见施展，酒醉固然是个中缘故，但难保其不会在前面使何花招，必须早作准备，多加防范。一番议论之后，童超传下了军令：由狐王、鹏王先去大丸岛见机行事，自己和童起率大船居中，岳辰、象王则分为前后，率赛海豹散布四周，护卫前行。为防止吉田于途中使展什么阴谋，所有船只一律昼行夜停。

一切安排就绪，狐、鹏二王腾空先走，随后，船队也离开足尺，望北进发。连战连捷，加上白昼行船，将士们无不兴高采烈，士气旺盛。每当夜幕降临，船队则择地歇息，轮班守夜。接连三天，一路无事。

第四天头上，前头始终没有传来任何音信，这令童超等既兴奋又紧张。因为按照事先约定，狐王两个一旦发现大丸番人没有任何举动，则会及时返回告知；如若觉察到对方已得知消息，他俩则会设法袭扰，使敌人日夜不得安宁，为我方兵抵大丸后制造战机。如今,三天已过,不见他俩身影,一准是正在与敌人周旋、打斗。想到再过半天就要接敌,童超将绿旗连续升降三次,命令船队加速前进。

咦,那是什么? 怎么海面上突然出现了许多同样大小的木片? 位于船队前面上方的岳辰首先发现了这一怪异情景。举目一瞧,前面有十数个刚刚露出海面的暗礁,木片正是从那儿接连不断地顺水漂来。不好,一定有敌人! 岳辰心思电转的瞬间,举起手中的红旗连晃三下,身子已如脱弦之箭蹿了出去。

"哈哈! 想不到吧,东土人? 本将军已在此恭候多时!"暗礁后猛地立起七八十个番人,每人均胸吊布袋,腋下夹着一摞长仅尺余的木板,一边往海里扔,一边飞快地踏在上面,成两翼向前扑来,当先一人正是吉田。只见他身着一袭灰白古怪的长袍,脖子上吊着一只奇宽的布袋,两手空空,眼射凶光,在身子疾速踏板而行所带起的劲风的鼓动下,长袍鼓得满满的,酷似一只贴海飞行的秃鹰。左右紧随着两个番人,边行边往吉田的前面扔木板,看样子是专门为其主人铺路护驾的。再往后,从暗礁旁驶出三条渔船,十几个番兵正手忙脚乱地往下撕扯伪装用的海草,其中一条船上立起三个人,居中之人就是那个几天不见的苫米地。

敢情吉员外所说吉田身怀绝技,原来就是这一手,看来需要认真对付才是。身在空中的岳辰作如此想,居于瞭望船上的童超作如是想。其实,他俩只想到一点,并不完全清楚眼前这个对手的底细。

吉田之所以在国内身居大位,无人敢惹,除其尊贵的皇亲身份和残暴的秉性外,还有就是受异人传授及自身苦练,身怀三种绝技:青萍渡海,水底潜行,铁丸击敌。与其所教习的一帮弟子相比,弟子们必须凭借木板方能行走水面,他却可以凭借任何漂浮之物横行海上,而且纵跃一步就达一丈多远;说到水底潜行,他可以在水下换气,最多可潜伏七天;若论所使兵器,他最喜爱的是番刀和铁丸。使刀在水番国不足称奇,称奇的是他要得一手"疯魔散珠",豆粒大的一把铁丸经他使内力掷出,指哪打哪,碎骨击腹,端得是个疯魔。当然,同任何一门高深的武功都有其致命不足之处一样,吉田也有三个致命所在:一是不能接近女色,耗损血气;二是不能喝酒,即便是闻到酒味,功力也会受损;三是不能让肚脐露给对手,那儿是他练功的法门,也即是他的死穴。鉴于此,吉田年届三十有余尚未娶妻,平日极少饮酒,至于练功命门,更是严令所有弟子秘而不宣。这次为何一反常态设宴狂欢? 内中有个缘由:从来只有我大东番人去攻打东土,岂有东土人敢踏入我国一步? 这是一也。苫米地、三本六皆为朝廷重臣,却有负圣恩,大败而归,这要传出去,岂不扰乱军心,灭我大东番之威风？必得大宴设之，以酒克之。也正是饮酒坏了禁忌，他和弟子们于事发当晚无法施展绝技，不得不逃了出来。逃跑途中，他越想越气，在打发十几名头目立即护送三本六，尤其是那个奇货可居的刘休兰及其亲兵兼程北上，沿途知会各地官员严加防范的同时，将苫米地强行留下，命其与自己以及弟子们于中途设伏，给东土人个厉害尝尝，阻滞他们对本国的迅猛进攻。

却说岳辰一听来人口中道出"本将军"三个字，便知此人是吉田无疑，遂停于船队上方回道：

"原来是吉田将军！素知将军手握重兵，雄踞边镇，却为何擅离防地，领些许人马，来此作剪径之辈？"

"大胆狂徒！竟敢当众羞辱本将军，你是不要命了！"吉田不知何时已从袋中抓出一把铁丸，随着话音，脱手而出，直向上面撒来。两翼的番人见师傅业已动手，也纷纷伸手探囊，向中间船只上的兵丁撒出了一蓬蓬铁丸，密度之大，力道之大，遇枪枪动，着人即伤，一些好奇轻敌的兵丁被击中，痛得倒在船上乱滚。

童超在瞭望船上看得火起，急忙擂起了战鼓；几乎是在同一时刻，童起的船上也响起了激越的鼓声。憋了多时的兵丁们终于有了发泄怒气的机会，各种火器一齐向两侧的敌人开了火。吉田没见过东土竟有如此多的厉害兵器，赶紧摆脱岳辰的纠缠钻入水中，其弟子们也于瞬间没了踪影。

就这样，吉田与其弟子们时而潜入时而跃起，与东土船队在海上捉起了"迷藏"，虽说自己这边也有伤亡，但对方的损失更重，在一蓬又一蓬铁丸的袭击下，船上不断有人倒下。童氏兄弟尽管还在擂鼓助威，岳辰尽管死死盯住吉田不放，却一时没有什么好的办法。

混战中，一蓬铁丸击中了一艘大船上的一个酒坛。坛破酒流，险险把旁边的一个熊兵一跤滑倒。熊兵气恼之下，一脚将酒坛踢出，堪堪落在远处海面一个发声掷丸的番人身旁。不知怎地，那个番人丸未掷出，就软软地倒了下去，距他不远的另一个番人也像遇到鬼魅似的踏着木板逃了出去。熊兵觉得好玩，随手掂起一坛照着前面海上多处扔去，怪事发生了！坛落水面，顺水漂浮，那些番人一见，再也顾不上抛掷铁丸，纷纷向四下躲开。这一切均被童超看在眼里，尽管不明白个中奥秘，却也知道酒是这些番人的克星，急忙传令火箭兵蘸酒击敌。

袁德胜、张天彪、田大傍闻令，立即指挥各艘船上的火炮、火铳手停止发射，命兵丁把所有酒坛打开，将箭头上绑着的棉絮一律浸满酒，然后一声令下，火箭兵将引燃的火箭向两侧越来越近的敌人射去。霎时，散发着浓重酒味的火焰，带着劲风奔向海面，不论是否射中，海面上顿时酒味四溢。这些平素被这帮番人视作仙浆琼液的东西，此时却成了置他们于死地的武器，一个个头重脚轻，脚步虚浮，踩不住木板，发不出铁丸，张着双臂只管在水面上扑腾。吉田情知不妙，一个屏息闭气，潜入水中，方躲过一劫。

"压过去！"童起一声怒喝，率船冲了过去，其他船只见状也均朝着两侧猛驶，赛海豹更是仗着自身轻便灵活、转动自如的特点，又是挺叉举枪，又是来回驰骋，可怜那些功夫浅的番人不是被船撞死撞伤，就是被刀枪或赛海豹底下来回伸缩的铁爪刺伤戳死，海面上到处都是一团团、一股股殷红的血迹。

潜入深处的吉田尽管功夫了得，毫发未伤，却也透过水下的观看，惊得目瞪口呆。至此，他不得不哀叹，发了怒的东土人原来竟这般厉害，松井郎、三本六、苦米地不是他们的对手，自己也决非他们的对手！看来只有让苦米地抵挡一时，自己才能逃出去，急速向皇上禀报，以图良策。想到这儿，他乘对方仍在来回游弋、搜索攻击其弟子之机，带着紧随身旁的两名心腹弟子，幽灵似的望北潜游而去。

站在远处船上的苦米地，此时可谓喜忧交集。喜的是，吉田显然是打了败仗，有其在上面顶着，自己的出师不利又能算得了什么？忧的是，东土人这般厉害，自己这次恐怕是凶多吉少，难逃一死了。他看了看船上的兵丁，一个个神色紧张，簌簌发抖，正待下令逃跑，却被眼前的一幕惊得叫出了声："晚也！"

是晚了！童超已率船队飞速驶来。对于苦米地，别说童超、岳辰等恨之入骨，就连所有兵丁都恨得咬牙切齿。熊王以及好多弟兄都死在这个家伙的手里，此仇焉能不报？看看距离已经不远，浪里翻未等童超发令，火铳、火箭一齐向番船袭去，尽管没有打中，却也把苦米地吓了个半死。苦米地斗志全失，急忙下令掉船，哪儿还来得及！随着赛海豹又一轮齐袭，几条渔船全部被火烧着，苦米地也身中铁砂、火箭，惨叫着滚下了海里。其余番兵死的死，伤的伤，幸存的慌忙跪在船上叩头求饶。

大丸岛，这个拥有数万人口、驻有八千番兵的岛屿，接连几日陷入了极度恐慌之中。

狐、鹏二王来到大丸的头三天，尚见岛上番人来来往往，未见异常。二人乘此机会扮作番人模样，白天走街串巷，上山入港，晚上择地休憩，将岛上情况摸了个差不多。第二天尚未进餐，忽听街上脚步杂沓，人声鼎沸。二人来到街上一看，只见一队又一队番兵满大街捉人。凡是看见那些东土装束的，不分男女老少，也不问青红皂白，一律用绳子捆起来，一串串地被押往番兵屯集的港

口,直弄得街上鸡飞狗叫,店门乱响。狐王情知出事,急忙拉上鹏王来到港口,眼前的情景不禁令他俩大吃一惊:

前几天尚只有一艘艘战船的港湾处,一队队番兵已经登上了船;在港口周围,围着越来越多的人群,由上百个番兵列队把守的一条通道中间,那些被捉的东土人一批又一批地被押解进来;人群中间,则是一声接一声的嘶叫。狐、鹏二位拨拉开人群往前一看,中间靠水的一块平地上,四五个赤裸着上身的番兵正在一个头目的指挥下屠杀那些东土人,杀一个往海里扔一个,情景极为凄惨。有两个人大概是祖孙俩,老的满头白发,小的仅七八岁,孙子钻进爷爷的怀里,爷爷弯下腰护卫孙子。随着那个头目的一声号叫,四五个刽子手四面齐上,一顿狂劈狠砍,将祖孙二人砍得血肉模糊,堆在一起。

"番贼,还命来!"鹏王一声怒吼跃入场中,从一个番兵手里夺过一把长刀,风车般地一转,四五个刽子手已身首分家,倒在地上。那个番兵头目刚要转身逃跑,鹏王抛刀一掷,已将他穿胸而过,钉在地上。围观的人众发声喊,向四下逃窜,恰恰把那些正要往前扑的番兵们裹在中间,冲了个七零八乱。船上的番兵见势不对,纷纷张弓搭箭,欲将闹事者和那些尚未杀死的东土人一并诛杀,一股狂妄却蓦然袭来。在一阵又一阵飞沙走石中,风中现出了无数个天兵模样的人影,手持寒光闪闪的兵器当头扑下。水番人自古崇奉天照大神,以为方才杀戮东土人违了大神旨意,一个个放下兵器,跪在船上连连求饶。面对这种情况,狐王反倒不好下手,只好施术将被捉之人救走,然后同鹏王悄然离开。

自此,狐王时不时地施展一次法术,不是刮场风将战船上的桅杆吹折,就是遣神兵袭入守备衙门,捉弄一下守备大人,直闹得番兵一日数惊,疑神疑鬼,岛上人心惶惶,谣言四起。

该是自己人马到来的时候了!这天一大早,狐王如此这般地吩咐鹏王一番,鹏王当即腾空朝南而去。狐王这头并没消停,在鹏王走后不久,再次施起了法术。与以往不同的是,这次他使风刮来十几只空无一人的渔船。这些又矮又小的船只经他法术一弄,条条变得桅高船大,上面还有许多手持各种奇形怪状兵器的天兵天将,照港口驶来。那些番兵见没有狂风只有船,以为是东土兵真的来了,又是喷火,又是放箭,并派出二十多艘战船出去迎敌。紧张忙活了半天,一阵狂风过后,围在中间的哪儿是什么东土战船,只不过是些当地再普通不过的渔船而已。那个守备大人受此捉弄,气得直想大骂一顿,却又不敢骂出口,以为这大概又是天照大神的惩戒,只得将火气出在了部属身上,喝令他们要沉得住气,不允许此类冒失之事再度发生。骂完,带着十几个亲随士兵回到了自己的府第。也难怪守备大人的此番举动,要知道,自几天前听了三本六以及那个刘休兰知会的消息并立即派兵将他们一行送往京师后,他就为东土人已经提兵北上之事弄得烦躁不安,当即传令捉尽岛上东土人,当众斩首抛尸,以示报复,同时令兵丁全部结集,随时待命出征或抵御。令他没想到的是,东土人没来,反倒是岛上连出怪事。说是东土奸细所为,却为何不趁机大开杀戒?说是邪术,谁又有这么大的能耐?看来很可能是神的旨意。既然如此,自己已经不分昼夜地忙碌了几天,也该回府歇息歇息,养好精神去对付难缠的东土兵。

世间之事有的是凑巧,却也不全是凑巧。守备官刚回府歇息下,鹏王回来了,回到同狐王预先约定好的一处僻静的山冈,向狐王禀报了南下报信、大军随后就到的消息。狐王闻听大喜,对他说出了自己的打算后,立即起身下岗,鹏王也不迟疑,按狐王所说,再次向南飞去,去接引自己的人马。

狐王来到港口北面一栋房屋前,施起一片浓雾,将港湾四周团团罩住。番船上的兵丁已经见怪不怪,依然在干着各自的事情。过了一会,雾中出现了一艘艘大船,分左右向前行进,在港湾上方,出现了两个身穿盔甲、手持利剑的人影,与第一次的天神没什么两样。嗣后不久,港口北面的陆地上,一队队密集的人影或走或卧,不知在干什么。

"不好,那是人!莫不是东土人打过来了?"一个番兵头目似乎看出了问题,边说边取下了背上的弓箭。

"胡说!守备大人刚刚传令不许谎报军情,你难道吃了熊心豹胆?"另一个头目官比较大,当下一顿呵斥。

就在这时,随着鼓声的骤然响起,一阵惊天动地的轰鸣声也从东、南、西三个方向掺和进来。番兵们探首张望间,密如暴雨的弹丸已从天而降,将停在港湾南面半数以上的番船打得桅折帆破,人员死伤一片。远处的炮声刚停,近处的船上立即喷出了道道火光和簇簇火焰,将停在边上的番船打得全部起了火。靠近北面的番兵见自己乘坐的船尚无大碍,急忙弃船上岸,欲从岸上逃跑。哪知还没跑出几步,就被一阵火铳、火箭射倒在地。原来这又是狐王的安排。攻打足尺岛时,就因港口北面没有设防,才使吉田和番兵们有了逃跑之路。这次来大丸,之所以要以各种花样骚扰敌人,就是要欺骗、麻痹他们,为整个战事留下先机。乘雾将自己的人马领到港口北面,便是其中的一招。

番兵们害怕了,绝望了,在众多头目的督率、呵斥下,也变得疯狂起来了,纷纷操起各种兵器向对方发起了反击,有几艘番船甚至不顾越烧越大的火焰,拼命向外硬开。值此紧急关头,童超传令射箭,一百艘大船立即前开,朝着中间展开了一轮又一轮的连弩发射;与此同时,火器营兵丁在袁德胜等三人的指挥下,将火焰、铁砂一股脑儿地倾泻到了中间的番船上。此间,尽管也有兵丁被对方击中,却反倒激起了同伴们的更大勇气和怒气,向番兵、番船发起了更为猛烈的攻击。也就在此时,浓雾骤然消失,一切重新暴露在明亮的阳光底下。端立港湾上空上风头的岳辰、岳信往下一瞧,偌大的港湾之地到处都是熊熊燃烧的火焰,船上、水里、岸边,堆满了番兵的尸体,而在沿岛往下走的一条路上,狐王、鹏王正率着一队兵丁边跑边喊,不知岛上发生了什么事。岳辰一惊,急忙拉着岳信落到岸上,迎着狐王跑去。这正是:大战方捷均未扫,讯息不知忧与喜。欲知后事如何,且听下回分解。

第三十七回
逐鹿东英　四奇计破灭怒海急

岳辰紧走几步来到狐王跟前问道：

"监军为何如此着急？敢是有什么大事？"

"我担心吉田已逃到岛上，故与鹏兄弟前去守备衙门搜寻，却未见踪影，这才赶紧赶了回来，让大伙好好查查。"

"那个守备怎么样了？"

"幸亏早去了一步！我们赶去时，那个家伙正领着一伙番兵往外走。让他投降，他反倒杀死咱两个弟兄，被我三下两下给杀了！"鹏王显然还沉浸在方才的打斗中，话音里透着无比的激动。

岳辰明白狐王着急的心情。吉田作为皇亲国戚和一方藩镇，捉住他就可震慑朝野上下，瓦解番人斗志，对下段战事极其有利。于是，他同他俩急急来到瞭望船上，向童超禀报了此事。童超也知此事事关重大，急忙传令兵丁仔细搜寻，陈二仔也逐一询问那些活着的番兵，寻来问去，终究没有结果。

吉田并没有来大丸，仍在海上继续前行，只不过此时已截获了一艘大型商船，在他和两个弟子的严厉呵斥和监视下，已绕过大丸，直奔京师东英而去。

不难揣测，吉田此时的心情可谓进了黄连窝、蒸笼铺，要多苦有多苦，要多气有多气。他万万没想到，自己权倾朝野，手握重兵，身怀绝技，屡建战功，竟会两次败在那些东土人手里，这叫自己今后如何面对国人，尤其是面对那些平素被自己看不起的同僚故旧？正是从这两次惨败中，他彻底放弃了去大丸率兵固守的念头，下定了直奔京师，与东土兵作殊死一战的决心。

归心似箭，复仇心切，加之日夜兼程，商船于第四天凌晨抵达东英西港。船一靠岸，吉田就带领弟子直奔港口军营，命驻守此地的营官从马厩里牵出三匹战马绝尘而去。来到皇宫门前，吉田令两个弟子在外等候，自己则径直走了进去。宫门侍卫见是常来常往的吉田将军，巴结都来不及，岂敢阻拦？一道道都放了进去。此时，皇帝尚未上朝，吉田一直走到皇宫后院，一名御前宫奴进去禀报后，将他领进后宫。

"皇上,不肖之臣特来向您请罪!"吉田行礼毕,俯首肃立丹陛之下,一边说,一边已流下了眼泪。

"这么早前来必有要事!快讲,到底出了什么事?"皇帝素来宠爱他的这个外甥,此刻却见他衣衫不整,面容憔悴,不觉一愣,两手托着龙椅,身子微微向前倾了一下。

"东土人打进我国地界,连陷积玉、足尺、大丸等地,目下正向京师开来。"

"朕不是已连派三本六、苦米地前去援助松井郎攻占东土的龙湾、东海,怎么反倒被他们打进来了?那个刘休兰怎么样?现在何处?"

"禀皇上!三拨人马已全部丧师失地,所剩人马无几。臣窃恐刘休兰被东土兵掳去,已命三本六携其北归,估计已到京城。"

"你身为戍边大吏,且身怀绝技,手下有一万重兵,为何也遭惨败?是否心存大意,让东土人钻了空子?"

"微臣固然有所大意,但那些东土人神出鬼没,高来低去,防不胜防,且兵器强劲,战船如林,确实厉害得很!"

"不争气的东西,你把朕害惨了!"皇帝龙颜大怒,从椅子上站了起来,在屋里来回转了一阵,突然问道:"为今之计,你有何御敌制胜之良策?"

"臣已在路上想好,必得募奇人,择奇地,使奇招,出奇兵,方可将来敌一鼓荡平,而后再度南下,攻占东土龙湾、东海之地,遂皇上平生之愿!"吉田见皇帝脸色已缓,怯意一去,胆气转盛,一一道出了自己的详细打算。

"好!朕即刻下旨,命兵部、工部和青龙会统一归你调遣,于三日之内做好一切准备,务将来敌悉数消灭!"

接连两天被皇帝召见,刘休兰仿佛大病初愈,精神又好了起来。初次召见,皇帝仅是在询问龙湾及随后几次战事的情况之后,说了一些"大东番国一定要鼎力相助,扶持刘君荣登九五,与龙湾永结友好"之类空话,刘休兰这段时间听得多了,并未动心,只是出于礼节脸上挤出一丝苦笑,敷衍了几句,算作感谢。皇帝本想再往深里说些什么,因吉田求见而不得不结束召见。次日晚,皇帝于宫内设宴,再次召见刘休兰。席间,刘休兰依然一副强作欢颜的模样,皇帝为了使其今后为自己效力,不得不向她讲了"四奇灭敌,速占龙湾"的部署与打算。这下令刘休兰振奋了,心中重新做起了立国称帝的美梦。许是对王阿斌长久以来的忠诚产生了极大的好感,也许是身处异国他乡没有更为合适的倾诉心事的对象,当然更是为了进一步笼络手下为其效力,刘休兰刚一回到栖居之处,就将阿斌、蔡文忠二人召来,向他俩讲述了水番国皇帝如何消灭东土军和相助立国的全盘安排。刘休兰这头眉飞色舞,听在他俩耳里,可就不由得暗暗叫苦。二人假作高兴,时不时插上几句奉承之话,却巴不得早早退场,好将这一重要情况赶紧设法送出去。还是王阿斌在刘休兰身边待得久了,摸清了她的脾性,以抱怨的口气,乘机讲了一些"番人不懂知己知彼,以致屡战屡败,咱要外出打探,才能取胜"一类话。正在兴头上的刘休兰当即发话,让阿斌依然跟随自己左右,蔡文忠从亲兵中挑选几人,专事外出打探,并将皇帝亲手送给她的一面进出关卡的腰牌给了蔡文忠。

从刘休兰住处出来后,二人立即躲到房间密议了一番。

次日一早,蔡文忠带着四个亲兵大摇大摆来到西港。把守的番兵见他们有御赐的金牌,急忙撤去路障,放他们上了来时乘坐的船只。船行一程离开港口视线后,他们截住了一条往北行驶的渔船。船上的两个番人见来人一色东土打扮,正待发作,却被眼前一面金灿灿的腰牌吓住。当蔡文忠用半生不熟的番语向他们讲明,要雇他们的船前去打探东土兵的情况时,番人无不点头应允。趁他们转身收拾船具之际,蔡文忠迅速将腰牌塞到身旁一个亲兵手里,然后同另一个亲兵跳到番人船上,朝南驶去。

渔船来到一个小山包似的孤岛旁边,两个番人似乎发现了什么情况,迟迟疑疑不往前驶。蔡文忠诧异间,忽见岛后露出十几个人的脑袋,随即驶出一条半大不小的木船。蔡文忠仔细一看,不由得惊叫起来:

"这不是郑大哥郑化龙吗?我是蔡文忠啊!"

"哈哈,文忠老弟,童将军命我来此监视番人的动静,你可倒好,竟坐上番人的船来了!"郑化龙回话间,船已来到跟前,其所带的二十多个兵丁多数是龙湾人,有几个且与蔡文忠认识,边说边跳过几个人,将两个吓得浑身发抖的番人裹在中间,跟在那条船后面,继续向南行驶。

派鹏王回花果山禀报,遣几股人马沿北面水路监视番兵动静,设法与王阿斌取得联系,是狐王、童超攻占大丸岛后同时迈出的重要一步。两天后,鹏王奉命返回,带来了继续北上、攻打水番国京师、届时大圣等亲自出动的喜讯;在监视一事上,岳辰、郑化龙、岳信等几支小股人马虽说收效不大,却也从南下的船只那儿,多少得到了一些番兵集结的消息;唯独在与阿斌的联系上,狐王、鹏王去了几次,终因人地两生而联系不上。

这天,狐王、童超正在守备府议事,郑化龙突然带着两人匆匆来到,与门外的陈二仔和兵丁打了声招呼,推开了屋门。狐王眼睛一亮,道:

"蔡文忠!你回来了?"

"回禀二位大人,小的回来了!这是我们队长让我俩专门送回来的书札,请大人过目!"蔡文忠从怀里掏出一封书札双手递上,猛地又想起一事,"对了!返回途中还顺手牵羊带回两个番人,估计是东英一带的。大人如要问什么情况,小的立马带他们进来!"

"哦?还俘获了两个当地的番人?"狐王边说边展开书札,见上面的字写得歪歪扭扭,间或还画着些图样,却也能从大体上看个明白。他看完递给童超,脸上已是一片欣喜的神色,"干得好,你们为抗番扫北立了一大功!"

童超将书札飞快看完,一拍桌子站了起来,兴奋地大喝一声:

"带番人!"

两个番人被门外的兵丁带了进来,见问话之人不仅没有动怒发火,反而命人端水让座,不禁疑惧顿消,通过陈二仔的居中翻译,一一回答了狐王、童超所提的讯问。

分别安置了蔡文忠、番人后,童超迫不及待地问道:

"监军,你说下步咱该怎么办?"

"攻打水番国京师不比其他,明摆着是场大仗、恶仗。水番国既然命吉田三天之内调兵遣将,要搞什么'四奇'来对付我们,我们不如来个反其道而行之,提师南下,择地隐蔽,既可避其锋芒,又可让其判断失误,以为我军并无继续北上打算而松懈防务,然后乘其不备,再来一次突袭!"

"监军所言甚是!然敌人再怎么松懈,也不会轻易放弃其出奇兵、耍怪招之打法,到时又该如何破之?"

"大圣说得对,仅凭咱们几人和眼下这点兵力怕是不够,需大圣他们亲来,并调集各地兵马,方可成事!"

想到大圣他们都来参加这场战事,抗番扫北不日即获成功,童超不由得一阵阵激动,立即按照狐王所定,紧急部署起来。

庞大的船队于白天编队升帆,在那么多番人的窥视下离开大丸,向南驶去。

一条条番人的渔船、商船望北疾行,将东土兵南下的消息一次次地传到了沿途各地,也传到了京师东英。

也就是在船队驶离大丸的第六天,九面山北端临海处突然升起了满天大雾。奇怪的是,这些雾经久不散,时不时还有一两朵五彩斑斓的祥云从上空飘过。附近的人们以为这儿来了神仙,莫不惊诧窃议,甚而顶礼膜拜。

再看花果山,七十二洞洞主刚从水帘洞议事出来,即奔回各洞,安排洞务,整束器械。

李大海这几天显得分外忙碌，格外高兴，为即将率队出征在做各方面准备。

东海五岛也在一片紧张而兴奋的调防之中。从山里又派来大队兵丁，钻天猴、一爪抓、小弯弓等就要率原先的猴兵随军北上。

崩将、马一棒所在的钓龟岛和积玉岛这些日子忙得可谓团团转，既得盘查过往船只、封锁海面，又得整顿船只，储备粮食。听说要抽人北上，吴望祖、林二娃几次找崩将要去，均被他挡了回来；唯有吉国仁坚执己见，郑乃清不得不答应其届时北上。

大战将临，喜气盈门，就连无时不在、无处不有的空气也变得异乎寻常地活泛起来。

这是一个风和日丽、阳光灿烂的早晨。从钓龟岛海湾驶出了三十多只船只。别看这些船大的可容百人，小的仅载三十多个，也无铁炮连弩牌之类兵器，不怎么整齐、威猛，却非同寻常。因为，船上除了坐着从东海、龙湾抽调出来的一千五百名猴兵为主的兵丁外，还有崩将、李大海以及七十二洞洞主。更令大伙高兴的是，一直放手让属下处置诸事、加紧历练、自己却轻易不出手的孙悟空、吴用，此次也同岳庚及其家将岩松齐齐来到，这无疑是令大伙在既感兴奋的同时，也于无形中增添了莫名的紧张和极欲与番兵放手一搏的强烈欲望。

由于孙悟空船后施风的缘故，不上多时，一行人马已来到积玉，与早已在此等候的鹏王、郑乃清、马一棒、吉国仁，及其五百多兵与船只会合。悟空、吴用、岳庚对郑乃清作了详细安排后，船队继续北上，进入了狐王设置的大雾弥漫的九面山北端一处十分隐蔽的海湾里。童超所乘的瞭望船顷刻成了近百人参加的议事场所。

"大圣！据我和鹏王数次打探，尤其是王阿斌、蔡文忠以及两个番人所述，水番国皇帝已按其'四奇'之策完成了部署，目下东英四周所有港湾重兵集结，过往船只准进不准出。初时，番兵防守十分严密，这几天稍有松懈。"大伙与悟空等热烈相见、互道寒暄后，狐王即转上正题，作了禀报。

"鹏兄弟前几天回山，已将番国搞什么'四奇'之事讲了，俺这次率弟兄们和两千兵丁来，就是要看看他们到底奇在哪儿，让他们知道天外有天，人外有人，谁敢欺侮东土，就该晓得自己究竟长了几个脑袋！"一提起番人，悟空劲就来了，边说边站了起来。

"有大圣您和军师、元帅亲临，又有这么多弟兄前来，那是再好不过！只是兵丁是否少了些？听监军说,水番国皇帝这次可是动了血本,连最北面光够岛上的几万人马也都调了过来,总兵马大概在十万以上,而且多是水军! 相比之下,咱满打满算也不上一万。"童起作为水军总管,征番扫北的二路先锋,不免对此有所担心。

"兵力悬殊倒不足惧,运筹得当当可灭之!"吴用顿了顿,提出了一件琢磨多时之事:"唯番人所用'四奇'之策不可不防! 依贫道看来,我方前时与敌几番交兵,无不以利船击之,靠火攻胜之,番兵恐会对此大加防范,出奇以制,万望各位小心提防! 如此,我方数千人马即可以一当十,拿下东英!"

童超自与狐王商定并遣鹏王再次返山禀报军情、请求大圣增兵起,就已做好了让位当先锋、痛快杀敌的盘算,如今见大圣及诸将皆在,起身抱拳道:

"大圣,军师! 卑职一向只惯于在水里打打杀杀,从未经历过如此大仗。如今岳元帅已来,这统兵布阵之事还是请他来干为宜。卑职情愿充当先锋!"

"童将军自征番扫北以来,已经历多次阵仗,熟知了番人习性与伎俩,这统兵攻打东英之事,来前我已同大圣、军师说定,还是由你来担当,请将军不可再行推让!"岳庚面带微笑,却语气坚定,一片真诚。

"童将军,岂不闻'临阵换将乃兵家大忌'？就按岳元帅方才所说,仍由狐监军和你谋划这场战事。别说下边这些弟兄们归你们调遣,就连俺老孙也同样如此! 至于谋略一事,你俩可得向军师、元帅多加讨教!"

"卑职遵命!"

应该说说东英这边的情况了。东英是水番国最大的岛屿,有高山,有丘陵,就是没有大的平原。作为全国的京都,历代王朝无不以东土为楷模,既在皇宫外面筑了城墙,修了城门,还在各地盖了不少拱檐翘角的亭台楼榭,只是怎么看怎么小家子气,有其形而无其势,名虽有却欠其韵。最令他们称道的是造船和海港。沿东英四周,建有四个大的港口,每个港口都能容上百条大的兵船、商船。说到造船,可谓船工遍地,大小船只皆可在短期内造好。这也难怪,一个四面是海、出门见水的国家,没有车马可以,离了船岂不寸步难行? 可怪也可憎的是,这个国家向来以抢掠别人的东西为生,商也是兵,兵也是商,见到他国的土地就眼红,见到他国的财物就抢夺,能抢则抢,抢不上则杀。久而久之,周围邻居无不以"小"蔑之,以"寇"称之。

令他们做梦也想不到的是,被他们欺侮了不知多少年的东土人竟然如醒狮一般醒了过来,扑了过来,短短几天,连克三岛,就要打到京师来了。这下,他们急了,急得吉田按照皇帝的旨意,火速召来兵部、工部以及青龙会的大头领本田禾。一番紧急商议后,吉田遣使从一个无名小岛请来了自己的师父——那位曾经授其技异的"奇人";本田禾则将京城内所有会员召集起来,从中挑选了三百名剽悍之徒,名曰"神风挺身队",作为"奇兵"所用;工部则从民间搜刮了大量木板、稻草,板上钉钉,结草为席,堆放在港口、岸边,谓之"奇招";兵部除从光够等地紧急调来数万重兵,与京城原有的兵丁组成一支拥有五百艘战船八万兵的守军外,还在与岛东北隔海相对、相距不远的一座伏士山的水下岩洞里埋伏了五百名海盗,梦想凭借这一"奇地"消灭东土人马。

吉田紧张部署之际,却不断传来消息:东土兵率队南归了! 是惧怕我大东番国的威力知难而退,还是东土人在玩弄什么花招诱我出击,抑或原本就没有攻打东英的打算? 吉田一时不敢妄下结论,遂派出一队兵丁装扮成渔民顺流直下欲探究竟。这队兵丁沿途打听到足尺之南,东土兵连日南下,估计已经返回东土,本想深入积玉再行打探,却怕一向不服的积玉人乘机寻衅报复,故原路折回,向吉田作了禀报。这下可难住了吉田:此事事关重大,不能不向皇帝奏报。若说东土人已经南归,弄不准就会落个欺君罔上的罪名;如果就此罢兵,万一东番人突然打来怎么办? 思虑再三,吉田决定暂不上奏,观后再定。谁知世上并无不透风之墙,此事瞒上容易瞒下难,"东土人已经回师,不会再来了"的消息很快就在东英、在兵丁中不胫而走,以致谤声鹊起,怨声载道,一度紧张戒备的港口也变得松松垮垮,弄得他整日脸色发青,沉默寡言,每天半夜都被噩梦惊醒,不是到他直接坐镇指挥的南港巡视一番,就是在室内不停地走来走去。

这天半夜,吉田照例从梦中醒来。许是习惯所驱,抑或心血来潮,他一起来就催着十几个家将上马,一阵急驶,来到南港。

此时,喧嚣了一天的港口已沉寂下来,除了海水有节奏的拍岸声外,一切都进入了梦乡。三万守军有一万住在岛上,两万待在船上,也都在沉沉大睡。吉田透过夜色仔细看了一阵,没有发现异常,正待转身回去,却于无意一瞥中发现前面的海面上闪了几下白光,再看东西两侧,似乎也闪了几下,那情景极像夜航之船用以求救的信号。"莫非今晚要出事?"这个念头仅是在他脑子里闪了一下,就被一阵急骤的马蹄声所吸引。少顷,一骑快马顺着来路驰到跟前,一名家将来不及下马就急慌慌禀道:

"将爷! 不好了,有人打上门来了,夫人让您赶快回去!"

"府里有那么多人还怕打不过?"

"禀将爷,那些人高来高去,长相与人不一,咱的人根本无法接近!"

"啰嗦什么? 还不赶紧回去!"吉田一提缰绳,领着家将急奔而去。

"小子,你可中了俺老孙的调虎离山之计了! 嘿嘿,要不是怕误了咱家大事,何用俺如此劳心费神,早让你去见阎王了!"吉田一伙驶出不远,黑暗中突然响起孙悟空的一声嘲讽,紧挨他站着的是异常兴奋的吉国仁。

扫北大军于是日傍晚于九面山启程,午夜时分抵达东英南面海上。按照行前安排,狐王率象王、羚羊王、一爪抓以及三十艘战船攻打南港;童超、马一棒、豹王率小弯弓、积玉兵,带三十艘船攻打东港;童起、崩将、狻猊王、李大海率三十艘船攻打西港;攻打北港由岳辰统领,手下有岳信、狮驼王、钻天猴、郑化龙和浪里翻所率的所有赛海豹以及一部分大船;孙悟空、吴用、岳庚居中策应,七十二洞洞主被分派到各路,鹏王则专司往来联络。吉国仁见没有自己,正待发问,悟空已招手叫过,让他跟随自己见机行事,并当即从百会穴给他伸掌输气。也是他时来运到,当即就能蹿高跃低。船队停驶后,悟空与吴用、岳庚、童超等打了个招呼,带着吉国仁飞抵东英,欲探探岛上动静,顺便看看吉田究竟何许人也。吉国仁不止一次来过东英,自然清楚吉田住所。两人刚刚来到吉府门外,忽听府里人嚷马嘶。一会,吉田率人走了出来,策马向南驶去。当得知为首之人正是吉田,悟空一拉吉国仁跟在后面。到了南港,方才明白这家伙是来巡视。眼看他再不走就会发现己方的动静,悟空急忙从身上拔出一根毫毛,嚼碎望北撒去,于是就出现了一群猴兵夜闹吉府的趣事。

这儿事情平息不久,东、南、西三面蓦然闪出了白绿相映的灯光。吉国仁刚刚喊了声"大圣,开始了",就被一阵阵激烈的鼓声、炮声、喊杀声淹没了。

率先击敌的是狐王这支人马。当几路人马于暂停地分道前驶,并通过几次灯光联系擂响战鼓时,狐王立即命令炮手向面前港口里的番船开了火。战船边打边冲,很快挨近敌船,火铳、火箭、喷火筒有了用武之地,一齐向敌猛攻猛打。番兵们被剧烈的响声和船上燃烧的火焰惊醒,惊叫着跑向了各自的位置,开始了反扑。港湾三面的栅栏很快被打开,一艘艘战船冲了出来,边还击边往外边冲,看样子是欺对方船少兵寡,欲从四下包围后而歼之。孰料船多拥挤,所发的弹丸不是因相距太近而打到了远处的海上,就是颗颗不会开花,难于给对方大的伤亡;相反,狐王所率的船只虽少,却来往灵活,每艘船上的连弩箭都能左右开弓,近距离杀敌。炽烈的火光映红了海面,照亮了夜空,也使狐王看清了敌我兵力上的优势和双方在这点上的优劣,当即令船队快速穿插,勇猛冲杀。船队得此要领,驶得更快了,攻势更猛了,各种兵器无不成了密集杀敌的催命阎王,尤其是那一击就是二百四十支利箭的连弩牌,更是箭如雨下,威力惊人,不是一箭连穿几个番兵腹背,就是将他们连人带箭牢牢地钉在船板上、桅杆旁。尽管如此,番兵依然仗着船多人多疯狂反扑,烧坏一艘,其他船照样反扑,打倒一批,又有一批敌人被头目拿刀逼着扑到前面。

象王杀得性起,举起手中的宣华巨斧仰天长啸一声,跃入了最近的一艘番船,直把船颠得猛地向下一沉,随即又升了起来。番兵头目没防到这一招,愣了一愣,举刀扑来,其他番兵也都停止了对敌船的反击,从四面向象王挥刀猛劈乱砍。皮粗肉厚、身重脚沉的象王哪将这些放在心上,抡起大斧左右一扫,身前的七八个番兵全部成了血葫芦;扭动腰身四下一转,身后的几个番兵都被甩了个发昏章第十一。番兵头目慌忙跑到船尾拿起了一具喷火筒,欲烧死象王。象王看看相距较远,干脆跳起来使力向下一踩。一下子将船踩了个大窟窿,海水猛地涌了进来,慢慢向下沉去,只吓得那些活着的番兵抓住船帮,拼命向其他番船上的同伴呼叫救命。

在象王跃上番船的同时,那些不担任连弩手的象兵也闻声而动,一个个跃上当面的番船。刚开始,他们还与番兵打斗几下,后来见象王捅船来得利索,纷纷效仿,将一艘艘番船捅了个底破桅倒,连连沉没。充当连弩手的象兵、熊兵见双方混在一起难以发箭,一个个放下箭,也加入了捅船的行列。羚羊兵也急着要去,却被狐王拦住,担心他们失手受损。一爪抓早就手心发痒,趁狐王拦阻羚羊兵的空儿,一个纵跃抓住了对面番船上的绳子,其他猴兵见状,也都抢着跳到了临近的船上,闪躲抓挠,让番兵目不暇接,闪身不迭,不是被抓破了头皮,就是抠出了眼珠。跟随此路船队的袁德胜见步军大部已跳上敌船,急忙指挥火器兵专拣那些全是番兵的番船猛揍,铁砂如雨,火光似龙,直打得番兵只有招架之功,没有还手之力。

以少胜多的奇迹就这样出现了!密集的番船,给了东土兵大量杀敌的机会;奇特而勇猛的打法,使番兵心胆俱寒。战不多时,他们就丧失了斗志,任凭头目们喊破嗓子喝阻,一艘艘带着火焰的番船依然拼命向四下逃窜,有的竟昏头昏脑地重新驶进港湾,待到发觉不对时,又弃船拼命向北岸逃跑。

狐王在督率部属攻打海上的番船时,并没放松对岸上敌人的观察。他知道,消灭不了这些敌人,不仅不能完成大圣交给自己的使命,而且会给整个战事留下隐患。也就在番船争着逃跑时,他忽然听到一阵阵撕心裂肺的惨叫声。"这是怎么了?莫非番兵自己打起来了?"他来不及多想,几个蹿跃奔向北岸,借着火光俯首一瞧,全明白了。原来守卫港口的番兵遵照吉田的命令,已沿着岸边摆放了足有一百丈长、三丈来宽的钉板,并在钉板前面堆了一长溜草席,届时抛入海里,作为缠绕敌船之用。但没料到,钉板不但没钉住东土兵,反倒让不知情的自家弟兄踩上了;至于那些草席,因担心抛下去会缠住自己的船,至今尚静静地放在原地。

"好险,吉田这一招端得阴损!"狐王暗暗嘀咕了一声,正待设法破解,忽觉面上一凉,一股北风刮了过来,接着从北面燃起了火焰。初时尚是一团,倏而变成一道火墙,呼啸着,滚动着,以铺天盖地之势,直向前面埋伏的番兵卷来。狐王惊愕间,耳畔响起了悟空清晰的声音:

"速去召集兵丁沿岸封杀!这儿战事一完,立即去东面,军师在那儿等候!"

狐王大喜,当即飞回海上,将正在追击残敌的战船召拢起来,直抵岸边一字排开。

再看岸上的番兵,一见漫天大火从身后扑来,无不惊慌失措返身逃跑,一个个陷入了自己设就的钉板阵中,前面的刚被尖钉刺穿脚面,后面的将他们踩倒又踏上了身前的铁钉,直到钉板上铺满了一层血肉模糊的尸体后,才有半数敌人冲了出来。

"给我狠狠地打!"番兵们惊魂未定之际,随着狐王的一声令下,几十艘船上火器、利箭齐发,霎时将草席燃着。番兵们被前后两堵火墙一夹,加上铁砂、利箭,成片成片倒下,惨叫、号叫之声久久不息。

童超这边的攻击初时顺利,后来却遇上了麻烦。当狐王率队赶到东面海域时,发现靠东面山脚之下的海面上黑压压的一片,外围全是驶来驶去的番兵兵船。

狐王不知道,童超率兵来到东港向敌突然发起袭击后,方才借着火焰的亮光看清港口里只稀稀拉拉停着十几艘战船,正打开北面的围栏向北驶出,边驶边从船上往外抛扔什么东西。童超心知有异,正待下令停止攻击,马一棒、豹王已率三艘船向前追去。没追多远,三艘船均无法行动,原来是被番兵扔下的草席缠住了下面伸出的蹼爪。番兵乘势掉头攻击,随着铁炮、利箭的一轮急袭,船上的兵丁倒下了一大片。马一棒、豹王仗着敏捷的身手和不凡的功夫躲过了一劫,却也被完全激怒,双双怒吼一声,分别纵上了两艘番船,于打斗中随船北去。

童超震怒了,急忙下令追击。北行不久,发现前面一座拔地而起的高山下的海面上,密密麻麻地排列着许多番兵兵船。"鬼东西,躲在此地搞伏击,想消灭我们?简直是瞎了你们的狗眼!开炮,让他们先尝尝咱们东土人的铁丸是何滋味!"炮随令发,一蓬蓬弹丸向番船急袭而至。怪了!一百多艘番船不仅没有迎面冲来,也没发射一枚弹丸,反而向西面靠拢,而将山脚一侧让出了条通道。

"童将军,速速停驶,小心有诈!"空中传来了吴用十分急促的声音,边喊边持剑向一艘最大的番船当头冲下。

一声断喝,使童超从狂怒中清醒过来,方待传令后退,却已经不由自主,只觉身子猛地向前一动,就像被几个人紧紧扯住似的,想往回缩都很困难;全身的盔甲更是沉重异常,箍得透不过气来。更为奇异的是,刚刚射出的第二轮箭明明是对着前面的番兵,飞到中途却急折向东,紧紧贴住东面怪石嶙峋的石壁上而没有一支掉下来;船上放箭的利箭、兵丁们手中的兵器等凡是铁制的能够移动的物件,都于刹那间"嗖"的一声被石壁吸去。兵丁们慌了,喊叫水手后退,谁知,任凭他们怎么摆弄,船就是不听使唤,那情景犹如陷在了海滩上。也就在这时,随着一声声怪叫,从石壁上的巨石、石缝间跳下了二百多手持木叉、大棍的番兵。凡落到船上的无不疯狗似的猛冲猛打,有的大概在石壁上就被吸上去的兵器碰伤,跳下来时已是血迹斑斑,此时宛若地狱里跑出来的厉鬼,瘸着、瞎着、滚着,与船上的兵丁舍命厮杀;与此同时,一群又一群用木叉推着草席的番人从水下岩洞里钻了出来,拼命往前面的船下钻。显然,这就是吉田所谓的"奇兵"!从上面下来的是"神风挺身队",下面奔出的是那五百个强盗,坐镇指挥的是青龙会的大头目本田禾,此刻正同吴用在厮杀。这个老奸巨猾的家伙自奉命坐镇东港起,并没完全按照吉田所说行事,而将拨归自己指挥的三万人马、一百五十艘战船,两万兵丁留在岸上,一万兵丁乘大部战船集结于伏士山下,留下十几艘战船留驻港口作为诱饵,意欲吸引东土兵马沿港北进,利用两支"奇兵"和这座能吸所有铁质物件的"奇山",出其不意予敌重创,而后再水陆夹击,全歼东土兵马。为了打胜这一仗,番船上的所有刀枪剑戟和铁炮被全部拆除、收缴,换上了木棒、木叉之类兵器;相反,童超身穿重铠,居住最高,各艘船上铁炮、弹丸以及各种铁制兵器甚多,自然也就成为"奇山"吸引的目标,"奇兵"乘机袭杀的对象。由熊、象、狮、猴、羊等组成的步军、连弩手尚且没有多大伤亡,张天彪和其火器营士兵以及积玉兵,则有近百人在手无寸铁、猝不及防的情况下,被跳入船中的"挺身队"杀死,近三分之一的战船被草塞住不能动弹。

狐王率队到来,使童超大为兴奋,当即扬声大喊道:

"监军不可轻来!这儿我和弟兄们包了,快去北面相助军师要紧!"

"狐监军!红珠袭敌,诱敌下岛,留下番船,围魏救赵!"北面也传来了吴用清晰的喊声。

狐王一听心里雪亮,立刻传令所率船队折而向北,攻击大批番兵战船,严令部属只准用箭和炮,不准用火。说罢,跃离船头,人未到,口中的红珠已脱口而出,化作一道红光,直奔番船而去。吴用冉冉升空,俯首一瞧,只见红光一飞入船上,就灵蛇似的游动,闪电般地快速,专找番兵的脖子处,绕一下,死一个,绕两下,死一双。番兵们别说手里有木棍、木叉之类兵器,就是使刀弄炮,也根本无法抵御这无形而神奇的仙家之气。顷刻间,一艘船上的番兵被消灭殆尽,红光又飞向了另一艘船上,而狐王则与吴用站在云端,注视着下面的动静。

象王领着船队也跟过来了!先是密集的弹丸一轮又一轮从天而降,接着是密集的箭雨破空而至。这边是从未见过如此阵仗而吓破胆的番兵,那边是挟着得胜之威的东土将士,尽管双方兵力悬殊甚大,但士气上已决定了双方的胜负。本田禾这个一向自诩为"天下舍我其谁"的家伙,经过方才与吴用在船上的一番打斗,已知东土人厉害,此时更是吓得魂飞魄散,一边指挥部属抵抗,一边向岸上的守军发出了求救的信号。

同南港防守几乎同出一辙,东港沿岸先是一道堆着厚厚草席的防御带,相隔一段是又长又宽的钉板阵。守军头目见海上要求求救,急忙留下半数兵力防守,派出另一半沿着钉板阵中间窄窄的通道往下蠕动。有了南岛的那番经历,狐王同吴用耳语几句,独自隐身来到草席中,待多数番兵越过草席快到港口时,他运用体内真气将草席点燃,在几伙番兵的身前身后燃起了熊熊大火。前面的番兵见后面起火,慌忙顺着港口左右乱窜,后面的两伙番兵见火已扑来,转身便跑。无巧不巧的是,番兵的两头都遇到了对头,三拨人马已向他们扑来。两拨来自吴用和童超率领的船队,一拨只有马一棒和豹王两员悍将。

奇怪吗?一点也不奇怪!原来,本田禾本指望岛上的守军能帮其挽回失败的命运,殊不知在他发号求救时,船上的番兵死的死,伤的伤,跳水的跳水,已所剩不多,加上那些猴兵、豹兵等兵丁跳到番船上一番厮杀,更是寥寥无几。本田禾眼看逃生无望,混战中夺过一把刀剖腹而死。于是,吴用急速命令兵丁将缴获的番船全部开动,跟在自己船队的后面急速赶来。童超这边因没了其他顾虑,加之船上的兵丁多为象、熊之类,尤其是小弯弓这样身手敏捷之士甚多,一经镇定下来,即展开凶猛的反击,就连那些积玉兵和火器营的兵丁也因报仇心切,而变得异常勇敢,经过一番船上船下的殊死搏斗,没用多长时间就将几百个敌人大部杀死,也乘能动的战船赶到这儿。至于马一棒、豹王两个则是将两艘船上的番兵尽数杀死,知道岛上守军甚多,遂于返回途中径直上岛,巧不巧地抄了番兵的后路。

三支人马前后夹攻,使用火器、利箭已嫌不大过瘾,于是,童超率众上岛从前面攻,吴用、狐王和十几个洞主飞过大火,协同马一棒、豹王从后面攻,逼得番兵不是往火里钻,就是往钉板上跳。眼看敌人已经剩下不多,正在激烈厮杀的狐王却眼前一黑,昏倒在地。吴用急忙过来扶住,一掌贴胸,为他输气疗伤,心底浮起了深深的歉意。大凡练功之人都知道,练武之人最忌伤了元气,便是神仙之辈元气耗损过多也会身受内伤。狐王费了千年时间方将体内元气凝结为珠,平时轻易不敢使用,只是在砌石成渠、重修花果山时方牛刀小试而崭露才华。此次,吴用让其吐珠杀敌,也是情势所迫,不得已而为之。尽管红珠在诛杀番兵之后已自动回到他的口中,自己却也因元气耗损过甚而昏厥过去。

童起没料到,自己的船队刚刚驶入西港就被番兵发现,不得不从开始就进入强攻。

事情得从吉田请来的那个"奇人"说起。吉田年少时,曾拜一个名叫多田寿的人为师学艺三年。此人乃光够岛人,出生时双足指缝甚宽,指间长蹼,轰动了全岛。年稍长,多田寿不是入山觅物,就是下海捉鱼,性格甚为孤僻怪异。许是天生异质,十多岁时,他已练就一手绝招,能在海面上行走如飞,能在海里潜伏几天几夜,饿了渴了就生食水里的鱼虾。更为怪异的是,他将从山里采集到的几种药物揉制为丸扔给鱼吃,小些的鱼虾一食即死,鲸、鲨之类海中巨霸则闻着即来,食之即狂,见船撞船,见人食人,端得凶残无比。吉田贵为皇戚,志在四方,不屑于做什么水中霸王,故只从多田寿那儿学了些水上行走、海底潜游、发手击敌的技艺。这次,为了消灭东土兵马,多田寿一请就到。为了炫耀自己的本事,他只在所守的西港留下五十艘战船、五千兵丁。他要凭自己、一百名弟子以及这些兵丁消灭东土兵马,扬名立万。

童起不知底细,等于是贸然来到西港。习惯于水中生活的多田寿刚发觉水流的异常涌动,立即率领随从跃升海面,发现了东土船队。

这里,童起已在瞭望楼上升起了信号灯,擂响了战鼓。一阵阵炮声过后,一条条火龙接踵而至,霎时将几艘往外急驶的番船燃着;那边,多田寿急令弟子散开,一边在海面上穿行,一边向来船掷出了一蓬蓬铁砂。一场奇特怪异、古今罕见的海上战事就此展开。

混战中,吉田飞骑而至,望着多田寿喊了声"师父,我来也",随即飞身下马,踩水登上了一艘番船,指挥船只对对方攻了过来。他清楚,自己防守的南港已经失陷,再要打不好这一仗,恐怕也得剖腹成仁了。

激战多时,双方互有伤亡。多田寿一看不施绝招难以取胜,朝着自己的战船狂喊了几句,一个跟头插入水中。吉田晓得师父要干什么,急忙率船北去,沿港口外的岸边停了下来。

"童将军!敌人为何退而不打?"崩将眼尖,向童起发出了疑问。

童起刚要开口，忽见平静的海面突然波涛汹涌，上下翻滚，几艘着火的番船也于瞬间没了火光，海上重新变得灰暗起来。"不好，赶快后退！"童起边喊边第一次敲响了铜锣。

然而，后退已经迟了！随着海水的剧烈翻滚、卷动，童起身边的几艘战船接连侧身翻转，田大榜等火器兵都被抛入漩涡之中，顷刻没了踪影。李大海也被抛了下去，紧紧抓住了一块帆布。崩将、狻猊王以及十几位洞主虽然幸免于难，面对这沉沉的夜空、咆哮的大海也不免胆战心惊，不寒而栗。

童起所乘的战船虽因船大船重而没翻转，却也上下起伏，摇摆不定。面对眼前的惨景，他想厮杀，却没有对手；想发泄，也无发泄之对象。正自狂躁间，猛觉船底有物在顶，船前的漩涡处似乎闪过了一条大鱼的尾巴。"莫非是水下有怪物作祟？"这个念头一闪，他立刻有了主意，朝着周围大喝道：

"弟兄们别慌，对准水下给我猛打！"

座船上的兵丁闻令精神为之一振，各种火器、利箭一齐向四周翻滚的海面开火、疾射，其他船上的兵丁见状，也都向海面发起了攻击。在重新燃起的火光的照射下，翻滚的海面渐渐变得平静起来。

时隔不久，海面重新沸腾了起来。不等童起发令，兵丁们主动发起了又一轮攻击。

不知不觉间，天色亮了起来。人们在发觉海面上漂浮着一条又一条已经死去的大鲨鱼的同时，也发现船上的弹丸、油料、利箭、铁砂已所剩无几，而多田寿的那一百名弟子却还在远处的海面上踩着木板回来游击，显然是在等待其师父的下一轮行动。

果然，极为恼火的多田寿见久攻未果，又在水下召来了愈来愈多的水中杀手，数百条张着锯齿似的巨嘴从南北两面疾游而来，还有十几头足有四五间房子一样高大的巨鲨也闻嗅而至，场面端得惊人！

"怎么办？打，火器利箭已经没有多少。跑，船再快也不是这些家伙的对手。"童起一时悲愤陡起，仰天大叫道："大圣、军师，我童起有负重托，只能舍命捐躯了！"

"童将军切莫悲伤，俺老孙来了！"正当童起传令开船，欲拼死冲过前面鱼群"杀手"而与番船上的番兵决一死战时，空中传来了孙悟空的声音，在他的后面，港口上方现身的是岳庚、鹏王、岩松和吉国仁。

悟空缘何来得如此及时？岳庚、鹏王为何结伴而来？欲知详情怎样，且听下回分解。

第三十八回
群雄逞威　水番王呈书献逆首

前言表过，为不影响狐王、童超的用兵，悟空在与吴用等几个略作商议后，即带着吉国仁奔了出去，接着，吴用去了东港，岳庚带岩松去了北港，鹏王则四下盘旋，仔细观察，随时准备来往传报。

且说悟空于南港计遣吉田、燃火驱寇、嘱咐狐王后，即按照吉国仁的指点来到皇宫，欲乘征番之际目睹宫内情景，为攻陷东英后作个准备。这一探一转，不觉一个多时辰过去，发现后宫一间房内灯光微闪，一男一女或操番语或说东土话，淫声浪调，不堪入耳。他本想进去杀了这对狗男女，想想不够光明正大，遂退了出来，偕吉国仁来到东港。此时，正值三路人马围歼番兵。他看了看，知道战事已快结束，便转而向北，于途中遇见了正从北港返回来的岳庚和岩松。岳庚告诉他，岳辰的人马尚未到达，久等心急，欲去西港看看那边的动静。四人说话间，鹏王同吴用匆匆来到。鹏王禀告了西港情势危急，已先找到军师而后来寻找他俩的情况。悟空一听，不再多问，便率五人急急赶来，并当机立断，由吴用等五人对付岸边番船上敌人，悟空则消灭海上的番兵。

悟空于匆忙间向童起喊了一声，方才俯首向下瞧去。这一瞧不打紧，饶是他见多识广，也被眼前的情景吓了一跳。"怪不得童起那么悲愤，原来海里竟有这般凶猛巨大的东西！仅是两排牙齿，便是头牛恐怕也能一口吞下！"他一时好奇心起，一个倒身下栽，正正向一头摇头甩尾的巨鲨背上撞下。这头巨鲨倒也机敏得很，一见头顶有个黑影，猛地向后疾退，堪堪将悟空闪落水中。悟空不防有此一着，方待闪避，巨鲨奇大的吸力已将他吸入嘴里。悟空一惊，体内无穷佛力神功自然鼓涌而出，全身顿时变得铁浇似的坚硬，将巨鲨两排锯齿碰得牙掉血涌。巨鲨负痛一吸一喷，顿时将刚吸进半截的悟空如弹丸似的直喷出去。

"好一个孽畜，比那铁扇公主还要强！"悟空大叫一声，从水里挺身而起，作势一拼，在双腿跨上那头巨鲨背上的瞬间，左手五指如锥，硬生生插入鱼背。巨鲨甩了几次没甩掉，发疯般地在水里狂奔乱窜，周围的恶鱼不是被他咬得遍体鳞伤，就是遭其巨尾猛击而非死即伤。任何杀手都不是好欺的！周围的鲨鱼、巨鲨恨其歹毒,纷纷丢下船只向他围拢过来,相互冲撞,相互撕咬,掀起了新一轮的惊涛骇浪。

"妙!实在太妙了!"战船周围的凶险一解除,崩将立刻高兴起来了。他早就瞄上了远处海面上那些穿来穿去的番人,同时他从他们脚下踏着的木板中悟出了道道,只是被讨厌的鱼群困住而腾不出手。眼下机会来了,岂能错过?但见他扔下自己手里的宣华大斧,从船上拣起一支哨棒,瞅准船前几块顺流漂浮的木板,纵身跳了下去,连着几个纵跃,将一个来不及反应的番人一棍打入水里。其他番人见状从两侧赶来,一把把铁砂在他周围纷纷落下。崩将本欲闪避,却发现前后左右均无木板可用,情急中只好跃上一条正往鱼群中游的鲨鱼的脊背。鲨鱼受惊一阵头尾扭动,他已像悟空那样,将五个手指插入鲨鱼身上,另一只手挥棍在其嘴边击了一下。嗨,鲨鱼竟不再挣扎,反而听话地将头一摆,向西面几个水上行走的番人那边笔直窜去。崩将万万没想到事情会如此顺利,激动地一边狂呼大叫,一边挥棍猛击,接连打死四五个惊慌失措的番人。俗话说:狼的眼睛猴子的脑,豹子的快腿熊的爪。此话无疑是说这些生灵各具特色,各擅所长。崩将,这员比孙悟空年龄还要长的山中骁将,反应确实奇快。当他看到身下的鲨鱼这般听话,这般快捷,立即改变了踏板击敌的主意,望见哪儿有番人,就用棍子朝鲨鱼的巨嘴或尾巴不轻不重地敲一下,直将那些多田寿的弟子们打得四处乱窜,纷纷落水。

一旁急坏了狻猊王。要知道,论机敏,论纵跃,论眼力,狻猊王均不比其他种类差,至于勇猛狠斗,更令大伙刮目相看,只是有了老虎、狮子、大象这些既技艺高超又相貌魁伟的邻居,才不得不屈尊其下。自那次闹事蒙悟空宽容、这次又奉命出征扫北,他就决心好好杀敌,做出个样子给大伙看。令他大感窝囊的是,身处惊涛骇浪之中无用武之地,还险些被那些恶鱼把船顶翻撞沉。借着越来越亮的阳光,他目睹了大圣勇斗巨鲨、崩将智杀番寇的壮观情景,不禁技痒难忍,一声厉啸,扑入海中,将三四丈开外、冒出水面的一头鲨鱼抓出了几个血窟窿。鲨鱼受伤往前一蹿,他借势一扑,蹿上了另外一条鱼的身上。

就这样,一幅蔚为壮观而又惊险的图景呈现在阳光、蓝天、白云之下:大海的南端,是指挥兵丁乘隙击敌的童起所率的船队;靠北居中的是大群的恶鱼及其打斗撕咬而引起的巨浪和漩涡,孙悟空此刻已换乘上了第三头巨鲨;沿着巨浪、漩涡外围的是狻猊王,他已弄伤了十几头鲨鱼,捕杀的全是正往中间游走的零星对象;再往外看,崩将仍骑着那头鲨鱼在大喊大叫,绕圈击敌,番人只剩下了十几个。

长时间的打斗,对于悟空等人而言根本不算什么,但巨鲨、鲨鱼却终于精疲力竭撑不住了。腹内饥饿需要进食,凶残的本性亟须血来补充。这时,海面上到处都是一股股、一片片从水下冒上来的血水和串串水泡,既有死伤凶鱼身上流出来的,也有那些番人尸体从下面冒上的。于是,那些活着的凶鱼不再往中间扑,而是争着去撕咬浮在上面的尸体,有的挨挤不到前面,打起了水下尸体尤其是人的尸体的主意,这儿一条,那儿一只,向海底下面猛扎猛冲。

许是多行不义必自毙的缘故,凶鱼水上水下乱成一锅粥之际,水面上突然冒出了一个人的脑袋,两手胡乱扑腾着,嘴里发出了一声声凄厉的惨叫。在他的后面,是一条凶恶异常的鲨鱼,两排锯齿已咬住了他的一条大腿。

"师父……"随着一声尖叫,两个正被崩将追赶的番人向前疾冲过来,欲救此人的性命。

此人不是别人,乃是作恶多端的多田寿!

多田寿自钻入水中,就用其秘制的药丸召来一批又一批巨鲨、鲨鱼,欲将进入其防守范围的东土兵一网打尽。孰料紧要关头,对方却来了这样几个超凡入圣之人,完全打乱了他的如意算盘。一番辛苦化为乌有,盛名之下却如此不济,老家伙能不急? 急了咋办? 抛掷更多的药丸,召集更多的杀手! 然而,当他将药丸全部抛撒完后,厄运也就来临了。那些钻入水底的鲨鱼本是为了抢食尸体,却误打误撞地遇上了这个没了药丸也就没了制服群鱼的倒霉蛋,迅疾围上,被其中的一个咬住了大腿。

"此乃何人,不成是自己人?"悟空、崩将念及于此,立即从不同的地方冲来,方知是个长相丑陋的番人,胸腹以下已被吞进鲨鱼的嘴里,外面只露着两条仍在挣扎的胳膊,一双圆瞪的眼珠上满是惊恐绝望的神色。

海上战事就这样结束,港口沿岸的激战仍在继续。

当吴用五人奉悟空之命飞临港口上空往下一瞧时,吉国仁惊愕之下不禁失声出口:

"军师! 凭咱五人之力消灭这么多番兵,是否有点太少?"

"吉员外不必多虑,在贫道眼里犹如枯蒿草芥耳!"吴用看了看周遭地势,心中已有了主意,扭头对岳庚道:"元帅意下如何?"

"有军师亲临,我岳庚自应充当先锋,一切悉听军师尊便!"岳庚紧了紧身上的盔甲,将手中的烂银枪掂了掂,一副即将开打的神情。身后的岩松更是缅刀在手,满脸兴奋。

"既然如此,贫道也就不再推辞!"吴用随手一指下面,"中间船上站立之人必定是番兵的头目,由岳元帅和你的家将设法将其诱出灭之,其余的由贫道几人对付！灭掉其之后，再来一同歼敌！"

"岩松留下，听候军师调遣！对付那个家伙，我一人足矣！"岳庚绰枪在手，朝着中间那艘大船落去。

船上的吉田首先发现了上面的人影，心里"咯噔"一下，知道来者不善，善者不来，好在有师父在场，此仗再怎么凶恶，也不能输给对方，于是向旁边船上的水军头目大声吩咐道：

"东土人十分狡猾，擅用火攻，且多有异人。由我率几艘战船将上面之人引走几个，其余的由你来对付。"

"请将军放心，属下倒想看看这些东土人到底有多大能耐。"水军头目也是个凶狠暴戾之人，见上面并无几人，不免生了轻谩之意。

"小心，千万大意不得！"吉田狠狠地瞪了他一眼，朝另外两艘船把手一招，带头驶向北面。

岳庚将这些看在眼里，于空中翻身一转跟了上去。吴用见头一步已经走出，正要发令部署，吉国仁痴痴地盯着下面密密麻麻的番船开了口：

"军师，这些战船毁了太可惜，能否灭了番兵，留下船只？敝国……"

"吉员外可是为了积玉今后的武备着想？哈哈，这正好遂了贫道心愿！"东土之所以在短时间以内有了那么多艨艟战舰，并敢于北上扫番，全仗了吴用的未雨绸缪和几次出手留船。积玉人的全力配合以及这次五百兵丁的随军北上，使吴用在对此产生深深敬意的同时，也萌生了助其一臂之力的想法。此时见吉国仁说着说着吞吐起来，已猜中他的心意，遂一口答应，对四人道："下面的番兵少说也有四千人众。既要消灭他们，还得保证战船不损，只能智取，不能强攻！大伙按贫道吩咐去做！"

"遵命！"

……

岳庚此时已来到吉田座船的前面，挡住他的去路，戟指大喝道：

"番贼，哪儿跑？"

"好你个不知死活的东土人，竟敢只身前来，本将军这就成全了你！小的们，放箭！"吉田话刚落音，一排利箭自三艘船上齐齐射出，直奔岳庚的上下左右。

"原来你就是吉田？你家岳爷爷要的就是你！看枪！"岳庚边说边将烂银枪舞得飞轮似的，将箭一齐拨落海里，突然一招灵蛇出洞，抖起一团银盘大的枪花，声到人到，径直向吉田的面上刺来。

吉田没料到对方竟如此神勇，惊慌后退中一个趔趄倒在船上，拼命下令开火、放箭。殊不知,岳庚已趁势跃落船上,一顿横挑斜刺,将十几个操刀使箭的番兵杀死。

对方近在咫尺,快如闪电,高来低去,腾挪自如,番兵们想喷火,怕伤着自己人;欲放箭,来不及;至于船上只能前射的铁炮此时已成了聋子的耳朵——摆设。枪乃兵器之王,一寸长,一寸优,何况这杆烂银枪乃精铁制成,枪上浸润了岳家几代人的心血,掺杂了苗王镏金锴法的独特,正所谓正奇合一、刚柔相济,指东打西,正出斜刺。相比之下,番兵手中的长刀,岂是他的对手?此次出兵征番,岳庚虽然从扬长避短、历练将士的通盘战事的考虑中,硬将自己留在山上,却从来没有安睡过;如今有了杀敌报国的绝妙机会,遂了平生最大心愿,其乐甚莫大矣。只见他疾风似的围着三艘番船,左挽花,右劈刺,上斜冲,下直击,独自将二三百名番兵弄得目不暇接,杀得七零八落。

吉田眼看再不想其他办法就会全军覆没,遂朝上方的岳庚怒喝一声,扬手掷出了把铁砂,随即借前扑之势跃入水中。"擒贼先擒王,留下这些番兵等会再来收拾!"岳庚心意一定,当即从空中追了过去。

一到海上,吉田顿时自在、自信得多了,一边在水面上蜿蜒疾走,一边瞅准机会就给岳庚一下子。战不多久,见岳庚毫不惧怕,手中的枪防不住戳一下,方感到凭着对方的神勇和居高下击的便利,自己在下面仰首反击简直是愚蠢之至。于是他朝岳庚举手连招几下,一头钻入水底。

"番贼,别当缩头乌龟!你家爷爷天上来得,水里也敢下去!"岳庚见他手挥了几下,还以为又再向自己抛掷铁砂,闪了几次没动静,始悟到对方是在诱己下水,大骂一声也跃入海中。

正所谓艺高人胆大。岳庚本是个旱鸭子,陆地上的英雄,自蒙唐僧佛力相助后,几与神仙无异,在原本就具有深埋土内七日无恙的功夫之上,又增加了上天入水的神通。于是,他明知吉田是在诱骗,也毫无惧意地潜入水中,紧紧追在后面。吉田不意对手有如此本领,只得硬着头皮一会儿水上,一会儿水下,翻翻滚滚打斗起来。水底无法掷砂,吉田不得不凭拳脚对付。看在闻名遐迩的岳家拳的后人岳庚眼里,无异于三脚猫的功夫,以致没用多长时间,趁吉田再次扑了过来,岳庚一招"双槌击鼓",正正击中他的后脑,没哼一声便气绝身亡。岳庚随即揪住头发,拽着尸体向那三艘跑不敢跑、战不敢战的番船游去。

自岳庚追赶吉田走后,四千多番兵就陷入了吴用的股掌之中。吴用先是率三人落入岛上一片林地,让他们各自折了几枝树枝,拣了几块有棱有角的石块,密嘱他们几句,着鹏王赴北、吉国仁赴南、岩松赴东,自己来到西面海上,以一面据岸、三面临水之势,对中间数十条番船形成了合围。待四人于指定位置站定后,吴用分别对四个方面默默作法毕,随后大喝一声"动",一个奇异的场景出现了:胸前背后插着树枝的鹏王等三人仅是按军师所嘱,或是面向中间前后左右随意跨动几步,或是一手举起各自的兵器石块摇摇、动动、吼吼,倒是觉得小孩玩耍似的,但在围在中间的番兵眼里,瞬间惊得手足酸软,灵魂出窍;一时被迷失了心性,忘记了东南西北。因为,除西面是他们所熟悉的港口、海岸外,其余三面全是怪石嶙峋、古树参天的陡峭高山,还有无数手持丈余长的弯刀,五六尺长的利剑的天神模样的人,声若惊雷似的向他们扑来。

"不好了,天上的神兵打来了,快往岸上跑!"一人喊,他人应,番兵们一窝蜂地向"岸"上跑去,自然也就一伙伙、一批批地掉入吴用所在的海里,随即被浩渺无际的海浪冲走,卷走。

许是受冰冷的海水一激而清醒了,一个水性好的番兵头目也于惊慌失措中跳下船,刚入水就冒出脑袋大叫起来:

"这定是东土人施的妖法! 大家听我的,要想活命,就朝凶险地方跑,那儿肯定是岸边!"

一声大喝,待跳的番兵有了几分清醒,跟着那个头目向北逃窜,以为这次去的定是海岸,不料,又有一批番兵落入海里。那个头目已经有了经验,见往北依然是条死路,未等离开船就爬了上来,率众朝南而去,结果损失了一批,还惹得众兵大声抱怨。他心一横,带着几人又朝东跳去,一脚下去觉得硬邦邦的,立即高兴地朝后狂叫:"这儿是岸,跟我……""来"字还没出口,一道弧光闪过,脑袋已经搬了家,被手持缅刀的岩松抬脚一踢,笔直地落入海里。从云南苗王府到临安来花果山,生性好动且身具神奇本领的岩松,今日是第一次随主人与军师等上阵杀敌。初时,他尽管听从军师的吩咐,站在东面岸上走来走去,舞刀摇枝,却不免觉得枯燥。眼见一伙伙番兵不作抵抗,相继朝着不同方向往海里跳,他既高兴又纳闷,不知他们发了哪门子疯。看着看着,十几个番兵竟奔着自己这面来了,心里那个高兴可就没法提了,跨前一步将刚跳上来的番兵一刀杀了。此时,尽管他已将几块碎石扔在了地上,在番兵的眼里不再那么高峻奇险,却也仍具神威。尤其是他疾冲、前蹿、弯腰挥刀的一连串动作及身上所插树枝的前俯后倒,更使那些欲跳未跳和欲看待跳的番兵看见一群神兵扑到面前,遮天的大树迎面砸来,极度惊恐之下,不是惨叫着跌入水里,就是满船狂奔乱跳,有的甚至两眼瞪大,惊吓而死。守在南面的吉国仁见岩松已在岸上动了手,一时眼热手痒,竟忘记了自己的职责,一跃到了岸上,欲像岩松那样,痛痛快快地手刃番兵。谁知这一去破了吴用学自诸葛武侯并糅以自己心血的玄妙阵法,使南面重新露出了蓝天、白云和海面、港口。船上的番兵为之一醒,在各自头目的率领、呵斥下,纷纷驾船向南鼓噪冲来。吴用不意有此情况出现,急令吉国仁返归南面,怎奈番兵已看出破绽,为了逃命,竟全然不顾地继续猛冲。

也就在这时,悟空在上,童起、崩将、狻猊王率船向东驶来,随后,岳庚将三船番兵杀的杀,逃的逃,押着几十个被俘的番兵和船也从北面接踵而至。按说岸边船上的敌人也还有一千余人,尚能抵挡一阵,但当岳庚提起吉田的尸体让他们一看,都傻了!先是有百把人剖腹的剖腹,跳海的跳海,接着有个头目穿着的人站起来咕噜了几句,吉国仁告诉吴用他们想要投降,但不允许伤害他们的性命。吴用当即慷然答应,命他们放下兵器,排队上岸。于是,在四面都是东土兵的严密监视下,番兵们徒手排队登上岸边,随即被悟空施法,使他们暂时只能软软地坐在地上而无法走动。

"军师!留这些家伙何用,不如将他们干掉算了!"崩将、吉国仁心下不解,不禁问道。

"军师是否想拿这些番兵换回刘休兰那个卖国贼,以正国威?"孙悟空清楚吴用一向疾恶如仇,此举必有大的用意。

"刘休兰那个滥货何用贫道费此周折?一个无用之人,水番国又留她何用?贫道倒是以为留下这些番兵可与水番国皇帝周旋一下。"吴用说罢,与悟空耳语了几句,面对吉国仁道:"吉员外乃忠良之士,大圣已答应将这些番船悉数交付于你,不日即可带回积玉,此刻就可让童将军帮你清理!"

"吉某谢过大圣、军师和童将军!"吉国仁大喜过甚,拱手叩谢了三人,马上跑到童超跟前商议了起来。

岳庚见这儿战事已毕,惦念北港战事及乃弟的安危,遂对悟空、吴用道:

"禀大圣、军师!属下欲去看看北面战事,先走一步了!"

"是得快去,俺老孙与你现在就走!"

"北面战事有贫道、鹏王、岩松几个陪岳元帅前去即可。贫道估计那儿尚在激战,我们此去可助一臂之力!大圣是否先去看看狐王伤势,然后在皇城南门等我们?"

"好!俺这就去!"悟空纵身飞起,径奔东面。

吴用说对了,岳辰此刻正在与番兵激战。

北港乃水番国历年对北面邻国赫洛少骚扰、侵犯之屯兵、用兵之地,除一向驻有重兵外,前有容纳数百艘战船和长达数里的石砌堤岸,后面紧挨着密布箭垛、铁炮等兵器的护城墙,墙下设一道三寸厚木板的大门,名曰灭虎门。此次为防东土从东、南、西三面袭来,这儿只留下一万兵丁、近百艘战船,由一个叫西条英的番兵将领在此镇守。水番国皇帝为了让刘休兰今后能彻底臣服于他,将她的亲兵队全部派往此地,而把她接进皇宫与其淫乐,进一步做着借腹生子、永统龙湾的美梦。孙悟空在皇宫后院看到的正在淫乐的两个人,正是这两个家伙。

因相距较远,岳辰所率的战船于黎明时分方抵达北港。此时正是夜幕最重之时,岳辰凭着唐僧、悟空所授的眼力,摸索着将船队引领到了一个亮着灯笼的海上。为了探明情况,岳辰、岳信飞临上空仔细察看,发现离自己船队不远就是港口,再后面则是城墙。港口里只停着十六七艘战船,使偌大的港口显得异常空旷;港口两侧不知为什么净是树木,茂密的枝叶形成了两片巨大的黑影;城墙上每隔十几步有几个值夜兵丁已倚墙睡着外,似乎没有再多的人和兵器。

"番兵是麻痹轻敌不以为我们会攻到此地,还是其中有诈?"岳辰不放心又来回看了一次,情况依然如旧。十七八岁的年轻人毕竟涉世不深,不禁一阵高兴:"谅你番兵也无什么高招,且尝尝小爷的厉害!"

思绪未了,停在港口中的番船突然灯火齐亮,一枚枚铁丸朝着前面来的大船疾射而出,霎时将一艘船上的桅杆打折,十几个东土兵丁倒了下去;接着,两片树林一阵晃动,树枝纷纷掉落,藏在下面的几十艘番船也迅即向大船开了炮;几乎是在同时,城垛口一阵人影乱动,黑洞洞的炮筒发出了震耳欲聋的巨响。岳辰所率的十几艘大船顷刻间成了番兵几处轰击的目标,船上不断有人倒下。

岳辰,不,就连岳庚、狐王等在内,此番可谓遇上了一个强硬的对手。

西条英虽说不是水番国名门望族的一员,却因半生从戎、熟谙兵法、屡次侵犯赫洛少获取大捷而深受皇帝宠爱,与身为皇亲国戚的吉田同为皇帝驾前的股肱之臣。此次奉诏把守北港,他从吉田口里得悉东土兵善用火攻,多有异人,遂采用避实就虚、明虚暗实谋略,设置了虚港诱敌、两翼埋伏、城墙伏兵三处陷阱,妄图以突袭、包抄之法一举消灭东土兵。此刻,他正站在城楼上暗自得意,暗暗传令内城伏兵准备开门出击。然而,他并不知道,在那些已经被他发现的高大战船后面,两支看似涌动的海水的小船队正朝着两侧的番船快速接近。

到了!该是发挥火箭、火铳、喷火筒威力的时候了!已经亲历过几次阵仗的猴兵们不约而同地向敌船开了火,正一门心思盯着远处东土大船的番兵们没有防到这一招,不是被铁砂打成了蜂窝,就是被火焰烧伤了身上,哪儿还顾得上去操筒弄炮,只急得驾船在海上乱躲乱跑。城楼上的西条英看不清海上究竟发生了什么事,直以为对方的后援兵马来了,可劲儿地喝令城墙上的兵丁连连发炮,堪堪搞了个自相残杀。为了躲避来自几方面的远近袭击,番船躲得更快了,秩序也更乱了,有的甚至跑到了东土战船跟前。

这下给了岳辰一个扭转战局的极好机会。他清楚,赛海豹搞突袭、缠斗是强手,但要在短时间内击败乃至消灭番船上的敌人并非易事;若靠这十几艘战船去攻打,也非上策。于是,他急忙命郑化龙护好战船,灵活进攻,随即与岳信重新跃起,飞到一艘船上,朝着番兵切瓜似的厮杀起来。本就憋了满肚子气的狮驼王、钻天猴以及此次前来的那些洞主见状,无不抄起兵器,纵上就近番船。这样一来,番船的秩序越加混乱,你打我跑,你穿我插,双方的战船完全混杂到了一起。从东海岛随钻天猴来的二百多猴兵见那些番船被岳辰他们搅得乱七八糟,且手中的兵器不好用,遂乘机十个一群、八个一伙分头跳上了驶近来的敌船。你想,如此短兵相接,只能靠着船面活动,番兵哪能是这些飞来闪去、技艺高超的猴兵们的对手?尽管人多,却十个难对付一个,惨叫、倒地的多是他们。

打不多时,晨曦东现。在越来越亮的天色下,所有在番船上的东土将士打得更欢了。位于高处的西条英更是看得心胆俱寒,眉头越皱越紧:"东土兵如此厉害,再战下去将更为糟糕! 看来舍不得孩子套不住狼,为了本将军的声誉,也为了大东番国的声威,唯有一招可使了!"此念一生,他当即命人向海上发出退兵信号,并传令内城两千伏兵及王阿斌的亲兵队随其出城。

"阿斌哥! 这家伙阴险得很,不知出城搞什么阴谋,咱得有个准备!"蔡文忠道。

"说得对,你领上十几个弟兄悄悄留下,我带其余人出去,瞅准机会,先发制人! 活着随大队回咱东土,万一活不成了也要多拉几个垫背的!"阿斌紧紧握了握蔡文忠的手松开,让亲兵们带足喷火筒和油桶,装作卖力听话的样子,将队伍拉得老长,随在番兵们的后面出了城门,并按照西条英的命令于距港口不甚远的地方卧倒爬下。

海上,凡是船上没有东土兵在内打斗的都奉令急着往港口、岸边行驶,那些双方正在厮杀的番船不知他们的头目有了什么制敌高招,也在设法往回跑。岳辰已从半空看到城内涌出了大批番兵,心下起疑急忙让自己的战船远远跟进,但此时双方船只已混在一起,除几艘大船跟随在自己周围外,大部分大船和赛海豹都很快来到了港口附近。

眼看先到的番兵已经蜂拥上岸,后到的也陆续抵达岸边,西条英猛然起身举刀大喝了一声。番兵闻令,少数人你看我我看你没有动手,绝大多数却毫不迟疑地张起了火箭,扣动了喷火筒上的机关,无数道火焰顿时将跑在前面的人群罩入火海中。

"好狠毒的家伙!为了消灭对手,竟对自己人也下此毒手!今日不杀这伙人间魔鬼,枉为自己忍辱负重这么长时间!"亲兵们被激怒了,蔡文忠被激怒了,王阿斌更是怒不可遏,乘番兵们都在眼皮不眨地观看前面火烧活人情景之际,阿斌向周围亲兵使了一个眼色,迅速打开身边一只油桶,将手中的喷火筒装满,随即提桶,装作失手把油全倒在地上,大吼一声"敌人来了",提筒转身向后便跑。亲兵们明白他的用意,也都装筒、倒油,向后跑去。

"混蛋!死拉死拉的!"西条英见是刘休兰的那伙亲兵,地地道道的东土人,不禁怒气勃发,夺过一个番兵手里的喷火筒就要抠机。

能得逞吗?不能!阿斌手里的喷火筒已经喷出了一道火焰,喷在了方才倒油的地方。一桶油可以燃起一堆大火,几十桶油连成片,自然是火龙一条了!刚才还在观看烧人表演的番兵们,转眼间已变成无数个火人,为自己的精彩表演而拼命叫喊。两端的番兵没被烧着,拔腿就往城门跑。没想到又晚了一步。阿斌和他的亲兵们已在蔡文忠的接应下,进去关上门,将想要急着逃命的番兵们全部挡在门外。

西条英气疯了!拔刀连砍两个逃跑的番兵,嘶声命令城墙上的番兵头目消灭亲兵队。不料,岳辰、岳信在上,狮驼王和十几个洞主在下,率着大船上的兵丁,已将一船又一船的番兵撵上岸,迅速向城门这儿扑来。

人怕输胆群怕散。番兵们只知道自己厉害,从来没见过如此勇猛的对手和阵仗,在连连失利和溃逃的情况下,"失败"就像一股可怕的瘟疫迅速蔓延。吓破胆的自然恨爹娘少生了自己两条腿,有些即使想抵抗的也禁不住周围的恐慌,身不由己地加入到溃逃的行列。事情正是这样。一番海战,番兵先赢后输,被东土兵打得无法招架;港前狙击,仅几十个潜入内部的亲兵就将两千兵烧得溃不成军。此刻,城门紧闭,追敌骤至,上下夹击,不逃岂有命在?于是,番兵们如没了头的苍蝇惊了的马,纷纷顺着城门两侧向岛屿深处逃窜。西条英见斩杀吓阻都不管用,城内的亲兵极有可能会乘机袭击皇宫,危及皇帝性命,知道再战无胜,再待无颜,遂一声长叹,扔下那柄跟随自己半生、浸透着无数人鲜血的番刀,尾随在溃兵后面,几经周折,拣一人迹罕至之岛隐居了下来。此乃后话,毋庸赘言。

却说岳辰正欲派人带兵留下相助阿斌,自己率众追赶番兵,却见城墙上腾起一片大火,有两个浑身起火的人扭打着滚落墙外。他几个纵跃来到跟前,见是一个亲兵一个番兵,番兵已七窍流血,亲兵也已奄奄一息。未等岳辰开口,岳信已手持铜锤跃上城墙,施展开岳云所授锤法,与守城的番兵厮杀起来。岳辰命人将受伤的亲兵看护起来,也跃了上去。只见火焰仍在燃烧,火旁躺着七八个亲兵和番兵的尸体;火焰两端,阿斌、蔡文忠正率着几十个亲兵与二百多个番兵激烈拼杀;内城里面,一大群番兵正往一大片宫殿那儿奔跑,想是刚从城墙上下去,要去保护皇宫。

番兵中一个头目模样的人见仅上来两人,立即驱使一群部下迎了过来。岳辰惦记亲兵们的安危,与岳信一个用剑一个使锤,剑到人倒,锤落身亡,直将番兵打得尸横遍地,血溅如雨,分别冲到了阿斌、蔡文忠身边。被围的亲兵见岳辰二人来到,顿时勇气倍增,里冲外攻,杀死杀伤番兵甚众,剩余的敌人看见不是势头,发声喊,慌忙向远处逃跑。岳辰、岳信正待追赶,猛听头顶传来鹏王的声音:

"岳将军! 大圣命你即刻着人整饬部众,于北门外防守等候,你随我去南门与众将会齐!"

"请鹏将军回去禀报大圣,待我将逃往岛上之残敌消灭殆尽,即刻就去!"

"这个不劳将军费心,军师和元帅已率众去追,估计现在业已结束!"

皇城南门外,已聚集了几千东土将士。各路将领除奉命着人率兵防守四门外,已相继来到这儿。岳辰携岳信赶来时,童超、童起、吉国仁正围着孙悟空和已经伤愈如初的狐王在说话。不一会,吴用、岳庚、鹏王也自空中来到。异国他乡,连获大捷,如今都聚到一起,直令大伙心花怒放,说起了各自的战事。

见大伙皆已到齐,且不再多说,悟空扫视了众将一眼,以罕见的严肃口吻说道:

"此次抗番扫北,旨在消灭番军实力,痛扫番国嚣张气焰,雪我多年被欺凌之耻辱,扬我东土凛然不可侵犯之国威。如今,蒙全军将士之浴血苦战,我们已连克积玉、足尺、大丸数岛,并迫使番皇调回北面重镇光够之重兵,将其四港守军大部消灭,直逼其皇城四门。为使番人今后仰我东土,不再有觊觎之心,从现在起,四门同时发起攻击,迫番皇交出刘休兰,写下降表!"

"大圣之意甚合贫道所见。对这种丧失人性、不知其祖宗为谁之辈,就应以牙还牙,针锋相对! 不过,"吴用顿了顿接着道:"为了显示我泱泱大国之高风,可先遣人前去面见番皇,道明宗旨,陈清利害,然后再视情发兵!"

"军师说的是先礼后兵？好，就依军师所说，哪位去走一趟？"

众人闻听，齐齐将目光望向岳庚。狐王走前一步道：

"大圣！岳元帅文武双全，气宇轩昂，震慑番人，非他莫属！"

吴用也颔首道："岳元帅还有何犹豫？"

"回禀大圣、军师！护我疆土，扬我国威，此心愿匹夫也有之，何况我等统将领兵之人？属下只是担心番皇未必俯就，恐误了大事！"

"管他俯就不俯就，咱只要在世人面前争出理就行！请岳元帅不必多虑！"悟空知道岳庚所言有理，嘱他速速前去。

"属下遵命！"岳庚朝着悟空及大伙双拳一抱，径直来到南门前，扬声喝道："城上的番兵听着！速速打开城门，迎我进去，我要面见你家皇上！"

城上的守兵全都龟缩在箭垛后不敢出声，闻听下面大喝，守兵头目急忙唤过一位懂东土语的老兵问讯，方才明白何事，却也犯了难："开门，上头怪罪下来怎么办？不开，惹恼了这些人打进来罪过更大。嗨，好汉不吃眼前亏！"与几人嘀咕了一阵，番兵头目快步下墙，打开了城门复又关上，领着来人一路穿门过廊，来到了一所大殿前停下，与殿前守门卫士耳语了几句，卫士立即转身进宫，老大一会方出来将岳庚引领进去。原来自吉田禀报并按旨意调兵遣将以防东土兵来犯起，番皇仍然在做着扶持刘休兰当"儿皇帝"的美梦，以为东土人只是做做样子，炫耀一下而已。不料昨天后半夜以来，东土兵真的来攻，各地守军连连失利，兵败军情频频传来，他这才惊慌起来，甩掉刘休兰的纠缠，连连颁旨，命人死守四座城门。此时一听东土兵遣人入宫，他立即召来两位能言善辩、号称"东土通"的大臣，站在自己下首两侧，以备帮己对付来人。

看见一员相貌堂堂、英气勃勃、顶盔贯甲的东土将官快要走到丹墀之前，站在番皇左侧名叫龟田的大臣突然发出一声断喝：

"来者何人？为何不通名而进？"

"贵大臣此时既然侍立于汝皇身侧，理应知道我乃何人！可是因宫外的战事吓昏了头脑？"岳庚渊停岳峙般地站立阶前，一句反唇相讥将对方顶得僵在那儿。

右侧的大臣立即接了过来：

"我皇并未下诏，你们却擅作主张，干扰我皇朝政，岂是你们东土人礼仪所为？"

岳庚一声冷笑顶了过去：

"汝皇非吾皇，何谈下诏于我？又何有什么擅作主张？看来你年纪不上五十，却如此颠三倒四，还敢奢谈礼仪？"

"你俩住嘴,退一边去!"番皇本指望他俩为自己争气,却没料到刚上场就被对方顶得瞠目结舌,不禁连气带斥将他俩抛到一边,将话转上了正题:"贵军无端犯我疆土,杀我军民,今又兵临城下,岂是你们东土仁义所为?"

"皇帝此言差矣!且不说以往贵国连年骚我边界、抢我财帛、杀我同胞之事,只说近年来你们频频派兵侵犯,烧杀抢掠,难道我堂堂大国只能伸长脖子挨刀,而不能以其人之道还治其人之身?我们仅此一次,你们就难以忍受,贵国那么多次,我们东土人又当如何?"

"贵使者所述全系青龙会一些人纵徒所为,非朕所愿,尚请贵国明辨是非!"

"扶持边水成、刘休兰叛我东土、立国称帝,难道也是青龙会所为?刘休兰目下就住在皇宫后院,区区青龙会能有如此胆量,竟敢让皇帝为之背此黑锅?"

一番唇枪舌剑,弄得番皇脸色发青,无言以对。少顷,嘴角向下一拉,道:"贵使衔命而来,究竟意欲何为?"

"说来也很简单,一是交出卖国贼刘休兰;二是写出降表,保证今后再不犯我东土!"岳庚的话斩钉截铁,掷地有声,闪着寒光的双眼紧紧盯着对方。

"简直是白日做梦,痴心妄想!来人!"番皇一下子从御座上站立起来,双眼发红,两手发抖,待宫外两名带刀侍卫匆匆跑进,方才回过神,手一摆,看也不看岳庚一眼,道:"送客!"

"皇上勿怒,好戏还在后头!"岳庚一声冷笑,转身迈步出宫。番皇仿佛醒悟过来,待要张口说什么,却已看见对方走得很远。

"与那个皇帝谈得如何?"孙悟空一见岳庚出来,一纵,纵到面前,开口便问。吴用等也齐齐围上,想听听结果。

"禀大圣!恕属下办事不力,没有谈成。咱的'礼'已尽了,接下来该是'兵'了!"岳庚还在为方才的事生气,边说边从岩松的手里接过了自己的宝剑。

"大圣!打吧!对待这些一贯欺负别人的人,只有让他走投无路才是正理!"岳辰、童超、童起等无不忍不住叫了起来。

"好,大伙听令!原先四路人马还在先前方向作势攻打各个皇城大门,只许对付番兵,不许骚扰百姓!军师、元帅、鹏王、吉国仁等随俺前去皇宫大院,管叫惊皇帝老儿个半死!"悟空说罢,走到童超、童起跟前,在他俩身上几处穴道揉捏一会,转身带着几人纵上了半空,童超兄弟感谢悟空为其通穴输气,同狐王、岳辰告别一声,也纵上天空,朝各自所去的地方奔去。

一场攻而不进的战事围绕皇城就此展开。

先是防守四门的守军派人送回了来敌凶猛无比、请求派兵增援的奏报;接着,内廷官员报来了宫内四处失火、空中有神人相助的消息。坏消息一个接着一个,直弄得整座皇城人群乱跑,就连番皇所住的后宫房上也出现了飞来飞去的人影。皇宫内虽有数百名御林军,怎奈与空中几人打了几次死伤甚众之后,再也不敢与之接触,纷纷找地方躲藏起来。

"完了!悔不该方才气头上说了绝话,以至于弄成这样。"番皇此时躲在一间密室里,尽管有侍卫环绕周围,依然觉得身上发冷。

"皇上!为今之计,还是皇位要紧!依臣之见,不如先答应他们所提的两个条件,待他们走后,咱再图良策,也未为晚也。"劝谏的是那个五十多岁的龟田,听着似为皇帝的安危着想,其实是怕丢了自己的性命。

"罢罢罢!朕就依你所说,着你即刻为朕起诏,并尽快出城送给他们,让他们速速罢兵返师,以解当前之围!"番皇说到这儿,才想起还有一件大事:"对了,那个从东土来的刘休兰也着你一并带去,免生后患!"

"皇上,草诏上写些'永不侵犯'、'杀戮'之类字眼,无非应景而已,日后咱要再搞,有谁能管得了!只是一旦交出刘休兰,则会使效忠咱的东土人寒心,引来无穷后患,尚请皇上三思!"第一个向岳庚发话的番臣觉得不妥,说出了自己的主张。

"这……"番皇一听有理,一时怔立无语。

"报——"这时,一名卫士从宫门外喊着跑了进来,隔着老远就跪在地上,"东土兵已攻进北门,离此已经不远!"

"御林军,御林军哪儿去了?"番皇几步来到卫士面前,一把将他抓起。

"报……天上有七八个人已向这儿扑来!"又有一个卫士跑进了宫门。

"皇上!留得青山在,不怕没柴烧。恳请皇上当机立断!"龟田急了,"通"的一声跪在了皇帝面前。

"都是因为你,险些坏了朕的大事!"番皇怒视了那个不同意交出刘休兰的大臣一眼,然后对跪着的龟田道:"速速起诏带人出去交涉,万万不能出一点纰漏!"

"微臣遵命!"龟田答应一声,就在御书房提笔拟写,经番皇阅看加盖御印后,即快步出宫来到院内。此时,四个带刀侍卫已奉番皇之命将刘休兰从后宫捉拿过来。钗落发散的刘休兰已知自己命在旦夕,开始尚口口声声要见皇帝一面,以求事情真相,后见乞求无望,始知番皇为了活命已将自己一脚踢开,让自己去挡死，当即挣扎着身子"番贼"、"番狗"、"千刀万剐"、"不得好死"地大骂起来。龟田冷漠地看了她一眼，领兵丁押着她登上南门之上的城墙，朝着下面假作攻门的人群扯开嗓门喊了起来：

"下面的人听着！我皇已全部答应贵军所说，命在下前来送交诏书和刘休兰，恭请贵军停止……"

"什么诏书？事到此时还死要面皮！"象王一声断喝，打断了龟田后面"攻城"的话头。

龟田一惊，急忙赔笑改口：

"怪在下口误，是降书！在下该将这两样东西交于何人？"

"汝皇若出于诚意令你来此，我军自会停止攻城！如若使诈，别怪我们无情！"狐王出于小心，没有正面接茬，而是抛给对方一个硬邦邦的话语。

"我皇确是出自诚意，在下更是无胆擅传圣意，请贵军千万放心！"

"既如此，你们在这儿等候，我去去就来！"狐王交代了象王几句，纵身腾起，向皇城上空飞去。

一会，皇城四周静了下来。悟空、吴用、岳庚随狐王再次来到南门之外，随后，鹏王与童超、童起、岳辰也从各个方向相继飞来。

龟田见来往之人皆天神一般，任意驰骋于天地之间，在为自己给皇帝所出主意庆幸的同时，神情也更为谦恭。他明白，对方主事之人一准来到，遂大着胆子向下问道：

"在下是否可以交人献书？"

"方才你们那个皇帝不是还要硬顶，眼下怎么反倒着急起来了？哈哈，好一个敬酒不吃吃罚酒的主儿！军师、元帅、狐兄弟，你们随俺上去辨辨真假！"悟空言罢，同三人一齐纵上城头。

"请问这位尊讳，在下也好对我皇有个交代。"龟田一脸讪笑，小心翼翼地垂首问道。

"你是想知道俺是谁？好！你张开耳朵听着，俺乃东土花果山人氏、齐天大圣孙悟空是也！"

"孙悟空？齐天大圣？"龟田喃喃自语了一句，方才觉得失礼，忙不迭地将降书双手捧着，恭恭敬敬地来到悟空眼前，"恭请齐天大圣收下降书，在下好回去回复皇命！"

悟空接过降书仔细看过，转手递给吴用，然后来到被押的刘休兰面前瞧了一眼，冷哼一声讥笑道：

"俺原以为你长得定与东土人有异，有什么通天彻地本事，却也不过如此！你现在可知道叛祖卖国的下场？"

未等刘休兰张口,悟空已一个转身离开,见吴用、岳庚点了点头,知道降书已经看过,遂对龟田道:

"回复你家皇上！降书、人犯俺已收下,但愿今后勿再滋生孽心,谨记做人！如若口是心非,俺将再次提兵北上,直捣皇宫,你们的下场绝会比这更糟！"悟空声落掌起,体内罡气通过掌缘涌出,直朝对面城墙上的箭垛切去,待龟田眨巴了一下眼皮看时,一溜几十个箭垛已从底部被齐齐切开飞起,稳稳地落到了城门前面的空地上。城下肃立观望的兵丁们怔了怔明白过来,齐齐地欢呼起来。龟田俯首一瞧,脸色顿时变得煞白,双腿一软跪倒在地,颤声回道:

"小的皇上纵然有一百个胆也万万不敢再犯东土,触大圣神威！小的这就回去转告皇上。"龟田说罢起身,望了望垂死般的刘休兰,带着卫士匆匆走下。

征番扫北就此结束,城上三人眼望前方,心中充满了无限的喜悦。少顷,岳庚正要上前提起刘休兰离去,却见悟空和吴用仍然凝望不动,不禁问道:

"二位是否心存感慨,不愿就此而去?"

"哈哈,感慨? 此时此地,夙愿已了,还能心若止水? 只是俺老孙肚里只藏了些打打闹闹的玩意,便是再多也说不出来。倒是军师您文武皆备,前后经历无数阵仗,不妨一谈。"悟空说的是实话,面对今日之事,自己有话表达不了,想听听军师怎说。

"贫道原本一介寒儒,岂敢奢望'文武兼备'之名? 只是今日感慨颇多,不吐不快,就借他人之言,一抒此时胸臆罢了!"吴用说罢,目注前方,大声吟咏起来:

"少年侠气,交给五都雄。肝胆洞,毛发耸,立谈中,死生同,一诺千金重。……笳鼓动,渔阳弄,思悲翁。不请长缨,系取天骄种,剑吼西风。"

岳庚将门出身,习文练武,知道这是本朝一个叫贺铸的词人的一首悲情绝唱,明白军师正借此怀念自己的平生经历,抒发自己昔日壮志难酬的悲愤,不禁酸楚上鼻,同情心起。孙悟空虽然不谙词赋,却也自吴用当初见面时的讲述中,察觉出他此时的心情,神色更为肃穆。

许是从这首词中联想到了自己来花果山以来尤其是此次抗番扫北连获大捷的痛快情景,吴用吟咏起了祝允哲的述怀词《满江红》:

"仗尔雄威,鼓劲气,震惊胡羯。披金甲,鹰扬虎奋,耿忠炳节。五国城中迎二帝,雁门关外捉金兀。恨我生、手无缚鸡之力,徒劳说。伤往事,心难歇:念异日,情应竭。握神矛、闯入贺兰山窟。万世功名归河汉,平生心志付日月。

望将军、扫荡镇东海,永住边阙!"

　　孙悟空纵然未习词赋,此时也心潮如涌,知道吴用是在以词表达他对自己的崇敬和今后的殷切期望,禁不住上前紧紧握住了他的手,久久不愿松开。岳庚更是热泪盈眶,心潮难平,从吴用看似凑巧的吟咏中明白了他对自己的良苦用心。他从家藏的"四书五经"、诗词曲赋等书中,看过本朝前后许多文人学士的名作,也曾一次又一次地听过父辈及老家人们讲述的祖父在时的故事,知道祝允哲是祖父的同僚和挚友,此词正是他在祖父即兴写下令世人感奋的《满江红》之后的应和之作。吴用此时吟来,其情其意,岂不是再明白不过?于是,他来到吴用跟前,双拳一抱,动情道:

　　"军师苦心,属下感激万分! 此生愿追随大圣与您到底,精忠报国,矢志不移!"

　　……

　　次日清晨,孙悟空率军班师南下。没有了番兵的骚扰,不再有往昔那种夜幕的遮挡,班师大军庞大的舰队,在灿烂阳光的照耀下,显得是那么的威武雄壮,那么样的壮观奇美:率先的是童超所乘的那艘战船,瞭望楼上换上了郑化龙,童超则在下面同船上的兵丁,围着悟空、吴用、岳庚、狐王、鹏王等,绘声绘色地讲述着这次征番扫北的各场战事;瞭望船之后,是一长溜衔尾而进的战船,一看上面只有孤零零的铁炮,便知是此次缴获的战利品;接着跟进的是浪里翻所率的赛海豹,兵器口不再需要伸铳放箭了,伸出来的是猴兵们大声欢笑的脑袋;吉国仁的坐船过来了,几十艘战船上全是来自积玉的兵丁,平生有了属于自己的战舰,几百人的欢声笑语回荡在辽阔的海面上;在后压阵的童起、岳辰那一百多艘屡立奇功的船队,只看马一棒、崩将、象王、豹王、羚羊王、狮驼王、钻天猴、小弯弓、一爪抓以及每个兵丁那种活蹦乱跳的喜悦情景,就可知道士气有多高涨。

　　无际的海面,涌动的海水,为浩荡的战船提供了任意纵横的场所,铺就了蜿蜒快速的曲径,端得是:万里海疆一矫龙,来如电闪去若风;连下三岛骇敌胆,勇克四城惊贼魂;松井吉田失水去,木村西条无有根;快意恩仇国事先,貔貅十万敢敌雄!